A BIBLIOTECA DOS DITADORES

DANIEL KALDER

A BIBLIOTECA DOS DITADORES
SOBRE DÉSPOTAS, OS LIVROS QUE ELES ESCREVERAM E OUTRAS CATÁSTROFES LITERÁRIAS

Tradução
André Gordirro

Rio de Janeiro, 2021

Copyright © 2018 by Daniel Kalder
All rights reserved.
Título original: *The Infernal Library*
Publicado mediante acordo com a Henry Holt and Co.

Todos os direitos desta publicação são reservados à Casa dos Livros Editora LTDA. Nenhuma parte desta obra pode ser apropriada e estocada em sistema de banco de dados ou processo similar, em qualquer forma ou meio, seja eletrônico, de fotocópia, gravação etc., sem a permissão do detentor do copyright.

Diretora editorial: *Raquel Cozer*

Gerente editorial: *Alice Mello*

Editor: *Ulisses Teixeira*

Copidesque: *Thaís Lima*

Preparação de original: *André Sequeira*

Revisão: *Anna Beatriz Seilhe*

Capa: *Anderson Junqueira*

Imagens de capa: *Shutterstock*

Diagramação: *Abreu's System*

CIP-Brasil. Catalogação na Publicação
Sindicato Nacional dos Editores de Livros, RJ

K19b

Kalder, Daniel, 1974-
   A biblioteca dos ditadores : sobre déspotas, os livros que eles escreveram e outras catástrofes literárias / Daniel Kalder ; tradução André Gordirro. – 1. ed. – Rio de Janeiro : Harper Collins, 2021.
   384 p.

   Tradução de : The infernal library : on dictators, the books they wrote, and other catastrophes of literacy
   ISBN 9788595084391

   1. Ditaduras – História. 2. Ditadores como autores – História. 3. Literatura revolucionária – Autoria. I. Gordirro, André. II. Título.

20-67978
CDD: 321.9
CDU: 321.6

Camila Donis Hartmann – Bibliotecária – CRB-7/6472

Os pontos de vista desta obra são de responsabilidade de seu autor, não refletindo necessariamente a posição da HarperCollins Brasil, da HarperCollins*Publishers* ou de sua equipe editorial.

HarperCollins Brasil é uma marca licenciada à Casa dos Livros Editora LTDA.
Todos os direitos reservados à Casa dos Livros Editora LTDA.
Rua da Quitanda, 86, sala 218 — Centro
Rio de Janeiro, RJ — CEP 20091-005
Tel.: (21) 3175-1030
www.harpercollins.com.br

Para Leon e Annie Henderson

Embora nada seja mais fácil de denunciar do que
o malfeitor, nada é mais difícil do que entendê-lo.

— Fiódor Dostoiévski

O escritor é o engenheiro da alma humana.

— J. Stálin

Eu não sou um escritor.

— A. Hitler

SUMÁRIO

Introdução: A Tradição e o Tirano Individual	11
FASE I: O CÂNONE DO DITADOR	15
1. Lênin	17
2. Stálin	52
3. Mussolini	95
4. Hitler	132
5. Mao	158
FASE II: TIRANIA E MUTAÇÃO	213
1. Pequenos demônios	215
2. Ação católica	217
3. Máquinas descerebrantes	230
4. Abordagens orientais	240
5. Cartas mortas	261
6. Outro mundo verde	279
FASE III: DISSOLUÇÃO E LOUCURA	297
1. À meia-noite no jardim do supertédio	299
2. Coreia do Norte: as metaficções de Kim Jong-il	304

3. Cuba: a verbosidade máxima de Castro312
4. Iraque: os romances históricos de Saddam Hussein318
5. Pós-soviético: o camarada Zaratustra328
6. Turcomenistão: pós-tudo338

FASE IV: A MORTE NÃO É O FIM355
Conclusão357

Agradecimentos371
Bibliografia selecionada373

Introdução

A Tradição e o Tirano Individual

Este é um livro sobre literatura ditatorial* — ou seja, é um livro sobre obras escritas por ditadores ou atribuídas a eles. Sendo assim, é um livro sobre alguns dos piores livros já escritos e, portanto, foi uma pesquisa terrivelmente dolorosa.

É por isso que o escrevi.

Os ditadores escrevem livros desde os tempos do Império Romano, mas no século XX houve uma erupção da verborragia despótica no nível do vulcão da ilha de Krakatoa, que continua fluindo até o presente. Muitos ditadores escrevem obras teóricas, alguns produzem manifestos espirituais, enquanto outros escrevem poesia, memórias ou até romances ocasionais. De fato, o maior best-seller de todos os tempos atribuído a um homem, e não a uma divindade, é de autoria de um ditador: *O livro vermelho*. No entanto, a maioria destes livros não são lidos hoje em dia ou são tratados como piadas, apesar do fato de seus autores, certa vez, possuírem tiragens recordes, leitores cativos e a aclamação de intelectuais que deveriam ter sido mais sensatos. Como muitos deles eram assassinos em massa dignos de nota, o quase

---

* Eu uso o termo *ditador* aqui e no decorrer do livro no sentido amplamente conhecido de um líder que não gosta muito de eleições livres, e que se interessa mais em fazer as coisas do seu jeito. (N. do A.)

completo desaparecimento de seus textos e a subsequente falta de interesse por eles me pareceram uma espécie de omissão. Sem dúvida valia a pena examinar melhor essas obras; talvez elas fornecessem uma compreensão a respeito da alma ditatorial. Caso contrário, elas ainda serviriam ao historiador como portais para mundos de sofrimento, oferecendo vislumbres do supertédio do totalitarismo, uma condição sofrida por centenas de milhões de pessoas durante gerações.

Os ditadores geralmente vivem vidas ricas em experiências. Eles detêm o poder de vida e morte sobre milhões de pessoas e agem como pequenos deuses — pelo menos, enquanto conseguem se safar. Suas vidas são muito mais interessantes do que as da maioria dos escritores. Com todo esse poder e conhecimento único, o ditador de um país, até de um pequeno e geopoliticamente insignificante, deveria ser, portanto, capaz de escrever um livro minimamente interessante, mesmo que por acidente. No entanto, sem exceção, eles quase sempre produzem bobagens extremamente chatas. Eu queria saber o motivo.

Fiquei impressionado com o fato de muitos ditadores começarem suas carreiras como escritores, o que, provavelmente, ajuda muito a explicar a convicção megalomaníaca no significado impressionante de seus próprios pensamentos. Notei também que o conjunto da obra desses déspotas era uma coisa que existia: aqueles do século XX estavam cientes do que seus rivais estavam dizendo e fazendo, e, muitas vezes, familiarizados com os principais textos uns dos outros. Assim sendo, a literatura dos ditadores gerou uma tradição própria, um pouco como a que T. S. Eliot descreve no ensaio seminal "Tradição e talento individual", só que infinitamente mais tediosa. Um estudo profundo da obra dos ditadores poderia me permitir mapear a devastação do espírito enquanto também me deixaria explorar as coisas terríveis que acontecem quando escritores são colocados no comando.

Muitas pessoas consideram os livros e a leitura coisas naturalmente positivas, como se compilações de papel com texto encadernado representassem em si um "remédio para a alma" poderoso. No entanto, um momento de reflexão revela que isso não é nem um pouco verdadeiro: os livros e a leitura também podem causar imenso prejuízo. Para dar apenas um exemplo: se a mãe de Stálin nunca tivesse enviado o filho para o colégio, ele nunca teria aprendido a ler e jamais teria descoberto as obras de Marx ou Lênin. Em vez disso, Stálin teria sido um sapateiro bêbado como o pai, ou talvez um gângster insignificante em Tbilisi, na Geórgia. Ele ainda teria espalhado a miséria, mas em uma escala muito menor — e o século XX poderia ter sido menos tenebroso. Da mesma forma, a colisão entre níveis crescentes de alfabetização e os livros sagrados da humanidade não levou a surtos em massa de pessoas se concentrando nas partes pacíficas e excluindo as perigosas. Pelo contrário, muitas pessoas consideram as segundas bastante inspiradoras, e o resultado foi muita matança e repressão. A alfabetização é uma praga assim como uma bênção, e as obras de ditadores são dignas de estudo neste contexto, pois, ao contrário das sagradas, que inspiram boas e más ações, seu impacto é quase totalmente negativo. Assim, elas demonstram, de forma pura, como publicações podem ser ruins. Seu legado é muito menos ambíguo do que o das obras religiosas, por exemplo.

Para concluir, eu fiz porque ninguém mais tinha feito isso. Vi a montanha. Subi a montanha. Quando eu estava quase na metade do caminho, era tarde demais para voltar.

O que não previ foi como o mundo mudaria enquanto eu escrevia este livro. Ao começar a escrever artigos curtos sobre a literatura de ditadores para o *The Guardian* em 2009, muitos regimes ultrapassados que remontavam à época da Guerra Fria ainda estavam de pé, e eu achei que estivesse descrevendo um fenômeno apenas histórico. Então veio a Primavera Árabe de 2011, e, por um breve momento, políticos, jornalistas e catalisadores de ideias falavam e escreviam com uma ingenuidade de tirar o fôlego, como se uma nova era de liberdade e democracia houvesse nascido, em que ditaduras seriam jogadas na lixeira da história. Eu não acreditei nem por um momento sequer — regimes autoritários são consideravelmente mais comuns do que as democracias liberais, afinal de contas —, mas achei que este livro, àquela altura no estágio inicial, pudesse ter morrido na praia. Talvez demorasse um pouco para a contrarreação acontecer, o que tornaria o tema oportuno novamente.

Eu estava errado: a contrarreação ocorreu quase imediatamente. O governo autoritário fez um retorno espetacular no Oriente Médio, enquanto aprofundava seu domínio na Turquia e na Rússia, e aguentava muito bem na China, no Irã, na Arábia Saudita e em vários outros países. Enormes espaços estavam se tornando menos livres. Quando cheguei ao fim do livro, ficou claro que algo perturbador também acontecia nas democracias liberais do Ocidente, que havíamos entrado em uma era de desintegração em que as complacências da ordem do pós-Guerra Fria não funcionavam mais. Uma geração sem lembranças daquele meio século de paranoia e medo havia entrado na idade adulta; políticos e ideólogos que combatiam o sistema estavam desafiando as classes dominantes com confiança crescente; ideias até então marginais se tornavam convencionais; o nacionalismo retornava; os radicais espalhavam a palavra *socialismo* como se fosse uma ideia empolgante que nunca havia sida experimentada; e alguns integrantes da elite, horrorizados pela revolta das classes mais humildes, questionavam abertamente a democracia.

Em suma, tudo lembrava um pouco o momento em que as coisas começaram a dar muito errado no século XX. Dito isto, eu não conseguia me livrar da sensação de que os populistas, ideólogos e radicais desta era eram muito menos informados do que aqueles de um século atrás. Eles não pareciam notar que seus argumentos e suas ideias não eram novos, e davam a impressão de não estar cientes dos detalhes de todas as experiências sociais e políticas que já haviam fracassado por completo.

Longe de ter morrido na praia, eu percebo os temas do meu livro se desdobrando ao meu redor. E enquanto escrevo estas palavras, isso é onde nos encontramos hoje.

Estas são as histórias de como tudo começou.

===== FASE I =====

O
CÂNONE DO DITADOR

I

Lênin

*Vladimir Lênin, escritor e conspirador revolucionário
que gostava de mandar atirar em padres*

Lênin, o pai da literatura de ditadores, nasceu como Vladimir Ilich Ulianov*, em 1870, em Simbirsk, um posto avançado na região sul do rio Volga, do vasto e inefável vazio russo. Essa antiga cidade fortificada tinha sido estabelecida há um século como um baluarte contra as tribos pagãs na periferia do império, mas, naquele momento, era um lugar calmo, com uma igreja, escolas, fábricas e uma classe de nobres locais que lucravam com o trabalho dos colonos.

---

* Lênin usou dezenas de pseudônimos ao longo de sua carreira. Por uma questão de clareza, eu o chamo de Lênin por todo o livro. (N. do A.)

Alexandre Ulianov, o inspetor local de escolas, era um desses nobres afortunados. Ele também teve a sorte de seu filho mais novo, Vladimir, ser um jovem piedoso e estudioso, leal ao czar, bom em grego, latim e xadrez, e gostar muito de livros, sendo um de seus favoritos *A cabana do Pai Tomás*, de Harriet Beecher Stowe. A região sul do rio Volga tinha um histórico de insurreição — um século antes, um camponês chamado Yemelyan Pugachev havia se declarado czar e liderado uma revolta armada contra Catarina, a Grande —, mas ninguém que procurasse por um líder revolucionário em potencial que fosse transformar o curso da história teria prestado atenção ao filho do inspetor escolar. Ele parecia destinado a uma carreira estável e respeitável — como um advogado, digamos. De fato, o próprio Lênin tornou-se oficialmente "nobre" com a tenra idade de 15 anos, quando herdou o status por conta da morte do pai, em 1886. Um ano depois, seu irmão mais velho, também chamado Alexandre, tentou explodir seu homônimo, o czar Alexandre III, e o futuro de Vladimir como um integrante da burguesia provinciana se desintegrou.

O irmão de Lênin acreditava que, ao assassinar o czar, ele poderia forçar a Rússia tirânica, autocrática e atrasada a se aproximar da revolução, e dar início a uma nova era de liberdade e justiça. É óbvio que havia alguns problemas com essa estratégia, sendo a principal a falta de qualquer evidência empírica de que isso poderia funcionar. Afinal de contas, nem a Revolução Francesa ou qualquer outra das revoluções que ocorreram na Europa em meados do século XIX tinha trazido eras de gloriosa reforma, muito menos utopias. Pelo contrário, elas resultaram em períodos de terror e repressão contrarrevolucionária constante. Quanto à Rússia, o czar anterior, Alexandre II, abolira a servidão em 1861 e, posteriormente, introduziu reformas sociais e políticas moderadas por duas décadas. Isso não foi suficiente para a organização terrorista mais notória da Rússia, a Vontade do Povo, que exigia mudanças maiores e mais rápidas, enquanto dedicava muita energia para encontrar maneiras de matá-lo. Com o tempo, o grupo conseguiu: o czar foi morto por uma bomba lançada por um integrante da Vontade do Povo no dia 1º de março de 1881, o mesmo dia em que Alexandre II assinou uma proclamação anunciando a criação de duas comissões legislativas compostas por representantes indiretamente eleitos.

Mesmo com o assassinato de Alexandre II, o povo não se rebelou, e o sucessor do czar, Alexandre III, pôs em prática uma política de reação e repressão. Após múltiplas prisões e execuções, a Vontade do Povo deixara de existir. Contudo, Alexandre Ulianov acreditava que a melhor maneira para fazer a revolução era repetir a tentativa anterior fracassada. Acabou, assim, em um grupo que pretendia ser uma continuação da Vontade do Povo. O desejo milenarista-apocalíptico de mudança radical e instantânea ofuscou o bom senso e, infelizmente para Alexandre Ulianov, também ofuscou qualquer senso de sutileza, estratégia ou os melhores procedimentos conspiratórios gerais. Sem dúvida, na época pareceu uma ideia divertida explodir Alexandre III no sexto aniversário da explosão de Alexandre II, mesmo que também fosse sensato esperar que a Okhrana, a polícia secreta do czar, estivesse em alerta máximo. O assassinato de Alexandre III foi marcado para 13 de março de 1887*, e Ulianov foi designado para preparar as bombas. Seu grande sonho de reduzir o czar a uma pilha de ossos, carne e cartilagem chamuscados não se realizou quando a Okhrana descobriu a trama, e, junto com seus coconspiradores, foi preso antes de uma única bomba ter sido detonada.

O regime foi misericordioso com a maioria dos pretensos terroristas, mas não com Ulianov, que reivindicou a responsabilidade não só pelos explosivos, mas também exagerou seu papel como líder da tentativa de assassinato, a fim de salvar seus companheiros. Durante o julgamento, ele chegou ao ponto de declarar que as leis da ciência e da evolução tornavam o terrorismo inevitável e que ele não tinha medo de morrer pela causa. O tribunal fez sua vontade: enforcou-o.

Pouco depois, Lênin, o estudante até então exemplar, começou a criar uma nova personalidade a partir das obras proibidas que lotavam a estante de livros do irmão.

COMO A RÚSSIA tinha suas próprias tradições radicais, Lênin leu as obras de revolucionários locais antes de descobrir Marx. Aqui estão alguns dos movimentos e pensadores que o influenciaram:

Populismo: A crença — popular entre os intelectuais radicais da Rússia nas décadas de 1860, 1870 e 1880 — de que a salvação da nação dependia de uma revolta do campesinato. Em 1873-1874, alimentados por um impulso messiânico (e condescendente), milhares de integrantes da *intelligentsia*

---

* De acordo com o calendário gregoriano. Na Rússia do século XIX, o calendário juliano ainda estava em uso, e, para Alexandre Ulianov e seus coconspiradores, a data escolhida foi 1º de março, que soava mais poética.

juvenil tornaram-se narodniks (populistas russos) e "foram até o povo" em uma cruzada para elevar a consciência dos bons selvagens enquanto instigavam uma insurreição. Alguns populistas acreditavam que a salvação nacional poderia ser acelerada ao comer pão preto, vestir-se como camponeses, viver entre eles e adotar as tradições da comuna camponesa. Na verdade, os antigos modos da vida rural já estavam se desintegrando, e os camponeses, incomodados pelo comportamento bizarro dos seus superiores sociais, hostilizavam os narodniks. Em vez de se revoltarem, eles reagiam com indiferença ou denunciavam os jovens revolucionários à polícia. Desapontados, alguns narodniks apelaram para a violência como um meio de acelerar a revolução.

Sergei Nechaev: Em 1869, Nechaev fundou a Retribuição do Povo (ou "Sociedade do Machado"), uma organização revolucionária baseada em dois conceitos principais: o líder sempre estava certo sobre tudo o tempo todo; e "dia e noite [o revolucionário] deve ter apenas um pensamento, um objetivo: destruição impiedosa". Nechaev estrangulou e atirou em um integrante desleal de sua organização microscópica, acreditando que isso tornaria os integrantes do grupo mais unidos. Em vez disso, a Retribuição do Povo desmoronou, e Nechaev, considerado como um lunático homicida, morreu na prisão. No entanto, seu *Catecismo revolucionário* (1869), que ele escreveu com o teórico anarquista Mikhail Bakunin, sobreviveu como um texto inspirador para os radicais deslumbrados por seu niilismo romântico: "O revolucionário é um homem condenado. Ele não possui interesses próprios, nem negócios, nem laços, nem propriedade, nem mesmo nome. Tudo nele é absorvido por um único interesse exclusivo, por um conceito total, uma paixão total: a revolução" — e dedicação total à ideia de que qualquer meio era justificado desde que alcançasse os fins da revolução expressos na máxima:

> "Moral é tudo o que contribui para o triunfo da revolução. Imoral e criminoso é tudo que fica no caminho."

Pyotr Tkachev: Uma influência intelectual para a Vontade do Povo e colaborador ocasional de Nechaev, Tkachev já foi chamado de "o primeiro bolchevique" devido ao entusiasmo por uma revolução iminente, pela insistência de que a Rússia era mais adequada à revolução do que a Europa Ocidental, e por acreditar que, após esse processo, o país deveria ser governado por uma ditadura minoritária dirigida por revolucionários que suprimiriam a dissidência por meio de violência — tudo isso acabaria acontecendo sob o governo de Lênin, obviamente.

Ele também defendeu o "nivelamento completo de todas as pessoas em suas capacidades morais e intelectuais" a fim de destruir a competição e a desigualdade de resultados entre os indivíduos. Sempre uma pessoa encantadora, após um período na prisão, Tkachev disse à irmã que todos os maiores de 25 anos deveriam ser mortos, visto que eram incapazes de sacrifício próprio.

Nikolai Chernyshevsky: Jornalista dedicado à pregação do socialismo, da democracia, dos direitos das mulheres e minorias e de outras causas radicais (para a época), Chernyshevsky escreveu o romance político *O que fazer?* em 1863, enquanto estava preso na Fortaleza de São Pedro e São Paulo, em São Petersburgo. Nada impressionados com os personagens inexpressivos e o tedioso didatismo da história, os censores imperiais permitiram sua publicação. De acordo com o historiador Orlando Figes, este foi "um dos maiores erros que a censura czarista cometera: o livro converteu mais pessoas para a causa da revolução do que todas as obras de Marx e Engels juntas." Tão arrebatadora foi a recepção do romance que, pelo menos, um crítico comparou Chernyshevsky a Jesus, e o próprio Marx estudou russo para poder ler o livro e se corresponder com o autor. Lênin ficou tão impressionado com *O que fazer?* que leu cinco vezes num verão e até carregava uma fotografia de Chernyshevsky em sua carteira. Ele se inspirou especialmente na autodisciplina austera e monástica de um personagem: o ultrarrevolucionário Rakhmetov. Esse asceta abandona todos os confortos físicos e prazeres egoístas e vive apenas para a causa. Ele levanta pesos, come carne crua e até dorme numa cama de pregos para se distrair dos pensamentos sobre uma viúva sedutora. Lênin prontamente desistiu do xadrez, da música e do estudo de línguas clássicas, e passou a levantar pesos. Ele pode ter pulado a parte da cama de pregos, mas, de resto, concordou com Rakhmetov: a revolução era tudo. Assim, de uma forma muito borgesiana — só que sem a ironia, a sofisticação ou a diversão —, a criação de Chernyshevsky se infiltrou no mundo físico e *O que fazer?* tornou-se o "Tlön, Uqbar, Orbis Tertius" do socialismo do século XIX, reconstruindo as pessoas de carne e osso à imagem de seus personagens bidimensionais. Da mesma forma que o planeta imaginário inventado por uma sociedade secreta no conto fantástico de Borges gradualmente suplanta a realidade,

Lênin, infectado pelo vírus da palavra de Chernyshevsky, reconstruiu-se à imagem de um personagem imaginário absurdo, e virou um avatar vivo da revolução.

Quando Lênin começou a frequentar a faculdade de direito da Universidade Estatal de Kazan, no fim do ano de 1887, ele já estava com a revolução no sangue, montando uma nova identidade a partir das más ideias que encontrou em uma variedade de livros não muito bons. Era um quebra-cabeça montado com peças reunidas em textos medíocres, porém perigosos. Ele não duraria muito tempo como estudante em Kazan. Expulso antes do fim do ano por participar de um protesto, Lênin foi obrigado a retornar ao conforto da casa da mãe em Kokushkino, onde aprofundou a familiaridade com a literatura radical. Em 1889, ele leu *O capital* pela primeira vez. Nesse mesmo ano, a família se mudou para outra propriedade ainda mais ao sul, onde o jovem se dedicou a traduzir para o russo o texto revolucionário supremo de sua era — e talvez de qualquer outra —, O *manifesto comunista*, de Karl Marx e Friedrich Engels.

MUITOS DOS DITADORES-ESCRITORES-ASSASSINOS do século XX se declararam discípulos intelectuais de Marx, e isso é — compreensivelmente — uma fonte contínua de irritação para os marxistas e seus simpatizantes nos dias de hoje. Eles prefeririam que seu sábio fosse lembrado por sua crítica ao capitalismo, e não pelos 94 milhões de cadáveres produzidos por tiranos citando seus textos como inspiração.*

É verdade, obviamente, que não existe um "marxismo" monolítico, mas sim outros rivais, da mesma forma que existem versões diferentes do cristianismo, do islamismo e do freudismo. E assim, em vez de se tentar inutilmente descobrir um "marxismo" oficial, talvez seja mais instrutivo notar que a diferença mais significativa entre o profeta do século XIX e seus intérpretes do século XX, como Lênin, Stálin e Mao, seja que, ao contrário deles, Marx era um perdedor titânico.

Considere, por exemplo, que quando Karl Marx morreu em 1883, apenas onze pessoas foram ao funeral. Um pouco mais poderia ter aparecido se ele não tivesse alienado a maior parte do movimento dos trabalhadores internacionais com seu estilo de liderança ditatorial, porém inepto. Marx passou os 33 anos que antecederam sua morte vivendo no exílio com sua

---

* Número de mortos estimado pelos editores de *O livro negro do Comunismo*. (N. do A.)

família em Londres, implorando pelo dinheiro de seu patrono dono de fábrica, Friedrich Engels, enquanto não conseguia completar sua obra--prima *O capital* ao longo de mais de duas décadas. Ele nunca buscou um emprego normal, mesmo quando o filho bebê morreu no peito da esposa. Marx viu furúnculos horríveis brotarem por seu corpo inteiro, engravidou a empregada*, desperdiçou grandes quantidades de energia brigando com socialistas rivais e previu várias vezes a próxima revolução com toda a paixão e indiferença ao desmentido de um pastor evangélico eufórico com as profecias contidas no Livro da Revelação.

Não foi sempre assim, no entanto. Em meados de 1848, quando Marx e Engels publicaram *O manifesto comunista*, a história pareceu que ia ser do jeito que ele queria. Entre aquele ano e 1851, muitas das monarquias da Europa foram abaladas por uma série de levantes e revoltas. "Um espectro está assombrando a Europa", escreveu Marx, "o espectro da revolução". Durante esse período, ele se entregou a fantasias desvairadas de poder, sonhando com a terrível vingança que logo seria infligida à burguesia — da qual Marx fazia parte, desnecessário dizer. "Somos implacáveis e não pedimos clemência a vocês", escreveu ele, dirigindo-se ao governo prussiano em 1849. "Quando chegar a nossa vez, não disfarçaremos nosso terrorismo."

Engels profetizou naquele mesmo ano que uma guerra mundial vindoura "resultaria no desaparecimento da face da terra não apenas de classes e dinastias reacionárias, mas também de povos reacionários inteiros". Essa fantasia genocida sobre os amaldiçoados recebendo a punição final em um apocalipse ultraviolento foi "um passo em frente", como ele escreveu.

Marx, enquanto isso, esperava cumprir a excitante visão exposta em *O manifesto comunista*, cultivando desertos e centralizando todas as comunicações em um sistema postal-telegráfico administrado pelo governo. Sim, ele realmente escreveu sobre isso, mas é muito fácil esquecer as partes maçantes — e a maioria das pessoas esquece —, porque também há toda aquela coisa empolgante sobre o confisco de todo o capital da burguesia, a abolição da propriedade privada e da família burguesa e o desaparecimento das diferenças entre nações e povos.

De fato, momentos de sentimentalismos à parte, a obra é hipnotizante: no tratamento febril de afirmações como se fossem fatos, na demonização furiosa da burguesia, no espanto diante do poder transformador do

---

* Assim gerando outro filho que Marx, como qualquer outro canalha da Era Vitoriana culpado por engravidar a criadagem, recusou-se a reconhecer.

capitalismo, na convicção esmagadora de que a mudança *está* chegando, na exposição da sede de poder de Marx e Engels e no endosso dos dois à violência política. Por exemplo:

> *Os comunistas desprezam ocultar suas visões e objetivos. Eles declaram abertamente que os objetivos só podem ser atingidos pela derrubada forçada de todas as condições sociais existentes. Que as classes dominantes tremam diante de uma revolução comunista. Os proletários não têm nada a perder a não ser as correntes. Eles têm um mundo para conquistar. Trabalhadores do mundo, uni-vos!*

A dupla também imita o poeta inglês místico William Blake no horror em relação aos "moinhos satânicos", proclamando que "massas de trabalhadores que entravam na fábrica (...) são escravizadas pela máquina diariamente, de hora em hora". Talvez o aspecto mais atraente de todos, no entanto, seja a visão simplista de Marx e Engels em relação à história, como se ela fosse uma marcha feita por meio de uma série de crises em direção a um estado de felicidade permanente na terra, onde as gerações futuras viveriam juntas em um mundo além do conflito e da exploração. Nitidamente uma fantasia milenarista, Marx, no entanto, insistiu que esse esboço da história era "científico", e, assim sendo, exaltava os leitores a pensarem que eles eram integrantes de uma elite que de alguma forma ganhou acesso a uma verdade moderna, ainda que absoluta, e que fornecia a resposta para o enigma da existência humana.

Infelizmente para Marx, as revoluções diminuíram e a repressão se instalou por toda a Europa. No entanto, ele não havia estabelecido uma data para a chegada da felicidade futura; apenas sugeriu que ela era iminente. Assim, *O manifesto comunista*, como todas as profecias apocalípticas bem-sucedidas, permaneceu aberto a reinterpretações.

O capital é menos instigante. Surgiu das longas sessões que Marx passou na Biblioteca Britânica encarando com atenção os relatórios do governo sobre as condições nas fábricas nacionais trinta anos antes. Ele esperava penetrar na essência do capital para todos os tempos e nações, e, para isso, unificou várias ideias em um supertexto "científico" — ainda que ele evitasse fazer algo tão empírico quanto falar com um trabalhador de verdade. Marx preferira interagir com papel e tinta. Em *O capital*, o sonho do fim dos tempos de *O manifesto comunista* adquiriu um fundamento teórico denso: "leis científicas" da história substituem Deus como a força cósmica que leva os eleitos escolhidos à inevitável felicidade eterna. Só que a partir desse momento, ela aconteceria na Terra.

Entre todos os países, o sucesso das ideias de Marx na Rússia foi o mais surpreendente, sugerindo que poderia haver um problema em sua estrutura teórica. Ele argumentou em *O capital* que as contradições internas do capitalismo levariam a uma série de crises cada vez mais catastróficas e que as condições toleradas pelos trabalhadores se deteriorariam a cada crise, levando, inevitavelmente, à revolução, ao desaparecimento da propriedade privada e à expropriação dos expropriadores. Isso aconteceria, argumentava ele, quando o capitalismo estivesse em seu estágio mais avançado, na Grã-Bretanha ou na Alemanha, por exemplo, não numa Rússia atrasada e agrária.

A primeira edição estrangeira de *O capital* (ou melhor, a parte que Marx concluiu em vida) foi publicada na Rússia em 1872, cinco anos após seu lançamento na Alemanha, onde havia sido ignorada pelos críticos. Seu tradutor, Nikolai Danielson, era um populista. Ironicamente, os censores czaristas permitiram a publicação do livro porque concordavam com Marx: a Rússia estava em um estado primitivo de desenvolvimento industrial, não havia praticamente "exploração capitalista" e, portanto, a mensagem filosófica do livro não era relevante.

Mas, assim como no caso de *O que fazer?*, os censores calcularam mal. *O capital* foi um sucesso, e vendeu três mil exemplares em seu primeiro ano, um resultado respeitável, considerando que apenas cerca de quinze por cento da população era alfabetizada. Na Alemanha moderna, industrializada e pronta para a revolução, o livro levou cinco anos para vender um terço desse número.

Porém, era apenas o começo: nas décadas de 1870 e 1880, o marxismo floresceu na Rússia, e a obra se tornou uma fonte de fascinação, inspiração e verdade para muitos dos russos radicais. Eles haviam abandonado Deus, o czar e a Igreja, mas não perderam o gosto pela metafísica do julgamento apocalíptico e da redenção — desde que pudessem se tornar palatáveis por um verniz racionalista.*

---

* A Rússia tinha uma longa tradição de acreditar no apocalipse. Desde o colapso de Constantinopla, em 1453, czares, bispos e camponeses alegavam que Moscou era a Terceira Roma, com uma missão escatológica de salvar o mundo inteiro. Um cisma religioso em 1666 levou a uma proliferação de seitas, e no século XIX o país estava repleto de grupos milenaristas que acreditavam estar vivendo seus últimos dias.

Logo Marx adquiriu exegetas locais, como Georgy Plekhanov, que em 1883 ajudou a estabelecer a primeira organização revolucionária marxista russa, a Emancipação do Trabalho. Um narodnik não-praticante, ele argumentava que a salvação da Rússia não dependia dos camponeses, mas sim da classe trabalhadora, embora o país não estivesse pronto para uma revolução proletária. Felizmente, a Rússia estava passando por uma transformação capitalista que criava as condições para uma transição de dois estágios para o comunismo. Na primeira fase, a autocracia czarista seria derrubada e um sistema democrático burguês a substituiria. Durante esse período, os números do proletariado se multiplicariam, e sob a liderança de um partido social-democrata (ou seja, marxista), uma segunda revolução causaria a libertação da classe trabalhadora.

Lênin gostou disso, e Plekhanov entrou em seu panteão, ao lado de Chernyshevsky, Nechaev e Marx. Empolgado pelos textos, ele estava pronto para transformar a história.

O JOVEM LÊNIN era o típico radical de poltrona. Na verdade, ele passava muito tempo sentado — enquanto lia livros sobre revolução, enquanto os discutia com outros radicais de poltrona, enquanto escrevia artigos com a intenção de estabelecer sua fama entre aqueles mesmos radicais de poltrona. No entanto, ele parecia diferente. Seus companheiros nessas oficinas revolucionárias reconheciam e respeitavam sua inteligência e convicção, seu talento teórico e suas habilidades de liderança, referindo-se a ele como o Velho, mesmo que ainda estivesse com vinte e poucos anos. Em vez disso, eles deveriam ter temido Lênin: quando lhe foi dada a oportunidade de colocar as ideias em prática, ele provou ser um extremista impiedoso.

Em 1891, enquanto a fome devastava a região do rio Volga, liberais e radicais se uniram para culpar o czar pela escassez de alimentos, na crença de que detinham a responsabilidade moral de fazer o possível para ajudar os camponeses famintos. Não o Lênin de 21 anos, entretanto, que repreendeu a irmã por fornecer assistência médica aos humildes trabalhadores. Ele já tinha processado os colonos do terreno da família quando atrasaram o aluguel. Dessa vez, enquanto eles passavam fome, Lênin recusou-se a diminuir o valor.

De acordo com Marx, o sofrimento das classes exploradas era inevitável sob o capitalismo, mas também era motivo de esperança, pois crises terríveis indicavam a iminente chegada da revolução. Amenizar o sofrimento teria significado atrasar o momento de transformação do mundo. Marx rejeitou a moralidade burguesa como não científica e como outra ilusão pela qual a classe dominante mantinha os trabalhadores em um estado de mistificação, mas também denunciou o capitalismo usando linguagem moral. Talvez Nechaev tenha se expressado melhor: a moral é tudo que contribui para o triunfo da revolução. E assim, enquanto outros radicais falavam sobre teoria, mas acabavam cedendo à empatia e aos apelos da consciência, Lênin estava disposto a viver de acordo com as ideias que adotou.

Da sua poltrona, ele acelerou a chegada do paraíso dos trabalhadores. Quatrocentas mil pessoas morreram. Embora mal pudesse reivindicar crédito pelo número de vítimas da fome, Lênin havia feito a sua parte. Como Maxim Gorky (que viria a conhecê-lo muito bem) disse mais tarde: "Lênin, em geral, amava as pessoas, mas com abnegação; seu amor olhava muito adiante através das névoas de ódio. Ele amava a humanidade não como ela era, mas como ele acreditava que se tornaria."

Com o passar do tempo, é claro, Lênin se sentiu obrigado a sair da poltrona. A revolução deveria ser o clímax inevitável da história humana, mas ele suspeitava que, na verdade, ela poderia ser evitável. Assim, começou a duvidar de que o movimento pudesse ter êxito a menos que o proletariado recebesse o treinamento correto. A burguesia era esperta e detinha exércitos e forças policiais sob seu comando — dificilmente se poderia esperar que esta classe abandonasse seus costumes diabólicos sem lutar.

Em 1895, Lênin, baseado em São Petersburgo, juntou-se a um grupo com nome grandioso, a União de Luta pela Emancipação da Classe Operária. Seu objetivo era estabelecer contato direto com os integrantes do proletariado e introduzi-los a ideologia. Assim como a consciência de Lênin foi remodelada pelo contato com textos revolucionários, ele faria o mesmo pelos trabalhadores de São Petersburgo. Em novembro daquele ano, Lênin escreveu um livreto explicando os limites legais da autoridade de um proprietário de fábrica, e mandou imprimir três mil cópias. Ele deu dinheiro para trabalhadores em greve. No entanto, a polícia secreta descobriu suas atividades subversivas, e ele foi preso em dezembro. Lênin passou um ano detido, lendo e trabalhando em uma tese sobre o desenvolvimento do capitalismo russo. Então, em janeiro de 1897, ele foi exilado para a Sibéria.

O exílio sob o regime czarista não era a viagem brutal de escravidão e morte que se tornaria sob o governo de Stálin — certamente, não para um homem da posição social de Lênin. A mãe pagou pelo transporte do filho, e ele foi até autorizado a sugerir o lugar de exílio. Lênin propôs dois lugares: a cidade de Krasnoyarsk ou o distrito de Minusinsk, na província de Yenisei. Aceitaram a segunda opção, e ele acabou vivendo em Shushenskoe, uma aldeia de mil pessoas em Minusinsk. Eu visitei a área: a paisagem da taiga e montanhas cobertas de neve é bastante bonita. O clima é seco, então mesmo quando a temperatura cai para 40 graus negativos, é muito mais agradável do que a região de São Petersburgo no mar Báltico a, digamos, 25 graus negativos. Na verdade, contanto que a pessoa não se importe de ter a carne devorada por nuvens densas e vorazes de mosquitos no verão, ou de estar muito longe do centro dos acontecimentos, Minusinsk é bastante tolerável. As autoridades concederam à noiva de Lênin, Nadezhda Krupskaya, permissão para se juntar a ele. O czar também deu aos exilados um ordenado, e Lênin ficou livre para ler e escrever — e para se comunicar com a família e os camaradas.

É verdade que, enfurnado nas profundezas da Sibéria, Lênin não compareceu ao congresso de fundação do Partido Social-Democrata dos Trabalhadores Russos em Minsk, em 1898. Dito isso, ele não perdeu muita coisa: somente nove socialistas de todo o império apareceram, e oito deles foram presos pouco depois. Entretanto, Lênin aproveitou ao máximo o exílio e decidiu não tentar fugir, mas tratá-lo como um período sabático de escritor subsidiado pelo Estado. Entre as tentativas (malsucedidas) de engravidar a noiva revolucionária, Lênin trabalhou em *O desenvolvimento do capitalismo na Rússia*, que esperava que fosse recebido como um trabalho de grande impacto de análise marxista.

Os amigos e a família lhe enviaram livros, e Lênin devorou mais de uma centenas deles, incluindo obras do socialista "científico" alemão Karl Kautsky e de economistas ocidentais que ele submeteu a uma análise crítica implacável — Adam Smith era culpado por um "erro fundamental", enquanto "confusão total" era a norma entre a maioria dos analistas contemporâneos. A combinação do estilo de vida de um cavalheiro e da logorreia significava que Lênin já havia escrito bastante — *O desenvolvimento do capitalismo na Rússia* só aparece no terceiro volume da quarta e mais abrangente edição das suas obras reunidas. Essa obra era, inquestionavelmente, substancial. Com mais de quinhentas páginas, foi o primeiro livro importante escrito pelo pai da literatura de ditadores do século XX.

Ao escrever *O desenvolvimento do capitalismo na Rússia*, Lênin tinha a intenção de a) estabelecer suas credenciais como um especialista incomparável sobre a economia russa e, assim, tornar-se o autor mais famoso; b) esmagar a visão narodnik de que o desenvolvimento do capitalismo poderia e deveria ser detido, e que em seu lugar deveria se estabelecer um paraíso agrário alternativo, no qual os russos viveriam em comunas ao estilo camponês, livres do czar enquanto desempenhavam muitos ofícios. O problema de Lênin foi que, de acordo com o censo imperial de 1897, a Rússia tinha mais de 100 milhões de camponeses de uma população total de 128 milhões de pessoas, e meros 2 ou 3 milhões de proletários, um terço dos quais eram empregados apenas sazonalmente em ferrovias. Agrária e sem uma classe trabalhadora, a Rússia estava longe de satisfazer as condições que Marx dissera ser necessárias para a revolução.

Ou assim parecia ser. Não querendo aceitar que a mudança social que ele desejava residisse num futuro distante, e desprezando qualquer utopia camponesa, Lênin argumentou que o capitalismo russo não estava emergindo de forma fragmentada, aos poucos e lentamente, mas que já estava em um estado altamente desenvolvido. Não existia mais o antigo modo de vida camponês previamente estabelecido, que os populistas fantasiavam que fosse capaz de representar um modelo para a Rússia; em vez disso, a maioria dos trabalhadores rurais se tornou proletária agrícola que vendia seu trabalho, enquanto havia também grupos menores de kulaks*, tão eficazes que se tornaram o principal mercado para os industriais russos, com efeitos colaterais para o resto da economia. "A Rússia do arado de madeira e do mangual, do moinho de água e do tear manual", escreveu Lênin, "começou rapidamente a ser transformada na Rússia do arado de ferro e da debulhadora, do moinho a vapor e do tear elétrico. Uma transformação igualmente completa da técnica é vista em todos os ramos da economia nacional, onde a produção capitalista predomina".

Na visão de Lênin, essa transformação foi "progressista", já que o capitalismo era menos desumano que o feudalismo, mas também tinha implicações revolucionárias. Se a Rússia já era capitalista, então, de acordo com a teoria marxista, o país estava pronto para o primeiro estágio da revolução burguesa. Uma vez que a democracia política e os direitos cívicos fossem estabelecidos nessa fase inicial, a segunda — a revolução dos trabalhadores e a ditadura do proletariado — viria logo a seguir. No entanto, ele resistiu ao impulso de exigir a revolução em altos brados. Ao contrário, o tom era confiante, seco e acadêmico. Considere, por exemplo, este breve trecho em que ele explica como os camponeses ricos ("kulaks") estavam acelerando o desenvolvimento do capitalismo:

---

* Camponeses ricos (literalmente, "punhos"), uma classe nefasta no discurso de Lênin e, posteriormente, de Stálin. (N. do A.)

A predominância da economia natural, que explica a escassez e o apreço pelo dinheiro no campo, resulta na suposição por parte de todos esses "kulaks" de uma importância desmedida em relação ao tamanho do seu capital. A dependência dos camponeses em relação aos donos do dinheiro inevitavelmente ganha a forma de escravidão. Assim como não se pode conceber o capitalismo desenvolvido sem o capital de grande escala dos comerciantes na forma de mercadorias ou dinheiro, a aldeia pré-capitalista também é inconcebível sem os pequenos negociantes e compradores, que são os "mestres" dos pequenos mercados locais. O capitalismo une esses mercados, mistura-os em um grande mercado nacional, e, a seguir, em um mercado mundial, destrói as formas primitivas de escravidão e dependência pessoal, desenvolve em profundidade e amplitude as contradições que, de forma rudimentar, também devem ser observadas entre o campesinato comunitário — e, assim sendo, abre o caminho para a sua resolução.

Mas havia uma estratégia por trás da prosa agressivamente tediosa de Lênin. Os censores czaristas tinham um método quando se tratava de subestimar o impacto de obras muito longas e maçantes sobre economia; eles permitiram a publicação de *O capital*, afinal de contas. Os controladores achavam esses textos tão difíceis de entender quanto a maioria de nós e não podiam imaginar que mais alguém estivesse tão motivado a compreendê-los ou que ficasse inflamado por causa de um subtexto enterrado em centenas de páginas de estatísticas — provavelmente, nem notavam algo camuflado lá. Ao adotar uma abordagem acadêmica repleta de jargões similar à de Marx, Lênin conseguiria imprimir legalmente a própria obra teórica interminável e respeitável. Ele evitou ataques retóricos ao czarismo, e, em vez disso, ateve-se a exposições de análises teóricas a partir das quais as conclusões apropriadas poderiam ser compreendidas. Lênin também escreveu o livro sob um pseudônimo, Vladimir Illin, para que o censor do Estado não percebesse que o autor era um exilado político. O truque funcionou. Lênin conseguiu levar sua obra grandiosa para uma editora de São Petersburgo, na esperança de que alcançaria um público muito mais amplo do que teria através dos prelos do submundo revolucionário.

O desenvolvimento do capitalismo na Rússia começou a ser vendido em março de 1899, na véspera do século de influência de Lênin. Décadas após sua morte, os editores do Instituto de Marxismo-Leninismo afirmaram que o livro foi um enorme sucesso e que a tiragem inicial de 2.400 exemplares se esgotou rapidamente, mas, na verdade, foi um fracasso.* Embora na União Soviética a obra tivesse sido tratada como um objeto de reverência, as poucas resenhas que o livro recebeu no momento da publicação foram amplamente negativas. Até a *Lênin Anthology* de Robert Tucker, uma compilação padrão desde 1975, não contém um trecho do livro. A vida, afinal de contas, é curta, e quem quer ouvir um burguês radical e se convencer que a agricultura russa por volta de 1899 já havia inaugurado uma nova era de industrialização rápida? Nesse caso, os censores do czar julgaram o texto corretamente: entediante, irrelevante e bastante inofensivo.

No entanto, o livro contém não apenas as sementes de vários aspectos-chave do estilo retórico de Lênin, mas também da literatura de ditadores que surgiria no decorrer do século XX.

Primeiro, há a prosa teórica agressivamente seca, projetada para deixar o leitor admirado e submisso diante do intelecto exposto poderoso. E se há realmente um intelecto poderoso, é de importância secundária, e se tornaria menos importante à medida que a literatura de ditadores se desenvolvesse.

O desenvolvimento do capitalismo na Rússia também demonstra a disposição de Lênin de distorcer a realidade para atender às próprias necessidades teóricas, políticas e psicológicas. Sua capacidade intelectual era inegável, mas esse era o problema: pessoas altamente inteligentes estão erradas o tempo todo e são competentes em estar erradas, porque têm a capacidade cognitiva de construir argumentos contrafatuais elaborados que parecem apoiados por evidências criteriosamente selecionadas e interpretadas. Lênin queria que a revolução ocorresse enquanto estivesse vivo e, por meio da impiedosa reunião de estatísticas e da análise marxista, ele prontamente usou de teoria para subjugar a realidade.

Não é incomum que os indivíduos selecionem fatos e dispensem discrepâncias por meio da racionalização para apoiar as coisas que querem que sejam verdadeiras; a maioria de nós faz isso o tempo todo. Mas essa mesma maioria não sonha em tomar o poder no maior país do mundo. Havia algo profundamente autocrático na suposição de Lênin de que ele detinha o poder de sobrescrever o mundo, de escrever as condições exigidas por sua teoria e torná-las existentes.

---

* É desnecessário dizer que milhares de exemplares do livro, no entanto, estavam em circulação na União Soviética durante o período de sua existência.

Ele era — me perdoe o uso de uma palavra emprestada dos áridos desertos intelectuais da teoria crítica — profundamente logocêntrico.* Lênin concordou com o autor do Evangelho de João: "No princípio havia a Palavra". Seus herdeiros ditadores, uma vez no poder, seguiriam essa fé até sua conclusão lógica, e procurariam reconstruir o mundo não mais por meio de argumentos, mas com discursos e composição escrita que tornariam concretas realidades alternativas totalmente em desacordo com as condições materiais.

EM 1900, LÊNIN deixou a Sibéria. Apesar do fracasso de *O desenvolvimento do capitalismo na Rússia*, sua fama como escritor só cresceu; o fluxo constante de artigos de sua autoria lhe rendeu um pequeno artigo elogioso em uma enciclopédia de prestígio, para a qual muitos autores russos de destaque contribuíam com verbetes. Mas Lênin tinha um problema: ele foi proibido de viver em Moscou, São Petersburgo ou qualquer cidade com uma grande população estudantil ou proletária. Preferindo viver no estrangeiro a passar os dias se decompondo nas províncias sob o olhar atento da Okhrana, Lênin solicitou e recebeu permissão para deixar a Rússia.

Ele viajou para a Suíça, onde rapidamente encontrou algumas poltronas novas para sentar, localizadas ao lado de outras ocupadas por proeminentes exilados russos marxistas — incluindo seu antigo ídolo Plekhanov, a quem Lênin logo tentaria suplantar como o ilustre intérprete russo de Karl Marx. E claro, ele escreveu.

A partir do momento em que Lênin fixou-se no exterior, seu único meio de interagir com a Rússia foi escrevendo sobre o país e *para* o país. Para ele, isso era ação, como atirar bombas em autocratas ou roubar bancos para financiar a causa — só que *mais* importante. Reconstruído pelo encontro com um personagem fictício no romance de Chernyshevsky, Lênin tinha uma justificativa real para acreditar no poder da palavra escrita. Era hora de delinear a estratégia e as táticas para provocar a revolução.

O passo seguinte de Lênin foi publicar um jornal revolucionário clandestino. Na Rússia, o marxismo começava a perder parte do glamour à medida que outros movimentos políticos se uniam em oposição ao czar. O

---

* Eu utilizo o termo logocêntrico aqui mais no sentido que Joseph Brodsky usou do que em suas aplicações acadêmicas mais bizarras, ou seja, referindo-se ao privilégio da palavra na cultura russa. Brodsky se referia à poesia, mas Lênin e seus colegas transformaram a tradição de colocar textos teóricos em um altar.

Partido Socialista Revolucionário, que teve suas raízes nos conceitos populistas de um futuro baseado em uma visão idealizada da vida camponesa, foi fundado em 1901. Enquanto isso, na Alemanha, o "revisionista" marxista Eduard Bernstein negou que o capitalismo estivesse prestes a entrar em colapso ou que uma revolução proletária varreria as forças da repressão. A reforma gradual, em vez de uma derrubada total da ordem existente, era o caminho a seguir.

A fé de Lênin estava sob vigilância: o verdadeiro marxismo — isto é, a *sua* visão do marxismo — era fiel ao apelo de Marx por uma revolução violenta e pela supressão da burguesia. Algo tinha que ser feito para evitar o enfraquecimento da ideia, o declínio da teoria.

Em 1900, Lênin cocriou *Iskra* (ou "A Faísca") com Plekhanov e vários outros exilados, embora ele logo tenha se desentendido com Plekhanov, que não queria ceder autoridade ao astro em ascensão do marxismo russo. Editado em Munique e impresso, inicialmente, em Leipzig, o plano era contrabandear o jornal para a Rússia, fomentando a discórdia e espalhando de longe a versão "correta" do esclarecimento materialista dialético. Esse poderoso órgão da propaganda revolucionária tinha uma tiragem de três dígitos, aparecia esporadicamente e se dirigia aos já convertidos, mas era um começo — e Lênin começava a pensar sobre o conteúdo, a prática e a função de um jornal clandestino. Essas meditações o inspiraram a escrever um dos textos mais influentes do século XX, batizado por ele com o nome do livro que fez mais do que qualquer outro para convertê-lo à causa do socialismo: *O que fazer?* (que depois ganhou o subtítulo *Perguntas Palpitantes do Nosso Movimento*).

De início, pode ser difícil entender o motivo de todo esse alarde. Lendo o livro mais de um século após a publicação, a impressão esmagadora é de estar no meio de uma discussão tediosa e obscura. E é verdade: Lênin está se dirigindo a um pequeno grupo de radicais vivendo na clandestinidade na Rússia ou no exílio no exterior, e todos eles estão lendo os mesmos livros e revistas, disputando ferozmente sobre qual visão do marxismo é legítima. No entanto, o estilo da disputa imediatamente torna explícito o fervor da crença de Lênin: ele pode estar se dirigindo ao que é efetivamente um grupo minúsculo de cultistas, mas, como todos os milenaristas fanáticos, Lênin está convencido de que o destino do mundo está em jogo.

De fato, apesar de Lênin ser um intelectual sedentário, o texto crepita com seus ódios virtuosos, sua alegria no combate, sua paixão pela revolução. As palavras são vivas e a personalidade de Lênin vive dentro delas. Uma vez que *O que fazer?* fora publicado fora da Rússia, o livro não precisou passar pelo censor, de modo que Lênin ficou livre para se injuriar à vontade, embora, surpreendentemente, ele reservasse a maior parte das farpas não para o czar ou para o capitalismo, mas para outros marxistas. O estilo é beligerante, uma visão do texto como guerra, mas contém justaposições radicais da linguagem teórica com insultos contínuos, repetitivos e violentos. Lênin é intolerante: descobrimos que seus inimigos ideológicos estão errados sobre tudo, desde a questão da "Liberdade de Crítica" (Lênin não é nenhum democrata liberal) até a noção de que os trabalhadores seriam capazes de organizar a revolução espontaneamente (uma ideia estúpida). Eles estão todos errados, não apenas um pouco errados ou ligeiramente errados, mas "absolutamente errados", culpados de "erro fundamental", "falhando totalmente" em entender algum ponto crítico. Alguns são dispensados com ar autoritário através de grandiosos floreios retóricos; outros são acusados de estarem avançando em direção a um "pântano".

Quando Lênin fica sem espaço para insultos no corpo principal do texto, ele recorre a longas notas de rodapé, repletas até o topo de opróbrio. Ah, sim, aquelas notas de rodapé: nelas, Lênin se revela. Elas não deixam dúvidas sobre como seria um espaço para comentários da internet sequestrado pelo Pai do Proletariado Mundial, caso Lênin acordasse do sono químico e recuperasse seu cérebro do laboratório, onde está armazenado em cortes transversais. Intolerante, sarcástico, sempre certo sobre tudo e determinado a dar a última palavra, Lênin era um mestre zoador, o rei das discussões nos fóruns da internet. Aqui está um exemplo dele em ação em uma de suas muitas notas de rodapé, da seção V, parte C:

> *Em sua Análise das Questões de Teoria, Nadezhdin, a propósito, quase não deu contribuição à discussão das questões de teoria, à exceção, talvez, da seguinte passagem, uma das mais peculiares do "ponto de vista da véspera da revolução": "O bernsteinismo, no geral, está perdendo a agilidade para nós no presente momento, assim como a questão se o Sr. Adamovich vai provar que o Sr. Struve já mereceu a derrota, ou, pelo contrário, se o Sr. Struve irá refutar o Sr. Adamovich e se recusará a renunciar — realmente não faz diferença, porque a hora da revolução chegou." Dificilmente se pode imaginar um quadro mais gritante do infinito desrespeito de Nadezhdin pela teoria. Nós proclamamos "a véspera da revolução", portanto "realmente não faz diferença" se os ortodoxos conseguirão ou não expulsar os Críticos de suas posições! O nosso sabichão não consegue enxergar que é*

precisamente durante esta revolução que vamos precisar dos resultados das nossas batalhas teóricas com os Críticos, a fim de sermos capazes de combater resolutamente as suas posições práticas!

A revolução é um jogo de soma zero; a realidade deve se submeter a uma reforma radical; não há espaço para discordância sincera. E como haveria? O objetivo de Lênin é transformar a ordem social, não melhorá-la.

No entanto, ele não depende apenas de insultos para aniquilar seus rivais. Ele é um pensador implacável e lógico, que avança sistematicamente (seção 1, depois A, B, C, D etc.), identificando pontos fracos e demolindo argumentos opostos, embora também não se furte a utilizar a autoridade dos profetas Marx e Engels. Ao estilo de Gêngis Khan, Lênin procura esmagar os inimigos, por qualquer método retórico necessário, devastando vilas ideológicas, incendiando campos da teoria.

O que fazer? é mais do que um ataque frontal a ideias ruins; o livro contém também um plano de ação para o movimento revolucionário. Lênin revela a extensão de sua fé no poder da palavra escrita. O termo *jornal* é enganoso para descrever o que ele tem em mente. Em vez disso, ele imagina uma poderosa máquina de transmissão de propaganda teórico-ideológica, usando a escrita como uma ferramenta de disseminação e controle ideológico, a ser administrada de longe por um grupo de elite de revolucionários profissionais. Na ausência das ferramentas que mal (ou ainda nem) foram inventadas do rádio, cinema e televisão, Lênin faria o possível com tinta, papel e um prelo.

Considere a classe trabalhadora, por exemplo: ela é predominantemente ignorante, quase todos os membros desconhecem o marxismo e são facilmente seduzidos por promessas de um conforto material maior nesse mundo. Absolutamente franco em seu elitismo, Lênin nega que o proletariado possa evoluir para uma força verdadeiramente revolucionária por si só. Afinal de contas, os trabalhadores não se envolveram no desenvolvimento da "doutrina teórica da social-democracia", que, segundo ele, emergiu "como um resultado natural e inevitável do desenvolvimento de pensamento entre a *intelligentsia* socialista revolucionária". Os integrantes proletários do partido e, especialmente, os líderes em potencial devem, portanto, submeter-se à orientação de intelectuais radicais ideologicamente puros.

E se os líderes estiverem longe? Eles transmitirão sua vontade e ordens por meio de um "jornal". Na verdade, o "conselho editorial" é o núcleo ideológico do partido, que Lênin imagina como uma célula central clandestina, dando instruções, elevando a consciência ideológica dos integrantes do partido e guiando o caminho da revolução através de manchas de tinta no papel. Uma elite selecionada por si mesma, organizada e implacavelmente disciplinada; esse grupo central de revolucionários profissionais tomará todas as decisões pelo partido e as comunicará através do "jornal", que serão executadas pelos integrantes externos. Disciplina, ordem e obediência à linha partidária são essenciais. Pessoas de fora podem se juntar à elite, diz Lênin, mas apenas se forem convidadas pelos chefes secretos.

Pyotr Tkachev também defendeu a necessidade de uma vanguarda ideológica sigilosa e radical para guiar a revolução. Lênin concordou e, claramente ciente do destino de seu irmão Alexandre, enfatizou a importância de operar no submundo, de dominar a arte da conspiração: "Quanto mais secreta uma organização como essa for, mais forte e difundida será a confiança do partido." Agindo na escuridão, as decisões da elite deveriam ser aceitas inquestionavelmente pela militância. De fato, Lênin atribui poderes impressionantes ao jornal.

> *A organização, que se formará em torno deste jornal, a de seus colaboradores (no sentido amplo da palavra, isto é, todos aqueles que trabalham para ela) estará pronta para tudo, desde a defesa da honra, do prestígio e da continuidade do Partido em períodos de aguda "depressão" revolucionária até se preparar para o levante, determinar seu momento e levar a cabo a insurreição armada de âmbito nacional.*

Marx foi vago sobre a revolução. O proletariado teria alguma influência na supressão da burguesia, mas seu cenário apocalíptico era, em grande parte, passivo: a história transformaria o mundo e levaria felicidade ao povo escolhido. O apocalipse de Lênin era ativo: de sua poltrona, por meio da escrita, ele queria colocar o proletariado em posição para tomar o poder e pôr em prática a narrativa da transformação do mundo.

O que fazer? foi publicado em 1902, e se tornou uma sensação imediata no submundo marxista da Rússia, enfurecendo os oponentes de Lênin e incitando os leitores inspirados por sua convicção (lisonjeira) de que a revolução poderia e deveria ser apressada por um grupo central de verdadeiros fiéis. Convicção expressa com intensidade e certeza. Na verdade, o sucesso do livro foi tão grande que estabeleceu a identidade revolucionária de seu autor: "Lênin" era o nome na capa, e como Lênin ele permaneceria. O menino de 17 anos, reconstruído por textos, era um homem renomeado por um livro. Por conta de *O que fazer?*, ele finalmente conseguiu escrever para si mesmo o papel de Figura Importante no marxismo russo.

Ele também mudou o curso da história. Muito, muito distante, na região montanhosa do Cáucaso, um jovem revolucionário chamado Iosif Dzhugashvili (que viria a se renomear como Stálin) leu o livro e se inspirou. Na figura de Lênin, que escreveu com tanto fervor sobre a necessidade de controle central e tramas secretas, Stálin viu o líder ideal para o marxismo russo. E muito, muito distante, na Sibéria, Lev Bronstein (que posteriormente viria a se chamar Leon Trotsky) se inspirou da mesma forma. Ao contrário do primeiro, no entanto, ele mais tarde moderaria o entusiasmo. Resumindo o livro dois anos após sua publicação, e depois de conhecer o autor, Leon Trotsky escreveu: *"Se alguém se rebela contra mim, é muito ruim. Se eu me rebelar, então é bom.* Essa é a breve e alegre moral de um livro longo e chato, repleto de citações, paralelos internacionais, diagramas artificiais e todos os outros meios de anestesia mental."

Trotsky também observou, com bastante precisão, que a visão de Lênin de uma cúpula de revolucionários selecionados por eles mesmos levaria "à organização do Partido se 'substituindo' pelo Partido, o Comitê Central se substituindo pelo Partido, e o ditador se substituindo pelo Comitê Central". Assim, em 1904, Trotsky traçou o caminho do panfleto de Lênin até a realidade do regime Stalinista — embora isso não o impedisse de se unir a Lênin em 1917.

Em 1903, Lênin participou do Segundo Congresso do Partido Social-Democrata dos Trabalhadores Russos, que foi realizado em Londres para evitar as atenções da polícia secreta do czar. No entanto, como havia amplamente demonstrado em *O que fazer?*, Lênin teve menos prazer em atacar o capitalismo do que em brigar com seus colegas marxistas, e logo criou um cisma dentro do partido.

O núcleo da disputa foi uma briga sobre os critérios de adesão para os social-democratas. Lênin insistiu em uma política de acesso de rigor máximo ao estilo da boate Studio 54, de acordo com o elitismo conspiratório que ele defendia em *O que fazer?*. Seus oponentes concordaram com a necessidade de mecanismos rígidos de controle — só que não tão rígidos assim. O partido dividiu-se em duas facções, com Lênin vitorioso como o líder da ala bolchevique ("majoritária"), enquanto seus oponentes, exibindo uma impressionante falta de habilidade de relações públicas, foram rotulados como a ala menchevique ("minoritária"), permitindo assim que o inimigo os definisse para sempre dali em diante como uma tribo de pigmeus políticos.

Em seguida, Lênin ampliou o domínio da luta por meio da guerra textual, com *Um passo em frente, dois passos atrás*, de 1904, no qual, depois de passar meses estudando as atas das reuniões em Londres, apresentou um ataque detalhado à posição menchevique, tudo em seu estilo implacável de terra arrasada ("covardia política", "ridículo", "adoração fetichista da casuística" etc.). Os líderes opositores, que eram integrantes do mesmo partido, e, por isso, achavam que estavam unidos contra um inimigo comum, ficaram indignados. Eles ainda não sabiam com quem estavam lidando.

Em 1894, Nicolau II herdou o trono imperial do pai, o czar Alexandre III. Um homem de inteligência medíocre e grande teimosia, o czar Nicolau estava mais interessado no cotidiano nacional do que nos assuntos de Estado, embora levasse seu papel muito a sério — como o "pai" do povo russo apontado pelo poder divino, ele acreditava que era seu dever sagrado resistir à mudança e preservar a autocracia.

Os eventos, no entanto, estavam conspirando contra ele.

Em 1904, por exemplo, o Japão lançou um ataque surpresa contra uma base naval russa na China, depois que Nicolau rejeitou uma proposta japonesa de dividir a Coreia e a Manchúria em áreas de influência mútua. O czar ficou chocado com o fato de os japoneses não terem tido as boas maneiras de declarar guerra em primeiro lugar, mas seus conselheiros e ele logo perceberam que isso lhes oferecia a oportunidade para um conflito rápido e vitorioso que impulsionaria o sentimento patriótico e uniria o povo ao seu lado. Esse era o plano. Em vez disso, ocorreu uma derrota humilhante quando, em maio de 1905, a marinha japonesa afundou ou capturou grande parte da frota russa do Mar Báltico na Batalha de Tsushima, e a Rússia foi forçada a pedir a paz.

Enquanto isso, Nicolau enfrentou a crescente agitação interna de uma população exausta, faminta e empobrecida. Houve protestos, terrorismo, greves e tumultos. Em 22 de janeiro de 1905, milhares de trabalhadores, juntamente com suas esposas e seus filhos, marcharam pacificamente em direção ao Palácio de Inverno, a grandiosa residência do czar em São Petersburgo, para apresentar uma petição de reforma. A autoridade máxima estava ausente, desfrutando de alguns jogos relaxantes de dominó em sua opulenta propriedade rural ao sul da capital.

Os guardas dos portões do palácio avançaram a cavalo contra os manifestantes. Atiraram neles, matando 40 pessoas e ferindo outras centenas, enquanto milhares fugiram para salvar suas vidas. Mesmo assim, uma multidão enfurecida de 60 mil pessoas invadiu a cidade, destruindo, queimando e saqueando. As autoridades atiraram em mais gente. No final do "Domingo Sangrento", o número de mortos chegou a duzentos, com mais oitocentos feridos, e o czar, aos olhos de muitos, era um carniceiro de sangue-frio.

Greves, protestos, revoltas, e motins se espalharam pelo império — para a Polônia, Finlândia, os Países Bálticos e a Geórgia. Grupos ultranacionalistas e antissemitas chamados de "Cem Negros", leais ao czar, retaliaram com *pogroms** e ultraviolência, mas a situação revolucionária continuou a aumentar. Em outubro, uma greve geral eclodiu, e conselhos operários conhecidos como "sovietes" se formaram em São Petersburgo, Moscou e em outros lugares.

Depois de dez meses nesse caos, até o não muito brilhante Nicolau II percebeu que a Rússia estava à beira do abismo. Conselheiros, então, pressionaram-no a publicar o "Manifesto de Outubro", que prometia ao povo seu primeiro parlamento eleito e conquistas civis, tais como liberdade de expressão e de imprensa. Essas propostas foram voltadas para os liberais em vez dos revolucionários, mas a promessa de se afastar do absolutismo para se aproximar de uma forma de monarquia constitucional foi suficiente para evitar a catástrofe. Com os críticos mais moderados do czar sendo apaziguados, a oposição se dividiu e, fragmentada, perdeu o ímpeto.

E onde estava Lênin nesse momento de mudanças? Bem longe, na verdade: ele se encontrava na Suíça, pois não queria correr o risco de ser preso ao voltar para a Rússia. O que Lênin estava fazendo? Ora, sentado em uma poltrona escrevendo, é claro — tentando conduzir a revolução de longe, via prosa.

Em junho e julho, ele escreveu *Duas táticas da social-democracia na revolução democrática*, outro ataque aos mencheviques, dispostos a aceitar um governo burguês do tipo proposto pelos reformadores liberais. Lênin se opôs com sua veemência habitual, argumentando que, em vez disso, os bolcheviques deveriam tomar o controle da insurreição popular e, sob a orientação da elite revolucionária marxista, estabelecer uma "ditadura democrática do proletariado e do campesinato". Em outubro, quando o czar publicou seu manifesto, Lênin argumentou a favor de uma desestabilização maior da Rússia por meio de megaviolência. Em *Tarefas dos contingentes do exército revolucionário*, ele insistiu que os revolucionários se preparassem

---

* Série de atos violentos cometidos na Rússia czarista contra revolucionários e minorias, especialmente os judeus, com consentimento das autoridades. (N. do. T.)

"da melhor maneira possível", com armas reais e improvisadas, incluindo "rifles, revólveres, bombas, facas, socos-ingleses, paus, panos embebidos em querosene para iniciar incêndios, cordas ou escadas de corda, pás para construir barricadas, cartuchos de algodão-pólvora, arame farpado, pregos contra cavalaria etc. etc.".

Esse é o melhor uso de "etc." na história da humanidade? Possivelmente. Há algo extraordinariamente casual a respeito do texto, um distanciamento desinteressado da realidade da violência física, provavelmente porque o próprio Lênin jamais havia participado de um ato violento. Mas ele não parou por aí: também fala sobre libertar prisioneiros, confiscar fundos, matar integrantes do regime e maximizar o caos antigovernamental para exacerbar a crise. Embora Lênin deixe que suas tropas preencham os detalhes, nosso terrorista de poltrona não é desprovido de imaginação. Especificamente, ele sugere que despejar ácido em policiais é uma boa ideia. E então, no final, declara:

> Os grupos do exército revolucionário devem imediatamente descobrir quem organiza os Cem Negros e onde e como eles são organizados. Então, sem se limitarem à propaganda (que é útil, mas inadequada), devem agir com força armada, espancar e matar os integrantes das gangues de Cem Negros, explodir seus quartéis-generais etc. etc.

Na verdade, *esse* "etc.", assim tão superficial em seu apoio casual à matança, é o melhor da história da humanidade.

Lênin retornou à Rússia em novembro de 1905, quando uma anistia política estava em vigor. Mesmo no meio do caos, ele mostrou um foco notável e atenção aos detalhes, particularmente quando se tratava de textos. Por exemplo, percebeu que era necessário definir por escrito a resposta marxista correta às incipientes liberdades de imprensa da Rússia — como *deveria* ser a literatura escrita com o imprimátur do partido? Em *A organização do partido e a literatura do partido*, publicada em 13 de novembro de 1905, ele combinou suas tediosas denúncias habituais de opositores ideológicos com uma exigência por uma abordagem unificada e politicamente direcionada: "Abaixo os escritores apartidários! Abaixo os super-homens literários!" E declara: "A literatura deve se tornar *parte* da causa comum do proletariado, 'uma engrenagem' de um único grande mecanismo social-democrata posto em movimento por toda a vanguarda politicamente consciente de toda a classe trabalhadora."

No início, Lênin pareceu endossar a liberdade de escrita ("Todo mundo é livre para escrever o que quiser, sem quaisquer restrições"), mas acrescentou a condição importante de que a literatura partidária esteja subordinada ao controle do partido, e alerta que qualquer um que escreva contra será expulso. Em seguida, descartou a liberdade como essencialmente sem sentido em uma sociedade burguesa baseada na exploração das massas: "A liberdade do escritor, artista ou atriz burguês é simplesmente uma dependência mascarada (ou hipocritamente mascarada) da sacola de dinheiro, da corrupção, da prostituição." A verdadeira liberdade existiria apenas sob o socialismo, e somente os livros desse novo mundo iriam fecundar "a última palavra do pensamento revolucionário da humanidade com a experiência e o trabalho vivo do proletariado socialista". Enquanto isso, todos os jornais, revistas e editoras que se intitulassem "social-democratas" deveriam se integrar às organizações partidárias. Não era difícil ver onde isso levaria, é claro — e levou.

Enquanto isso, Lênin continuou a se deliciar com conspirações, e até se aliou aos mencheviques contra sua própria facção bolchevique quando decidiu que seria uma boa ideia para o Partido Social-Democrata Russo lançar candidatos à eleição do novo parlamento, a Duma. Mas o momento para a transformação radical da Rússia ainda não havia chegado. Em março de 1906, Nicolau II já estava renegando suas promessas e argumentando que as deliberações da Duma não se aplicavam a ele. Em abril, o czar emitiu as "Leis Fundamentais do Império Russo", decretando que somente ele poderia nomear e dispensar ministros. Além disso, Nicolau II poderia dissolver a Duma e realizar novas eleições — e o parlamento ainda nem havia se consolidado. Seu primeiro-ministro, Pyotr Stolypin, reprimiu os radicais e terroristas da Rússia, entre os quais os bolcheviques, durante esse período, apenas peixes pequenos.

Apesar do "etc." de Lênin, grupos revolucionários muito mais extremistas foram responsáveis pela maior parte da violência. Esses fanáticos triunfaram sob uma seleção de nomes que lembram bandas de *black metal* fundadas por adolescentes escandinavos, tais como "Terror", "Morte pela Morte", "Nuvem Negra" e "Corvos Negros". Esses grupos assassinaram governadores, policiais, soldados, funcionários públicos, explodiram estátuas e queimaram igrejas, até que os jornais pararam de informar sobre as atrocidades por pura apatia moral. Violência política não era novidade para a Rússia. Mas, enquanto o terror do século XIX em que o irmão de Lênin tentou participar provocou cerca de cem mortes ao longo de um período de 25 anos, entre 1905 e 1907, os terroristas mataram ou feriram nove mil pessoas, das quais quase cinco mil eram civis, segundo a historiadora Anna Geifman.

O Estado respondeu com sua própria violência — entre 1906 e 1907, Stolypin executou mais de mil radicais. E, como sempre acontece, a violência resolveu o problema. Ou, no mínimo, amenizou a situação. O momento da crise passou, algumas reformas limitadas foram concedidas e Nicolau manteve o controle do poder. No final de 1907, Lênin, temendo ser preso, fugiu do país, voltando à poltrona, à sua vida de escritor, forçado a escrever o roteiro dos personagens de seu drama revolucionário em Estocolmo, Berlim e Genebra. Mas a revolução estava toda dentro de sua cabeça ou era realmente algo que poderia ocorrer no mundo físico?

DE FATO, POR muitos anos, a fé em uma revolta cataclísmica que transformaria o mundo liderada pelos bolcheviques realmente se parecia muito com uma forma de fixação, enquanto Lênin era atormentado por crises internas e externas ao partido.

Após a revolução de 1905, ele argumentou que os social-democratas deveriam participar das eleições para o novo parlamento. Isso levou a um racha dentro dos bolcheviques quando um teórico rival, Alexander Bogdanov, liderou uma facção exigindo resistência armada no lugar das eleições. Em 1908, a autoridade de Lênin estava diminuindo, e apenas *Materialismo e empiriocriticismo* — um trabalho de epistemologia feito às pressas, mais notável pela selvageria dos ataques à produção teórica de Bogdanov do que por qualquer visão filosófica específica — evitou o desastre. A violência retórica de Lênin saiu triunfante, e Bogdanov foi devidamente expulso do Comitê Central Bolchevique.

No entanto, embora estivesse de volta ao controle, Lênin ainda enfrentava sérios problemas. O regime czarista havia se restabelecido, os mencheviques eram mais numerosos do que os bolcheviques, e a situação parecia tão desesperadora que, em 1909, surgiu uma nova facção em meio aos social-democratas — os "liquidacionistas", que argumentavam que o partido deveria se abolir. Lênin respondeu com mais uma surra via papel e tinta no panfleto furioso *A liquidação dos liquidacionistas*, do mesmo ano. De qualquer forma, estes estavam certos sobre uma coisa: o partido não estava prosperando.

Para contextualizar, considere que em 1907 o Partido Social-Democrata tinha cerca de 150 mil integrantes. Os Skopts, uma seita milenarista que acreditava que a salvação viria depois que eles conseguissem castrar 144 mil pessoas, tinham cerca de 100 mil integrantes durante o mesmo período. Mesmo no auge, portanto, o marxismo não era muito mais popular do que esmagar os testículos de homens entre pratos quentes, um método de castração praticado pela seita. Em 1910, o marxismo era muito menos popular, e o número de integrantes do Partido Social-Democrata caiu para 10 mil: era necessário combinar suas duas facções em guerra para igualar um décimo do total dos Skopts.

Ainda assim, a fé de Lênin não foi abalada, e, da mesma forma que os Skopts continuaram destruindo órgãos genitais na esperança de que pudessem realizar seu sonho milenarista, ele permaneceu escrevendo em busca do próprio sonho, possuído por uma fé indestrutível e absoluta na revolução vindoura. Centenas de milhares de palavras fluíram das pontas de seus dedos, conforme Lênin escrevia contra rivais, contra o czar, contra imperialistas, contra liberais, mudando suas táticas sempre que a situação histórica exigisse, enquanto tentava colocar seu sonho na história.

Isso demandou imensa autoconfiança. Em 1924, Karl Radek, participante da revolução de 1905 e, posteriormente, líder da Internacional Comunista*, disse que Lênin foi "o primeiro homem que acreditou no que escreveu, não como algo que aconteceria em cem anos, mas como algo concreto". Por esse motivo, ele foi capaz de "superar todos os indecisos e levar o Partido à luta pelo poder". Estridente, ritmada, repleta de uma energia pulsante, a prosa de Lênin guiou o leitor disposto a se submeter ao texto — como destino. Leia Lênin, e ele tentará possuí-lo. E se ele conseguiu fazer isso como um fantasma de papel e tinta, imagine como era quando ainda estava vivo, se a pessoa compartilhava de seus ódios e acreditava nas profecias, e se rendia conforme o Lênin em forma de texto estendia a mão para fora da página a fim de passar o cachimbo de crack para outra dose daquela droga das boas.

EXILADO E INQUIETO, mas ainda líder de sua seita marxista cada vez menor, Lênin continuou em frente. Na primeira metade de 1914, ele escreveu *Sobre*

---

* Uma organização que defendia o comunismo mundial, sediada em Moscou e sujeita à autoridade do Kremlin. (N. do A.)

o direito das nações à autodeterminação, no qual defendia a dissolução dos grandes impérios:

Completa igualdade de direitos para todas as nações; o direito das nações à autodeterminação; a unidade dos trabalhadores de todas as nações — assim é o programa nacional que o marxismo, a experiência do mundo inteiro e a experiência da Rússia ensinam aos trabalhadores.

Um material empolgante — para um escritor de meia-idade que não mudou suas crenças políticas desde os 17 anos. No entanto, a história estava prestes a alcançar Lênin. Em 28 de junho de 1914, Gavrilo Princip atirou no arquiduque austríaco Francisco Ferdinando, dando início à cadeia de eventos que levaram à Primeira Guerra Mundial. Lênin foi pego de surpresa, mas sabia o que fazer: escrever, claro. Em *O socialismo e a guerra*, de 1915, ele argumentou que soldados de diferentes nações deveriam parar de matar uns aos outros e se revoltar contra seus próprios líderes; e isso quando a maioria dos socialistas na Europa e na Rússia estava sucumbindo ao vício do patriotismo. Lênin respondeu aos críticos com *Imperialismo — Estágio superior do capitalismo*, escrito em 1916 e publicado em 1917, no qual ele defendeu que apoiar um lado naquela guerra era apoiar o capitalismo e trair os princípios marxistas.

No entanto, apesar da carnificina, e enquanto a antiga ordem europeia cambaleava à beira do colapso, Lênin revisou, hesitantemente, seu calendário apocalíptico. Em uma palestra em Zurique em janeiro de 1917, expressou a certeza de que a guerra originaria "revoltas populares sob a liderança do proletariado contra o poder do capital financeiro, contra os grandes bancos, contra os capitalistas", e que esses levantes não acabariam sem "a expropriação da burguesia e a vitória do socialismo". Lênin, porém, encerrou a palestra com uma expressão atípica de dúvida. Com 46 anos, ele não tinha mais certeza de que esse momento decisivo de agitação violenta era tão iminente quanto havia garantido ao longo de duas décadas e meia de atividade revolucionária. Na verdade, a revolução poderia acontecer depois que ele estivesse morto e esquecido. "Nós da geração mais velha talvez não vivamos para ver as batalhas decisivas dessa revolução vindoura", disse à plateia. Seria o destino feliz da juventude socialista testemunhar a transformação do mundo.

Um mês depois, as batalhas decisivas começaram. Após outro mês, o czar abdicou. Mais um mês, e Lênin pegou o trem para a Rússia. E o que ele fez durante a jornada? Escreveu, é claro, e elaborou, após muita deliberação, suas *Teses de abril*, nas quais defendia uma rápida mudança para uma ditadura revolucionária, embora a fase de transição da democracia burguesa, supostamente essencial, tivesse acabado de começar. Tendo sofrido um breve momento de dúvida, Lênin estava decidido a acelerar o destino da Rússia.

Ele não vivia na Rússia desde 1907, mas estava convencido de que entendia melhor a situação revolucionária do que qualquer outra pessoa. Mal havia desembarcado de sua cabine na Estação Finlândia de Petrogrado (São Petersburgo)*, e já estava criticando os colegas bolcheviques por serem cautelosos demais. Stálin, recém-libertado de um longo período de exílio siberiano e um bolchevique sênior, achou que Lênin estava dizendo sandices, e a maioria da elite do partido concordou. Os mencheviques declararam que as *Teses de abril* eram uma receita para a carnificina e o derramamento de sangue.

Lênin não aceitaria ser dissuadido. Em uma enxurrada de artigos e artigos inflamados (e discursos ocasionais), ele denunciou o Governo Provisório como uma ferramenta inútil do imperialismo. Marxistas e proletários, disse Lênin, deveriam se unir. Obsessivo com o apocalipse, ele sucumbiu à grafomania revolucionária, produzindo nada menos do que 48 artigos para o *Pravda*, em maio de 1917. Sem querer deixar a revolução para as forças históricas de Marx, ele insistiu que os bolcheviques tinham que lutar para tornar real esse novo mundo. Aquele era o momento da realização milenar, quando os ímpios seriam punidos e os justos, recompensados, e os trabalhadores herdariam a terra.

No entanto, mesmo nesse ápice de empolgação, Lênin permaneceu um agente perspicaz, uma mistura incomum de fanático e pragmático. Ele percebeu que as ideias que pareciam tão atraentes no trem vindo de Zurique poderiam, na verdade, incorrer na resistência do campesinato, cujo apoio os bolcheviques precisavam. Lênin se dispôs, então, a abandonar a política de nacionalização imediata da terra, descrita em suas *Teses de abril*, pois sabia que tinha pouco apoio dos que viviam na região. O sonhador apocalíptico Lênin ouviu o conselho do estrategista Lênin.

Em meio ao caos, ele se manteve firme rumo à transformação. Depois de todos aqueles anos agitando em nome da revolução no papel, Lênin aplicou as ideias em eventos reais. Ele exigiu a retirada imediata da guerra, que o

---

* O nome com som germânico de "Sankt Peterburg" (como é a pronúncia em russo) foi russificado durante a Primeira Guerra Mundial como medida patriótica. (N. do A.)

Governo Provisório ainda lutava. Também passou um tempo conversando com operários, soldados e marinheiros. Mas a situação acabou saindo do controle. O mundo provou ser mais difícil de manipular do que a caneta e a tinta.

Lênin preocupava-se com o fato de que, se os bolcheviques dessem um golpe, eles poderiam chegar ao auge cedo demais e a revolução fracassaria. Os soldados, marinheiros e trabalhadores leais, no entanto, ouviram o seu slogan "todo o poder aos soviéticos", e presumiram que ele estava falando sério. Assim, em 4 de julho de 1917, vinte mil marinheiros deixaram sua base em busca de um líder para a revolução, e se reuniram no quartel-general bolchevique, esperando ser informados de que era a hora para invadir o Palácio Tauride, sede do Governo Provisório. Lênin dirigiu-se à sacada e assegurou à horda que a revolução estava chegando — só que ainda não era o momento. Então ele desapareceu, e deixou a multidão se perguntando como e quando. Mas Lênin era um escritor, não um orador. Ele não tinha mais nada a dizer.

A multidão invadiu o palácio mesmo assim, mas Lênin estava certo: *era* cedo demais. O golpe de estado falhou, e, no dia seguinte, os jornais denunciaram Lênin como um espião alemão, enquanto o Governo Provisório emitiu um mandado de prisão. Stálin raspou seu característico cavanhaque, obrigando Lênin a colocar uma peruca e fugir para a Finlândia (naqueles dias, um território russo, mas não muito leal).

Para a maioria das pessoas, um desastre como esse, ocorrido quando Lênin estava à beira de executar a revolução, teria sido uma catástrofe ou, no mínimo, um motivo excelente para permanecer deitado sem se mexer em um quarto escuro por mais de uma semana. Mas Lênin, indomável como sempre, apenas fez o que sempre fazia. Escreveu.

Lênin resolveu fazer o que Marx não conseguiu: ele descreveria o mundo pós-revolucionário — como seria, como funcionaria, como as pessoas viveriam nele. Ele pensava nisso desde 1916 e fizera alguns esboços preliminares naquele verão. Marx tinha sido um futurologista ruim, oferecendo pouco mais do que os grandes pronunciamentos contidos em *O manifesto comunista*, e, mais tarde, a frase "a ditadura do proletariado", que ele, na verdade, pegou emprestada do amigo e colega revolucionário Joseph Weydemeyer. Friedrich Engels, por sua vez, acrescentara que o estado acabaria por "desaparecer". Lênin entrou para preencher o vazio escatológico. O resultado foi *O Estado e a revolução*, um título que ele tirou de Tkachev, da mesma maneira que pegou emprestado *O que fazer?* de Chernyshevsky.

Mas o que ele viu acontecendo no futuro? Bem, haveria violência: muita, na verdade. Diz Lênin: "A revolução violenta está na raiz de toda a teoria de Marx e Engels." Isso, provavelmente, teria sido uma surpresa para os dois. Embora nenhum deles fosse imune a fantasias que envolviam a destruição da burguesia ou, no caso de Engels, de povos inteiros, eles nunca declararam que a violência era o aspecto *central* de seu pensamento. A revolução de Marx foi, em grande parte, passiva, surgindo como um resultado "natural" de crises historicamente determinadas. A sacralização do punho de ferro foi ideia de Lênin. Ao abraçar esse conceito, ele foi franco como sempre ao admitir que, durante a fase de transição do capitalismo para o comunismo, haveria a necessidade de "disciplina severa", isto é, supressão violenta do inimigo de classe, e que todo o aparato do estado burguês teria que ser "esmagado". O teólogo cristão do século III Tertuliano prometeu aos seus leitores que, uma vez no paraíso, eles teriam o prazer de ver os tormentos dos condenados; Lênin também ofereceu aos seus leitores a satisfação de saber que sentiriam o prazer delicioso de ver os alvos de seu ódio receberem uma punição justa no mundo vindouro.

O que substituiria o Estado esmagado? Bem, não é Estado, diz Lênin. Isso porque, segundo Engels, o *Estado* não é um termo neutro qualquer que descreve um meio de organização da sociedade, mas o meio pelo qual "a classe mais poderosa e economicamente dominante", a burguesia, "se torna a classe politicamente dominante", adquirindo, assim, "novos meios de conter e explorar a classe oprimida". Como o proletariado estaria no comando após a revolução, e a exploração teria — obviamente — desaparecido da face da Terra, o Estado, que é meramente um mecanismo de opressão, deixaria de existir. Quaisquer que fossem as estruturas organizacionais, elas não seriam um "Estado". Ficou claro?

O problema era a dificuldade de imaginar como seria um mundo pós--revolucionário, pois ninguém vivera em um — ou, pelo menos, não por muito tempo. Lênin, portanto, se apoiou na interpretação de Marx e Engels sobre a Comuna de Paris de 1871, na qual, por alguns meses, "o povo" assumiu o comando da cidade no lugar dos patrões, e apenas a intervenção das forças de reação impediu que emergisse um mundo novo e mais justo, livre de exploração. Afinal de contas, um experimento fracassado de dois meses de duração sobre o modo de vida igualitário e radical é claramente o melhor indicador de como homens e mulheres viverão juntos no futuro, sobrepondo--se a toda evidência empírica de como eles sobreviveram até então. Essa, de fato, é a parte mais curiosa de *O Estado e a revolução*, pois Lênin, tão bom em táticas práticas e na arte do ataque, tão cínico em suas manobras, de repente muda para o modo otimista e tenta delinear as qualidades positivas do mundo futuro dos proletários felizes. "Não há utopismo em Marx, no sentido de ele ter imaginado ou inventado uma nova sociedade", diz Lênin, o que é verdade na medida em que ele omitiu detalhes. Enquanto isso, ao se referir a Paris, Lênin alega que seus devaneios são, de fato, baseados em evidências, e, ao fazer isso, ele comete completos absurdos.

O que significa dizer que o Estado "desaparecerá"? É tudo incrivelmente simples:

> *Pode-se e deve-se começar, imediatamente, de um dia para o outro, a substituir a "hierarquia" específica dos funcionários do estado por simples cargos de "contramestres e contadores", funções que já estão inteiramente acessíveis à população urbana mediana, e que são fáceis de desempenhar "mediante um salário operário".*

Sim: no futuro, praticamente qualquer pessoa será capaz de realizar as tarefas necessárias para a organização da sociedade. A vontade de poder, o desejo de dominar os outros e de acumular riqueza desaparecerão. Lênin continua:

> *Contabilidade e controle — é o que é principalmente necessário para o "bom funcionamento", para o funcionamento adequado da primeira fase da sociedade comunista. Todos os cidadãos são transformados em empregados contratados do Estado, que consiste nos trabalhadores armados. Todos os cidadãos se tornam funcionários e trabalhadores de um único "sindicato" nacional.*

Enquanto todos conhecerem um pouco de aritmética básica e souberem ler, os bolcheviques terão essa questão de governar o mundo solucionada em um piscar de olhos:

> *Tudo que é necessário é que eles trabalhem de forma igual, façam a parte do trabalho que lhes cabe e recebam pagamento igual; a contabilidade e o controle necessários para isso foram simplificados ao extremo pelo capitalismo e reduzidos a operações extraordinariamente simples — que qualquer pessoa letrada é capaz de executar — de fiscalização e registro, de conhecimento das quatro regras da aritmética e da emissão de recibos apropriados.*

Aqui vemos uma grande desvantagem em colocar um escritor/revolucionário no governo de um país. Lênin nunca teve um emprego formal: inicialmente bancado pelos pais, depois, pelos escritos e pelo partido, ele não fazia ideia de como as coisas eram fora do mundo insular da política radical. Mais tarde, perceberia a necessidade de administradores, mas, naquele momento, ele estava inebriado pelo sonho profetizado por si mesmo de que todo mundo tomará a atitude correta, porque... bem, porque as pessoas *vão se acostumar com isso*:

> *Na luta pelo socialismo, porém, estamos convencidos de que ele se desenvolverá no comunismo e, portanto, que a necessidade de violência contra as pessoas em geral, da subordinação de um homem a outro e de um setor da população a outro, desaparecerá completamente, já que elas se acostumarão a acatar as condições elementares da vida social sem violência e sem subordinação.*

Ele declarou que "sob o socialismo, todos governarão um por um e logo se acostumarão a ninguém governar". Todo o cinismo, violência e feroz raciocínio crítico de Lênin desaparecem para revelar o utopismo mais piegas. Mas quem limpará os banheiros? Essa pergunta não seria feita.

O Estado e a revolução é um livro importante. Ele expõe, em claro contraste, o poder de uma fantasia milenarista de embaralhar a capacidade crítica de uma mente brilhante, aguda e analítica. Lênin, um gênio da revolução, que interpretou o caos de seu tempo melhor do que ninguém e que foi bem-sucedido em alterar o rumo da história por meio do sentimentalismo — e usou o poderoso intelecto para convencer a si mesmo e a outros desse sentimentalismo. Décadas após o colapso da União Soviética, *O Estado e a revolução* ainda serve como um alerta sobre a capacidade de indivíduos altamente inteligentes de se enganarem sobre as coisas mais fundamentais.

Lênin havia feito isso de maneira sofisticada no início de sua carreira, com o ataque estatístico à realidade em *O desenvolvimento do capitalismo na Rússia*. Nesse novo momento, ele deixou de lado os fatos e números em favor de extrapolações malucas baseadas em um experimento de um modo de vida que durou três meses em uma cidade francesa em 1871. A fé não apenas sobrepujou a razão como a escravizou, e, depois, a explorou para erigir pirâmides fantásticas construídas a partir do puro desejo.

Depois de ler *O Estado e a revolução*, é impossível ficar surpreso que a União Soviética tenha se saído tão mal. As leis da história de Marx eram imaginárias, e a visão pós-revolucionária utópica de Lênin, um absurdo. Ele acreditava nela com toda sua força de vontade. O que Lênin ia fazer, abandonar a utopia? Difícil. Nesse livro, ele indica que Marx lhe concedeu a liberdade do período de transição durante o qual a "ditadura do proletariado" suprimiria a resistência por meio da força justa e necessária. Antes de a revolução começar, Lênin estabeleceu um modo excelente para adiar indefinidamente o reconhecimento do fracasso de seu sonho, e se as pessoas tivessem que morrer para preservar esse estado de negação perpétua, então tudo bem, também. Marx havia previsto que isso aconteceria — para a felicidade futura de toda a humanidade, é claro.

É possível ler os documentos secretos que Lênin escreveu após a revolução, mas que esperaram setenta anos para serem disponibilizados para consulta pública, e descobri-lo ainda versando sobre a iminência da revolução social na Europa Ocidental até a década de 1920. Ou defendendo a formação de um exército para invadir a Polônia e ajudar nessa revolução. Ou falando sobre a necessidade de exterminar cossacos, de queimar Baku completamente, de atirar em padres e lançar o Terror Vermelho — sim, é possível analisar todo o material que foi censurado pelo regime soviético por décadas e chegar à conclusão de que Lênin era uma pessoa terrível. *O Estado e a revolução*, por sua pura presunção absurda, deixou claro, de antemão, que a violência que Lênin e seus sucessores acabaram causando aos seus súditos na União Soviética aconteceria para sempre.

E ele simplesmente permaneceu escrevendo. Após a revolução, Lênin continuou a criar polêmicas contra inimigos, incluindo textos como *A Revolução proletária e o renegado Kautsky*, de 1918, em que defende a ditadura numa diatribe dirigida a um marxista alemão que ele antigamente admirava; e *Esquerdismo, doença infantil do comunismo*, de 1920, em que investe contra anarquistas e outros ultra-esquerdistas. Lênin também acrescentou novos modos de escrita à sua obra: uma produção em série de decretos oficiais, proclamações e sentenças de morte.

Mesmo depois de sair do poder, a fé de Lênin de que a escrita poderia alterar a realidade continuava esmagadora. Na verdade, era tão forte que, quase imediatamente após a revolução, ele passou a estabelecer o controle do partido sobre a palavra escrita.* Isso também exigia a proibição de palavras

---

* Lênin emitiu seu Decreto sobre a Imprensa dois dias depois da Revolução de Outubro, instituindo a censura como uma "medida temporária". No entanto, as restrições à "imprensa burguesa" logo se espalharam e, no final de 1918, todos os jornais não-bolcheviques foram extintos, enquanto várias agências supervisionavam o que era permissível nos domínios

prejudiciais, e as primeiras listas de livros proibidos foram elaboradas por sua esposa, Krupskaya. Ela era tão assídua que incluiu não apenas a Bíblia, mas também livros infantis entre os textos perigosos.*

Esta fé era tão forte que, mesmo depois de sofrer dois derrames debilitantes, ter sido forçado a deixar o escritório do Kremlin e se retirar para um novo tipo de poltrona — uma cadeira de rodas — em uma casa no campo nos arredores de Moscou, Lênin ainda achava que, com um simples memorando, poderia reescrever a estrutura dos órgãos de governo da União Soviética e neutralizar o discípulo que ele passara a perceber como uma ameaça a tudo o que construíra e que naquele momento ocupava um lugar no centro do partido. Em um documento que veio a ser conhecido como o Testamento de Lênin, ele escreveu:

> *Stálin é grosso demais, e esse defeito se torna intolerável na figura de um Secretário-Geral. É por isso que sugiro que os camaradas pensem em uma maneira de removê-lo do cargo.*

A grosseria, claro, era o menor dos pecados de Stálin. Mas era tarde demais. O texto de Lênin havia perdido poder, enquanto Stálin, o ex-ativista obscuro do Cáucaso, consolidava o próprio poder. Como o próximo escritor supremo da União Soviética, ele inscreveria um novo capítulo na história da revolução e na da literatura de ditadores.

---

da literatura, nas bibliotecas e na educação. Em 1922, um "Comitê Principal de Imprensa" consolidou toda a censura à imprensa, enquanto os burocratas de "Glavlit" decidiam o que era permissível na literatura e na arte.

* Krupskaya também foi posteriormente tratada como uma superteórica. Um conjunto de onze volumes de seus escritos sobre educação foi publicado na década de 1960.

2

Stálin

*Stálin, poeta das flores
bonitas e luares*

O corpo de Lênin, abandonado por aquele anseio apocalíptico e ódio ardente que lhe dava vida, estava sendo velado na Câmara dos Sindicatos, no centro de Moscou, onde se decompunha tranquilamente. A multidão do lado de fora esperara por horas no gelo e na neve para entrar no Salão das Colunas, antigamente um local destinado a bailes elegantes e reaproveitado como um mostruário para os mortos soviéticos mais eminentes. As pessoas de luto passaram pelos restos mortais, prestando uma homenagem solene. O que aconteceria a seguir, já que o renomado autor de *O que fazer?* tinha se juntado a Marx e Engels no panteão dos santos socialistas?

O futuro não estava escrito, mas Stálin tinha planos para o cadáver. Pouco depois da última visita de Lênin ao Kremlin, em outubro de 1923, Stálin sugeriu aos integrantes do Politburo que abandonar o corpo de Lênin seria um desperdício de um símbolo poderoso. Stálin estudara em um seminário em sua Geórgia natal e sabia que as massas ansiavam por simbolismos sagrados. Elas gostavam de milagres e reverenciavam relíquias sacras. Por que não fazer como a Igreja e preservar Lênin, exibindo seu cadáver?

Leon Trotsky, Lev Kamenev e Nikolai Bukharin, três líderes bolcheviques muito poderosos, ficaram chocados com a proposta macabra de Stálin, assim como a viúva, Krupskaya, quando a notícia se espalhou. Kamenev argumentou que o corpo da obra de Lênin era mais importante do que o corpo *em si* e propôs imprimir "milhões de cópias de seus textos" como tributo. Preservar o cadáver cheirava à "pregação religiosa", que Lênin desprezara.

Mas Stálin enxergou o valor de ambos os corpos. Quando Lênin bateu as botas em 21 de janeiro de 1924, seu argumento triunfou. Os bolcheviques podem não ser capazes de derrotar a morte, mas conseguiriam pelo menos deter a putrefação. O cadáver foi colocado em um buraco congelado na Praça Vermelha para mantê-lo intacto enquanto multidões passavam por ele. Nesse ínterim, um debate se desenrolou entre os integrantes do Comitê para a Imortalização da Memória de Lênin sobre a melhor forma de preservar os restos mortais do falecido líder antes que a decomposição se tornasse grave demais. Por congelamento, como um mamute na Sibéria? Imersão em uma sopa química? Algum tipo de embalsamento?

Por fim, decidiram embalsamá-lo como o faraó egípcio Tutancâmon, cujo túmulo havia sido inaugurado recentemente no Egito. Mas este foi apenas o primeiro passo, e um comparativamente trivial. Demorou apenas dois meses para se encontrar um cientista capaz de preservar o corpo de Lênin, e a União Soviética teria sobrevivido sem sua múmia modernista. Era muito mais importante — e foi muito mais difícil — exercer a mesma autoridade sobre a extensa obra de Lênin; mas Stálin também pretendia fazer isso.

IOSIF DZHUGASHVILI, TAMBÉM conhecido como Josef Stálin*, surgiu gritando do ventre da mãe em 1878, na cidade montanhosa de Gori, Geórgia.

---

* Stálin, como Lênin, teve uma infinidade de pseudônimos ao longo da vida. A mãe o chamava de "Soso" e os colegas revolucionários, de "Koba", por exemplo. Em nome da simplicidade, neste livro ele é "Stálin" por todo o texto.

Essa era a periferia do Império Russo, a própria definição de anonimato provinciano. Durante séculos, imperadores otomanos e persas passaram aquele reino cristão outrora poderoso de mão em mão, até que um monarca georgiano apelou a Catarina, a Grande, pedindo proteção. Esta foi concedida e, algumas décadas depois, os russos instalaram um governador militar. Um processo de anexação e absorção fora finalizado menos de duas décadas antes do nascimento de Stálin, quando o império engolira o reino de uma vez por todas.

Quanto a Gori, aquele era um dos povoados mais antigos da Geórgia, remontando ao século VII, mas, fora isso, era um local ordinário. Havia uma antiga fortaleza e conflitos sangrentos entre os clãs que duravam gerações. Mas era violência comum: fazia parte da cultura e era absorvida pelos habitantes de Gori como as melodias das canções folclóricas locais. Stálin também era um homem ordinário. Nada sugeria que o bebê estivesse destinado a uma carreira como tirano e assassino em massa, e, muito menos, como o futuro editor do best-seller mundial *A história do Partido Comunista da União Soviética*. Seu pai, Vissarion, era um sapateiro de profissão e bêbado de vocação, enquanto sua mãe, Ketevan ou Keke, trabalhava como lavadeira e faxineira. Ambos batiam em Stálin, até o dia em que Vissarion abandonou a família; então a responsabilidade pelos espancamentos no filho ficou apenas com Keke.

De fato, se não fosse pela mãe, Stálin poderia não ter ido muito além de ser um bêbado como o pai. Todos os seus irmãos haviam morrido, e a grande ambição de Keke na vida era que sua dádiva de Deus se tornasse um sacerdote. Por meio de seus contatos, ela mexeu pauzinhos o suficiente para colocá-lo, com 10 anos de idade, na escola da igreja local em Gori. Normalmente, somente os filhos dos sacerdotes podiam frequentá-la, e se a instituição tivesse cumprido suas regras, Stálin não teria aprendido a ler e falar russo, o meio pelo qual ele mais tarde iria ler Marx e Lênin e se tornar um revolucionário.

De fato, o analfabetismo não seria, necessariamente, uma coisa ruim, como o exemplo de Stálin demonstra. Ensiná-lo a ler foi claramente um erro de proporções históricas mundiais: nesse caso, podemos rever o famoso dilema ético hipotético "se você tivesse uma máquina do tempo, mataria o bebê Hitler?" em um cenário livre de dilemas morais. Enquanto muitos de nós poderiam hesitar em matar uma criança brincando no berço, mesmo que fosse Hitler, com Stálin, a situação seria diferente. Sua origem social humilde deveria tê-lo impedido de receber educação. Portanto, um viajante do tempo com a intenção de evitar a morte de milhões de pessoas só precisaria persuadir os sacerdotes da escola da igreja a manter suas regras. Uma generosa doação para a paróquia local provavelmente resolveria o assunto: sem livros, sem problemas.

Infelizmente, o georgiano se formou aos 15 anos com excelentes notas. Keke mexeu outros pauzinhos e matriculou o filho no Seminário Espiritual na capital, Tbilisi, então conhecida como Tíflis. O que ela não sabia era que, embora o objetivo do seminário fosse transformar os pupilos adolescentes em agentes da ortodoxia religiosa por todo o país, o seminário estava produzindo revolucionários ateus. Todo material de leitura secular foi banido, então, naturalmente, os estudantes procuraram esses textos e foram "corrompidos" mesmo assim.

Não que o material de leitura inicial de Stálin parecesse especialmente preocupante aos olhos do século XXI. Ele tinha bom gosto, e os livros que apreciava ainda são considerados clássicos até hoje. Ele gostava da poesia clássica da Geórgia e de literatura russa. Leu Tolstói, Pushkin, Tchekhov, as sátiras grotescas de Nikolai Gogol e as cáusticas de Saltykov Shchedrin. Ele devorou *Os demônios*, de Dostoiévski, escolha interessante para um futuro revolucionário, uma vez que os radicais russos são retratados em suas páginas como pervertidos assassinos, megalomaníacos e dementes. Talvez Stálin, o futuro conspirador-mor, tenha gostado do retrato realista pintado pelo livro sobre os movimentos conspiratórios. Ou talvez, como adolescente, ele simplesmente tivesse gostado da carnificina e morte.

Também em sua lista de leitura estavam os grandes escritores/críticos sociais franceses Balzac, Zola, Maupassant e Victor Hugo, hoje clássicos ultrapassados. Stálin gostava especialmente de *O noventa e três*, romance revolucionário de terror de Hugo — mais uma vez, uma escolha interessante. A obra apresenta um personagem chamado Cimourdain, um sacerdote que se torna revolucionário e integra um tribunal que ordena que seus inimigos sejam guilhotinados; um caso bastante extremo de presságio literário em que o texto profetiza a transformação de um leitor em especial. Mas *O noventa e três* pode ter dado outras lições para o jovem seminarista. O título do livro se refere a 1793, ano em que os jacobinos lançaram O Terror, uma orgia de decapitações e massacre generalizado que durou onze meses, durante a qual dezenas de milhares morreram para preservar uma utopia vagamente definida.

Os heróis radicais de Victor Hugo estavam envolvidos na repressão violenta de uma revolta reacionária na região rural francesa de Vendée. Aos olhos do autor, esses "selvagens" bretões eram contrarrevolucionários tentando bloquear a gloriosa marcha da humanidade em direção à felicidade futura infinita. Ele então pegou uma realidade encharcada de sangue e a transformou, por meio da literatura, em um mito sedutor. Um terço da população morreu em Vendée, equivalente ao número de mortes de Pol Pot no Camboja. Mais tarde, Stálin recrutaria escritores para reformular de maneira similar uma época repleta de atos horrendos de violência, como se fosse uma era épica de transformação histórica. E, embora pareça exagerado imaginar que, aos 15 anos, Stálin lesse Victor Hugo e refletisse sobre como a literatura podia ser usada para manipular e ocultar a história, é impressionante, mesmo assim, que ele tenha sido atraído por um livro que demonstra como os romances podem servir a uma bela mentira.

Mas o livro favorito de Stálin foi *O parricida*, de Alexander Kazbegi, nobre e pastor georgiano que gostava de incomodar os colegas com um urso que mantinha preso a uma corrente. Kazbegi escreveu melodramas repletos de detalhes culturais locais que venderam o suficiente para fazer dele o primeiro escritor profissional da Geórgia; ou, pelo menos, até serem banidos pelo censor imperial por serem críticos demais do czarismo. Empobrecido e desesperado, Kazbegi morreu aos 45 anos de idade, em 1893, por causa da sífilis que contraiu enquanto estudava em Moscou durante a juventude.

O herói de *O parricida* é Koba, um bandido ao estilo Robin Hood, que se junta a um grupo de foras-da-lei para lutar contra os russos e seus colaboradores aristocratas locais em defesa dos pobres, porém nobres, moradores das montanhas. Esse foi *O que fazer?* de Stálin, não um romance superdidático bombástico — embora ele também gostasse do trabalho de Chernyshevsky —, mas uma história violenta e romântica de conflitos sangrentos, justiça pelas próprias mãos e a tomada forçada da propriedade de outras pessoas. De fato, Stálin se identificou tanto com Koba que passou a usar o nome do personagem mais do que qualquer outro pseudônimo revolucionário anterior a 1917.

Mais tarde, um amigo se lembraria: "Koba se tornou o deus de Soso e deu sentido à sua vida. Ele se chamava da mesma forma e insistiu para que o chamássemos assim. Seu rosto brilhava de orgulho e prazer quando o chamamos de 'Koba'." Enquanto Rakhmetev, o herói literário de Lênin, simbolizava uma visão de radicalismo e modernidade, o de Stálin era um homem das montanhas, dos conflitos antigos e da justiça eterna e transcendente. O futuro carniceiro era romântico por dentro.

Na verdade, Stálin tinha tanto romance na alma que escreveu poemas. Aqui está um, intitulado "Manhã":

O botão da rosa floresceu
Estendeu a mão para tocar a violeta
O lírio estava acordando
E dobrando a cabeça na brisa

No alto das nuvens a cotovia
Estava cantando um hino chilreante
Enquanto o rouxinol alegre
Com uma voz gentil estava dizendo:

"Esteja em plena floração, ó terra adorável
Alegra-te no país da Ivéria
E você, ó georgiano, através dos estudos
Traga alegria para tua pátria-mãe."

Obviamente que, na tradução, é difícil dizer se o poema é bom. Todo esse blá-blá-blá sobre flores, pássaros e a pátria-mãe soa como um discurso vazio e terrivelmente convencional do século XIX, do tipo produzido por poetas menores de nações pequenas que a maioria de nós vai morrer feliz sem nunca saber que existiram, quanto mais ler o que escreveram. Stálin, pelo menos, tinha a desculpa da juventude: apenas 15 anos, e, por isso, pode ser perdoado por se apoiar tanto em clichês capengas.

Ainda assim, o seminarista pubescente impressionou seus colegas. Quando Stálin visitou a redação da revista literária de maior prestígio da Geórgia, *Iveria*, para mostrar seu trabalho, o editor da publicação, o príncipe Ilia Chavchavadze (ele mesmo um poeta muito estimado), imediatamente aceitou cinco poemas para publicação. *Kvali*, um jornal socialista, aceitou outro. Na verdade, "Manhã" foi tão bem considerado que, antes da revolução, enquanto Stálin era um revolucionário obscuro, o poema foi selecionado para ser incluído em um livro escolar popular, *Língua-Mãe*, e lá permaneceu até os anos 1960, às vezes atribuído a Stálin, às vezes, não.

Segundo o tradutor para o inglês de Stálin, Donald Rayfield, a escrita é realmente boa, com uma fusão das tradições poéticas persa, georgiana e bizantina, combinada com uma certa facilidade com o repertório de imagens e a qualidade da linguagem.* Quando Stálin harmonizou a alma com as vibrações de belas flores e com o esplendor de seu ambiente natal, suas palavras alçaram voo. É interessante imaginar que, se ele não tivesse sido seduzido pelas simplificações apocalípticas de Marx e seus discípulos, o menino de Gori poderia ter sido lembrado como um grande poeta em vez de um grande assassino. Dado o perfil discreto dos poetas georgianos, Stálin provavelmente não teria sido lembrado de maneira alguma. Mas isso também não teria sido problema.

No seminário, a fé religiosa de Stálin evaporou e, conforme ele lia textos revolucionários, seus impulsos escatológicos foram direcionados para uma visão mais terrena do paraíso. Stálin abandonou o seminário em maio de 1899 e conseguiu um emprego como funcionário no Observatório Meteorológico de Tíflis, onde a carga leve de trabalho lhe dava bastante tempo para estudar os textos de Marx, Lênin, Plekhanov etc., enquanto mantinha a dieta regular de prosa e poesia europeia de alta qualidade. Ele também comandou dois "círculos de trabalhadores", em que pregava Marx para o proletariado. Então, em março de 1901, a polícia czarista recolheu seus companheiros e Stálin fugiu da cidade.

A partir desse momento, ele mudou o foco da poesia para a prosa, contribuindo com artigos para um jornal marxista clandestino intitulado *Brdzola* ("Luta"). O primeiro atribuído a Stálin, publicado em setembro de 1901 e, posteriormente, incluído como o primeiro artigo do primeiro volume de *Obras Completas*), é bastante tedioso: fala em aumentar a consciência dos trabalhadores e ataca a insensatez dos marxistas europeus, mas não existe nada que indique que haja um titã teórico em ação, mesmo que em forma rudimentar.

Seu próximo trabalho foi mais substancial. Publicado na segunda e terceira edições de *Brdzola*, entre o final de 1901 e o início de 1902, *O Partido Social-Democrata Russo e suas tarefas imediatas* revelou Stálin como um educador, guiando o leitor através da história do socialismo. Ao contrário de Lênin, ele se apagava do texto. É um escritor muito mais disciplinado, menos propenso à divagação, e tem o czar como alvo de suas farpas, em

---

* No mínimo, Stálin era um poeta muito mais talentoso do que Lênin, cuja única contribuição para o mundo dos versos parece ter sido uma ode dedicada à aldeia onde ele passou o exílio na Sibéria. Começa assim:

Em Shushenskoe, no sopé do Monte Sayan...

... E depois para. Sete palavras depois, sua musa o abandonou.

vez dos colegas marxistas. Stálin serviu como um guia — modesto, despretensioso, com a preocupação de facilitar a compreensão do leitor de como a sociedade foi do tipo de socialista utópico como Robert Owen, na Inglaterra, até a situação terrível na Rússia e na Europa.

Nesse "guia para principiantes", no entanto, o Stálin romântico permanece vivo em passagens rebuscadas como esta:

> *Muitas tempestades, muitas correntezas de sangue varreram a Europa Ocidental na luta para acabar com a opressão da maioria pela minoria, mas a tristeza permaneceu sem ser banida, as feridas continuaram sem ser curadas e a dor se tornou cada vez mais insuportável a cada dia que passa.*

Stálin passa do fracasso do socialismo utópico através das "descobertas" de Marx para a evolução da democracia social em poucas páginas. Ao contrário de Lênin, que escreveu como se ele fosse o centro de que todos os outros marxistas se distanciavam, Stálin é profundamente provinciano, e descreve revoluções e batalhas intelectuais que acontecem em locais distantes e mais interessantes. Ele também é um propagador ao empregar um marxismo suave, evitando jargões e resumindo o trabalho de autoridades superiores para um — hipotético — grande público.

O mais impressionante de tudo é que Stálin é condolente. Ele se esforça para inspirar empatia e solidariedade nos leitores ao convidá-los a se identificar com *todos* os povos oprimidos do Império Russo, e não apenas com o proletariado. O ex-seminarista lista uma infinidade de sofrimentos e implanta uma estrutura repetitiva que espelha as cadências e os ritmos de um sermão:

> *Sofrendo sob o jugo estão os camponeses russos, abalados pela fome constante, empobrecidos pelo fardo insuportável da tributação e jogados à mercê dos comerciantes burgueses gananciosos e dos "nobres" senhores da terra.*
> *Sofrendo sob o jugo está o povo humilde nas cidades, os funcionários subalternos em repartições governamentais e privadas, as autoridades menores...*

Na verdade, disse Stálin, todo mundo está "sofrendo sob o jugo". A lista de sofredores se expande para incluir:

- *A pequena burguesia*
- *A "burguesia média"*

- *A parte educada da burguesia*
- *Professores*
- *Médicos*
- *Advogados*
- *Estudantes universitários*
- *Estudantes do ensino médio*
- *Poloneses*
- *Armênios*
- *Georgianos*
- *Finlandeses*

Isso sem falar nos:

- *Judeus "eternamente perseguidos e humilhados"*

Stálin até simpatiza com os bizarros inconformistas religiosos do Império Russo, que incluíam tanto as seitas orgiásticas quanto as martirizantes. Aos 22 anos, parece que ele ama todos os povos oprimidos. Na verdade, a empatia se torna tão esmagadora que ele precisa parar:

> *Sofrendo estão... mas é impossível enumerar todos os oprimidos, todos os perseguidos pela autocracia russa. Eles são tão numerosos que se todos estivessem cientes disso e estivessem cientes de quem é o inimigo comum, o regime despótico na Rússia não existiria por mais um dia.*

Quase nunca lido na atualidade, *O Partido Social-Democrata Russo e suas tarefas imediatas* é, no entanto, um documento muito útil para o estudante da tirania. Em primeiro lugar, é surpreendente que, mesmo com Stálin tomado pela composição de poderosos floreios retóricos, ele demonstra um impulso para categorizar e reduzir populações grandes e diversas a listas controláveis. Enquanto isso, a declamação detalhada de faixas demográficas de sofredores equivale a um conveniente resumo antecipado dos grupos que ele próprio mais tarde vai oprimir ou aniquilar nas décadas subsequentes. Stálin também denuncia várias práticas, como a russificação forçada, que ele empregaria para valer, uma vez no poder.

Esses primeiros escritos indicam que Stálin ainda não havia descoberto sua capacidade para a perversidade. Naquela época, evitava menções diretas à revolução, e, segundo consta, o fundador do *Brdzola*, Vano Ketskhoveli, o xingou por ser muito moderado. Compare isso com Lênin, que aos 21 anos não fizera nada para evitar a morte de milhares de camponeses famintos porque acreditava que a revolução poderia ocorrer mais cedo por causa disso. Ao contrário de Lênin, Stálin teve que treinar antes de se tornar um monstro.

A CARREIRA DE Stálin como escritor revolucionário havia começado, embora, como um verdadeiro descendente da classe trabalhadora, ele enfrentasse um obstáculo que muitos proeminentes teóricos revolucionários não encaravam: uma escassez crônica de dinheiro. Ao contrário de Engels, Lênin ou do príncipe anarquista Pyotr Kropotkin, Stálin não tinha herança para financiar a vida de contemplação vagarosa exigida para estabelecer uma reputação de pensador radical e defensor do proletariado. Nem possuía, como Marx, um patrono de quem podia extrair fundos.

Ter sido preso e exilado também atrapalhou sua carreira literária em ascensão, especialmente, porque suas origens humildes não lhe deram o direito ao exílio confortável que Lênin recebera como integrante da nobreza. Em 1902, Stálin foi preso com a maioria do pessoal do *Brdzola*, ficou na prisão por um ano e foi despachado para a Sibéria no final de 1903. Foi o primeiro de muitos períodos de prisão e exílio, pois, nos próximos catorze anos, Stálin e as autoridades czaristas encenaram uma farsa revolucionária em que o georgiano de rosto esburacado escapava regularmente dos captores, que então o capturavam e aprisionavam novamente.

Stálin era um leitor perspicaz do *Iskra*, o jornal cofundado por Lênin e de outros escritos do revolucionário, e foi persuadido de que ali havia uma destemida "águia da montanha" liderando o partido ao longo de "caminhos inexplorados do movimento revolucionário russo". Mais tarde, Stálin afirmaria que ele e o líder bolchevique iniciaram uma correspondência pessoal durante esse período de exílio. Anos depois, descreveu a "impressão indelével" deixada por um bilhete que recebeu de Lênin, repleto de críticas pungentes ao partido. Na verdade, os dois não eram correspondentes, e o líder não enviou bilhete algum: ele estava ocupado demais em empreender uma guerra textual contra os mencheviques para escrever a um ativista obscuro da região do Cáucaso preso na Sibéria. Stálin estava se referindo a um panfleto, um dos muitos que Lênin produziu na tentativa de derrubar seus inimigos dentro do partido. Sem dúvida, Stálin, que possuía uma excelente memória e uma capacidade infinita para a falsidade, tinha consciência da própria mentira, ainda que esta, pelo menos, contivesse um traço de verdade. Tão intensa era sua conexão com os textos de Lênin que Stálin pode muito bem ter considerado que o líder estivesse falando diretamente com ele.

Quanto ao Lênin de carne e osso, bem, sua forma física não era nada comparada à palavra. Quando a revolução de 1905 eclodiu, Stálin estava de volta a Tíflis e, em dezembro daquele ano, seus camaradas o enviaram para uma conferência bolchevique na Finlândia. Lá ele realmente encontrou a "águia da montanha" — uma das metáforas favoritas de Stálin para Lênin. No entanto, a contradição entre o superteorista dos textos que cuspia fogo e a realidade física foi chocante. Mais tarde, Stálin contou que tinha esperado ver "um grande homem, grande não apenas politicamente, mas, digamos assim, no aspecto físico também, pois Lênin havia tomado forma na minha imaginação como um gigante, altivo e imponente. Qual não foi então a minha decepção quando vi um homem extremamente comum, abaixo da estatura média, em nada diferente dos mortais comuns". Quando Lênin falou, porém, o caso mudou de figura. Stálin ficou impressionado com a sua "força irresistível da lógica", embora não tanto a ponto de se sentir intimidado a apoiar políticas com as quais discordava. Na verdade, Stálin ficou contra Lênin em relação à questão da participação bolchevique nas eleições para a nova Duma.

O russo, por sua vez, ficou perplexo com Stálin e reconheceu seus talentos para gerenciamento de projetos e criminalidade em geral. O antigo poeta das flores e da pátria-mãe encarnava o Koba que tinha dentro de si ao organizar fraudes, extorsão, intimidação, cobrança por proteção, assaltos a banco e até mesmo sequestros ocasionais a fim de levantar fundos para os bolcheviques a pedido de Lênin. Um talento para a conspiração também foi essencial, uma vez que os assaltos a banco eram oficialmente proibidos pelo Partido Social-Democrata. Assim sendo, enquanto Stálin estava em Londres, em 1907, para o Quinto Congresso do Partido, debatendo e discutindo estratégias para o avanço da revolução, ele também reservou um tempo para discutir com Lênin um plano para que seus homens roubassem um banco em Tíflis. Dez bombas foram jogadas, cavalos e homens foram despedaçados, e os agentes de Stálin fugiram com 250 mil rublos em ouro. Esse dinheiro foi prontamente levado para Lênin na Finlândia.

Stálin era agora reconhecido como o principal bolchevique na Geórgia, e ganhara o epíteto de "o Lênin do Cáucaso". Mas havia uma diferença crucial: enquanto o russo se sentava em uma poltrona, pensava e escrevia, o georgiano se concentrava no trabalho prático, o que o deixou com pouco tempo para gerar textos. Na verdade, suas *Obras Completas* do período de 1901 a 1913 preenchem dois volumes reles, enquanto o trabalho completo de Lênin no mesmo período preenche quinze. Ainda assim, a mera existência desses dois trabalhos demonstra que, mesmo durante esse período de intensa ação clandestina, Stálin continuou seu trabalho literário quando pôde. O ano de 1907 não foi simplesmente um ano de conspiração revolucionária internacional, arremesso de bombas e roubos. Stálin lançou outro jornal, *Mnatobi* ("A Tocha"), e, como um sinal da seriedade com que pretendia firmar o próprio nome nos círculos revolucionários imperiais, ele passou a escrever em russo. Agora seus textos podiam ser lidos por todos os principais marxistas revolucionários do império. Não que restassem tantos assim: sua tentativa de impulsionar a carreira coincidiu com uma repressão imperial em andamento contra grupos terroristas e clandestinos, e também com uma redução drástica no número de integrantes do Partido Social-Democrata. Em meados do mesmo ano, o público em potencial de Stálin era de 150 mil pessoas, mas logo encolheu para uma mera fração disso.

A repressão também coincidiu com uma tragédia pessoal: em novembro de 1907, a primeira esposa de Stálin, Kato, morreu, e ele foi preso pouco depois, em março de 1908. Ainda assim, o georgiano perseverou nas atividades revolucionárias, e o jogo de gato-e-rato com as autoridades entrou numa nova fase vertiginosa de detenções e fugas repetidas, que se prolongaram durante anos, sem que nada disso dificultasse sua carreira revolucionária. Em 1912, ele foi promovido para o Comitê Central do partido, o que fez dele um dos principais bolcheviques do Império Russo, assumindo a tarefa de lançar um novo jornal diário, *Pravda*, na capital. Foi uma conquista impressionante: o caipira das montanhas que havia aprendido russo aos 10 anos — e nunca perdera seu sotaque georgiano gutural — foi autorizado a exercer o comando editorial sobre um grupo de falantes nativos com boa formação, muitos dos quais de origem burguesa. A primeira edição foi publicada em 22 de abril — quando a polícia o prendeu mais uma vez. Dessa vez ele foi exilado para o norte da Sibéria, mas escapou depois de 38 dias. Em setembro, estava de volta a São Petersburgo e ao comando do *Pravda*.

Stálin se revelou um editor de ferro. No início do ano, os bolcheviques haviam se separado formalmente dos mencheviques, mas, em outubro, ambos os partidos foram eleitos para a Duma Imperial. Ele era muito menos hostil à cooperação com os mencheviques do que Lênin, um ponto de vista refletido na linha editorial do *Pravda*. Diante disso, o russo ficou furioso e escreveu artigos defendendo uma postura antimenchevique inflexível. Mas Stálin não seria intimidado: no total, ele rejeitaria 47 artigos enviados pelo Águia da Montanha ao jornal. Enquanto isso, o *Pravda* se tornaria o diário socialista mais popular do império, vendendo 40 mil exemplares por dia.

Lênin contornou o problema enviando seu editor recalcitrante para Viena, onde ele foi encarregado de um assunto teórico importante. O astro em ascensão do Cáucaso deveria escrever um estudo sobre a "questão nacional", em que ele definiria a abordagem correta e verdadeiramente marxista às aspirações nacionais das minorias oprimidas nos estados multinacionais. Para Stálin, essa foi uma grande chance, dada a reverência bolchevique pela palavra. Uma década depois de estrear como panfletário provinciano, esta foi sua oportunidade de estabelecer credenciais intelectuais fundamentais.

Em janeiro de 1913, ele se encontrou com alguns marxistas ricos na capital austríaca e tornou-se amigo de Nikolai Bukharin, um conceituado teórico do partido — que ele mandaria matar algumas décadas depois. Stálin leu e escreveu bastante, e, após seu retorno à Rússia, submeteu o artigo resultante, *A questão nacional e a social-democracia*, à revista teórica *Enlightenment*. Assim como Lênin tivera um novo batismo revolucionário graças ao seu divisor de águas literário *O que fazer?*, este ensaio rebatizou o antigo Dzhugashvili: era apenas a segunda vez que ele usara "Stálin" como pseudônimo.

A questão nacional e a social-democracia — ou *O marxismo e a questão nacional*, como foi renomeado nas muitas reedições — revela Stálin como um escritor muito diferente tanto do poeta adolescente quanto do jovem panfletário de Baku. Se esta versão ainda sentia algo por montanhas e flores, ela não se permitiria se distrair por essa baboseira ridícula nesse momento. Todos os traços daquela voz romântica e emotiva foram expurgados com sucesso e substituídos por um estilo austero, laborioso e duramente lógico, feito para transmitir seriedade teórica ao público.

Neszsa obra, Stálin demonstrou um respeito básico pelas regras da narrativa que muitas vezes escapou a Lênin, um escritor mais impaciente. Em vez de iniciar uma densa discussão teórica pelo meio, ele fornecia o contexto para o próximo ensaio: a crise pós-1905 na política marxista. O georgiano admitia que o socialismo perdera o brilho e que o nacionalismo emergia como uma nova força radical. Ele lamentava "a disseminação do sionismo entre os judeus, o aumento do chauvinismo na Polônia, o pan-islamismo entre os tártaros" e "a disseminação do nacionalismo entre os armênios, georgianos e ucranianos", sem falar na "guinada geral dos filisteus* em direção ao antissemitismo". Essa "onda de nacionalismo", disse Stálin, "ameaça engolir a massa dos trabalhadores".

Segundo ele, o nacionalismo estava até corrompendo os social-democratas, que deveriam demonstrar mais discernimento. Aqui ele destaca o Bund, organização judaica secular dentro do movimento social-democrata, fazendo críticas severas e acusando seus integrantes de se orientar por planos nacionalistas. Ele também mirou nos integrantes do Partido Caucasiano por suas exigências de "autonomia cultural nacional". Esses nacionalismos, disse Stálin, "estão minando a fraternidade e a unidade entre os proletários de todas as nacionalidades da Rússia".

Em resposta a esse acúmulo de heresia e impureza ideológica generalizada, Stálin não exigia a cabeça dos oponentes, mas retaliava através de um ataque semântico implacável, total e sem limites. O que realmente significa a palavra *nação*? A resposta, segundo ele, era bastante complexa. Ele dedicou mais de duas mil palavras à exploração de todas as possibilidades, enquanto perseguiu arduamente a definição correta, ao mesmo tempo que criticava as incorretas. Embora altamente metódico e excessivamente meticuloso, seu argumento não representou, no entanto, mero pedantismo. Stálin tinha muita fé nas palavras; como Confúcio, ele acreditava que "o começo da sabedoria é chamar as coisas pelo nome certo".

Dados os níveis épicos de falsidade que ele mais tarde alcançou como líder da União Soviética, é surpreendente que até então Stálin não tenha procurado ofuscar, enganar, omitir dificuldades ou, de resto, disfarçar absurdos lógicos em uma linguagem densa, opaca e impenetrável. Ele foi meticuloso na clareza. Estava confiante nas críticas. Acreditava nos argumentos. Dedicava quantidades enormes de texto para definir todos os conceitos, e não apenas *nação*. Em suma, ele estava buscando a verdade.

Quanto à *nação*, isto foi o que ele descobriu:

Uma nação é uma comunidade historicamente constituída e estável de pessoas, formada com base num idioma e território, numa vida econômica e composição psicológica comuns manifestada em uma cultura comum.

---

* Neste caso, dificilmente Stálin se referia ao povo filisteu, e usou o termo no sentido figurado de "burguês de espírito vulgar e estreito", como registra o *Dicionário Aurélio*. (N. do T.)

Ele então acrescentou:

Deve ser enfatizado que nenhuma das características acima, consideradas separadamente, é suficiente para definir uma nação. Mais do que isso, é suficiente que uma única dessas características falte e a nação deixe de ser uma nação.

A partir daí, Stálin usou essa definição para desconstruir metodicamente os pontos de vista de todos com quem ele discordava. Uma vez que o verdadeiro significado da palavra tinha sido identificado, a possibilidade de ambiguidade desapareceu; existindo apenas o correto e o incorreto. A insistência na integridade territorial lhe permitiu despachar rapidamente os objetivos nacionalistas do Bund, argumentando que, como os judeus não compartilhavam um único território ou idioma, eles não podiam ser uma "nação". Por muito tempo, ele também decompôs o conceito favorito dos marxistas austríacos: a autonomia cultural, não obstante se uma nação ocupasse um único território. Ele criticou isso como um fenômeno burguês que minava a luta de classes. A "*preservação* e o *desenvolvimento* das peculiaridades nacionais dos povos", disse Stálin, fora um absurdo retrógrado que acarretou na preservação de costumes que claramente necessitavam ser erradicados, como a martirização entre os tártaros caucasianos e a vingança entre seus compatriotas georgianos. Em vez disso, ele endossou a profecia de Marx da década de 1840, de que "as diferenças e os antagonismos nacionais entre os povos estão cada vez mais desaparecendo diariamente" e que "a supremacia do proletariado fará com que eles desapareçam ainda mais rapidamente".

Depois de dedicar quatro capítulos para liquidar os argumentos dos inimigos, Stálin revelou sua solução para a Rússia: autonomia regional para "unidades cristalizadas" como "Polônia, Lituânia, Ucrânia e Cáucaso". As minorias nesses territórios garantiriam o direito de usar a própria língua, ter as próprias escolas e até possuir "liberdade religiosa". No entanto, autonomia regional não significava autonomia nacional, e Stálin não defendia o federalismo, que ele argumentou fomentar o separatismo enquanto distraía os trabalhadores das realidades de classe que transcendiam diferenças culturais. A autonomia regional podia existir, mas apenas na "base do internacionalismo", pelo qual um partido único unisse todos os trabalhadores de todas as nacionalidades com base em suas classes, enquanto permitisse diferenças culturais. "O tipo internacional de organização", disse Stálin, "serve como uma escola de sentimentos fraternos e é um tremendo fator de agitação em favor do internacionalismo".

Uma vez que ele estivesse contra a autonomia nacional ou cultural, isso significava que nação alguma que ocupe uma região possa se separar? Sobre isso, ele escreveu: "Uma nação pode organizar sua vida da maneira que desejar. Ela tem o direito de organizar a vida com base na autonomia. Tem o direito de realizar relações federais com outras nações. Tem o direito à secessão completa. As nações são soberanas e todas elas têm direitos iguais."

Se tudo isso soa surpreendentemente liberal, há uma conveniente cláusula de saída embutida que torna a separação altamente improvável. A social-democracia se dedica a defender os direitos do proletariado e, se o partido julgar que a autonomia nacional prejudicará os interesses das classes trabalhadoras, ele não a apoiará. Assim, Stálin esboçou uma abordagem para administrar um estado marxista multinacional e multiétnico, em que os interesses nacionais seriam subjugados a interesses de classe, conforme definido pelo centro partidário. Muitos teóricos marxistas estavam lidando com as mesmas questões; o mais notável sobre a obra de Stálin é que, em dez anos, este obscuro ex-seminarista estava colocando suas ideias em prática, moldando os destinos de milhões de pessoas.*

Tudo estava no futuro, no entanto. Quanto a Stálin, embora *O marxismo e a questão nacional* tenha sido aceito como uma contribuição séria à teoria, ele logo se tornou um escritor de um livro só, incapaz de ampliar o sucesso inicial. Punido novamente pouco depois da publicação do ensaio, ele foi condenado a quatro anos no exílio no remoto vazio siberiano. Preso no Círculo Ártico, ele se mostrou menos capaz de escapar do que antes. Stálin estava tão distante do centro dos acontecimentos que Lênin esqueceu seu verdadeiro nome, e, em 1915, ele escreveu duas vezes para os camaradas pedindo para ser lembrado de como era chamado aquele tal de Koba. As cartas desse período que sobreviveram mostram Stálin discutindo planos para compor um estudo definitivo sobre a "Questão Nacional", mas nada se materializou e o momento de capitalizar sua glória lhe escapou. Sobre o assunto da Grande Guerra, que se alastrava tão longe, ele também ficou

---

* Quando a União Soviética foi formada, no início da década de 1920, Stálin ainda não era extremamente poderoso, e foi obrigado a ceder em relação à questão de uma estrutura federal. No entanto, ele jamais cederia sobre a supremacia da classe sobre a nação ou a cultura, e o direito à secessão garantido às repúblicas do bloco permaneceu uma ficção durante a maior parte da história da União Soviética.

em silêncio. Suas obras completas foram interrompidas em 1913, e Stálin, o escritor, silenciou-se até 1917.

DEPOIS DA REVOLUÇÃO, Lênin confiou a Stálin vários postos importantes no novo regime bolchevique. O conhecimento que ele havia demonstrado em *A questão nacional e a social-democracia* lhe rendeu o cargo de chefe do Comissariado para as Nacionalidades no novo governo soviético. Em maio de 1918, ele foi despachado para Tsarítsin, no sul da Rússia, para melhorar o suprimento de grãos enquanto a Guerra Civil Russa se alastrava. Ele prontamente aproveitou a oportunidade para infligir violência, terror e repressão à população local.

Stálin também ocupou um lugar no Comitê Central do partido, presidiu a elaboração de uma constituição da República Soviética Russa e foi integrante tanto do Politburo quanto do Orgburo, o primeiro e segundo órgãos mais importantes na hierarquia do partido, responsáveis por questões de ordem política e de organização. Em abril de 1922, foi nomeado secretário-geral, ficando responsável pelo gerenciamento e administração do enorme aparato do partido. Quando Lênin morreu, em janeiro de 1924, Stálin havia acumulado tanto poder institucional que estava em uma posição forte para se tornar o novo líder.

No entanto, apesar de sua influência nos bastidores, ele tinha um perfil público muito menor do que seu rival, o carismático Leon Trotsky, que liderou o Exército Vermelho durante a guerra civil, lutando — e vencendo — em dezesseis frentes diferentes. Trotsky era ótimo em executar multitarefas: enquanto percorria a União Soviética em um trem, ordenando a matança de uma quantidade enorme de pessoas, ele era capaz de fazer discursos e produzir um discurso teórico radical, mantendo assim sua reputação como um marxista proeminente. Seus sucessos ofuscaram o fato de ele ter sido um menchevique e ter passado os dez anos anteriores à revolução no exílio estrangeiro, frequentemente batendo cabeça com Lênin, e de ter se unido ao Partido Bolchevique apenas em 1917. Stálin, em contraste, não era um orador, e os textos que escreveu para o *Pravda* durante os primeiros anos do poder soviético não serviram para aumentar sua imagem como um pensador notável.

De fato, na época da morte de Lênin, as realizações teóricas de Stálin pareciam vergonhosamente escassas, e não apenas em comparação com as de Trotsky, mas também com as de outros bolcheviques importantes, como

Nikolai Bukharin e Grigory Zinoviev. *O marxismo e a questão nacional* continuou sendo seu único trabalho de destaque, já com mais de dez anos de idade. Sim, Stálin esteve entre os homens que carregaram o caixão de Lênin para o lugar de descanso sob o gelo na Praça Vermelha, mas no mundo bolchevique, que venerava a palavra e seguia o lema "publicar ou perecer", essa ausência de atos públicos de profundo pensamento marxista poderia ser problemática para suas ambições de carreira.

Embora Stálin não possuísse o brilho de Trotsky, ele manteve a capacidade de se comunicar com clareza, uma habilidade que empregou bem quando o líder morto foi embalsamado em palavras hagiográficas, além de formaldeído. O georgiano estava na vanguarda do processo de mumificação verbal e fez um discurso fúnebre quase religioso que apareceria no *Pravda* e, posteriormente, seria reimpresso várias vezes:

> *Logo vocês verão a peregrinação de representantes de milhões de trabalhadores ao túmulo do camarada Lênin. Vocês não precisam duvidar que os representantes de milhões serão seguidos por representantes de dezenas e centenas de milhões de todas as partes da terra, que virão para testemunhar que Lênin era o líder não apenas do proletariado russo, não apenas dos trabalhadores europeus, não só do Oriente colonial, mas de todos os trabalhadores do mundo.*

Intercaladas durante todo o discurso estavam declarações catequizadoras e fascinantes em que Stálin prometia fidelidade à épica missão transformadora do mundo de Lênin em nome de um "nós" coletivo:

> *Ao nos deixar, o camarada Lênin ordena que nós permaneçamos fiéis aos princípios do comunismo internacional. Nós prometemos a você, camarada Lênin, que não pouparemos nossas vidas para fortalecer e expandir a união dos trabalhadores do mundo todo — o comunismo internacional!*

Mas Stálin estava apenas na linha de frente de uma onda de paixão pelo falecido Lênin que varreu a terra. Petrogrado foi rebatizada como Leningrado; a viúva, Krupskaya, escreveu uma biografia hagiográfica; e o poeta futurista Vladimir Mayakovsky submeteu seu talento prodigioso às exigências do estilo bombástico de propaganda. Esforçando-se furiosamente em um poema de três mil palavras intitulado *Vladimir Ilyich Lenin*, Mayakovsky, cuja obra Lênin desprezara, começou enfatizando a humanidade deste, mas rapidamente caiu no sentimentalismo messiânico, em que o salvador não curava os cegos ou os coxos; em vez disso, gerava textos mágicos:

Nós não somos mais tímidos
        como cordeirinhos recém-nascidos
A ira dos trabalhadores
    condensa-se
        e forma nuvens
Rasgadas pelos relâmpagos
        dos panfletos de Lênin,
Seus panfletos
    chovem
        sobre as multidões que avançam.

Stálin notou que o culto póstumo a Lênin que se desenvolvia representava uma oportunidade para se restabelecer como escritor. Lênin gerou quantidades incomensuráveis de textos durante sua vida: a primeira edição completa de suas obras começou a ser publicada em 1920, e acabou chegando a 20 volumes em 26 livros contendo 1.500 documentos — quando a quinta e última edição foi concluída, em 1965, as obras "completas" de Lênin chegaram a 55 volumes, com mais de três mil documentos, e, mesmo assim, havia outros 3.700 documentos soltos em arquivos. E, claro, como Lênin escrevia no momento, em resposta aos eventos em constante alteração, mudando de tática sempre que necessário, os textos eram complexos, complicados e contraditórios. Eles poderiam ser perigosos em mãos erradas, sem o contexto apropriado; ou também poderiam ser úteis em mãos certas, pois havia todas aquelas disputas com o ex-menchevique Trotsky para destacar.

Se esses textos fossem servir como as escrituras sagradas do culto estatal a Lênin, seria necessário impor ordem ao caos, estabelecer uma hierarquia de importância e orientar quem os lesse na direção exegética correta. Então, dois meses após a morte de Lênin, foi isso que Stálin fez ao dar uma série de palestras sobre os fundamentos do leninismo para ativistas estagiários do partido no Instituto Sverdlov, em Moscou. Essas conferências foram posteriormente publicadas como uma cartilha sobre o pensamento de Lênin: *Sobre os fundamentos do leninismo*. Apesar das muitas responsabilidades cotidianas, Stálin considerou o trabalho de intérprete ideológico tão importante que ele próprio escreveu as palestras; os rascunhos originais sobrevivem nos arquivos russos, datilografados em papel amarelado, cheios de edições manuscritas.

A presença autoral de Stálin é supermodesta: assim como São Paulo seguindo os passos de Jesus, ele se apresenta como o humilde servo do texto, cujo objetivo é meramente ser "útil" ao estabelecer "alguns pontos básicos de partida para o estudo bem-sucedido do leninismo". A abordagem exegética ordenada e metódica, sem chance para ambiguidade, que Stálin desenvolveu para *O marxismo e a questão nacional*, revela-se mais do que adequada para o formato de conferência: ele define, elabora e depois tira conclusões pragmáticas e fáceis de digerir.

O livro começa com uma longa exploração do conceito de "leninismo" que culmina com esta formulação:

> *O leninismo é o marxismo da era do imperialismo e da revolução proletária. Para ser mais exato, o leninismo é a teoria e a tática da revolução proletária em geral, a teoria e as táticas da ditadura do proletariado em especial.*

Tal formulação é bastante abstrata e repleta de termos capciosos. Assim sendo, Stálin analisa o leninismo nos nove capítulos seguintes, colocando os principais temas do pensamento de Lênin nas seguintes categorias:

- As Raízes Históricas do Leninismo
- Método
- Teoria
- A Ditadura do Proletariado
- A Questão Camponesa
- A Questão Nacional
- Estratégia e Táticas
- O Partido
- Estilo no Trabalho

Só de olhar para essa lista, eu me sinto aliviado: é como se a massa de verbosidade argumentativa que enfrentei para escrever a seção anterior estivesse se fundindo em algo simples e coerente diante de meus olhos. Por todo *Sobre os fundamentos do leninismo*, os pontos fortes — modestos, porém reais — de Stálin como escritor estão expostos. Ele é claro e sucinto, e bom em resumir ideias complexas para um público de cultura mediana: o Bill Bryson do materialismo dialético, menos as piadas.

Depois do primeiro encontro com essa obra de Stálin, eu desejei ter lido o livro antes dos materiais originais. Por um lado, isso teria me levado a enxergar Lênin inteiramente através do prisma de Stálin; por outro lado, teria sido o mais próximo da experiência que uma geração de comunistas em todo o mundo teve. No mundo metódico, ordenado e estruturado de Stálin, está sempre claro quem está errado, quem está correto e o que as coisas significam, e ele apoia suas conclusões com citações de Lênin e Marx. Em um mundo onde o progresso dentro do partido exigia o domínio dos textos, e onde batalhas ideológicas eram travadas por meio de citações de Marx ou Lênin sendo utilizadas, Stálin prestou um valioso serviço a seus leitores reunindo a maior parte do material ideológico de que precisariam na vida em um único local, enquanto passava o verniz apropriado.

A seleção criteriosa de citações também demonstra a habilidade do georgiano como editor. Ele parece ter lido tudo o que Lênin escreveu, sabendo extrair a passagem certa para elucidar uma ideia. Mas Stálin não apenas editou os textos de Lênin; ele também editou o próprio russo ao remover todas as tiradas longas e autoindulgentes do líder contra seus rivais ideológicos. Surgiu um retrato indireto do líder recém-falecido: incisivo, forte, resoluto e sempre com as respostas certas para a presente era e para os futuros tempos. O Lênin falastrão dispéptico desapareceu nas coleções empoeiradas de vários volumes de sua obra, e Stálin sabia que a maioria das pessoas nunca iria encarar todo aquele material.

De fato, com sua sinopse, Stálin não encorajava em nada os alunos a sair e explorar Lênin por conta própria; em vez disso, ele resumiu os pontos principais e disse aos alunos o que pensar. Por outro lado, como é explicitado pela estrutura do livro, esse era o plano. *Sobre os fundamentos do leninismo* começa no período das ideias e termina na era da ação. Stálin concluiu o livro com uma descrição do "estilo leninista no trabalho", que foi caracterizado por dois fatores: "impulso revolucionário russo" e "eficiência americana".

Se este último ponto parece surpreendente, fica evidente que Stálin, em 1924, era bastante impressionado com os Estados Unidos, pois definiu o espírito da nação como "aquela força indomável que não conhece nem reconhece os obstáculos; que, com sua perseverança eficiente, afasta todos os obstáculos; que executa uma tarefa iniciada até que seja concluída, mesmo que seja uma tarefa menos importante; e sem a qual o trabalho construtivo sério é inconcebível". É claro que a eficiência americana não era totalmente maravilhosa, visto que Stálin acrescentou que ela podia degenerar em "empirismo e pragmatismo sem princípios". E, no entanto, ele manteve a admiração pelo espírito americano de realização, pois este trecho permaneceu em edições futuras do livro, mesmo durante a Guerra Fria.

Sobre os fundamentos do leninismo foi um sucesso, pelo menos entre os jovens integrantes ambiciosos do partido. Já os colegas teóricos de Stálin na hierarquia ficaram menos impressionados. Em sua autobiografia, *Minha vida*, Trotsky descreveria desdenhosamente a obra do rival como um mero "trabalho de compilação", "cheio de erros imaturos", no qual Stálin "tentou homenagear as tradições teóricas do partido". Ele também afirmaria ser impossível que Stálin tivesse escrito *O marxismo e a questão nacional*, uma vez que era um livro insuficientemente medíocre.*

Mas, embora essa publicação não seja uma obra-prima, é mais do que apenas um trabalho de compilação, pois também mostra Stálin começando a lidar com as angústias escatológicas do partido. Marx havia profetizado que a revolução mudaria o mundo inteiro e, após 1917, os bolcheviques esperavam que hordas de proletários se revoltassem pelo resto da Europa e derrubassem os mestres burgueses, como os primeiros cristãos no deserto esperando a descida da Nova Jerusalém do céu. Nada disso aconteceu, mas a expectativa de que aconteceria não passou.

Em *Sobre os fundamentos do leninismo*, no entanto, Stálin resolve minimizar a expectativa de uma transição rápida para um período "super-revolucionário". Embora cite *O Estado e a revolução*, ele omite o utopismo embaraçoso de Lênin. Stálin também vasculha as obras de Lênin e Marx atrás de textos que sugiram que a transição do capitalismo para o comunismo pode não ser tão rápida quanto se antecipou até aquele momento, citando Marx sobre os próximos "quinze, vinte, cinquenta anos de guerras civis e conflitos internacionais" e Lênin em relação ao "longo e difícil conflito de massa contra as influências pequeno-burguesas em massa".

Os problemas associados ao fracasso da profecia não desapareceram. O décimo aniversário da revolução se aproximava e a transformação global ainda parecia distante. De acordo com uma aplicação estrita da teoria, a União Soviética não conseguiria sobreviver. E foi assim que Stálin e o principal teórico do partido, Nikolai Bukharin, revelaram que, na verdade, era *possível* que a União Soviética sobrevivesse sem quaisquer revoluções nos países vizinhos. O socialismo poderia ser construído em um único país, afinal de contas.

---

* Dito isso, o próprio *Lênin* de Trotsky, publicado no ano seguinte ao de *Sobre os fundamentos do leninismo*, é, por si só, um exemplo bastante excruciante da hagiografia. (N. do A.)

Stálin explorou essa revelação na sequência de *Sobre os fundamentos do leninismo*, intitulada *Em torno dos problemas do leninismo*, de 1926. Ele havia codificado o leninismo logo de início com seu primeiro livro, mas essa continuação entrou em um mercado ideológico mudado. Dois anos após a morte do líder, as divisões e lutas pelo poder entre os integrantes da elite haviam se aprofundado. Os rivais de Stálin também estavam publicando seus próprios pensamentos complexos sobre o assunto, enquanto disputavam o poder. *Em torno dos problemas do leninismo* não é apenas uma meditação sobre os temas explorados no primeiro livro, mas uma ampliação do campo de batalha e uma demonstração da seriedade com que Stálin encarou a guerra pelo controle dos textos teóricos. Interpretações rivais não eram uma questão de desacordo — estavam erradas e tinham que ser anatomizadas e atomizadas através de uma desconstrução impiedosa. Enquanto Lênin era capaz de aniquilar os inimigos com um pequeno panfleto por meio de uma mistura de argumentação, insultos, zombaria e notas de rodapé muito extensas, Stálin optou por uma intensificação prolixa e sem graça de estilo, um estoque implacável de citações, uma pilha enorme, implacável e pesada de retórica. Além disso, ele não poupou os inimigos ao desprezar os "leninismos" falsos de rivais como Trotsky, Kamenev e Zinoviev — esse último havia publicado *O leninismo*, em 1925, no qual defendeu o internacionalismo e protestou contra o ideia de "socialismo em um único país".

Enquanto lentamente martelava os inimigos, Stálin também procurava defender a própria heresia, com a intenção de provar que, apesar de todas as evidências em contrário, Lênin e ele acreditavam nisso o tempo todo. É claro que foi fácil revisar *Sobre os fundamentos do leninismo*, de modo que uma passagem que parecia bastante cética desaparecesse de repente, dando lugar a um endosso à ideia. Stálin conhecia bem os escritos do líder russo e, ainda por cima, era um seminarista treinado. Como um teólogo extrapolando uma doutrina inteira com base em um punhado de versos bíblicos considerados isoladamente, ele vasculhou e encontrou algumas citações que poderiam ser usadas para apoiar a nova teoria, contanto que a pessoa ignorasse tudo o mais que Lênin havia dito e feito. Stálin pegou esse fragmento e o tirou de contexto:

O desenvolvimento econômico e político desigual é uma lei absoluta do capitalismo. Assim, a vitória do socialismo é possível primeiro em vários ou até em um único país capitalista isoladamente. O proletariado vitorio-

so desse país, tendo expropriado os capitalistas e organizado a produção socialista, enfrentaria o resto do mundo, o planeta capitalista, atraindo para a causa as classes oprimidas de outros países, fomentando revoltas nesses locais contra os capitalistas, e, em caso de necessidade, saindo com a força armada contra as classes exploradoras e seus Estados.

Então ele deu um zoom no trecho "tendo... organizado a produção socialista" e produziu esta impressionante obra de exegese:

Isso significa que o proletariado do país vitorioso, tendo tomado o poder, pode e deve organizar a produção socialista. E o que significa "organizar a produção socialista"? Significa construir completamente uma sociedade socialista. Não é necessário provar que esta declaração clara e definitiva de Lênin dispensa mais comentários. Caso contrário, o seu chamado para a tomada do poder pelo proletariado em outubro de 1917 seria incompreensível.

Com base em quatro palavras, Stálin declarou que a revolução depende de uma ideia um tanto quanto nova que ele próprio adotara recentemente. O socialismo poderia ser construído em um único país, e, se o resto do mundo tivesse que esperar um pouco, tudo bem. O revisionismo de Stálin teve seus oponentes, mas eles estavam divididos e não se uniram contra o inimigo comum até que fosse tarde demais. Na verdade, na época em que *Em torno dos problemas do leninismo* foi publicado, Stálin já havia superado seus adversários, explorando as regras de Lênin sobre a unidade partidária para evitar um debate sobre a ideia no Décimo Quarto Congresso do Partido em dezembro de 1925.

Mais tarde, a violência verbal se tornaria física, e Stálin mataria Trotsky, Zinoviev e Kamenev, todos os três que ele atacava em *Em torno dos problemas do leninismo*. Ele também ordenou a morte de Bukharin, seu aliado que havia feito tanto para pegar o slogan "socialismo em um único país" e elaborar uma teoria em torno dele. Mas, como todos nós sabemos agora (eles não, pelo menos, não ainda), Stálin era assim. Por enquanto, os assassinatos em massa ainda estavam a anos de distância, e a sua facção havia consolidado seu poder. Era hora do "socialismo em um único país" passar da página para a realidade.

* * *

Tendo estabelecido o controle dos textos de Lênin, Stálin aumentava seu poder pessoal gradativamente, enquanto conduzia a transformação cultural, industrial e agrícola da União Soviética. Para que o jovem Estado pudesse sobreviver, Lênin se comprometera com o capitalismo: sua Nova Política Econômica permitira um comércio privado limitado. Stálin adotou uma abordagem diferente: ele obrigaria o socialismo a existir.

Obviamente, isso exigiu violência maciça. Não foi difícil encontrar passagens nos textos sagrados soviéticos endossando o uso do punho. Malabarismo hermenêutico algum foi necessário para compreender o que Lênin queria dizer quando definiu a ditadura da classe trabalhadora como "a supremacia do proletariado sobre a burguesia e irrestrita pela lei". E, veja só, o socialismo avançou através dos planos quinquenais, da coletivização forçada, dos campos de trabalho escravo, da extinção dos kulaks como classe, da perseguição paranoica a "destruidores"* e sabotadores, das execuções, dos expurgos e do desaparecimentos e de uma fome artificialmente induzida que ceifou a vida de milhões de pessoas no sul da Rússia, na Ucrânia e no Cazaquistão entre 1932 e 1933.

Stálin também subjugou a velha guarda bolchevique. Enquanto a mera existência de *Em torno dos problemas do leninismo* sugeria um ambiente intelectual em que era possível para os integrantes da elite discordarem uns dos outros, em 1932, a autoridade de Stálin era absoluta. Quando o cenário político mudou, livros impróprios foram removidos; bibliotecários, seja por excesso de zelo ou puro terror, recolheram não apenas obras ideologicamente suspeitas, mas também textos marxistas. O teor geral de ambiguidade temerosa é demonstrado pelo fato de que, no início da década de 1930, os bibliotecários aterrorizados da região de Moscou chegaram ao ponto de remover das prateleiras a obra-símbolo de Stálin, *A questão nacional e a social-democracia*, e a primeira tentativa de Lênin de escrever um livro importante nos dias no exílio na Sibéria, *O desenvolvimento do capitalismo na Rússia*.

Assim como o socialismo surgiu da neblina como uma miragem concreta, o culto de Stálin apareceu da mesma forma. Ele se tornou o *Vozhd*, o "líder e professor", "o verdadeiro e melhor pupilo de Lênin", o "verdadeiro continuador", o "Lênin de hoje", e, então, entre 1932 e 1933, Stálin começou a

---

* Destruição ("wrecking") era um crime específico no código penal da União Soviética na era Stálin. Não envolvia sabotagem por si só ou a depredação de propriedades estatais, mas atos contra funções administrativas do Estado, visando a minar o funcionamento do governo. (N. do T.)

ultrapassá-lo como o "grande condutor da locomotiva da história", o "gênio do comunismo", o "melhor maquinista da revolução proletária mundial", o "jardineiro da felicidade do homem". Sua imagem monumental e realçada se espalhou pela paisagem da União Soviética, aparecendo como figuras de bronze sobre pedestais, cartazes de propaganda colossais, mosaicos e murais titânicos. Ao mesmo tempo, o culto a Lênin diminuía. No dia de comemoração da Revolução Russa em 1983, um correspondente estadunidense de notícias deu um passeio por Moscou e contou 103 retratos e bustos de Stálin contra 58 de Lênin. Enquanto um cartaz do líder atual chegava a uma tiragem de 150 mil exemplares, o anterior tinha que se contentar com 30 mil, ou aparecer apenas como uma cabeça sobre um pedestal no fundo de um retrato do Vozhd, ou reduzido a um nome na lombada de um livro no gabinete de Stálin.

Quando esse ascendeu ao nível de deus-homem, seus textos foram reverenciados. Ao escrever depois do colapso da União Soviética, o general e historiador russo Dmitri Volkogonov comentou:

Eu me lembro, como cadete na escola de blindados, de ter lido de ponta a ponta as seiscentas páginas dos discursos e artigos de Stálin, reunidos sob o título de sua obra-prima, Sobre os problemas do leninismo, *com todo o material suplementar incluído. Tínhamos que escrever resumos desses trabalhos, aos quais os instrutores prestavam uma atenção especial. Quanto mais extenso o resumo, e quanto mais passagens-chave fossem sublinhadas em lápis de cor, melhor a nossa nota.*

Em contextos extraoficiais, no entanto, a história era diferente. Uma piada dos anos 1930 girava em torno de uma cerimônia de premiação para os stakhanovistas, trabalhadores com desempenho excepcional que eram elogiados pelo Estado, mas odiados por seus camaradas pelas expectativas irrealistas que a produção deles impunha a todos os demais. Na cerimônia, realizada em uma fazenda coletiva, um grupo de leiteiras stakhanovistas recebe prêmios: um receptor de rádio, um gramofone e uma bicicleta. O quarto prêmio, para a principal criadora de porcos, são "as obras completas de nosso amado camarada Stálin". Faz-se um silêncio profundo. Finalmente, alguém na parte de trás quebra o silêncio: "É só o que essa vadia merece."

Mas as avaliações francas das obras de Stálin não eram propícias a uma vida longa e, como ele podia publicar qualquer coisa que quisesse, havia tantas razões para ficar calado. Considerando que Stálin havia lutado contra outros socialistas nas páginas de revistas e livros, a mais banal de suas declarações públicas era considerada digna de ser preservada por toda a eternidade. Por exemplo, na página 48 do volume 13 da edição em língua inglesa de sua obra completa, encontramos este trabalho impressionante, retirado das páginas do *Pravda*:

> *Para Elektrozavod,*
> *Saudações aos trabalhadores, às trabalhadoras e a todo o pessoal executivo da fábrica!*
>
> *Felicitações sinceras aos trabalhadores mais ativos da fábrica e, em primeiro lugar, aos homens e mulheres brigadistas de choque*, pela conclusão bem-sucedida do prédio e inauguração da fábrica!*
>
> *Camaradas, o país precisa de colheitadeiras tanto quanto precisa de tratores e automóveis. Não tenho dúvidas de que vocês conseguirão cumprir completamente o programa de produção da fábrica.*
>
> *Avante para novas vitórias!*
>
> *J. Stálin*
> *4 de janeiro de 1932*

Um item favorito na minha coleção pessoal de textos de ditadores é um panfleto de 24 páginas que contém dois discursos de Stálin de 1935 que encontrei em uma livraria na cidade escocesa de Saint Andrews no início dos anos 2000. "Discurso em uma conferência de operadores de colheitadeiras" foi feito por ele em 1º de dezembro, enquanto "Discurso em uma conferência dos principais agricultores coletivos do Tajiquistão e Turcomenistão" foi proferido em 4 de dezembro. No primeiro, Stálin metodicamente explorou as razões para o aumento da demanda por grãos na União Soviética e afirmou que seu público estava à altura da tarefa de produzi-los, diante de uma aclamação que foi reproduzida duas vezes no texto da seguinte forma:

> *Vivas e aplausos altos e prolongados. Brados de "viva o nosso amado Stálin!"*

Esta aclamação ocorreu após os penúltimos e últimos parágrafos de sua palestra. No segundo discurso, no entanto, ela irrompeu após o segundo parágrafo, e foi ainda mais entusiasmada:

---

* "Brigadas de choque", compostas por trabalhadores superprodutivos conhecidos por esmagar cotas e assumir as tarefas mais difíceis. (N. do A.)

Vivas e aplausos altos e prolongados. Brados de "vida longa ao camarada Stálin!" Gritos de saudação aos líderes do Partido e do governo.

"Aplausos" irromperam novamente na metade do terceiro parágrafo, quando Stálin revelou que todos os participantes da conferência sairiam com um gramofone e alguns discos. A revelação de que eles também receberiam relógios resultou em "aplausos prolongados". O resto do discurso preencheu duas páginas, foi salpicado com comentários sobre aplausos e terminou com um recorde de aprovação vociferante:

Aplausos barulhentos. Todos se levantam e cumprimentam o camarada Stálin.

É claro que a coisa mais extraordinária a respeito do panfleto não é que ele seja totalmente insípido, ou que tenha sido considerado digno de publicação separada, mas que tenha sido traduzido para o inglês e publicado poucos dias depois dos discursos. Os cultistas incontroláveis levaram o panfleto para o outro lado do oceano, leram seu conteúdo e enxergaram valor nele, em uma sociedade onde ninguém estava morrendo de fome, sendo baleado na cabeça ou internado em um campo de trabalho escravo. E, sessenta anos depois, ele chegou às minhas mãos.

Nem todas essas micropublicações de Stálin eram tão estúpidas, no entanto. Em 2 de março de 1930, o *Pravda* publicou "Atordoados pelo sucesso", no qual o Vozhd sugere que os chefes do partido tinham ido longe demais na busca pela coletivização e que agora era hora de conter os excessos. De repente, *apparatchiks** aterrorizados por toda a União Soviética tiveram que voltar atrás e interpretar por si mesmos o que Stálin queria dizer por se concentrar em consolidar seus "ganhos" ao perseguir os kulaks. No outro extremo da década, em 29 de março e 1º de abril de 1937, o *Pravda* assustou novamente os leitores quando interrompeu o fluxo de propaganda para publicar dois discursos que Stálin havia apresentado ao Comitê Central semanas antes, exigindo o desmascaramento de inimigos. Os textos foram posteriormente reunidos como um panfleto. O homem-deus exigiu um expurgo. Mas quem? E quantos? E quando isso iria parar? Ele não especificou; a exigência estava na página, aterrorizante em suas implicações, em sua ambiguidade.

---

* Funcionários em tempo integral do partido. (N. do T.)

Enquanto os Stálins de papel e bronze proliferavam, o espécime de carne e osso ficava no gabinete interagindo com seu império, principalmente por meio de textos. Ele não era um daqueles ditadores que gostavam de fazer visitas cerimoniais aos locais de destaque de seu reino. Stálin não ficava de torso nu e fingia cavar buracos ao lado de trabalhadores, acariciava tigres em fotografias ensaiadas ou ficava em uma sacada curtindo a adulação. Em vez disso, ele conhecia seu reino através das vastas quantidades de relatórios, cartas, telegramas e estudos que consumia. Ele se formou como escritor indo de *O marxismo e a questão nacional* e editor do *Pravda* a editor supremo do maior Estado do mundo. Quando mexia na papelada, a terra tremia; quando ele levava a caneta vermelha a um documento, dezenas de milhares morriam. Ele estava moldando e revisando seu mundo assim como tinha moldado e revisado os textos de Lênin.

Como o principal meio de Stálin de interagir com o mundo físico era através do papel, não é surpreendente que ele continuasse a demonstrar uma admiração supersticiosa pelo poder da palavra escrita. O líder soviético ainda era fascinado por livros, romances, peças de teatro e pelas artes em geral. Ele era grande fã de balé e cinéfilo. Mesmo sendo um controlador por natureza, os arquivos mostram que Stálin, às vezes, se dispunha a delegar a decisão final aos lacaios do Politburo em questões de agricultura, indústria, transporte, defesa e segurança. Quando se tratava de ideologia e cultura, no entanto, a história era diferente: entre 1930 e sua morte em 1953, ele decidiu ou assinou praticamente todas as questões ideológicas que chegaram ao Politburo.

Ele gostava de disputar jogos mentais sinistros com escritores. Mikhail Bulgakov e Boris Pasternak notoriamente recebiam telefonemas no meio da noite para conversar sobre literatura ou o trabalho de seus colegas. Outros autores recebiam um bilhete com críticas quando se afastavam muito do caminho da retidão ideológica. Em dezembro de 1930, por exemplo, Stálin aterrorizou o "poeta camponês" Demyan Bedny acusando-o de difamar o socialismo e a classe trabalhadora em uma carta que também entraria nas *Obras Completas* de Stálin. Bedny o conhecia desde 1912 e se orgulhava tanto do futuro secretário-geral que, entre 1918 e 1933, chegou a morar no Kremlin como uma espécie de "poeta laureado" do Estado operário. Um bajulador nato, no passado, Bedny encontrou inspiração nos artigos que Stálin escreveu para o *Pravda*, e atacou os inimigos do seu mestre em versos. Em determinada ocasião, ele inspirou-se novamente em Stálin; só que, dessa vez, ele disparou algumas linhas em pânico, denunciando a si mesmo furiosamente:

Vá em frente, Ombro! Mexa-se, Braço! Se ao menos uma linha brilhante!
Eu me viro para a esquerda, me viro para a direita. Isso não é bom. Linhas
pretas por toda parte: Vícios! Vícios! Vícios!

Alguns escritores procuraram Stálin atrás de conselho literário. O proeminente dramaturgo Alexander Afinogenov considerava-o um mentor e, em 1930, começou a submeter suas peças a ele para serem criticadas. Apesar da agenda cheia como administrador de um vasto Estado totalitário multiétnico, Stálin encontrou tempo para lê-las e respondê-lo.

É claro que o principal objetivo do envolvimento de Stálin com a literatura não era estético, e sim aumentar sua autoridade editorial e exegética. Ele havia domado os textos de Lênin e dito ao povo soviético o que pensar; dessa vez ele queria instruí-los sobre como se *sentir*. Tal era sua fé supersticiosa no poder da palavra escrita que ele acreditava que poderia fazer isso exercendo controle sobre histórias imaginárias e sobre as pessoas que as escreviam.

Máximo Gorki foi um autor russo que saíra da pobreza para se tornar internacionalmente famoso por romances que descreviam a vida dura e triste dos pobres. Gorki tinha conexões fortes com o partido. O escritor havia conhecido Lênin em 1907, no Quinto Congresso do Partido Social-Democrata Russo em Londres, onde ele e o líder bolchevique formaram um vínculo por causa do romance de Gorki, *A mãe*. O autor doou fundos para a causa, mas seu relacionamento com o bolchevismo nunca foi fácil. Sobre Lênin, o escritor comentaria: "Ele não conhece o povo, não viveu entre as pessoas; ele só aprendeu com os livros como agitá-las." Enquanto isso, quase imediatamente após a Revolução de Outubro, Gorki publicou um artigo em seu próprio jornal com a manchete "Civilização em perigo", e deu sequência a uma série de artigos muito críticos sobre a nova liderança bolchevique. Embora tenha ficado do lado deles durante a guerra civil, ele continuou a criticar o partido até outubro de 1921, quando Lênin sugeriu à esposa de Gorki que seria melhor se o marido deixasse o país — para a saúde dele, é claro. Gorki se estabeleceu em Sorrento, na Itália, e passou a criticar os bolcheviques de longe.

Máximo Gorki era, portanto, um inimigo dos princípios da tirania. Mas também era um grande escritor revolucionário russo, respeitado em todo o mundo, alguém que poderia conferir legitimidade ao regime. Stálin o queria de volta. Mas como? Demonstrando sua compreensão irritantemente precisa da natureza humana e da vaidade dos escritores em especial, Stálin o comprou com bajulação e presentes. Integrantes da polícia secreta bombardearam Gorki com correspondências falsas de fãs, enquanto Gosizdat, a editora estatal, pagou a ele um adiantamento astronômico de 362 mil dólares por "certos direitos de publicação". Quando Gorki finalmente retornou à Rússia para as comemorações de seu sexagésimo aniversário, em 1928, Stálin garantiu que ele fosse recebido na estação de trem por uma multidão abundante. Isso foi apenas a primeira fase. A segunda foi similar, apenas mais intensa. Stálin escreveu para Gorki pessoalmente, enquanto muitas coisas foram rebatizadas em homenagem ao escritor, incluindo — mas não restrito a — seu local de nascimento, Nizhny Novgorod; a rua central de Moscou que leva ao Kremlin; o instituto literário de maior prestígio da União Soviética; e — por que não? — uma montanha no Quirguistão. Seduzido, Gorki retornou à União Soviética para curtir a adoração mais três vezes antes de Stálin convidá-lo a se estabelecer lá permanentemente em 1932. Ele aceitou e recebeu uma bela mansão no estilo *art nouveau* no centro de Moscou. Instalado no coração da capital soviética, Gorki poderia supervisionar mais facilmente a criação da vasta série de histórias que ele propusera, que seriam escritas por equipes de escritores. Essas obras oficiais e confiáveis sobre quase todos os temas tinham títulos os mais variados:

- História da Guerra Civil
- História de fábricas e usinas
- História dos dois planos quinquenais
- História das cidades e aldeias
- História do jovem
- História da cidade
- História da cultura urbana

Stálin apoiou o titã literário de estimação em seus projetos. E não é de se admirar, pois ele sabia o que estava recebendo: em sua segunda visita à União Soviética, Gorki visitou um gulag localizado no antigo mosteiro de Solovki e elogiou o lugar na imprensa. De volta a Moscou permanentemente, ele encabeçou uma "brigada de escritores" para produzir *A história do canal do mar Branco*, no qual foram exaltados os maravilhosos poderes corretivos do trabalho forçado.

Mas Stálin tinha planos que iam além da corrupção de um único escritor e não esperou para colocá-los em ação. Em 1905, em *A organização do partido e a literatura do partido*, Lênin clamava "abaixo os super-homens literários" e declarava que a literatura devia se tornar "'uma engrenagem' de um único grande mecanismo social-democrata". Até abril de 1932, no entanto, vários sindicatos literários, operando sob uma desconcertante variedade de nomes e acrônimos como MAPP, RAPP, VAPP, Proletkult, LEF e "o Ferreiro", ofereceram visões diferentes do que a literatura soviética deveria ser. A partir desse momento, porém, todos eles foram abolidos e substituídos por um monolítico Sindicato dos Escritores. Em 26 de outubro de 1932, Stálin se reuniu com 40 superastros literários soviéticos na luxuosa mansão de Gorki. Entre eles estavam Fiodor Gladkov, cujo romance mais famoso era o emocionante *Cimento*, e Valentin Kataev, cujo livro mais famoso, *Time, Forward!*, era sobre derramar cimento. O futuro ganhador do Prêmio Nobel Mikhail Sholokhov também estava lá, assim como o correspondente dramaturgo de Stálin, Alexander Afinogenov. Ao se pronunciar, o líder revelou que tinha uma missão importante para os poetas, dramaturgos e romancistas reunidos: reconstruir os mundos internos do povo soviético.

> Nossos tanques são inúteis se as almas que devem conduzi-los são feitas de barro. É por isso que eu digo: a produção de almas é mais importante que a dos tanques. Alguém aqui observou que os escritores não devem ficar quietos, que devem estar familiarizados com os modos de vida em seu próprio país. O homem é remodelado pela própria vida, e vocês reunidos aqui devem ajudar a remodelar a alma do homem. Isso é o que é importante, a produção de almas humanas. E é por isso que ergo meu copo a vocês, escritores, aos engenheiros da alma humana.

Os textos do próprio Stálin foram projetados para moldar o conteúdo das cabeças comunistas, não os corações. Para isso, o Vozhd queria literatura do tipo que ele havia lido na adolescência — romances, histórias, peças teatrais e poemas —, embora com mais concreto, tratores, barragens hidrelétricas e "alegria no trabalho". Apesar de seu domínio sobre a *realpolitik**, da compreensão desdenhosa da fraqueza humana e de possuir um impulso homicida, Stálin era um romântico ingênuo, na medida em que acreditava no poder transformador da literatura. Afinal de contas, pessoas más leem boa poesia e permanecem más, enquanto pessoas boas leem romances ruins e continuam boas, e, de qualquer maneira, todos nós esquecemos a maior parte do que lemos. Stálin, o antigo poeta da beleza natural, que fora esti-

---

* Política baseada em objetivos práticos e resultados no lugar de ideais. (N. do T.)

mulado a se rebatizar como Koba pela leitura de um romance comercial, ainda acreditava.

Após dois anos de reuniões e discussões, Gorki proferiu o discurso de abertura que inaugurava esse novo tipo de literatura de formação de espírito no Primeiro Congresso do Sindicato dos Escritores, em 1934 — não antes de submeter o texto a Stálin, obviamente. Stálin havia batizado o novo estilo como arte do realismo socialista, um estilo que exigia que os profissionais evitassem a realidade e se concentrassem em histórias castas, inocentes e edificantes sobre a construção soviética, atos heroicos de trabalho e nobres exemplos de cidadãos nacionais. O Estado enviou equipes de escritores experientes a regiões remotas da União Soviética para instruir os com menos experiência sobre como compor romances típicos. Escritores procuraram projetos de construção gigantescos para elogiar; os charlatões floresceram; e os que se mostraram aptos a lidar com material politicamente correto, seja industrial, histórico ou de guerra, conseguiriam colher grandes recompensas, incluindo a mais alta honraria do Estado, o Prêmio Stálin. Tal foi o destino de *O arco-íris*, de Wanda Wasilewska, um conto de guerra partidária e do heroico Exército Vermelho, que, apesar de esquecido hoje em dia, esgotou sua tiragem inicial de 400 mil exemplares em dois dias, e foi publicado nos Estados Unidos pela editora Simon e Schuster.

Apesar das tiragens titânicas, o realismo socialista já era uma força criativamente desgastada no momento em que foi oficialmente lançado. De fato, muitos dos mais famosos romances soviéticos aprovados pelo Estado foram publicados *antes* de Gorki proferir seu discurso:

Chapaev, de Furmanov (1923)
Cimento, de Gladkov (1925)
O don silencioso, de Sholokhov (1928)
Pedro, o Grande, de Tolstói (1929-1934)
Time, Forward!, de Kataev (1933)
Assim foi temperado o aço, de Ostrovsky (1934)

Tampouco a adesão à linha partidária foi garantia de sobrevivência. Os escritores poderiam facilmente cair em desgraça dentro de uma cova. Dos quarenta que estavam na sala com Stálin quando ele lhes atribuiu a tarefa de reconstrução metafísica, onze morreram nos Expurgos. Gorki, enganado, isolado e desesperado, morreu em 1936, ano em que o abismo entre a palavra e o mundo atingiu proporções épicas, uma vez que o líder do país não só anunciou que o socialismo "havia sido alcançado em nosso país" como revelou uma nova versão da constituição soviética, um documento que prometia aos cidadãos todos os tipos de direitos que eles de fato não tinham — ao mesmo tempo em que lançava o Grande Terror.

O próprio realismo socialista demoraria um pouco mais para morrer. Ele influenciou outras formas de arte, foi sujeito à reinterpretação e seguiu mancando por algumas décadas após a morte de Stálin, deixando, mesmo assim, as almas soviéticas sem passar por uma reengenharia. Não é de se admirar: quem hoje em dia leria voluntariamente o épico de 1948 *Cavalier of the Gold Star*, de Semyon Babaevsky, no qual, ao longo de mais de 600 páginas, o herói revive a economia local organizando voluntários para coletar madeira?

Com Lênin subjugado e o plano de Stálin para a reconstrução da alma humana por meio de romances sobre barragens hidrelétricas em andamento, o Vozhd visava a conquista da história.

Ele havia revisado e reescrito a realidade muitas vezes desde a consolidação de seu poder. Bolcheviques antigos que haviam sido líderes e heróis, ou até confidentes de Lênin, foram desmascarados como agentes duplos diabólicos. Uma coisa era o Estado apagar as pessoas das fotografias oficiais, ou que familiares pegassem fotos antigas e borrassem os rostos dos parentes que haviam sido expurgados, outra completamente diferente era apagar essas não-pessoas da memória. Em particular, quem diria quais versões do passado persistiam?

Enquanto isso, Stálin estava preocupado com seus quadros partidários, a geração de comunistas que surgiu para substituir a antiga que ele havia eliminado. Qual era a posição ideológica dessa nova classe intelectual? Que "fatos" estavam em suas cabeças? Como Stálin poderia controlar o que eles acreditavam? Sem dúvidas, era necessário um texto: uma versão oficial do que havia acontecido e, por dedução, o que *não* havia acontecido. Este delinearia o que ele exigia que seus súditos acreditassem, ou, pelo menos, o que eles deveriam fingir acreditar: uma versão definitiva da Verdade forjada por Stálin.

De fato, Stálin andava preocupado com a condição do passado soviético há algum tempo. Em 1931, ele escreveu uma carta aos editores da revista *Revolução Proletária*, na qual atacou um grupo de historiadores por menosprezar os papéis de Lênin e do Partido Comunista na revolução, e por dedicar energia insuficiente à tarefa de "arrancar as máscaras" dos trotskistas. Stálin chamou esses historiadores de "falsificadores da história". O que era necessário, escreveu ele, era uma abordagem "científica" e bolchevique da história.

Mas o que o Vozhd queria dizer com "científica"? Uma série de histórias apareceu e desapareceu em rápida sucessão, um turbilhão instável de textos gerados por autores fazendo o melhor possível para adivinhar o que isso significava. Afinal, era difícil se manter a par de quem era virtuoso e quem era malvado, pois Stálin prosseguiu matando muitos amigos antigos e aliados. Nesse ambiente, escrever sobre o passado era perigoso. Tentando conter a maré de histórias efêmeras e inadequadas, Stálin havia encomendado uma história oficial e definitiva do partido, escrita por um coletivo de professores leais. Foi publicada em 1935. Dois anos depois, no entanto, seu editor, Vilgelm Knorin, um revolucionário desde 1905, foi exposto como um traidor. Aparentemente, não contente em passar o período pré-revolucionário como agente do czar, ele também servira na Gestapo, enquanto galgava a hierarquia da historiografia soviética oficial. Ele foi preso e morto a tiros.

Sem se deixar intimidar, Stálin resolveu produzir outra história absoluta e definitiva do Partido Comunista. Dessa vez, ele assumiria um papel mais direto: não iria escrevê-lo, mas atuaria como editor, supervisionando a criação de uma grande obra de ficção, na qual ele restringiria a desordem da memória de uma vez por todas. O livro se chamaria *A história do Partido Comunista (Bolchevique) da URSS*.

Stálin montou uma equipe de historiadores para trabalhar no texto, embora ele fosse o "diretor" que forneceu aos estudiosos uma estrutura cronológica de doze capítulos e editou o manuscrito completo cinco vezes antes da publicação. Como líder, não confiava nos subordinados para escrever o capítulo dedicado à ideologia, e se encarregou da questão, fornecendo outro resumo do materialismo dialético e do marxismo-leninismo para as massas. Nos primórdios da revolução, os colegas e rivais de Stálin desdenharam de sua capacidade teórica; dessa vez eles estavam todos mortos ou no exílio, e ele daria a última palavra sobre o assunto.

Assim os historiadores trabalhavam, moldando o texto de acordo com suas exigências, revisando-o sempre que outra não-pessoa era criada, o que causava atrasos na publicação, enquanto Stálin examinava minuciosamente o trabalho da equipe. Os manuscritos estão preservados em seu arquivo pessoal: páginas e páginas de texto datilografado, algumas cobertas com as anotações de Stálin à margem do texto, outras riscadas inteiramente. Ele forçou os escritores-vassalos não apenas a adequar a história às suas exigências, mas a usar as conjunções que ele, que não era um orador nativo da língua russa, preferia. Além de ser um assassino em massa, ele era um editor infernal.

A história do Partido Comunista (Bolchevique) da URSS foi lançado em setembro de 1938 sob a forma de capítulos publicados no *Pravda*, e surgiu como um livro um mês depois. A publicação foi um grande evento; o Comitê Central do partido emitiu um decreto declarando que a obra existia para "fornecer liderança unificada" sobre a história do partido, e que "encerrava toda arbitrariedade e confusão" que "vimos em vários livros sobre a história do partido". Os críticos estavam unidos na admiração. Na revista *Bolchevique*, *A história do Partido Comunista (Bolchevique) da URSS* foi comparado a *O manifesto comunista* por seu brilhantismo, enquanto a revista *Questões de História* elogiou-o como um "trabalho científico modelo" notável não apenas por sua "profunda análise marxista", mas por sua "simplicidade e acessibilidade de apresentação".

Eles estavam mentindo, obviamente — exceto pelo trecho sobre a simplicidade. Mas era mentir ou morrer naqueles dias, e, talvez, com medo, alguns desses críticos entusiasmados conseguiram se convencer de que estavam sendo sinceros. Extraído de um contexto em que uma revisão negativa provavelmente resultaria em morte, no entanto, *A história do Partido Comunista (Bolchevique) da URSS* não é um trabalho científico modelo, mas sim uma sequência de verdades, meias-verdades e inverdades, uma pilha de palavras que sufoca a memória. É uma fábula moral tosca sobre os bons Lênin/Stálin contra os maus Trotsky/Bukharin/mencheviques/outros vilões, uma narrativa simplista cheia de distorções, na qual — seguindo a tradição leninista — mais atenção é dada às lutas internas com outros socialistas do que a alegada batalha de vida ou morte com o capitalismo, o imperialismo ou o czar. Escrito em prosa sem graça e mecânica, *A história do Partido Comunista (Bolchevique) da URSS* é a apoteose do estilo de Stálin, mesmo que ele não tenha escrito a maior parte do livro: é repetitivo, esquemático e com muitos *a, b, c* e *d*. Também é curiosamente superficial, como se o líder pretendesse que a obra fosse usada para a memorização e para ser recitado, não para a internalização. Cada capítulo vem com um resumo útil no fim, descrevendo precisamente como o leitor deve interpretar o que acabara de ler.

Um catecismo, mas também mais do que isso. Stálin havia transformado a história do Partido Comunista em um exercício vanguardista, quase do movimento Oulipo*, de restrições literárias. Ele permitiu, por exemplo, que indivíduos pudessem causar um impacto dentro das condições históricas corretas, mas não deixou que os subalternos atribuíssem qualquer significado às biografias pessoais desses mesmos indivíduos. Para manter o texto suficientemente "marxista" e "científico", ele mandou apagar rostos, corpos e experiências subjetivas das páginas. Como resultado, a obra se tornava quase puramente textual, um registro do choque entre termos bons e maus. Os positivos querem fazer surgir uma expressão chamada "a Revolução" e, assim que esta surge, eles têm que lutar para defendê-la dos negativos, que parecem estar do mesmo lado que os termos bons — até que mais tarde eles sejam revelados como termos maus, afinal de contas. O líder dos termos bons é Lênin: ele aparece 682 vezes no texto — 701 se você incluir o índice. Nenhum outro nome chega perto disso. Trotsky, senhor dos termos maus, aparece 104 vezes. Trotskistas, os termos que o seguem, aparecem 88 vezes. Marx tem 76 menções irrisórias.

Quanto a Stálin, embora a crítica convencional de *A história do Partido Comunista (Bolchevique) da URSS* sustente que ele se inseriu na história às custas dos colegas, tornando-se uma figura muito mais grandiosa do que realmente era, ele aparece apenas 169 vezes e está praticamente ausente da primeira parte do livro; nem é mencionado durante a tomada bolchevique de poder em outubro de 1917; e não há referências ao "stalinismo". Na verdade, ele tinha o hábito de riscar referências a si mesmo em manuscritos, caso as considerasse grandiosas em excesso. Embora seu culto à personalidade tenha eclipsado o de Lênin, ele ainda insistiu, pelo menos em publicações, em se apresentar como o pupilo fiel em vez do messias substituto. Em 1947, ao reeditar *A história do Partido Comunista (Bolchevique) da URSS*, Stálin chegou a reduzir o número oficial de vezes em que foi preso — oito para sete —, exilado — sete para seis — e havia escapado — seis para cinco. Se isso foi uma tentativa sincera de controlar o culto à personalidade ou apenas falsa modéstia, ou ambos, ou nenhum dos dois, Stálin, sempre que aparece está do lado correto da história.

Mas *A história do Partido Comunista (Bolchevique) da URSS* não é apenas sobre termos específicos; é também sobre outros livros, alguns dos quais assumiram significado imenso. Nos primeiros capítulos, o progresso é

---

* Coletivo literário francês famoso pelas experiências engenhosas, mas razoavelmente ilegíveis, que envolviam colocar restrições na escrita dos textos, tais como não usar quaisquer palavras contendo a letra *e* ou, por outro lado, usar *apenas* palavras que contivessem a letra *e*. (N. do A.)

medido pelo aparecimento das principais obras de Lênin, que são citadas 49 vezes. A criação do seu jornal *Iskra* — 59 menções — é o clímax do primeiro capítulo, e é descrito como a centelha que "acendeu a grande conflagração revolucionária em que a monarquia czarista da nobreza fundiária e o poder da burguesia foram reduzidas a cinzas".

Quanto aos escritos de Lênin, Stálin explicita seu papel na construção da gênese do substantivo do partido:

> *Os bolcheviques vinham trabalhando para construir um partido assim desde a época do velho* Iskra. *Eles trabalhavam para isso teimosamente, persistentemente, apesar de tudo. Um papel fundamental e decisivo foi desempenhado pelos escritos de Lênin —* O que fazer?, *Duas táticas da social-democracia na Revolução Democrática etc.* O que fazer? *foi a preparação ideológica para tal partido.* Um passo em frente, dois passos atrás *foi a preparação organizacional para tal partido.* Duas táticas da social-democracia na Revolução Democrática *foi a preparação política para tal partido. E, finalmente,* Materialismo e empiriocriticismo *foi a preparação teórica para tal partido.*

Conforme a história se desenrola, Lênin esteve sempre de prontidão com uma obra ou um artigo que fornecia a resposta correta, e os editores de Stálin estavam lá para dar o brilho correto a cada texto, juntamente com as citações apropriadas.

A indistinção da fronteira entre a palavra e o mundo cometida por Stálin se tornou ainda mais explícita no peso que *A história do Partido Comunista (Bolchevique) da URSS* colocou em slogans, cujas referências chegaram a 74 no livro. Em resposta aos acontecimentos, Lênin — e, subsequentemente, Stálin — muitas vezes usou slogans, os quais foram atos significativos de magia verbal capazes de alterar o mundo. Por exemplo, no período da Revolução Russa de 1905, a fim de "guiar as massas para uma insurreição e transformá-la em uma revolta de todo o povo", Lênin considerou necessário emitir esses slogans:

a) "Greves políticas de massa, que podem ser de grande importância no início e no próprio processo da insurreição";

b) "Realização imediata, de maneira revolucionária, da jornada de trabalho de oito horas e das demais demandas imediatas da classe trabalhadora";

c) "Organização imediata dos comitês camponeses revolucionários para executar" de maneira revolucionária "todas as mudanças democráticas", incluindo o confisco das propriedades fundiárias.

Essa união de fala e ação foi intensificada pela tendência de usar a mesma linguagem tanto para as lutas retóricas quanto para o assassinato em massa. Em *A história do Partido Comunista (Bolchevique) da URSS*, a luta é perpétua, e sua citação aparece 327 tediosas vezes. Quando tudo é uma luta, então nada é, e assim ocorre um estranho efeito de achatamento. Nenhuma distinção foi feita entre uma luta realizada por meio da pena, como a campanha de Lênin contra os liquidacionistas, em que a redação de artigos foi descrita como "esmagamento da resistência", e uma luta que resulta em pilhas de cadáveres. No entanto, a palavra *esmagamento* também foi aplicada à luta contra a heresia ideológica do "narodnismo", à perseguição do czar aos bolcheviques, à busca da Grã-Bretanha pela guerra contra a Alemanha e à campanha do partido contra os kulaks. A violência verbal foi equivalente à violência real, mas os detalhes dessa última nunca foram fornecidos. Tudo tornou-se curiosamente sem importância, e as atrocidades foram obscurecidas por papel e tinta.

E assim por diante, sem parar, por mais de trezentas páginas. Quase no fim, novas formas de texto invadem a narrativa, quando *A história do Partido Comunista (Bolchevique) da URSS* oferece ao leitor longas séries de estatísticas retiradas dos relatórios que passaram pela mesa de Stálin:

> *Durante o período do Segundo Plano Quinquenal, os salários reais dos trabalhadores e dos funcionários administrativos mais do que dobraram. O total da folha de pagamento aumentou de 34 bilhões de rublos, em 1933, para 81 bilhões, em 1937. O fundo de seguro social do Estado aumentou de 4,6 bilhões de rublos para 5,6 bilhões no mesmo período. Somente em 1937, cerca de 10 bilhões de rublos foram gastos no seguro estatal de trabalhadores e empregados, na melhoria das condições de vida e no cumprimento das exigências culturais, nos sanatórios, nos centros de saúde, nas casas de repouso e no serviço médico.*

Se no começo do partido havia a palavra, e a de Lênin, em especial, no final havia Stálin devorando relatórios. A teoria gerou a palavra concretizada, que se manifestava na declamação de estatísticas manipuladas. Esses números se relacionavam com as coisas do mundo, mas, na verdade, eles estabeleceram semelhanças com coisas em outros papéis. E do lado de fora, além da página: sangue, terror, guerra.

ASSIM QUE FOI publicado, *A história do Partido Comunista (Bolchevique) da URSS* tomou lugar como texto central da União Soviética, um livro sagrado ao lado da biografia oficial, hagiográfica e estupidamente sem graça de Stálin, que ele também havia submetido a uma edição pesada. As massas estudaram as obras em instituições educacionais; a elite as adularam. Em 1939, no Décimo-Oitavo Congresso do Partido, Nikita Khrushchev descreveu as ideias de Stálin como "uma grande contribuição para o tesouro do marxismo-leninismo", que correspondiam a "um estágio mais elevado no desenvolvimento do leninismo". O pupilo superara o mestre; Lênin fora eclipsado.

De fato, o livro era tão sensacional que só podia ser obra de um único homem. Assim, em 1946, sua autoria oficial foi revisada: o *Pravda* anunciou que ele seria doravante incluído no volume 15 das *Obras Completas* de Stálin. Árvores foram massacradas para que o livro pudesse ser replicado e se espalhasse por toda a União Soviética — e atravessasse o oceano. Entre a publicação inicial, em 1938, e 1955, um total de 42.816.000 exemplares foram impressos, enquanto a seção sobre "Materialismo dialético e histórico", no capítulo 4, que Stálin de fato havia escrito, foi extraída e publicada aos milhões como um panfleto separado. Algumas minorias soviéticas tinham acabado de adquirir alfabetos escritos, e era isso que elas tinham para ler. Nem os estrangeiros ficaram sem os prazeres de *A história do Partido Comunista (Bolchevique) da URSS*, pois foi traduzido para 67 idiomas e distribuído globalmente. Das ruas de Pequim às avenidas de Paris, passando pelas livrarias radicais de São Francisco, a visão de Stálin sobre a história se impôs ao mundo. Meu exemplar foi publicado em 1939, com capa dura e papel de alta qualidade, pela International Publishers de Nova York. Quase oito décadas depois, as páginas mostram apenas alguns sinais da passagem do tempo, e, a não ser que um dos meus herdeiros ou eu queime o livro, ele poderia durar séculos.

Enquanto choviam elogios sobre *A história do Partido Comunista (Bolchevique) da URSS*, a Europa se aproximava cada vez mais do Armagedom. Stálin, como sempre, emergiria muito bem da carnificina que se seguiu, triunfante sobre os cadáveres de milhões, estendendo as fronteiras de seu império e o alcance de seus textos que negavam a realidade, penetrando no centro do continente. A guerra mal tinha acabado quando, em 1946, as gráficas produziram meio milhão de exemplares das obras completas do líder. Enquanto isso, um milhão de exemplares da segunda edição de sua biografia oficial estariam em circulação no final do ano seguinte. Em breve, monumentos colossais dedicados a Stálin eram encontrados em cidades da Tchecoslováquia, Polônia e Hungria, enquanto seus livros se tornavam leitura obrigatória para jovens comunistas além da fronteira soviética. Somente, porém, quando o presidente Mao lançou *O livro vermelho* de citações, uma publicação comunista teria um alcance realmente global.

Mas, enquanto Stálin impunha sua vontade a outras nações, exercendo um poder gigantesco, ele escrevia cada vez menos. Ele lia vorazmente e mantinha uma mão de ferro sobre a cultura soviética, mas não publicou obras importantes depois da guerra até 1950, quando lançou *Sobre o marxismo na linguística* — primeiro como uma série de cartas publicadas no *Pravda*, depois como um panfleto à parte. Ele ponderou sobre as teorias do professor Nikolai Y. Marr e seus discípulos, que, por anos, dominaram a discussão da linguística na União Soviética. As teses de Marr eram absurdas: ele alegou ter adivinhado que as primeiras quatro sílabas da fala humana na história foram *sal*, *ber*, *yon* e *rosh*, e que a linguagem foi invenção de um grupo de sacerdotes-magos que a mantiveram em segredo das classes mais baixas para poderem usá-la como uma arma na luta de classes etc. Sobre isso, Stálin escreveu: "Não, não é verdade" — antes de começar, de uma maneira bastante sensata, a desmantelar as teorias do autor, libertando assim o estudo da linguística de um dogma enfadonho.*

Dois anos depois, Stálin publicou o que seria seu último livro, *Problemas econômicos do socialismo na URSS*. Não era exatamente um livro, mas uma coleção de notas, motivadas pela leitura feita por ele de outro conjunto de notas sobre uma obra didática de economia que ainda não existia, embora encomendada em 1937. Um rascunho foi submetido a um painel de revisão composto por 250 economistas e líderes políticos em novembro de 1951, mas foi considerado insatisfatório: claramente, o Vozhd precisava ser envolvido. Os apontamentos metatextuais de Stálin sobre o livro didático e seus temas foram publicados inesperadamente três dias antes do início do Décimo-Nono Congresso do Partido, em 5 de outubro de 1952. Divulgado em capítulos no *Pravda*, como um panfleto à parte, com tiragem inicial de 1,5 milhão

---

* O que era, obviamente, o contrário da direção normal das intervenções de Stálin. (N. do A.)

de exemplares, *Problemas econômicos do socialismo na URSS* foi recebido com uma aclamação arrebatadora, e virou tema de muita discussões em empresas e fábricas de todo o país.

Mesmo que *Problemas econômicos do socialismo na URSS* tenha surgido de uma maneira um tanto assistemática, era um texto oficial que Stálin pretendia que virasse uma série de declarações que transcenderiam sua morte, definindo políticas que moldariam o mundo que ele criara e que avançaria para um futuro que ele nunca veria. Por meio de papel e tinta, Stálin inscreveria sua vontade sobre o destino de milhões, mesmo enquanto dormisse por toda a eternidade. No entanto, apesar de todos esses grandes sonhos, ele concluiu seu último trabalho com uma nota prosaica; não com mais pronunciamentos teóricos sobre as verdades eternas do marxismo, mas com a exigência de encerrar o tão adiado livro didático sobre economia. Terminar esse trabalho seria, segundo ele, uma questão de "importância internacional" para o benefício tanto da juventude soviética quanto dos "camaradas estrangeiros". Havia muitas lições a serem aprendidas:

> ... *como saímos da escravidão capitalista; como reconstruímos a economia do nosso país seguindo rumos socialistas; como conquistamos a amizade do campesinato; como conseguimos converter um país que recentemente era pobre e fraco em um país rico e poderoso; o que são as fazendas coletivas; por que, embora os meios de produção sejam socializados, não abolimos a produção de mercadorias, o dinheiro, o comércio etc.*

Dito isso, Stálin — como sempre — quis manter as coisas simples e diretas:

> *Não deve ser muito volumoso, porque um livro didático excessivamente volumoso não pode ser um livro de referência e é difícil de assimilar, de dominar. Mas deve conter tudo que seja fundamental em relação tanto à economia do nosso país como à economia do capitalismo e do sistema colonial.*

Stálin sugeriu que um livro de cerca de quinhentas páginas — ou seiscentas, no máximo — deveria servir. Ele estabeleceu um plano detalhado para a produção da obra: deveria haver um comitê com os autores do livro e seus críticos mais hostis, um estatístico para verificar os números e fornecer dados estatísticos adicionais para o manuscrito e um "jurista competente para verificar a precisão das formulações". E isso não seria tudo:

Os integrantes do comitê devem ser temporariamente dispensados de todos os outros trabalhos e ser muito bem sustentados, para que possam se dedicar inteiramente ao livro didático.

Além disso, seria bom nomear um comitê editorial, de três pessoas, digamos, para cuidar da edição final do livro. Isso também é necessário para alcançar a unidade de estilo, que, infelizmente, falta na versão preliminar do livro didático.

E, finalmente:

Prazo para apresentação do livro didático finalizado ao Comitê Central: um ano.

Stálin escreveu essas palavras no dia 1º de fevereiro de 1952. Mas a época do tirano para executar expurgos e massacres enquanto administrava com atenção a produção de publicações estava chegando ao fim. Ele sofreu um derrame um mês após o prazo final, e morreu cinco dias depois. Em pouco tempo, os livros que a força de vontade de Stálin tornaram reais começariam a desaparecer das prateleiras como se nunca tivessem estado lá, impondo a milhões de pessoas a mentira e o conluio com a mentira. Esse desaparecimento, aliás, também foi uma mentira: os livros tinham sido muito reais, de uma maneira insuportável.

3

Mussolini

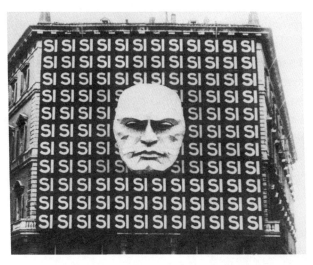

Mussolini — era uma vez quando as pessoas o levaram muito a sério mesmo

Começamos com o corpo de Benito Mussolini pendurado de cabeça para baixo em um poste de luz, do lado de fora de um posto de gasolina Esso em Milão. Morta a tiros por partidários comunistas e linchada por uma turba enfurecida, a carne balança como se estivesse cravada no gancho de um açougueiro em um matadouro a céu aberto. Ao lado, os restos mortais igualmente profanados de Claretta Petacci, amante de longa data de Il Duce.

Esta carcaça castigada já havia se imposto antes a uma nação. Altiva, orgulhosa, vigorosa, ela aparecia em cartazes, jornais e cartões-postais e tremeluzia como um fantasma em noticiários de cinema. Ela brincou com leões e apareceu de torso nu entre trabalhadores. Posou com trajes absurdamente ornamentados como um grande líder militar, e em trajes mais contidos como um pai de família amoroso rodeado de crianças. A carcaça era vista com regularidade na sacada do Palazzo Venezia, em Roma, onde se pavoneava de um lado para o outro, de olhos esbugalhados, braços gesticulando, fazendo chover palavras sedutoras sobre o império e a Itália sobre a multidão reunida abaixo.

O corpo de Mussolini era diferente da carne sedentária de Lênin ou Stálin. Esteve em constante movimento, um que lutava e que era tão desejável quanto o de qualquer ídolo das matinês, pois Mussolini tinha centenas de amantes. Quando ele parava com as mãos nos quadris, era como se fosse um foguete pronto para ser lançado e atingir diretamente o olho escaldante do sol.

Mas, apesar de toda a postura como homem de ação, Mussolini também era um homem de inação. Isto é, ele era escritor. Mussolini era competente em vários estilos — jornalismo, oratória, poesia, história, ficção, drama, memórias e autobiografia — e sua escrita raramente era de toda horrível. Ao contrário de Lênin, Stálin, Hitler ou da maioria dos outros ditadores-escritores deste livro, Mussolini escreveu uma prosa que, às vezes, era bastante legível. Ele foi prolífico: antes de chegar ao poste, Mussolini produziu texto suficiente para preencher uma edição de 44 volumes com sua obra completa.

Às vezes, nesses ensaios, livros e peças, ele profetizava as catástrofes da própria vida.

UMA CRIANÇA PRODÍGIO das províncias cresce e vira um rebelde hostil à autoridade. Desejando poder, mas correndo atrás dele em nome da liberdade, justiça e transformação social, o rebelde passa pelo fogo do exílio, da prisão e da guerra, esperando décadas pelo momento perfeito para atacar.

Foi assim para Lênin, o nobre de pouca importância da Rússia provincial; foi assim para Stálin, o filho do sapateiro empobrecido no território periférico da Geórgia; foi assim também para Benito Mussolini, filho de um ferreiro e uma professora na região montanhosa de Romanha, no norte da Itália, em 1883. Ao contrário de seus pares bolcheviques, no entanto, esse menino foi alimentado no espírito da revolução: a Romanha era conhecida pela rebeldia. A mãe de Mussolini, Rosa, frequentava a igreja, mas o pai, Alessandro, odiava os padres e batizou o filho em homenagem a Benito Juárez, o presidente anticlerical do México. Mussolini não precisou descobrir o socialismo em livros escritos por teóricos alemães distantes; ele foi capaz de encontrá-lo na própria família, no sangue. Além de martelar metal quente, Alessandro Mussolini fazia hora extra como jornalista radical.

A revolta fazia parte do cotidiano do menino, assim como a violência: aos 10 anos, ele esfaqueou um colega de classe com um canivete. Foi expulso. Sem se arrepender, Mussolini esfaqueou outro companheiro de turma na próxima escola, e lideraria gangues locais em incursões contra as fazendas da região.

Um bandido, para concluir. Mas Mussolini também adorava livros e, apesar das facadas ocasionais, tirava notas boas em idiomas, Literatura e História na escola. Em fevereiro de 1902, ele se tornou professor, mas em junho já estava desempregado, pois a escola se recusou a renovar o contrato. Seu gosto pelos bares locais, a propensão a brigar com os pais dos alunos e, especialmente, um caso escandaloso com a esposa de outro homem interromperam essa carreira. Então Mussolini emigrou, como os milhões de italianos que na ocasião estavam indo para o exterior em busca de uma vida melhor. Naquele mês de julho, sem nada — como ele alegaria mais tarde — além de um medalhão de Karl Marx no bolso, ele partiu para a Suíça.

A história não começou bem. Depois de chegar a Lausanne, ele foi preso por vagabundagem — a primeira das onze passagens atrás das grades antes de chegar ao poder. Quando saiu da prisão, Mussolini trabalhou em vários empregos de baixa qualificação, mas ainda dormia em bancos de parque quando ficava sem dinheiro. Ele também começou a publicar artigos em um jornal socialista local italiano, *L'Avvenire dei Lavoratori* (O Futuro dos Trabalhadores). O primeiro texto foi sobre os massacres de armênios no Império Otomano. O ativista socialista de 19 anos proclamava que a luta de classes estava na raiz da carnificina interétnica e declarou que a tirania exercida pela classe social economicamente privilegiada teria que desaparecer para acabar com "o ódio racial e o fanatismo". Os editores gostaram de seu estilo, e a carreira jornalística de Mussolini decolou: em poucos meses publicou mais nove artigos em *L'Avvenire dei Lavoratori*.

Mussolini fez um curso rigoroso de autoaperfeiçoamento intelectual, guiado nas explorações filosóficas por Angelica Balabanoff, uma exilada judia-russa com educação superior, e companheira de Lênin e Trotsky. Com a ajuda dela, o rapaz provinciano com uma queda por prostitutas e facadas encarou uma série de textos complicados que encontrou na biblioteca da Universidade de Lausanne. A lista de leitura de Mussolini incluía:

- **Bento de Spinoza** (1632—1677), fabricante de lentes e filósofo holandês que, apesar de se opor às ortodoxias religiosas, afirmava que "o conhecimento de Deus é o maior bem da mente".
- **Immanuel Kant** (1724—1804), filósofo alemão que argumentava que a intuição, e não a experiência, poderia servir de base para certos fatos sobre o mundo, e que as decisões éticas deveriam ser baseadas em imperativos categóricos, e não em resultados hipotéticos.
- **G.W.F. Hegel** (1770-1831), filósofo alemão que afirmava que seu pensamento representava o ápice histórico de todos os sistemas de pensamento anteriores, e cuja visão teleológica da história influenciou Marx.
- **Pyotr Kropotkin** (1842—1921), historiador, geógrafo, zoólogo, sociólogo, príncipe e principal teórico russo do comunismo anarquista. Mussolini traduziu seu *Palavras de um revoltado* do francês.
- **Friedrich Nietzsche** (1844-1900), filósofo alemão que abordou a morte de Deus, atacou a moralidade tradicional e declarou a importância da "afirmação da vida".
- **Georges Sorel** (1847-1922), filósofo francês que negou a bondade da natureza humana, denunciou a democracia e exaltou as virtudes do mito, da violência, da luta de classes e revolução.
- **Karl Kautsky** (1854-1938), marxista alemão que acabou por irritar Lênin a tal ponto que o líder bolchevique se opôs a ele em *A Revolução proletária e o renegado Kautsky*, de 1918. Mussolini traduziu para o italiano seu livro *A Revolução social*, de 1902.

Mussolini — que sabia ler em francês, alemão e inglês, bem como em italiano, sua língua nativa — era intelectualmente curioso. No entanto, sua capacidade de consumir grandes quantidades de texto complexo não foi igualada por uma capacidade igual para sintetizar quaisquer dessas informações de maneira original ou para articular quaisquer ideias complexas próprias, um fato que ficou muitíssimo claro em sua primeira "grande" obra, *Homem e divindade: Deus não existe*.

Este panfleto de 47 páginas* foi publicado em 1904 por uma editora de nome grandioso, a Biblioteca Internacional de Propaganda Racionalista. Mussolini escreveu o texto depois de participar de uma reunião em Lausanne, liderada por um evangelista protestante italiano chamado Alfredo

---

* De Mussolini e um amigo. (N. do A.)

Taglialatela. O evento culminou com Mussolini subindo em uma mesa e dando a Deus cinco minutos para matá-lo se Ele existisse. Aparentemente insatisfeito com esse argumento, ele se sentiu compelido a escrever um ensaio para combater mais os argumentos de Taglialatela.

A tese de Mussolini era uma profanação divertida de tudo que era sagrado. Ele conduzia o ponto de vista por meio de zombaria, asserções, apelos à autoridade e clichês ateus hiperbólicos, mas totalmente familiares:

Como a ideia de um criador pode ser conciliada com a existência de órgãos atrofiados e pouco desenvolvidos, com anomalias e monstruosidades, com a existência de dor perpétua e universal, com a luta e as desigualdades entre os seres humanos?

Se os argumentos não eram novos, a linguagem prazerosa de Mussolini soava, no entanto, contagiante. Havia uma exuberância no jogo dos insultos, um prazer na zombaria, uma alegria na blasfêmia. Era muito menos pessoal do que os vitupérios de Lênin e, consequentemente, menos tedioso. Mussolini não estava envolvido em uma batalha de vida ou morte pela doutrina: ele estava se divertindo em irritar as pessoas, como um protótipo de Richard Dawkins jogando fogos de artifício retóricos em uma série de homens de palha, enquanto declara que religião:

...é a causa certa de doenças epidêmicas da mente que requerem o cuidado de alienistas.

Mussolini se divertia mais quando discutia Jesus. Comparado ao Buda, que passou "45 anos de sua vida na Índia pregando a fraternidade, a benevolência e o amor ao próximo", o messias cristão era "pequeno e insignificante". Seus discípulos eram ainda piores: "uma dúzia de vagabundos ignorantes — a escória da plebe da Palestina!".

Mussolini declarou ser um "absurdo inconcebível" fazer de Cristo "o iniciador e propagador de qualquer moralidade". O Sermão da Montanha seria uma obra de plágio, enquanto "os poucos preceitos da moralidade que constituiriam uma ética cristã" eram nada mais que "conselhos de submissão, de resignação, de covardia". Ele inverteu o cristianismo com sua própria pregação revolucionária blasfema. Esqueça o reino dos céus, declarou Mussolini, pois "são miseráveis os pobres que não sabem como ganhar seu reino na terra!". Quanto a dar a outra face, ele proclamou: "Pague na mesma moeda os provocadores; oponha força com força, violência com violência."

Simplista, ignorante, mas também confiante em suas opiniões, Mussolini demonstrava precisamente as habilidades necessárias para uma carreira como jornalista político e provocador. E assim, embora ele também tenha publicado poesia durante essa fase inicial da carreira literária — "No dia dos mortos", em 1902 e outro poema dedicado ao jornalista revolucionário francês Baboeuf, em 1903 —, foi como uma máquina estridente geradora de opinião que ele ficou famoso. No final da estada na Suíça, Mussolini — após períodos de prisão, expulsões de cantões* e troca de profissões — já era conhecido como socialista, jornalista, propagandista, sindicalista e orador público com discurso agressivo. Deus foi apenas uma das figuras de autoridade que ele sujeitou ao discurso de ódio: Mussolini também atacou reis, o czar russo, padres e capitalistas. Ele exigiu greves e elogiou a violência; como Lênin, o italiano gostava de batalhas verbais com colegas socialistas e sonhava com um dia de acerto de contas. Haveria expropriações; haveria sangue. O advento do socialismo, declarou ele, exigiria uma "tempestade insurrecional".

O dom de Mussolini para a retórica inflamatória lhe rendeu atenção fora dos círculos de expatriados da Suíça. Ele escreveu para jornais socialistas de lugares tão distantes quanto Nova York, assim como publicações de locais mais próximos de sua terra natal, como Milão. Sua reputação cresceu. Em 1904, um jornal romano publicou uma reportagem sobre um de seus desentendimentos com as autoridades suíças, referindo-se a Mussolini como o "grand duce" de uma organização socialista na Suíça. Ele só tinha 20 anos de idade.

NO FINAL DE 1904, Mussolini retornou à Itália. Sua mãe estava doente e acabou morrendo. Durante alguns anos, ele tentou levar uma vida menos marginal. Serviu nas forças armadas e, breve e desastrosamente, retomou a carreira de professor. Mesmo durante esse período Mussolini continuou escrevendo e fazendo discursos, e, com o tempo, abandonou qualquer esforço em ser uma pessoa "normal" com um emprego "normal". Enquanto isso, ele experimentava formas literárias mais ambiciosas.

---

* Unidade de divisão distrital política da Suíça. (N. do T.)

Ele enveredou pelo formato de ensaio longo ao publicar uma obra que marcou o vigésimo-quinto aniversário da morte de Karl Marx, que não foi o único pensador do século XIX que Mussolini elogiou naquele ano. Em um ensaio intitulado "A Filosofia da Força", ele exaltou as virtudes do pensamento de Nietzsche, apesar de o filósofo alemão ter descrito o socialismo como "a tirania dos mais mesquinhos e sem fundamentos". Não importava: de acordo com Mussolini, Nietzsche era "a mente mais extraordinária do último quarto do século passado". O alemão apelou diretamente para o lado iconoclasta, anticristão e carrasco da igreja de Mussolini, mas o italiano também gostou da ideia dos "novos homens" que viveriam além do bem e do mal, e ficou efusivo em relação ao conceito de super-homem:

O "super-homem" é a grande criação nietzschiana. . . Nietzsche anunciou um retorno iminente ao ideal. Mas é um ideal fundamentalmente diferente daqueles em que gerações passadas acreditavam. Para entendê-lo, virão novos tipos de "espíritos livres" fortificados pela guerra, pela solidão, por grandes perigos; espíritos que terão experimentado o vento, o gelo, as neves das montanhas e saberão medir com um olhar sereno a profundidade dos abismos; espíritos equipados com uma espécie de maldade sublime; espíritos que nos libertarão do amor ao próximo, do desejo do vazio (nulla), que devolverão à terra o seu propósito e aos homens a sua esperança; espíritos livres e novos que triunfarão sobre Deus e sobre o Vazio!

É um texto inspirado que parece ter sido escrito em um estado de embriaguez. O encômio de Mussolini para Nietzsche é poético, romântico, intenso, alimentado pela própria vitalidade infecciosa: uma prosa como essa pode sobreviver sem lógica. Está muito distante do dogmatismo obcecado pela doutrina produzido por Lênin ou Stálin, que insistiram em enquadrar tudo em termos pseudocientíficos. Il Duce não faz isso. Levado aos céus nas costas de "espíritos", ele canta as glórias da vitória contra o vazio cósmico.

Mussolini continuou tentando se estabelecer como intelectual. Ele escreveu contos e compôs um ensaio sobre Friedrich Klopstock, poeta alemão celebrado por um poema religioso épico intitulado "O Messia". De acordo com a primeira biógrafa oficial de Mussolini, Margherita Sarfatti, o gênio de 26 anos também escreveu uma história inteira sobre filosofia na qual "todos os sistemas filosóficos foram tratados. . . de maneira crítica e analítica, e todos os novos métodos foram submetidos a um exame similar ao de Nietzsche". Infelizmente, essa obra-prima foi incinerada por uma jovem que, segundo Sarfatti, confundiu os nomes dos filósofos com rivais amorosos...

O trabalho mais duradouro desse período — no sentido de que pode ser facilmente adquirido de segunda mão pela internet — é o primeiro e único romance de Mussolini: *A amante do cardeal*, publicado em capítulos no jornal socialista *Il Popolo* em 1910. Mussolini trabalhara até recentemente para o jornal, de Trento, uma cidade com uma grande população de língua italiana que estava sob o domínio austro-húngaro. No entanto, uma série de artigos ofensivos de sua autoria sobre temas variados, como a Igreja, a democracia e os maçons, resultou na deportação de Mussolini para a Itália, e ele foi forçado a enviar os 56 capítulos através da fronteira pelo correio.

Dadas as origens — como um romance comercial que Mussolini produziu tarde da noite para ganhar um dinheiro que ele precisava desesperadamente —, *A amante do cardeal* deveria ser horrível. No entanto, embora não seja de modo algum bom, às vezes, pelo menos, chega a ser tolerável. O enredo, derivado de uma história verdadeira, é extremamente complicado. Eu resumo a seguir.

No século XVII, Carlo Emanuel Madruzzo, cardeal, arcebispo e príncipe secular de Trento, está apaixonado pela amante muito mais jovem, Claudia Particella, cujo corpo tem um "contorno provocativo" sob as roupas e cujos olhos entendem "a feitiçaria de paixões venenosas". Ele esbanjou sua riqueza. E quer se casar com Claudia. Todo mundo a odeia, incluindo o resto da hierarquia eclesiástica e as massas, que são oprimidas, sobrecarregadas pelos impostos, famintas e pobres.

A sobrinha de Madruzzo, Filiberta, é a única herdeira da fortuna da família; Madruzzo quer que ela se case com o irmão de Claudia, mas ela deseja contrair matrimônio com o conde Antonio di Castelnuovo. Assim, o cardeal aprisiona Filiberta em um convento. A multidão culpa Claudia, "dos olhos escuros e diabólicos". Filiberta morre; o conde, bastante perturbado, desenterra seu cadáver fedorento.

O prelado Don Benizio se alia com o conde Antonio para derrubar seu inimigo Madruzzo. No entanto, ele é menos inspirado pelo amor à Igreja do que por ciúme sexual: Don Benizio também anseia pela carne delicada da amante do cardeal, Claudia.

Nesse ponto, as coisas ficam complicadas. As tramas se proliferam, os clérigos se comportam mal, o papa se recusa a deixar Madruzzo se casar com Claudia. O cardeal, então, sucumbe ao sofrimento, e Claudia informa que tudo acabou entre eles. Mais algumas coisas acontecem. Finalmente, alguém apunhala Claudia. Ela morre.

Muitas vezes descrito como um "romance histórico erótico" por pessoas que quase certamente não o leram, *A amante do cardeal*, na verdade, contém muito pouco erotismo e muitas críticas à Igreja, incluindo um catálogo de papas perversos que vão de Clemente VII, que "manteve uma trupe de mulheres lascivas, entre elas uma africana famosa, para consolá-lo no Vaticano", a Júlio III, que "praticava o amor grego". Além disso, a obra é admiravelmente perversa. O romance tem uma corporeidade sádica e indisciplinada: em contraste com o mundo estéril e sem corpo da prosa bolchevique, *A amante do cardeal* se contorce e se retorce com exuberante carnalidade.

Havia horror corporal ao estilo de Edgar Allan Poe:

> ... *o odor acre da carne humana em decomposição nos obrigou a recuar alguns passos... Antonio quis ver a mulher a quem tanto amava, tanto desejava. O corpo era reconhecível pelo cabelo dourado que caía sobre a testa pura e pelos olhos ainda não contaminados. Mas dos lábios, decompostos em um sorriso feroz, escorria um líquido denso e esbranquiçado.*

E fantasias chocantes de estupro e vingança:

> *Eu deixarei os brutos ordinários do mercado saciarem as luxúrias ociosas em seu corpo pecaminoso. Você será o escárnio da turba irracional. Seu cadáver não terá os ritos do enterro cristão.*

E um cavalo sendo castigado para dar vazão à frustração sexual:

> *O chicote continuou a assobiar enquanto flagelava a pele. O cavalo tinha reconhecido seu dono e não escoiceou. Apenas batia as patas furiosamente como se implorasse misericórdia.*

E automartírio:

> ... *no começo, ele procurou se esquecer e se entregou a todas as privações de um noviço determinado. Ele havia flagelado a carne com chicotes com pontas de chumbo. Tinha jejuado ao ponto de correr perigo ou até a morte*

por inanição. Havia dormido no chão, com o sono atormentado por visões perversas. Tinha seguido os preceitos mais minuciosos dos exercícios espirituais da expiação.

E fantasias masturbatórias:

Inútil! Depois da flagelação, enquanto a carne lívida se inchava sob os cílios ensanguentados, a imagem de Claudia saltava diante de seus olhos. Claudia nua, trêmula, sedutora, oferecendo as carícias mortais de Cleópatra!

A amante do cardeal não é apenas sobre carne trêmula. O livro mostra que Mussolini, embora marxista, era capaz de levar em conta o significado do mundo interno e subjetivo da ação humana. É bem verdade que esses mundos internos estão ligados a personagens ficcionais bidimensionais, mas, pelo menos, eles têm desejos e ódios — em contraste com os nomes que servem como protagonistas de *A história do Partido Comunista (Bolchevique) da URSS*. As pessoas fictícias de Mussolini, motivadas quase inteiramente por superstição, ganância, luxúria e ódio, têm mais substância do que as pessoas "reais" de Stálin.

Dito isso, a visão da humanidade de Mussolini era sombria e, como Lênin e Stálin, ele não acreditava nos pobres que ele afirmava apoiar. O italiano retratou "as massas" como bestas irracionais, facilmente movidas por rumores, prontas para explodir em uma orgia de violência. Não era o nobre proletariado que vemos, mas a turba estúpida, volátil e sem instrução. Lênin expressara seu desprezo de forma cifrada como uma aversão à "espontaneidade"; Mussolini foi mais honesto. Ele compreendeu as paixões e os medos dos pobres, mas também os desprezou; talvez esse cinismo fosse o motivo de ele ter sido tão bom em manipular milhões de pessoas.

No entanto, em *A amante do cardeal*, Mussolini, o romancista, também intuiu os limites a que poderia chegar com essa manipulação. Escrevendo na terceira pessoa, produzindo esse lixo descartável de literatura *pulp* tarde da noite, ele já conhecia verdades que o futuro Mussolini teria que reaprender, ao custo da própria vida: que a paciência da turba era finita e não perdoava falhas. Perca o controle, e você perderia tudo. Assim sendo, o ódio que a turba sentia por Madruzzo e a aversão visceral por sua amante Claudia prenunciam a culpa e o ódio dirigidos a Mussolini e sua própria amante muito mais jovem, Claretta Petacci, nos últimos estágios de seu regime. Ambas as narrativas terminam em fracasso e assassinato.

* * *

A CARREIRA DE Mussolini como um bem-sucedido homem da pena — insultante — floresceu. Em 1912, depois de um período na cidade de Forlì, editando um novo jornal semanal socialista intitulado *La Lotta di Classe* — seguido de cinco meses de prisão por provocações políticas —, ele alcançou o ápice da carreira jornalística: o bandido de Predappio, que chegou a dormir em bancos de parque suíços, foi nomeado editor do *Avanti!*, diário do Partido Socialista Italiano, publicado na metrópole de Milão.

Mussolini sabia do que seu público gostava: conteúdo antinacionalista, anti-imperialista, anticapitalista, anticlerical, expresso no estilo radical, dinâmico, violento, humorístico e insultante que rompeu completamente com as tradições italianas da sentença elegante e sofisticada. Mussolini desprezava o estilo verboso habitual e prometia despir "tudo o que é decoração, enfeite, superficialidade, anulando todos os resquícios dos maneirismos do século XV, toda conversa fiada fútil". A estratégia editorial funcionou: a circulação diária de *Avanti!* mais do que triplicou, indo de 28 mil exemplares para 96 mil, enquanto o editor também participava do comitê executivo do Partido Socialista Italiano. Em uma década, suas habilidades como orador e especialista em gerar fluxos copiosos de retórica revolucionária e ofensas pitorescas o transformaram em uma figura importante na política radical.

No entanto, Mussolini começava a se irritar com as restrições intelectuais. Ele era muito menos interessado na "teoria" do que Lênin e os bolcheviques, e, embora fosse um socialista, não reverenciava Marx como profeta. Pelo contrário, ele era consistente em sua iconoclastia. Em 1911, Mussolini até escreveu que Karl Marx "não era necessário" para o socialismo. "Não somos teólogos, nem padres, nem fanáticos pelo marxismo literal. . . Não é necessário interpretar as teorias marxistas ao pé da letra."

Mussolini havia desenvolvido um interesse por Jan Hus, um rebelde religioso do século XV da Boêmia — na atual Tchéquia —, que foi queimado na fogueira pela Igreja Católica por heresia. Tão fascinado ficou ele por Hus que, em 1912, escreveu uma biografia do mártir/herege, apesar do fato de que (como admitiu no prefácio):

As obras latinas do herege boêmio estão inacessíveis em nossas bibliotecas; as obras tchecas ou aquelas traduzidas para o tcheco ainda não foram adaptadas para o italiano; nem este que escreve essas linhas tem a sorte de pertencer àquele pequeno grupo de italianos que sabem ler tcheco com facilidade.

Tirando esses pequenos obstáculos, a história de Hus era assunto ideal para Mussolini. Ali estava um homem que havia criticado a corrupção clerical e defendido a reforma religiosa, um precursor intelectual da Reforma que foi incinerado apesar de as autoridades da Igreja terem prometido que não o machucariam. A biografia de Hus, portanto, forneceu amplas oportunidades tanto para o horror corporal quanto para os ataques à Igreja, que Mussolini explorou ao máximo:

Após as primeiras chamas, apenas a parte inferior do corpo foi queimada; o tronco parcialmente carbonizado permaneceu preso à estaca. Então a estaca desmoronou nas cinzas, e o fogo se acendeu novamente, enquanto uma nova carga de lenha era jogada na fogueira. Os assistentes do carrasco arrancaram os ossos e os quebraram para que pudessem queimar melhor. Assim, a cabeça foi quebrada em dois pedaços e jogada de volta às chamas, junto com o coração, que não havia sido tocado pelo fogo.

Mussolini foi capaz de satisfazer ainda mais o amor pela violência, pois, após a imolação de seu líder, os seguidores de Hus formaram exércitos apocalípticos furiosos que espalharam a destruição pela Boêmia por décadas. Os adamitas renunciaram às roupas e promoveram uma onda de violência no campo, roubando e participando de orgias antes de serem massacrados por um general caolho chamado Žižka. Para um escritor comercial como Mussolini, que entendia o poder do choque e do sensacionalismo, esse era um ótimo material, adequado e ideal ao seu público-alvo.

Mesmo assim, ele bateu em uma tecla diferente do que no ataque anterior a Deus e a Cristo. Mussolini era mais anticatólico do que antirreligioso. Dez anos antes, ele havia acusado abertamente Cristo e seus apóstolos de serem caipiras atrasados e rotulado os religiosos como doentes mentais. Nas heresias de Hus, no entanto, Mussolini encontrou "um conteúdo social, às vezes até mesmo socialista". Havia valor nos escritos do pregador e, não apenas isso, mas também na Bíblia: Mussolini aprovou a insistência de Hus em "um retorno ao Evangelho" e "um retorno à pobreza e solidariedade das primeiras comunidades cristãs".

O italiano comentava que os seguidores de Hus eram excessivamente violentos, e que o desejo deles de retornar à simplicidade era "acompanhado por um chamado à revolta e à guerra". No entanto, isso era menos um problema caso um herege fosse o responsável pela matança, ao que parece. Quando Mussolini descreve as atrocidades dos taboritas, um exército apocalíptico de hussitas, é sem o tom de condenação moral que ele usava para a Igreja Católica sempre que ela torturou ou matou seus oponentes. Os taboritas, comentou Mussolini, "estavam determinados a viver, politicamente, sem um soberano; talvez desejassem fundar uma república ou estender sua comunidade pela Boêmia inteira. Eles eram nacionalistas".

De fato, disse Mussolini, a Europa tem uma grande dívida para com esses extremistas religiosos. Hus iniciou uma "tempestade herética" que revitalizou a civilização europeia. "Todos os movimentos heréticos da Europa central levam à Reforma", escreve ele. "Assim, a história da libertação progressiva da raça humana dos grilhões das crenças dogmáticas não é interrompida à medida que prossegue de século para século." Esse era um endosso direto à heresia em princípio. Os taboritas eram um pouco socialistas, disse Mussolini, mas também eram um pouco nacionalistas e, na verdade, muito religiosos: eles misturavam ideias. Mussolini já havia declarado que Marx não estava proibido, e na introdução ele afirmou que seu pequeno livro deveria ser lido amplamente: "Eu nutro a esperança de que ele possa despertar nas mentes dos leitores um ódio a toda forma de espiritualidade e tirania secular, seja ela teocrática ou jacobina."

Jan Hus foi publicado em 1913, quando Mussolini era um líder dos socialistas italianos. Um ano depois, ele mesmo deu o salto para a heresia. Tendo passado o desenvolvimento da Primeira Guerra Mundial com uma postura linha-dura, anti-imperialista e antiguerra semelhante à de Lênin, Mussolini, de repente, mudou de ideia. Em 25 de setembro de 1914, o conflito subitamente deixou de ser uma "crise da sociedade capitalista", e, por meio de um artigo, ele pediu que a Itália interviesse do lado da França e da Bélgica e "afogasse a guerra em seu próprio sangue".

Mussolini rapidamente fundou seu próprio jornal radical pró-intervencionista, *Il Popolo d'Italia*, que apareceu pela primeira vez em Milão em 15 de novembro de 1914, com uma citação de Napoleão na primeira página: "A revolução é uma ideia que obteve baionetas". Os camaradas de Mussolini ficaram enfurecidos com esse ato de traição. Se eles não podiam queimá-lo como um herege, poderiam, pelo menos, expulsá-lo do partido e anatematizá-lo em público. Embora Mussolini ainda fosse oficialmente um socialista quando fundou *Il Popolo*, nove dias depois ele foi expulso do partido e excomungado do credo em que nascera. Em poucos meses, o italiano até travou dois duelos de espadas com ex-companheiros, aos quais ele sobreviveu — mais ou menos — intacto.*

Mussolini foi acusado de traição e oportunismo pelos antigos camaradas. No entanto, dado seu temperamento volátil e identificação pública com super-homens e hereges nietzscheanos que transcendem a moralidade, como Jan Hus, não é surpreendente, em retrospecto, que ele se sentisse avesso a se submeter a algo tão trivial quanto a consistência ideológica.

Em *Jan Hus*, como no caso de *A amante do cardeal*, Mussolini mais uma vez havia antecipado um aspecto do próprio futuro. Dessa vez foi o tema do pensador radical que tenta mudar o mundo, mas que foi capturado pelos inimigos e morto. Não obstante o anticlericalismo, talvez Mussolini devesse mais à tradição do catolicismo de veneração aos mártires do que imaginava. Afinal, ele poderia ter escolhido um herege diferente, Martinho Lutero, digamos, que saiu vitorioso das batalhas com autoridades sagradas e seculares. Ou talvez a noção de história e destino de Mussolini fosse fundamentalmente trágica. Escrito em um momento de triunfo pessoal, seu livro é sobre um homem que se rebela, mas que perde a vida. Ele era atraído por grandes figuras condenadas. É uma visão autoenaltecedora e fatídica, à qual Mussolini voltaria antes de chegar ao poste.

Antes da guerra, a Itália fazia parte da "Tríplice Aliança" com a Alemanha e a Áustria-Hungria, e foi, teoricamente, obrigada a lutar ao lado dessas nações contra a "Tríplice Entente", formada pela Grã-Bretanha, França e Rússia. No entanto, o governo italiano preferiu aguardar vários meses para ver como se desenrolava o conflito e, em 23 de maio de 1915, declarou guerra aos antigos aliados, após ter — secretamente — recebido a promessa de grandes trechos da Áustria-Hungria caso eles saíssem vitoriosos. Naquele setembro, Mussolini, com 32 anos e pai, foi recrutado e enviado para a frente de batalha, que, no caso dele, não foram os pântanos lamacentos da Bélgica ou da França, mas a região montanhosa entre a Itália e a monarquia de Habsburgo.

Mussolini começou a escrever imediatamente e fez anotações em um diário no momento em que partiu para as linhas de frente, publicadas por ele como *My Diary: 1915—1917*, um livro esgotado e pouco discutido hoje em dia. Isso é um erro, pois *My Diary* não é um mero trabalho de arrogância propagandística. É um dos poucos textos escritos por um tirano do século

---

* Mussolini foi ferido no segundo duelo, mas o oponente saiu em pior estado. (N. do A.)

XX que encara a experiência honestamente, sem todo o aparato da teoria política, e que, às vezes, até entra em um território genuinamente literário. Em suas páginas, Mussolini, o poeta da violência, o bardo dos corpos mutilados, contempla a carnificina da guerra e descobre que, na verdade, ela pode ser uma experiência bem desagradável.

Mas isso não ocorre de forma imediata. No início, a obra exige alguma paciência do leitor, pois é um texto irrefletido, gerado de modo espontâneo, escrito nos momentos livres de Mussolini enquanto avançava na frente de batalha. A primeira parte, que cobre três meses, de setembro a novembro de 1915, é fragmentada e cheia de detalhes entediantes, escrita enquanto ele, o turista de guerra, era levado por um trem e observava a paisagem em mutação, anotava a primeira vez em que via uma arma antiaérea dando tiros a esmo em uma aeronave, conversava com uma criança ou pensava que as rações são "um pouco frugais, mas excelentes". Em dado momento, Mussolini até nos diz, ao se sentar para escrever no diário, que estava se sentando para escrever no diário. É um livro suficientemente intenso, mas irrelevante, embora Mussolini escrevesse como um homem que encontrou seu destino: "Eu gosto dessa vida ativa que é cheia de coisas grandes e triviais."

Durante esse período ensolarado de amor pela guerra, a ameaça de aniquilação não significou nada para Mussolini. Nem sequer perturbou o sono dele, como vemos a seguir:

Noite. Estamos deitados, encostados às árvores, no chão nu. Rojões e um dilúvio de bombas.

Enquanto um pouco de tiro só aumenta os prazeres do dia seguinte.

Calma. Um pouco de canhoneio e alguns disparos vindo dos postos avançados. Uma manhã maravilhosa e ensolarada.

Aqui encontramos um Mussolini que se parecia muito com o bufão dos noticiários antigos: queixo empinado, mãos na cintura, fez na cabeça, uma paródia do machismo ao estilo de Ernest Hemingway.* Na verdade, diário ou não, Mussolini continuava sendo um escritor profissional, exage-

---

* De fato, Mussolini tomou a dianteira de Hemingway. *Adeus às armas*, também ambientado durante a campanha italiana, só foi publicado em 1929, quatro anos depois da edição em inglês do diário de guerra igualmente conciso do ditador. Hemingway entrevistou Mussolini em 1923. (N. do A.)

radamente ciente da possibilidade de que um dia iria publicar algum tipo de livro feito às pressas, baseado em suas experiências de guerra. Nos primeiros registros, o livro é um trabalho prolongado de desempenho público e posicionamento político.

Com a destruição da carreira como socialista, Mussolini, o nacionalista recém-criado, gostava de exibir as credenciais patrióticas e se vangloriava do seu vínculo estreito com "o povo". Praticamente todos os soldados que Mussolini encontrava a) ouviram falar dele e b) ficavam encantados ao conhecê-lo. Homens adultos o abraçavam, pediam para que ele escrevesse cartas para eles e pediam que ele fosse seu líder. Mussolini retribuía elogiando os nobres e corajosos soldados italianos. Seus superiores também estavam impressionados e, ainda assim, curiosamente, Mussolini teve o treinamento como oficial rejeitado pelas autoridades militares do seu país.

No entanto, já no capítulo 2, um tom diferente entra na narrativa. No registro de 20 de setembro de 1915 — o diário começa em 9 de setembro —, Mussolini viu os restos mortais fumegantes do inimigo. Ele fez uma pausa para anotar esta micro-história imagística:

> *Um pouco mais longe, um cadáver austríaco abandonado. O morto ainda segurava nos dentes uma parte do uniforme que, estranhamente, ainda estava intacto. Mas, por baixo, a carne estava se decompondo, e eu consegui ver os ossos. Ele estava sem sapatos. Isso foi fácil de entender. Os sapatos austríacos são muito melhores que os nossos.*

Uma mudança surpreendente surge em meio ao efervescente ufanismo embriagado pela guerra. Eu estava lendo *My Diary* e comendo peixe em um restaurante no interior do Texas numa noite de inverno, quando parei e reli a passagem várias vezes: Peraí, aquele trecho foi... bom?, perguntei para mim mesmo. O que aconteceu com o posudo, o provocador, o propagandista? Até aquele ponto, eu gostava dos textos de Mussolini somente na medida em que, depois de Lênin e Stálin, eles ofereciam algo parecido com um alívio descontraído. Ideologicamente sem consistência e escritos em uma prosa leve e engraçada, os textos do italiano eram mais ou menos divertidos, embora de interesse histórico apenas. Não há razão para ler *A amante do cardeal* ou *Jan Hus*, a menos que a pessoa esteja, por algum motivo, obcecada com a prosa de ditadores ou escrevendo uma biografia de Il Duce. Mas *My Diary*... *My Diary* soava como literatura *de verdade*, algo que refletia uma experiência mais profunda, talvez com um valor intrínseco.

Obviamente, Mussolini, o artista, logo retornou. Pouco mais de um mês depois, ele descreveu desta forma como os italianos morrem:

. . . o silêncio soberbo desses humildes filhos da Itália, quando sua carne é rasgada e torturada pelo aço implacável, é uma prova da magnífica robustez de nossa raça.

Mas Mussolini também falou sobre os homens ao lado dele nas trincheiras usando um tom diferente. Ele escutou suas histórias e registrou algumas delas. Quando os colegas de trincheira expressaram fé religiosa, ele atenuou o próprio ateísmo para não ofender. Então, à medida que o conflito se arrastava, o sofrimento da guerra obrigava Mussolini a escrever com uma veracidade cada vez maior. Na segunda parte, que cobriu de fevereiro a maio de 1916, ele estava frequentemente entediado, com frio e com fome. Já na terceira, que ia de novembro de 1916 a fevereiro de 1917, Mussolini se mostrou chocado e desesperado: soldados bêbados desmoronavam diante dele no meio da marcha, e a morte, quando chegava, era arbitrária e sem sentido. Em dado momento, um soldado estava andando na frente dele; no seguinte, o recruta encontrava-se caído no chão, abatido por uma bala inimiga. Mussolini acompanhava a quantidade cada vez maior de cadáveres italianos no cemitério local e, em 6 de dezembro de 1916, refletiu sobre um cadáver italiano que ainda não fora enterrado, no mesmo estilo imagético que usara para o austríaco morto um ano antes:

Há um dos nossos homens desaparecidos, um Bersagliere* do destacamento de motociclistas. Ele está com a cabeça ainda apontada para a frente como se fosse atacar. Perto dele está seu mosquete com a baioneta erguida. Ele está lá sozinho. Por que ninguém o enterra? A fim de permitir que a família mantenha a ilusão de que ele está "desaparecido"? Talvez.

Enquanto Mussolini uma vez dormira alegremente ao ar livre durante uma chuva de bombas, nessa oportunidade ele se queixou dos piolhos rastejando sobre a pele e refletiu sobre a importância — e escassez — de roupa de baixo esterilizada. Comentou que os austríacos têm máscaras de gás mais confortáveis. Ele também perdeu a paixão pela violência: "Hoje

---

* Um atirador de elite das forças italianas, no caso, servindo ao destacamento de motociclistas. (N. do T.)

os canhões austríacos dispararam seus tiros inofensivos de costume aqui e ali. Nós bocejamos — ou porque estamos com fome ou porque estamos entediados. Essa é a guerra da imobilidade." Finalmente, até mesmo seu desejo de escrever desmoronou: palavras quase que escapam dele. O registro feito para o período de 27 a 28 de janeiro de 1917 foi um poema curto e involuntário de completa desilusão, um réquiem para uma guerra de merda:

Neve, frio, tédio infinito.
Ordens, contraordens. Desordem.

Assim como o poeta inglês Wilfred Owen começara a guerra escrevendo cartas animadas para casa, mas terminara expressando o desespero existencial em verso, Mussolini traçou uma curva similar de desilusão em *My Diary.* O problema com o texto era que todas as tolices surgiram no começo, e os leitores tiveram que abrir caminho para chegar à amargura de qualidade expressa no fim, enquanto que com Owen a pessoa podia simplesmente ignorar a correspondência com a mãe e se concentrar nos textos posteriores.

Na verdade, esse não foi o único problema com o texto de Mussolini. O outro problema foi que o autor, mais tarde, tornou-se um ditador fascista que lutou ao lado de Hitler na Segunda Guerra Mundial. Com exceção da extrema direita italiana e de admiradores pontuais, poucas pessoas hoje estão interessadas em procurar por algo positivo em qualquer coisa que Mussolini possa ter feito. Independentemente disso, *My Diary: 1915—1917* é um texto bem escrito em que, apesar da automitologização, Mussolini se revelou um observador perspicaz e até poético do horror sofrido da guerra.

Mais uma vez, Mussolini, o escritor, era mais sábio do que o chefe de estado que ele se tornaria. Será que sua versão de 1917 teria pulado tão ansiosamente na guerra quanto as da década de 1930? Parece improvável.

E então, durante um exercício com morteiros, uma daquelas bombas que Mussolini tratou com um ar tão *blasé* explodiu perto demais dele e espalhou estilhaços em seu corpo. A guerra de Mussolini acabou, mas seu destino estava prestes a ser escrito.

A ITÁLIA TERMINOU a Primeira Guerra Mundial tecnicamente vitoriosa, mas a atitude dos franceses, ingleses e americanos em relação ao aliado do sul foi desdenhosa. Pouco mudou desde o século XIX, quando Bismarck observara: "Quanto à Itália, ela não conta."

De fato, os líderes dos "Três Grandes" acreditavam que os italianos não haviam feito a sua parte durante o conflito. O exército italiano nunca conseguiu avançar mais de 15 quilômetros em território inimigo; depois, em novembro de 1917, sofreu uma desastrosa derrota na Batalha de Caporetto, que teve como auge uma retirada ignominiosa a Veneza. Ao longo do caminho, onze mil soldados foram mortos, enquanto outros 29 mil ficaram feridos. As forças alemãs fizeram 300 mil soldados italianos prisioneiros, enquanto outros 300 mil fugiram para as colinas. Tendo entrado na guerra com a esperança de ganhar território austro-húngaro, no final das contas, os italianos foram "recompensados" com uns poucos lotes de terra, enquanto a parte de leão da Dalmácia — o prêmio mais cobiçado pela Itália — foi para a Iugoslávia. O sofrimento e a devastação econômica foram para nada.

O vórtice de pobreza, instabilidade política, políticas revolucionárias, greves, fome, raiva, nacionalismo e caos decorrente do pós-guerra proporcionou as condições ideais para um poeta guerreiro priápico conhecido como Il Duce se aproveitar da ocasião, o que ele fez em setembro de 1919. Apoiado por uma milícia nacionalista vestida de camisas pretas, ele ocupou Fiume e uma parte suficiente do território ao redor para ligá-lo à Itália. O redesenho das fronteiras do pós-guerra deixara essa antiga cidade do Império Romano dentro da Croácia; Il Duce, portanto, declarou que Fiume seria um estado livre. Em pleno momento de glória, ele se dirigiu à multidão da sacada da prefeitura, saudou o povo ao estilo romano, realizou comícios em massa, puxou cantos do hino fascista "Giovinezza" e entoou alegremente o grito de guerra "Eia, eia, alalá!". Ele também supervisionou o desenvolvimento de uma constituição corporativista que garantia direitos civis e igualdade dos sexos — tudo muito inesperado para um fascista, pelo menos, a partir da perspectiva de um leitor do século XXI.

A parte confusa é que este não era Mussolini, mas sim um líder-escritor *diferente*, também conhecido como Il Duce: o poeta escandaloso Gabriele D'Annunzio, um libertino aristocrático e defensor do incesto — somente quando praticado pela causa da beleza.

D'Annunzio é um caso interessante por demonstrar a diferença crucial entre um escritor que tenta cometer um ato de política e um político que tenta cometer um ato de escrita. O poeta admitiu que não tinha interesse em economia e, embora mantivesse o controle sobre a cidade durante um ano, o Estado Livre de Fiume rapidamente degenerou em uma orgia de sexo cataclísmico à base de cocaína e violência. Com um estilo apocalíptico, D'Annunzio apelidou Fiume de "Cidade do Holocausto", e, mesmo que não fosse bom de administração, ele tinha um olhar aguçado para a estética.

Mais tarde, Mussolini roubaria muito do estilo de D'Annunzio, mas, em 1919, o ex-socialista transformado em pretenso líder nacionalista era uma figura um tanto quanto fraca em comparação ao escritor. Em março, ele formou a embrionária organização fascista Fascio Italiani di Combattimento a partir de várias organizações menores. Cerca de 120 pessoas, um grupo heterogêneo de ex-soldados, nacionalistas, republicanos e futuristas, compareceram a este encontro histórico. O poeta Filippo Tommaso Marinetti, autor do *Manifesto futurista*, foi um fascista fundador, enquanto o famoso maestro Arturo Toscanini se juntou pouco depois*, de forma que Il Duce podia, pelo menos, contar com o apoio de algumas das personalidades artísticas mais célebres da Itália. Mas Mussolini não tinha uma cidade-estado para governar, e ainda era ideologicamente flexível. Nas páginas de *Il Popolo*, ele criticou a "vitória vergonhosa" e atacou o bolchevismo, mas, na verdade, o primeiro programa político da nova organização, publicado no jornal em junho de 1919, tinha muito em comum com os dogmas da esquerda radical. O fascismo nesse estágio era republicano, anticlerical e contra os ricos: Mussolini exigia a apropriação de terras em massa tanto da Igreja quanto de proprietários e altos impostos para os ricos. Ele também conclamou por uma jornada de trabalho de oito horas, representação proporcional nas eleições e sufrágio universal. O homem do discurso agressivo em nome do povo, do período anterior à guerra, ainda estava vivo.

Esta não foi uma plataforma vencedora, no entanto. Em novembro de 1919, os fascistas registraram 19 candidatos; apenas um deles entrou no Parlamento. Mussolini perdeu, e um grupo de socialistas desfilou alegremente pela janela da casa dele em Milão empunhando um caixão para representar sua morte política. Seus inimigos comemoraram cedo demais. A Itália mergulhou ainda mais fundo no vórtice do pós-guerra e, em meados de 1920, o governo havia demonstrado que era incapaz de lidar com as ondas de greves, motins e invasões de fábricas, enquanto as vitórias socialistas em eleições

---

* A influência do futurismo no fascismo é óbvia no artigo 9 do manifesto de Marinetti, escrito em 1909. "Vamos glorificar a guerra — a única higiene do mundo —, o militarismo, o patriotismo, o gesto destrutivo dos arautos da liberdade, belas ideias pelas quais vale a pena morrer, e o desprezo por mulher." Quanto a Toscanini, ele se desiludiria e deixaria os fascistas antes que Mussolini chegasse ao poder. (N. do A.)

locais no fim do mesmo ano alimentaram temores de uma revolução ao estilo da Rússia. Os industrialistas, latifundiários, integrantes das classes média e alta, para não mencionar os muitos integrantes das classes trabalhadoras que desejavam estabilidade e trabalho, ficaram profundamente alarmados.

Mussolini encontrara o papel que procurava — não como inimigo dos proprietários de terras e donos de fábricas, mas como seu defensor, e, mais do que isso, como o punho de ferro, o arauto da ordem para uma terra que vinha sofrendo com a desordem há muito tempo. Aproveitando a ocasião, ele enviou suas unidades paramilitares fascistas contra os socialistas em todo o norte e centro da Itália. "Expedições punitivas", como foram chamadas pelos fascistas, embora a violência de Mussolini fosse muito diferente da carnificina sociopata e implacável dos bolcheviques. Truculentos e pueris, os esquadrões fascistas preferiam espancamentos e humilhação ao assassinato. Forçar os alvos de sua ira a beber óleo de rícino era uma tática especialmente popular. Il Duce podia muito bem ter estudado Marx e Nietzsche e aprendido a falar três línguas estrangeiras, mas, por dentro, ainda era um menino do interior, que achava hilário quando um homem adulto cagava na calça.

Com os fascistas como baluartes da Itália contra o comunismo, o número de apoiadores explodiu. Em maio de 1921, o partido tinha quase 200 mil integrantes e se tornou a maior organização política no país — nesse mesmo mês, Mussolini foi finalmente eleito para o parlamento italiano, uma impressionante ressurreição. Ainda assim, ele estava impaciente e não escondia o desejo por mais ordem e mais poder. Em agosto de 1922, declarou: "A democracia fez o seu trabalho. O século da democracia acabou. As ideologias democráticas foram liquidadas." Dois meses depois, ele mobilizou seus "Camisas Negras" para a famosa Marcha sobre Roma, tendo calculado que o governo e o rei italiano, Vittorio Emanuele, prefeririam entregar o poder do que arriscar uma guerra civil. Fascistas armados entraram na cidade em 30 de outubro, e o monarca prontamente ofereceu a Mussolini o cargo de primeiro-ministro — que ele aceitou, embora ainda não fosse um ditador. Isso estava prestes a mudar, já que Mussolini provou ser muito bom em explorar o caos em andamento e tirar vantagem dele. Em janeiro de 1925, o primeiro-ministro impunha uma ditadura fascista, e *Il Popolo*, o periódico de dissidência que ele havia fundado em 1914, tornava-se o porta-voz do regime.

Mussolini agiu rapidamente para instalar o aparato do Estado totalitário e foi pioneiro em muitas de suas formas, hoje familiares: os grupos de juventude; a propaganda monumental; a subjugação da dissidência; a polícia secreta; as obras colossais; os programas de educação de adultos pós-jornada de trabalho; a criação de teatros, museus e bibliotecas; o controle sobre as artes; os grupos esportivos; e o Balilla, uma organização fascista nos moldes dos escoteiros, que desfrutava de "uma disciplina rígida, porém alegre". O regime chegou a declarar que sua ascensão ao poder representava o alvorecer de uma nova época histórica, e reiniciou o calendário em 1926, com outubro de 1922 como a hora zero da nova era.

Na verdade, o próprio termo *totalitário* foi cunhado pela primeira vez pelos críticos do regime de Mussolini em 1923, antes mesmo de ele sequer ter assumido a ditadura. O que é extraordinário é que os fascistas adotaram a palavra e se referiam abertamente a si mesmos e a seu sistema como totalitários. Nesse aspecto, Mussolini era muito diferente dos bolcheviques, que falavam de democracia e justiça, ao mesmo tempo que faziam campanhas sangrentas de terror e repressão. Mussolini desdenhava abertamente das misericórdias ocidentais com a mesma paixão com que outrora ridicularizara Deus ou descrevia cadáveres mutilados — e tudo começou antes mesmo de ele ser ditador. Em 1923, por exemplo, Mussolini publicou um artigo intitulado "Fascismo: reacionário, antiliberal", no qual descartou o liberalismo como uma ideologia irremediavelmente datada do século XIX e acrescentou que o fascismo, que desconhecia "ídolo ou fé", "se necessário... passaria novamente sobre o corpo mais ou menos decomposto da deusa da liberdade". Em 28 de outubro daquele ano, ele produziu uma de suas muitas definições de fascismo: "tudo é para o Estado, nada está fora do Estado, nada e ninguém é contra o Estado". Ele não se dignou a esconder suas intenções. Talvez, ao contrário das outras ideologias políticas do século XX, o fascismo — antidemocrático, totalitário e pró-violência — tenha feito exatamente o que dizia na embalagem.

O fascismo era diferente do comunismo soviético de outras formas. Enquanto os bolcheviques existiam em condições de grave dissonância cognitiva, pois negavam seus objetivos evidentemente milenaristas, os fascistas anunciavam abertamente seu aspecto místico. Em 1926, por exemplo, Mussolini declarou: "O fascismo não é apenas um partido, é um regime; não é apenas um regime, mas uma fé; não é apenas uma fé, mas uma religião que está conquistando as massas trabalhadoras do povo italiano." Era nacionalista em vez de internacionalista; sua visão do Estado era como um adjudicador e conciliador entre classes, e não como um instrumento de violência para ser usado por uma classe contra a outra; e, obviamente, o fascismo não era hostil à religião. Mussolini encontrou uma quantidade suficiente de fé em

Deus para se casar com a esposa em uma cerimônia religiosa em dezembro de 1925, além de negociar com sucesso o Tratado de Latrão, de 1929, que encerrou décadas de hostilidade entre a Igreja e o Estado após a tomada de Roma e que completara a unificação da Itália em 1870. Mussolini também foi muito menos violento que Lênin ou Stálin. Um ano depois de tomar o poder, Lênin lançou uma campanha de assassinatos em massa, tortura e repressão conhecida como o Terror Vermelho. Em contrapartida, a opinião pública italiana ficou escandalizada em 1924, quando alguns fascistas assassinaram *uma única pessoa*, o político socialista Giacomo Matteoti, um crítico declarado de Mussolini.

O fascismo era uma obra em andamento, desvinculada de quaisquer textos fundadores quase sagrados, embora, a essa altura, Mussolini fosse um escritor muito experiente, com um currículo de duas décadas de trabalho profissional. Ao contrário dos líderes bolcheviques, ele era avesso a se prender a quaisquer declarações definitivas de verdade científica. Em sua época como socialista, Mussolini havia criticado a adesão servil a Marx. Agora, embora houvesse muitos precursores do fascismo e do estado corporativo, ele não tinha vontade alguma de invocar a autoridade de um profeta; sua própria autoridade era suficiente. O líder fez discursos, publicou artigos e produziu aforismos, mas não havia "Bíblia" do fascismo. Ele apreciava um estado de constante movimento; gostava de improvisar, mudar de ideia.

Na realidade, Mussolini não tinha escolha. A verdade inconveniente cra que, quando ele se tornou ditador, grande parte de sua bibliografia apoiava e promovia ideias a que naquele momento se opunha. Lênin e Stálin haviam mudado de tática com muita frequência durante as carreiras, mas era relativamente simples para os dois editar ou suprimir certas obras que expunham posições ideologicamente embaraçosas, uma vez que eles permaneceram consistentes em suas crenças centrais. Com Il Duce, a história foi diferente: o jovem Mussolini ateu e antiautoritário era o pior crítico do Mussolini patriota e defensor da Igreja.

A autobiografia de Mussolini, *My Life* — que permanece em catálogo—, pode parecer um candidato ideal para um texto essencial, mas, na verdade, foi um trabalho de relações públicas para o mercado americano, iniciado por sugestão de Richard Washburn Child, embaixador dos Estados Unidos na Itália e um admirador servil de Il Duce. Em uma introdução bajuladora de quinze páginas, Child explica que ficou tão impressionado com a insistência de Mussolini no "trabalho e disciplina" que achou que o ditador tinha que escrever um livro para explicar aos estrangeiros o "êxtase espiritual" que ele inculcara nos italianos. "Na nossa época, é possível prever com sagacidade que nenhum homem exibirá dimensões de grandeza permanente iguais às de Mussolini", declarou Child. E quem melhor para explicar isso do que o próprio Il Duce?

Quem melhor mesmo? Na verdade, o envolvimento de Mussolini parece ter sido mínimo. Child trabalhou na "autobiografia" com o irmão de Mussolini, Arnaldo, e um jornalista chamado Luigi Barzini*, fornecendo um resumo da ascensão do ditador ao poder e uma explicação de sua visão de mundo, anulando contradições e minimizando escândalos para um público externo. No entanto, o texto chama a atenção pela vitalidade do "eu" de Mussolini, que adquire vida própria, mesmo quando outras pessoas são em grande parte responsáveis por isso. Considere o trecho de abertura, por exemplo:

> *Minha infância, agora nas brumas da distância, ainda produz aqueles vislumbres de memórias que trazem de volta uma cena familiar, um aroma que o nariz associa à terra úmida depois de uma chuva na primavera, ou o som de passos no corredor. Um estrondo de trovão pode trazer de volta a lembrança dos degraus de pedra onde uma criança pequena que parece não ser mais parte de si mesma costumava brincar à tarde.*

Conciso, econômico, pungente — o trecho evoca com sucesso o tipo de fragmentos de memória sensorial que ligam todos nós aos nossos primeiros anos. Assim, Mussolini invocou as imagens e sons da "sua" consciência em desenvolvimento, e nos transportou ao passado com ele. Dessa forma, continuou Child/Arnaldo/Barzini/Il Duce, enquanto Mussolini esboçava em prosa vigorosa uma breve história de sua cidade natal, Predappio — cheia de rebeldes como ele —, do clã Mussolini desde a Idade Média — líderes obstinados como ele — e as qualidades pessoais de sua mãe devota e amorosa e de seu pai, ferreiro forte e agitador das massas: "Alessandro, era como os vizinhos o chamavam. Seu coração e sua mente estavam sempre preenchidos e pulsando com teorias socialistas." A autobiografia foi publicada nos Estados Unidos em 1928, após ter saído em capítulos no *Saturday Evening*

---

* No período entre 1911 e 1912, o próprio Mussolini havia esboçado uma autobiografia de seus primeiros anos enquanto estava na prisão, que só seria lançada depois de sua morte. (N. do A.)

Post. Os leitores italianos teriam que esperar até a década de 1970 para uma edição aparecer em seu país.

Quando Mussolini permitiu que o fascismo fosse registrado em forma escrita, ele o tratou como algo mutável — como um colunista revisando despreocupadamente suas afirmações e opiniões, presumindo que ninguém estaria prestando muita atenção enquanto ele realizava sua tarefa. Este é, obviamente, o estilo de literatura na qual Mussolini se destacara, e ele nunca deixou de acreditar que a coerência interna, a consistência e a lógica importavam menos do que o senso de oportunidade, a velocidade e uma maneira cativante de se expressar.

Até o *Decálogo fascista*, os dez mandamentos destinados a encapsular os aspectos essenciais do regime, passou por revisões ao ser publicado e republicado ao longo dos anos. Uma determinação, "Mussolini está sempre certo", poderia permanecer na lista, porém, apesar do óbvio papel central que desempenhava para o projeto fascista, seu status não era tão garantido a ponto de ser mantido no mesmo lugar no decálogo. Em vez disso, a determinação foi do número oito na edição de 1934 para o número dez na revisão de 1938. Não havia tábuas de pedra; tudo estava em constante movimento.

DURANTE TODA A década de 1920, sempre que Mussolini discorria sobre sua "filosofia", ele enfatizava que o fascismo era um fenômeno italiano. Um contraste gritante com as pretensões universalizantes do marxismo, ou com o "socialismo em um único país" de Stálin, que se baseava na crença de que o socialismo acabaria por triunfar em todos os lugares.

Então Mussolini mudou de ideia. Em parte, ele fora motivado pela disseminação de partidos fascistas em todo o mundo inspirados em seu próprio, e em parte pelos textos marxistas que havia estudado. A quebra da bolsa de Wall Street, em 1929, foi um momento crítico na história, assim como a crise terminal da democracia e do capitalismo — só que não levariam à ditadura do proletariado, mas à era do fascismo. Em 27 de outubro de 1930, Mussolini se dirigiu a uma multidão da sacada do Palazzo Venezia e reverteu sua opinião anterior de que o fascismo era apenas para a Itália:

A frase que o fascismo não é um artigo de exportação não é minha. É banal demais. Foi adotada para os leitores de jornais que, para entender qualquer coisa, precisam que as coisas sejam traduzidas em termos de jargão comercial. Em qualquer caso, a frase agora deve ser alterada.

Hoje afirmo que a ideia, a doutrina e o espírito do fascismo são universais. É italiano em suas próprias instituições, mas é universal em espírito; nem poderia ser diferente, pois o espírito é universal pela própria natureza. Portanto, é possível prever uma Europa fascista que moldará suas instituições na doutrina e na prática fascistas...

No mesmo ano, uma "Escola de Misticismo Fascista" foi inaugurada em Milão — uma transformação rápida e grandiosa para o bando ordinário de bandidos que, apenas oito anos antes, havia percorrido o norte da Itália forçando os inimigos a tomar laxantes. Mussolini estava se tornando cada vez mais grandioso, mas permanecia decididamente incompreensível. Nesse adubo fértil de superstição quase religiosa, sua concepção de fascismo se tornou ainda mais ambiciosa, e, em 1932, em um discurso proferido em Milão para marcar o décimo aniversário do fascismo, ele declarou que "dentro de dez anos, a Europa será *fascista* ou *fascistizzata!*".

Naquele mesmo ano, Mussolini finalmente produziu uma definição oficial, formal e escrita do fascismo. Mesmo assim, ele apostou pouco. Foi uma definição muito curta, que se encaixava dentro da nova enciclopédia nacional *Fascismo: sua teoria e filosofia*. Quando extraída como panfleto, a explicação tem menos de cinquenta páginas e, portanto, é menor do que qualquer uma das cartilhas de Stálin sobre o marxismo-leninismo. Além disso, o italiano nem mesmo escreveu o texto sozinho, e citou como coautor Giovanni Gentile, um filósofo idealista que não se convencia de que as mentes individuais realmente existiam, ao mesmo tempo que acreditava que as divisões entre passado e presente ou sujeito e objeto eram invenções artificiais sem relação com a natureza da realidade.

Era um mau sinal para os fãs de objetividade e, previsivelmente, a qualidade mais admirável de *Fascismo: sua teoria e filosofia* é que podia ser lido muito rapidamente. Mussolini era bem versado no pensamento moderno, mas, diferentemente de, digamos, *O Estado e a revolução*, o texto não tem a virtude de soar como o trabalho de um homem brilhante se convencendo a acreditar em absurdos. Pelo contrário, *Fascismo: sua teoria e filosofia* soa como o trabalho de um autodidata inteligente, que desconhecia muito do assunto e se afogava na própria pretensão.

Então, o que era esse fascismo, essa ideia surpreendente surgida da cabeça em forma de ovo do homem que tanto impressionara Gandhi a ponto de declará-lo como o "salvador da nova Itália"?

Como todos os conceitos políticos sensatos, o fascismo é tanto prática quanto pensamento, uma doutrina que, ao emergir de um dado sistema de forças históricas, permanece ligada a ele e funciona no interior desse sistema. Não há conceito de Estado que não seja fundamentalmente um conceito de vida — filosofia ou intuição. Um sistema de ideias que se move dentro de uma construção lógica, ou que está reunido em uma visão e em uma fé, seja ela qual for, é sempre, pelo menos virtualmente, uma concepção orgânica do mundo.

O fascismo era ao mesmo tempo pensamento e ação, filosofia e intuição e inúmeras outras coisas? Claramente ele continha uma multiplicidade — e esse é apenas o primeiro parágrafo. A partir desse ponto, o termo só fica mais abrangente à medida que Mussolini e seu coautor explicaram o fascismo minuciosamente de um jeito cósmico e falaram de maneira incoerente sobre a lei moral, um mundo além do material e a importância do altruísmo, sacrifício próprio e morte para permitir que o homem ultrapasse os limites do tempo e espaço e assim viva uma "existência totalmente espiritual".

Ou, nas palavras de Mussolini:

O fascismo é uma forma interior e norma e disciplina da pessoa inteira; ele permeia a força de vontade como a inteligência. Seu princípio, uma inspiração central da personalidade humana que vive na comunidade cívica, desce profundamente e se aloja no coração do homem de ação e no coração do pensador, do artista, bem como no coração do cientista: é a alma da alma.

Ao que parece, desse ponto até o infinito. No entanto, três anos antes, Mussolini também começara a trabalhar em um texto dramático, coescrito com o dramaturgo Giovacchino Forzano, que representava uma meditação muito menos metafísica sobre o poder, e que, ao contrário, destacava sua transitoriedade central, mesmo nas mãos do maior dos governantes.

Assim como Stálin ordenara aos escritores da União Soviética que criassem romances, peças teatrais e filmes ideologicamente sólidos, Mussolini também tentou se aproveitar das classes criativas na Itália para produzir arte fascista. No entanto, como ele não tinha a vontade ou o desejo de usar o terror para impor suas exigências ideológicas, muitos escritores aceitaram subsídios, mas não produziram nada que atendesse aos critérios do líder na promoção da sua ideologia. Luigi Pirandello, por exemplo, filiou-se ao

Partido Fascista e aceitou, de bom grado, subsídios estatais para seu Teatro d'Arte em Roma, mas as referências à glória do fascismo nas obras que ele encenou, ou em suas próprias peças e romances, são escassas a ponto de serem consideradas inexistentes. Outro artista admirado por Mussolini, o futurista Anton Bragaglia aceitou dinheiro fascista apenas para investi-lo na produção de peças de teatro escritas por socialistas como Bertolt Brecht e George Bernard Shaw, bem como de dadaístas, surrealistas e expressionistas. Com a nova arte fascista demorando a surgir, Mussolini decidiu intervir diretamente e criou alguns dramas de sua própria autoria.

Giovacchino Forzano era bem conhecido na Itália como autor de peças históricas populares. Em 1929, Il Duce propôs um trabalho em conjunto sobre os últimos dias de Napoleão no poder. Dois anos depois, a peça, composta por um único ato dividido em onze cenas, foi publicada como *Campo di maggio*. Em sua tradução para o inglês, ela ficou conhecida como *Napoleão: Os cem dias*. Houve outra diferença: na Itália, Il Duce era modesto, e a peça saiu com o nome de Forzano. Na Inglaterra, França e Alemanha, Mussolini foi explicitamente identificado como coautor.

Em *Napoleão: Os cem dias*, o ditador escreveu sobre um ditador. Napoleão era um assunto atraente: assim como Mussolini, ele era um provinciano grosseiro que saiu da obscuridade para liderar uma nação antiga. O francês era tudo que Il Duce queria ser: um grande líder, um mestre da violência, um brilhante estrategista militar, um amante ardente, um escritor talentoso. Como uma obra dramática, no entanto, *Napoleão: Os cem dias* ficou devendo. Faltava ação e consistia, em grande parte, em longos discursos e diálogos proferidos por Napoleão, seus aliados e inimigos. Também continha alguns ataques bastante óbvios à fragilidade da democracia parlamentar, que Mussolini dispensara há muito tempo na Itália. O interessante foi que o Napoleão de Mussolini não era o conquistador que avançou pela Europa, colecionando vitórias e mudando a face do continente ao substituir uma colcha de retalhos de leis feudais por um código civil universal. Ele era o titã derrotado que permaneceu traído e isolado por todos aqueles que lhe juraram lealdade.

Mais uma vez, Mussolini prenunciou a própria queda em uma obra literária. Mais uma vez, fez isso em um momento de triunfo pessoal. Ele concluíra o Tratado de Latrão com o Vaticano e aproveitava a aclamação mundial e o fascínio internacional por sua "nova concepção" de Estado. E, embora ele oficialmente falasse sobre uma nova era na história da humanidade e um novo tipo de governo que duraria por muito tempo após sua morte, assim que se livrou da personalidade de Il Duce, ele escreveu sobre a possibilidade de um final alternativo, mais trágico, como fizera em *Jan Hus* e *A amante do cardeal*. De fato, *Napoleão: Os cem dias* parece ser um produto de ansiedade e desprezo, pois Mussolini escreveu sobre um grande homem dedicado ao povo, mas que deu um passo maior do que as pernas e foi, subsequentemente, traído por ex-aliados.

Mussolini colaborou com Forzano em mais duas peças, *Giulio Cesare* e *Villafranca*, que se beneficiou enormemente da associação com o ditador. Mas foi *Napoleão: Os cem dias* que atraiu a maior atenção em escala internacional. A montagem de 1932 no New Theatre, em Londres, foi elogiada na imprensa americana e australiana, enquanto a produção húngara foi especialmente bem recebida, segundo o biógrafo de Mussolini, R. J. B. Bosworth. Em 1936, foi lançada uma adaptação cinematográfica, estrelada por Werner Krauss — Krauss interpretou o Doutor Caligari no lendário filme expressionista alemão *O Gabinete do Doutor Caligari*. Um crítico do *The New York Times* escreveu esta resenha concisa, mas elogiosa:

> *A colaboração de estúdios de cinema alemães e italianos, apoiada pelos detentores do poder em Berlim e Roma, resultou na produção de um filme histórico que pode ser comparado com as melhores coisas do gênero lançadas por Hollywood ou qualquer outro lugar.*

Visto sob esse prisma, a versão cinematográfica de *Napoleão: Os cem dias* foi um arauto funesto de uma colaboração muito pior entre os regimes fascista e nazista.*

* * *

---

* Apesar do sucesso que desfrutou na época, a peça parece ter sucumbido ao esquecimento mais rapidamente do que qualquer outro texto de Il Duce, pelo menos, nas edições traduzidas. Embora seja relativamente fácil encontrar outros livros de Mussolini em bibliotecas de pesquisa, e alguns ainda estão em circulação, eu tive que encomendar meu exemplar caindo aos pedaços de *Napoleão: Os cem dias* na Irlanda, para ser enviado aos Estados Unidos. Um adesivo na parte inferior da capa interna revela que ele foi originalmente comprado na livraria Foyles, na Charing Cross Road, em Londres. Um certo "Christopher Willard", ou talvez "Williams", ficou suficientemente orgulhoso de possuir o livro a ponto de assinar o frontispício em 1939, ano em que Mussolini deu o primeiro passo decisivo em direção àquele poste. No entanto, até mesmo esse exemplar sobrevivente chegou manchado de mofo, amassado, rasgado e se desintegrando, como se estivesse com pressa para sair desse mundo. (N. do A.)

Em 1934, o futuro ainda era favorável para Mussolini — ou, pelo menos, olhando de fora, a pessoa poderia ser perdoada por pensar assim. Naquele ano, um órgão estatal dedicado à divulgação da doutrina de Mussolini alegou que 39 países tinham partidos fascistas. Il Duce estava acostumado a receber elogios de importantes figuras globais, desde o líder nacionalista chinês Chiang Kai-shek até Franklin D. Roosevelt e Winston Churchill. William Randolph Hearst, o lendário e notório magnata da imprensa, admirava tanto Mussolini que tentou contratá-lo em 1927. Em vez disso, teve de se contentar em comprar os artigos de Il Duce da agência United Press. Isso mudou em 1932, quando Hearst começou a pagar a Mussolini a quantia opulenta de 1.500 dólares por artigo — escritos por um *ghostwriter* — para publicação em seus jornais. Embora não fosse amado por todos nos Estados Unidos — a esquerda não gostava dele —, Mussolini era considerado um grande líder que havia transformado um país atrasado e arruinado com pura força de vontade. Ele foi até o presidente honorário da Sociedade Internacional Mark Twain.

Na realidade, contudo, a situação de Il Duce não era esse mar de rosas. Ele permanecia popular na Itália, ao contrário de outros integrantes da elite fascista. Mussolini havia eliminado toda a oposição e colocado o Estado sob seu controle, mas a Igreja Católica ainda era autônoma e uma fonte de autoridade espiritual com suas próprias instituições e organizações rivais. Depois que emitiu a constituição para o estado corporativo em abril de 1926, Mussolini levou mais oito anos para conseguir publicar o decreto que tratava dos detalhes, estabelecendo, formalmente, 22 corporações, cada uma para um campo de atividade econômica. A corrupção era galopante, a burocracia estatal permanecia inchada e ineficiente e, pior, desde a quebra do mercado de ações em 1929, não havia muito dinheiro para investir em barragens, óperas ou benefícios sociais. O Novo Homem Fascista não estava emergindo; o Velho Homem Italiano persistia. A lacuna entre realidade e ilusão crescia. Il Duce lamentou que ele tivesse se tornado prisioneiro da própria propaganda, com pouco espaço para manobra.

Se a noção de oportunidade de Mussolini tivesse sido melhor — isto é, se ele tivesse conseguido morrer na primeira metade da década de 1930 —, a história teria sido muito mais gentil com Il Duce. A responsabilidade pelo colapso de seu sistema teria caído sobre a cabeça de lacaios menos carismáticos. Apesar da retórica, Mussolini era extremamente contido em comparação com seus colegas ditadores. Embora houvesse uma força policial fascista, a Organização para a Vigilância e Repressão do Antifascismo (OVRA), não havia campos de concentração nem *gulags* na Itália, e, dos 5 mil prisioneiros políticos reunidos entre 1927 e 1940, apenas nove foram executados. Mesmo um ditador menor como Fidel Castro matou muito mais pessoas.*

Infelizmente, Mussolini não morreu. Em vez disso, ele tentou se tornar grandioso, como um conquistador romano, o construtor de um império. Tudo começou a dar muito errado quando despachou as forças italianas para invadir a Etiópia, em outubro de 1935. Depois de esmagar o exército local com balas, bombas e gás venenoso, as forças fascistas triunfantes entraram na capital Addis Ababa sete meses depois. Segundo Mussolini, foi uma guerra nobre de conquista; no entanto, pacificar a população se mostrou difícil, e os civis sofreram represálias violentas. Soldados treinavam a pontaria atirando nos testículos dos etíopes, por exemplo. E, embora o conflito fosse popular dentro da Itália, a agressão sem motivo transformou a resposta ocidental em hostil. Mussolini, acostumado a ser bajulado pela imprensa estrangeira e dignitários, via-se regularmente sendo vilipendiado como um tirano e um monstro. Para ele, era hipocrisia pura essa mudança de atitude, afinal, a Grã-Bretanha e a França não haviam adquirido seus impérios fazendo cócegas nos povos indígenas até serem subjugados, enquanto o rei Leopoldo da Bélgica — oficialmente no clube de países civilizados — havia assassinado dez milhões de congoleses durante seu período como tirano imperial daquela terra infeliz. Os Estados Unidos curtiram sua própria guerra colonial nas Filipinas no início de 1900, e ainda estavam massacrando índios durante a infância de Mussolini na década de 1890. Quem eram esses imperialistas para fazer críticas a *ele*?

Animado com sua vitória na África, Mussolini interveio no lado nacionalista na Guerra Civil Espanhola, na esperança de expandir ainda mais sua influência. Mas os exércitos fascistas provaram-se menos eficazes no combate a oponentes com armamento moderno, e sofreram uma derrota esmagadora e humilhante na Batalha de Guadalajara, em 1937. A essa altura, entretanto, já era tarde demais. O sucesso crescente de um homúnculo bigodudo da Áustria provocaria no velho Il Duce um desejo invejoso que inspiraria a decisão mais desastrosa de sua vida.

Em 1939, a autobiografia de Mussolini escrita por um *ghostwriter* foi relançada com material atualizado que justificava a invasão da Etiópia.

---

* Estima-se que Fidel Castro tenha matado entre 15 mil e 17 mil cubanos durante seu governo, embora isso não o tenha impedido de conhecer os papas João Paulo II em 1996, Bento XVI em 2012, e, aliás, Sean Penn em 2008.

Também foram incluídas passagens explicitamente racistas e antissemitas que não haviam aparecido na edição original. Outra novidade era um senso de parentesco com a Alemanha:

Há muita semelhança... entre o fascismo e o nacional-socialismo, as diferenças entre os dois movimentos se devem às diferenças inatas entre as duas nações, sua história, suas tradições. A semelhança de fins e meios para alcançá-los e a política de revisão de tratados a que se comprometeram ambos os chefes de governo foram suficientes para os dois países marcharem juntos desde 1934. Motivos políticos e ideológicos uniram os dois países e iniciaram uma cooperação internacional que era tão inevitável quanto a Tríplice Aliança de quarenta anos atrás.

Na verdade, Mussolini havia tratado Hitler com um desprezo mal disfarçado por muitos anos. Em 1927, o Führer, que mantinha um busto de Il Duce em sua mesa, escrevera pedindo uma foto autografada; Mussolini se recusou. Ele teve que esperar outros quatro anos para que o desejo fosse concedido. Embora Hitler tenha trabalhado arduamente para imitar o estilo de Mussolini, e mandado que seus homens prestassem continência como fascistas e desfilassem com camisas em um tom apenas um pouco menos escuro do que as camisas dos fascistas, Mussolini vira enormes diferenças. Em especial, ele derramara escárnio sobre o racismo nazista e as leis sobre esterilização, e declarara publicamente que considerava "certas doutrinas do outro lado dos Alpes" com "total desdém". Mussolini não era antissemita; não só havia judeus entre os integrantes que fundaram o Partido Fascista, mas vinte e cinco por cento dos 48 mil que viviam na Itália haviam se *filiado* ao partido. Sua amante de longa data — e *ghostwriter* — Margherita Sarfatti era judia.

De fato, em agosto e setembro de 1934, ele escrevera uma série de artigos sob um pseudônimo para *Il Popolo*, nos quais desprezava o nazismo e as alegações de Hitler sobre a supremacia racial germânica. Quanto ao livro *Minha luta*, Mussolini o rotulara debochadamente de "Novo Testamento" de Hitler e reclamara que, quando o conhecera, o líder nazista "em vez de falar sobre os problemas atuais... recitou de memória para mim o seu *Minha luta*, aquele tijolão enorme que nunca consegui ler".

Quando Hitler deixou de parecer com um zelador amarrotado e começou a parecer com um líder agressivo capaz de derrotar as potências imperiais, o velho hábito de Mussolini de imitar o estilo de líderes mais bem-sucedidos entrou em cena. Considerando que ele havia copiado D'Annunzio, dessa vez ordenou que seus soldados marchassem no ritmo do passo de ganso como os nazistas — esquecendo que em seu diário de guerra de 1915 ele havia comentado que "a forma de militarismo 'feito na Alemanha' não se estabelece na Itália". Na edição revisada de sua autobiografia, Mussolini designou retroativamente o ano 1934 como o início da colaboração nazifascista. Também introduziu "leis raciais" explicitamente antissemitas em 1938, embora com exceções significativas. Il Duce se reservou o direito de "arianizar" magicamente quem ele quisesse, indicando que sua súbita mudança para o antissemitismo foi mais um passo dado para acompanhar Hitler do que o sinal de uma súbita conversão à pseudociência ao estilo nazista.

O romance geopolítico entre a Alemanha Nazista e a Itália Fascista atingiu o ápice quando Mussolini e Hitler assinaram o "Pacto do Aço" em 1939. As duas ditaduras tornaram-se oficialmente um eixo, e, no entanto, havia um grau de paixão não correspondida pelo lado de Il Duce. Hitler tratou seu ex-herói como um sócio minoritário desde o início, e nem se preocupou em consultá-lo antes de invadir a Polônia. Em um acesso de ressentimento, Mussolini invadiu a Albânia e depois a Grécia. No entanto, os exércitos italianos tiveram o desempenho pífio de sempre, e Hitler foi forçado a despachar tropas alemãs para auxiliar Mussolini. Cadáveres se multiplicaram e o regime desandou. Então, em 1943, a maioria de seus conselheiros mais próximos no Grande Conselho Fascista votou a favor da saída do ditador de 59 anos do poder.

A sequência de eventos fora delineada por Mussolini treze anos antes, na peça sobre Napoleão. No trecho a seguir, a substituição de "Bonaparte" por "Mussolini" e referências à "França" por "Itália" resulta em um resumo bastante preciso da posição de Il Duce quatro anos depois da guerra.

Bonaparte, os dias de autocracia acabaram. Você foi um sucesso enquanto a França pôde lhe dar exércitos sem precedentes em quantidade de homens, em coragem e disciplina; esses você destruiu. Contanto que os inimigos da França brigassem entre si, empregassem armas antiquadas, estratégias obsoletas, você, sem ter uma gota de sangue francês, poderia satisfazer as ideias e realizar o trabalho de um verdadeiro francês — Lazare Carnot. Quando você secou todas as nascentes do entusiasmo francês, encharcou todo o solo da Europa com sangue francês, encontrou o mundo unido contra você, sendo odiado como nenhum homem jamais foi, chorando desesperadamente pela paz.

Como o rei Victor Emmanuel dissera quando informou a Mussolini que já não necessitava mais de seus serviços, Il Duce havia se tornado "o homem mais odiado da Itália". Ele foi preso e, da noite para o dia, duas décadas de fascismo desapareceram como fumaça pelo buraco da fechadura. O público festejou, embora um regime sucessor enfraquecido fosse seguir cambaleando por mais 45 dias.

Mas ainda não era o fim. Mussolini não teve a dignidade trágica do seu Napoleão fictício, que soube quando estava derrotado. Ele tinha sido declarado cadáver político anteriormente e havia se ressuscitado. Mussolini ainda sonhava com um retorno, uma oportunidade que ele teve quando as forças nazistas o resgataram da prisão e Hitler o colocou como o líder fantoche da "República Social Italiana".

Comparado ao padrão de seu próprio ideal literário, Mussolini fracassou miseravelmente nesse último ato. Em *Napoleão: Os cem dias*, ele escreveu: "A queda não é nada, se a pessoa cair com grandeza. A queda é tudo, se a pessoa cai por terra." No entanto, enquanto o Napoleão fictício aceitou o exílio, declarando:

> *Eu não serei o rei de um novo massacre de setembro. Voltei de Elba expressamente para evitá-lo. Senhores, o sonho de governar uma Europa próspera em paz poderia muito bem justificar até uma despesa de sangue como esta que vi. Em nome desse sonho, permiti que uma geração perecesse. Mas eu não sou um rei mesquinho, que manda homens à morte para salvar sua coroa mesquinha ou para vingar a rixa com uma Assembleia de demagogos infantis.*

O líder italiano se distinguiu por deportar sete mil judeus para os campos de extermínio e executar o próprio genro.

A viagem para o poste de luz era iminente, mas não antes de Mussolini retornar às raízes literárias, publicando uma série de colunas no *Corriere della Sera*, na primavera de 1944. Sob o título de "O Viajante", ele refletiu sobre sua queda em desgraça e aparente ressurreição, e os textos foram rapidamente reunidos em seu último best-seller, *The Story of a Year*.

The Story of a Year representa uma oportunidade perdida. Mussolini era um escritor habilidoso e, se tivesse sido capaz de uma autoavaliação honesta, esse poderia ter sido um grande livro, a chance de explorar uma épica queda em desgraça por motivos de arrogância, orgulho e más decisões. É claro que, para fazer isso, seria necessário um desmantelamento por atacado tanto de ilusões queridas quanto da própria identidade, e entrar naquele abismo era uma tarefa além de Mussolini, como está além da maioria de nós. Em vez disso, ele compôs um trabalho de explicação titânica, um grito de indignação contra os antigos aliados e contra os italianos comuns que o deixaram na mão. A Itália, declarou Mussolini, "nem é uma nação", e ele trava uma guerra retórica amarga contra os traidores que o depuseram e depois o aprisionaram. É um texto triste e estranho, cheio de justificativas, delírios e vários gritos de orgulho ferido.

O aspecto mais interessante de *The Story of a Year* é o hábito de Mussolini de se referir a si mesmo na terceira pessoa, como se admitisse, de forma tácita, que o "eu" do grande líder não existe mais. Esse "eu" já fora tão poderoso que existiu autonomamente, em artigos escritos por *ghostwriters* e em sua autobiografia, identificável como a voz do ditador mesmo quando outra pessoa falava por ele. Era uma voz forte, confiante e segura de si, que remontava aos seus primeiros textos, denunciando Deus e os capitalistas. Uma voz que preencheu milhares e milhares de páginas, prometendo fogo, violência e renascimento. E então, de repente, desapareceu. A voz na terceira pessoa que a substituiu era inexpressiva, monocórdia, sem estilo. *The Story of a Year* é uma obra que deixa patente a exaustão, e é, possivelmente, a coisa menos vibrante que Mussolini escreveu na vida. Não convence ninguém; no mínimo, sua função é persuadir o próprio autor.

Assim, Mussolini listou todas as tentativas de assassinato contra Mussolini e afirmou que Mussolini é um homem duro de matar, com um "crânio à prova de balas". Mussolini também relata que Mussolini falou para os alemães sobre a lealdade de Hitler:

> *Il Duce respondeu: "Eu sempre soube que o Führer me daria essa prova de sua amizade."*

Ao ser expulso do Grande Conselho por votação, o colapso do "eu" se tornou tão extremo que até Mussolini não soube o que Mussolini estava pensando, e olhou para si mesmo do lado de fora, como se contemplasse uma entidade alienígena.

> *Mussolini não pareceu gostar desta ocasião, já que tinha uma eterna aversão a reuniões sem nenhum programa planejado com antecedência.*

Ainda assim, há momentos em que ele confrontou seu destino com algo parecido com honestidade. Denunciou o povo italiano por sua inconstância.

Em meia hora, um povo inteiro mudou suas opiniões, seus sentimentos e o curso da história... O que devemos pensar de um povo que passa vergonha diante do resto do mundo por uma mudança de atitude tão repentina e quase histérica?

Depois admitiu que seu culto à personalidade era artificial e insustentável.

Não é de surpreender que o povo destrua os ídolos criados por ele. Talvez esta seja a única maneira de restaurá-los a proporções humanas.

Há momentos também em que ele refletiu sobre o que era, talvez, o drama de todos os ditadores que desfrutaram do amor do povo e, no entanto, estiveram sempre fundamentalmente sozinhos. Realmente, para Mussolini, este era um fato existencial essencial, e ele mostrou o Mussolini em terceira pessoa refletindo sobre o tema enquanto estava na prisão:

Toda a vida ele nunca teve nenhum amigo. Isso era uma coisa boa ou ruim? Ele pensou muito sobre esse problema quando esteve em La Madalena, onde escreveu: bom ou ruim, isso não importa, pois para ele já é tarde demais. Alguém na Bíblia disse: "Pobres solitários!" Mas havia um ditado durante a Renascença: "Esteja sozinho e você será seu mestre."

Um enigma que Mussolini não resolveu.

Se eu tivesse algum amigo, agora seria o momento para eles se compadecerem, literalmente "sofrer comigo". Mas, como não tenho nenhum, minhas desgraças permanecem dentro do círculo fechado de minha própria vida.

Mas ele mesmo não havia dito que o Führer era seu amigo? Sim — Mussolini tinha escrito isso 17 páginas antes, na verdade. Aquela afirmação parece ter sido substituída por essa posterior por motivo de absoluta solidão. No fim do livro, no entanto, Mussolini começou a escrever como se não fosse um fantoche alemão, mas sim, um mestre da guerra cuja estrela estava em ascensão novamente. O músculo da imaginação entrou em ação, e Il Duce fantasiou que um renascimento de sua opulência política estaria próximo — "Vamos partir novamente em nosso caminho, com olhos voltados para a estrada à frente" —, simplesmente para decair, em uma filosofia mística e grandiosa, como se sugerisse que aquele era o fim, mas não o fim verdadeiro. Estaria Mussolini insinuando que viria uma grande reavaliação?

A história é uma sequência de eternos retornos. As fases da vida das nações são medidas em termos de décadas. Às vezes de séculos.

Militantes comunistas italianos capturaram e executaram Mussolini em 28 de abril de 1945, enquanto ele tentava fugir para a Espanha pela Suíça. Um grupo em êxtase descontou sua fúria no saco de banha de seus restos mortais, e, a seguir, o cadáver foi pendurado de cabeça para baixo em um posto de gasolina Esso em Milão.

Se Mussolini não tivesse confundido o dom com palavras com uma habilidade sobre-humana de transformar o curso da história, tendo errado ao identificar a verdadeira vocação como ditador em vez de escritor, o mundo, provavelmente, teria sido um lugar menos horrível no século XX. Infelizmente, como escritor, Mussolini estava sujeito à vaidade e aos delírios de grandeza que afligem muitos dos que nasceram para essa carreira — e de uma forma especialmente extrema: em vez de prejudicar a própria família e entes queridos e esbravejar contra os críticos, ele conseguiu causar devastação em dois continentes.

4

Hitler

"É triste ver como a nossa juventude ainda hoje está sujeita a um furor em relação à moda que ajuda a reverter o sentido do velho ditado 'o hábito faz o monge' em algo verdadeiramente catastrófico." — A. Hitler

Em 1889, o casal Alois e Klara Hitler teve um bebê em Braunau am Inn, uma cidade no Império Austro-Húngaro, perto da fronteira com a Baviera. Brilhante, mas indisciplinado, Adolf cresceu sob a violência do pai, um disciplinador feroz com um bigode muito maior do que seu filho deixaria crescer na vida. Alois ansiava que o jovem se tornasse um funcionário público frustrado e cheio de raiva, assim como ele. Por outro lado, Klara mimava seu menino querido.

Mesmo com os espancamentos, Hitler tinha dificuldade em se submeter à disciplina de qualquer outra pessoa. Os professores achavam que ele era preguiçoso e, ao contrário de seus futuros colegas ditadores na Rússia, Geórgia e Itália, Hitler não se dava bem na escola, embora fosse um leitor ávido e permanecesse assim por toda a vida — quando morreu aos 56 anos, possuía cerca de 16 mil livros. Ele não teve um encontro transformador com um panfleto radical ou romance ativista enfadonho. Em vez disso, gostava de obras nacionalistas sobre a história alemã e devorou a ficção barata de Karl May, um autor alemão de faroestes protagonizados por um índio guerreiro chamado Old Shatterhand. May ainda não tinha ido aos Estados Unidos quando escreveu seus livros de aventura, de modo que sua visão do Ocidente e da cultura dos indígenas da região foi inteiramente inspirada em coisas que ele havia encontrado em outros livros. No entanto, Karl May foi um inovador pois inverteu o clichê padrão do caubói bom e civilizador contra o índio bárbaro e selvagem. Os leitores teutões branquelos de May foram encorajados a se identificar com o "nobre selvagem" homem vermelho em sua luta contra os colonos brancos, muitos dos quais, naturalmente, eram de origem alemã. O jovem Adolf absorveu tudo e viu o Old Shatterhand como um modelo de bravura.

Hitler pode ter curtido essas histórias sobre um herói azarão, mas não reagiu a elas escrevendo quaisquer textos de peso, tirando o breve envolvimento de sempre com poesia adolescente. Depois que o pai morreu, em 1903, ele abandonou o ensino médio para se dedicar à arte, à ópera, ao teatro, ao estudo da mitologia nórdica e ao estímulo geral do próprio gênio. Finalmente, não havia ninguém para impedi-lo de ir atrás dos sonhos — exceto os orientadores pedagógicos nos institutos de arte que ele tentou entrar. Em outubro de 1907, a Academia de Belas Artes de Viena recusou-o — o reitor sugeriu que ele estudasse arquitetura, mas Hitler não possuía as qualificações necessárias. Alguns meses depois, a mãe morreu e, em 1908, a academia o rejeitou pela segunda vez. Talvez ele devesse ter se tornado um funcionário público, afinal de contas.

Hitler permaneceu em Viena, ainda com a intenção de se tornar um grande artista. Em vez disso, encontrou pobreza, noites miseráveis em bancos de parque e refeições desagradáveis distribuídas em abrigos. Em 1909, aos 20 anos, colocou "escritor" como profissão ao registrar um novo endereço perante as autoridades em Viena, mas era uma fantasia. Hitler levou uma vida precária, subsistindo em empregos humildes e vendendo pinturas de paisagens e cartões-postais de locais famosos que havia desenhado. Ele não era completamente desprovido de talento. Por exemplo, um desenho intitulado *Standesamt und Altes Rathaus Muenchen* (Secretaria de Registro Civil e Antiga Prefeitura de Munique), vendida num leilão em Nuremberg em 2014 por 161 milhões de dólares, é uma amostra aceitável do estilo medíocre de aquarelas para turistas. O céu é azul, o edifício parece velho, as linhas são retas, não há elementos obviamente errados: o desenho não ofende.

Enquanto isso, conforme Hitler pintava mal e porcamente e passava fome, e passava fome e pintava mal e porcamente, ele lia sobre os judeus em jornais e panfletos virulentamente antissemitas. Depois que leis restringindo a migração para a capital foram revogadas em meados do século XIX, a população judaica de Viena havia saltado de cerca de dois por cento em 1857 para quase nove por cento em 1910. Em 1909, um quarto dos estudantes matriculados na universidade era judeu. Os semitas foram bem-sucedidos no comércio, nas finanças e nas artes, e foram acusados de "controlar a mídia". Esta foi a época de Sigmund Freud, Gustav Mahler, Franz Kafka e Arnold Schoenberg, mas também a dos debates no Conselho Imperial da Áustria-Hungria se o sexo entre cristãos e judeus deveria ser punido sob as mesmas leis que o bestialismo.

Embora Hitler, mais tarde, afirmasse que se tornou um antissemita durante os anos em que viveu em Viena, ele não havia se tornado um ativista; nem era ainda particularmente politizado. Ao contrário, testemunhas oculares atestam que o futuro líder do nazismo tinha numerosos amigos judeus, socializando livremente com eles nos albergues em que habitava, elogiando compositores como Mendelssohn e vendendo muitas de suas pinturas para negociantes de arte devotos do judaísmo. Amigos — e inimigos — de sua época em Viena ficaram surpresos quando Hitler surgiu como o antissemita de maior destaque do planeta.

Hitler, em suma, ainda estava à deriva, sem um propósito. Ele vagou por anos. Antes da eclosão da Primeira Guerra Mundial, o austríaco era o mais desprovido de objetivos, o mais faminto, o mais amaldiçoado de todos os futuros déspotas do século XX, aquele que mais facilmente poderia ter desaparecido, não deixando nenhuma prova de sua existência. Pense nisso. Em janeiro de 1913, Trotsky e Stálin também estavam em Viena, em estreita proximidade física com Hitler. O bolchevismo estava em baixa, mas Stálin pesquisava para realizar seu trabalho revolucionário, *O marxismo e a questão nacional*, enquanto o outro escrevia panfletos, tomava café e editava um *Pravda* vienense que antecedia — e era hostil à — a versão de

São Petersburgo de Lênin. Enquanto isso, Josip Broz, o futuro marechal Tito, presidente da Iugoslávia, morava a alguns quilômetros ao sul de uma cidade chamada Wiener Neustadt. Ele trabalhava na fábrica de automóveis Daimler, mas já era engajado politicamente: Josip Broz Tito era um social-democrata havia seis anos.

E Hitler? Nada.

PARA MUITOS PESSOAS, a morte de oitenta por cento de seu regimento nas primeiras semanas de uma guerra pode ser uma catástrofe ou, no mínimo, um sinal de que as coisas não começaram com o pé direito. Não foi o caso de Hitler, que encontrou no monte de cadáveres crivados de balas e despedaçados por bombas a prova do nobre, abnegado e valoroso espírito combativo alemão. Como ele escreveu ao seu senhorio em Munique:

> ...com orgulho, posso dizer que nosso regimento se portou heroicamente desde o primeiro dia — perdemos quase todos os oficiais e nossa companhia tem apenas dois sargentos agora. No quarto dia, apenas 611 foram excluídos dos 3.600 homens do nosso regimento.

Hitler se mudou para Munique em 1913 para evitar o serviço militar no exército austro-húngaro. No entanto, quando a guerra eclodiu um ano depois, ele estava disposto a lutar pela Alemanha e se alistou no 16º Regimento da Infantaria da Reserva da Baviera do Exército Real Bávaro (Regiment List*, para abreviar). De acordo com a narrativa tradicional, ele era um mensageiro, responsável por levar mensagens do quartel-general para as unidades de combate nas linhas de frente, esquivando-se de balas, minas e granadas. Conforme os corpos se acumulavam ao redor, Hitler evitou a morte repetidas vezes, seja por ouvir uma voz misteriosa que lhe dizia para se afastar de uma área poucos momentos antes de um obus cair ou ao surgir como o único sobrevivente do lado alemão de um duelo até a morte com forças britânicas. Uma coisa insignificante como estilhaços na perna manteve Hitler fora de combate temporariamente. Não é à toa que ele ganhou duas Cruzes de Ferro, uma das quais era a rara "Primeira Classe", concedida apenas aos soldados que demonstrassem coragem excepcional. O apocalipse da guerra havia trazido dignidade, significado e propósito à

---

* Nome dado em homenagem ao primeiro comandante do regimento. (N. do T.)

vida de Hitler: o borra-tintas que abandonara as raízes austríacas se tornou o superguerreiro teutão.

Mesmo em meio à carnificina, entretanto, Hitler manteve os entusiasmos culturais. Em momentos mais calmos, ele sacava as aquarelas e pintava a paisagem marcada pela batalha, mergulhava em livros sobre história e arquitetura alemãs ou, talvez, participasse de sessões antissemitas de socialização com os companheiros de armas. Nas trincheiras, Hitler, o boêmio pilantra, era aceito pela rapaziada, compartilhando as alegrias, as tristezas e o ódio aos judeus com os soldados rasos.

Quando o armistício foi declarado em 11 de novembro de 1918, ele estava convalescendo em um hospital militar, recuperando-se de um ataque britânico com gás mostarda que o deixou temporariamente cego. Hitler ficou tão enfurecido com essa traição que perdeu a visão novamente. Os líderes da Alemanha eram traidores, criminosos, fantoches da conspiração judaica internacional. Para piorar a situação, dois dias antes — no primeiro aniversário do golpe de estado de Lênin — uma revolução na Baviera encerrou o reinado de oitocentos anos da Casa de Wittelsbach, culminando com a declaração de uma República Socialista.

Aos olhos de Hitler, o marxismo era uma fachada para o desejo judeu de dominar o mundo. Chocado, ele resolveu entrar na política — uma decisão que só foi reforçada quando representantes da pátria assinaram o Tratado de Versalhes sete meses depois. Com algumas canetadas, a Alemanha se submeteu a uma humilhação catastrófica, entregou enormes extensões de território, aceitou toda a responsabilidade pelos danos civis causados durante a guerra e cedeu gentilmente à exigência dos Aliados pela dizimação permanente de suas forças armadas. Foi a deixa para hiperinflação, carrinhos de mão cheios de dinheiro sem valor, caos político, música de cabaré, milícias Freikorps, o uso dos judeus como bode expiatório, suásticas, marcha ao passo de ganso, muitos discursos, sexo com sua sobrinha menor de idade* e, ora, veja só, para nascer um Führer — não saído dos livros, mas da prova de fogo da guerra e morte e do colapso da sociedade.

Por décadas, essa versão da ascensão de Hitler ao poder permaneceu mais ou menos intacta. O problema é que ela é baseada no seu próprio relato sobre a guerra, conforme divulgado em *Minha luta*, bem como na propaganda oficial nazista em livros escolares, jornais e revistas. No entanto, se Hitler foi tão surpreendente, então é extremamente estranho que

---

* Supostamente. (N. do A.)

ele nunca tenha sido promovido, nem tenha recebido qualquer autoridade sobre soldados, nem tenha subido acima da patente equivalente ao taifeiro de primeira classe dos Estados Unidos, que é a tradução mais próxima de seu posto militar *Gefreiter*. Era estranho também que, se — como ele alegou — Hitler praticasse nas trincheiras o antissemitismo virulento com seu bando de companheiros que odiavam judeus, e se já mostrasse sinais da iminente ascensão como Führer, ele tenha sido indicado para a Cruz de Ferro por um tal Hugo Guttmann, um oficial judeu.

Documentos descobertos no início do século XXI pelo historiador Thomas Weber pintam um quadro diferente. Na verdade, sua função como mensageiro do quartel-general do regimento era uma das carreiras menos letais disponíveis aos militares durante a Primeira Guerra Mundial, o que é provado pelo fato de que, embora tenha havido centenas de milhares de baixas em ambos os lados em 1915, houve precisamente zero entre os mensageiros com quem Hitler servia. Não é de se admirar que os soldados da linha de frente se referissem a pessoas como Hitler como *Etappenschwein*, um "porco da retaguarda".

As sessões antissemitas de socialização que Hitler frequentava também eram míticas. Ele participou de apenas uma reunião de seu regimento, em 1922, e isso enquanto buscava — com pouco sucesso — companheiros de armas para se juntarem ao Partido Nazista. Em 1933, quando a estrela de Hitler estava em ascensão, apenas dois por cento deles se inscreveram.

Talvez o mais bizarro de tudo, na verdade, seja que Hitler trabalhou *para* a República Soviética da Baviera como representante de seu batalhão. Tudo isso estava muito distante da imagem do inimigo jurado do bolchevismo e do gueto judeu nascido na lama, no fogo e no sangue das trincheiras. Parecia que as ideias de Hitler estavam oscilando e, por volta de 1919, ele interessou-se em buscar outras oportunidades de carreira que não fosse a de um exasperado genocida antissemita e ultranacionalista.

Hitler parece não ter enveredado por esse caminho até aquele outono. Ele ainda estava nas forças armadas e recebera a tarefa de monitorar grupos políticos extremistas, um trabalho que envolvia se infiltrar em reuniões de racistas monomaníacos, antissemitas paranoicos, comunistas, ultranacionalistas, teóricos da conspiração e ignorantes de maneira geral. Certa noite, participou de uma reunião do minúsculo Partido dos Trabalhadores Alemães, que havia sido cofundado no início de 1919 por um desses ignorantes: o ferroviário chamado Anton Drexler. Drexler culpava os judeus e os sindicatos por seus vários fracassos e decepções e desenvolveu uma ideologia política que unia o ódio aos semitas, ao socialismo e ao nacionalismo. Hitler deixou a reunião com uma cópia da autobiografia de Drexler e leu naquela noite durante um surto de insônia. Se esse panfleto patético não o transformou imediatamente em Der Führer — na verdade, ele alega ter esquecido prontamente a autobiografia de Drexler —, o texto preparou sua consciência para uma mudança.

Poucos dias depois, Hitler recebeu um cartão de filiação pelo correio, e, embora estivesse certo ao enxergar o grupo como uma coleção de malucos marginais, ele compareceu a outra reunião e encontrou seu destino ali, em meio aos fracassados e ignorantes. O Partido dos Trabalhadores Alemães se transformaria no Partido Nacional-Socialista dos Trabalhadores Alemães, também conhecido como Partido Nazista.

Por meio dessa filiação, Hitler começou a frequentar os círculos literários. Um de seus novos amigos escritores era realmente talentoso: Dietrich Eckart, descendente de uma família da corte — seu pai havia sido conselheiro do rei bávaro — e autor de uma versão da peça *Peer Gynt,* de Ibsen, muito popular na Alemanha e traduzida para o tcheco, o holandês e o húngaro; o próprio kaiser compareceu a duas apresentações. No entanto, Eckart também era viciado em drogas, alcoólatra, nacionalista e um violento antissemita que publicava o próprio jornal semanal, o *Auf Gut Deutsch* ("Em Bom Alemão"). Embora ele tivesse 21 anos a mais do que Hitler, os dois se uniram pelas origens boêmias e pelo ódio compartilhado aos judeus. O escritor discutiu livros, ideias e história com o político — incluindo obras de Houston Stewart Chamberlain* e Paul de Lagarde**. Eckart até ajudou Hitler com a gramática, que nunca foi o ponto forte do Führer. Que companhia salubre.

Enquanto isso, Hitler conheceu outro escritor, Alfred Rosenberg, um refugiado de descendência alemã do Império Russo em colapso. Como o austríaco, ele tinha um talento para as artes; até estudou arquitetura em Riga e Moscou antes da revolução. Rosenberg atuava como especialista em Rússia para o jornal de Eckart, e contribuiu com artigos sobre a Revolução Bolchevique "judaica". Em 1923, escreveu uma interpretação sobre *Os protocolos dos sábios de Sião*, o notório texto que supostamente era o registro de uma reunião entre uma aliança de judeus que viviam na Basileia e planejavam iniciar guerras terríveis e fomentar o caos de maneira a assumir

---

* Genro de Richard Wagner e racista. (N. do A.)
** Estudioso da Bíblia e racista. (N. do A.)

o poder do mundo. De fato, *Os protocolos dos sábios de Sião* já havia sido exposto como uma farsa: em 1921, o *London Times* publicou um relatório demonstrando que grande parte do texto fora plagiada de outro, escrito por um crítico francês dirigido a Napoleão III, intitulado *O diálogo no inferno entre Maquiavel e Montesquieu*. A polícia secreta czarista de fato produziu *Os protocolos dos sábios de Sião*, embora esse detalhe nunca tenha impedido aqueles que buscam ser enganados de se enganarem.*

Mesmo assim, Hitler não começou de repente a gerar centenas de textos para competir com esses teóricos do nazismo emergente. Para os bolcheviques logocêntricos, a palavra escrita era uma arena na qual eles tinham que dominar; e Mussolini era um gerador de texto por profissão. Mas a escrita não parece ter sido um meio pelo qual Hitler alimentou o ego ou buscou progredir na carreira política. Conforme subia na hierarquia do partido, ele descobria que seu *métier* era *falar* besteira, não pô-la em papel. Hitler era capaz de colocar um salão na palma da mão sempre que abria a boca para declamar opiniões tóxicas sobre judeus, bolcheviques, para dizer que a estrela soviética era na verdade a estrela de Davi, que as estrelas comunistas eram douradas porque os judeus amavam ouro, e perguntar que mais provas você precisa? Para o austríaco, a fala era suficiente.

De fato, embora Hitler tenha considerado escrever um livro sobre a história dos judeus, ele resistiu com sucesso a qualquer impulso que talvez tenha sentido de infligir um volume de suas reflexões à humanidade, até sofrer um período inesperado de ociosidade forçada em 1923. No ano anterior, seu ídolo Mussolini entrara marchando em Roma e se tornara primeiro-ministro da Itália. Hitler queria duplicar esse sucesso na Alemanha ao entrar marchando em Berlim, mas sua revolução chegou apenas ao centro de Munique, quando as autoridades abriram fogo contra a turba de 2 mil partidários reunidos por ele. *Etappenschwein* que era, o Führer mergulhou no chão ao primeiro som de tiro. Ele estava ileso. Nem todo mundo teve tanta sorte: 16 nazistas leais morreram.

Hitler foi preso e julgado por traição, pelo que normalmente teria sido executado, caso o juiz não fosse solidário a seus pontos de vista. Assim, mesmo tendo sido considerado culpado, ele foi condenado a meros cinco anos de prisão, e contava com a possibilidade de liberdade antecipada por

---

* Entre eles Henry Ford, que em 1922 publicou sua própria opinião sobre *Os protocolos dos sábios de Sião*, intitulado *O judeu internacional*, no qual ele revelou que os semitas também eram culpados pelo jazz e tinham tomado o controle do comércio de bebidas dos Estados Unidos. Hitler possuía um exemplar. (N. do A.)

bom comportamento — então Hitler previu que cumpriria uma pena muito menor do que a imposta.

Residente da cela número sete da prisão em falso estilo medieval de Landsberg, no sudoeste da Baviera, Hitler logo conquistou o diretor e os guardas, que o saudavam com um "Heil". O local era extraordinariamente confortável: ele tinha uma cela com janela, recebia muitos visitantes e dava vários passeios ao redor dos jardins. Ele até era visitado por seu cão pastor alsaciano. A única desvantagem era a dificuldade de conduzir o partido do interior de uma cela, então ele passou as rédeas a Rosenberg. No entanto, Hitler percebeu, como Lênin na Sibéria, que o Estado lhe proporcionara as condições perfeitas para o período sabático de um escritor; além disso, ele tinha contas a acertar e custos de advogados para pagar. Seu amigo Eckart havia pagado 11 mil marcos em dívidas depois de publicar *Peer Gynt*, e os direitos autorais continuaram entrando na conta até sua morte no ano anterior. Se Hitler também escrevesse um best-seller... De fato, em 1942, ele admitiria a um grupo de nazistas veteranos que estavam com ele desde a década de 1920: "Se eu não estivesse na prisão, *Minha luta* nunca teria sido escrito."

O diretor forneceu a máquina de escrever, enquanto Winifred Wagner, a nora inglesa do famoso antissemita e compositor Richard Wagner, forneceu belos papéis para Hitler. Do que mais ele precisava? Bem, talento, para começar. Mas ele estava disposto a tentar mesmo assim.

Inicialmente, o detento tentou se sentar em uma poltrona, ao estilo de Lênin, e escrever fisicamente *Minha luta*, ou, como era originalmente intitulado, *Viereinhalb Jahre Kampf gegen Lüge, Dummheit und Feigheit* ("Uma luta de quatro anos e meio contra mentiras, estupidez e covardia").

No entanto, enquanto rabiscava no papel ou catava milho na máquina de escrever, a visão e ambição de Hitler se expandiram. Em vez de apenas escrever um ataque incisivo a judeus, bolcheviques e outros objetos de ódio, ele começou a tecer a própria história de vida na narrativa. O livro se tornou, assim, uma epopeia titânica ao estilo de *David Copperfield*, começando com o seu nascimento e seguindo com seu desenvolvimento pessoal, filosófico e político através da escola, dos anos boêmios, dos anos de guerra, até o caos em andamento na era da República de Weimar. Ele ficou tão envolvido com a lembrança das emoções naquele ambiente de tranquilidade, tão absorvido com a exploração das próprias ideias, que reduziu drasticamente o número de visitas para se dedicar de modo mais pleno à sua obra-prima.

Obviamente, a ambição superou a capacidade. Como *David Copperfield*, *Minha luta* é muito longo. Ao contrário de *David Copperfield*, no entanto, ele é extremamente mal-escrito. O problema não foi apenas que Hitler não fazia ideia de como estruturar um texto, nem que ele era um propagandista do autoengrandecimento: sua inépcia se revelou na prosa em um nível molecular.

Afinal, não importa que o texto de Dickens fique chato, ele era um profissional. Mas Hitler, não. Aqui está o veredicto de Thomas Ryback, um estudioso que examinou a prosa do futuro ditador em sua forma mais pura de manuscrito pré-publicação: "Aos 35 anos, Hitler não dominava nem a ortografia básica, nem a gramática comum. Seus textos crus estão cheios de erros lexicais e sintáticos. A pontuação, assim como o uso de letras maiúsculas, é tão defeituosa quanto inconsistente."

Não obstante, os fragmentos sobreviventes do manuscrito revelam que Hitler estava tentando, até mesmo se esforçando. Ele realmente queria que o livro fosse *bom*. Os parágrafos iniciais foram revisados várias vezes enquanto lutava para criar uma abertura marcante, *exatamente como um escritor de verdade*. No final, ele se contentou com isso:

> *Considero hoje providencial que o Destino tenha escolhido Braunau am Inn como meu local de nascimento. Porque esta cidadezinha fica na fronteira entre dois estados alemães cuja reunião virou missão de vida pelo menos para nós, du geração mais jovem, por todos os meios à nossa disposição.*

Não era assim tão terrível, pois essa abertura conectou o nascimento de Hitler com o destino da Alemanha e pediu desculpas por ele não ser alemão em duas frases. Os temas principais, menos o ódio aos judeus, foram então revelados.

No entanto, conforme continuou escrevendo, Hitler descobriu que datilografar a coisa toda era muito difícil. Então, assim que Rudolf Hess, seu acólito com uma educação melhor, se juntou a ele na fortaleza, Hitler passou a fazer aquilo no que era bom: conjurar palavras no ar, enquanto Hess registrava no papel — e esse processo demonstrou que os dons para discursos de Hitler exigiam uma plateia de mais de uma pessoa para funcionar corretamente. Embora a estrutura de *Minha luta* seja oral, na medida em que é cheia de repetições rítmicas e ênfases de ideias favoritas, qualquer que seja a magia retórica usada por Hitler para cativar grandes públicos não se traduz na página. Até ler *Minha luta* em voz alta para o dócil fã-clube preso com ele não conseguiu captar nada daquela magia retórica.

Embora o texto final dê poucos sinais de que Hess tenha feito muita coisa para conter qualquer excesso por parte do Führer, a esposa dele revelou mais tarde as brigas com Hitler sobre revisões sugeridas ao manuscrito. De fato, com o passar dos anos, cerca de dez aliados do político, desde seu motorista até o editor, passando por um crítico de música nazista, reivindicaram ou foram culpados por desempenhar um papel na formação do texto antes de ele finalmente ser impresso. Será que todos eles falharam? Ou impediram que uma catástrofe literária ainda maior surgisse em um mundo desavisado? Quem sabe como *Minha luta* teria ficado se Hitler tivesse continuado a trabalhar sozinho no livro? Por pior que as coisas possam parecer, é melhor nunca presumir que vivemos na pior das realidades possíveis.

Quanto ao conteúdo desse objeto maldito, bem, como todos os políticos que produzem tijolões ilegíveis para mitificar as próprias vidas, Hitler desejou seduzir seus leitores, apresentar-se como uma criança predestinada, a escolha lógica como salvador nacional. Ele projetou no passado atitudes que desenvolveu mais tarde durante a vida e revelou que, mesmo quando criança, ele era um líder de homens, e que foi durante os anos passando fome em Viena que descobriu a "pestilência espiritual, pior do que a peste bubônica" do envolvimento judeu na imprensa, arte e literatura e no teatro.

Hitler também acumulou histórias de autoengrandecimento sobre sua atuação valorosa na guerra e os laços imaginários que formou com os guerreiros valentes nas trincheiras. Segundo *Minha luta*, no final da guerra ele já estava filosófica e politicamente formado, e não havia, é claro, nenhuma menção à sua breve carreira na República Soviética da Baviera. Grande parte dessa criação de mitologia se tornou Verdade, aceita por historiadores sérios. Apesar de ser terrível, então, *Minha luta* foi um grande sucesso como um exercício de falsidade.

O que mais chama a atenção é a brutalidade obstinada do livro. Embora Hitler se apresentasse como um intelectual — usando palavras como *intrinsecamente* e *cognição* enquanto invocava uma ciência racial espúria e se entregando a teorias históricas grandiosas —, ele, ainda assim, recusava-se a enfeitar suas crenças milenárias com um estilo quase científico à la Marx, Lênin ou Stálin; as invocações poéticas da violência "sagrada" escritas por Mussolini parecem brandas em comparação com a verborragia tóxica de Hitler.

No início do texto, ele perguntou:

Será que havia alguma forma de imundície ou devassidão, especialmente na vida cultural, sem pelo menos um judeu estar envolvido nela?
Se a pessoa corta com cautela um abcesso desses, ela encontra, como uma larva em um corpo apodrecido, muitas vezes cega pela luz repentina — um judeuzinho!

O texto de Hitler tem uma qualidade visceral, crua, quase agressivamente estúpida, que se encaixa em sua visão de mundo: os judeus são maus; os arianos são bons. O bolchevismo é uma conspiração judaica para a dominação do mundo. O mundo balança à beira do desastre. Nós devemos salvar o mundo.

Como Lênin e Mussolini, Hitler acreditava estar vivendo à beira da transformação, só que, para ele, os horrores do abismo estavam mais próximos do que a utopia prometida. O socialismo era uma metafísica otimista — segundo Marx, a transformação era inevitável; Mussolini afirmara que ele havia inaugurado uma era de ouro. Hitler, por outro lado, enfatizou a possibilidade de um apocalipse sem salvação, a ruína pelas mãos dos judeus. Ele estava vivendo em um mundo onde tudo desmoronava, e rápido.

No livro, ele expõe os riscos cósmicos:

Se com a ajuda do credo marxista, o judeu for vitorioso sobre os outros povos do mundo, sua coroa será a coroa de flores fúnebre da humanidade e este planeta se moverá, como fez há milhares de anos*, pelo éter desprovido de homens.

Então, após ter nos guiado por sua jornada pessoal para a virilidade em meio a guerras e conflitos, Hitler explorou as causas básicas do colapso iminente em detalhes cansativos. Sua visão foi curiosamente limitada, no entanto: sempre o boêmio, ele se concentrou na sífilis e na arte. De fato, a "sifilização de nosso povo" era tão grave que Hitler dedicou onze páginas para discutir a peste, e emendou impecavelmente com "sifilização" da vida cultural. Não apenas o teatro "se precipita em direção ao abismo", mas no

---

* É impossível saber se isso foi resultado da falta de educação de Hitler ou se houve um deslize na febre do ditado fielmente transcrito por Hess. Hitler não era imune ao constrangimento. No entanto, na segunda edição, esses "milhares" seriam alterados para "milhões". (N. do A.)

mundo da arte, coisas como cubismo e o dadaísmo refletiam "as excrescências mórbidas dos homens degenerados".

A visão do momento final que ele teve foi equilibrada pela crença em uma idade de ouro mítica vagamente definida. "Cultura", disse ele, surgiu primeiro "em lugares onde o ariano, ao encontrar povos inferiores, os subjugou e os dobrou à sua vontade. Eles então se tornaram os primeiros instrumentos técnicos a serviço do desenvolvimento de uma cultura". De acordo com Hitler, ser subjugado por um "conquistador" ariano era "talvez" uma dádiva, "um destino melhor do que sua pretensa liberdade".

Hitler, que abandonou o ensino médio, não ficou especialmente incomodado com as capacidades intelectuais da raça superior. Enquanto as demonstrações agressivas de intelecto eram obrigatórias para os bolcheviques atormentados pela ansiedade por demonstrar status, Hitler parecia estar à vontade com seu cérebro e não via problema em admitir que o *Volk* simplesmente não era tão brilhante assim: "O ariano não é o melhor por suas faculdades mentais em si" — não, o que o diferencia é "o tamanho de sua disposição de colocar todas as suas habilidades a serviço da comunidade".

Hitler estava tão relaxado a respeito da relativa falta de importância da capacidade cerebral que retornou à questão duas páginas depois, enfatizando que "a fonte da capacidade do ariano de criar e construir cultura não reside nos dotes intelectuais". Novamente, é graças à sua capacidade para o sacrifício próprio em nome de toda a comunidade que "o ariano deve sua posição no mundo, e para ela o mundo deve ao homem" — embora ele tenha se contradito ao acrescentar que foi através de um "pareamento único entre o punho brutal com o gênio intelectual" que os arianos "criaram os monumentos da cultura humana".

E assim, através das maravilhas da projeção, Hitler pôde relembrar sua vida e sofrimentos medíocres e chegar à conclusão de que, como uma espécie de Cristo do século XX, tudo isso tinha sido necessário para o bem maior da Alemanha. Acreditaria ele secretamente que algumas daquelas pinturas grosseiras que ele cometeu em Viena não poderiam ser "monumentos" ocultos?

É claro que um metafísico que postulava a existência de uma raça superior deveria explicar por que tal raça estava tomada pela sífilis e oscilando à beira da extinção. Hitler simplificou as coisas com um mito nazificado da Queda: "O ariano desistiu da pureza do sangue e, portanto, sua permanência no paraíso terminou." De fato, enfatizou ele, aumentando a estupidez da simplificação: "A mistura de sangue e a queda resultante no nível racial são as únicas causas da morte de culturas antigas; pois os homens não perecem como resultado de guerras perdidas, mas sim, pela perda daquela força de resistência contida apenas no sangue puro."

Ele continuou a explicar por que o "equivalente mais poderoso" dos arianos, o judeu, era tão ruim, apenas com muito mais detalhes. No semita, afirmou Hitler, "a vontade de se sacrificar não vai além do instinto puro e simples de autopreservação do indivíduo".

Mas isso não era tudo: na minha edição de *Minha luta*, uma página sim, outra não, vem com um título. Esses cabeçalhos, muitos dos quais se repetem à medida que Hitler desenvolvia seu pensamento *ad nauseam*, devem ser suficientes para dar uma ideia do caráter implacável e cansativo dessa seção:

Consequências do egoísmo judaico
A falsa cultura do judeu
O judeu, um parasita
Doutrina religiosa judaica
Desenvolvimento do judaísmo
Desenvolvimento do judaísmo
Desenvolvimento do judaísmo
Desenvolvimento do judaísmo
O operário
Táticas judaicas
Organização da doutrina mundial marxista
Organização da doutrina mundial marxista
Ditadura do proletariado
Povos bastardizados

E por aí vai. Depois, um pouco mais. Na visão apocalíptica de Hitler, a distinção entre antissemitismo e racismo é clara. O Führer não considerava os judeus como uma sub-raça, como com os eslavos. Em vez disso, os judeus eram uma força diabólica, uma superinteligência parasitária que se movia de uma cultura para outra, não criando nada, mas absorvendo, sintetizando, a fim de alcançar integralmente suas metas sinistras de dominação completa. Essa, obviamente, era a única maneira pela qual Hitler e outros antissemitas podiam — e podem — obrigar seus ódios a fazer algum sentido: havia poucos judeus no mundo; eles não tinham país; porém, ainda assim, estavam secretamente manipulando a história. Instigaram a Primeira Guerra Mundial e a Revolução Russa, e estavam a ponto de dominar o planeta. Os judeus tinham que ser super-homens — embora de um tipo muito diferente.

Hitler cita *Os protocolos dos anciãos de Sião* para apoiar sua visão conspiratória da história, uma das poucas fontes externas a que ele se referiu no texto. Ele esconde suas influências, preferindo se apresentar como original. Por exemplo, Mussolini, que inspirara diretamente sua tentativa de entrar marchando em Berlim, e de cujo governo fascista o representante do Führer, Hermann Göring, tentava obter um empréstimo enquanto Hitler estava na prisão, está ausente no volume 1 e ganharia apenas uma brevíssima citação no volume 2. No entanto, *Os protocolos dos anciãos de Sião* é uma exceção: o livro claramente fascinou Hitler, mesmo que ele parecesse admitir que o texto fosse falso. Mas Hitler afirmou que isso não importava. Os críticos do livro o denunciando como falso seria "a melhor prova de que é autêntico".

Sabendo que, mesmo pelos seus padrões, este é um argumento fraco, Hitler continua:

> *O que muitos judeus talvez façam inconscientemente é exposto aqui de forma clara. E isso é o que importa. É completamente indiferente das manifestações oriundas desse cérebro judaico. O importante é que elas revelam, com uma certeza aterrorizante, a natureza e as ações do povo judeu e expõem seus contextos internos, assim como seus objetivos finais.*

Se alguns fatos de *Os protocolos dos anciãos de Sião* são verdadeiros ou não, não importa. Como a própria biografia, o livro poderia servir à causa tão bem quanto um mito, expressando uma verdade maior. O que importava se a história não era verdadeira quando era de fato verdade? Essa era a "lógica" perigosa de Hitler.

EM 18 DE setembro de 1924, o diretor de Landsberg recomendou a libertação de Hitler, alegando que ele havia se tornado mais "maduro" e "ponderado", e "não contempla agir contra a autoridade existente". Contudo, o austríaco ficou desapontado; ele não sairia da prisão por mais dois meses. Ainda assim, aproveitou da melhor maneira o período prolongado de encarceramento e continuou ditando o livro para Hess.

Hitler saiu na hora certa para o Natal — um pouco mais gorducho após o período de descanso na prisão, e com um manuscrito completo nas mãos, que ele estava pronto para soltar no mundo. De modo geral, a prisão tinha sido uma experiência intelectualmente estimulante. Hitler descreveu o período em Landsberg como "educação superior às custas do Estado", enquanto um aliado alegou que ele usara o tempo não apenas para escrever *Minha luta*, mas também para mergulhar nas obras de pensadores tão significativos quanto Schopenhauer, Nietzsche, Marx e Otto von Bismarck. Se isso for verdade, então Hitler não deve ter mergulhado tão fundo assim, uma vez que gerar quase quatrocentas páginas de texto sem sentido leva muito tempo, e esses pensadores não exatamente otimizaram seus textos para facilitar a assimilação.

Quanto ao livro *Minha luta*, Hitler tentou encontrar uma editora respeitável e tradicional antes de terminar de escrevê-lo, mas não obteve sucesso. Assim, em 18 de julho de 1925, a casa editorial oficial nazista, Franz Eher Verlag, publicou o livro em Munique em formato grande — 22 x 30 centímetros — a doze marcos o exemplar. O subtítulo, pelo menos, era excelente: *Um ajuste de contas*. Já as críticas foram terríveis. O *Frankfurter Zeitung* intitulou sua resenha "O Fim de Hitler", enquanto um nazista importante como Alfred Rosenberg só conseguiu dizer, na melhor das hipóteses, que o livro parecia ter sido "escrito às pressas". Quanto às vendas, elas foram medíocres. O editor de Hitler, Max Amann — que serviu no mesmo regimento bávaro do Führer —, afirmou ter vendido 23 mil exemplares durante o primeiro ano. Na verdade, o livro vendeu menos de 10 mil, um resultado menos espetacular, com certeza — mas que, mesmo assim, foi a maior parte da primeira tiragem. Uma segunda edição, de 18 mil, foi lançada em 2 de dezembro, dos quais menos de sete mil foram vendidos em 1926, apesar de Hitler ter um público incorporado de 17 mil integrantes do partido. O número de nazistas de carteirinha subiu para 40 mil no ano seguinte, mas os números de vendas caíram ainda mais, para 5.600 exemplares. Com essa vendagem, Hitler poderia ter conseguido juntar dinheiro para gastar com pomba recheada*, mas certamente não causaria muito prejuízo às contas de seu advogado.

No entanto, antes de o volume 1 ser publicado, ele já trabalhava no volume 2, desta vez em um cenário alpino relaxante, vociferando para uma secretária enquanto Amann, que impediu que o primeiro livro saísse sob o título original e desastroso dado por Hitler, ajudava editando. Mais

---

* Uma das refeições favoritas de Hitler, de acordo com Victoria Clark e Melissa Scott, autores de *Dictators' Dinners: A Bad Taste Guide to Entertaining Tyrants* [Jantares de Ditadores: Um Guia de Mau Gosto para Receber Tiranos]. (N. do A.) Segundo o livro, o prato era pomba recheada com nozes, língua, fígado e pistache. (N. do T.)

uma vez, a ociosidade forçada desempenhou um papel na gênese do texto, uma vez que Hitler havia sido proibido de falar em público depois de um discurso especialmente incendiário que proferiu em 27 de fevereiro, apenas dois meses após ser libertado da prisão. Impedido de usar o superpoder de oratória contra as massas, ele retomou a ideia de que poderia de fato ter algum talento literário, e, assim, embarcou em uma sequência que exultou todas as falhas da parte 1 enquanto aprofundava o tédio.

Com *Minha luta: Volume 2*, Hitler enfrentou o obstáculo que muitos autores de memórias de celebridades precisam superar no segundo livro: no momento em que a história de vida está fora do caminho, o que mais há para escrever? Para piorar — do ponto de vista da geração de conteúdo, pelo menos —, Hitler também já havia exposto longamente suas teorias raciais, e tinha explicado em detalhes por que os judeus eram *übel**, mas os arianos eram *Übermenschen. Minha luta: Volume 1* tinha sido o grande livro de Hitler, a chance de atingir um público de massa. Ele já utilizara todas as partes interessantes. O que fazer a seguir?

Bem, sempre havia a possibilidade de repetição; e assim Hitler elaborou os temas de perversidade judaica e marxista já expostos em detalhes no primeiro volume. Havia também uma abundância de "*fan service*"**, isto é, material que só poderia ser interessante para os verdadeiros adeptos do nazismo, tais como o seu relato da descoberta de seus superpoderes oratórios e a descrição detalhada de como o partido, sob sua própria orientação sábia e benigna — com ajuda de um dentista anônimo —, escolheu sua bandeira marcante. Hitler estava abandonando a esperança de escrever um best-seller para o grande público ou, mais provavelmente, não tinha ideia do que mais poderia fazer além de ensinar a missa ao vigário.

No entanto, à medida que a noção de Hitler a respeito do público diminuía, ele se soltava para escrever com muito mais detalhes sobre as *políticas* específicas do futuro estado nazista, elaborando assim uma resposta nacional-socialista a *O Estado e a revolução*. Ao contrário do texto de Lênin, o de Hitler era excessivamente detalhado; ele rejeitou o utopismo vago, o falatório teórico e as citações abundantes em troca de longas discussões sobre propaganda, organização partidária e política externa, e incluiu declarações enérgicas de intenção quanto à necessidade de expansão para o leste.

---

* "Maus". (N. do A.)

** Jargão recente da cultura pop para momentos em que um criador (seja autor de quadrinhos, cineasta etc.) cria cenas e situações apenas com o intuito de agradar os fãs mais radicais, provendo material e ideias que eles já aguardavam. (N. do A.)

Hitler lidou com a forma como o estado futuro protegeria o "direito humano mais sagrado" de manter o sangue puro. Alegremente antidemocrático, ele afirmou com franqueza que o governo deveria se envolver na vida dos cidadãos em um grau extraordinário. Era um "absurdo" que "com o fim do período escolar, o direito do Estado de supervisionar seus jovens cidadãos de repente cessasse, mas retornasse na idade militar". Ao contrário, disse Hitler: "Esse direito é um dever e como tal é igualmente presente em todos os momentos."

O que isso implicava precisamente era tão bizarro quanto assustador — ou talvez *mais* bizarro do que assustador. Por exemplo, Hitler ficou muito irritado com as opções de vestuário da "juventude" e reclamou que "o menino que no verão corre vestindo calças compridas de cintura alta e pernas justas e se cobre até o pescoço perde, só por causa das roupas, o estímulo para o treinamento físico". Com uma timidez incomum, ele falou incoerentemente sobre a necessidade de "explorar a ambição e, como também podemos admitir, calmamente, a vaidade também". No entanto, não era vaidade em relação a roupas que Hitler queria encorajar, mas sim, vaidade "sobre um corpo bonito e bem torneado que todos podem ajudar a construir".

Tendo criticado a sífilis, as prostitutas e a degeneração sexual generalizada por páginas e páginas no volume 1, Hitler passou a defender a transformação de *das Vaterland* em um enorme açougue ao ar livre, onde meninos e meninas exibiriam os atributos físicos uns para outros. Ao usar roupas mais reveladoras, explicou o Führer, a melhor carne ariana seria naturalmente atraída por outros belos espécimes de carne ariana. Ele então prosseguiu de um desdém pela "moda afetada" para um discurso apocalíptico: se não fosse por todas aquelas golas altas e calças compridas de cintura alta e pernas justas, disse Hitler, "a sedução de centenas de milhares de garotas por canalhas judeus repulsivos de pernas tortas não seria possível".

Certo.

Sem dúvidas, Hitler passou muito tempo fantasiando sobre seu futuro estado enquanto estava na prisão, pois, além das reflexões sobre moda, ele também usa *Minha Luta: Volume 2* para revelar uma filosofia detalhada da educação, na qual ele desenvolveu suas dúvidas sobre o significado do intelecto em algo parecido com desprezo total. Talvez toda aquela obra de Marx que Hitler leu na fortaleza tivesse machucado sua cabeça; ou talvez tenha parado de ler *Sobre educação*, de Schopenhauer, depois desse trecho: "Um homem vê muitas coisas quando olha para o mundo por si mesmo e as vê de muitos lados; mas esse método de aprendizado não é tão curto ou tão rápido quanto o método que emprega ideias abstratas e faz generalizações precipitadas sobre tudo."

Ou talvez Hitler ainda estivesse amargurado por causa das experiências infelizes de infância na sala de aula — uma conclusão que se torna difícil de resistir quando ele começa a dizer que "de forma geral, o cérebro jovem não deveria ser sobrecarregado com 95% de coisas que não podem ser usadas e, assim sendo, esquece de novo". Continuando sob o título quase insuportavelmente comovente "SEM SOBRECARGA DO CÉREBRO", Hitler também pediu o "encurtamento do currículo" para que haja espaço suficiente para o importantíssimo "treinamento do corpo, do caráter, da força de vontade e da determinação".

Segundo o austríaco, uma vez que "um espírito saudável e vigoroso só será encontrado em um corpo saudável e vigoroso", o futuro Estado "não deve voltar todo o trabalho educacional principalmente à inoculação do mero conhecimento, mas à criação de corpos absolutamente saudáveis". Esse "mero" foi revelador, e Hitler também enfatizou que a educação científica devia vir em "último lugar" após o desenvolvimento do caráter. Quanto ao latim, ele seria reduzido a um conjunto de "linhas gerais", enquanto o estudo de História, "um resumo do material deve ser realizado" e dar ênfase a lições úteis para "a existência prolongada de nossa própria nacionalidade". A história romana era aceitável em linhas gerais, enquanto a grega servia para "beleza exemplar". Embora Hitler tivesse má vontade em admitir que "assuntos práticos" eram necessários, o pintor meio talentoso, historiador amador e fã de ópera insiste que os "assuntos humanistas" eram superiores. Em suma, tudo em que Hitler era ruim deveria ser limitado ou banido, e tudo que ele gostava deveria ser incentivado: o sonho de todos os alunos entediados*.

Tendo despachado a ciência e os "assuntos práticos" de maneira sumária, Hitler também lançou um ataque à palavra escrita que era tão surpreendente quanto mordaz, visto que ele estava empenhado em escrever uma obra fundamental da literatura de ditadores.

Isso marcou uma mudança brusca na atitude do volume 1, em que ele defendera a primazia do discurso político, mas também escrevera entusias-

---

* É claro que, assim que se tornou realidade, o Estado nazista colocou mesmo assim uma forte ênfase em "assuntos práticos" — caso contrário, os cientistas de Hitler não teriam desenvolvido todos aqueles foguetes, e o governo dos Estados Unidos não teria se disposto tanto a esquecer seus crimes em troca de explorar seus conhecimentos no pós-guerra. Sem ex-nazista, sem homem na lua.

mado sobre seu amor pela leitura e expressara um temor quase bolchevique em relação à imprensa, declarando que "seu poder é realmente imenso" e "ela não pode mesmo ser superestimada", pois "a imprensa dá continuação à educação na idade adulta". O problema, dissera Hitler, foi a maioria dos leitores ser "simplória" e "acreditar em tudo que lia".

No volume 2, Hitler mudou de opinião. Escrevendo menos de um ano depois de ter terminado o primeiro livro, ele revelou que os escritores eram de fato ignorantes que escreviam apenas porque "não têm o poder" de mover as massas com a palavra falada. A escrita era decadente, um ato de compensação, e aqueles que se dedicavam à "atividade puramente literária" o faziam porque perderam a influência sobre as multidões. Ao trabalhar o argumento no estilo hitleriano clássico, o Führer ridicularizava "o escrevinhador burguês que sai de seu estudo para confrontar as grandes massas" apenas para ficar "nauseado pela própria fumaça" e que "enfrenta as massas desamparadamente com a palavra escrita". Compare esse fracassado com o orador, que, disse Hitler, era capaz de interagir com o público em tempo real, que conhecia as pessoas intimamente, que estudava seus rostos e reações e que trabalhava em cima de emoções, mudando as palavras na hora para que tivessem o efeito certo.

O usuário da pena, ao contrário, "não conhece seus leitores de maneira alguma", e o resultado era uma perda de "sutileza psicológica e, portanto, maleabilidade". A boa notícia — para Hitler — é que a habilidade do discursador com palavras era transferível para a prosa escrita e, assim, "um orador brilhante será capaz de escrever melhor do que um escritor brilhante é capaz de falar, a menos que ele pratique de modo constante essa arte".

Sem nunca defender uma ideia sem espancá-la até a morte e, em seguida, arrastar o cadáver por vários quilômetros pela lama, Hitler continuava denunciando o texto, declarando-o inferior a qualquer tipo de mídia com fotos, incluindo filmes, que eram melhores do que os livros porque "aqui um homem precisa usar menos o cérebro". De fato, afirmou Hitler, "toda a inundação de jornais e todos os livros que são lançados todos os anos pelos intelectuais escorrem por milhões de pessoas das classes mais baixas, como a água escorre pelo couro encerado".

Isso só provava duas coisas: "a fraqueza do conteúdo de toda essa produção literária de nosso mundo burguês ou a impossibilidade de tocar no coração das grandes massas através do registro escrito".

Ah, mas e quanto aos textos de Marx ou Lênin? Hitler permaneceu sem se convencer e declarou que "as pessoas comuns analfabetas" não se entusiasmaram pela revolução devido a uma "leitura teórica de Karl Marx, mas sim porque foram persuadidas que existia um céu brilhante por milhares de agitadores, eles mesmos, com certeza, todos a serviço de uma ideia". Nem a Revolução Russa foi uma consequência dos textos de Lênin; foi "a atividade oratória e fomentadora do ódio de inúmeros dos maiores e menores apóstolos da agitação" que provocou os acontecimentos de 1917. O mesmo se aplicava à Revolução Francesa: os oradores, não os escritores, viraram o mundo de cabeça para baixo.

Hitler, é claro, estava correto ao afirmar que as massas não ansiavam em gastar suas horas de lazer devorando as obras de Marx e Lênin como se fossem, digamos, os livros de *Harry Potter*, e a grande maioria não lera esses livros a não ser que tenha sido forçada. No entanto, ele estava usando a falácia do espantalho: nenhum desses escritores considerou "as pessoas comuns analfabetas" como seu público, especialmente, porque, com o devido respeito a Hitler, é bem difícil para os analfabetos lerem livros. Esses textos revolucionários não se destinavam ao consumo de massa — exceto, talvez, *O manifesto comunista* —, e Lênin desdenhava das massas quase tanto quanto Hitler. Ele não acreditava que as pessoas pudessem liderar uma revolução por conta própria, e escreveu para um público culto formado por radicais profissionais, que foram instruídos a se preparar e tomar o poder. A abordagem de Hitler era diferente: ele queria espalhar a loucura nas pessoas. Em vez de aceitar que havia abordagens diferentes para provocar uma mudança política radical, Hitler negou que a palavra escrita tivesse qualquer eficácia.

Mas por quê? Bem, assim como suas atitudes em relação à educação, a questão era pessoal. No momento em que escreveu o ataque à palavra escrita, o primeiro volume de *Minha luta* tinha sido publicado sem receber aclamação alguma, e Hitler se deu conta que seu livro tinha poucos admiradores fora do próprio círculo. No volume 2, ele se referiu a "uma longa discussão em uma parte da imprensa" na qual "sabichões burgueses" ridicularizavam sua alegação de que "todos os grandes eventos que abalam o mundo foram causados não por textos, mas sim, por discursos". Ele reclamou sobre um crítico de jornal em especial, que argumentara que "o escritor deve necessariamente ser mentalmente superior ao orador" e que ofendera Hitler com o comentário de que "é uma decepção ver o discurso de um grande orador reconhecido na mídia impressa".

Apesar de todos os esforços para diminuir a importância do intelecto, Hitler ficou claramente ofendido. Afetado, ele respondeu com um ataque arrasador contra a palavra escrita e, como se para demonstrar o argumento, prosseguiu no resto da parte dois de *Minha luta* ilustrando com eficiência impiedosa como a palavra escrita podia ser ineficaz, impenetrável e incorrigível.

MINHA LUTA: VOLUME 2 foi publicado a tempo do Natal, em 11 de dezembro de 1926, com uma dedicatória ao falecido Dietrich Eckart, "que dedicou a vida ao despertar do seu, do nosso povo com seus escritos, pensamentos e, finalmente, com seus atos".

Qualquer decepção que Hitler tenha sentido com a recepção dada ao volume 1 foi agravada com a continuação. Em sua crítica da tradução britânica de 1939, George Orwell observou que o livro revelava o poder sedutor do ataque de Hitler à "atitude hedonista em relação à vida" e seu conhecimento de que "os seres humanos não querem apenas conforto, segurança, jornada de trabalho curta, higiene, controle de natalidade e, de maneira geral, bom senso; eles também, pelo menos, de forma intermitente, querem conflito e sacrifício próprio, sem falar de tambores, bandeiras e desfiles de lealdade". No entanto, se esse poder sedutor existia, ele passou despercebido pelo público a que destinava em 1927. Ninguém se incomodou nem mesmo em zombar do livro, e *Minha Luta: Volume 2* foi ignorado pelo mercado. As vendas foram igualmente lentas: depois de um ano, a obra havia vendido 1.200 exemplares de uma tiragem inicial de 18 mil, e foi ladeira abaixo a partir daí. As vendas do primeiro volume também estavam em declínio; foram comercializadas menos de seis mil cópias em 1927.

Entretanto, antes mesmo de a sequência chegar às prateleiras, Hitler estivera conversando com uma editora mais renomada, não nazista, sobre escrever um livro dedicado às suas memórias de guerra, mas o projeto nunca vingou, já que em 1927 a proibição de seu discurso público fora suspensa na maioria dos estados alemães, e ele perdeu o interesse na palavra escrita. Hitler tentou escrever de novo em 1928, mas, novamente, foi impedido por forças externas. As condições na Alemanha estavam se estabilizando e o partido nazista sofreu uma derrota catastrófica no ano das eleições, ganhando apenas meros 3% dos votos. O partido estava à beira da extinção e, cada vez mais, pessoas se dispunham a ouvir Hitler tagarelando sobre os judeus, o *Volk* e calças compridas de cintura alta e pernas justas. Durante seis semanas em junho e julho, ele produziu um manuscrito de 234 páginas repleto de repetições de coisas que já havia dito, além de menos trechos narrativos do que antes, e uma passagem espetacularmente ridícula na qual Hitler revelou que a Rússia era "tudo menos um Estado anticapitalista, que havia destruído a própria economia nacional... apenas para dar ao capital financeiro internacional a possibilidade de controle absoluto". No fim, o texto foi trancado em um cofre e esquecido por anos, tendo sido impresso apenas décadas depois, nos anos 1960. Como é improvável que Amann tenha rejeitado o livro devido à sua qualidade extremamente baixa — ele, afinal de contas, publicara os dois primeiros volumes escritos por Hitler sem pestanejar —, parece possível que a decepção com as vendas de *Minha luta* possa ter influenciado na decisão sobre o seu destino.

Na introdução do meu exemplar de *Minha luta*, publicado em 1973, Konrad Heiden, um jornalista e historiador judeu-alemão que identificou Hitler como um perigoso demagogo lá em 1923, descreveu o livro como "uma prova da cegueira e da complacência do mundo... em suas páginas, Hitler anunciou — muito antes de chegar ao poder — um programa de sangue e terror em uma revelação de tamanha franqueza que poucos entre seus leitores tiveram a coragem de acreditar".

É improvável que a falta de coragem fosse a questão, no entanto. Os nazistas eram um partido minúsculo, e Hitler era considerado pela maioria como um cadáver político. Da mesma forma, Lênin e Stálin haviam, durante anos, explicado em livros exatamente o que fariam. Eles também representavam uma seita minúscula de extremistas com quem ninguém se importou. Mas, enquanto em *O Estado e a revolução* Lênin se revelara um homem brilhante que se convencera a acreditar no absurdo, em *Minha luta*, Hitler se expôs como um autodidata dissimulado que parece não ter dificuldade em acreditar nos mais completos disparates.

Minha luta é incrivelmente incompetente. Sem o benefício da retrospectiva, por que alguém teria considerado essa atrocidade literária como um aviso? Esse é o perigo dos livros dos ditadores: eles se escondem à vista de todos e são tão ruins que tornam impossível acreditar em seu poder de se infiltrar e transformar cérebros até que seja tarde demais.

Mas uma mudança estava para acontecer. Em 1929, o mercado de ações entrou em colapso, e a Alemanha caiu mais uma vez no abismo. Hitler ressuscitou dos mortos políticos, assim como Mussolini fizera, e a Franz Eher Verlag reeditou *Minha luta* em uma edição menor, em um único volume, vendida por oito marcos — um terço do custo total de ambas as edições em seu formato original. Amann também aproveitou a oportunidade para amenizar o sofrimento do leitor, e um número surpreendente de 2.294 correções foram feitas na obra entre o aparecimento da primeira edição em 1925 e o volume duplo de 1930, a maioria esmagadora concentrada em corrigir o estilo pavoroso de Hitler em vez de erros factuais.* No novo clima de crise apocalíptica, as ladainhas incoerentes que colocavam os judeus como bodes expiatórios encontraram um público maior, e as vendas do livro aumentaram. Entre 1930 e janeiro de 1933, a Eher Verlag comercializou um número respeitável de 287 mil exemplares. Depois que o futuro déspota se tornou chanceler em fevereiro de 1933, as vendas explodiram e 1,5 milhão de exemplares foram vendidos até o final do ano. A mudança de carreira de Hitler, indo de líder de um partido político extremista a ditador da Alemanha nazista, acabou sendo muito boa para as vendas, e *Minha luta* foi transformado em um best-seller compulsório. A partir de 1934, as citações da *meisterwerk* do Führer apareceram em livros escolares, enquanto em abril de 1936 o ministro do interior recomendou que a publicação fosse dada aos recém-casados como um presente, o que levou à criação da lendária *Hochzeitsausgabe*, também conhecida como "Edição de Casamento". Os cegos tiveram a sorte de receber uma versão em braile em 1936, e, em 1940, uma edição especial impressa em papel de arroz foi distribuída para as tropas. Em 1938, os livreiros foram instruídos de que apenas exemplares novos deveriam ser expostos, uma vez que o livro era obviamente maravilhoso demais para ser vendido de segunda mão. Enquanto isso, em 1939, uma edição de luxo foi lançada em homenagem ao quinquagésimo aniversário de Hitler, para o deleite e a edificação da elite do partido. No final de 1945, dez milhões de exemplares estavam em circulação na Alemanha, e o Führer havia recebido cerca de oito milhões de marcos em direitos autorais, uma vez que, como os cientologistas de hoje, os nazistas vendiam em vez de doar seu livro sagrado.

As edições estrangeiras também proliferaram durante a década de 1930, e a respeitável editora americana Houghton Mifflin foi a primeira a se arriscar com a publicação de *Minha luta,* em 1933, seguida por uma tradução diferente para o Reino Unido mais tarde naquele mesmo ano. Dinamarqueses, finlandeses, suecos, noruegueses, brasileiros, búlgaros, iraquianos, espanhóis, húngaros, chineses, tchecos e franceses também tiveram traduções completas, enquanto exilados que falavam russo e japonês podiam ler trechos. A Itália fascista chegou comparativamente atrasada à festa da tradução de *Minha luta*, e uma edição local só surgiu em 1938. Mussolini, é claro, se considerava o fascista supremo e sempre desdenhou daquele livro e seu antissemitismo, até que precisou cair nas graças de Hitler.

---

* A editora continuou tentando tornar o texto menos horrível por meio de outras correções, embora não tantas, até o final da década de 1930. (N. do A.)

E no entanto, e no entanto... quantos dessas milhões de pessoas realmente leram o livro? Enquanto Joseph Goebbels foi, sem dúvida, sincero quando, depois de ler a primeira parte, escreveu em seu diário "Absolutamente fascinante! Quem é esse homem? Meio plebeu, meio deus", até os nazistas fanáticos tiveram dúvidas quanto à qualidade da obra. Um alto líder do partido alegaria posteriormente que sua capacidade de recitar trechos puxando da memória era uma fonte de admiração para os colegas; quando ele admitiu que havia decorado apenas algumas partes selecionadas para impressionar, eles confessaram que também não conseguiram ler até o fim.

Até Hitler admitiu que o livro não era muito bom. Tendo o cuidado de evitar qualquer menção a seu ídolo Mussolini até o final do volume 2, em 1938 ele se comparou a Il Duce em tom desfavorável enquanto conversava com seu advogado Hans Frank: "Como é belo o italiano que o Mussolini fala e escreve. Eu não consigo fazer isso em alemão. Perco minha linha de raciocínio quando escrevo." Também falam que Hitler disse a Frank que ele nunca teria escrito o livro se soubesse, em 1924, que se tornaria chanceler. E quem discordaria da avaliação final de Hitler sobre suas habilidades? "Ich bin kein Schriftsteller" (Eu não sou escritor).

É surpreendente que Hitler, apesar de se deleitar em um culto à personalidade assim como Stálin e Mussolini, estivesse disposto a compartilhar o centro das atenções como autor com os colegas nazistas. *Minha luta* era o mais sagrado dos textos sagrados, mas Goebbels publicou *From the Kaiser to the Reich Chancellery*, uma coleção de trechos de diários que ele manteve entre 1932 e 1933, quando os nazistas chegaram ao poder. Em 1934, Hermann Göring lançou *Germany Reborn*, enquanto a obra grandiosa e titanicamente ilegível de Alfred Rosenberg, *O mito do século XX*, tornou-se um best-seller durante o regime nazista.

Na verdade, Rosenberg era teoricamente o peso pesado ideológico do Partido Nazista. Ao longo de setecentas páginas impiedosas dedicadas a temas como "higiene racial", "o futuro *reich*" — ele não achava que tivesse chegado ainda — e "religião" — ele desejava a extinção do cristianismo —, Alfred Rosenberg tentou colocar as crenças absurdas do partido em cima de uma base filosófica sólida. No entanto, *O mito do século XX* era tão grandiloquente e ilegível que, em 1938, um autor prestativo publicou um livro inteiro dedicado a definir os neologismos de Rosenberg, intitulado *850 Words of the Myth of the Twentieth Century*.

Hitler, às vezes, falava sobre o texto de Rosenberg em termos depreciativos, como Mussolini fazia a respeito de *Minha luta* ("aquela coisa que ninguém consegue entender"), mas também elogiava a obra como "uma tremenda conquista". Em última análise, porém, o Führer nada fez para impedir que o livro se enraizasse na cultura nazista. Em 1936, havia meio milhão de exemplares em circulação, um número que subiu para um milhão após seis anos. A obra se juntou ao livro sagrado do nazismo nos currículos acadêmicos e, em 1943, na presença de Hitler, Rosenberg ganhou o primeiro Prêmio Nacional da Alemanha, e recebeu o seguinte elogio de Goebbels:

> *Com suas obras, Alfred Rosenberg tem ajudado muitíssimo a fundamentar e fortalecer intuitivamente a ideologia científica do nacional-socialismo. Por sua incansável batalha pela pureza da ideologia nacional-socialista, ele ganhou méritos excepcionais e especiais. Apenas uma geração futura apreciará plenamente o tamanho da influência que esse homem exerceu sobre o fundamento espiritual e ideológico do estado nacional-socialista.*

Hitler, fiel à sua palavra de que o intelecto não era tão importante quanto outros aspectos do homem ariano, estava disposto a compartilhar a glória com outros escritores ainda piores do que ele. E, no entanto, quando o Terceiro Reich entrou em colapso, o livro de Rosenberg desapareceu, enquanto a obra de Hitler passou a desfrutar de uma estranha vida após a morte. Não apenas isso. Apesar da extrema atrocidade, somente o livro do Führer sobreviveu ao contexto político específico que o gerou, e *Minha luta* desfruta de uma popularidade genuína que vai muito além de qualquer texto escrito por qualquer um de seus colegas ditadores. Livre das obrigações teóricas e estilísticas da "ciência" econômica do século XIX e confiante em seu anti-intelectualismo, *Minha luta* rejeita tanto a guerra de classes quanto a busca pela "alma da alma" em favor de um ódio selvagem que é muito mais visceral, duradouro e atraente para a grande escuridão do coração humano. Homérico em sua crueza e em sua simplicidade libertadora, o livro transcendeu épocas e fronteiras, e alcançou uma imortalidade perversa por meio de seu mal absoluto e implacável. Não nos iludamos em pensar que é apenas a expressão magistral de grandes verdades que concede o acesso ao panteão dos imortais a um livro; a expressão violenta e descarada do ódio também perdura. Como J. G. Ballard disse, "o psicopata nunca fica datado".

5

Mao

O melhor livro de todos

Com Hitler e Mussolini mortos, Stálin ascendeu a alturas cada vez maiores. Os anos posteriores à Segunda Guerra Mundial foram muito bons para ele: Roosevelt e Churchill acenaram positivamente para que Stálin continuasse dominando as nações que o Exército Vermelho libertara da ocupação nazista, permitindo que o homem de aço impusesse sua visão sombria da utopia a milhões de outras vítimas. Mas não era apenas o fato de ele permanecer incontestado como o líder supremo da União Soviética e soberano imperial de uma série de estados satélites emergentes — Stálin também era o escritor--ditador sem igual.

Quem mais combinava tanto poder militar e político com controle total sobre as gráficas? Que outro líder tinha tanto alcance e tantos canais de distribuição para suas obras? Não havia outro.

E assim os lacaios de Stálin se puseram a trabalhar, impondo vigorosamente a linha de marxismo-leninismo do Vozhd, as mentiras históricas e a prosa truncada sobre suas novas posses na Europa Oriental, cobrindo essas nações "recém-libertadas" com manta sufocante de teoria grandiloquente e mendacidade arrojada. Oceanos de tinta inundaram florestas em um apocalipse literário de Gutenberg, enquanto essa mesma tinta era encurralada e coagida a assumir formas alfabéticas, agrupadas e reagrupadas em uma Babel de línguas que, uma vez decodificadas, no entanto, equivaliam a variações da mesma velha bobagem sem valor. De Berlim Oriental a Vladivostok, as mentiras eram as mesmas, e cópias traduzidas de *A história do Partido Comunista (Bolchevique) da URSS* ensinaram às populações recém--capturadas a mitologia pela qual elas deveriam viver. Uma crise acelerada de tédio engoliu e conquistou uma imensa área geográfica.

Contudo, esse triunfo teve curta duração; na verdade, durou apenas uma década. Stálin morreu em março de 1953 e, após uma breve disputa de poder entre seus capangas sujos de sangue no topo do partido, o ex-lacaio Nikita Khrushchev saiu vitorioso como o novo líder da União Soviética. Khrushchev, um rechonchudo jovial de origem camponesa, estava disposto a manter a continuidade, e, a princípio, demonstrou respeito pelo antecessor e seus textos. Isso não durou: tendo acabado de passar duas décadas com sangue pela cintura em nome de um chefe caprichoso que assassinara muitos de seus colegas mais próximos, Khrushchev não queria mais viver de mentiras — ou, pelo menos, não daquelas mentiras. Três anos se passaram, e, em 25 de fevereiro de 1956, ele subiu ao púlpito em uma sessão fechada do Vigésimo Congresso do Partido, o primeiro desde a morte de Stálin, e proferiu o discurso — secreto* — de sua vida.

Em *Sobre o culto à personalidade e suas consequências*, Khrushchev denunciou o homem-deus diante de uma audiência de elite de 1.500 delegados de toda a União Soviética e seus satélites da Europa Oriental. Ele olhou para o salão cheio de stalinistas confessos, homens que passaram décadas aplaudindo o grande líder e citando seus livros, e criticou sua crueldade. Para reforçar seu argumento, Khrushchev citou o "Testamento" de Lênin, há muito mantido em segredo do público e no qual o Pai do Proletariado Mundial havia advertido contra Stálin. Tendo invocado a autoridade do fundador da União Soviética, Khrushchev deu exemplos de por que Lênin estava correto, ao mesmo tempo que denunciou Stálin por crimes que iam

---

* O discurso ficou, sim, conhecido como o "Discurso Secreto". (N. do T.)

do Grande Terror dos anos 1930, em que muitos membros do partido morreram*, às deportações em massa de grupos étnicos inteiros, passando pelos expurgos do Exército Vermelho e pelo erro inicial de Stálin em relação à guerra, que quase terminara em desastre.

Ele não atacou apenas Stálin, o homem. Tão poderosos eram os textos do líder que Khrushchev se sentiu compelido a denunciá-los também. Sobre a biografia oficial de Stálin, ele declarou:

> Este livro é uma expressão da bajulação mais irrefreada, um exemplo da transformação de um homem em uma divindade, em um sábio infalível, "o maior líder, estrategista sublime de todos os tempos e nações". Finalmente, nenhuma outra palavra pôde ser encontrada para elevar Stálin até os céus.

Khrushchev criticou a "adulação repugnante" do livro, que, segundo ele, o próprio Stálin aprovara e editara, acrescentando elogios a si mesmo na própria letra à cópia manuscrita do texto. Ele demonstrou desprezo por Stálin por ter reescrito a história para se transformar no autor de *A história do Partido Comunista (Bolchevique) da URSS*, e então revelou o que achava de verdade sobre o livro, sobre o qual ele fizera tantos elogios fervorosos:

> Será que este livro refletiu adequadamente os esforços do partido na transformação socialista do país, na construção da sociedade socialista, na industrialização e na coletivização do país, e também os outros passos dados pelo partido que, sem dúvida, não se desviaram do caminho traçado por Lênin? Este livro fala principalmente sobre Stálin, sobre seus discursos, sobre seus relatórios. Tudo, sem a menor exceção, está ligado ao nome dele.
>
> E quando o próprio Stálin afirma que ele mesmo escreveu A história do Partido Comunista (Bolchevique) da URSS, isso exige espanto, no mínimo. Será que um marxista-leninista pode escrever sobre si mesmo, louvando a própria pessoa aos céus?

Não foi o suficiente atacar o homem; Khrushchev também teve que destruir a reputação dos textos sagrados. Tão violento foi o choque para alguns delegados que dizem que eles sofreram ataques cardíacos bem ali no salão.

---

* Khrushchev estava consideravelmente menos interessado em denunciar Stálin pelo uso do terror contra a população em geral. (N. do A.)

Após o discurso de Khrushchev, as autoridades viajaram pelo país lendo o texto em voz alta em sessões fechadas do partido; *Sobre o culto à personalidade e suas consequências* foi considerado tão explosivo que o próprio discurso só foi publicado na União Soviética em 1989. E foi explosivo mesmo: a reputação de Stálin nunca se recuperou, e logo seus livros começaram a desaparecer das prateleiras do país e de seus satélites, deixando grandes lacunas onde antes havia compêndios épicos de mentiras. A glória literária mostrou ser transitória: sem o poder repressivo do Estado por trás delas, as obras de Stálin seguiram o caminho dos livros de tantos autores best-sellers cujo sucesso diminui depois de suas mortes. Estava na hora da memória de Lênin retornar, enquanto as gráficas se preparavam para começar a produzir a quinta edição, significantemente expandida, de suas obras colecionadas.*

Mas a era dos gigantes da literatura de ditadores não terminou. Longe disso: no oriente, uma nova fera bruta andava lentamente a caminho de Pequim para nascer. *O livro vermelho*, best-seller com bilhões de exemplares vendidos, estava próximo. Em comparação, o culto ao texto dos regimes de Lênin, Stálin, Hitler e Mussolini foi suave, um prelúdio para uma loucura sem precedentes em escala ou paixão.

MAO TSÉ-TUNG NASCEU em 1893 na aldeia de Shaoshan ("Montanha da Música"), localizada na província de Hunan, ao sul da China. Filho de um rico fazendeiro, ele foi, como qualquer outro escritor-ditador deste livro, um bebê sem importância óbvia. Ele deveria ter crescido, vivido, morrido e sido esquecido como o resto de nós — caso o pai tivesse conseguido limitar a educação do filho à alfabetização e à matemática básica para que ele seguisse carreira em contabilidade. Infelizmente, Mao descobriu o poder criativo e destrutivo da alfabetização.

No início, os textos a que ele foi exposto não causaram danos. Na escola, estudou o cânone confuciano e rapidamente desenvolveu um ódio pelo sábio, cuja mensagem de respeito aos pais, à autoridade, à tradição e à virtude tinha sido uma das favoritas das classes dominantes por mais de dois milênios. Como Stálin, Mao contrabandeava livros proibidos para a aula. O *Koba* de Mao era *A margem da água*, história de 108 irmãos bandi-

---

* E também as coleções de capa dura dos discursos e panfletos de Khrushchev, que chegaram a um total de 23 volumes em 1964, ano em que ele foi destituído do cargo.

dos que defendem os pobres contra autoridades injustas; mas ele também se perdeu no épico histórico *O romance dos três reinos* e amou *Jornada ao oeste*, que apresenta entre seus protagonistas o travesso e irreprimível Rei Macaco, que urina no dedo do Buda ao confundi-lo com um pilar no fim do mundo — e este é apenas um dos seus muitos atos considerados ultrajantes aos olhos do Céu. Mao também desenvolveu um amor pela poesia e pela literatura clássica chinesa que, mais tarde, permitiria a ele produzir textos — nos quais espalhou referências literárias — que pareciam ser um pouco menos herméticos, ainda que não necessariamente menos chatos, do que os textos da maioria dos outros comunistas.

Aos 16 anos, Mao deixou a fazenda para estudar em uma escola com um currículo moderno e ocidental. O encontro com um livro chamado *Words of Warning in an Age of Prosperity* o convenceu de que as respostas para os muitos problemas da China estavam no exterior, e ele aprendeu sobre o Iluminismo e nacionalismo, a ciência e as vidas de "grandes homens", incluindo Napoleão, Pedro, o Grande, e George Washington. Acabou que a intuição de Mao estava correta: o futuro da China vinha do Ocidente, embora não na forma esperada. Em 1991, Sun Yat-sen, um ex-morador de Honolulu e antigo visitante regular da Biblioteca Britânica em Londres, liderou uma revolução que derrubou a dinastia Qing, apodrecida havia muito tempo. Mao serviu no exército vitorioso de Sun Yat-sen, mas a declaração de uma república em 1912 foi seguida não pelo renascimento nacional, mas por um período prolongado de caos, enquanto tiranos duelavam em meio aos destroços do império desmoronado.

Enquanto isso, Mao continuou lendo. Ele frequentou a escola de formação de professores, completou os estudos em 1918 e, depois, mudou-se para Pequim, no momento o epicentro do movimento radical "Nova Cultura" ou "Quatro de Maio", que exigia uma revolução cultural que derrubaria a antiga ordem confuciana e inauguraria uma nova de ciência, democracia, renascimento intelectual, liberdade individual e até um novo estilo de escrita, o *baihua*, muito mais próximo do vernáculo do que do chinês clássico. A Àquela altura, o futuro líder chinês lia Darwin, John Stuart Mill, Rousseau e Adam Smith e dava os primeiros passos hesitantes como escritor. Sua ênfase, no entanto, era física e não cerebral. Na edição de abril de 1917 da *Nova Juventude*, a revista do movimento Nova Cultura, ele argumentou que a China era *literalmente* fraca, já que as pessoas não faziam exercícios suficientes e precisavam desenvolver força de vontade. Mao ainda não era um revolucionário, mas, aos poucos, lentamente, caminhava para lá. Em outubro de 1918, ele conseguiu um emprego em uma biblioteca, o local ideal para um megalomaníaco de nascença e sem dinheiro que precisava de acesso fácil a ideias ruins e inspiradoras. Hoje a pessoa acessa a internet para fazer isso, mas, nos séculos XIX e XX, as bibliotecas eram a única opção para aqueles que não tinham meios para construir extensas coleções particulares de textos teóricos e revolucionários.

O fato de haver algo chamado "marxismo" era conhecido na China desde o final do século XIX, mas foi apenas em 1903 que um fragmento do vasto e volumoso *corpus* apareceu pela primeira vez traduzido em um livro intitulado *Contemporary Socialism*. Como uma inscrição em argila encontrada nas areias da Mesopotâmia, era uma partícula microscópica, uma única citação de *O manifesto comunista* em uma obra traduzida do japonês sobre a história e o desenvolvimento do socialismo — em que Marx foi elogiado por seus "profundos conhecimentos". Mais livros e artigos sobre o marxismo começaram a aparecer, porém, o acesso aos textos originais permanecia evasivo. Só em 1908 que o prefácio de Engels à edição de 1888 de *O manifesto comunista* apareceu em um jornal com o título de *Justiça do Céu* — e foi tudo o que tinha sido publicado. Era impossível, com base nesses fragmentos, entender o que o marxismo implicava, e, naquela época, os seguidores do profeta já haviam se dividido em subtribos em guerra, de qualquer forma. O próprio Mao diria anos mais tarde que, naquela época, os chineses "não sabiam nada sobre a existência no mundo do imperialismo ou qualquer tipo de marxismo". No entanto, seu chefe na biblioteca da Universidade de Pequim era Li Dazhao, um entusiasta da vertente bolchevique da ideologia, a ponto de usar óculos redondos de armação de metal empoleirados no nariz ao estilo Trotsky. Segundo Li, a Revolução Russa representou não apenas "a luz de uma nova civilização", mas também "a vitória de um novo espírito baseado no despertar generalizado da humanidade no século XX". Mao começava a aprender sobre os tentáculos do capitalismo, o horror da burguesia, o poder científico da dialética histórica e a inevitabilidade da revolução mundial. Embora tenha lido muitas obras melhores de outros autores ocidentais, foi o encontro com Marx via Li Dazhao que transformou sua vida e o destino da China. Dentro de três anos, ele declararia que a única opção do seu país era o "comunismo extremo" com seus "métodos de ditadura de classe".

Mao havia finalmente descoberto os textos que pelas próximas décadas forneceriam a base teórica e o disfarce ideológico para sua vontade arrogante de poder. Em 1920, ele abriu uma Livraria Cultural na cidade de Hunan, onde vendia publicações de esquerda. Mao acabou expandindo esse pequeno e bem-sucedido empreendimento para sete filiais, cujo estoque era composto de livros e panfletos sobre temas variados de esquerda, como o socialismo, Marx e a União Soviética. Um ano depois, ele se juntou ao Partido Comunista Chinês como membro fundador. O futuro líder aproximava-se dos 30 anos. Fora um passeio descontraído e até boêmio em direção ao radicalismo, mas ele finalmente chegou.

CADA DITADOR DESTE livro levou uma vida agitada, mas Mao exagerou em suas muitas voltas em torno do sol. Ao chegar à luz marxista mais tarde do que nomes como Lênin ou Stálin, ele não perdeu tempo para meter a mão na massa, e passou as próximas três décadas em guerras civis, sobrevivendo à paranoia de Stálin, recuperando-se de reveses catastróficos, superando seus rivais dentro do partido, lutando contra os japoneses e administrando pequenos estados comunistas rebeldes antes de, finalmente, sair vitorioso na luta pelo controle da China.

E essa é apenas a primeira fase de sua carreira. Uma vez instalado no poder, Mao passou os 27 anos seguintes tentando realizar uma fantasia utópica que levou à morte muitos milhões de pessoas, ao mesmo tempo que alcançou a notoriedade literária como autor do livro mais vendido da história depois da Bíblia. Infelizmente, por mais fascinante que seja a sua biografia, não há espaço aqui para explorá-la em detalhes. No entanto, algum contexto é essencial para entender os seus escritos. Aqui está um breve resumo de sua vida a caminho do poder, durante o qual ele escreveu suas obras mais influentes.

1921: Mao se junta ao Partido Comunista Chinês (PCC) como membro fundador.

1923: No Terceiro Congresso do PCC, é eleito para o Comitê Executivo Central. Ele marca a ocasião insistindo no potencial revolucionário do campesinato. No entanto, a dependência do campesinato levanta um problema teórico. O Comintern, com sede em Moscou, segue estritamente a linha marxista ortodoxa de que as revoluções acontecem nos países capitalistas com uma classe proletária, que a China não possui. Como o país não está pronto para uma revolução operária, o Comintern instrui a liderança do PCC a se unir aos nacionalistas, ou ao Kuomintang, para formar uma

"Frente Unida". O PCC apoiará o Kuomintang e lutará por uma revolução nacionalista-burguesa como um trampolim para a versão proletária, na qual a classe trabalhadora será triunfante. O PCC, quase completamente dependente do Comintern por dinheiro e outras formas de apoio, submete-se à vontade de Moscou.

1927: O sonho de uma revolução de dois estágios não funciona como esperado. Depois de derrotar os tiranos do norte da China, o líder do Kuomintang, Chiang Kai-shek, entra marchando em Xangai, onde se alinha com interesses poderosos nos setores bancário e industrial, e, a seguir, começa a matar comunistas, lançando uma guerra civil que durará mais de duas décadas. A resistência do PCC termina mal: o partido perde 84 por cento de seus integrantes e, do que resta, meros dez por cento podem afirmar ser proletários de verdade. Dentro de quinze meses, esse número cai para três por cento. Mao escapa e estabelece um "soviete camponês" em um punhado de aldeias nas montanhas Jinggang. Para celebrar, ele compõe alguns versos:

O inimigo nos cerca aos milhares
Firmemente nós nos defendemos
Desde já a nossa defesa é de ferro,
Agora nossas forças de vontade se unem como uma fortaleza.

Mao e seus aliados recrutam homens do campesinato para construir o Exército Vermelho e começar a desenvolver as táticas de guerra de guerrilha que usaria nos próximos vinte anos. No entanto, forças poderosas dentro do PCC permanecem com a ideia fixa de uma revolução operária baseada nas cidades, e, quando o comunismo não consegue criar raízes na base das montanhas Jinggang, Mao é obrigado a se mudar novamente.

1929: Mao se muda para o sul, para a cidade de Ruijin, onde estabelece um governo comunista segundo suas ideias. Uma facção de comunistas chineses educados em Moscou, conhecidos como os "28 bolcheviques", retorna à China. Nos próximos anos, seus integrantes tomarão o controle do PCC e colocarão o partido em sintonia com a vontade de Stálin, conforme é passado pelo Comintern. Seu líder é Wang Ming, que surge como um grande rival de Mao na disputa por influência dentro do partido, e que o critica duramente por se concentrar no campesinato. Segundo Wang Ming, Mao é culpado pelos desvios nacionalistas do marxismo puro, pois a revolução deve vir das cidades. Mao, por outro lado, despreza os especialistas e os teóricos que não têm experiência de campo. Embora concorde que a classe trabalhadora deve estar na vanguarda da revolução, ele está convencido de que o campesinato vai desempenhar um papel de liderança.

1930: Em fevereiro, Mao estabelece o Governo Soviético Provincial do Sudoeste de Jiangxi. Ele continua a desenvolver o Exército Vermelho, e, como comissário político ao lado do general Zhu De, Mao aumenta o número de soldados de 5 mil para 200 mil em 1933. No entanto, o Comitê Central continua convencido de que a revolução será urbana e ordena que o Exército Vermelho ocupe cidades no sul da China em apoio a uma revolta dos trabalhadores. Quando essa estratégia falha, Mao retorna a Jiangxi desafiando as ordens de Zhu. Sua esposa tem menos sorte: ela é capturada e decapitada. Mao sobrevive a uma tentativa de golpe em Jiangxi por ser considerado moderado demais, e reprime impiedosamente aqueles que se ergueram contra ele.

1931: O Governo Soviético Provincial do Sudoeste de Jiangxi é renomeado como a República Soviética da China, e Mao é eleito presidente, o que o torna efetivamente o líder de um Estado, se não do próprio PCC. No mesmo ano, os japoneses invadem a Manchúria e a renomeiam como Manchuko. Mao imprime políticas agrárias moderadas para não alienar os camponeses e desenvolve suas habilidades de guerrilha, resistindo com sucesso a três tentativas feitas por Chiang Kai-shek de cercar a república. No entanto, os 28 Bolcheviques estão em ascensão e se opõem às suas políticas. A influência de Mao diminui gradualmente, apesar do alto cargo que ocupa no papel. Em 1932, ele perde o controle do Exército Vermelho. Em 1933, a liderança do PCC se desloca da base em Xangai para Jiangxi, e Mao é excluído ainda mais.

1934: Preocupado com o estado da moral pública, o líder do Kuomintang, Chiang Kai-shek, lança o movimento Nova Vida, uma mistura de confucionismo, nacionalismo e alguns conceitos emprestados do Ocidente. Isso não melhora muito a moral pública, mas o líder consegue cercar o inimigo comunista em Jiangxi. Mais uma vez, Mao sobrevive. Em 16 de outubro, ele rompe as linhas inimigas e lidera uma força de 85 mil soldados do Exército Vermelho em uma retirada épica de mais de 10 mil quilômetros, depois celebrada como a Longa Marcha. Novamente, Mao comemora escrevendo um poema:

O Exército Vermelho não teme as agruras da Marcha,
E encara dez mil penhascos e torrentes.
Os Cinco Cumes sopram como ondulações suaves
E o majestoso Wumeng passa como glóbulos de barro.

1935: Um pouco mais de um ano depois do seu início, a Longa Marcha chega ao fim, embora faltando mais do que alguns soldados. Em 20 de outubro, apenas 8 mil dos combatentes originais chegam ao norte da província de Xianxim. A cidade de Yan'an se torna a nova capital comunista. Não obstante os laços estreitos com Stálin e o Comintern, os 28 Bolcheviques não parecem mais estar no páreo na luta pelo controle do partido. Mao está em plena ascensão.

1937: O jornalista norte-americano Edgar Snow publica *Red Star Over China*, baseado nos quatro meses que ele passou entre os guerrilheiros comunistas no ano anterior. Seu retrato de admiração por Mao e o emocionante relato da Longa Marcha estabelecem o presidente como um combatente heroico da liberdade para muitos leitores ocidentais — uma imagem que perdurará mesmo diante da fome e da loucura da Revolução Cultural. Enquanto isso, o Japão lança uma invasão em larga escala na China, com a intenção de derrubar Chiang Kai-shek.

1937—43: Mao fortalece sua posição como líder político supremo e principal teórico do PCC. Surge um culto ao líder. *A história do Partido Comunista (Bolchevique) da URSS* de Stálin aparece traduzido para o chinês em Yanan, e Mao adota o princípio orientador do livro de que "a história às vezes exige ser corrigida". A história do partido é revisada para que Mao apareça como a figura profética crucial de uma ponta à outra. Marx, Engels, Lênin e Stálin e *A história do Partido Comunista (Bolchevique) da URSS*, em especial, deveriam "constituir o centro de nossos estudos". Uma "Campanha de Retificação", realizada nos dois anos seguintes, expurga o partido de todos aqueles que são insuficientemente leais a Mao, e os próprios escritos do líder figuram proeminentemente no programa de reeducação. O resultado é a "sinificação" do marxismo, adaptando a doutrina às condições chinesas, em vez de seguir cegamente o exemplo da União Soviética. Estouram as guerras da teoria: em março de 1943, Chiang Kai-shek publica *O destino da China*, que vende 1 milhão de exemplares. O PCC responde colocando Mao em um patamar ainda mais alto como líder e mestre de teoria, cunhando o termo "Pensamento Mao Tsé-Tung" para se referir à vertente chinesa do marxismo-leninismo.

1945: A ascensão de Mao continua. Seus companheiros o elegem presidente do Comitê Central, do Politburo, do Secretariado e do Conselho Militar do Comitê Central. Todo poder está agora em suas mãos; apenas Stálin está acima dele.

1946: Os japoneses são derrotados. A guerra civil recomeça entre o Kuomintang e os comunistas.

1949: Os comunistas são finalmente vitoriosos. Em abril, eles tomam Nanquim, a antiga capital imperial. Mais uma vez, Mao celebra via verso:

> *Sobre Chungshan varreu uma tempestade impetuosa,*
> *Nosso poderoso exército, um milhão de pessoas, cruzou o Grande Rio.*
> *A Cidade, um tigre agachado, um dragão contorcido, supera suas anti-*
> *gas glórias;*
> *Em triunfo heroico, o céu e a terra foram derrubados.*
> *Com poder e respeito devemos perseguir o inimigo cambaleante*
> *E não imitar Hsiang Yu, o conquistador, buscando fama ociosa.*
> *Se a natureza fosse consciente, ela também sairia da juventude para*
> *envelhecer,*
> *Mas o mundo do homem é mutável, os mares se tornam campos de*
> *amoreira.*

A partir desse ponto, as cidades controladas pelo Kuomintang caem nas mãos comunistas, uma após a outra. A República Popular da China é fundada em 1º de outubro, e Mao se dirige à nação renascida da Praça Tiananmen, declarando: "O povo chinês se levantou!"

Uma nova era requer novos livros, é claro, e as *Obras escolhidas* de Mao são publicadas em Harbin e a seguir, prontamente, lançadas em Moscou, em russo. E é para as obras de Mao que agora nos voltamos, pois devo relatar a minha própria Longa Marcha através de alguns trechos selecionados do cânone — em sua maior parte — bastante excruciante do presidente.

Relatório da investigação do movimento camponês em Hunan, de 1927

Mao escreveu este longo ensaio no início de 1927, pouco antes de Chiang Kai-shek iniciar o expurgo dos comunistas nas fileiras do Kuomintang. Insurreições violentas sacudiam o campo, e Mao viu uma oportunidade de usar o campesinato como meio de acelerar a revolução. A voz dele era solitária, pois o Comintern afirmava que as condições na China não eram adequadas para uma revolta proletária, enquanto muitos marxistas chineses desprezavam o campesinato como uma classe antiga e condenada à obsolescência. O futuro viria das cidades.

No *Relatório da investigação do movimento camponês em Hunan*, Mao apresenta o caso sobre o interior. Ele descreve suas experiências na província de Hunan, onde passou 32 dias estudando a situação de perto. O resultado foi uma leitura meio interessante, pelo menos, pelos padrões — reconhecidamente baixos — dos textos marxistas. Não é uma análise neutra e imparcial, como o subtítulo deixa claro: *Abaixo os tiranos locais e a nobreza do mal! Todo o poder para as associações camponesas!*

Mao não se incomodava muito com a teoria; nessa fase de sua carreira, ele não tinha lido muito desse tipo de literatura. Assim, em vez de reinterpretar de alguma forma o campesinato como proletário, ou sugerir que a China pudesse ultrapassar vários estágios de desenvolvimento histórico, desde que a União Soviética construísse algumas fábricas e ferrovias — uma mentira que seria adotada para explicar o surgimento de um Estado comunista na Mongólia até então teocrática —, ele instigou o PCC a admitir o campesinato. Essa foi a força que não apenas derrubaria os latifundiários feudais, mas também destruiria a autoridade dos ancestrais, templos, maridos, anciões dos clãs, deuses das aldeias etc.

Mao descreveu as muitas humilhações sofridas pelas classes dominantes com detalhes carinhosos e evocativos raramente encontrados no mundo hermético da prosa comunista. A destruição de liteiras, latifundiários sendo jogados na prisão, o bater de gongos, os humilhantes chapéus de burro enfiados na cabeça dos antigos senhores: Mao narrou tudo, evocando o barulho e o caos, claramente se divertindo. Ele não apenas rejeitou as críticas da liderança do partido de que os camponeses "foram longe demais" e a acusação de que os camponeses eram mera "ralé", mas rejeitou as críticas com algumas frases soltas que eram muito melhores do que qualquer coisa que Stálin jamais escreveu, ou qualquer coisa que a *maioria* dos autores já produziu, por acaso.

Uma revolução não é um jantar, ou escrever um ensaio, ou pintar um quadro ou bordar; não pode ser tão refinada, tão calma e delicada, tão moderada, gentil, cortês, contida e magnânima. Uma revolução é uma insurreição, um ato de violência através do qual uma classe derruba outra.

É fácil defender a violência, é claro. Não é tão fácil defendê-la com tanta despreocupação, criando ao mesmo tempo uma tirada inteligente que os revolucionários citariam como justificativa para os próprios atos de terror décadas depois — como aconteceu com a simples declaração "uma revolução não é um jantar". Mas Mao era um mestre dos slogans, um perito em selecionar os ideogramas chineses que repercutissem com mais significado. Dito isso, o relatório não foi um mero elogio aos prazeres da luta de classes e à destruição pontuado por frases mordazes ocasionais. Foi também um ato de adivinhação: Mao já conseguia enxergar uma sociedade nova e mais moralista emergindo, uma vez que os camponeses já haviam banido o jogo, o ópio e as "performances vulgares".

Por mais pungente que possa ser sua prosa, fica claro que Mao ainda não aprendeu o significado da postura teórica na retórica marxista-leninista. O texto não contém referências a Lênin, enquanto a palavra *marxista* aparece apenas uma vez, no final. De fato, a atitude desdenhosa de Mao em relação ao significado do proletariado era tão herética que foi editada das edições oficiais de suas obras quando ele estava no poder "para dar o devido crédito, se estabelecermos que as realizações da revolução democrática valem dez pontos, então as conquistas dos habitantes da cidade e das forças armadas valem apenas três pontos, enquanto os sete pontos restantes devem ir para os camponeses em sua revolução rural".

Apesar de suas falhas em relação à perspectiva da "teoria", o *Relatório da investigação do movimento camponês em Hunan* foi um sucesso mesmo assim. O momento foi fundamental, pois os comunistas estavam muito mais abertos à colaboração com o campesinato depois que Chiang Kai-shek reprimira o PCC. Elogios para Mao se espalharam por Moscou, onde Nikolai Bukharin, o teórico por trás da ideia de Stálin de "socialismo em um único país", fez uma resenha positiva da obra. Uma tradução inglesa apareceu na edição de maio/junho de 1927 da revista *Communist International*. Ao que parecia, a estrela literária de Mao estava em ascensão.

Uma única faísca pode causar um incêndio na pradaria, de 1930

Este texto teve como origem uma carta de Mao a um jovem comunista chamado Lin Biao. Três décadas depois, Lin chegaria ao topo como ministro da Defesa e principal bajulador na corte de Mao, desempenhando um papel importante na ascensão do culto à personalidade do líder e na publicação do infame *O livro vermelho*. Na época de *Uma única faísca pode causar um incêndio na pradaria*, no entanto, Lin era apenas um oficial do Exército Vermelho que conduzia ações de guerrilha itinerantes na esperança de que o povo acabasse se revoltando. Mao criticou essas ações como uma estratégia ruim: era muito melhor dedicar tempo para estabelecer uma base primeiro e depois progredir em direção à revolução.

Em *Uma única faísca pode causar um incêndio na pradaria*, a prosa de Mao ainda é mais ou menos legível, se não tão animada como no *Relatório da investigação do movimento camponês em Hunan*. Dessa vez ele argumentou contra o desespero e a fantasia, como Lênin havia feito tantas vezes durante a lenta ascensão ao poder dos bolcheviques. Mao tentou eliminar esse pessimismo ao mesmo tempo que abordou a ameaça da "impetuosidade revolucionária". Três anos depois da catástrofe de Xangai, Mao olhou em volta e percebeu que muitos de seus companheiros do Exército Vermelho estavam perdidos em um mundo de ilusão, vivendo na esperança de que o PCC, de alguma forma, acabasse unindo todas as massas em todo o país através de ações de guerrilha itinerantes. Depois disso, eles liderariam as massas em uma revolta nacional que viabilizaria a revolução — já atrasada.

Mao desconsiderou essa visão como insuficientemente concreta e argumentou que as condições na China não indicavam que uma revolta em massa unificada fosse provável, uma vez que as forças revolucionárias eram fracas. Entretanto, as forças reacionárias opostas também eram. Ele defendeu, assim, uma política de construção gradual de bases, de desenvolvimento do exército, de aprofundamento das conexões com os camponeses e de promoção da revolução de maneira constante e metódica.

Dessa vez, porém, Mao decidiu lançar um pouco de "teoria", apontando para a multiplicidade de "contradições" que existiam entre os imperialistas e a nação chinesa, e também dentro da própria facção imperialista. Essas contradições, disse ele, indicavam que a revolução não só era iminente, mas chegaria à China mais cedo do que à Europa, onde as forças reacionárias eram mais fortes.

O aspecto mais vibrante do texto é o breve resumo de como conduzir uma luta de guerrilha efetiva, ideias que Mao seguiria e explanaria ao longo da carreira revolucionária. Aqui estão seus quatro princípios básicos:

1. "Divida nossas forças para despertar as massas, concentrar nossas forças para lidar com o inimigo."
2. "O inimigo avança, nós recuamos; o inimigo acampa, nós acossamos; o inimigo cansa, nós atacamos; o inimigo recua, nós perseguimos."
3. "Para estender as áreas de bases estáveis, empreguem a prática de avançar em ondas; quando perseguidos por um inimigo poderoso, empreguem a prática de circular."
4. "Despertem o maior número de massas no menor tempo possível e pelos melhores métodos possíveis."

Em vez de se preocupar em como criar um proletariado a partir do nada, ou esperar que as forças históricas impessoais de Marx finalmente entrassem em ação, Mao abordou as questões fundamentais sobre travar uma longa guerra de guerrilha contra forças superiores e construir centros de poder comunista com o objetivo final de assumir o controle. A estratégia não só funcionou para ele, mas influenciou grupos revolucionários na Ásia, África e América Latina, tornando Mao um escritor "vivo" de uma forma que a maioria dos ditadores não é.

De um ponto de vista menos funcional, *Uma única faísca pode causar um incêndio na pradaria* também é notável por seus floreios ocasionais de poesia. Ao contrário da maioria dos comunistas que combinavam tédio com virtude, Mao, ao longo da carreira, espalhou alusões e citações da literatura clássica em seus textos. Mas, embora o título possa ser emprestado de um velho ditado chinês, as melhores palavras vêm da própria pena de Mao. Depois de dar conselhos e críticas e gerar listas numeradas, outra voz irrompia — lírica e cheia de poder e esperança e o fogo da crença:

Os marxistas não são cartomantes... Mas, quando digo que em breve haverá uma maré alta de revolução na China, não estou falando enfaticamente de algo que nas palavras de algumas pessoas esteja "possivelmente chegando", algo ilusório, inatingível e desprovido de significado para a ação. É como um navio distante no mar, cujo mastro pode ser visto da margem; é como o sol da manhã no leste cujos raios cintilantes são visíveis a partir do topo alto de uma montanha; é como uma criança prestes a nascer se movendo de maneira agitada no ventre da mãe.

Oponha-se à adoração a livros!, de 1930

Após a publicação de *Uma única faísca pode causar um incêndio na pradaria*, o Comintern anunciou que Mao havia sucumbido à tuberculose, e um obituário foi publicado. Ele estava vivíssimo, no entanto, e ocupado escrevendo. Talvez tenha sido um desejo fantasioso por parte das autoridades em Moscou: Mao não havia estudado na União Soviética e não falava russo — muito menos alemão —, por isso sua exposição aos textos sagrados do marxismo foi limitada. Enquanto isso, Moscou produzia jovens comunistas chineses mais instruídos, que não apenas estavam mais familiarizados com os textos, mas que tinham laços muito mais próximos com o Comintern. Fora durante esse período que os 28 Bolcheviques chegaram à China para assumir o controle do partido.

Para esses comunistas educados em Moscou, o marxismo era uma espécie de culto à carga* focado na União Soviética, e eles também não eram nada sutis nos ataques a Mao. Por exemplo, em 1929, um jovem chamado Liu Angong retornou à China depois de passar um ano na Escola de Infantaria em Moscou. Ele imediatamente se meteu em uma disputa entre Mao e Zhu De, o comandante do Exército Vermelho. Liu classificou Mao como um faccionalista, um termo particularmente mortal no léxico dos insultos marxistas. O faccionalismo — isto é, discordar da linha partidária — havia sido proibido na União Soviética em 1921, e Stálin usara a lei para forçar a expulsão de Trotsky do partido em 1927. Liu morreu em outubro, mas ele era apenas a ponta de uma lança muito comprida que estava chegando de Moscou. Mao estava triste por causa dos comunistas educados pelos soviéticos, que presumiam saber mais sobre a revolução na China do que ele, mas que ignoravam completamente as condições no local.

Em *Oponha-se à adoração a livros!*, Mao novamente insistiu no argumento de que os comunistas devem investigar a realidade empírica e descobrir os fatos antes de chegar a conclusões precipitadas. Surpreendentemente óbvio? Talvez, mas o fato de que ele teve que continuar insistindo no ponto demonstra como os comunistas estavam casados com dogmas e castelos de teoria. De fato, o líder não apenas defendia a primazia da evidência, pesquisa

---

* O termo se refere a um movimento religioso surgido na Melanésia e representa o contato de uma sociedade primitiva com uma cultura tecnologicamente avançada. Os melanésios passaram a construir pistas de pouso e realizar rituais para que aviões lhes trouxessem riqueza material — ou seja, entregassem suas cargas. (N. do T.)

e investigação, mas expressava o desejo de desligar todos que não fizeram o devido trabalho.

A menos que tenha investigado um problema, você será privado do direito de falar sobre ele. Isso não é muito severo? Nem um pouco.

Mao criticava os comunistas pelo hábito de, invariavelmente, tirar conclusões antes que fizessem uma investigação — um hábito que não é restrito aos marxistas, devo dizer —, e também lançou um ataque ao logocentrismo partidário:

> *Tudo o que está escrito em um livro está certo — essa ainda é a mentalidade de camponeses culturalmente atrasados. Estranhamente, dentro do Partido Comunista, também há pessoas que sempre dizem em uma discussão "mostre para mim onde isso está escrito no livro".*

Mais tarde, Mao levaria a adoração a livros a níveis históricos mundiais, mas, por enquanto, ele pedia apenas moderação. "É claro que precisamos de livros marxistas", admitiu Mao, "mas este estudo deve ser integrado às condições atuais do país". Assim, ele desafiou não apenas a arrogância dos "comunistas de Moscou", mas também o fetiche extremo dos marxistas pela palavra. Isso não foi o tipo de coisa que caiu bem com Stálin ou o Comintern, e o panfleto de Mao não obteve sucesso. Os comunistas educados em Moscou continuaram a dominar a liderança do partido.

Sobre a prática, de julho de 1937

Até agora, o trabalho de Mao tem sido mais ou menos legível, e até, ocasionalmente, com lampejos de excelência estilística em uma coleção de trechos. Os primeiros escritos de Mao são pragmáticos, focados em identificar maneiras de levar a revolução adiante com base nas verdadeiras "condições concretas" que ele observou na China. No mundo comunista, no entanto, demonstrações ostensivas de teorização eram fundamentais para o estabelecimento de autoridade, e aqui Mao ficou devendo muito.

Lênin gerara um enorme volume de comentários conforme ele e seus inimigos lutavam para superar Marx no período pré-revolucionário, enquanto Stálin havia se apoiado fortemente em *O marxismo e a questão nacional* para posar como um intelectual uma vez no poder e adorava pulverizar citações por todos os textos, até nos mais insignificantes. Outros líderes comunistas na Europa central e oriental também geraram obras de teoria para demonstrar que estavam aptos a liderar.

Mao era mais um comunista ao estilo *A história do Partido Comunista (Bolchevique) da URSS* do que um intelectual, e foi só depois da Longa Marcha que ele desfrutou de um período de estabilidade que lhe permitiu estudar algumas das obras marxistas que até então havia negligenciado. Após protestar contra os adoradores de livros, Mao se sentiu confiante o suficiente para gerar um ponto de teoria, para reforçar sua autoridade como o revolucionário proeminente na China. Os "clássicos" de Mao, *Sobre a prática* e a obra que veio a seguir, *Sobre a contradição*, foram escritos durante esse período.

Dentro da China, carreiras e bibliografias suplementares seriam feitas sob demanda para intérpretes do Pensamento Mao Tsé-Tung. Durante as décadas de 1960 e 1970, os trabalhos "teóricos" do presidente também gozaram de um certo prestígio entre os filósofos no ocidente que não falavam chinês. Os franceses se mostraram particularmente suscetíveis, como Jean-Paul Sartre, Michel Foucault, Julia Kristeva e Louis Althusser, que demonstraram sua imensa sofisticação intelectual por meio do entusiasmo pelas ideias de um déspota totalitário. É claro que apenas pessoas excepcionalmente inteligentes conseguem ser tão estúpidas, e eu me aproximei dessas famosas obras teóricas com um pouco de pavor, certo de que apenas uma prosa monumentalmente entediante e opaca poderia ser tão atraente para os titãs da teoria crítica francesa. Na verdade, eu estava tão relutante em ler *Sobre a prática* que esperei até estar sofrendo de uma febre violenta, na esperança de que o envolvimento com a filosofia de Mao, através de um estado de alucinações, tornasse a experiência de alguma forma mais tolerável. Não tornou, e nem o texto melhorou quando eu reli em estado de lucidez.

O subtítulo grandioso *Sobre a relação entre conhecimento e prática, entre saber e fazer* sugere que o leitor está destinado a ler pensamentos muito profundos. Mao estabeleceu sua dívida com Marx logo no início:

> *Antes de Marx, o materialismo examinava o problema do conhecimento à parte da natureza social do homem e à parte do seu desenvolvimento histórico, e portanto era incapaz de compreender a dependência do conhecimento sobre a prática social, isto é, a dependência do conhecimento sobre a produção e a luta de classes.*

No entanto, à medida que Mao atabalhoava-se com a teoria do conhecimento com toda a confiança de alguém que leu uma pessoa que leu outra pessoa que leu um pouco de Hegel, fica difícil entender por que *Sobre a prática* fora apontado por alguém como um símbolo do significado de Mao como um pensador. O entusiasta da violência camponesa delineou o que ele nos garantia que eram os dois estágios da cognição: "conhecimento perceptivo", que capta apenas aparências externas, e "conhecimento lógico", que busca chegar "à compreensão das contradições internas das coisas objetivas, de suas leis e das relações internas entre um processo e outro, isto é, para chegar ao conhecimento lógico". Mao então mergulha na história da luta de classes, em que aprendemos que a cognição é crucial. Quando estava preso no estágio perceptivo da cognição, o proletariado participara de revoltas violentas que conquistaram pouca coisa, pois não entendiam nada. Somente quando ele avançou para o "período de lutas econômicas e políticas conscientes e organizadas" a situação melhorou, como Marx e Engels resumiram cientificamente — a experiência de luta prolongada praticada pelo proletariado — para criar a teoria do marxismo com o objetivo de educar o proletariado.

A imersão de Mao no deserto radioativo da teoria marxista teve um efeito desastroso em seu estilo de prosa. Palavras se acumulavam sobre palavras e era difícil desfazer seus argumentos com todas as suas imperfeições. Em vez de enaltecer a violência camponesa ou ridicularizar leitores inteligentes, Mao se entregou a banalidades grandiosas como "Todo conhecimento se origina na percepção do mundo externo objetivo através dos órgãos dos sentidos físicos do homem" e "A soma total de inúmeras verdades relativas constitui a verdade absoluta", ou "o Marxismo-Leninismo não exauriu a verdade de modo algum, mas incessantemente abre caminhos para o conhecimento da verdade no decorrer da prática".

Descrever detalhadamente as cogitações pseudofilosóficas confusas de Mao requer gerar quantidades imperdoáveis de palavreado, pelo menos, tão terrível quanto o dele, o que é por si só uma forma muitíssimo bem-sucedida de defesa contra as críticas. No entanto, apesar de todos os malabarismos estilísticos e teóricos, Mao fez, a partir do que Lênin descreveu como a "alma viva" do marxismo, uma análise das condições concretas, embora tenha expressado seus argumentos na linguagem teórica: "Comece do conhecimento perceptivo e desenvolva ativamente em conhecimento racional; depois parta do conhecimento racional e guie ativamente a prática revolucionária para mudar tanto o mundo subjetivo quanto o objetivo."

A bibliografia de *Sobra a prática* é, no entanto, suspeitosamente pequena. Mao citou apenas um livro de Marx, a cartilha de Stálin feita para estudantes, *Sobre os fundamentos do leninismo*, e três obras de Lênin. Na verdade, este último é muito mais citado do que Marx, e sua obra mais mencionada é *Materialismo e empiriocriticismo*, o trabalho desleixado da pseudofilosofia que ele compilou na Biblioteca Britânica para travar uma guerra textual contra o teórico Alexander Bogdanov em 1908. Não admira que *Sobra a prática* seja tedioso, prolixo e pouco convincente. Alguns críticos argumentam que Mao escreveu muito depois de 1937 e, subsequentemente, retificou o registro histórico para fazer parecer que ele havia surgido como um grande teórico muito antes. Outros discordam. De qualquer forma, apenas aqueles com uma necessidade urgente de acreditar, ou fingir acreditar, que Mao era um teórico digno de nota poderiam ser convencidos por *Sobre a prática*.

Sobre a contradição, de agosto de 1937

Mao continuou a ser filosófico ao longo de 1937, e deu continuidade à obra *Sobre a prática* com *Sobre a contradição*, em que ele fez uma longa exposição sobre a lei da dialética materialista. Mao começou citando Lênin sobre o contraste entre as visões "metafísicas" e "dialéticas" de mundo. Aparentemente, os metafísicos "sustentam que todos os tipos diferentes de coisas no universo e todas as suas características têm sido as mesmas desde que surgiram". Se isso significava que o capitalismo duraria para sempre, eles deviam estar errados. A dialética — que permite que desenvolvimentos surjam como resultado de contradições dentro de uma coisa — estava correta. Ou algo assim.

Como prova, Mao direcionou o leitor para plantas e animais cujo crescimento, ele nos assegurava, era "o resultado de contradições internas". O desenvolvimento social também era resultado de contradições internas e não de causas externas. Mesmo assim, Mao rapidamente enfatizou que uma dialética materialista não excluía causas externas. Afinal, "as causas externas são a condição de mudança e as causas internas são a base da mudança; as causas externas se tornam operantes por meio de causas internas". Por exemplo, disse Mao, "em uma temperatura adequada, um ovo se transforma em galinha, mas nenhuma temperatura pode transformar uma pedra em uma galinha porque cada uma tem uma base diferente". E, como Engels salientara, "um dos princípios básicos da matemática superior é a contradição de que, em certas circunstâncias, linhas retas e curvas podem ser a mesma coisa". É isso aí.

Sobre a contradição não contém sabedoria, e, se de algum modo desaparecesse do tempo e do espaço, a história da palavra impressa seria enriquecida por sua ausência. No entanto, a partir das próprias contradições, pode surgir um certo fascínio limitado. Intrincado e inútil, lê-lo é como olhar para uma maquete detalhada de um navio dentro de uma garrafa: a pessoa se pergunta como seu criador a colocou ali, ao mesmo tempo que acha que a energia teria sido muito melhor aproveitada fazendo outra coisa.

Poemas sortidos

Se a filosofia de Mao deixa muito a desejar, o que dizer da sua poesia? Ao contrário de Stálin, Mao nunca abandonou a prática de escrever versos e, como os poetas "de verdade", usou o estilo literário como um meio de expressão pessoal. Ele fez poemas depois de derrotas e tragédias pessoais; fez poemas após fugas milagrosas; fez poemas depois de vitórias titânicas sobre os inimigos. Mao era, na verdade, muito mais um poeta do que um teórico.

Alguns críticos querem que acreditemos que os poemas de Mao têm um valor além do fator curiosidade. Minha própria edição da poesia de Mao vem com um excesso de elogios na sobrecapa. Segundo o *Los Angeles Times*, Mao é "um poeta de sensibilidade e poder", enquanto a *Hudson Review* se referiu a ele como "um mestre". O tradutor Willis Barnstone o descreveu como "um grande poeta". É notável que um homem responsável pela morte de tanta gente tenha recebido tantos elogios.

Um homem ruim não precisa ser um poeta ruim, é claro, apesar de ser difícil, dado o escopo e escala dos crimes de Mao, não considerar algumas dessas afirmações como o equivalente intelectual ao que os economistas descreveriam como um "bem posicional" — quer dizer, uma opinião dada para sinalizar o alto status da pessoa que a expressa — nesse caso, um julgamento tão perverso e impopular que requer grande destreza intelectual para prová-la e, assim sendo, a pessoa demonstra fazer parte de uma classe de elite.

É difícil para quem não fala chinês avaliar a qualidade da poesia de Mao. Dito isso, é claro que, embora revolucionário em termos políticos, Mao era um reacionário quando se tratava de estética, assim como Lênin e Stálin.

Ele usava padrões e estruturas convencionais e fazia alusões regulares, ou pegava emprestado versos de poetas da tradição clássica. O uso criterioso da citação correta é por si só uma habilidade poética, e Mao havia muito tempo empregava bem essa habilidade em seus artigos e discursos. De fato, mesmo em inglês, fica evidente que Mao era, no mínimo, competente. Os poemas parecem exercícios, com imagens recorrentes de montanhas, céus, exércitos, nuvens e natureza, o que os torna um pouco chatos de uma maneira inofensiva: o equivalente literário dos pergaminhos que os artesãos chineses pintavam para os turistas. Um tradutor chinês descreveu a poesia de Mao nesses termos: "Não tão ruim quanto a pintura de Hitler, mas não tão boa quanto a de Churchill."

No entanto, se os versos de Mao são obra de um mestre ou meramente pedante e prosaica, seu aspecto mais problemático é, na verdade, algo que escapa ileso dos caprichos da tradução: o grandioso e pomposo "ponto de vista de Deus" do autor.

Considere esta passagem:

Contra a Primeira Campanha de Cerco
Florestas ardem em vermelho sob o céu gelado
A ira dos exércitos do Céu sobe às nuvens.
A névoa encobre Lungkang, seus mil picos estão difusos.
Todos clamam em uníssono:
Nossa vanguarda tomou Chang Hui-tsan!
O inimigo retorna a Kiangsi com duzentos mil homens
Fumaça ondulando ao vento no meio do céu.
Trabalhadores e camponeses são despertados aos milhões
Para lutar como um único homem
Sob a confusão de bandeiras vermelhas ao redor do pé de Puchou!

Depois de começar como um trecho sem graça, mas aceitável, o poema termina em um clichê de propaganda padrão surpreendente apenas pela banalidade. Dito isso, é melhor do que o poema seguinte, que começa com um clichê de propaganda e termina da mesma maneira.

A Longa Marcha, de outubro de 1935

O Exército Vermelho não teme as agruras da Marcha,
E encara dez mil penhascos e torrentes.

Os Cinco Cumes sopram como ondulações suaves
E o majestoso Wumeng passa como glóbulos de barro.
Quentes são os penhascos íngremes banhados pelas águas da Areia
*   Dourada,*
Frias são as correntes de ferro que atravessam o rio Tatu.
Os milhões de li* de neve de Minshan são alegremente cruzados
Os três exércitos marcham, cada face radiante.

Embora seja um poema muito bem-escrito, Mao, mais uma vez, assumiu o ponto de vista de Deus e estabeleceu os versos até a imagem final de uma majestosa variedade de comunistas ousados desafiando a natureza, blá-blá-blá. Isso pode ser poesia, mas também é propaganda.

O pequeno poema a seguir é menos desumano, porém, é hagiográfico em sua própria maneira discreta:

Sobre as mulheres da milícia

Como elas parecem inteligentes e corajosas, carregando fuzis de 1,5
*   metro nos ombros*
Na parada iluminada pelos primeiros raios do dia.
As filhas da China têm mentes com grandes ambições
Elas amam o uniforme de batalha, não sedas e cetins.

O ponto de vista de Deus parece se refletir no cronograma relaxado de publicação de Mao para suas poesias. Ele escreveu poemas durante a maior parte da vida, mas só foram publicados em forma de coletânea em 1965, quando estava prestes a lançar a Revolução Cultural. Os imperadores chineses também escreveram poesia, e Mao, oficialmente, apresentou-se como praticante dessa arte pouco antes de surgir como o foco central do culto à personalidade mais radical do século XX.

Mao era capaz de escrever de uma forma menos bombástica. Em "Eu perdi meu choupo imponente"**, ele escreveu em tom de luto sobre a morte da segunda esposa. Esse até podia ser um poema genuinamente bom, mas como eu não falo chinês, é impossível julgar. Pelo menos, tem um tom mais

---

* Unidade chinesa de distância. (N. do A.)
** O ideograma para "choupo" é o mesmo de Yang, o nome da segunda esposa de Mao. E o ideograma para "imponente" também serve para "sensual" e "charmosa". (N. do T.)

pessoal. Mesmo assim, a existência de alguns versos toleráveis não constitui evidência convincente de grandeza. A vida é curta e há muitos poetas bem melhores para serem lidos.* Vamos lê-los no lugar de Mao.

O guia do presidente Mao para lutar e matar pessoas

A reputação de Mao tem menos manchas do que parece razoável para um homem responsável pelas mortes desnecessárias de dezenas de milhões de pessoas. Seus crimes recebem muito menos atenção do que os de outros ditadores do século XX, e não é incomum encontrar historiadores acadêmicos defendendo um entendimento mais "cheio de nuances" das realizações do chinês em suas biografias, como se 60 milhões de mortos fossem um nível perfeitamente aceitável de danos colaterais a incorrer durante a construção de um estado. Em 2002, a editora estadunidense Citadel chegou a infligir ao mundo um livro intitulado *The Wisdom of Mao*. Outros volumes da série focaram em personalidades como Carl Jung, Abraham Lincoln e Buda.

Mao era esperto, sagaz e perspicaz, mas será que ele possuía sabedoria? Isso parece um pouco exagerado. Sim, alguns dos slogans de Mao eram cativantes e até entraram no léxico inglês, mas até aí, o "Just Do It" da Nike também. Embora o envolvimento do líder chinês na filosofia possa ter ajudado a estabelecer sua marca como um supergênio comunista, ele era uma fraude.

A força real de Mao estava em seu pragmatismo. Ele logo compreendeu a importância do campesinato para a revolução, e em uma obra como *A nova democracia na China* forneceu um esboço de um Estado de partido único. Entretanto, talvez onde ele realmente tenha se destacado, e superou

---

* Entre eles, o companheiro revolucionário de Mao, Ho Chi Minh. Embora seus escritos revolucionários sejam menos respeitados que os de Mao, a poesia do líder vietnamita é muito melhor, mesmo traduzida. Entre agosto de 1942 e setembro de 1943, ele foi prisioneiro de Chiang Kai-shek no sul da China, e durante esse período escreveu 115 versos sobre a experiência. Como Mao, escrevia em chinês e usava formas chinesas clássicas, mas, ao contrário de Mao, não escrevia como um deus pairando acima da história. Em vez disso, seus versos são detalhados, humanos e compassivos. Durante a vida inteira, Mao nunca escreveu nada tão simples e tocante quanto o "Adeus a um dente" de Ho:

Você é duro e orgulhoso, meu amigo
Não é macio e comprido como a língua:
Juntos nós compartilhamos todos os tipos de amargura e doçura,
Mas agora você deve ir para o oeste enquanto eu vou para o leste.

todos os outros ditadores, foi na compreensão de como travar uma guerra de guerrilha. Se você não é um pensador ocidental expatriado que procura algumas emoções intelectuais baratas, mas um radical dos países em desenvolvimento que planeja comandar uma insurgência por décadas, então Mao é o cara certo para você.

Em *Problemas estratégicos da guerra revolucionária da China*, de 1936, e *Sobre a guerra prolongada*, de 1938, e em seus outros escritos militares, Mao escreveu objetivamente e expandiu os princípios descritos em *Uma única faísca pode causar um incêndio na pradaria*. Assim sendo, sua insistência em adaptar o marxismo às condições chinesas, paradoxalmente, resultou em um apelo internacional. Os radicais de outros países "coloniais, semicoloniais ou feudais" poderiam aprender com a China como alistar os camponeses em uma guerra que durasse para sempre, ou quase isso.

Mao descreveu em detalhes como lutar e vencer. Ele não ofereceu promessas de uma vitória rápida: segundo o líder chinês, a revolução levaria muito tempo. O exército revolucionário teria que se retirar para o campo e depender dos moradores rurais para suprimentos e mão de obra, realizando uma longa campanha de guerrilha contra o inimigo. Com pouco território para defender, ficaria muito mais fácil acossar quem possuía um. Ele defendeu a construção de bases e forneceu uma estrutura para a resistência, dividida em três etapas: estratégia defensiva, impasse estratégico e contraofensiva estratégica, que culminaria na vitória. Por fim, os camponeses ganhariam em força e, com as cidades cercadas, sufocariam os imperialistas burgueses até a morte. Por meio da guerrilha, os fracos podiam confundir, dispersar e consumir o inimigo até que ele estivesse fraco — e então destrui-lo com uma guerra regular.

De vez em quando, Mao tentava passar um verniz de tom teórico no guia de conquista e poder, como: "A guerra é a forma mais elevada de luta para resolver contradições, quando elas se desenvolveram até certo estágio entre classes, nações e grupos políticos." Mas, como em todos os melhores escritos de Mao, seus textos militares se baseiam no princípio de Lênin sobre a análise concreta das condições concretas. É isso que permitiu ao maoísmo florescer nos países pobres com grandes populações camponesas. Mao podia não oferecer sabedoria, mas conseguia mostrar aos fracos como lutar contra os fortes e não se preocupar em esperar que surgisse um proletariado urbano. Por meio do próprio exemplo, ele deu esperança. Assim, os leitores mais fiéis de Mao não eram encontrados na China, onde a luta revolucionária fora abandonada havia décadas, mas em lugares como a região de Karala, na

Índia, onde um grupo maoísta lutava contra o governo central desde 1967; e no Peru, onde o Sendero Luminoso de Abimael Guzmán causou estragos por décadas; ou no Nepal, onde os maoístas lutaram contra o governo antes de entrar nele e depois liderá-lo.

COMO DE COSTUME, a nova felicidade anunciada por Marx e Engels teve que ser consolidada por meio do terror e da violência, através de ataques do campesinato chinês recém-libertado aos latifundiários, por meio da repressão dos "contrarrevolucionários" e daqueles considerados excessivamente religiosos, através do trabalho forçado e da condução dos camponeses para as fazendas coletivizadas e, pelo menos para começar, por meio das mortes de dois a três milhões de pessoas. Mao também ficou de olho na pureza do partido. Em 1951, apenas dois anos após a chegada da nova era, ele lançou a campanha Três Anti, voltada contra a corrupção, o desperdício e a burocracia. Descobriu-se que essa era uma quantidade insuficiente de "anti". Alguns meses depois, uma segunda campanha, a dos Cinco Anti, foi lançada para combater suborno, sonegação fiscal, roubo de propriedade do Estado, corrupção na alocação de contratos do governo e o roubo de informações econômicas. Bater em reacionários e burocratas corruptos era uma política popular, e a filiação partidária aumentou.

Enquanto isso, Mao começou a reengenharia de almas. O partido vinha usando textos de propaganda em campanhas de alfabetização de camponeses e soldados desde meados da década de 1930, mas era possível operar em uma escala muito maior e criar centenas de milhões de novos leitores, educando todos com uma dieta de clássicos do marxismo-leninismo. Nos anos 1950, já havia cinco décadas de prosa de Stálin para digerir, assim como as obras de Lênin, Marx, Engels e uma horda de autores soviéticos, cujas palavras passavam agora através da fronteira da União Soviética para a China. Durante um período de seis anos, a partir de outubro de 1949, cerca de 2.300 obras literárias soviéticas e russas foram traduzidas para o chinês. Algumas delas eram até boas, como os livros clássicos de Mayakovski e Tchekhov, e algumas foram úteis, como as didáticas de ciência e tecnologia. Mas tudo veio de Moscou, reforçando o status da capital soviética como o epicentro do novo mundo. As obras de Mao e de seus colegas do alto escalão também estavam disponíveis, mas, mesmo assim, o "Pensamento Mao Tsé-Tung" não era considerado uma ideologia sistemática, mas um refinamento das verdades centrais do cânone marxista-leninista, adaptado às condições chinesas.

Mao sempre teve o cuidado de demonstrar a reverência necessária em relação a Stálin, embora o Vozhd desconfiasse do líder chinês, que muitas vezes havia ignorado suas ordens durante a guerra civil com o Kuomintang. A distância do chinês em relação a Moscou e o apoio popular lhe deram muito mais poder de manobra do que os líderes dos estados satélites de Stálin na Europa Oriental, que estavam estabelecendo regimes repressivos sob o olhar atento do patrão. Ao mesmo tempo, Mao entendia o equilíbrio de poder e aceitava a antiguidade de Stálin no posto de "pai do comunismo" com uma consciência de dever confuciano. Apenas dois meses depois de declarar que o povo chinês havia se levantado, Mao fez a peregrinação até Moscou para assistir às comemorações do septuagésimo aniversário de Stálin. Foi sua primeira visita à capital soviética, e ele se sentou à direita do mestre. Durante as celebrações, o próprio Mao fez um discurso bajulador digno do suplicante mais dependente, no qual ele descreveu Stálin como "professor e amigo dos povos do mundo, bem como professor e amigo do povo chinês", que foi responsável por "contribuições extraordinárias e sistemáticas à causa do movimento comunista mundial".

Este dificilmente foi o primeiro encômio de Mao ao escritor supremo do comunismo mundial, mas devido ao hábito do líder chinês de ignorar silenciosamente as ordens de Stálin sempre que achava que poderia se safar, o encontro entre os dois gigantes da literatura de ditadores foi um pouco tenso. Já no ano anterior, Stálin havia ordenado ao PCC que se reunisse com o Kuomintang de Chiang Kai-shek; em vez disso, Mao usara a vantagem que tinha e derrotara os rivais. Isso pode ter levado à vitória do comunismo, mas, mesmo assim, desobediência era desobediência. Para piorar a situação, o ditador iugoslavo Marechal Tito rompera com Moscou no ano anterior, e Stálin estava à caça de inimigos e traidores. O comunismo chinês era "nacionalista", observou ele, e Mao "tendia ao nacionalismo".

Como veterano de três décadas de lutas ideológicas perigosas, Mao reconheceu imediatamente que aquele era um pronunciamento de mau agouro. Para se defender, ele se voltou para seus textos e solicitou que um especialista soviético sobre o marxismo-leninismo fosse despachado para a China a fim de analisar seu histórico de publicação e "revisar e editar" suas obras. A manobra funcionou. No início de 1950, o novo embaixador soviético, Pavel Yudin, chegou a Pequim. Acadêmico e especialista na "ciência" do marxismo, ele examinou de perto as obras de Mao em busca de sinais de heresia. Yudin oficialmente atestou os textos do líder chinês como ideologicamente corretos em uma reunião do Politburo soviético dois anos depois, quando eles certamente eram. Uma edição revisada de *Obras escolhidas* de Mao, expurgada de lapsos ideológicos desajeitados e de sua linguagem às vezes apimentada, começara a ser publicada em 1951, chegando a três volumes em 1953. O livro vendeu milhões de exemplares, mas Stálin morreu e a questão se tornou irrelevante.

Mesmo assim, quando Khrushchev denunciou Stálin no Vigésimo Congresso do Partido em fevereiro de 1956, Mao ficou descontente. Não foi só porque o novo líder soviético tratou Mao como um sócio minoritário — Khrushchev nunca disse ao líder chinês que faria o discurso; e sequer lhe enviou uma cópia.* Mao considerou o Discurso Secreto como um ato de desrespeito a um grande predecessor que, apesar de todas as divergências, tinha sido um gigante entre os comunistas. Na China, os desfiles sempre terminavam com o slogan "Viva o grande líder dos povos do mundo, Stálin!". Quanto às críticas de Khrushchev ao "culto à personalidade", bem, Mao tinha o próprio. De fato, o Pensamento Mao Tsé-Tung havia sido consagrado na constituição do PCC desde 1945. A posição de Khrushchev, aos olhos de Mao, carecia de sutileza: "A questão não é se deve ou não haver um culto ao indivíduo, mas se o indivíduo em questão representa a verdade. Se sim, então ele deve ser adorado." Quando Mao e o resto da liderança do PCC publicaram o veredicto oficial no *Diário do Povo*, era matematicamente preciso: Stálin era 70% marxista, 30% não marxista. Essa era uma boa proporção. Os livros de Stálin permaneceram em circulação, seu retrato ainda estava pendurado em prédios oficiais e coletâneas de suas obras estavam presentes nas prateleiras das livrarias — mesmo quando ele desapareceu das prateleiras e paredes da União Soviética e dos seus satélites.** No entanto, o partido ficou tão abalado com a crítica de Khrushchev ao culto de Stálin que retirou o Pensamento Mao Tsé-Tung da Constituição e o substituiu por uma ênfase mais generalizada no marxismo-leninismo e na liderança coletiva.

Começou uma lenta correnteza agora, separando ainda mais a China de seu aliado soviético. Embora Khrushchev reverenciasse Lênin e colocasse os textos dele no centro do Estado, sua visão de um paraíso socialista era menos austera do que a de seus predecessores. Ele afrouxou a censura, abriu os gulags de Stálin e, enquanto o Instituto do Marxismo-Leninismo

---

* Mao teve que ler sobre o discurso em uma tradução chinesa de um artigo do *The New York Times*. (N. do A.)

** Somente em 1989 o partido resolveu que não era mais necessário exibir retratos de Stálin nos principais feriados. (N. do A.)

começava a trabalhar numa edição de 55 volumes das obras de Lênin que ocupariam o espaço liberado pelo súbito desaparecimento da obra de Stálin, Khrushchev sonhou com um comunismo do futuro que fosse menos abstrato e tivesse muito mais substância. A ambição de Khrushchev era ascender a um padrão de vida mais alto que o dos Estados Unidos. Mao desprezava a concepção materialista de Khrushchev do comunismo. Embora estivesse agora com sessenta e poucos anos, ele não havia se tornado menos radical. Sua preocupação era que a vida era fácil demais, que o partido estava ficando gordo, complacente e alienado das pessoas. Os intelectuais em particular estavam descontentes, e Mao queria canalizar suas energias para a causa da revolução.

Em 1956, Mao arrancou um slogan dos clássicos chineses que ele esperava que anunciasse uma nova era na vida do país: "Que cem flores floresçam e cem escolas de pensamento debatam". De agora em diante, disse Mao, os intelectuais da China estariam livres para se expressar — e até para criticar. Dado que centenas de milhares de seus colegas haviam perecido na repressão de Mao alguns anos antes, eles demoraram para aceitar a oferta. Mas Mao insistiu e, em seu discurso de fevereiro de 1957, "Sobre o tratamento correto das contradições", ele declarou que não havia necessidade de preocupação. Enquanto Stálin não conseguiu distinguir entre a crítica construtiva e as traições de inimigos reais, isso não aconteceria na China; o tempo para a luta de classes violenta acabou. Até mesmo o partido poderia cometer erros, e somente debatendo abertamente esses erros o caminho correto seria alcançado. No entanto, quando o pensamento livre começou a florescer, descobriu-se que não era isso que Mao queria, afinal de contas. Os ataques à corrupção e arrogância partidária eram aceitáveis, mas, uma vez que os intelectuais começaram a criticar vacas sagradas como o estado de partido único, a coletivização, a dependência do país de Moscou e o culto ao líder, Mao rapidamente mudou de ideia. Os campos de trabalho forçado se encheram de intelectuais que necessitavam de "retificação".

Deixado na mão pela elite educada, Mao voltou a atenção para as massas. Em seus primeiros escritos pré-marxistas, ele argumentara que o cultivo da força de vontade e de grandes músculos eram centrais para o desenvolvimento da China; então ele retomou esse tema. A dialética histórica era muito boa e tudo mais, porém as forças impessoais de Marx deram espaço para a fé de Mao de que imensos atos de esforço e sacrifício próprio poderiam impulsionar o país para o futuro. Em 1958, ele começou a clamar por uma "revolução permanente", incitando as pessoas a produzir "mais, mais rápido, melhor e de forma mais econômica". "Atreva-se a pensar, atreva-se a agir", declarou Mao; era hora de um "Grande Salto Adiante". Quando "mais/mais rápido" foi adotado como slogan oficial no Oitavo Congresso do PCC em maio, descobriu-se que ele implicava na fusão de cooperativas agrícolas menores em fazendas coletivas conhecidas como Comunas Populares. As massas formaram grupos de leitura das obras de Mao de modo que pudessem obter sustento espiritual e orientação direta das palavras do líder enquanto se dedicavam à construção de novas fábricas, estradas e pontes. Eles também compunham poesia, e funcionários do Estado vagavam pela China coletando essa nova literatura, que surgiu como resultado da liberação súbita das energias criativas das pessoas. Como o tempo era curto — Mao exigiu que a China ultrapassasse o Reino Unido em até quinze anos —, os camponeses corriam com seus anéis de casamento, ferramentas e utensílios de cozinha para os "fornos de quintal" a fim de fornecer ao Estado o aço de que ele necessitava.

Talvez tenha sido no Grande Salto Adiante, e não em sua poesia de verdade, que Mao esteve em sua forma mais poética — no sentido da poesia como um ato de expressão lírica, fervorosa e transcendente, pelo menos. Sua produção de slogans durante o Grande Salto compartilhava o mesmo ponto de vista divino que torna sua poesia tão bombástica e pouco convincente. Vendo o povo do alto, como uma massa estranha arrastada adiante em resposta ao grande momento histórico, Mao não se importava com o que isso significava para os indivíduos apanhados nesse avanço. Pior, ele substituiu a magia verbal por estratégia, como se confundisse a eficácia cínica de Stálin em substituir a realidade empírica no papel por uma revelação sobre a capacidade da palavra de revisar o mundo dos corpos físicos e objetos reais com a mesma facilidade. Foi o logocentrismo que perdeu a linha. Mao estava tão inspirado que começou a sonhar não apenas com uma nova China, mas com uma nova Terra, que seria unificada sob um único sistema de planejamento organizado em Pequim, levando a uma "era de felicidade perpétua".

As coisas não funcionaram como planejado. Tendo jogado seu metal nas chamas das fundições, os camponeses ficaram com ferro-gusa de baixa qualidade e nada para cozinhar, comer ou trabalhar. Porém, foi quando a magia verbal de Mao se voltou para o reino animal que a situação realmente saiu do controle. Convencido de que mosquitos, moscas, ratos e pardais — "as quatro pragas" — estavam restringindo o avanço da China no futuro, ele declarou que a nação inteira, incluindo "crianças de cinco anos de idade", deveria se mobilizar para exterminá-los. Mas, embora poucos discordem de que as três primeiras pragas possam ser desagradáveis e anti-higiênicas, a ameaça representada pelos pardais é menos óbvia. De acordo com Mao, esses pequenos pássaros estavam comendo grãos que poderiam ter sido usados para alimentar humanos. Assim começou uma guerra bizarra contra os pardais, durante a qual os camponeses avançaram nos campos, batendo panelas e gongos que ainda não haviam sido derretidos para assustar os pardais, enquanto as crianças subiam em árvores para destruir seus ninhos. A campanha foi um sucesso: os pardais circulavam no ar até caírem mortos de exaustão, o que fizeram aos milhões. A quarta praga estava à beira da extinção — o único problema era que os pardais não estavam comendo os *grãos*, e sim os insetos.

Na ausência dos pardais, essas outras pragas estavam agora livres para devastar as plantações da China quase sem impedimentos, o que resultou em fome. Os vencedores contra os pardais precisaram comer lama, insetos e, de vez em quando, uns aos outros. As pragas adicionais da seca e das cotas de produção exigidas pelo Estado resultaram em mortes evitáveis de até 45 milhões de pessoas. Um número de mortos maior do que o de Stálin ou de Hitler.

Sem se deixar intimidar, Mao manteve o ponto de vista divino expresso em sua poesia. "Quando não há o suficiente para comer, as pessoas morrem de fome", disse ele a seus colegas. "É melhor deixar metade das pessoas morrerem para que a outra metade possa se alimentar." E, enquanto milhões de pessoas passavam fome, o partido oferecia mais propaganda. Por meio de slogans, cartazes e canções patrióticas, os chineses foram lembrados de que, apesar dos sofrimentos atuais, seu líder era um supergênio incomparável, que os conduzia ao desenlace triunfante da história. Em 1960, no entanto, até Mao reconheceu que o Grande Salto Adiante se assemelhava mais a um pulo suicida no fundo de um abismo. Abalado, o grande matador de pardais recuou para a "segunda linha" da liderança da China, renunciando ao cargo de chefe de Estado e entregando a responsabilidade pela limpeza da bagunça ao presidente Liu Shaoqi e ao secretário-geral do partido Deng Xiaoping, que havia cuidado da "retificação" dos intelectuais após o desastre da Campanha das Cem Flores. Naquele mesmo ano, a tensão que crescia entre a União Soviética e a China desde o Discurso Secreto de Khrushchev finalmente estourou quando os soviéticos, tendo voltado atrás em relação à promessa de fornecer à China tecnologia nuclear*, retiraram todos os conselheiros do país como um resultado da disputa que se seguiu. Veio um desastre atrás do outro, mas, pelo menos, houve boas notícias: o volume 4 das *Obras escolhidas* de Mao chegou às prateleiras.

A SEPARAÇÃO SINO-SOVIÉTICA foi tanto um desafio quanto uma libertação. A China havia perdido seus enormes subsídios, mas o PCC estava livre para competir contra seu antigo Estado hegemônico pela liderança do movimento comunista global. Dito isso, a luta teve um começo fraco: de todos os países comunistas do planeta, apenas a pequena Albânia ficou ao lado da China.

Aos olhos de Mao, as heresias de Khrushchev só se multiplicaram desde a denúncia feita contra Stálin em 1956. O líder soviético não parecia ter muito apetite pela derrubada violenta da burguesia e pelo estabelecimento da ditadura do proletariado. Ele proclamou que o capitalismo e o comunismo poderiam permanecer juntos em um estado de "coexistência pacífica", que a guerra não era um prelúdio essencial para o estabelecimento do socialismo e que até poderia ser possível para os países comunistas se aliarem a nações não-comunistas. Para Mao, isso não era um sinal de que a União Soviética estava ficando frouxa na meia-idade, ou que Khrushchev revisava os aspectos mais apocalípticos do marxismo-leninismo para explicar a repetida desconfirmação da profecia. Em vez disso, era uma evidência indiscutível de algo muito mais sinistro: a burguesia encenava um retorno à União Soviética. Como algum espírito antigo e maligno, essa força do mal espreitava pacientemente no limiar, aguardando o momento — e então atacou.

Se a burguesia tinha atacado o berço da revolução, então poderia atacar em qualquer lugar, inclusive na China. E assim, a partir de sua posição de exílio autoimposto na "segunda linha", Mao ficou cada vez mais desconfiado dos camaradas que estavam tentando reconstruir a nação após o fracasso catastrófico do Grande Salto Adiante. Inicialmente, ele não se envolveu enquanto a nova liderança fazia uma série de reformas econômicas e ajustes

---

* Mao uma vez desconsiderou a bomba atômica como um "tigre de papel", mas isso é mais um exemplo de sua atitude despreocupada em relação à morte de seus súditos do que de dúvida em relação à eficácia da bomba como uma arma de massacre em massa. Em 1957, ele disse para um visitante iugoslavo em Pequim que, como a China tinha "um território muito grande e uma grande população", a bomba atômica não representava uma ameaça real. "E se eles matarem trezentos milhões de nós? Ainda teríamos muitas pessoas sobrando." (N. do A.)

pragmáticos, e até apresentou uma autocrítica durante uma conferência em Pequim em junho de 1961. No entanto, Mao ficou ressentido com a vontade dos camaradas de agir sem consultá-lo e logo passou a considerar seu pragmatismo mais simples sob um prisma diferente: a burguesia estava voltando à China também. Estava na hora de voltar à "linha de frente". Em discursos, Mao começou a falar em tom sinistro sobre a ameaça representada pelo "revisionismo", a necessidade de renovar a luta de classes e de executar uma revolução dentro da revolução para extirpar os valores feudais e burgueses ressurgentes que ele via ao redor.

Conforme a década de 1960 avançava, Mao continuava a falar sobre o tema. "O pensamento, a cultura e os costumes que levaram a China ao local onde a encontramos devem desaparecer", disse ele ao escritor francês — e ministro da Cultura — André Malraux, que visitou o país em 1965, "e o pensamento, os costumes e a cultura da China proletária, que ainda não existem, devem aparecer". Mao também queria que seu rival, o presidente Liu Shaoqi, desaparecesse junto com seu livro *How to Be a Good Communist*, que havia vendido 15 milhões de exemplares entre 1962 e 1966, superando qualquer título atribuído a Mao durante o mesmo período. Pior, um volume de *Obras escolhidas* de Liu estava em fase de planejamento. Isso deveria desaparecer antes mesmo de aparecer. Mas como? Para um comunista obcecado por textos com fé ilimitada no poder da palavra escrita, a resposta era óbvia: por meio da publicação de uma crítica mordaz da peça de outra pessoa qualquer, é claro.

A destituição de Hai Rui* foi o trabalho de um estudioso da dinastia Ming chamado Wu Han. Durante o Grande Salto Adiante, Mao citou o protagonista Hai Rui como um bom exemplo de funcionário honesto que não tinha medo de contar a um imperador tirânico algumas verdades inconvenientes. Wu Han publicou uma peça de propaganda sobre o tema, montada pela primeira vez em 1961. Mao gostou tanto da peça que convidou o ator principal para jantar e deu de presente para ele uma cópia assinada do quarto volume de suas *Obras escolhidas*.

Em 1965, no entanto, Wu Han era vice-prefeito de Pequim e estava associado à liderança "revisionista" que Mao acreditava ter a intenção de restaurar o domínio da burguesia na China. A quarta esposa de Mao, uma

---

* A peça conta a história de Hai Rui, um mandarim da época Ming que é destituído do cargo pelo imperador após ouvir suas denúncias sobre a grave situação vivida no campo e suas sugestões para melhorar a vida do campesinato. (N. do T.)

ex-atriz chamada Jiang Qing, insistiu que *A destituição de Hai Rui* era um ataque secreto contra o próprio presidente. Vendo uma oportunidade de atacar a burguesia ressurgente, mas também muito ocupado ou com preguiça de escrever qualquer coisa, Mao encomendou um trabalho de crítica literária a um jornalista em Xangai, a ser supervisionado por Jiang. A publicação de uma resenha ruim em meio a batalhas ideológicas foi uma das táticas favoritas de Stálin, e Mao levou muito a sério sua incursão no gênero. Após mais de meio ano e dez rascunhos, ele obteve uma crítica satisfatória, que foi publicada em novembro de 1965 no jornal *Literary Reports*, de Xangai — Mao temia que os "revisionistas" em Pequim impedissem a publicação. A linha de ataque? Que Wu Han era culpado por um grave erro ideológico: o dramaturgo alegou que era possível para um homem da classe alta como Hai Rui superar as limitações impostas a ele por suas origens sociais. A peça de Wu, em suma, era uma "erva venenosa".

Sem saber que Mao estava por trás do ataque a Wu Han, os aliados do dramaturgo tentaram impedir a publicação da resenha na capital. Quando Mao ameaçou organizar a publicação da crítica como panfleto, eles recuaram, e os cidadãos de Pequim logo puderam ler tudo sobre as heresias contra o PCC e a China do vice-prefeito nos exemplares do *Diário do Povo*. Satisfeito, Mao comemorou o sucesso dessa primeira salva nas guerras culturais escrevendo um poema sobre um pássaro animado ao ver uma tempestade se aproximando. Ele despreza outro pardal encolhido em um arbusto como um palhaço que "peidou o bastante".

Encorajado, Mao lançou uma série de ataques a todos aqueles agentes da burguesia que estavam minando a revolução chinesa por dentro. Em discursos e publicações, ele criticou a *intelligentsia*, artistas, escritores e integrantes da elite do partido por seu revisionismo, comparando-os a Khrushchev. Na verdade, àquela altura, Khrushchev havia saído do poder, mas a marcha do inimigo continuou e Mao ridicularizou a nova liderança soviética como "novos Khrushchevs". Ele também insultou os professores e pediu a luta de classes em universidades, escolas secundárias e primárias onde, declarou, os estudantes deveriam derrubar os professores. Sem conseguir parar, Mao denunciou o departamento de propaganda do Comitê Central como o "Palácio do Rei do Inferno", e, em uma reunião do Politburo, declarou que forças nefastas haviam se infiltrado no governo, no exército e na burocracia cultural para estabelecer sua própria ditadura. A China tinha seus próprios Khrushchevs, e era hora de lançar uma "campanha em massa" contra eles. O palco estava montado para uma batalha titânica entre o bem e o mal, da qual Mao, contente com a própria virtude revolucionária, tinha certeza de que sairia ileso. Algo estava prestes a acontecer, mas o quê?

Em 29 de maio de 1966, um grupo de estudantes radicais do ensino médio de uma escola de elite ligada à Universidade de Tsinghua, em Pequim, nomeou-se de "Guarda Vermelha". Eles eram, como a grande maioria dos igualitários radicais, veementemente contra o privilégio dos outros ou até do próprio. No início, eram apenas palavras, ainda que violentas. Alguém colou um cartaz na universidade que dizia: "Meta a porrada em quaisquer pessoas que sejam contra o Pensamento Mao Tsé-Tung — não importa quem sejam, a que bandeira sejam leais ou a importância de seus cargos". Quando a Guarda Vermelha entrou em contato com Mao para perguntar o que ele achava do movimento de agitação e propaganda, ele ficou encantado. O Presidente de 72 anos elogiou publicamente os radicais pubescentes, declarando que era "correto se rebelar contra reacionários". Após o endosso de Mao, a Guarda Vermelha espalhou-se rapidamente, com bandos de adolescentes espinhentos rejeitando a autoridade dos adultos e se rebelando contra os professores. "Se rebelar é justificado", proclamaram. O slogan, ironicamente, veio de um discurso de Mao de 1939 intitulado "Stálin é nosso comandante", no qual o presidente se esforçou para demonstrar sua aceitação e lealdade à hierarquia comunista, em vez de exibir qualquer espírito de desobediência.

Animado pelo apoio que recebia da juventude, Mao continuou com ataques retóricos à elite do partido. Ele denunciou seus companheiros como "monstros e aberrações" em uma conferência do partido, e logo depois publicou um pequeno artigo intitulado "Bombardear a sede: Meu grande cartaz"*, seguido por um esboço de "Dezesseis pontos" essenciais para uma Revolução Cultural bem-sucedida na China. As palavras estavam fluindo e o vigor revolucionário da Guarda Vermelha aumentava. Quando Chen Boda, o principal ideólogo do partido, convocou os jovens da China a irem à capital para demonstrar apoio ao líder, eles apareceram em massa. Em um comício em 18 de agosto de 1966, Mao saiu de trás das prateleiras de suas *Obras escolhidas* e das fotos de propaganda, com sua forma rotunda balançando pelo rio Yangtze, a fim de mostrar o corpo em sua forma natural

---

* Grande cartaz ou, no original chinês, *dazibao*, era um cartaz escrito à mão com reclamações contra autoridades do governo e políticas públicas. Acabou virando um movimento que se espalhou pelos muros chineses, com cartazes que defendiam posturas, mandavam mensagens e até debatiam entre si. (N. do T.)

para dezenas de milhares de fãs adolescentes, em um grande espetáculo que foi o elo perdido entre Nuremberg e a Beatlemania.*

Com uma túnica militar e uma braçadeira vermelha, Mao não se mexeu muito, nem falou nada. Apenas estar lá foi o suficiente. Ele apresentou sua carne em movimento para a multidão agitada, cheia de hormônios, e deixou que olhassem para ela e gritassem e berrassem em aclamação. Ocasionalmente, Mao levantava um braço para reconhecer a presença da massa — mas que braço! Aquele era o braço que terminava na mão que segurou a caneta que escreveu *Sobre a prática* e tantas outras obras-primas que eram tão preciosas para a Guarda Vermelha! Reunidos, eles choraram, aplaudiram e dançaram, cantaram canções revolucionárias, acenaram para o retrato de seu líder e seguravam faixas no alto que diziam: "Eu amo os livros do Presidente Mao mais do que tudo na vida." De todos eles, o que os jovens mais amavam, e o que eles acenavam no ar, era *O livro vermelho*, a já lendária antologia dos "maiores sucessos" do presidente.

Mais sete manifestações em massa foram realizadas até novembro, quando 12 milhões de integrantes da Guarda Vermelha estiveram na presença de seu ídolo. Mao achava que uma das razões para o fracasso da revolução da União Soviética era que Lênin havia morrido antes de ser visto em carne e osso por um número suficiente de pessoas. Mao resolvera esse problema no que dizia respeito à China. Mais do que isso, seu apoio significava que a juventude da China agora tinha uma luta própria. A revolução dos pais deles deu errado; somente os jovens poderiam ajudar o presidente a salvá-la, realizando uma revolução dentro da revolução, um renascimento purificador. A rapaziada estava bem** e agia como o punho do Grande Timoneiro, batendo nos "Quatro Velhos": velhas ideias, velha cultura, velhos costumes e velhos hábitos.

A purificação começara logo depois daquele primeiro encontro de agosto com o Mao sorridente que acenava com a mão, quando a Guarda Vermelha invadira e saqueara mais de 100 mil casas em Pequim, destruindo livros, pinturas, esculturas, textos religiosos e outros símbolos da antiga cultura onde quer que encontrassem. Em setembro, a revolução se espalhou por todo o país, pois o direito a viagens e hospedagem gratuitas foi

---

* Coincidentemente, os Beatles também se apresentaram no mesmo dia diante de uma multidão aos gritos, só que em Boston. (N. do A.)

** No original em inglês, uma citação à música "The kids are alright", sétima faixa no álbum *My Generation*, estreia da banda The Who, de 1965, contemporânea às manifestações de apoio da Guarda Vermelha (composta por jovens, "kids") a Mao. (N. do T.)

concedido à Guarda Vermelha. Bandos de crianças, adolescentes e jovens adultos embarcaram em um divertido passeio pelo país inteiro, derrubando monumentos, queimando templos, incinerando ou roubando o conteúdo de bibliotecas, saqueando museus e exposições, destruindo artefatos e profanando os túmulos de filósofos antigos — incluindo o de Confúcio. Eles também destruíram artefatos menos sacrossantos, como livros soviéticos, jogos de xadrez — considerados soviéticos demais —, peixinhos dourados e pássaros canoros — todos aparentemente eram barreiras para a felicidade da China. A Guarda Vermelha montou postos de verificação onde sujeitavam os transeuntes a testes destinados a revelar se eles sabiam ou não as palavras de Mao, e impunham uma moralidade revolucionária puritana, atacando mulheres com penteados excessivamente burgueses, que usassem perfume demais ou que preferissem sapatos elegantes. Tampouco a cultura da rua estava livre do flagelo dos jovens cães de guarda de Mao: de botequins a espetáculos de marionetes, muitos prazeres dos pobres foram erradicados em um expurgo implacável.

Mao, o *connoisseur* da violência, exultou no caos. "Os bebês querem se rebelar", disse ele; "devemos apoiá-los". A princípio, a rebelião ficou restrita à classe estudantil privilegiada, mas se mostrou uma tarefa impossível negar aos trabalhadores e camponeses as delícias das orgias iconoclastas de destruição. Em Xangai, grupos de trabalhadores se juntaram aos estudantes para formar a Guarda Escarlate e realizaram greves. Em 25 de dezembro, um grupo de manifestantes fechou o Ministério do Trabalho em Pequim. Um dia depois, Mao celebrou seu sexagésimo terceiro aniversário e brindou ao "desdobramento de uma guerra civil generalizada em todo o país". Enquanto isso, a Guarda Vermelha continuava a perseguir os inimigos "revisionistas" e expor como capitalistas os antigos heróis da revolução e suas esposas e filhos.

As coisas rapidamente começaram a fugir do controle. O culto de Mao se fragmentou em uma multidão de seitas concorrentes. As províncias de Hubei, Hunan e Guangxi e as cidades de Pequim, Cantão e Xangai serviram de base para 1.417 grupos distintos de fervorosos "rebeldes justificados". Facções rivais lutaram entre si, chefes locais montaram os próprios bandos da Guarda Vermelha para autoproteção e conservadores combateram radicais em rituais de tortura, assassinato e humilhação pública. Quando o governo de Xangai foi derrubado, no início de 1967, e substituído por uma comuna radical local, um animado Mao endossou a insurreição. No entanto, ele logo passou a considerar a comuna como radical demais e exigiu a criação de "comitês revolucionários", compostos por militares e integrantes do partido e da Guarda Vermelha para governar as províncias. Mesmo assim, no meio do ano, Mao percebeu que as forças conservadoras estavam em ascensão e propôs armar a esquerda — com o resultado inteiramente previsível da carnificina piorar ainda mais. O grupo não estava bem afinal de contas: os jovens começaram a se esfaquear e atirar uns nos outros com armas até então reservadas para aqueles treinados em como usá-las. Nos funerais, os integrantes da Guarda Vermelha erguiam os membros decepados dos camaradas caídos. A meningite varreu as províncias, provavelmente disseminada pela juventude revolucionária das cidades. O campesinato entrou em uma onda de destruição. Segundo registros oficiais, cerca de 1,5 milhão morreu na carnificina.

"A juventude é facilmente enganada porque é rápida em criar esperanças", disse Aristóteles. Graças à nostalgia dos *baby boomers** pelas batalhas em nome dos direitos civis de sua juventude, duas gerações cresceram no Ocidente acreditando no mito de que a revolta feita por jovens adultos é sempre e em toda parte uma força benigna. No entanto, o mesmo Aristóteles estava sendo um tanto generoso demais: a juventude também é facilmente enganada porque é ignorante e sofre de uma falta de perspectiva quase total, ao mesmo tempo que confia sem limites no próprio julgamento. E não nos esqueçamos das palavras de Aldous Huxley:

> *A maneira mais garantida de fazer uma cruzada em favor de uma boa causa qualquer é prometer às pessoas que elas terão uma chance de maltratar alguém. Ser capaz de destruir com a consciência limpa, poder se comportar mal e chamar o mau comportamento de "indignação justa" — esse é o cúmulo do luxo psicológico, o mais delicioso dos deleites morais.*

A REVOLUÇÃO CULTURAL não envolvia apenas destruição, no entanto. No encontro de 1965 com André Malraux, Mao havia falado de uma nova cultura que precisava aparecer, e isso não era um tema novo para o Grande Timoneiro. Dois anos antes, ao discursar em uma conferência do partido na cidade de Hangzhou, ele reafirmou sua crença metafísica no poder das palavras de definir e controlar a realidade: "Uma única formulação [correta],

---

* Termo para a geração nascida no pós-Segunda Guerra, entre 1946 e 1964, período de grande natalidade nos Estados Unidos. (N. do T.)

e toda a nação florescerá; uma única formulação [incorreta], e toda a nação entrará em declínio. O que me refiro aqui é a transformação do espiritual em material."

Cruzadas de purificação de linguagem ocorrem na nossa própria sociedade, é claro. Mas, na China, a Guarda Vermelha foi um pouco mais longe ao acreditar que, por meio de atos de encantamento e campanhas vigorosas de renomeação, as coisas antigas poderiam ser consagradas novamente e renascer para a era revolucionária. Lojas, escolas, cidades, ruas, jornais — todos receberam novos títulos mais em sintonia com a época. Assim, a alfaiataria "Céu Azul", em Pequim, tornou-se a alfaiataria "Proteja o Oriente" e a "Escola Médica da União de Pequim" — nome dado pelos agressores imperialistas dos Estados Unidos — tornou-se o "Hospital Anti-Imperialista". Às vezes, a renomeação tinha um aspecto satírico bastante desajeitado: a embaixada soviética, de repente, viu-se localizada na Rua Antirrevisionista. Não foram apenas os objetos inanimados que receberam títulos revolucionários; recém-nascidos ganharam nomes como "Herói Vermelho", "Aprenda com os Camponeses", "Proteja o Vermelho" e "Revolução Cultural".

Renomear era uma questão relativamente simples. Em 1963, Mao reclamou que os palcos chineses estavam muito cheios de "imperadores, reis, generais, chanceleres, donzelas e beldades", e sua esposa, Jiang Qing, assumiu um projeto muito mais grandioso: criar uma nova arte chinesa que substituiria a cultura antiquada do passado. Jiang era uma ex-atriz e, portanto, compreendia o assunto da perspectiva de quem o praticava, bem como de uma figura política — e, talvez, melhor ainda, esse arranjo preservava a paz doméstica. Mao poderia se dedicar ao interesse pelos corpos de suas funcionárias jovens e atraentes se a esposa estivesse ocupada com uma tarefa revolucionária importante. Jiang supervisionou uma equipe de criadores ideologicamente puros, que acabaram saindo de seus laboratórios culturais para revelar "oito obras modelo", formalmente reconhecidas como tais em novembro de 1966. Cinco óperas, dois balés e uma sinfonia estavam agora disponíveis para as massas como um substituto de cinco mil anos de cultura. Bem, foi um começo, pelo menos. Mas um começo lento, e só não foi mais rápido porque Jiang e seus companheiros passaram por uma escassez embaraçosa de ideias. Mesmo dentro do escopo limitado de oito obras, a única sinfonia, *Vila Shajia*, foi baseada no mesmo romance que serviu de fonte para uma das óperas, também chamada de *Vila Shajia*. Esse cânone de obras impressionantemente magro foi montado em todo o país *ad nauseam*, e também foi adaptado como filmes, que foram transmitidos em todo o país *ad nauseam*. Com o tempo, mais algumas obras-modelos foram adicionadas ao cânone, mas não em grande quantidade.

Quanto à literatura, a Guarda Vermelha queimou livros antigos, e o Estado parou de imprimir os que não tivessem o nome "Mao" na capa. Isso é um exagero, mas não muito grande, pois a maior parte do oxigênio foi sugado da vida literária durante a Revolução Cultural. No total, cerca de cem romances apareceram, e os leitores tiveram, também, uma republicação do clássico *A margem da água* e da poesia de Mao: a censura se torna uma tarefa muito mais fácil se a pessoa tiver apenas um punhado de obras para vigiar. Mao, o grande bibliófilo, nunca privou-se dos livros, é claro: sua própria coleção de edições clássicas não foi incinerada, e ele não só trabalhava em um escritório cercado de obras, como dormia em uma sala onde elas enchiam as prateleiras e se derramavam na cama. Confiante em sua pureza revolucionária, o presidente não temia que as palavras erradas pudessem prejudicá-lo.

Mas mesmo aqueles cem romances publicados durante a Revolução Cultural foram, no final das contas, meras sombras do brilhantismo oferecido por Mao, que reinava sobre os colegas mais uma vez. Embora suas obras não fossem as únicas existentes, elas eram as que realmente importavam — e entre elas, uma era reverenciada acima de todas as outras.

Em 1959, o ministro da Defesa da China, Peng Dehuai, criticou os excessos do Grande Salto Adiante. Apesar de não ter falado mal de Mao, o presidente ficou furioso. Peng não durou muito mais no posto, morrendo na prisão em 1974. Ele foi substituído por Lin Biao, que havia muito tempo recebera de Mao a carta que se tornaria *Uma única faísca pode causar um incêndio na pradaria*.

Lin Biao era leal a Mao e não tinha interesse em gerar a própria teoria. Seu ideal de sabedoria era que fosse breve e fácil de lembrar e que, de preferência, fosse apresentada de uma forma pré-mastigada e facilmente digerível — ele gostava de escrever ditados em fichas. Avesso à leitura de livros grandes que contivessem argumentos complexos, Lin demonstrou empatia pelo soldado comum, que, dificilmente, poderia dominar todo o cânone de Mao, mas que, ainda assim, precisava desenvolver a familiaridade tanto com o léxico da revolução quanto com os princípios centrais. Inspirando-se em suas fichas, em 1961, ele instruiu o jornal do Exército, *Diário do EPL**, a começar a publicar uma citação diária de Mao. Esses

---

* EPL: Exército Popular de Libertação (N. do T.)

pequenos trechinhos de ideologia — impressos em tinta vermelha para ajudar a distingui-los de declarações ordinárias — podiam ser memorizados e colocados em prática, tudo sob a orientação vigilante dos instrutores políticos do exército.

Acontece que Lin Biao compreendia bem as necessidades ideológicas do exército. Os soldados começaram a recortar as palavras do presidente no *Diário do EPL* e a colá-las em álbuns, criando compilações caseiras da sabedoria de Mao. Em janeiro de 1964, o departamento político do Exército Popular de Libertação centralizou o processo e produziu uma seleção oficial das palavras mais sagazes do líder. Esta edição foi curta: continha duzentos trechinhos das obras de Mao, organizadas em 23 seções. Em seguida, a inflação da sabedoria entrou em cena e, em maio, uma edição ampliada foi publicada, apresentando agora 326 citações em 30 capítulos, também destinados ao uso militar. Havia duas versões: uma com capa de papel branco para as patentes mais baixas e outra com capa vermelha para a elite. Em agosto de 1965, apareceu uma terceira edição, redimensionada para caber no bolso de um uniforme militar. A partir desse momento, todos os exemplares vinham com uma sobrecapa de vinil vermelho que logo se tornaria icônica, mas que tinha uma função puramente prática: ela estava ali para proteger as preciosas palavras do líder de danos causados pela água.

Expandida para 427 citações organizadas em 33 capítulos, essa edição final dos maiores sucessos de Mao foi um enorme sucesso tanto para os leitores militares quanto civis: Lin Biao explorara uma demanda enorme não apenas por parte dos oficiais, mas da população em geral, que queria um guia rápido para a avalanche de palavras que os engolia desde 1949, mas que até então estavam espalhadas pelas *Obras escolhidas* de Mao e incontáveis panfletos. O Ministério da Cultura decretou, em junho de 1966, que 200 milhões de exemplares deveriam ser impressos até o fim do ano, o que gerou uma escassez de papel à medida que a palavra do presidente devorava a maior parte dos recursos disponíveis para a indústria editorial chinesa. Finalmente, tudo o que era essencial havia sido reunido em um só lugar. Estas eram as palavras que importavam. Nascia *O livro vermelho* ou, como era conhecido na China, *O livro do tesouro vermelho*.

O prefácio, atribuído a Lin Biao, faz grandes afirmações:

Uma vez que o pensamento de Mao Tsé-Tung é apreendido pelas grandes massas, ele se torna uma fonte inesgotável de força e uma bomba atômica espiritual de poder infinito. A publicação em grande escala de O livro vermelho é uma medida vital para permitir que as grandes massas compreendam o pensamento de Mao Tsé-Tung e para promover a revolução do pensamento de nosso povo.

A descrição do livro como uma "bomba atômica espiritual" era, obviamente, uma metáfora exagerada no clássico estilo totalitário. Mas não foi só isso: no final de 1964, os chineses haviam detonado com sucesso uma arma nuclear de fabricação própria na região noroeste de Xinjiang. Desenvolvida sem assistência soviética, essa nuvem de cogumelos caseira subiu aos céus do deserto, exatamente no momento em que Khrushchev estava caindo do poder em Moscou. A bomba atômica era um emblema do orgulho nacional, repleta de simbolismos, prova de que a China poderia desafiar a União Soviética pela liderança do mundo comunista. *O livro vermelho* era seu equivalente ideológico, uma arma textual que transformaria o equilíbrio de poder no mundo da mesma forma.

Mao — que a essa altura tinha dentes podres e entrara na decadente fase de sua ditadura* — ficou satisfeito com esta terceira edição, e comparou-a às obras memoráveis e formadoras da civilização escritas por Confúcio e Lao Zi. No entanto, embora o índice seja muito longo, o livro não é particularmente abrangente. Em vez disso, a hierarquia de interesses da obra refletia suas origens como um manual para os soldados. Depois de alguns capítulos dedicados aos fundamentos do comunismo, o livro dedica muitas páginas a questões militares e partidárias antes de abordar reflexões triviais como "Juventude", "Mulheres", "Cultura e Arte" e " Estudos".

Essas limitações se tornam ainda mais óbvias ao folhear a obra. Enquanto Stálin teve o cuidado de impor sua interpretação da ideologia oficial da União Soviética ao encher *Os fundamentos do leninismo* não apenas com uma quantidade copiosa de citações de Lênin, mas também com um contexto explicativo, não há tal enquadramento cuidadoso do material ideológico em *O livro vermelho*. Isso ocorre porque a obra foi projetada para ser usada por pessoas que tinham à disposição profissionais ideológicos em tempo integral para instruí-los sobre a conduta oficial do partido. Eles nunca estavam longe de um especialista que pudesse lhes dizer exatamente como interpretar o que

---

* De acordo com o médico de Mao, ele passava os dias deitado ao redor da piscina com seu roupão e as noites se envolvendo com moças de sua equipe e espalhando doenças venéreas pelas dançarinas de salão que também deveriam servi-lo sexualmente. (N. do A.)

estavam lendo. Uma vez retirado do quartel, no entanto, *O livro vermelho* tornava-se precisamente uma pilha de citações desprovidas de contexto, desarticuladas, repetitivas, tediosas e banais.

Dito isso, o livro não é totalmente desprovido de qualidades redentoras. Ele contém algumas das melhores tiradas de Mao, incluindo a que fala sobre o jantar do *Relatório da investigação do movimento camponês em Hunan.* Deixando os poucos destaques de lado, grande parte de *O livro vermelho* é surpreendentemente maçante. Como foi baseado na versão higienizada do histórico de publicação de Mao, a antologia não contém imagens pitorescas de demônios, peidos de pássaros ou do "Palácio do Rei do Inferno", nem nada de sua poesia, que, por mais medíocre que seja, é menos excrucian-te do que suas obras abertamente propagandísticas ou teóricas. A mão mumificada do marxismo-leninismo pega pesado no estilo, pois o leitor é submetido ao discurso vazio que qualquer ditador comunista pós-1917 poderia ter produzido:

Povos do mundo, unam-se e derrotarem os agressores americanos e todos os seus lacaios! Povos do mundo, sejam corajosos e ousem lutar, desafiem as dificuldades e avancem como uma onda atrás da outra. Assim o mundo inteiro pertencerá ao povo. Monstros de todos os tipos serão destruídos.

A retórica canhestra como essa se alterna com panaceias inexpressivas como esta:

A parcimônia deve ser o princípio orientador dos gastos do governo. Deve ficar claro para todos os funcionários do governo que a corrupção e o des-perdício são crimes muito grandes. Nossas campanhas contra a corrupção e o desperdício já alcançaram alguns resultados, mas são necessários esforços adicionais. Nosso sistema de contabilidade deve ser guiado pelo princípio de poupar todo cobre para o esforço de guerra, para a causa revolucionária e para nossa construção econômica.

As conclusões dos discursos foram cortadas e coladas no livro em enorme quantidade, juntamente com longos trechos fundamentais de obras consideradas importantes. Assim, por exemplo, o leitor é apresentado com a conclusão de *A situação atual e nossas tarefas* sem ter lido nenhum dos argumentos de apoio que levaram a ela. A questão não era se envolver com o pensamento de Mao, mas aprender como dizer as palavras e ideias corretas sob ordens. Enquanto isso, muitas das citações de sabedoria eram extraídas de diferentes partes dos mesmos ensaios. *Sobre a contradição* e *Sobre a prática* aparecem muito; difíceis de serem lidos em sua forma completa, os livros não ficam melhores uma vez divididos em fragmentos e desprovidos de contexto. É difícil imaginar que um soldado ou trabalhador de uma fazenda coletiva que retornou de um dia de trabalho árduo a serviço do Estado tirasse muito proveito deste naco cru e pouco apetitoso de texto arrancado da carcaça de palavras de *Sobre a contradição*:

> *Contradições qualitativamente diferentes só podem ser resolvidas por métodos qualitativamente diferentes. Por exemplo, a contradição entre o proletariado e a burguesia é resolvida pelo método da revolução socialista; a contradição entre as grandes massas do povo e o sistema feudal é resolvida pelo método da revolução democrática; a contradição entre as colônias e o imperialismo é resolvida pelo método da guerra revolucionária nacional; a contradição entre a classe trabalhadora e a classe camponesa na sociedade socialista é resolvida pelo método de coletivização e mecanização na agricultura; a contradição dentro do Partido Comunista é resolvida pelo método da crítica e da autocrítica; a contradição entre sociedade e natureza é resolvida pelo método de desenvolvimento das forças produtivas... O princípio de usar diferentes métodos para resolver diferentes contradições é aquele que os marxistas-leninistas devem seguir estritamente.*

O livro vermelho é a redução do Pensamento de Mao Tsé-Tung a uma série espasmódica de comentários sucintos sobre trabalho duro, sacrifício próprio, ódio aos imperialistas, importância da frugalidade, estoicismo, obediência e lealdade a Mao e ao partido. Medíocre em relação ao conteúdo, o livro também é convencional na forma. Na China, antologias de citações destinadas a fornecer orientação moral ou religiosa eram conhecidas como *yulu* e remetiam a Confúcio e seus *Analectos*. Portando, *O livro vermelho* tinha muitos antecedentes na literatura chinesa clássica e moderna, e de modo algum representou uma melhoria na forma.* Apesar disso, as condi-

---

* Mao não foi o primeiro tirano a infligir um *yulu* ao povo chinês. Séculos antes, o fundador da dinastia Ming havia produzido uma compilação da própria produção intelectual. Intitulado *Ming ta kao* ("Grande Edito de Ming"), todas as famílias eram obrigadas a possuir um exemplar, e, como a China possuía uma população de 80 milhões, isso significava que o livro tivera uma circulação extremamente alta no período.

ções do mercado eram favoráveis para o texto de Mao, não apenas por causa de seu domínio do poder político. Com a ajuda dos aliados adolescentes espinhentos, Mao devastou a cultura chinesa e liquidou com sucesso todos os rivais, criando aquilo que a natureza mais abomina. Ao soltar a Guarda Vermelha e sua ignorância transcendental na nação, em sua história e instituições, o líder abriu um vácuo que somente sua imagem e palavra divinas poderiam preencher.

Assim, oceanos de tinta, montanhas de papel e grandes lagos de vinil vermelho foram dedicados à adoração do radiante Deus Mao. No final da década, mais de 1 bilhão de exemplares de *O livro vermelho* estava em circulação, somando-se aos 783 milhões de exemplares de seus outros livros e panfletos impressos entre 1949 e 1965. Dado que a população da China durante a Revolução Cultural estava na casa de 750 milhões de habitantes, um número que incluía bebês, crianças em idade pré-escolar e as pequenas incapazes de ler qualquer coisa mais complexa que um cartum de propaganda sobre a Guerra Sino-Japonesa, fica claro que a oferta superou consideravelmente a demanda. Mesmo se os vários mortos do Grande Salto Adiante tivessem retornado repentinamente da sepultura tomados por uma vontade irresistível de ler a prosa de Mao, ainda sobrariam algumas centenas de milhões de cópias.

As citações do líder chinês saltaram do confinamento entre as capas de vinil vermelho para o mundo através de outras mídias, produzindo metástases em toda a paisagem física. Elas apareceram nas paredes de residências sob a forma de cartazes ou coladas em quadros de avisos de ruas e parques, enquanto alguns integrantes entusiasmados da Guarda Vermelha afixaram placas com citações em carros, trens e bicicletas. De forma desencarnada e acompanhadas por uma música animada, as falas de Mao invadiram as ondas do rádio na forma de músicas tocadas pelo país inteiro. As dez primeiras foram lançadas em 30 de setembro de 1966, enquanto as transmissões em massa ainda estavam em andamento. Enquanto a juventude rebelde do ocidente estava irritando os pais ouvindo "Let's Spend the Night Together", dos Rolling Stones, seus equivalentes na China Vermelha se jogavam na pista ao som de "A Força Central que Conduz Nossa Causa é o Partido Comunista Chinês" e "Garantir que a Literatura e a Arte Funcionem como Armas Poderosas para Exterminar o Inimigo". No total, 365 das citações de Mao foram reproduzidas em formato musical, uma para cada dia do ano. Alguns dos versos do presidente também receberam o tratamento dançante.

Estas foram as manifestações oficiais da palavra de Mao. No entanto, houve centenas de edições locais e não-oficiais de O livro vermelho, e estrangeiras também, quando o Estado chinês lançou sua "bomba atômica espiritual" no mundo, na esperança de que a obra pudesse acabar com a influência da União Soviética sobre a revolução mundial. A China iniciou o lançamento, em 1966, de O livro vermelho em alvos no exterior. Em maio do ano seguinte, mais de 800 mil exemplares em 14 idiomas foram publicados; esses números subiriam para 110 milhões de exemplares e 36 idiomas em 1971. As versões de O livro vermelho que apareciam no exterior atraíam não apenas os revolucionários dos países em desenvolvimento e jovens universitários radicais em Paris e Berkeley, mas gente mais velha que deveria ter tido mais bom senso, como Jean-Paul Sartre, Michel Foucault e Shirley MacLaine.* No processo, Mao ficou muito rico com os direitos autorais recebidos com as vendas, assim como ocorrera com Hitler. De acordo com um artigo de 2007, publicado na revista Literary World of Party History, Mao ganhou 5,7 milhões de yuans (780 mil dólares) em 1967 com as edições em chinês, inglês, russo, francês, espanhol e japonês de seus livros.

Mas havia um problema. Quando os jovens discípulos de Mao se voltaram para o livro sagrado em busca de orientação, eles não tinham comissários políticos com a autoridade exegética para instruí-los sobre a compreensão correta da palavra do mestre. Eles não encontraram uma única verdade, mas sim múltiplas verdades, e o caos interpretativo reinou enquanto facções em guerra da Guarda Vermelha lançavam citações umas contra as outras em batalhas ideológicas encarniçadas. As palavras de Mao tornaram-se fragmentos flutuantes que poderiam ser usados para justificar argumentos opostos.

O presidente estava insatisfeito e ficou novamente descontente quando a Guarda Vermelha começou a publicar edições de seus textos censurados, que eles haviam descoberto ao saquearem as casas da elite "revisionista" do partido que teve acesso à versão não-higienizada de Mao. Esses "evangelhos perdidos" mostraram outros Maos: o simples, o radical, o não muito marxista. A revelação desses ditados ocultos do homem-deus tinha o potencial de desestabilizar o cânone oficial e a imagem cuidadosamente construída do próprio presidente. E não eram apenas os textos sagrados que escapavam do

---

* Sartre fez papel de bobo no fim da vida ao vender cópias de jornais maoístas nas ruas de Paris, enquanto Shirley MacLaine publicou um livro de memórias, Você também pode chegar lá, no qual ela explicou em detalhes uma turnê "que mudou sua vida" pela China em 1972.

seu controle; a proibição oficial do partido sobre esculturas representando pessoas ainda vivas desabou quando a Guarda Vermelha começou a erguer monumentos em homenagem ao líder. Em 1967, estudantes de Tsinghua ergueram uma grande efígie de Mao, um ato que levou a uma corrida armamentista monumental, à medida que facções rivais competiam para erigir estátuas de seu ídolo, muitas vezes com um elaborado simbolismo numérico codificado em suas dimensões.

Um por um, os "revisionistas" haviam caído, entre eles o inimigo de Mao, Liu Shaoqi, colocado em prisão domiciliar em 1967. Embora ainda não estivesse morto — a morte só o visitaria em 1969, após um período prolongado de tortura na prisão —, Liu era inquestionavelmente um cadáver político e, ainda assim, a Guarda Vermelha continuava sua onda de violência. Mao sabia que a carnificina não poderia continuar indefinidamente: foi embaraçoso quando cadáveres chegavam flutuando ao território britânico de Hong Kong, e mais embaraçoso quando um grupo de fervorosos adoradores de Mao atacou o consulado britânico em Pequim. Em outubro de 1967, o presidente decidiu restaurar um pouco da ordem, e a juventude do país recebeu instruções para retornar às aulas, após um recesso dedicado a fomentar a revolução que havia durado mais de um ano.* Mao também repetiu o chamado para formar comitês revolucionários a fim de governar as províncias no lugar das velhas — e devastadas — estruturas burocráticas. Esquadrões especializados de trabalhadores ideológicos foram mobilizados em todo o país para organizar aulas de estudo do Pensamento Mao Tsé-Tung que garantisse que as pessoas fossem devidamente instruídas no tratamento correto das ideias do presidente.

Apesar desses esforços para conter o caos, os irmãos e irmãs caçulas de Mao ainda insistiam em mutilar e matar uns aos outros. As batalhas entre as facções da Guarda Vermelha continuaram em 1968. Com ordens para lutar, eles continuaram sua saga, sem perceber que era o próprio líder, e não as forças da "reação negra", que queria que os jovens parassem. A juventude radical estava tão decidida em continuar a revolta que, quando o presidente enviou as Equipes de Propaganda do Trabalhador do Pensamento Mao Tsé-Tung das fábricas de Pequim para os *campi* da cidade em julho de 1968, a Guarda Vermelha reagiu com violência a esses supostos conciliadores e educadores ideológicos. Em uma escola, os jovens mataram

---

* Um chamado semelhante tinha sido feito em fevereiro, mas evidentemente poucos integrantes da Guarda Vermelha deram atenção. (N. do A.)

cinco desses exegetas com pedras e tiros. Enfurecido, Mao convocou os líderes da Guarda Vermelha para um encontro no qual ele revelou que foi sua "mão negra" que havia despachado as equipes que eles atacaram. O exército se instalou nos *campi* para restaurar a ordem, enquanto milhões de integrantes da Guarda Vermelha foram mandados para fazer trabalhos agrícolas bem longe ou para labutar em fábricas como parte do movimento "Subir às Montanhas, Descer às Aldeias". Muitos nunca voltaram para suas cidades, embora houvesse destinos piores do que a vida compulsória no campo. A repressão de Mao incluiu uma limpeza das classes, o que levou a mais violência, mutilações, perseguição e morte em massa, enquanto em algumas partes do campo a luta evoluiu a tal ponto que os politicamente virtuosos comiam a carne, o fígado ou mesmo a genitália de suas nêmeses contrarrevolucionárias.

A repressão e o exílio, por si só, não foram suficientes para resolver as contradições desencadeadas pela revolução juvenil direcionada por Mao. Quando o Grande Salto Adiante deu errado, o partido aumentou o volume do culto a Mao para abafar a dissonância cognitiva. Eles recorreram à mesma tática, só que de uma forma ainda mais radical. Não apenas o exército impôs a ordem, como também reafirmou a autoridade sobre a "bomba atômica espiritual". *O livro vermelho* deveria ser recuperado do estado de caos interpretativo, e uma única interpretação unificada seria imposta à nação fragmentada. O Exército Popular de Libertação deveria servir como a grande escola da sociedade chinesa e ensinar às pessoas o verdadeiro significado de Mao. Para milhões de pessoas, isso significava um estudo diário, intenso e organizado da palavra do líder. O objetivo não era promover a consciência teórica do povo, mas aprofundar o grau de sua submissão ao homem-deus. Em 1968, o partido lançou a Campanha das Três Lealdades:

1. Lealdade ao presidente Mao;
2. Lealdade ao pensamento de Mao;
3. Lealdade à linha revolucionária proletária de Mao.

E, de quebra, acrescentou Quatro Amores Sem Limites:

1. Amor sem limites;
2. Lealdade sem limites;
3. Fé sem limites;
4. Adoração sem limites ao presidente Mao.

Depois de dois anos de suposta Revolução Cultural, Mao recorreu a categorias numeradas que saíram diretamente dos livros sagrados da China antiga para restabelecer a ordem. E, de fato, o presidente estava prestes a elevar outra antiga tradição — a veneração pelo filósofo/sábio/imperador e sua palavra — a níveis sem precedentes de absurdez.

Em 1965, o grande escritor californiano de ficção científica Philip K. Dick publicou *Os três estigmas de Palmer Eldritch*. Nesse romance, um grupo de colonos que foram recrutados para construir uma nova sociedade em Marte acham o ambiente tão inóspito e suas vidas tão cheias de uma labuta penosa que escapam para realidades alternativas. No começo, os colonos tomam a droga Can-D, que lhes permite participar de uma alucinação comunitária centrada em brinquedos no estilo Ken e Barbie. Juntos, eles passeiam de carro e vivem a vida ideal do consumismo dos anos 1950, o tipo de coisa que Khrushchev achava que era um objetivo adequado para a União Soviética, desde que fosse ainda melhor do que a versão estadunidense. O problema é que os colonos tendem a brigar dentro da alucinação sobre o rumo que devem tomar, o que arruína a experiência. Além disso, a viagem é muito breve. Então, quando um misterioso magnata da indústria chamado Palmer Eldritch retorna de uma viagem de dez anos entre as estrelas com um alucinógeno novo e mais potente, a Chew-Z, eles abandonam a Can-D quase imediatamente. Os usuários da droga nova podem criar as próprias realidades alternativas, que podem ser remodeladas à vontade, como deuses, transcendendo assim o insuportável horror de suas vidas.

Infelizmente para os colonos, Eldritch é mais diabo que salvador. Fácil de identificar por seus três "estigmas" — um braço mecânico, dentes de aço inoxidável e olhos de robô —, ele se manifesta nos mundos alucinatórios criados pelos usuários da Chew-Z, chegando até mesmo a se impor aos corpos daqueles que tomaram a droga. Palmer Eldritch está em toda parte, um demiurgo maligno que prendeu suas vítimas em uma realidade que ele controla — "é tudo ele, o criador", diz Barney Mayerson, o protagonista do romance. "Isso é quem e o que ele é, o dono desses mundos. O restante de nós apenas os habita e, quando quer, ele também pode habitá-los. Pode chutar o cenário, se manifestar, empurrar as coisas em qualquer direção que ele escolher."

Embora Dick tenha escrito *Os três estigmas de Palmer Eldritch* sob o efeito de quantidades astronômicas de anfetaminas — e inspirado pela visão de uma face maligna que ele havia visto no céu —, a história é um modelo de realismo contido comparado aos eventos que realmente se desdobraram na China logo após a publicação de *O livro vermelho*. Sem a ajuda de uma droga cósmica descoberta em outra galáxia, Mao invadiu a realidade de uma forma abrangente que o fictício Palmer Eldritch não sonhou.

Os próprios estigmas de Mao — a calva incipiente, os raios de sol que emanam de trás de sua cabeça, as bochechas rechonchudas, o sorriso beatífico — eram onipresentes em toda a China. Mao estava na paisagem, sorrindo radiante do alto para as massas em milhões de cartazes afixados nas paredes, enquanto seu corpo se reproduzia em ouro nas pracinhas dos povoados, nos *campi* das universidades e nas ruas das cidades grandes. Em forma de broches, bilhões* de rostos de Mao foram pregados nos corpos das massas, separados dos corações apenas por uns três centímetros de tecido, pele, carne e osso: alguns até brilhavam no escuro. Sua imagem era encontrada em corações de plástico vermelho, bordada em tecido, entalhada em bolas de bilhar ou cercada por conchas polidas e penas falsas de avestruz. Os maiores pendiam do pescoço dos fiéis em grandes retratos emoldurados ou expulsaram deuses mais velhos de seus altares em casas rurais.

Não foi apenas a imagem de Mao que proliferou; sua palavra, também. Ela foi esculpida nas encostas das montanhas e gravada em grãos de arroz; foi reproduzida em cartazes e inscrita em monumentos. Cobria as paredes dos "pagodas de citação" e "salas de lealdade" erigidos em sua homenagem. Mas a invasão divina de Mao não foi apenas um ataque aos olhos: era algo íntimo e visceral, que agarrava a língua e sacudia os braços e as pernas. Cada vez mais, quando os habitantes da China de Mao falavam, era para expressar as palavras do presidente e não as suas, pois a nação foi tomada por uma glossolalia revolucionária bizarra. Pela boca de milhões de pessoas, Mao falou, repetiu-se sem parar, testando os limites dos significados de suas citações para a destruição em uma câmara de eco enorme, sufocante e hermética.

A Malharia Geral de Pequim era uma fábrica-modelo conhecida por suas meias de náilon, mas durante a loucura da Guarda Vermelha ela se dividiu em duas facções por questões de exegese textual. No final de 1967, Mao despachou especialistas ideológicos de seu Escritório Central de Guardas para a Malharia Geral com a intenção de instruir seus dois mil funcionários sobre a maneira correta de ler suas obras. Os resultados encantaram

---

* As estimativas variam de 2,5 bilhões a cinco bilhões. (N. do A.)

Mao: não só os trabalhadores alcançaram níveis sem precedentes de união através do intenso estudo de sua palavra, como foram pioneiros em novos rituais de adoração, centrados em sua imagem e escrita sagrada. Cada dia começava com os trabalhadores olhando para o retrato de Mao e "pedindo instruções", como se o Grande Timoneiro ou seu espírito estivesse presente na sala. E graças ao meio de transmissão de sua palavra, Mao estava sempre por perto. Durante o dia inteiro, os trabalhadores da fábrica eram capazes de se manter inspirados nas tarefas ao se voltar para as tábuas de citação que os rodeavam, impulsionando o "entusiasmo pelo trabalho" ao se concentrar na sabedoria de Mao. No final de cada turno, o presidente também estava presente enquanto os trabalhadores transmitiam o poder de inspiração para seus substitutos através da declamação da palavra do líder. Tampouco Mao abandonava seus filhos no fim da jornada de trabalho, pois sua fotografia ainda estava pendurada na parede, escutando enquanto "relatavam" as conquistas e dificuldades. Mas ainda havia outros ritos de comunhão a serem realizados, quando os trabalhadores se reuniam à noite para discutir as experiências à luz das citações do presidente. Que lições podem ser aprendidas? Que sabedoria pode ser aplicada na próxima vez? Mao acabava de se intrometer em todos os momentos do dia.

Ele rabiscou um rápido endosso dos acontecimentos na Malharia Geral no ótimo relatório que recebeu, e isso se tornou o próximo pedaço de papel com tinta a embaralhar os sentidos da nação mais populosa do mundo. A rebelião tinha acabado; a reverência havia começado. E ora, veja só, eis que o logocentrismo excessivo da Malharia Geral de Pequim produziu uma metástase e se espalhou por todo o país. A China começou a se assemelhar a um gigantesco mosteiro maoísta, no qual centenas de milhões de noviços foram obrigados a participar dos rigorosos ritos novos do culto estatal. Se os aspectos religiosos do stalinismo eram óbvios sob as vestes comunistas, os de Mao não eram sequer cobertos por uma camisola diáfana. Havia o onipresente livro vermelho sagrado, a oração coletiva matinal diante do ícone, intervalos regulares para leituras das escrituras ao longo da jornada de trabalho, declamações públicas das obras sagradas, a confissão de pecados e a bênção dos alimentos pronunciando "Viva o presidente Mao" ou declamações ainda mais longas de bons votos para o Grande Timoneiro. Não era suficiente trabalhar e dizer palavras vazias; a divindade tinha que ser constantemente invocada, sua palavra constantemente consultada, sua majestade constantemente elogiada. Isso deixou pouco tempo para reflexão, que era, na verdade, o objetivo.

Como um ventríloquo sinistro com mais de 775 milhões de braços, Mao fez as mandíbulas das massas baterem para cima e para baixo, repetindo suas palavras. Nas escolas, os alunos participavam de "trocas de citações", rebatendo a sabedoria do presidente um para o outro como se estivessem envolvidos em um jogo de pingue-pongue ideológico. Nas lojas de Nanquim, funcionários e clientes se uniam em canções e saudações ao presidente, e também, periodicamente, esqueciam-se do comércio para que pudessem estudar suas obras mais de perto. Quando finalmente realizavam a troca de mercadorias, eles o faziam com citações apropriadas do presidente: havia manuais que sobreviveram ao tempo e continham orientações sobre quais ditados de Mao cabiam em quais contextos, incluindo até a categoria social do interlocutor. Talvez o exemplo mais notável da invasão da linguagem por parte de Mao venha do crítico literário chinês Huang Ziping, que relembra a tentativa de um amigo de conquistar a afeição de uma camarada usando apenas citações de Mao, o que resultou nesse "poema encontrado" extremamente formal:

1. Vindos dos cinco lagos e dos quatro mares, por um objetivo revolucionário comum, nós nos reunimos.
2. Devemos compartilhar informações.
3. Devemos primeiro ter uma compreensão firme e, em segundo lugar, estar atentos à política.

A palavra de Mao também tomou controle direto dos corpos por meio da "ginástica de citação", na qual camaradas adeptos da boa forma — o Grande Timoneiro enfatizava a importância do treinamento físico já nas obras pré-revolucionárias, como o leitor há de lembrar — representavam um enredo revolucionário através de uma sequência de nove exercícios derivados de temas maoístas. Para um cidadão estrangeiro ou turista recém-chegado, o que teria parecido com uma sequência levemente extenuante de alongamentos era, na verdade, uma evocação dos "Três Artigos Constantemente Lidos" de Mao. Havia também uma série de exercícios baseados na famosa observação do presidente de que "o poder político brota do cano de uma arma". Os exercícios culminavam com uma declaração de intenção de ler mais Mao.

Mais difundidas ainda foram as danças de lealdade, em que os adoradores tentavam demonstrar amor fervoroso e sem limites pelo presidente. Embora tivesse menos coerência narrativa do que a ginástica de citação, uma variante da dança exigia que o corpo fosse contorcido na forma do ideograma chinês para "lealdade". Assim, o Pensamento Mao Tsé-Tung foi se afastando cada vez mais não apenas do marxismo, mas também do próprio pensamento. Em vez disso, tratava-se de rituais, catecismos e demonstrações públicas de lealdade: só assim as pessoas poderiam ser salvas. É claro que, onde há crentes, deve haver também blasfemadores, e eles foram tratados com toda a crueldade dos inquisidores religiosos. Até transgressões acidentais contra a Palavra, como confundir um pedaço de papel contendo os textos do líder com papel higiênico — o que era fácil em meio a escassez de papel — ou proferir uma frase de Mao com a entonação errada, podiam resultar em prisão ou morte.

Mas essas eram manifestações menores da palavra majestosa de Mao. Histórias espantosas começaram a aparecer na imprensa chinesa que deixavam claro que proferir a citação certa de Mao no lugar certo, na hora certa, poderia causar milagres. Essas histórias sobre milagres tendiam a seguir uma fórmula simples: havia um problema; os incrédulos diziam que não poderia ser resolvido; então, um dos fiéis olhava para o *corpus* escrito de Mao e descobria uma citação (ou citações) de grande poder. Nesse caso, Mao era melhor do que Jesus: enquanto o Filho de Deus tinha que estar fisicamente presente para ressuscitar os mortos ou fazer os cegos enxergarem, o chinês simplificou o processo e realizou seus milagres remotamente, sem sequer saber que estavam ocorrendo. Ele terceirizou o trabalho para qualquer um que lesse suas palavras com fé suficiente.

No início, os milagres eram relativamente menores. Um relatório publicado pela Agência de Notícias Nova China em agosto de 1966, antes que a Revolução Cultural perdesse as estribeiras de vez, começou com uma pergunta profunda:

> *Qual é o segredo por trás do rápido progresso da equipe chinesa de tênis de mesa e suas vitórias brilhantes em torneios internacionais? A resposta, dizem os integrantes da equipe, é o grande Pensamento Mao Tsé-Tung.*

Acontece que os ensaios *Sobre a contradição* e *Sobre a prática* foram os primeiros a ter um impacto profundo nas habilidades de pingue-pongue da equipe. Sete anos antes, a equipe encontrara algumas lições estratégicas cruciais — não especificadas — em meio à "filosofia". Mas isso foi apenas o começo. Desde então, ela desenvolveu uma profunda familiaridade com muitos dos escritos de Mao, e os mesa-tenistas consideravam suas obras tão úteis que, em uma recente turnê pelo Japão, Camboja e Síria, eles haviam reservado "todo o tempo disponível" para estudá-los. Na verdade, a exposição à prosa do líder, e não o treinamento esportivo, era a "necessidade primária" da equipe. Afinal de contas:

> *Numa discussão recente, os jogadores chineses concordaram que "armados com o Pensamento Mao Tsé-Tung, nós teremos a maior união, a visão mais clara, a maior coragem e o moral mais elevado. Não vamos temer nem monstros e demônios na luta de classes, nem adversários fortes no jogo".*

Em 1968, no entanto, a palavra de Mao havia adquirido tanto poder que poderia fazer muito mais do que ganhar alguns jogos de tênis de mesa. Agora ela curava o câncer. Uma história de milagres detalhada, a de Chiang Chu-chu, uma mulher com um tumor de quarenta quilos, apareceu na revista *Peking Review* em agosto de 1968. Quando a história começa, os médicos originais de Chiang, corrompidos pela exposição à ciência ocidental imperialista burguesa, não acreditam em sua sobrevivência. É somente quando a paciente conhece médicos que leram muito Mao que ela recebe esperança. Esses doutores não apenas abandonam seus egos, mas deixam para trás a confiança no conhecimento médico para orientar suas decisões. Eles se entregam ao presidente, que manifesta sua vontade em citações variadas. Durante o diagnóstico inicial, por exemplo, os médicos de Chiang recorrem a esse pensamento inteligente: "Não consegue resolver um problema? Bem, vá lá e investigue os fatos presentes e sua história passada."

Entendendo o significado da lição do presidente, o "grupo de investigação" dá o passo notável de perguntar ao hospital onde a paciente recebeu tratamento anteriormente para obter cópias dos prontuários. Até o momento, ao que parece, ninguém havia pensado em fazer isso. Isso não quer dizer que a leitura de Mao de repente resolva todos os problemas. A batalha contra o câncer continua sendo uma luta dramática. Felizmente, os obstáculos sempre podem ser superados através da fidelidade ao Presidente e do ato de localizar uma citação inspiradora, independentemente do contexto original. Isso é útil quando chega a hora de remover o tumor de Chiang. Agora os médicos se voltam para os escritos *militares* do Presidente, onde encontram as seguintes palavras: "Ataque primeiro as forças inimigas que estejam dispersas e isoladas; ataque depois as forças inimigas concentradas e poderosas." E também: "Cerque completamente as forças inimigas, esforce--se para eliminá-las por completo."

Devidamente inspirados, eles removem o estupendo tumor de Chiang Chu-chu, que se recupera da cirurgia e agradece não aos médicos que a salvaram, mas ao próprio Grande Timoneiro. "Viva o presidente Mao! O presidente Mao me salvou!", grita ela. E no oitavo dia após a cirurgia, Chiang se levanta e caminha.

As citações de Mao também se mostraram muito eficazes contra o mau tempo ao resgatar marinheiros de um mar agitado à moda de Jesus. Em 23 de fevereiro de 1969, a Rádio Pequim informou aos ouvintes que, quando uma tempestade terrível ameaçara enviar um barco cheio de pescadores de camarão para a morte nas profundezas, o líder dos marinheiros Chen Chao tirou forças desta citação:

> *A organização partidária deve ser composta pelos elementos avançados do proletariado; deve ser uma vigorosa organização de vanguarda, capaz de liderar o proletariado e as massas revolucionárias na luta contra o inimigo de classe.*

Ele e seus colegas pescadores de camarão então recontextualizaram a intempérie como o inimigo de classe e, com apoio adicional de alguns versos da poesia de Mao, chegaram à costa em segurança.

E assim os milagres proliferaram na imprensa chinesa. Quando duas meninas ficaram presas em um barranco gelado, elas superaram a geladura graças às palavras do presidente. Uma vez, oito camaradas estavam com sede. Eles recitaram a palavra de Mao e "dois ou três bocados" de água se tornaram suficientes para todos — e ainda sobrou. A palavra de Mao também ajudou o marido a superar a dor que sentia após a morte da esposa, fez com que esposas relutantes obedecessem, ressuscitou os mortos, restaurou a visão, permitiu que surdos-mudos cantassem o hino comunista "O Oriente é Vermelho".

Eu poderia continuar, mas vou parar por aqui. Mao, na verdade, estava correto em relação à persistência de velhas formas de pensar e ver, só que não da maneira como ele imaginava. Um sistema de crenças que começara como uma pseudociência linguisticamente complexa havia se transformado em uma fé menos sofisticada do que a dos manipuladores de serpentes na Virgínia Ocidental*. No centro de tudo isso havia um livro pequeno e vermelho que havia sido escrito por um homem com o sangue de milhões em suas mãos.

---

* Há um culto pentecostal no estado da Virgínia Ocidental (EUA) que envolve pegar em serpentes, beber seu veneno e passar chamas pelo corpo. Em 2012, um pastor morreu após ser picado pela quarta vez na carreira por uma cascavel durante um culto; o pai dele também havia morrido da mesma forma quando o pastor era criança. A Virgínia Ocidental é o último estado americano onde o manuseio de serpentes é legal. (N. do T.)

― FASE II ―

TIRANIA E MUTAÇÃO

I

Pequenos demônios

A descrição de Lin Biao de *O livro vermelho* como uma "bomba atômica espiritual de poder infinito" era apropriada não apenas à luz do impacto devastador da obra sobre a cultura chinesa, mas também em termos da posição que ocupa na história da literatura de ditadores. Para ampliar ainda mais a metáfora: se Marx e Engels representam o *"big bang"* no alvorecer dos tempos, e Lênin e seus rivais a formação das estrelas e planetas após a explosão inaugural, então o advento de Mao representa uma aceleração rápida para o Era de Einstein e Oppenheimer, quando se tornou possível explorar esse poder textual para projetar uma arma imensamente destrutiva feita de palavras que pudesse devastar toda a criação.

Na verdade, foi uma bomba atômica espiritual em outro sentido: tão efêmera e elusiva quanto o espírito, ela explodiu, mas, em seguida, desapareceu da memória muito rapidamente. Em 1969, tudo parecia definitivo: Lin Biao foi oficialmente nomeado sucessor de Mao, a vitória da Revolução Cultural foi declarada e o Pensamento Mao Tsé-Tung foi restaurado à constituição após uma ausência de treze anos. Mas Lin Biao se voltou contra o mestre e morreu em um acidente de avião enquanto tentava desertar com a família para a União Soviética em 1971. Já em 1976, o próprio Mao se tornou mais um corpo morto em uma caixa de vidro no coração de um país comunista, apesar dele e seus colegas do PCC terem assinado um pacto contra o embalsamamento décadas antes. Agora que estava morto, o líder maior poderia ser domado e suas palavras podiam ser subjugadas.

Embora o Mao morto, como Lênin, gozasse e continue a gozar do status de objeto de fetiche, o status de seus escritos não foi tão duradouro assim. O quinto volume das *Obras escolhidas*, que cobriam os anos de 1949 a 1976, foi recolhido por ser revolucionário demais, e, assim, o cânone oficial foi interrompido em 1949, antes da Campanha das Cem Flores, do Grande Salto Adiante e da Revolução Cultural. Em 1979, *O livro vermelho* foi denunciado por distorcer o pensamento de Mao, retirado das prateleiras e destruído. Dois anos depois, o sucessor de Mao, Deng Xiaoping, repetiu o veredito anterior do partido sobre Stálin, declarando que Mao estava setenta por cento correto e trinta por cento errado. O partido, em suma, fez de tudo para fingir que a bomba de Mao nunca havia estourado e, em pouco tempo, estava indo atrás de investimentos e abrindo o comércio, e a elite do país ficava incrivelmente rica.

Enquanto isso, mesmo com toda a destruição que a bomba de Mao causara na China, e embora ela tivesse adeptos nas selvas da América Latina, no Nepal e na Índia, e entre pessoas com instrução nos *campi* das universidades ocidentais, muitos outros ditadores seguiram em frente como se ela nunca tivesse detonado. Alguns vieram depois de Mao, outros eram seus colegas. Para muitos, era suficiente que eles fossem supremos nos próprios domínios, embora alguns deles fossem submissos a ditadores mais poderosos.

Nesta seção, examinaremos os pequenos demônios: ditadores que nunca atingiram ou nem desejaram alcançar o impacto global de um Hitler ou de um Mao, mas cujos regimes e obras alcançaram uma longevidade crônica e absurdamente ilógica, muitas vezes sendo extremamente péssimos à sua própria maneira.

Como esses déspotas fizeram isso? Cito um dos maiores poetas do século XX, ele próprio um admirador do primeiro ditador que estudaremos na próxima seção:

Oh, não pergunte "o que é isso?"
Vamos e façamos a nossa visita.

2

Ação católica

— Pois então, acabei de publicar um livro muito chato com a palavra "doutrina" no título.
— Sério? Eu também.

Embora o espetáculo de autoridades da União Europeia dando sermões sobre democracia e direitos humanos para outros países seja familiar, vale a pena lembrar como a democracia e a preocupação com o povo são recém-chegados a tantos países do velho continente. Embora ainda não seja estranho ouvir jornalistas e comentaristas se referir em tom condescendente às "novas democracias" da Polônia, Romênia, Hungria etc., mais de 25 anos depois de terem surgido dos escombros do comunismo nos anos 1990, a verdade é que, mesmo em muitos países da Europa Ocidental, a democracia liberal só se estabeleceu há uma ou duas gerações. Ela tem aproximadamente setenta anos na Alemanha e na Itália. Mesmo os antigos atenienses tendo inventado formas democráticas de governo, seus descendentes modernos viviam sob uma ditadura militar ainda em 1974.

Quanto às democracias da Península Ibérica, elas são mais jovens que os Muppets, Johnny Depp e a música *disco*. Durante grande parte do século XX, ambos os países foram governados por ditadores: o Doutor António de Oliveira Salazar em Portugal e Francisco Paulino Hermenegildo Teódulo Franco Bahamonde, com esse nome extravagante, na Espanha. Os dois tinham temperamentos muito diferentes, mas eram nacionalistas católicos autoritários que, em algum momento, expressaram admiração por Mussolini. Eles também compartilhavam a total falta de interesse em testar a popularidade de seus governos por meio de plebiscitos, e, é claro, produziram livros. Salazar, o mais velho dos dois, foi o primeiro a subir ao poder e o primeiro a enviar um exemplar para as gráficas. Nascido em 1889, era apenas nove dias mais novo do que Hitler e, embora pouco lembrado fora de Portugal hoje*, seu regime não só era anterior ao do austríaco e de Mao, como também durou décadas a mais do que os regimes de Stálin e Mussolini.

Como grande parte da Europa, Portugal no início do século XX forneceu condições sólidas para o surgimento de um ditador. Há muito, muito tempo, havia Vasco da Gama, uma rota marítima da Europa para a Ásia e o estabelecimento de muitas colônias ao redor do globo, governadas à distância por uma sucessão de monarcas absolutos protegidos em poltronas elegantes em Lisboa. Mas o absolutismo deu lugar a uma monarquia constitucional no século XIX e depois — após um momento de regicídio em 1908 — à revolução e à fundação de uma república declaradamente secular em 1910. O primeiro presidente, Teófilo Braga, foi mais um homem da pena, um poeta e colecionador do folclore português, estridentemente anticlerical, levado pela própria inteligência e pela capacidade de criar mundos com palavras. Ele não durou. Nos dezesseis anos que se seguiram, Portugal teve 45 governos, e a nação enfrentou guerra civil, insurreição, violência e grandes baixas nos conflitos travados nas colônias africanas e na Frente Ocidental. Se uma situação não pode continuar, então não continua, e assim ela parou. Houve um golpe militar, e Salazar apareceu em seguida para inaugurar uma nova maneira de fazer as coisas.

---

* A primeira biografia em língua inglesa de Salazar só foi publicada em novembro de 2009, um ano depois da autobiografia da Cheeta, a chimpanzé companheira do Tarzan de Johnny Weissmuller. O livro da primata ganhou muito mais resenhas e vendeu mais exemplares. (N. do A.)

Qual foi essa nova maneira? Como muitos intelectuais de sua geração, Salazar não se impressionou com a democracia e o liberalismo, mas não foi seduzido pelas palavras de Marx ou Lênin; ele ficou estarrecido com o bolchevismo. Tampouco era um autodidata marginalizado das províncias, ou um jornalista poeta-revolucionário pequeno burguês. Em vez disso, era professor da Universidade de Coimbra, um dos institutos de ensino superior mais antigos do mundo, e sabia falar inglês, francês e alemão. Ao contrário de Lênin, Salazar concluiu o curso de direito e, ao contrário de Stálin, nunca repudiou sua educação no seminário. O livro sagrado de Salazar ainda era a Bíblia. Apesar de sua área de especialização ser economia, ele possuía uma opinião diferente sobre o assunto do que o autor de *O capital*.

Salazar queimou a largada na carreira política: ele foi eleito para o parlamento português em 1921, mas logo retornou ao posto de professor. Em 1928, dois anos após o golpe militar, ele concordou em atuar como ministro da Economia da ditadura militar antes de se tornar primeiro-ministro em 1932.

Salazar aprendeu sobre as formas de poder de maneira incrivelmente rápida. No ano seguinte, publicou uma nova constituição, declarando o nascimento do "Estado Novo", que combinaria o corporativismo, o catolicismo, o nacionalismo e a incessante hostilidade ao comunismo. A fusão provou ser duradoura: Salazar governou o país com mão de ferro por 36 anos, saindo de cena apenas quando um derrame o tornou incapaz de fazer isso.

O regime de Salazar era autoritário, repressivo e antidemocrático, mas, pelos padrões de seus colegas ditadores, ele se destaca pela rara moderação. Embora Salazar tenha mantido uma fotografia assinada de Il Duce em sua mesa, ele rejeitou o "cesarismo pagão" do ditador italiano e criticou o Estado fascista por não reconhecer as "limitações da ordem legal ou moral". De fato, Salazar não apenas proscreveu organizações marxistas, como também reprimiu as fascistas extremistas — em seu livro de 1937, *Como se levanta um Estado*, ele criticava as Leis de Nuremberg de Hitler, que faziam o Estado alemão apoiar o antissemitismo nazista. Seu Estado Novo tinha todos os paramentos habituais de uma ditadura: censura, tortura e até uma força policial secreta identificada por uma sigla sinistra, a PIDE*. No entanto, enquanto milhares foram condenados por razões políticas, não houve assassinatos extrajudiciais em massa de dissidentes. Salazar também provou ser imune aos delírios expansionistas da metade do século que fizeram a

---

* Polícia Internacional e de Defesa do Estado (PIDE), criada em 22 de outubro de 1945, no auge do Estado Novo. (N. do T.)

cabeça de Hitler e Mussolini, e manteve Portugal fora da Segunda Guerra Mundial. Ele lutou batalhas para defender seus territórios imperiais, mas isso está longe de ser uma característica exclusiva dos regimes ditatoriais: nos anos 1950 e 1960, a Inglaterra e a França atiraram e enforcaram pessoas no Quênia e na Argélia em nome da civilização, enquanto as intervenções pretensiosas das potências ocidentais no início do século XXI também levaram a uma imensa carnificina.

Salazar, portanto, não era um poeta, sonhador ou fanático. Ele desconhecia o fascínio por ficar numa sacada recebendo a adoração da multidão e também não acreditava que pudesse inaugurar o paraíso na terra por meio do extermínio de nações ou classes sociais. Como um crente fervoroso em uma divindade sobrenatural, Salazar tinha mais facilidade de perceber as loucuras das utopias materialistas. O que ele queria era ordem, tradição, religião e… coisas que entusiasmam os economistas. Ao entrar no governo, declarou que iria acabar com os déficits de Portugal e criar um superávit orçamentário para financiar o desenvolvimento. Ele conseguiu. No entanto, embora fosse um tipo modesto de ditador, sem interesse em impor ao mundo uma ideologia universal, e resistisse à vontade de invadir os países vizinhos, abrir *gulags*, devolver o calendário para o ano zero e colocar seu rosto em tudo, houve uma área em que até mesmo esse mais sossegado dos ditadores não conseguiu se conter: Salazar escreveu.

Dito isso, além do fato de que eles existem, os livros de Salazar demonstram sua moderação e cautela características. *Doutrina e ação*, de 1939, soa fascista, como algo que Mussolini em sua pompa pudesse ter escrito — via *ghostwriter* —, mas as duas palavras do título são derivadas da retórica católica em vez da fascista. Suas implicações são óbvias: essas são verdades nas quais se deve acreditar e atuar, em vez de atuações "teóricas" que transmitem um cientificismo espúrio à fantasmagoria socialista ou racista. Salazar começa sua obra grandiosa com um tom surpreendentemente hesitante, expressando dúvidas sobre o valor do livro e declarando: "Eu hesitei por algum tempo em publicar esses discursos, pois achei que já existiam livros demais para que essa quantidade fosse aumentada de maneira insensata por pessoas que, não tendo nada de novo para dizer, têm, por outro lado, deveres importantes a desempenhar."

Essa crítica implícita à moda dos livros escritos por ditadores é, obviamente, desmentida pelo fato dele próprio ter produzido um. No entanto, a abertura discreta da obra sugere que ele possa estar dizendo a verdade em vez de estar se entregando a uma típica demonstração de falsa modéstia de um déspota. Em vez de declarar a grandeza histórica do Estado Novo ou a superioridade inerente do sangue português, Salazar discretamente se autoelogia por manter registros em ordem e repudia a violência. Em seguida, ele entra em uma discussão sobre suas reformas financeiras, que mesmo assim são — garante Salazar — frutos de bom senso. Por exemplo:

> *Dizer que, apesar da crise que devastou o mundo, nosso orçamento foi equilibrado nos últimos oito anos, e que esses anos foram coroados por um saldo de crédito substancial, é se gabar de uma questão que parece quase ridícula, uma vez que esse deve ser sempre o caso.*

É isso aí. A estabilidade era a principal preocupação de Salazar, e embora ele insistisse que o Estado Novo tinha uma ideologia, o simples fato de que precisar enfatizar que ela existia indica que suas características definidoras não eram tão óbvias da mesma maneira que, digamos, as convicções centrais do nazismo são difíceis de deixar passar. Quando Salazar começou a delinear sua ideologia, ele a definiu como a admissão da "veracidade de certos princípios". No entanto, isso não significou que ele estava prestes a escrever "um tratado sobre jurisprudência". Em vez disso, esses princípios "são o resultado daquelas experiências sociais e políticas latentes na consciência da nação e capazes de se tornar realidade".

Assim, ele evitava se comprometer com algo muito sistemático, e o que se seguiu são muitas reflexões nada notáveis sobre a importância da família, os papéis tradicionais de gênero, a unidade nacional, os valores espirituais, a crença religiosa e o autocontrole. O Salazar que surgiu do texto alcança o radicalismo via paradoxo. Ele era o ditador enquanto antivisionário que se destacou entre seus pares pela rejeição explícita de todos os temas utópicos de meia-tigela do século XX.

> *Somos contra todas as formas de internacionalismo, comunismo, socialismo, sindicalismo e tudo o que possa minimizar, dividir ou desmembrar a família. Somos contra a luta de classes, a irreligião e a deslealdade com o país; contra a servidão, uma concepção materialista da vida, e que as coisas sejam resolvidas pela força.*

"Esqueça os grandes sonhos dos messias políticos", disse Salazar. "Esqueça o aspecto quase religioso do fascismo ou marxismo. É disso que

Portugal precisa: rede elétrica, melhores escolas, uma companhia aérea nacional, educação melhorada, boas estradas, mulheres em casa, pão na mesa e famílias na igreja." Salazar parecia determinado a diminuir o entusiasmo e o frenesi populares com seus textos. Depois de décadas de instabilidade, um economista assumiu o comando para colocar as coisas em ordem, e as coisas eram tão chatas quanto se esperava. "Deixe o governo do Estado com ele e tudo não será excepcional, mas, bem, ok."

Esta visão de um regime não-revolucionário persistiu na grande obra de Salazar em 1939, *Oliveira Salazar — Discursos e notas políticas*. Uma coleção de citações anteriores a *O livro vermelho*, de Mao, por um quarto de século, foram a entrada do ditador português no campo competitivo de aforismos autoritários e slogans. No entanto, ao contrário de *O livro vermelho*, ele não contém vacuidades vestidas como jargões ou teorias pretensiosas. Mesmo em sua forma mais radical, é uma leitura, na melhor das hipóteses, *light* de Mussolini, e se Salazar desejava ser banal, ele foi em linguagem direta. Assim Salazar misturou textos insípidos...

Nós vivemos a nossa vida na terra e é nosso dever lhe dar um significado e um valor.

Com bobagens subfascistas metafísicas derivadas do catolicismo...

A verdade, como a autoridade, participa da natureza do absoluto.

E com aforismos vagamente nietzscheanos.

Não há problemas insolúveis para uma nação que sabe como querer.

Salazar criticou repetidas vezes a criação de novas moralidades, de fantasias revolucionárias. Em vez disso, enfatizou a importância de restrições serem aplicadas mesmo aos poderosos:

O Estado deve ser forte, mas deve ser limitado pelas exigências da moralidade, pelos princípios dos direitos dos homens, pelas garantias individuais, que são acima de tudo a condição de solidariedade social.

As obras de Salazar, portanto, representam uma ocorrência modesta no cânone dos ditadores e são interessantes, principalmente, pelo grande esforço do autor para *não* gerar empolgação. Ele manteve o empenho para não assustar os cavalos durante décadas. Enquanto esteve no poder, livros e panfletos continuavam aparecendo com o nome de Salazar, de *Na encruzilhada*, de 1946, a *Portugal e a campanha anticolonial*, de 1961, passando por *A decisão de permanecer, Resposta do primeiro-ministro ao tributo pago a ele pela Província de Angola em 13 de abril de 1966*. Salazar também enveredou pela poesia e compôs odes religiosas e patrióticas para inspirar o povo. Surpreendentemente, ele nunca saiu de Portugal, e ainda assim enviou seus textos — traduzidos por ele próprio — ao mundo para agir como emissários de seu pensamento. Em 1968, um derrame interrompeu sua longa carreira como ditador e escritor. Ele morreu dois anos depois.

Nenhum dos livros de Salazar é lido hoje em dia. Eles ainda existem, mas estão se desintegrando lentamente: lembranças do ditador que escreveu sem ter nada de interessante para dizer, mas que nunca chegou aos níveis transcendentais de superchatice alcançados pelos ditadores de esquerda. Se não é uma vitória, pelo menos, representa um tipo especial de misericórdia.

MISERICÓRDIA, NO ENTANTO, não é uma qualidade geralmente associada ao general nacionalista espanhol Franco, que, na época em que Salazar escrevia sobre seu sucesso em equilibrar o orçamento no vizinho Portugal, já havia embarcado em uma guerra ao estilo do século XX contra forças republicanas de esquerda. Os eventos que levaram a esse militar de carreira a assumir o papel de "El Caudillo" não foram muito diferentes daqueles que levaram Salazar ao poder — até certo ponto. A Espanha, como Portugal, era uma ex-monarquia católica e ex-proprietária de um império mundial, mas que havia entrado em um prolongado crepúsculo, com direito a instabilidade política e econômica e anticlericalismo. Em 1931, ocorreu a declaração de uma república, cerca de duas décadas depois de Portugal ter feito o mesmo.

Enquanto em terras lusitanas os militares demoraram cerca de quinze anos para realizar um golpe contra o governo republicano, na Espanha eles levaram cinco anos e fracassaram. O que se seguiu foi uma guerra civil cruel que dividiu a nação contra si mesma, entre esquerda e direita, nacionalista e socialista, fascista e comunista, cidade e campo, operário e burguês, católico e ateu. Franco surgiu como o líder das forças nacionalistas, apoiado por Mussolini, Hitler e o partido fascista da Espanha, a Falange. Os líderes da Frente Popular de esquerda tinham um tirano próprio no canto do ringue: Stálin. O Vozhd despachou o veterano do NKVD* Alexander Orlov para assessorar o governo republicano, e também instruiu o Comintern a organizar Brigadas Internacionais, que forneceram ao governo espanhol cinquenta mil voluntários antifascistas armados dedicados a derrotar Franco. Em termos artísticos, os republicanos foram vitoriosos: George Orwell e Ernest Hemingway lutaram como voluntários e escreveram *Homenagem à Catalunha* e *Por quem os sinos dobram* com base em suas experiências, enquanto Picasso pintou sua obra-prima *Guernica*. No entanto, tirando a produção de alguns clássicos, o confronto foi uma derrota completa para a esquerda. Depois de quase três anos de luta, Franco declarou vitória em 1º de abril de 1939. E prontamente executou cerca de 20 mil republicanos.

Ao contrário de Salazar, Mussolini e Hitler, Franco não chegou ao poder por meio de um golpe ou manipulando um sistema parlamentar, mas através de um ato de conquista em uma guerra civil. Como ele era também o chefe de um partido fundado por entusiastas do fascismo italiano, parece razoável supor que Franco poderia ter se empolgado e embarcado em guerras imperialistas, ou vociferado uma prosa pretensiosa e quase filosófica exaltando o prazer da violência, a sublimidade inefável da alma espanhola e a superioridade do sangue latino. Mas, quando Hitler invadiu a Polônia cinco meses após o fim da Guerra Civil Espanhola, Franco se recusou a despachar as forças de seu país exausto e faminto para ajudar o Terceiro Reich. Embora o Führer esperasse uma retribuição pela contribuição para a vitória de El Caudillo sobre as forças republicanas, Franco tinha outros planos. Ele concentraria os esforços em consolidar seu regime, reconstruir o país e — por que não? — escrever um livro para aproveitar a ocasião. Franco era um ditador, e isso significava que ele deveria escrever alguma coisa.

O espanhol escreveu *Raza* entre o final de 1940 e o começo de 1941, e o publicou um ano depois sob o pseudônimo de Jaime de Andrade, um nobre sobrenome encontrado em sua própria genealogia. *Raza* é, por vários motivos, uma obra incomum para um ditador; um dos fatos mais notáveis talvez seja o de que é explicitamente uma ficção, em vez de um conjunto de mentiras transmitidas como se fossem verdades, à moda dos seus colegas. De fato, até o surgimento de *Raza* nas livrarias, em 1942, Mussolini era o único ditador que havia trabalhado no gênero ficção, e, mesmo assim, *A amante*

---

* NKVD é a sigla em russo para Comissariado Popular de Assuntos Internos, basicamente o Ministério do Interior da União Soviética. (N. do. T.)

do cardeal datava de sua época como jornalista radical em formação. Franco produziu seu romance enquanto dirigia um país. Quando perguntado sobre como aquilo foi possível, ele respondeu: "Gerenciamento do tempo." Essa atenção ao tempo pode ter levado a outro aspecto incomum do livro: sua forma. *Raza* é um híbrido entre romance e roteiro, cheio de diálogos e com poucas passagens descritivas. É muito mais fácil escrever pilhas de diálogos do que longos trechos de prosa expositiva que exigem muita revisão; é a forma perfeita para um ditador ocupado, então.

O romance também tem pouquíssimas explicações pseudocientíficas sobre ideologias malucas do século XX. Embora o título, "raça", possa soar ameaçador e seja precisamente o que se esperaria de um ditador militar aliado de Hitler que lidera um partido cujo nome completo era Falange Espanhola, Franco, se não é tão monótono como Salazar, é moderado assim que se afasta de sua dedicação à juventude da Espanha, "cujo sangue abriu o caminho para o nosso ressurgimento". Em vez de pular em divagações ensandecidas que misturam o passado pré-cristão da Espanha com as teorias raciais do século XIX, ele entra devagar em um melodrama esquemático sobre uma nobre família espanhola dividida contra si mesma durante a guerra civil.

O enredo é simples e não totalmente incompetente. A família foi baseada na própria família de Franco, embora idealizada e colocada em um estrato social mais elevado, uma opção que expressava o mesmo tom de ansiedade evidenciado pelo fato de o pseudônimo ilustre escolhido estar no passado do ditador. Um irmão, José — um equivalente ao próprio Franco —, luta pelos nacionalistas, enquanto outro irmão, Pedro — um equivalente a Ramón, o irmão na vida real do déspota —, alia-se ao lado republicano. Pedro está torturando um pássaro quando é apresentado ao leitor e isso é apenas um sinal do que está por vir. Os republicanos são muito ruins e fazem coisas muito ruins. Eles são cruéis com as freiras. Os nacionalistas, por outro lado, são nobres e fazem coisas nobres. Eles não machucam as freiras. Os nacionalistas têm uma forte consciência de dever, lutam por Deus, família e país, e abraçam o martírio se a causa assim exigir. Dito isso, o mau irmão não é totalmente malvado. No final do romance, ele se arrepende da vida republicana e passa para o lado nacionalista, o que sugere que o perdão e a reconciliação podem existir no novo mundo. Pedro morre, o que sugere que o arrependimento cobra um preço alto. Um sopro de fascismo entrou no romance na cena final, na Parada da Vitória de 1939. O leitor é informado de que isso representava o "Espírito da Raça". No entanto, esse sopro chega tão tarde ao livro que está mais para um flato levemente malcheiroso do que um possante. Mais impressionante foi a súbita digressão de Franco na dramaturgia metatextual pós-modernista, pois seu equivalente, José, promete fidelidade ao "nosso Caudillo". Franco apareceu tanto como ego quanto alter ego no próprio livro, uma inovação décadas à frente de seu tempo.* É insignificante que isso provavelmente tenha sido acidental, e não o resultado de uma abordagem lúdica da criação literária: afinal, a descoberta da penicilina também não foi planejada, não é?

Com exceção desse incandescente momento de arte *avant-garde*, *Raza* é um obra profundamente conservadora. Se o romance de Franco compartilhou alguma coisa com um radical como *Minha luta*, era apenas o fato de que seu autor ditou o texto para um datilógrafo enquanto andava de um lado para o outro em uma sala. Não há nada da *nostalgie de la boue*** de Hitler, nada de seu rancor ou ressentimento, nada da teorização racial. Tampouco, Franco se entregou ao horror corporal ao estilo de Mussolini, apesar de o cenário de guerra civil de *Raza* ter lhe proporcionado uma ampla oportunidade para isso. Ao contrário, ele divulgou uma agenda nacionalista católica e conservadora que tinha muito em comum com a abordagem moderada de Salazar e pouco a ver com o utopismo radical da esquerda ou da direita. De certa forma, Franco foi ainda mais contido do que Salazar — que, apesar de toda a moderação e cautela, compartilhava com os colegas ditadores a visão de que as narrativas de longa duração eram mais adequadas a divagações ideológicas tediosas que demonstrassem a sabedoria do líder e sua adequação para governar. Franco, em vez disso, contou o que era efetivamente uma longa história de ninar que resolve perfeitamente todas as tensões e conflitos da guerra civil, sem pedir ao leitor que pensasse demais — ou nem pensasse. Os ímpios foram derrotados e os bons, vitoriosos. No fim, a Igreja e a nação são restauradas. Franco quis se relacionar com as massas e inspirá-las, não

---

* Duplicação autobiográfica ainda é incomum na ficção, e o mundo literário levou várias décadas para alcançar Franco. Os autores de ficção científica Kurt Vonnegut e Philip K. Dick encenaram interações entre si e equivalentes com nomes diferentes em *Café da manhã dos campeões*, de 1973, e *Valis*, de 1981, respectivamente, enquanto a técnica entrou na literatura comercial com *Operação Shylock: Uma confissão* de Philip Roth, de 1993, em que "Philip Roth" interage com outro "Philip Roth". (N. do A.)

** *Nostalgie de la boue* é um termo francês do século XIX que significa "nostalgia da lama". Refere-se a uma moda na alta sociedade, entre 1810 e 1820, de se vestir com trajes apropriados das classes mais baixas — capas extravagantes de cocheiros, penteados de lutadores de rua, tecidos transparentes das garçonetes de tavernas. Significa "atração pelo que é tosco, depravado ou degradante". (N. do T.)

subjugá-las por meio do deslumbre com o texto; seu monopólio sobre a violência cuidou disso.

Raza foi rapidamente adaptado para o cinema, de maneira que as pessoas que não pudessem ler — cerca de vinte e três por cento da população da Espanha — conseguissem captar sua mensagem. Alfredo Mayo, um ator alto e bonito com um currículo de personagens militares nobres, fez o papel de José/Franco. E, embora seja difícil confiar em resenhas de filmes publicadas em uma ditadura da década de 1940, um espectador em especial ficou profundamente impressionado quando o filme foi lançado em 1942: Franco ficou tão emocionado ao ver seu mundo imaginário materializado na tela grande que assistiu à adaptação com lágrimas escorrendo pelo rosto normalmente insensível. Depois ele assistiu à *Raza* muitas vezes, e a adaptação foi modificada para acompanhar a mudança dos tempos. Em 1950, *Raza* foi relançado sem todas as saudações fascistas e referências à Falange.

Ao contrário dos ditadores que consideravam suas obras como ferramentas para a promoção de seus regimes no exterior, Franco não traduziu *Raza* para o inglês, nem distribuiu o livro nos Estados Unidos ou no Reino Unido por meio de uma agência estatal. Este foi provavelmente um erro, pois El Caudillo perdeu a oportunidade de demonstrar a seus críticos estrangeiros que ele era um militar chato e sem imaginação, e não um ideólogo fascista linha-dura. Nos anos do pós-guerra, Franco foi difamado como o "último ditador fascista sobrevivente" da Europa, e, enquanto a União Soviética superrepressora de Stálin foi bem recebida na mesa principal do congresso que fundou a Organização das Nações Unidas, em 1946, a Espanha menos despótica de Franco foi marginalizada. Os Estados integrantes da ONU foram encorajados a retirar seus embaixadores da Espanha, enquanto a Assemblcia Geral pediu ao Conselho de Segurança que considerasse "medidas" se a Espanha não fizesse a transição para um governo eleito. Sem se abalar, Franco nomeou a si próprio como chefe de Estado vitalício em julho de 1947.

Em sua coleção *Ensaios sobre doutrina política: Palavras e escritos, de 1945 a 1950*, Franco defendeu uma agenda essencialmente autoritária, católica, conservadora, nacionalista. Sendo uma montagem de discursos, artigos e cartas a jornais, o livro é um volume imponente — no sentido de ser muito grande, muito pesado e muito desajeitado —, mas, em termos de conteúdo, é relativamente leve, menos filosófico e aforístico do que as obras de Salazar, e muito menos cheio de jargões do que os textos comunistas. Seus doze capítulos abordam temas como "Política da Espanha", "Política Internacional", "Política Religiosa", "Política Militar" e "Política do Espírito". Franco apresentou seu regime como a força que defende a Espanha das vicissitudes de um mundo pós-guerra caótico e ímpio, procurando construir o futuro. A estabilidade emergiria da continuidade, da Igreja, da monarquia, da grandeza histórica da Espanha. Assim como as obras de Salazar, isso é doutrina, não teoria: são coisas em que acreditar, e não alcançáveis via raciocínio.

Franco não estava dedicado a uma política de tédio respeitável. Se por acaso a Segunda Guerra Mundial tivesse terminado com uma vitória de Hitler, seria fácil imaginar uma realidade alternativa em que os escritos de Franco se tornariam mais racistas, e em que as divagações sobre sangue em *Raza* teriam atingido proporções épicas. Não é necessário fazer um grande exercício de imaginação. Franco conhecia a paixão ardente do ódio, só que seu rancor e paranoia estavam focados em uma mão oculta diferente da história: ele *realmente* odiava os maçons.

Em *Raza* esse ódio é velado. Embora o espanhol escrevesse que os republicanos receberam armas dessa rede global sinistra, ele se absteve de fazer uma denúncia paranoica em larga escala. Em 1952, no entanto, Franco publicou uma coletânea de artigos de jornais intitulados *Maçonaria*, nos quais — assinando como "Jakim Boor" — ele atacava os maçons implacavelmente. Um dos ditadores ibéricos produziu um texto genuinamente radical, uma erupção pura e verdadeira de ódio, medo e pensamento mágico. Nessa obra lunática, Franco, espumando pela boca, revelou que a Maçonaria mundial está na raiz de muitos dos problemas da Espanha, incluindo a exclusão do país da Organização das Nações Unidas. De acordo com Franco, a Maçonaria é um "câncer corroendo nossa sociedade", e seus integrantes são "assassinos e ladrões". Títulos de capítulo como "Maçonaria e Comunismo", "O Grande Segredo" e "O Grande Ódio" transmitem uma ideia forte da mentalidade conspiratória que está sendo exposta nas páginas, enquanto que, juntamente com ataques cáusticos contra liberais, democratas, comunistas e as Nações Unidas, Franco também revelava que Eleanor Roosevelt era "uma maçom extremamente conhecida" e integrante do plano para destruir a Espanha, que remonta a séculos e também envolve o Império Britânico. Aqui estavam o assombro e o terror hitlerianos diante do judeu diabólico, o ódio marxista-leninista pela burguesia tentacular, a raiva irracional do monomaníaco digna de um panfleto mimeografado e sujo distribuído em bares havia um século ou que sofresse metástase na internet atual. Finalmente, Franco usara a pena para revelar a verdade, se não sobre o mundo, pelo menos, sobre si mesmo. Ele havia arrancado a máscara e exposto o maluco que era.

Mesmo assim... nem tanto. Ainda havia uma consciência ali, uma consciência que faltava aos colegas fascistas, nazistas e marxistas-leninistas. Franco, afinal de contas, não assinou o próprio nome nesse conjunto de delírios. Mesmo na parte mais sombria, suada e febril de seu cérebro, ele sabia que esse não era o tipo de coisa que a pessoa queria associar ao grande título de "El Caudillo", especialmente se ela esperava ser recebida no clube de "nações civilizadas" outra vez. Franco nunca se esqueceu de que o maluco paranoico dentro dele não deveria ter permissão para sobrepujar o autoritário repressor de fora — um ato de autocontrole que foi impossível para seus ex-aliados Hitler e Mussolini.

Essa autoconsciência rendeu frutos, e Franco manteve um rumo constante em direção à "respeitabilidade" na década de 1950. Na verdade, quando publicou *Maçonaria*, a Espanha já fazia parte da ONU havia dois anos e se juntaria à Otan dentro de três, uma vez que aqueles que haviam denunciado Franco como um ditador brutal agora celebravam sua figura como um aliado na luta contra o comunismo. Mesmo se recusando a disputar eleições, ele não seria mais um pária e iria, pelo resto de seu longo governo, lançar periodicamente volumes de seus discursos e pensamentos, como *Palavras do caudillo,* em quatro tomos, e *Discursos e mensagens do chefe de Estado,* em cinco tomos. Ele também conseguiu publicar *O pensamento político de Franco*, em dois tomos, em 1975, o ano em que abandonou a carcaça terrena. Longe estava o melodrama empolgante, ainda que desajeitado, de *Raza*; dessa vez, Franco preenchia as páginas com discursos tediosos. Até telegramas curtos foram preservados para a posteridade, seja um enviado para felicitar Lyndon B. Johnson por um lançamento espacial bem-sucedido, seja outro para expressar condolências pela morte de um cardeal em Toledo.

Assim como aconteceu com *Raza*, Franco nunca se incomodou em traduzir nada desse material para o inglês. Ele era aparentemente tão sem graça que nunca atraiu a atenção de uma editora comercial que quisesse ganhar um dinheiro fácil com controvérsias, como aconteceu com Mussolini, Hitler, Stálin, Mao, Ho Chi Minh, Muamar Kadafi e Saddam Hussein. Ou talvez ele tivesse atraído, mas rejeitado essas abordagens. Será que foi modéstia por parte do general? Parece improvável; ele era El Caudillo, afinal. Mas pode ser sinal de uma autoconfiança robusta. A estratégia editorial de Franco o expôs como um dos ditadores-escritores mais autoconfiantes de todos os tempos, um verdadeiro nacionalista, feliz em aborrecer exclusivamente seus leitores locais, deixando o resto do mundo em paz.

3

Máquinas descerebrantes

Em meados da década de 1920, a União Soviética estava quase sozinha no mundo, e o fracasso de todas as tentativas de exportar a revolução para a Europa deixara muitíssimo claro que os intelectuais embriagados pelos textos de Marx foram arautos extremamente péssimos da ditadura do proletariado. No rescaldo de 1917, revolucionários em Berlim, Baviera, Budapeste e mais além tentaram estabelecer Estados operários em suas terras natais. No entanto, cada vez que um desses leitores de óculos do profeta alemão tirava seu nariz de um livro para acender o fogo de uma revolta popular, ele invariavelmente acabava morto, na prisão ou como fugitivo, às vezes como resultado da rejeição violenta por parte do próprio proletariado diante da liderança da autoproclamada vanguarda revolucionária. Como muitas pessoas que gastam tempo demais lendo, escrevendo e elucubrando, esses intelectuais marxistas confundiram sua capacidade de moldar palavras e ideias em formas que consideravam agradáveis na página com uma capacidade de impor a mesma coerência sobre o mundo físico e caótico. Embora a palavra fornecesse inspiração, não era suficiente para acelerar o advento da nova era, a menos que fosse apoiada por tanques, canhões e aviões. Assim, Lênin e Trotsky, apesar de toda a fluência em questões teóricas, talvez devessem mais de seu sucesso à disposição em infligir violência extrema aos inimigos do que ao domínio da teoria do valor-trabalho de Marx.

A violência também foi essencial para o surgimento e a sobrevivência do regime na Mongólia, que durante quase três décadas foi o único país do mundo além da União Soviética com um governo comunista. Uma paisagem lunar sem saída para o mar com uma população de cerca de 647 mil monges e nômades dominados por um Buda vivo — e beberrão —, a Mongólia carecia tanto de indústria quanto de proletariado, e era um local tão ideal para uma revolução marxista quanto o fundo do oceano. No entanto, após o padrão desastroso de fracassos nos países capitalistas da Europa, Lênin aceitaria qualquer coisa. Se a história não obedecesse às prescrições dos livros, então estes seriam reinterpretados — de novo. Projetando suas fantasias revolucionárias para o leste, Lênin revelou, já em 1920, que agora era possível que países atrasados procedessem ao comunismo "ignorando o estágio capitalista de desenvolvimento". Isso só poderia acontecer se essas nações fossem assistidas pelo proletariado dos países mais avançados.

Há muito tempo Lênin estava disposto a reinterpretar Marx, mas esse era um novo nível de mutação, um desatrelamento radical da teoria a serviço do desejo político. Este novo texto — porque obviamente nada podia ser feito sem uma justificativa teórica — estabeleceu as bases ideológicas para espalhar o que quer que o comunismo estivesse se tornando e para onde quer que ele fosse. Quando a Guerra Civil Russa se espalhou pelas fronteiras da Mongólia em 1921, Lênin aceitou a revolução que aconteceu logo após a vitória sobre as forças czaristas de lá. Os agentes soviéticos estavam ativos havia muito tempo atrás das fronteiras da Mongólia, e a União Soviética estava pronta para "ajudar" o novo governo. Essa assistência provou ser bastante substancial: o Partido Revolucionário do Povo Mongol, que estava no poder, foi até batizado por especialistas soviéticos e juntou-se formalmente à Internacional Comunista liderada por Moscou em 1924.

Embora a Mongólia tenha recebido permissão de Lênin para pular um estágio fundamental de desenvolvimento, o comunismo demorou a chegar. Para suavizar essa transição, o Buda vivo foi deixado no trono como autoridade simbólica até sua morte em 1925, e a era de ouro do paraíso dos trabalhadores não se concretizou até que um comunista treinado em Moscou chamado Khorloogiin Choibalsan consolidou o poder no início da década de 1930. Choibalsan, como Stálin, era filho de mãe solteira empobrecida e, mais uma vez como o georgiano, alfabetizou-se através de uma educação religiosa antes de descobrir as doutrinas de Marx e Lênin — no caso dele, numa escola de intérpretes russos-mongóis em Irkutsk, Sibéria. Inspirado por esses panfletos, Choibalsan iniciou uma carreira no comunismo que culminou com sua nomeação como gerente regional da primeira franquia stalinista da União Soviética. Ainda assim, com o posto de destaque dependendo do mestre no Kremlin, ele era mais um homúnculo de Stálin do que um tirano autônomo, era uma criatura artificial enfeitada com medalhas e títulos, capaz de operar apenas dentro dos parâmetros estabelecidos por seu criador.

Campanhas agressivas de alfabetização foram lançadas e milhares de exemplares de *A história do Partido Comunista (Bolchevique) da URSS* foram importados para fornecer à liderança do partido a compreensão correta do pai ideológico da Mongólia. Essas cruzadas de alfabetização visavam não apenas as massas: em 1934, cinquenta e cinco por cento dos integrantes do partido eram analfabetos e, portanto, incapazes de ler as "verdades" sobre as quais sua autoridade supostamente se baseava. Enquanto isso, a experiência prática de expurgos, planos quinquenais, coletivização e industrialização proporcionou aos líderes partidários e seus comandados uma compreensão íntima dos detalhes que eram ocultados pela propaganda oficial. O culto à personalidade de Stálin não foi apenas importado completamente, mas adaptado para a cultura local e usado como modelo para o culto subsidiário de Choibalsan. O líder da Mongólia acrescentou um toque de sabor de arco e flecha ao seu gênio divino e virtude revolucionária stalinista, da mesma forma que um McDonald's em Istambul é capaz de adicionar um kebab "McTurco" ao cardápio normalmente ocidental da franquia. As formas literárias soviéticas foram importadas, e a palavra comunista se tornou fundamental e sagrada na Mongólia.

O próprio Choibalsan fez questão de enfatizar a superioridade do culto a Stálin e, especificamente, aos textos do mestre. Em comentários relatados no *Unen*, o jornal do partido, em 11 de dezembro de 1947, ele declarou que "o evento mais importante na vida ideológica do partido" durante a década anterior foi "o surgimento de traduções e a publicação do Camarada Stálin *Sobre os problemas do leninismo*, do primeiro volume das suas obras reunidas e de outras mais".

Mas Choibalsan foi obrigado pela tradição socialista a realizar atos públicos de teoria no papel e sentiu a pressão para criar o próprio trabalho. Como um homúnculo, no entanto, ele estava em uma posição complicada. Stálin era o papa do comunismo e fechou os portões da interpretação. Nada de novo ou substancial poderia ser dito sobre Marx ou Lênin enquanto o

Vozhd estivesse no poder. Como, então, o mongol escreveria como um grande gênio sem nunca dizer nada substancial?

Felizmente, para ele, havia precedentes. Em 1926, um executivo desiludido do Comintern havia observado o vazio e a flexibilidade da língua soviética.

Não um fato, nem uma citação, nem uma ideia, nem um argumento: apenas afirmações impudentes com meia dúzia de palavras intercambiáveis vêm das "alturas" (pois mesmo isso é decidido nas instâncias superiores)... Considere a frase "pela unidade bolchevique do Partido Leninista"; se a pessoa inverter a ordem dos adjetivos, temos "para a unidade leninista do Partido Bolchevique", e se ela inverter a ordem dos substantivos, temos "para o Partido Bolchevique e a unidade leninista", e assim por diante. Não é maravilhoso?

O próprio Stálin havia fornecido uma demonstração prática de como escapar do beco sem saída teórico. Ele também não tinha uma bibliografia teórica substancial quando chegou ao poder, mas os editores de suas *Obras completas* expandiram a escassa produção do mestre tratando quase todas as declarações do homem-deus como escrituras sagradas, da mesma forma como os companheiros de Maomé haviam reunido os ditos e feitos do profeta, expandindo o que teria sido normalmente um conjunto de escrituras muito breve — o Alcorão tem apenas quatro quintos do tamanho do Novo Testamento. Até uma obra fundamental como *Sobre os fundamentos do leninismo* teve origem como uma série de palestras, mas foi no formato de livro que ela causou maior impacto. De fato, a natureza monótona e simplória dos discursos de Stálin provou ser uma vantagem quando eles foram impressos, encadernados e apresentados como textos. Um discurso de Stálin não era um exercício de demagogia destinado a inflamar paixões à moda de Hitler ou Mussolini; em vez disso, era uma série de instruções, ou, talvez, um relatório seco contendo estatísticas mais fáceis de enfiar no papel do que serem ditas como palavras ao vento. As falas eram chatas e não tentavam cativar; isso lhes dava a aparência de peso.

Seguindo o exemplo dado pelo mestre, Choibalsan conseguiu preencher quatro volumes de *Relatórios e discursos* com palavras que ele havia proferido em congressos do partido. Uma coletânea de "maiores sucessos" foi posteriormente publicada em Moscou. Uma olhada em alguns dos títulos no índice dá uma sensação da empolgação contida no livro:

Carta à juventude da Mongólia sobre as terras soviéticas 7 de novembro de 1923
O décimo primeiro aniversário da morte de Lênin e da independência nacional da Mongólia
A Grande Celebração do Apocalipse e a política do Novo Curso
Discurso em uma reunião de trabalhadores na cidade de Ulã Bator 23 de junho de 1941

Os discursos em si contêm uma linguagem asfixiante como esta:

Nós nos uniremos e dedicaremos nossas vidas e propriedades ao trabalho de unir as mentes dos povos e autoridades dos estandartes mongóis e do shav* para proteger as vidas dos mongóis e do território da Mongólia. Depois de estabelecer o Partido do Povo Mongol, declararemos o objetivo do partido ao povo mongol. O objetivo são mais direitos e privilégios para as pessoas comuns. Depois de eliminar os sofrimentos do povo, ele deve poder viver em paz e, como qualquer outra nação, o povo mongol deve desenvolver sua força e seus talentos. Assim ele conseguiria viver alegremente uma vida iluminada e justa.

Nem tudo era propaganda sufocante, no entanto. Choibalsan também dominou a virulência stalinista. Seus discursos ao final da década de 1930 contêm muitas denúncias de camaradas do alvorecer da Revolução Mongol, semelhantes aos ataques lançados pelo Vozhd e seus lacaios contra Trotsky e outros antigos líderes bolcheviques em *A história do Partido Comunista (Bolchevique) da URSS* e inúmeras declarações públicas. Em um discurso no décimo oitavo aniversário da Revolução Mongol, Choibalsan acusou companheiros que ele conhecia havia vinte anos:

Damba, Naidan e Dovchin, remanescentes da organização Gendung--Demid, e outros inimigos insidiosos também foram expostos da mesma forma, por enquanto. E desde então, Amor, que foi chamado de primeiro--ministro deste país, e que era um nobre feudal, imbuído das doutrinas reacionárias da velha classe feudal, os budistas e os manchus, foi preso juntamente com outros demônios. Neste exato momento estamos extirpando totalmente os inimigos que tentaram obstruir a liberdade do

---

* Integrantes da classe "plebeia". (N. do T.)

povo e a calorosa amizade da União Soviética e da Mongólia (aplausos estrondosos: gritos de "urra").

Seguindo outro precedente stalinista, Choibalsan escreveu obras de cunho histórico, incluindo uma biografia do herói de guerra mongol Khatan Bator Maksarjab — que lutara contra os chineses antes de voltar sua atenção para os exércitos czaristas — e uma história da Revolução do Povo Mongol, na qual ele sempre teve o cuidado de prestar homenagem ao vizinho poderoso.

NAS PRIMEIRAS TRÊS décadas da existência da União Soviética, a Mongólia era o único satélite de Moscou, e a *homúnculação* solitária de Choibalsan era o único exemplo concreto do fenômeno pelo qual um tirano local subserviente a Stálin desapareceu atrás de um personagem predominantemente ficcional modelado à risca no próprio personagem do Vozhd. Após a Segunda Guerra Mundial, no entanto, um grupo de novos satélites apareceu na fronteira ocidental da União Soviética quando os tanques e armas do Exército Vermelho levaram o socialismo para a Europa. Na Alemanha Oriental, Hungria, Romênia, Albânia, Iugoslávia, Tchecoslováquia e Bulgária, homúnculos stalinistas assumiram o poder, enquanto os Estados bálticos da Letônia, Lituânia e Estônia foram absorvidos por atacado pela União Soviética. Na Tchecoslováquia os comunistas conseguiram um mandato para governar por meio de uma eleição, enquanto na Iugoslávia as forças locais, em vez do Exército Vermelho, libertaram o próprio país. No entanto, mesmo nesses casos, os líderes do partido local, Klement Gottwald e Josip Broz Tito, respectivamente, eram beneficiários de longo prazo do patrocínio de Stálin e passaram anos vivendo em Moscou.* A dedicação do Partido Comunista da Tchecoslováquia às eleições não era nada mais do que oportunista: diante da perspectiva de perder o voto popular em 1948, o partido deu um golpe de Estado para garantir que as massas trabalhadoras continuassem a gozar dos benefícios do socialismo — mesmo que não quisessem.

Nenhum desses novos estados surgiu como resultado de uma revolução proletária. Mais uma vez, os eventos históricos reais não se encaixavam nas

---

* Os futuros ditadores-escritores da Europa eram tão íntimos que a maioria deles viveu sob o mesmo teto, no Hotel Lux da rua Gorky, a 15 minutos a pé do Kremlin. Ho Chi Minh, o futuro líder comunista do Vietnã, também era residente. (N. do A.)

"leis científicas" talhadas nos textos sagrados. Mas aquele limite havia sido cruzado havia muito tempo, e os teóricos de Moscou a essa altura já eram especialistas em reinterpretar os aspectos inconvenientes da doutrina. Afinal de contas, se o socialismo era possível em um único país, como Stálin havia dito, e a Mongólia conseguira ignorar completamente o cenário capitalista, como Lênin havia sugerido, então o credo poderia ser facilmente modificado para acomodar a existência dos satélites europeus da União Soviética? E assim foi revelado que, em países europeus relativamente avançados, nem a revolução nem a ditadura do proletariado eram absolutamente necessárias. Os países poderiam seguir em direção ao socialismo nas "Democracias do Povo", onde os comunistas poderiam até colaborar com os não-marxistas nos parlamentos locais. Talvez fosse possível para esses satélites encontrarem os próprios rumos para o socialismo: o modelo soviético não era o único caminho!

Mas, conforme a Guerra Fria se intensificava, Stálin mudou de ideia. Na verdade, o novo caminho adiante parecia muito com o velho caminho adiante — ele envolvia planos de cinco anos, expurgos, coletivização, polícia secreta, realismo socialista, estátuas de Lênin, estátuas de Stálin e a celebração do seu aniversário em 21 de dezembro de cada ano.* Como Choibalsan na Mongólia, os proprietários das franquias locais agora desapareceriam por trás de variações adaptadas à cultura de cada país do culto à personalidade de Stálin. O húngaro Mátyás Rákosi sorria enquanto acariciava um talo de trigo em fotografias de propaganda; o líder polonês Bolesław Bierut, um aparelho desprovido de carisma que mantinha vivo o bigode de um burocrata, desfrutou da glória de poemas compostos em homenagem ao seu aniversário; e a mumificação ao estilo de Lênin era o traje a rigor — *mortis* — para o enterro dos homúnculos que morreram durante o período do alto stalinismo, tais como Georgi Dimitrov, da Bulgária, e Klement Gottwald, da Tchecoslováquia.

E, claro, houve textos, muitos textos. Além de obras-primas como *A história do Partido Comunista (Bolchevique) da URSS* e *Sobre os fundamentos do leninismo*, romances bombásticos no estilo socialista-realista soviético saíam das gráficas. Mas os habitantes dos novos satélites soviéticos passaram por um sofrimento especial a mais. Vivendo em países com índices muito

---

* O equilíbrio de poder é nitidamente ilustrado pelo fato de que, embora todo líder do Partido Comunista na Europa Oriental tivesse uma conexão telefônica direta com o Kremlin, nenhum deles poderia telefonar para Stálin sem antes apresentar um pedido formal. O Vozhd, por outro lado, poderia invocar o homúnculo de sua escolha sempre que lhe desse na telha. (N. do A.)

mais altos de alfabetização do que a Mongólia, eles *realmente* tiveram que ler as milhares de palavras inúteis adicionais produzidas em suas próprias terras, como o seguinte hino ao Partido Comunista da Tchecoslováquia escrito por Vítěslav Nezval, um talentoso poeta surrealista cujo talento definhou e que morreu no instante em que começou a louvar a nova era:

Saúdem o nosso partido mais amado,
Viva Stálin, nosso ideal brilhante...
Viva Klement Gottwald, nosso líder
No que é sua força, no que é sua celebridade!

Quanto aos homúnculos, eles se viram na mesma posição complicada que Choibalsan: como escrever como um grande gênio sem nunca, jamais dizer nada de significativo? Eles tinham que produzir texto, mas não podiam inovar. Ao contrário de Mao, os homúnculos deviam a ascensão inteiramente a Stálin. Eles eram dependentes do georgiano; eram submissos a ele. Ninguém se atreveria a insistir na importância do campesinato ou falar agressivamente sobre as condições locais como Mao fez — e ele também esteve sujeito a limitações sobre até onde poderia ir.

Em vez disso, os homúnculos seguiram o modelo pioneiro de Choibalsan durante seus anos solitários como comandante do primeiro satélite da União Soviética: compilaram discursos, relatórios, denúncias contra imperialistas e atualizações sobre o progresso impressionante em direção ao socialismo em vários volumes que seguiram estritamente a linha de Stálin. E eis que a prosa comunista se espalhou pelo mundo como uma névoa tóxica feita de palavras, pois os departamentos de língua estrangeira das editoras estatais da Hungria, Romênia, Polônia, Alemanha Oriental, Tchecoslováquia e Bulgária asseguraram que as sábias palavras de seus líderes estivessem disponíveis em inglês, alemão, espanhol e muitos outros idiomas.

Que lixo ilegível era tudo aquilo! Como tantos trabalhos acadêmicos na área de humanas e arte quase não são lidos hoje em dia? Não é de admirar: suportar apenas alguns fragmentos revela conformidade e permutabilidade épicas que são verdadeiramente notáveis, dadas as diversas origens étnicas e culturais dos autores.

O judeu húngaro Rákosi elogiou Stálin:

...a grande maioria dos integrantes do partido não está familiarizada
com a mais recente elaboração de Stálin sobre o marxismo-leninismo. Ele

enriqueceu a doutrina dia a dia nos últimos vinte e cinco anos: consequentemente, nosso plano de ação não deveria ser puro marxismo ou leninismo, mas sim o marxismo-leninismo em sua forma stalinista.

Assim como o polonês Bolesław Bierut:

Ao construir o socialismo na Polônia, nós nos unimos à grande legião de construtores do socialismo e guerreiros em nome do socialismo que cresce hoje em todos os países do mundo. Nosso líder e guia é Stálin e, assim sendo, nossa ideia e nossas fileiras são invencíveis.

Fiel às ideias de Marx, Engels, Lênin e Stálin, não pouparemos esforços para o cumprimento do Plano de Seis Anos, nossa contribuição para a causa da defesa da paz e a plena vitória do socialismo!

Assim como o búlgaro Georgi Dimitrov:

Poderoso no gigantesco escopo de sua construção socialista, na elevada capacidade de combate de seu Exército Vermelho, em sua unidade moral e política, o povo soviético XX unido em torno do Partido Comunista, do governo soviético e do Camarada Stálin, líder do povo trabalhador — é um apoio poderoso para os trabalhadores de todo o mundo.

Se subtrairmos um punhado de frases, um discurso proferido por um líder em um país pode ser transformado facilmente em um modelo para outro discurso a ser feito por um líder diferente em outra utopia socialista. Considere esta passagem de um discurso de 1949 proferido pelo líder alemão Walter Ulbricht. Ao remover três palavras, *Bitterfeld*, *Alemanha* e *dois*, o texto serve ao propósito em quase todos os estados satélites da União Soviética, ou na própria.

O plano de reconstrução confronta a intelligentsia técnica com uma tarefa grande e honrosa. Após a introdução do plano de __ anos, eu tive uma reunião em _____ com químicos, engenheiros e técnicos. Devo dizer que o plano de __ anos foi aprovado pela maioria dos presentes. Isso não foi coincidência. O plano de __ anos oferece oportunidades de longo prazo para a intelligentsia técnica. Eles têm um objetivo diante de si como especialistas. Até então eles tinham reconstruído fábricas, muitas vezes com grande esforço e literalmente a partir de ruínas. Agora que quantias consideráveis foram alocadas para investimentos dentro da estrutura do plano, essas quantias terão que ser usadas racionalmente; a qualidade da produção terá que ser melhorada por meio de inovações técnicas, e a produção deve ser aumentada com o auxílio de uma organização melhor do trabalho e de uma melhoria dos meios de produção.

Após anos se submetendo aos caprichos em constante transformação de Stálin, os ditadores da Europa Oriental adquiriram uma capacidade formidável de viver com dissonância cognitiva e desenvolveram um estilo de escrita e discurso que era maleável, solipsista, obscuro, sentimental, vazio, intercambiável e crivado de jargões. Se a linguagem revelou alguma coisa, foi o estado de escravidão mental dos homúnculos. Em seu influente ensaio literário de 1971, "A ansiedade da influência", o crítico literário Harold Bloom descreveu a *"influenza"**, uma "doença astral" que aflige os poetas, que, inspirados por outros poetas, correm o risco de produzir versos derivados. Para eles alcançarem a originalidade e produzirem um trabalho que sobreviva à posteridade, Bloom argumenta que eles devem intencionalmente interpretar mal o trabalho de seus precursores. Talvez o aspecto mais marcante das obras dos homúnculos, no entanto, seja a luta desesperada para alcançar o oposto: para eles, a influência era algo que devia ser explicitamente declarado, para que Stálin não suspeitasse de sua lealdade. A ansiedade dos homúnculos era *demonstrar* essa influência e que fossem constantemente vistos, ouvidos e lidos demonstrando isso. Longe de serem autores dos próprios destinos — e nem tampouco das próprias obras —, eles estavam sujeitos a uma terrível gravidade da qual nunca poderiam escapar. Como o líder comunista polonês Władisław Gomułka disse mais tarde, sua glória "poderia ser chamada apenas de um brilho refletido, uma luz emprestada. Brilhou como a lua brilha".

---

* *Influenza* é uma infecção viral do sistema respiratório, muitas vezes comumente chamada de gripe. O nome da doença é bastante antigo e deriva da suposta *influência* planetária sobre a saúde. (N. do T.)

4

Abordagens orientais

"A liberdade de expressão é o direito de toda pessoa natural, mesmo que uma pessoa opte por se comportar irracionalmente, para expressar sua insanidade."

À medida que o século XX avançava e os impérios do velho mundo desmoronavam, entravam em colapso ou simplesmente se aboliam, novos Estados surgiam na Ásia e na África, criando novas possibilidades para a formação de identidades e ideologias. Em vez de se submeterem cegamente aos dogmas rígidos dos totalitarismos da época, as elites, formadas no ocidente dessas terras recém-independentes, experimentaram uma panóplia de *ismos*, que resultaram no surgimento de suas próprias ideologias híbridas. Uma ideia das antigas potências coloniais que as elites não rejeitaram era a de que líderes superssábios deveriam demonstrar sua sabedoria escrevendo livros.

Foi assim que no Haiti, François "Papa Doc" Duvalier, um médico negro que virou nacionalista, deu um tempo no assassinato de seus oponentes para fazer um gesto obsceno anti-imperialista na cara dos Estados Unidos em *A Tribute to the Martyred Leader of Non-violence Reverend Dr. Martin Luther King Jr.*, de 1968. No Zaire, o editor do jornal que se tornou o superladrão, Mobutu Sese Seko*, espremeu dez anos de discursos inspiradores em dois volumes em 1975, além de publicar uma coletânea de entrevistas na França intitulada — com um cinismo de tirar o fôlego — *Dignity for Africa*. Em Uganda, Idi Amin publicou vários livros. *The First 366 Days*, preciso admitir, tinha poucas palavras e consistia principalmente em fotografias do próprio líder. *The Middle East Crisis: His Excellency the President Al-Hajji General Idi Amin Dada's Contribution to the Solution of the Middle East Crisis During the Third Year of the Second Republic of Uganda*, de 1974, foi um trabalho mais substancial, embora o entusiasmo de Idi Amin pela Solução Final de Hitler, com certeza, fez com que ele perdesse credibilidade como pacificador em certos círculos. Talvez sua maior contribuição para a literatura de ditadores tenha sido *Telegrams by and to President Amin*, de 1975, que é praticamente o que diz na capa. Enquanto isso, no Zimbábue, o nacionalista africano Robert Gabriel Mugabe, educado por jesuítas, parou de declarar que construiria o socialismo — sem, na verdade, construí-lo — para lançar clássicos como *Prime Minister Addresses State Banquet in North Korea, October 6 1980*, de 1980; *Our War of Liberation*, de 1983; *The Construction of Socialism in Africa*, de 1984; e *War, Peace and Development in Contemporary Africa*, de 1987. A última publicação, embora seja de capa dura, tem apenas 25 páginas, se excluirmos a introdução, que não foi escrita por Mugabe.

E, no entanto, por mais que esses livros tivessem sido escritos, ocupassem espaço físico nas prateleiras, acumulassem poeira e fossem sujeitos à invasões de traças e aos efeitos da oxidação, seria um exagero afirmar que eles continham alguma tentativa séria ou sistemática de construir ideologias. Foram ainda mais efêmeros que os livros dos homúnculos, embora, como aquelas obras, eles procurassem se apropriar da autoridade cultural

---

* Ou, para dar o título completo, Mobutu Sese Seko Koko Ngbendu Wa Za Banga ("o guerreiro todo-poderoso que, por causa de sua resistência e vontade inflexível de vencer, irá de conquista a conquista, deixando um rastro de fogo"). (N. do A.)

do "livro" para dar a seus regimes uma pátina de respeitabilidade. Deixando de lado a retórica libertadora, as obras de Mobutu e os demais — como enormes palácios revestidos de mármore com privadas douradas ou peitos enfeitados com medalhas — eram de fachada.

Em outros lugares, houve tentativas mais sérias de construir novos sistemas ideológicos para inspirar e guiar os países à medida que surgiam das ruínas do império.

As elites na Turquia, no Egito e no Irã eram, como as da Europa e da China, herdeiras de uma cultura profundamente logocêntrica. O Islã surgiu durante a era da pena, do pergaminho e do códice, e, embora a tradição sustente que Maomé era analfabeto, os muçulmanos acreditam que ele recebeu o texto do Alcorão em árabe diretamente do anjo Gabriel, que estava recitando o texto da "Mãe do Livro", localizado ao lado de Alá no paraíso.

A própria palavra Alcorão, *Quran*, é derivada de *qara'a* em árabe, que significa "recitar" ou "ler", e somente quando o livro é lido em árabe a experiência de interagir com a palavra de Deus é considerada autêntica. De fato, o texto é tão poderoso que dizem que aprendê-lo de cor é garantia de entrada no paraíso.* Na tradição islâmica, o Alcorão também é sagrado enquanto objeto físico, e seu manuseio é regido por regras complexas. Por exemplo, ele deve sempre ser colocado acima de outros livros, e caso as exigências da existência terrena tornem inutilizável um exemplar, ele deve ser descartado com muito cuidado.**

Além do Alcorão, havia o *hadith* (coleções de ditados do profeta) e séculos de comentários para enfrentar — um vasto acúmulo de texto que vinha se acumulando ao longo de gerações. Uma educação islâmica tradicional dá uma forte ênfase à memorização das escrituras, enquanto em universidades como a Al-Azhar, no Cairo, o estudo da gramática tem sido, durante séculos, fundamental para a educação de um imã. No entanto, no início do século XX, muitos integrantes das elites instruídas nos países de maioria muçulmana des-

---

* "A pessoa que recita o Alcorão e o domina de cor estará ao lado dos nobres escribas justos no céu. E essa pessoa que se esforça para aprender o Alcorão de cor e o recita com grande dificuldade terá uma dupla recompensa" (Bukhari, Livro 6, Volume 60, *Hadith* 459). (N. do A.)
** O aiatolá Khomeini recomendou que, se uma página do Alcorão caísse em um vaso sanitário, ela deveria ser recuperada imediatamente "independentemente das despesas". Se o resgate se mostrasse impossível, o vaso sanitário deveria permanecer sem uso até que a decomposição da página estivesse completa. (N. do A.)

prezavam o que consideravam a influência retrógrada do Islã em suas culturas. Surgiram novos líderes que se interessavam menos pelas palavras sagradas do Alcorão do que pelos novos credos ocidentais de nacionalismo e secularismo.

O primeiro e mais influente desses líderes foi Mustafa Kemal, também conhecido como Atatürk ("Pai dos Turcos"), que fundou a República Turca em 1923, um ano depois da bem-sucedida marcha de Benito Mussolini em Roma. Como oficial militar com um sólido histórico de vitórias sobre os exércitos europeus tanto na Primeira Guerra Mundial quanto na subsequente Guerra Greco-Turca, Atatürk ganhou imenso prestígio nos últimos dias do Império Otomano. Embora não fosse um déspota totalitário nos moldes de Il Duce, ele se sentia muitíssimo à vontade com a autoridade e permaneceu à frente de um regime de partido único até sua morte em 1938. A aura de poder que se ligava a Atatürk era tamanha que, depois sua morte, mesmo as roupas de baixo adquiriram o status de "relíquias" dignas de preservação — como descobri em 2012 em uma visita a um museu da indústria e do transporte em Istambul. Lá eu vi um santuário para o líder que incluía, entre os objetos em exibição, suas ceroulas carinhosamente preservadas.

Atatürk era um leitor voraz e um pensador rigoroso. Enquanto travava guerras, estabelecia e administrava um Estado, e dominava a arte da dança de salão, ele também conseguiu, supostamente, ler cerca de quatro mil livros durante sua vida, a maioria em turco e francês. Se Atatürk era ateu ou mais um deísta ao estilo do Iluminismo, ficou óbvio que ele sentia pouco apelo pelo Islã. Ele estava muito mais interessado nas ideias modernas que encontrara nos livros europeus, lançando uma campanha radical para eliminar o Islã da esfera pública.

Atatürk aboliu o escritório do califado e transformou a Basílica de Santa Sofia em um grande museu dedicado a nenhuma religião em especial. Ele aboliu a lei da Sharia e a substituiu por um código legal secular que seguia os moldes europeus, além de remover a frase da Constituição que fazia do Islã a religião do Estado. Atatürk estava tranquilo quanto a quebrar o tabu islâmico contra o álcool e não apenas se permitiu ser fotografado bebendo raki*, como conseguiu morrer de cirrose no fígado. Ele também disparou um ataque não tão secreto aos textos do passado islâmico. Ao abolir a escrita árabe e substituí-la por um alfabeto derivado do latim, Atatürk, com uma

---

* Raki é a bebida nacional da Turquia, considerada a "caipirinha dos turcos". É um licor derivado da arak (espécie de cachaça árabe), produzido a partir de uvas secas ou frescas, aromatizado com sementes de anis. O teor alcoólico é quarenta e cinco por cento. (N. do T.)

canetada, deixou as inscrições nos túmulos de seus ancestrais ilegíveis para a maioria do povo, enquanto reorientava agressivamente a cultura em direção ao ocidente. Não só as palavras emprestadas dos idiomas árabe e persa foram expurgadas da língua turca, como o líder também apoiou a tradução do Alcorão para o turco "inautêntico"; apesar de Alá ter desejado que Gabriel comunicasse sua revelação final naquela língua, ele, provavelmente, teria encontrado alguém diferente de Maomé com quem falar.

E, claro, Atatürk gerou um texto — muitos, na verdade, em uma ampla variedade de temas. Como Mussolini — só que com vitórias —, ele publicou um relato de suas campanhas militares, reunindo diários e anotações em uma antologia. Atatürk foi um dos primeiros a adotar a estratégia de estabelecer uma bibliografia feita a partir de bilhetes, discursos e outros documentos que ele produziu no decorrer da administração do país. Seu *Nutuk* foi originalmente um discurso gigantesco feito no parlamento turco em 1927, que levou seis dias para ser concluído e que foi, posteriormente, publicado como um livro. *Nutuk* estabeleceu a maneira oficial de pensar sobre a fundação e o futuro da nova república. Vários outros volumes de discursos e documentos foram publicados sob o título *The Complete Works of Atatürk*. E o que é mais fora do comum, ele também escreveu livros didáticos, incluindo um trabalho sobre geometria no qual destronou o árabe como a língua da ciência e da matemática. Em vez disso, buscou termos turcos para descrever conceitos geométricos, por exemplo, substituindo *zaviye* por *Açı* ("graus").

Ao contrário dos colegas comunistas ou nazistas, Atatürk não tinha uma teoria grandiosa e simplificadora de tudo. Ele possuía "seis pontos" — republicanismo, estatismo, populismo, secularismo, nacionalismo e reformismo — e, uma vez que o fator unificador era que Atatürk aprovava todas essas vertentes, essa ideologia foi, em última instância, denominada "kemalismo".

ATATÜRK NÃO FOI o único líder no mundo islâmico que quis banir a religião para a esfera privada. Seguindo seu exemplo, tanto o rei Amanullah (1892-1960), do Afeganistão, quanto Reza Xá Pahlavi (1878-1944), do Irã, embarcaram em campanhas de modernização de cima para baixo, embora sem nunca terem gerado nenhuma obra digna de nota. No Egito, onde se encontra o Al-Azhar, o lugar mais importante do aprendizado no islamismo sunita, as atitudes em relação à fé eram mais variadas. Alguns a consideravam como a resposta às crises da modernidade — em 1928, o professor chamado Hassan al-Banna fundou a Irmandade Muçulmana, uma organização político-religiosa com o objetivo expresso de forjar uma nova sociedade baseada na lei islâmica.* No entanto, havia vários intelectuais muito mais interessados em explorar livros ocidentais e as possibilidades inerentes ao nacionalismo e ao socialismo. O futuro presidente do Egito, Gamal Abdel Nasser, nasceu nesse ambiente complicado em 1918.

Embora estivesse longe de ser um herdeiro — ele era filho de um funcionário dos correios —, Nasser recebeu uma boa educação e, durante a adolescência, morou perto da Biblioteca Nacional do Cairo, o que lhe permitiu satisfazer plenamente seu apetite por livros. Ele compartilhou com o jovem Mao o gosto por histórias sobre "grandes homens", como Napoleão, Alexandre, o Grande e Garibaldi, mas também leu uma biografia de Atatürk intitulada *Grey Wolf*, anunciada como "um estudo íntimo de um ditador", e vários livros sobre a história colonial do norte da África. Nasser parece ter se interessado em Muhammad Ahmad, o xeique sudanês que se autodeclarou o Mahdi (o messias islâmico), liderando uma revolta contra o Império Britânico, que, por acaso, também era a potência ocupante no Egito.

Um relato do conflito, *A guerra do rio*, foi obra de Winston Churchill, que, como jovem soldado, havia lutado contra o Mahdi. O britânico fez alguns julgamentos notoriamente severos sobre o Islã no livro, mas Nasser não era um Atatürk-em-formação, com a intenção de deixar de lado a tradição. Ao contrário, ele foi inspirado por um produto cultural híbrido, um romance intitulado *Return of the Spirit*, no qual o autor, Tawfiq al-Hakim, usou uma forma literária ocidental a serviço de uma narrativa nacionalista sobre um jovem preso na revolução do Egito contra os ingleses, ocorrida em 1919. "Desprezíveis como são hoje", escreveu al-Hakim, o povo egípcio poderia produzir "outro milagre além das pirâmides" se o líder certo aparecesse. *Return of the Spirit* foi *O que fazer?* de Nasser: ele nunca esqueceu as palavras de Hakim.

O egípcio participou de protestos de rua contra os britânicos, ainda estudante, mas, mesmo assim, conseguiu prosseguir com os estudos. Após a graduação na academia militar em 1938, ele foi sendo promovido rapidamente, enquanto mantinha um bico como jornalista comentando as batalhas ideológicas da época. Após a humilhação do Egito na guerra de 1948 contra Israel, Nasser se desiludiu com o governo e, em julho de 1952, participou de um golpe militar que tirou o rei do poder. Em 1954, já como primeiro-ministro, escreveu sua obra grandiosa, *A filosofia da revolução*.

---

* Em 2012, o partido político da Irmandade, Liberdade e Justiça finalmente ganhou a presidência egípcia. É desnecessário dizer que as coisas não funcionaram como planejado. (N. do A.)

Mesmo com o título pomposo, *A filosofia da revolução* é mais panfleto do que livro, e o que falta em rigor analítico também carece de qualquer tipo de aparelho teórico pretensioso que pudesse ser usado para disfarçar aquela primeira ausência fundamental. Em vez disso, Nasser escreveu um conjunto incoerente de reflexões pessoais sobre questões profundas enfrentadas por ele, pelo Egito, pelos árabes e pela África. Agressivamente metatextual, Nasser até alerta o leitor que essa obra de filosofia não é uma obra de filosofia — além disso, o que significava a palavra *filosofia* exatamente? Surpreendentemente, para um tirano militar com a confiança de promover um golpe, banir toda a oposição e implementar a regra do partido único, Nasser não parecia saber exatamente o que defendia, ou até por que estava escrevendo o livro; àquela altura do século XX, era apenas uma coisa que os "Grandes Líderes" faziam. Assim sendo, Nasser escreveu sobre tentar escrever, procurou por temas, lidou com mistérios e, no processo, produziu passagens torturantemente obscuras como esta:

Acredito piamente que nada pode sobreviver em um vácuo. A verdade que está latente em nosso interior é esta: o que imaginamos ser a verdade é, de fato, a verdade mais o conteúdo de nossas almas; nossas almas são apenas os recipientes onde tudo vive em nós, e o formato desse recipiente dá forma a tudo o que é introduzido nele, até aos fatos.

Com foco no próprio umbigo e mandando um olhar telescópico através do tempo para ponderar sobre os faraós, Roma, as migrações árabes, as cruzadas, a revolta do exército escravo mameluco e a luta do Egito pelo autogoverno, Nasser procurou pelo tema, produzindo palavras, frases e parágrafos. Conforme uma espécie de livro começava a surgir a contragosto das trilhas de tinta sobre papel, o egípcio acabou encontrando a metáfora mais adequada no alto modernismo europeu para qualquer coisa sobre a qual esteja escrevendo. Dito isso, ele ainda parecia perplexo.

Sentado sozinho no meu gabinete, com os pensamentos vagando, não vejo motivo por que eu deveria recordar, nesta fase do raciocínio, uma história bem conhecida do poeta italiano Luigi Pirandello, que ele chamou de Seis personalidades à procura de atores*.

---

* Geralmente traduzido como *Seis personagens à procura de um autor*.

Pirandello era um fascista de carteirinha que, logo após o assassinato de um dos críticos mais francos de Mussolini, em 1924, enviou um telegrama a Il Duce perguntando se ele poderia entrar para o partido. Mas não foi a política duvidosa de Pirandello que atraíra Nasser. Embora ele alegasse que "não via motivo" para ter pensado na peça, o líder egípcio logo deixou claro por que ele se identificava tanto com ela. Tratava-se de um grupo de personagens de um drama incipiente que invadia o ensaio de outro para exigir que o autor voltasse sua atenção para a história *deles*. Como Nasser explicou — de maneira caracteristicamente desconexa:

> *Os anais da história estão cheios de heróis que conquistaram para si papéis grandes e heroicos e os interpretaram em ocasiões grandiosas no palco. A história também contém grandes papéis heroicos para os quais não encontramos atores. Não sei por que sempre imagino que, nessa região em que vivemos, há um papel vagando sem rumo à procura de um ator para interpretá-lo. Não sei por que esse papel, cansado de vagar a esmo por essa vasta região que se estende a todos os lugares ao nosso redor, deveria finalmente se estabelecer, exausto e desgastado, em nossas fronteiras, acenando para nos movermos, para nos vestirmos para o papel e interpretá-lo, uma vez que não há mais ninguém que possa fazê-lo.*

Por passar muito tempo "vagando sem rumo em busca de um herói", chegava o momento dos árabes desempenharem um "papel positivo na construção do futuro da humanidade". Não mais uma colônia atrasada, o Egito era revelado como um centro importante da civilização, localizado no coração de três círculos sobrepostos: árabes, africanos e islâmicos. O aspecto árabe era fraco, mas o maior em potência devido a fatores como herança cultural, tradições monoteístas e acesso ao petróleo, que, segundo Nasser, era o "sistema nervoso da civilização". Por meio do aspecto africano, o Egito participou da luta global contra o colonialismo. O Islã ofereceu a perspectiva de unidade — Nasser propôs que a peregrinação anual a Meca poderia se tornar mais do que um rito religioso, um ato político. A cidade santa sediaria um congresso em que "os Estados muçulmanos, seus homens públicos, seus pioneiros em todos os campos do conhecimento, seus escritores, seus principais magnatas da indústria, comerciantes e jovens se reúnem para elaborar neste Parlamento Islâmico universal as principais linhas de política para seus países e sua cooperação juntos até se encontrarem novamente. "

Assim, depois de um início lento e incoerente, seguido por um rastejo excruciante até a questão essencial, Nasser fez uma declaração de ambição grandiosa no clímax do livro. A revolução egípcia se espalharia para além do país e não apenas uniria os árabes, mas também a África — só que... talvez ainda não. De repente, Nasser retomou o tema de Pirandello:

Agora volto ao papel errante que procura um ator para interpretá-lo. Assim é o papel, assim são suas características e assim é seu palco.

Nós, e somente nós, somos impulsionados pelo nosso ambiente e somos capazes de interpretar esse papel.

De acordo com um relato, *A filosofia da revolução* existe apenas porque a esposa de Nasser recuperou o livro do lixo onde o autor o jogara. O texto é suficientemente simplório para que isso seja verdade. A ambiguidade e a hesitação de Nasser também poderiam ser explicadas pelo fato dele ter escrito o manuscrito em 1954, quando era uma figura poderosa nos bastidores, mas estava a dois anos de assumir o cargo de presidente. Nasser ainda era um personagem à espera daquele papel principal no drama, mas estava prestes a invadir o palco.

Em 1955, no entanto, enquanto aguardava na antecâmara do destino, ele publicou suas *Memoirs of the First Palestine War*. Naquele ano, Israel fez uma incursão na Faixa de Gaza, que na época estava sob o controle do Cairo, e Nasser se inspirou no episódio para escrever sobre sua experiência anterior na luta contra o novo e indesejado vizinho do Egito. Ele nem sequer conseguiu chegar ao fim daquele conflito, embora em contraste com sua obra incoerente de filosofia — aqui Nasser realmente fornece muitos detalhes concretos. O texto é surpreendentemente pessoal, e o autor evocou, com sucesso, a vida de um soldado profissional durante um conflito desastroso, de uma maneira muito diferente do estilo turismo-de--guerra-seguido-por-desespero de Mussolini. Nasser escreveu como um verdadeiro soldado acostumado a arriscar a vida por seu país. O destaque de *Memoirs of the First Palestine War* chegou quando ele levara um tiro no peito, que Nasser descreveu como uma "sensação muitíssimo curiosa", que o deixou "nem com pena de mim mesmo, nem triste". Essa atitude otimista continuou assim que ele chegou ao hospital, onde ele atingiu níveis de macheza inabalável diante da adversidade que seriam incomparáveis até que os memes do Chuck Norris começassem a circular na internet cerca de sessenta anos depois:

Eu estava deitado na mesa de operações enquanto ele escarafunchava dentro do meu peito. Dez minutos depois, ele me entregou estilhaços de metal retorcido e disse: "Pegue e guarde com você."

Finalmente, em 1956, o papel que Nasser esperava desde que leu *Return of the Spirit* na adolescência chegou. Em janeiro, ele apresentou ao parlamento egípcio um projeto de constituição por meio do qual o Egito se tornaria um Estado nacionalista socialista árabe, tendo o Islã como religião oficial. Depois de um referendo em junho, o projeto de constituição virou lei — e ele se tornou presidente. Como único candidato na eleição, ele ganhou notáveis 99,95 por cento dos votos — apenas 0,052 por cento a menos do que o resultado de Kim Jong-un na eleição de 2014 na Coreia do Norte.

Apenas a morte ou um desastre poderia tirar o poder das mãos de Nasser, que agiu rapidamente para ocupar seu lugar na história e só encontraria o Criador dali a muitos anos. Um mês depois da eleição, ele nacionalizou o Canal de Suez. França, Grã-Bretanha e Israel o invadiram, mas logo se retiraram e deixaram Nasser no lugar. O fato de os Estados Unidos terem se recusado a apoiar seus aliados ajudou, obviamente; em vez disso, eles reprovaram a ação aliada e apoiaram uma resolução de cessar-fogo na Organização das Nações Unidas. Nasser pode não ter obtido uma vitória militar, mas isso pouco importava: ele superou e humilhou os oponentes, e surgiu como herói dos árabes, campeão global do anticolonialismo e inimigo do Estado de Israel.

Ao ascender às fileiras dos "grandes homens" daquela era, Nasser também deixou de escrever ensaios introspectivos com referências aos modernistas italianos. Ele usou as ondas do rádio para pregar uma mensagem de nacionalismo, socialismo e unidade árabe através da emissora Voz dos Árabes. Isso não significava que pararam de aparecer livros com o nome dele na lombada. Pelo contrário, falar se mostrou ser muito mais fácil para Nasser do que escrever, e ele foi capaz de gerar uma bibliografia rapidamente. Uma coleção de sete volumes de discursos apareceu em 1959 e surgiram muitos mais depois. Foram tantos que ele recorreu a encher páginas não apenas com declarações inspiradoras dirigidas à nação árabe, mas também com discursos genéricos de ditador, como os que fez durante lançamentos de mísseis e inaugurações de fábricas: o tipo de coisa que um Choibalsan ou um Klement Gottwald poderiam ter produzido. Embora Nasser seja inquestionavelmente uma figura histórica de grande significado, é difícil resistir à conclusão de que ele é, mesmo assim, um autor relativamente menor no cânone dos ditadores.

* * *

A LÍBIA NÃO é, como a Turquia, o Estado herdeiro de um vasto império multiétnico dirigido por sultões muçulmanos. Nem é, como o Egito, um antigo centro de civilização que se tornou o coração cultural do mundo árabe. Pelo contrário, é uma colcha de retalhos colonial pouco povoada, costurada por italianos a partir de fragmentos do Império Otomano, que só se tornariam independentes depois da Segunda Guerra Mundial. De fato, quando Muamar Kadafi nasceu, o petróleo ainda estava para ser descoberto, Mussolini ainda não havia completado a jornada até o poste de luz e a Líbia ainda fazia parte de seu império fascista.

Quanto ao futuro "Irmão Líder" da Líbia, ele veio da periferia da periferia e chegou ao mundo em 1942 como filho de um pastor de cabras beduíno e analfabeto. Sua trajetória de uma tenda para um complexo fortemente armado — com atrações de parques de diversões, um zoológico particular e uma equipe de guarda-costas femininas de elite — tem mais em comum com a ascensão de autodidatas provincianos, como Stálin ou Mao, do que a trajetória de um burguês radical com boa instrução, como Lênin. No entanto, Kadafi era muito menos culto do que o tirano soviético ou o chinês. Ele aprendeu a recitar as escrituras de cor quando criança, depois se formou na Academia Militar Real de Benghazi, antes de viajar para o Reino Unido, em 1966, para completar o treinamento durante um período de cinco meses em uma escola do exército em Beaconsfield, perto de Londres. A Revolução Cultural de Mao estava em curso na China, e um tipo diferente de movimento cultural se desdobrava na Grã-Bretanha, mas Kadafi não mostrou interesse na cultura experimental da *Swinging London**. Ele não tomou ácido nem foi a nenhum show da Jimi Hendrix Experience. Em vez disso, Kadafi andava em torno de Piccadilly Circus em trajes árabes e gostava de visitar aldeias nos prósperos condados perto de Londres.

Foi a revolução anticolonial de Nasser que deu sentido e propósito à vida de Kadafi. Quando adolescente, ele tinha ouvido as transmissões radiofônicas do presidente egípcio e absorvido sua mensagem de unidade árabe, repetindo discursos de Nasser para os colegas de classe, assim como tinha feito com a palavra de Deus para os professores em sua escola do Alcorão na infância. A própria liderança da Líbia foi muito menos inspiradora. Após a descoberta do petróleo em 1959, o Rei Idris adotou uma política externa pró-Ocidente e se recusou a apoiar Nasser durante a Guerra dos Seis Dias, em 1967, durante

---

* Termo referente ao período de revolução cultural e de costumes na metade dos anos 1960 na Inglaterra, promovida em parte pela recuperação econômica e moral do país após a devastação da Segunda Guerra Mundial. Naquele ambiente surgiram os filmes de James Bond, os Beatles, os Rolling Stones e a modelo Twiggy. (N. do T.)

a qual Israel infligiu uma derrota humilhante ao Egito — então conhecido como República Árabe Unida —, Jordânia e Síria. Kadafi considerou a recusa do rei líbio em se juntar à luta contra Israel como uma traição à nação árabe, e, dentro de dois anos, ele promoveu um golpe de estado bem-sucedido, no estilo de Nasser. O menino do deserto se tornou chefe de estado com apenas 27 anos. Para celebrar, ele se promoveu de capitão a coronel, imitando seu herói.

Esse foi apenas o início dos atos de Kadafi inspirados em Nasser. De acordo com a mensagem anti-imperialista de seu mentor, o novo coronel expulsou os americanos e os britânicos de suas bases militares e recuperou dos exploradores estrangeiros o controle dos recursos de seu país. De acordo com o antissemitismo de seu mentor, Kadafi também expulsou a antiga população judaica da Líbia.* De acordo com o pan-arabismo de seu mentor, ele tentou fundir a Líbia numa união política com o Egito e o Sudão, embora esse superestado norte-africano não tenha se materializado após a morte de Nasser em setembro de 1970.**

Mas Kadafi não era um mero homúnculo de Nasser. Como um profeta da antiguidade, ele tinha saído do deserto para mudar o curso da história e, sendo jovem, a situação subiu à cabeça quase imediatamente. O primeiro comunicado emitido pelo Conselho de Comando Revolucionário da Líbia declarou que a revolução no país estava relacionada com "a unidade do Terceiro Mundo e com todos os esforços voltados para a superação do subdesenvolvimento social e econômico". Claramente, este não foi apenas outro exemplo de revolta política em uma terra empoeirada sobre a qual a maioria das pessoas sabia muito pouco, mas sim um evento com um significado de abalar estruturas. As próprias declarações públicas de Kadafi receberam uma reverência reservada a ditadores, pois foram reunidas, encadernadas e publicadas em uma série intitulada *The National Record*, cujo primeiro volume apareceu em 1º de setembro de 1969. Dois anos depois da revolução, ele ampliou sua autoridade para o domínio espiritual: Kadafi comandou as orações pela primeira vez na principal mesquita de Trípoli, para o temor da comunidade religiosa da Líbia. Aquele não era um ritual a ser realizado por coronéis de 29 anos de idade.

---

* Começou um êxodo em massa da antiga população judaica do Egito em 1956. Alguns foram expulsos diretamente como resultado de supostas simpatias "sionistas", enquanto muitos outros "optaram" por sair. (N. do A.)

** Outro plano para unir o Egito, a Líbia e a Síria em um único país foi votado em setembro de 1971, mas nunca implementado, enquanto a "República Árabe Islâmica" de 1974, que uniria a Líbia e a Tunísia, também não conseguiu cruzar o limite entre sonho e realidade. Kadafi assinou um tratado de união com Hassan II, do Marrocos, em 1984, mas esse possível país também não conseguiu sair do papel. (N. do A.)

No início de 1973, seguindo o legítimo estilo profético, Kadafi se retirou para o deserto. Aparentemente desiludido com sua revolução, ele se ofereceu para se afastar como líder, apenas para, rapidamente, mudar de ideia. Em vez disso, em 16 de abril — no dia do aniversário do profeta Maomé —, ao estilo de Mao, fez um discurso anunciando o início de uma revolução dentro da revolução. Algo estava a caminho — mas o quê? Tudo foi revelado em uma conferência para jovens de países árabes e europeus, quando ele mostrou os frutos de suas meditações no deserto: a Terceira Teoria Universal. Isto, revelou o coronel, era "uma verdade universal" e uma alternativa às ideologias rivais do comunismo e do capitalismo. A Terceira Teoria Universal, proclamou Kadafi, "serviria a toda a humanidade". Apenas quatro anos depois do início de seu reinado, o coronel havia se tornado o messias completo.

Kadafi pregou a palavra na Líbia, no Egito e no Sudão, mas a confusão sobre o que exatamente implicava sua Terceira Teoria Universal era generalizada. No ocidente, ele atraiu não só a atenção, como convertidos também. Quando Kadafi levou o espetáculo itinerante para Paris, em 1973, seu exotismo gerou comparações com De Gaulle e Marx, enquanto na Califórnia, David Berg, líder do culto Filhos de Deus, ficou convencido de que o coronel tinha um papel a desempenhar no fim dos tempos, e elogiou a Terceira Teoria Universal em sermões e canções.* Era apenas uma questão de tempo até Kadafi se declarar "líder do mundo", o que de fato aconteceu, após uma viagem ao Paquistão em 1974. Deixando de lado os líderes de cultos da Califórnia, no entanto, o profeta só era honrado em sua terra natal — e talvez nem lá completamente. Em 1975, Kadafi sobreviveu a uma tentativa de golpe. Vieram os expurgos de sempre, assim como outra coisa: um novo texto que o mundo deveria seguir.

Em *O livro verde*, Kadafi produziu um modelo político, econômico e social para uma nova sociedade. Embora o título mostre a influência de Mao e insinue um desejo de lucrar com uma era de agitação estudantil e radicalismo global, a mudança de cor foi significativa por outras razões: o verde é repleto de simbolismos no Islã — dizem que Maomé usava manto e turbante verdes —, mas foi o máximo a que Kadafi estava disposto a apelar; ele não se referia ao Islã ou mesmo ao nacionalismo árabe de Nasser. Na verdade, o livro deveria abordar algo novo, essa Terceira Teoria Universal.

---

* Durante um tempo, Kadafi viu potencial nos seguidores globais de Berg; ali estava uma maneira de espalhar suas ideias para um público amplo. Berg também tinha uma rede mundial de seguidores dedicados a promulgar suas ideias — até por meio de atos de prostituição, se necessário. (N. do A.)

O problema foi que o livro era extremamente horrível, até para os padrões baixos da literatura de ditadores. Meu exemplar de *O livro verde* tem apenas 137 páginas, e Kadafi chegou a essa tamanho apenas porque usou uma fonte muito grande. Não há citações ou indícios de que o próprio Kadafi tenha estado à frente de um livro alguma vez na vida — embora ele possa ter lido alguns artigos de jornal. Não é apenas chato, banal, repetitivo ou sem sentido, embora seja todas essas coisas, sem dúvidas. É, simplesmente, uma obra idiota e, como tal, é talvez mais difícil de se envolver do que qualquer livro escrito por ditadores, à exceção de *Minha luta*. No entanto, por mais de quatro décadas, Kadafi impingiu *O livro verde* à Líbia, e espalhou a obra pelo mundo por meio de um instituto dedicado à sua propagação. Se ele não atingiu os níveis de onipresença de Mao, não foi por falta de tentativa. Mas o que havia no livro?

A PARTE 1, "A solução do problema da democracia: A autoridade do povo", apareceu em 1976. Kadafi começava abordando o "principal problema político que as comunidades humanas enfrentam", isto é, o "Instrumento de Governo". Para esse problema, ele nos assegurava, *O livro verde* é "a solução final".

A democracia de acordo com Kadafi era um jogo de soma zero. Uma vez que os cinquenta e um por cento dos vencedores sempre dominam os quarenta e nove por cento dos perdedores, na verdade, a democracia é uma ditadura e não a voz do povo real, cuja natureza ele revelará. Kadafi prosseguia com o argumento nesse sentido, proferindo um longo discurso sobre as falhas dos parlamentos e plebiscitos. A representação era uma fraude, o voto era uma fraude, os pobres sempre perderiam, e os partidos eram um instrumento de tirania, uma vez que qualquer pessoa que criasse um partido só queria exercer poder sobre os outros. Na verdade, disse Kadafi, "as ditaduras mais tirânicas que o mundo conheceu existiram sob a sombra dos parlamentos" — o que pode de fato ser verdade, visto que a União Soviética de Stálin tinha um parlamento, embora fosse não muito democrático. É duvidoso, no entanto, que este seja o exemplo que Kadafi tinha em mente...

Em vez disso, Kadafi defendeu um estilo de democracia direta, que, ele nos assegurou, representava "o fim da jornada no movimento das massas à procura pela democracia". Sua visão da democracia era superior, porque não era produto da imaginação, mas o ponto culminante de toda a experiência expressa através do pensamento. E eis que "o problema da democracia está finalmente resolvido".

O próximo passo era fácil. Tudo o que as massas precisavam fazer agora era lutar para pôr fim a todas as formas de governo ditatorial, a todas as formas do que era falsamente chamado de democracia — dos parlamentos às facções, tribos e classes e aos sistemas de partido único, bipartidários e multipartidários.

Mas que "solução final" era essa para as questões importantes que atormentaram os filósofos políticos por milhares de anos? Ela pode ser resumida rapidamente: em *O livro verde*, Kadafi abordou a solução em meras três páginas: dividir o povo em "congressos populares básicos", acima dos quais se situariam "congressos populares", acima dos quais ficariam os "comitês administrativos", destinados a substituir a administração do governo. Esses comitês administrariam serviços públicos estatais e executariam as políticas que surgissem dos congressos populares básicos. Havia também sindicatos e ligas, e, a partir desse conjunto interligado de entidades, a vontade do povo deveria surgir e receber uma expressão final em um Congresso Geral do Povo. Ou não exatamente assim, porque as leis elaboradas deveriam retornar aos comitês e a outros órgãos antes que ações pudessem ser tomadas.

Ficou claro? Não se preocupe, porque Kadafi forneceu um gráfico útil:

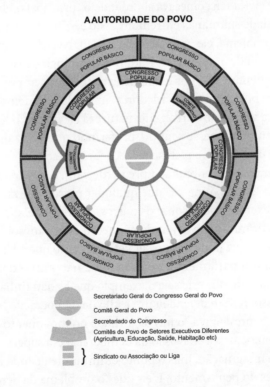

Por meio deste sistema — que não era novo, e lembrava muito os conselhos tribais, só que em escala gigantesca —, todos participariam de tudo, com as massas sendo fortalecidas, possuindo e administrando todos os recursos do Estado e gerenciando diretamente o país. Assim, as pessoas resolveriam os próprios problemas e viveriam livres da tirania. Era isso.

EM 1978, KADAFI publicou a Parte 2 de *O livro verde*: "A solução do problema econômico". Nesse volume, ele revelou que qualquer tipo de trabalho realizado em troca de salários era escravidão e que todos deveriam compartilhar a riqueza nacional. Somente por meio da parceria nos meios de produção, os trabalhadores poderiam ser libertados da exploração.

Como isso seria realizado é confuso de entender até hoje, apesar de Kadafi se esforçar bastante. Ele tinha certeza de que trabalhar por dinheiro era ruim, alegando que "o trabalhador assalariado é como um escravo do senhor que o contrata". Enquanto isso, apesar de ele enxergar algumas diferenças entre propriedade pública e privada, sempre que um trabalhador era pago em salários, o resultado seria o mesmo: escravidão. Obviamente, a solução era abolir o "sistema salarial" e retornar às condições que existiam antes do surgimento de classes, governo, leis feitas pelo homem etc. Kadafi se estendeu detalhadamente nesse sentido, progredindo da história do minério de ferro à transição do camelo para a fábrica, até chegar à conclusão de que o problema podia ser resolvido tornando o trabalhador um parceiro na produção, em vez de um labutador por salários. E não esqueçamos que os avanços na ciência reduziriam a necessidade de trabalho tedioso.

Ficou claro? Excelente. Kadafi, no entanto, conseguiu equilibrar a defesa de ideias socialistas com uma crença na propriedade privada, pelo menos, na medida em que ela fornecesse necessidades básicas. Era bom ter uma moradia, mas era ruim ter uma segunda casa, pois alugá-la seria subjugar seu vizinho; da mesma forma, usar um segundo carro como táxi também levaria diretamente à exploração. Como disse Kadafi, "não há liberdade para o homem se alguém controla o que ele precisa". A terra não podia ter donos, embora todos tivessem o direito de usá-la. E ninguém tinha permissão para contratar criados.

Assim Kadafi resolveu as contradições do capitalismo e do comunismo, fornecendo à raça humana uma "terceira via", que deveria "libertar os povos oprimidos em toda parte".

PUBLICADA EM 1979, a parte final de *O livro verde*, "A base social da Terceira Teoria Universal", é a mais divertida das obras de Kadafi e também a mais citada — por razões que logo se tornarão óbvias. Ele começou se esforçando no mesmo tom teórico das partes anteriores — "A relação entre um indivíduo e um grupo é uma relação social, isto é, a relação entre os integrantes de uma nação"—, e o editor prometeu que o texto "apresenta a interpretação genuína da história, a solução da luta do homem na vida e o problema irresoluto do homem e da mulher".

Até aí, tudo bem. A seguir, *O livro verde* se dissolve rapidamente no que seria quase uma turnê pelo fluxo de consciência das reflexões do coronel sobre grandes temas variados que nunca fazem muito sentido e nem tentam imitar uma progressão lógica. Mesmo assim, Kadafi tentou algo novo porque, apesar de ter certeza de que essa parte deveria existir, não sabia o que ela conteria. Com um exagerado estilo "teórico" nas partes anteriores, Kadafi escreveu dessa vez no que imagina ser um modo mais científico, presumivelmente, para demonstrar o escopo de seu conhecimento. Ao buscar uma metáfora para a nação, ele olhou para o céu noturno e encontrou uma grande massa desajeitada entre as estrelas:

O nacionalismo no mundo humano e o instinto grupal no reino animal são como a gravidade no terreno dos corpos materiais e celestes. Se o sol perdesse a gravidade, os gases explodiriam e sua unidade não existiria mais. Consequentemente, a unidade é a base da sobrevivência. O fator de unidade em qualquer grupo é um fator social; no caso do homem, o nacionalismo. Por essa razão, as comunidades humanas lutam pela própria unidade nacional, a base para sua sobrevivência.

Ele estava mais sublime, no entanto, quando abordou o problema de homens e mulheres. Nesse ponto, Kadafi foi tão ingênuo, tão bizarro e tão carente de autoconsciência que alcançou níveis transcendentes de trivialidade. Certamente, o contraste com as divagações sofisticadas de seu ídolo Nasser não poderia ser mais impressionante. "É um fato indiscutível que tanto o homem quanto a mulher são seres humanos", declarou Kadafi, sabiamente, e continuou:

As mulheres são fêmeas e os homens são machos. Segundo os ginecologistas, as mulheres menstruam a cada mês, enquanto os homens, sendo machos, não menstruam ou sofrem durante o período mensal. Uma mulher, sendo uma fêmea, está naturalmente sujeita à menstruação. Quando uma mulher não menstrua, ela está grávida. Se está grávida, ela se torna, devido à gravidez, menos ativa por cerca de um ano, o que significa que todas as atividades naturais são seriamente reduzidas até que ela dê à luz o bebê. Quando a mulher tem o bebê ou sofre um aborto espontâneo, ela sofre de puerpério, uma condição concomitante ao parto ou ao aborto espontâneo. Como o homem não engravida, ele não está sujeito às condições que as mulheres, sendo fêmeas, sofrem. A seguir, uma mulher pode amamentar o bebê que ela deu à luz. A amamentação continua por cerca de dois anos. A amamentação significa que uma mulher é tão inseparável do bebê que suas atividades ficam seriamente reduzidas. Ela se torna diretamente responsável por outra pessoa a quem auxilia em suas funções biológicas; sem essa ajuda essa pessoa morreria. O homem, por outro lado, não concebe nem amamenta. Fim da declaração ginecológica!

O clímax abrupto e desajeitado dessa passagem notável sugere que até Kadafi percebeu que podia ter ido longe demais — e, no entanto, evidentemente incapaz de editar o próprio texto, ele o manteve lá. Kadafi também previu que "os negros vão predominar no mundo", com base na vaga ideia de que, uma vez que eles eram menos obcecados com trabalho e, provavelmente, não usavam controle de natalidade, eles se reproduziriam em maior número. Ao discutir as artes, ele se revelou um pioneiro na luta contra a "apropriação cultural", embora sua oposição em uma abordagem lamarckista da genética, alegando como "sentimento" pode ser transmitido através dos genes, significasse que "as pessoas só entram em harmonia com suas próprias artes e origem". Quando se tratava de educação, Kadafi sonhava com uma "revolução cultural universal que liberte a mente humana dos currículos de fanatismo que ditam um processo de distorção deliberada dos gostos, da habilidade conceitual e da mentalidade do homem". A seguir, Kadafi rejeitou as artes performáticas e citou as atitudes superiores dos árabes nômades, como ele:

Os povos beduínos não demonstram interesse em teatros e espetáculos porque são muito sérios e diligentes. Como criaram uma vida séria, eles ridicularizam a atuação. As sociedades beduínas também não assistem aos artistas, mas fazem brincadeiras e participam de cerimônias alegres porque naturalmente reconhecem a necessidade dessas atividades e as praticam espontaneamente.

Isso antes de chegar ao clímax do livro denunciando o boxe e a luta livre como "selvagens".

E acabou *O livro verde*.

* * *

O LIVRO VERDE foi uma vergonha para Kadafi e para a Líbia. Só que o coronel não ficou envergonhado. Pelo contrário, ele levava sua filosofia muito a sério e considerava o texto um modelo direto para seu novo Estado. Enquanto tudo o que Lênin tinha para oferecer ao leitor eram meras garantias de que o Estado iria desaparecer, Kadafi forneceu os detalhes. Curto e simplista, *O livro verde* incluiu um plano para a criação de congressos populares; havia até aquele diagrama conveniente. Assim sendo, a obra oferecia um caminho que levaria à introdução da "democracia direta". Tudo o que restava era implementá-la — e o trabalho para isso começara antes de Kadafi ter completado todos os três volumes de *O livro verde*.

O amanhecer surgiu na era das massas de Kadafi em 2 de março de 1977. O ditador Fidel Castro foi convidado de honra na declaração, o que acrescentou uma pitada de caráter revolucionário global à ocasião. A Líbia adquiriu o nome um pouco desajeitado de Jamahiriya Árabe Líbia Popular Socialista, e o sistema de congressos de Kadafi foi estabelecido no território inteiro — com ele próprio à frente do Secretariado, desnecessário dizer. Surgiram em todas as cidades salões de reuniões projetados para se assemelharem a tendas beduínas, o trabalho assalariado foi abolido, empresários e comerciantes foram denunciados e os pobres se beneficiaram de novas políticas que determinavam a redistribuição da riqueza. As indústrias estavam sujeitas ao controle dos "comitês básicos de produção" e os agricultores podiam alugar apenas a terra que lhes era essencial. Misteriosamente, no entanto, as indústrias petrolífera e bancária permaneceram intocadas.

E assim, as ideias de *O livro verde* se transferiram rapidamente da página para o mundo físico. Mas, quando o paraíso não eclodiu e as reformas de Kadafi enfrentaram indiferença ou oposição, ele demonstrou disposição para ir além do que estava escrito entre as capas de sua obra-prima. Em 1978, Kadafi revelou que a autoridade revolucionária era um poder separado e superior, distinto da autoridade do povo. Ele se demitiu do Congresso Geral do Povo e assumiu o título de "Irmão Líder". Oficialmente Kadafi não tinha posto, mas, na verdade, estava liberado para agir como o revolucionário supremo, acima de todos e guiando tudo, livre para interpretar a revolução conforme desejasse. Isso incluiu as inovações adicionais, como os "comitês revolucionários" — repletos de parentes como funcionários —, que eliminaram opositores, reforçaram a revolução e controlaram o Congresso do Povo.

Enquanto isso, Kadafi deu um passo que nenhum outro ditador no mundo islâmico jamais fizera: ele lançou um ataque direto aos próprios textos sagrados. Embora Atatürk tenha passado décadas extirpando o Islã da esfera pública e tivesse pouco respeito por seus tabus, ele nunca proclamou que Alá estava morto, profanou o Alcorão ou se entregou à violência antirreligiosa à moda soviética; nem tentou suplantar os textos sagrados islâmicos com o próprio cânone de obras. A religião sob o regime de Atatürk foi colocada em seu lugar, mas depois foi deixada lá. Quanto a Nasser, ele era um crente e até divagou um pouco sobre o Islã em *A filosofia da revolução*, embora tivesse reprimido impiedosamente grupos islâmicos como a Irmandade Muçulmana.

Por ironia, Kadafi era, provavelmente, o mais devoto dos três e, no entanto, não toleraria nenhuma concorrência a *O livro verde*. Ele podia aceitar alguma competição de Alá, mas somente dessa fonte. Havia um excesso de textos islâmicos, pensou Kadafi, e alguns deles contradiziam sua lei: algo precisava ser feito. Em 1978, o líder fez um discurso no qual afirmava que somente o Alcorão era sagrado, que os *hadith* (coleções das palavras e ações do profeta) eram feitos pelo homem e que as leis islâmicas não mais se aplicavam às questões sociais, econômicas ou políticas. Havia outro livro, e era verde, que tinha as respostas para os problemas que o imenso conjunto de textos que os muçulmanos acumularam ao longo dos séculos não resolveu.

Estendendo ainda mais sua autoridade sobre questões religiosas, Kadafi redefiniu o tempo no fim de 1978. Até aquele momento, os líbios usavam o mesmo calendário islâmico que outros muçulmanos, que começava com a migração de Maomé de Meca para Medina. Kadafi invalidou essa medida de tempo: a partir daquele momento, a era começava no momento da morte do profeta, dez anos depois. Líderes religiosos que cometeram a temeridade de expressar descontentamento com essas mudanças foram presos ou desapareceram misteriosamente.

Dessa forma, Kadafi persistiu administrando a Líbia como seu laboratório particular para experimentos sociais, culturais e políticos, com *O livro verde* no centro da loucura. Os líbios estudaram a obra na escola e nas universidades, ouviram declamações do texto na TV e participaram de conferências sobre seus mistérios sublimes. Um "Centro Mundial para o Estudo e a Pesquisa de *O livro verde*" foi estabelecido em Trípoli, mas a instituição também tinha filiais no mundo todo e supervisionou a tradução do supertexto de Kadafi para mais de trinta idiomas. Monografias acadêmicas foram compostas; simpósios foram realizados; milhões foram obrigados a fingir que a mais óbvia mistura de baboseiras era uma obra-prima.

Embora *O livro verde* permanecesse constante, Kadafi provou ser temperamental, e experimentou ideias diferentes para ver se funcionavam.

O pan-arabismo deu lugar ao pan-africanismo, enquanto o patrocínio ao terrorismo deu lugar a sessões de fotos com Tony Blair, que também acreditava numa "Terceira Via" política. Em meio a todas essas mutações, Kadafi continuou escrevendo. Em 1990, ele enveredou pelo gênero dos contos, que foram inicialmente publicados na Líbia em duas coleções: *Escape to Hell*, de 1993, e *Illegal Publications*, de 1995. Eles não continham contos num sentido convencional, mas sim folhetins curtos de prosa e fluxos de consciência pseudofilosóficos, muito menos disciplinados que *O livro verde* — que já não era nem um pouco disciplinado, para começo de conversa.

Nesses "contos", Kadafi percorreu uma ampla gama de temas. Ele debochou dos obscurantistas islâmicos, embora sua prosa estivesse agora repleta de referências ao Alcorão, ao contrário de *O livro verde*. Kadafi investigou a história escondida e revelou que foi um "príncipe árabe", e não Colombo, que descobriu a América. Ele exaltou as aldeias e condenou as cidades como "um pesadelo" onde as pessoas assistiam a brigas de galos e crianças morriam na rua ou eram sequestradas por traficantes de órgãos. Em "O suicídio do astronauta", Kadafi ridicularizou as viagens espaciais quando um viajante lunar retornou à Terra e descobriu que perdeu suas qualificações, não conseguindo um trabalho útil. E em "Morte", ele superou Nasser no nível de contemplação ruminante do próprio umbigo ao abordar a questão urgente: a morte era um homem e, portanto, deveria ser combatida, ou uma mulher, a cujo abraço terno deveríamos nos render?

Então, um dia, uma multidão enfurecida puxou Kadafi para fora de uma tubulação onde estava escondido. Ele foi sodomizado com uma baioneta e levou um tiro na cabeça. A bala perfurou o cérebro de onde havia surgido a Terceira Teoria Universal. Seu cadáver foi descartado em uma cova sem identificação, e *O livro verde* tomou o rumo de todos os textos subitamente profanos que foram impingidos a uma população por uma geração. Nem todos os exemplares foram queimados ou jogados no lixo, no entanto: os fiéis procuraram mantê-lo vivo on-line, e, hoje, um site melancólico apresenta algumas traduções gratuitas como uma lápide virtual para as ambições grandiosas do coronel.

Atualmente, a Líbia tem que lidar com o problema do sucesso de Kadafi. Ao contrário de muitos ditadores, ele realmente implementou a visão que havia explicitado em seu livro: quando morreu, não havia um parlamento nem partidos políticos. Existia, sim, um abismo em que a nação caíra. Eis que surgem, então, a guerra, o islamismo radical e os grandes rios de sangue, inundando as ruas das cidades e aldeias, e saindo para o deserto.

5

Cartas mortas

Como é que é? Eu escrevi uma autobiografia?

O mundo criado pela Revolução Russa de 1917 passava, então, da meia-idade para a senilidade. Tanto no centro como nos satélites, os líderes-escritores foram se aproximando cada vez mais da morte. Eles estavam flácidos, decrépitos — mais interessados em preservar o *status quo* e seu lugar privilegiado do que em virar o mundo de cabeça para baixo. A atmosfera ideológica ao redor havia rarefeito, e não foi porque eles alcançaram o topo da montanha. Em vez disso, era como se todos estivessem presos em um voo de longa distância para lugar algum, respirando ar reciclado.

O definhamento do fervor revolucionário não significava que os líderes idosos haviam parado de gerar textos. Pelo contrário, era necessário produzir livros para provar a continuidade do passado, para demonstrar que eles ainda estavam participando de uma tradição iniciada pelos fundadores da fé. Na maior parte, essas publicações foram explorações no supertédio, embora o mundo da literatura comunista ainda não fosse totalmente cadavérico. Era em grande parte cadavérico, sim, e sempre dolorosamente monótono, mas na periferia dessa vasta epidemia de logorreia "teórica" podiam ser vislumbradas formas mutantes, corcundas sombrios e cachorros de três caudas correndo soltos do lado de fora das muralhas da cidade, não exatamente dentro do alcance da autoridade de Moscou.

NA ROMÊNIA, POR exemplo, Nicolae Ceauşescu criticou os colegas romenos pela prostração "diante do que é estrangeiro" em suas *Teses de julho*, ao mesmo tempo que infligiu às massas a dissertação escrita por sua esposa Elena como *ghostwriter*, *A polimerização estereoespecífica do isopreno*. Embora Ceauşescu tenha feito um grande estardalhaço sobre sua autonomia em relação a Moscou, ele tomou o cuidado de nunca desafiar nenhum dos princípios elementares da fé comunista, como o planejamento central ou o Estado de partido único, além de haver pouco radicalismo nos vários volumes de seus *Textos selecionados*. Para uma expressão mais vigorosa e duradoura da autonomia literária e política, devemos olhar para o leste, para a Coreia do Norte, onde Kim Il-sung reinou da capital, Pyongyang.

Nascido em 1912 em uma família de camponeses cristãos que o batizaram de Kim Song-ju*, o futuro progenitor de uma dinastia de — até 2019 — três gerações de tiranos passou grande parte da vida fora de sua terra natal. A Coreia estava sob ocupação japonesa desde 1910, e a família de Kim fugiu para a Manchúria quando ele tinha 7 anos. Kim permaneceria na China pelos próximos 21 anos — com exceção de um período de dois anos durante a adolescência, quando retornou à Coreia. Ele descobriu os textos de Marx, Lênin etc., e se juntou ao Partido Comunista Chinês em 1931. Kim se tornou um praticante da guerra de guerrilha ao estilo Mao e adquiriu experiência em combate contra os japoneses antes de se mudar para a União Soviética, onde se juntou ao Exército Vermelho Soviético no Extremo Oriente. Essa mudança beneficiou enormemente sua carreira. Depois do conflito, Kim serviu Stálin como um homúnculo leal no governo provisório apoiado pelos soviéticos na metade norte da Coreia, e foi recompensado com o cargo de líder quando a República Popular Democrática da Coreia foi oficialmente fundada em 1948.

---

* Kim Il-sung, ou "Seja o Sol", era um nome revolucionário que, segundo ele, tinha sido dado por camaradas impressionados por sua presença, apesar de Kim alegar ser modesto. (N. do A.)

Visto que passou a maior parte da vida em outros lugares, Kim mal conhecia sua pátria, exceto através de histórias, livros e memórias de outras pessoas. No entanto, os anos em que morou na China e na União Soviética, pelo menos, proporcionaram-lhe uma grande compreensão sobre como Mao e Stálin abordaram o comunismo — o que era realmente um conhecimento essencial, dado que a Coreia do Norte fazia fronteira com os dois países. Nos primeiros dias do regime, ele era verdadeiramente dependente de seu mestre Stálin. Especialistas soviéticos criaram um culto à personalidade de Kim usando as técnicas que desenvolveram na União Soviética, e em discursos e textos ele tomou o cuidado de homenagear seu mestre no estilo bajulador dos outros homúnculos. No entanto, Kim nunca foi submisso por completo. Ao notar como Stálin reescreveu livremente a história nos próprios livros, Kim pediu aos conselheiros soviéticos se eles poderiam fazer um pouco disso em nome dele: gerar uma realidade alternativa na qual a facção guerrilheira antijaponesa à qual Kim havia pertencido pudesse ser creditada como participante na libertação da Coreia. Foi uma mentira modesta comparada às colossais de Stálin, um afago compreensível no orgulho nacional, e é fácil entender por que ele queria aquilo — mas o pedido foi negado. No entanto, Kim conseguia ser persuasivo quando queria. Depois que a Coreia foi formalmente dividida em dois países, em 1948, ele ganhou o apoio de Stálin para realizar uma invasão da Coreia do Sul que reuniria toda a península sob seu comando. Sem o apoio pesado da União Soviética e a intervenção de Mao no lado norte-coreano, Kim teria perdido. Em vez disso, a batalha terminou em 1953 com milhões de mortos e um impasse inglório que persiste até hoje.

Stálin morreu meses antes do fim da guerra, e assim o Vozhd nunca teve a oportunidade de punir seu acólito pelo desastre sangrento. Kim permaneceu no cargo, conduzindo a crise interna por meio da aplicação das táticas de sempre: repressão, intensificação do culto à personalidade e propagação de mentiras — nesse caso, a calúnia de que os Estados Unidos haviam iniciado a guerra. Era uma falsidade ousada; apoiada pela espada do Estado e pela pena de Kim, que provou ser mais poderosa que qualquer outra. E a mentira durou.

Não bastava apenas mentir, e com Stálin morto, sem causar perigo, Kim começou a experimentar palavras e ideias que não tinham origem em Moscou. A palavra *juche*, que geralmente é traduzida como "autoconfiança", mas que também carrega conotações de "identidade própria"*, apareceu

---

* Em coreano, "ju" ou "zu" significa dono e "che", corpo; a junção das duas palavras forma o conceito de "dono do próprio corpo". (N. do T.)

pela primeira vez em dezembro de 1955, em um discurso intitulado "Sobre a necessidade de repelir o dogmatismo e o formalismo e estabelecer *juche* na execução de programas ideológicos", antecedendo o "Discurso secreto" de Khrushchev por dois meses. A denúncia de Stálin deixou qualquer tensão nascente que houvesse Pyongyang e Moscou ligeiramente menos nascente, uma vez que Kim tinha pouco interesse em seguir um caminho de liberalização ou de reforma ao estilo Khrushchev, ou em abandonar o culto à própria personalidade. Ele começava a enxergar a China como um modelo alternativo de desenvolvimento comunista. Quando Mao lançou o Grande Salto Adiante, em 1958, Kim seguiu o exemplo com uma campanha análoga chamada "Chollima", batizada em homenagem a um cavalo mitológico que podia correr grandes distâncias em um curto espaço de tempo.

O ardor de Kim por Mao e pelo modelo chinês parece ter arrefecido um pouco durante a Revolução Cultural. Ter sido chamado de "porco gordo contrarrevolucionário" na imprensa por um grupo de integrantes da Guarda Vermelha não ajudou muito. Kim levou a ofensa para o lado pessoal. Ele retaliou não apenas através de medidas convencionais como a retirada de pessoal diplomático, mas também utilizou a estratégia do "vizinho irritante", usando alto-falantes para fazer um barulho terrível com o objetivo de irritar as pessoas que moravam ao lado. Nesse caso, o barulho terrível consistia em comentários depreciativos sobre o regime de Mao, que foram irradiados pela fronteira. Embora os relacionamentos cada vez mais complicados de Kim com seus dois vizinhos poderosos representassem riscos, eles também ofereciam oportunidades. No pós-guerra, quando os cães de guarda ideológicos da União Soviética estavam em toda parte, Kim exerceu controle sobre os textos do regime. Na propaganda estatal, seus guerrilheiros assumiram um protagonismo na narrativa da libertação da Coreia do Norte frente ao Japão. No final dos anos 1960, a semente da *juche*, plantada ao longo de uma década, germinou plenamente, à medida que Kim começava a desenvolver o significado do conceito em discursos que foram rapidamente impressos, encadernados e distribuídos às massas.

O que, então, é a *juche*? Em 1997, Hwang Jang-yop, ex-diretor da Universidade Kim Il-sung — e detentor de muitos outros grandes títulos — desertou para o ocidente, e alegou ser o pai da ideologia do Estado; como resultado, ele é às vezes chamado de "força intelectual" ou "arquiteto" por trás da *juche*. Mesmo que suas afirmações sejam verdadeiras, esses títulos são um pouco exagerados, já que a *juche* não é, de fato, tão inteligente assim. Será que um barracão de jardim requer um arquiteto? Será que um punhado de ideias simples que qualquer um poderia entender exige uma "força intelectual"?

Seria complexo afirmar que 1) os homens são os mestres da história, mas que 2) eles não podem alcançar a revolução espontaneamente e, portanto, precisam de um grande líder para guiá-los à libertação?

Na verdade, não. A primeira declaração não é muito marxista, mas, por outro lado, o evangelho de Mao também frisava a teoria de que a salvação vinha atrás do trabalho pesado e do sacrifício. Quanto à segunda declaração, é apenas um pequeno passo à frente da insistência de Lênin sobre a necessidade de uma vanguarda revolucionária, um passo que Stálin havia empreendido décadas antes. A *juche* simplesmente pegou e expandiu tendências de longa data e aumentou o volume do nacionalismo. O próprio Kim enfatizou a continuidade afirmando que a *juche* não era apenas marxista, mas "a filosofia orientadora mais correta voltada para o marxismo-leninismo e projetada para realizar nossa revolução e construção". Em termos de estilo, a *juche* era totalmente dependente do marxismo-leninismo, pois seus textos *eram* repletos de frases longas, estatísticas falsas, exageros, mentiras, declarações ousadas sobre a luta, declarações ousadas sobre o futuro e muitas repetições, mais repetições e, finalmente, ainda mais repetições.

A partir dessa palavra indigesta surge, de fato, um aspecto mais pessoal. Depois de duas décadas no poder, Kim, o super-homúnculo que nada conseguiu sem o apoio de Stálin e Mao, está se libertando da necessidade de reverenciar seus "oficiais superiores". Um tema recorrente é a rejeição do "servilismo", de se curvar diante de "grandes potências e dogmatismo". Quanto ao que isso significa, Kim deixa bem claro:

> *Não seguir os outros cegamente, se aproximar de coisas estrangeiras com olhar crítico, em vez de copiá-las ou engoli-las de maneira mecânica; e se esforçar para resolver todos os problemas de acordo com as condições reais do nosso país e com base na própria sabedoria e força.*

Kim repetiu a insistência de Mao em adaptar o marxismo para "condições concretas", mas as implicações eram mais complexas. Mao e os comunistas chineses estavam muito interessados em substituir a União Soviética na vanguarda de um movimento revolucionário global. Mas, apesar de tudo isso, Kim ainda tinha "Trabalhadores do Mundo, Uni-vos" impresso no frontispício de seus livros; ao insistir na independência política total, ele estava abandonando o sonho da comunidade comunista mundial sob a liderança de uma Jerusalém marxista. "Todas as nações são iguais e têm o direito solene à autodeterminação nacional de decidir os próprios destinos para si mesmas", Kim declarou em *Vamos incorporar mais completamente o espírito revolucionário da independência, autossustentabilidade e autodefesa em todos os campos da atividade estatal.* "Uma nação só pode assegurar a independência e a liberdade e obter o bem-estar e a prosperidade se alcançar a total autodeterminação política e exercer seus direitos, tomando-os firmemente em suas mãos", acrescentou.

Kim admitiu que era um "dever sagrado" ajudar outros Estados socialistas, mas sustentou que o "fator decisivo para a vitória na luta contra a reação imperialista" residia "nas forças internas do país em questão". A *juche* era, portanto, universal apenas na medida em que insistia que todos os países deveriam seguir o próprio caminho, que era essencial para "toda a eflorescência". Por mais grandioso que isso possa parecer, Kim retirou todo o conceito da inevitabilidade de um paraíso milenar proletário, e em outros discursos, a *juche* degenerou em um nacionalismo inseguro e desconfiado, Em *A política do nosso partido em relação aos intelectuais*, Kim criticou as pessoas que usavam palavras chinesas quando existiam alternativas coreanas perfeitamente adequadas e denunciou "um certo cantor" que "insiste em cantar canções italianas por considerá-las as melhores do mundo". Em outros discursos, ele detonou poetas coreanos que se inspiraram em Pushkin e músicos que gostavam de Tchaikovsky. O jazz também era uma Coisa Muito Ruim: era "fundamentalmente errado" que os coreanos estivessem "dançando nus em um palco" ao som do "jazz" americano — como ele alegou ter acontecido na Indonésia.

Mas Kim não abandonara as aspirações transcendentais do comunismo para substituí-las por queixas sobre jazz ou conversa vaga sobre autodeterminação. Ele tinha algo mais primitivo, mais visceral, para oferecer ao povo coreano. Tendo passado grande parte da vida fora da Coreia, Kim voltou para descobrir que sua terra natal não estava completa. Repetidas vezes em seus textos, ele cutucou a ferida psíquica para revelá-la como um problema maior para a Coreia do Sul do que para a do Norte. Assim como o marxismo ofereceu aos acólitos todas as emoções psicológicas do ódio moralmente correto em sua demonização da burguesia diabólica, Kim retratou implacavelmente os Estados Unidos dominadores como um agressor racista e imperialista culpado de crueldades monstruosas. Embora o estilo de prosa oficial de Kim estivesse entre os piores de todos os déspotas comunistas, um ódio vivificante fervilha até mesmo nos textos mais simples da *juche*. A adoração do líder funcionava muito bem, mas o acréscimo de orgulho étnico e fantasias de vingança adicionava fogo aos rituais, enquanto a promessa de represálias terríveis contra os dissidentes fornecia o ingrediente crucial do medo. Dessa forma, a *juche* ajudou a unir a nação e, assim sendo, essa mistura de tolices perdurou por décadas, sobrevivendo ao colapso do comunismo e a duas mudanças de líder.*

Mas, se o ódio dotasse a *juche* com uma espécie de vida, também limitaria seu apelo. No fim dos anos 1960, o regime de Kim se envolveu na luta global "anti-imperialista" e até formou uma aliança com os Panteras Negras. No início dos anos 1970, Kim optou pela cultura um pouco mais predominante e publicou anúncios no *The New York Times* para promover a *juche* e a reunificação coreana.** Também foram feitos esforços para exportar a *juche* para a África: entre 18 e 20 de dezembro de 1972, cinquenta delegados de 16 países chegaram a Freetown, Serra Leoa, para participar de um "seminário pan-africano" sobre a aplicação da grande ideia de Kim em sua terra natal. O panfleto publicado para comemorar o evento, *A grande ideia* juche *media os conflitos revolucionários dos povos africanos*, alegou que o seminário estava "acontecendo em uma época em que muitos chefes de Estado estão adotando os princípios universais da *juche* como o fundamento de suas próprias ações." Assim como quase tudo que o regime e seus repórteres alegavam, isso não era verdade. A *juche* era apenas para consumo doméstico e assim permanece.

Apesar de todas as declamações contra o servilismo, Kim ainda estava sob domínio da convenção comunista. A autonomia relativa que ele havia conquistado para si mesmo não conseguia escapar das condições que tinha criado. Como o oficial da história de Kafka "Na colônia penal", ele não era apenas o carcereiro de uma prisão isolada, onde as pessoas eram atormentadas até a morte por uma monstruosa máquina de escrever, mas também estava sob domínio do dispositivo que ele criara.

Nessa história, um visitante chega a uma ilha habitada apenas por detentos e seus carcereiros e é convidado para a execução de um soldado que foi flagrado dormindo em serviço. Seguindo o estilo típico de Kafka, o oficial

---

* Décadas mais tarde, o ódio permanece inalterado, como este trecho de um livro escolar norte-coreano deixa claro: "Durante a Guerra de Libertação da Pátria [nome oficial da Coreia do Norte para a Guerra da Coreia], os bravos idosos do Exército Popular Coreano mataram 265 imperialistas americanos desgraçados na primeira batalha. Na segunda batalha, eles mataram mais 70 desgraçados do que na primeira batalha. Quantos desgraçados eles mataram na segunda batalha? Quantos imperialistas americanos desgraçados eles mataram somados?" (N. do A.)

** O líder dos Panteras Negras, Eldridge Cleaver, ficou especialmente fascinado pela Coreia do Norte. Ele visitou o país duas vezes, em 1969 e 1970, e escreveu o prefácio de uma antologia norte-americana de escritos de Kim Il-sung, intitulada *Juche!* Esse fascínio não durou, no entanto: mais tarde, Cleaver fundou a própria religião, Chrislam, que tinha uma ala militante chamada Guardiões do Esperma. Então ele se juntou à Igreja de Jesus Cristo dos Santos dos Últimos Dias e terminou a vida como conservador político. (N. do A.)

nunca passa por um julgamento, nem é informado de que foi condenado, pois "a culpa nunca está em dúvida". Em vez disso, o soldado está amarrado, nu e de bruços, em uma máquina de execução que se parece com uma cama de dossel. A morte, esclarece o encarregado pela execução, virá através de um ato de escrever, pois um rastelo composto por várias fileiras de agulhas deve escrever na carne do soldado a mensagem "Honra o Teu Superior", até que o condenado seja capaz de ler o crime por meio das próprias feridas. Assim que ele estiver morto, a máquina vai jogá-lo em um fosso. O visitante percebe, então, que o oficial quer sua aprovação para este método bárbaro de execução; quando a anuência não vem, ele se prende na máquina e se submete à inscrição do rastelo. No momento em que a máquina está gravando a mensagem "Seja Justo" em suas costas, ela quebra e o homem morre.

Para Kim, a situação não foi tão ruim assim. Ao mesmo tempo, ele não podia simplesmente se declarar presidente vitalício e desfrutar de seus palácios e concubinas. Kim se sentiu obrigado a produzir uma "teoria" e depois publicar uma vasta bibliografia dedicada a expandi-la *ad nauseam*. Preso à mesma tradição de adoração aos livros como outros ditadores comunistas, ele contratou um exército de trabalhadores ideológicos para produzir resmas de cópias bombásticas. Kim percorreu o país dando palestras, visitando fábricas e fazendo declarações nas quais se repetia sem parar. Sem estar sujeito a Moscou ou Pequim, ele ainda estava preso dentro de um país governado segundo uma filosofia absurda, e se sentia obrigado a mentir sobre isso o tempo todo para manter a ilusão. O rastelo não o matou; as agulhas não foram projetadas para isso. A máquina apenas subiu pelas costas flácidas, fazendo uma massagem compulsória que nunca terminava.

SERÁ QUE NÃO havia saída, nenhuma libertação do dilúvio de palavras falsas e inúteis? De fato, não houve. À medida que 1917 ficava cada vez mais distante no tempo, e que o fracasso da profecia se tornava cada vez mais óbvio e a fé se transformava em uma carcaça sem vida, a escrita continuava. Kim, pelo menos, havia encontrado uma nova abordagem para os clichês, e deu vida a eles com um pouco de ódio. A maioria dos ditadores ficou apenas produzindo edições colecionadas de discursos tediosos. Então, na Albânia — também um Estado stalinista, embora ainda mais periférico e isolado do que a Coreia do Norte —, apareceu outra mutação no gênero da literatura de ditadores. Era hora de uma guinada no interior, para focar na experiência pessoal do líder.

Quando Stálin pensou em sentimentos, foi para manipulá-los. Uma ênfase no mundo interior não era apenas uma coisa não muito marxista;

era algo definitivamente burguês. Líderes comunistas raramente mantinham diários e nem Lênin nem Stálin escreveram memórias. Entre os escritores-ditadores de menor importância, os textos pessoais também eram escassos, embora houvesse alguns exemplos. Antes de ser nomeado a principal marionete de Stálin no Comintern, e muito antes de se tornar líder da Bulgária comunista, o super-homúnculo Georgi Dimitrov publicou um livro de memórias de seu julgamento na Alemanha nazista. Dimitrov misturou documentos pessoais, cartas e discursos para mostrar como ele se defendera com sucesso contra as acusações de que havia participado do incêndio do Reichstag*. Escrito antes de sua alma estar corrompida, o livro é surpreendentemente legível.

Em 1970, Khrushchev publicou o primeiro volume de *Memórias de Khrushchev*, embora a essa altura ele já estivesse fora do poder e a um ano de sua morte. O livro foi publicado no ocidente, não na União Soviética.

É revelador, portanto, que o memorialista pioneiro do comunismo--enquanto-ainda-ocupava-o-poder, Enver Hoxha (1908-1985), líder da Albânia, também tenha sido o último stalinista autoproclamado do mundo. Se até mesmo um fanático como aquele não conseguia mais insistir em aludir ao marxismo-leninismo infinitamente — e teve que começar a minerar a própria infância e juventude para cumprir com o número de páginas —, então algo estava definitivamente errado.

Quanto àquela infância e juventude, elas foram o que se espera: províncias, religião — dessa vez o Islã —, escola, estudos, Marx. Isso foi seguido pelo poder, expurgos, puxa-saquismo stalinista e a busca implacável da pauperização de sua nação ao longo de muitas décadas. A diferença de Hoxha é que ele permaneceu fiel a Stálin por mais tempo do que qualquer outro: ele creditou o Vozhd por ter impedido a absorção da Albânia pela Iugoslávia, e sua gratidão nunca diminuiu. Quando o georgiano morreu, Hoxha se ajoelhou diante da estátua de bronze do tirano em Tirana e declarou um período de duas semanas de luto oficial, mais longo até do que o período cumprido na União Soviética. Quando Khrushchev denunciou Stálin, Hoxha fez as reclamações adequadas — "Stálin cometeu alguns erros que custaram profundamente ao povo soviético e à causa do socialismo" —, mas não tomou nenhuma atitude a seguir. Os monumentos permaneceram em seus pedestais e o aniversário de Stálin, em 21 de dezembro, continuou a ser feriado. Quando o próprio Hoxha morreu, em 1985, o Stálin de bronze ainda estava em pé no Boulevard Stálin, na capital da Albânia, Tirana. Ele ficou lá até 1990.

---

* É o prédio que abriga o parlamento alemão. (N. do T.)

Por mais leal que Hoxha fosse a Stálin, ele era hostil a Khrushchev, cuja reaproximação com a Iugoslávia em 1955 enfureceu o ditador albanês. Hoxha tomou o partido de Mao após a ruptura sino-soviética e, por um tempo, ele se inspirou na China. Entre 1966 e 1969, a Albânia até desfrutou da própria "revolução cultural", embora de uma forma muito mais controlada, e sem os excessos selvagens da adoração ao líder cometidos pela Guarda Vermelha. Mas essa aliança também desmoronou e, em 1978, Hoxha conduziu a Albânia a um estado de isolamento extremo. Seu coração ainda pertencia a Stálin, e ele era ainda mais radical do que o Vozhd. Enquanto Stálin sujeitou seus seguidores a uma repressão severa, Hoxha o superou: em 1967, ele fechou todas as mesquita e igrejas no país, prendeu todos os líderes religiosos e declarou a Albânia "o primeiro Estado ateu no mundo" — o anúncio foi feito em uma revista literária, é claro. Ele levou a paranoia stalinista a níveis alucinantes, ordenou a construção de 750 mil *bunkers* — um para cada quatro cidadãos —, justificados pelo medo de uma invasão iminente. E, como Stálin, Hoxha era um bibliófilo. Ele possuía 22 mil livros, incluindo memórias e obras de poesia e história; também tinha uma queda por tramas sobre vampiros. Dado seu status como ditador da Albânia, Hoxha conseguiu adquirir várias edições raras assinadas, entre elas livros de comunistas tão eminentes como o presidente Mao e o surrealista francês Louis Aragon.

E, como Stálin, ele escreveu — só que Hoxha era muito mais prolífico. Ele produziu 68 volumes de caráter ideológico, incluindo o liricamente chamado *Eurocomunismo é anticomunismo*, de 1980. Seus pobres súditos tiveram que se submeter a estudar a obra de Hoxha na escola, na universidade e nas fábricas, no estilo da Revolução Cultural. No entanto, foi no final dos anos 1970, quando ele envelheceu e mergulhou cada vez mais em um estado de isolamento radical, que sua obra entrou em uma nova fase mais introspectiva: o albanês produziu 13 volumes de memórias, totalizando impressionantes sete mil páginas de introspecção.

Assim como Kurtz em *Coração das trevas*, de Joseph Conrad, Hoxha não tinha limites. Por outro lado, ele era rápido e parece ter sido um daqueles escritores afortunados que escreve com pouco esforço. Hoxha produziu seus livros em meros sete anos, em uma média de duas obras a cada doze meses; ainda por cima, não havia ninguém para detê-lo. Sua esposa, Nexhmije, não apenas era a editora, mas também a diretora do Instituto de Estudos Marxistas-Leninistas, que publicou todos os livros dele. Apesar do fato de não possuir aliados e representar uma forma de marxismo normalmente abandonada, Hoxha se apegou à tradição universalista do comunismo com todo o fervor de um verdadeiro fiel. Houve uma demanda quase zero pelo que ele escreveu, mas ainda assim seus livros foram traduzidos para línguas estrangeiras e distribuídos no exterior.

Os títulos das próprias memórias fornecem um esboço da vida de Hoxha:

Os anos da infância
Os anos da juventude
Quando nasceu o partido
Construindo as fundações de uma nova Albânia
A ameaça anglo-americana à Albânia
Os titoítas
Os khrushchevitas
Reflexões sobre a China
Dois povos amigáveis

E assim por diante. No entanto, como um encontro com qualquer um de seus livros deixa claro, Hoxha escreveu tantos volumes não porque tinha muito a dizer, mas porque não era um escritor tão habilidoso assim. Ele nunca comprimiu o material, mas relatou cada pequeno detalhe. Em *A ameaça anglo-americana à Albânia*, Hoxha cometeu várias vezes o erro básico de preencher páginas com muitos diálogos registrados. A maior parte é afetada, embora, ocasionalmente, ele chegue ao nível de Stálin — quando não de Lênin — em termos de críticas violentas:

Os imperialistas anglo-americanos, aqueles inimigos ferozes e determinados do povo albanês, sempre usaram o nosso país como meio de troca em suas transações internacionais... A Grã-Bretanha queria que a Itália ocupasse a Albânia, porque planejava estabelecer o fascismo italiano e o nazismo alemão, que estava financiando, como cães para atacar a União Soviética.

Mesmo essa é uma expressão bastante genérica do ódio anti-imperialista, no entanto. Hoxha era o pior tipo de contador de histórias: o chato que se vangloria por vencer todas as lutas, cuja anedotas terminam com a própria vingança. A Albânia era a vítima, Hoxha era o nobre defensor virtuoso de sua honra e interesses. Embora o livro de memórias fosse ostensivamente pessoal, na verdade, não restava muita personalidade: a celebridade não é a única máscara que devora o rosto.

Já em *Meetings with Stalin*, publicado em 1979 para marcar o centésimo aniversário do nascimento do ídolo de Hoxha, há um elemento genuinamente pessoal, até uma sugestão de ternura, se não uma paixão homoerótica. Hoxha encontrou com Stálin cinco vezes entre 1947 e 1951, e o livro é subdividido em cinco capítulos, um para cada encontro. O albanês estava empenhado em defender a honra de seu herói e declarou: "Não, Stálin não era um tirano; ele não era um déspota." Ler *Meetings with Stalin* é como entrar em uma realidade paralela, na qual o ditador albanês — que conhecia exatamente o tipo de violência política que Stálin cometia — elogiou o Vozhd como indescritivelmente bondoso, gentil, paciente etc. Ele não é apenas sincero, mas apaixonado: quase trinta anos depois da morte do tirano, a chama do *crush* masculino de Hoxha resplandece. Ele ficava "sem fôlego" ao pensar em encontrar o "homem de aço" em carne e osso e confessou que "sonha noite e dia em conhecer Stálin". Há momentos de bate-papo descontraído, enquanto Stálin fingia curiosidade sobre a etnia e a linguagem de seu convidado, imaginando se os albaneses de Hoxha eram parentes de um povo com o mesmo nome no Cáucaso e na Crimeia. Hoxha interpretava esse gesto de educação como um sinal da grande habilidade do líder de se comunicar com as pessoas, e a primeira reunião terminou com ele sentado perto de seu ídolo em um sofá, assistindo a um emocionante musical soviético intitulado *Condutores de Tratores*. Essa sensação de proximidade com Stálin e a referência de Hoxha à "voz calorosa" do Vozhd conferem ao livro uma qualidade curiosamente íntima. Os corpos de ditadores geralmente são feitos de bronze, ou colocados em salmoura e preservados: eles não se sentam ao seu lado para ver um filminho.

Meetings with Stalin não é um livro de revelações escandalosas. Hoxha não era o confidente de Stálin, mas um homúnculo da periferia do Império Soviético, e sua abordagem sobre o Vozhd é enjoativa e previsível. Os encantamentos usuais sobre avanço, trabalhadores agradecidos, fraternidade e progresso estão presentes, e Hoxha romantizou a figura de Stálin como um herói do comunismo enquanto condenou Khrushchev como um vilão nefasto que afastara a juventude soviética da verdade. É hagiografia em cima de hagiografia à medida que Hoxha promove o próprio culto ao lado do culto ao seu herói. Ocasionalmente ele até se antecipava aos julgamentos de Stálin, assumindo o papel de aluno dedicado aos pés do mestre. O efeito foi estabelecer a continuidade entre a União Soviética de Stálin e o próprio governo de Hoxha, provando assim que seu desdobramento particular e sectário do comunismo era o "verdadeiro" herdeiro da Revolução Russa, mesmo que fosse inteiramente marginal e sem influência nos assuntos mundiais.

Com o avanço da trama, Hoxha dedicou menos palavras às lembranças carinhosas de conversas fiadas com Stálin e mais texto a críticas irônicas contra "imperialistas", "fascistas pró-monarquia" e comunistas apóstatas. O mundo de Hoxha era um lugar hostil e cheio de ameaças, onde apenas Stálin era confiável — e ele estava morto. Devia haver "liquidações físicas", e Hoxha prometeu que iria eliminar os inimigos. Era um lugar escuro e solitário, e *Meetings with Stalin* representa o uivo de um sonho que morreu, mas do qual seu autor não pôde acordar. Do lado de fora da janela de Hoxha, 750 mil *bunkers* espreitavam na escuridão, desocupados, esperando pela crise que nunca chegou, porque ninguém se importava o bastante. Para onde ir, o que mais fazer além de se aproximar da máquina de escrever?

E foi o que ele fez.

DOS MUITOS CORPOS amarrados à máquina de escrever durante essa fase tardia do comunismo, o maior e mais significativo foi o de Leonid Ilyich Brejnev (1906-1982), secretário-geral do Partido Comunista Soviético desde a queda de Krushchev. A proclamação de seu antecessor de que a União Soviética construiria com sucesso uma sociedade comunista até 1980 foi arquivada. Brejnev estava contente com conquistas mais modestas. O Estado pode não ter desaparecido; na verdade, ficou muito mais inchado. Porém, pelo menos mais pessoas tinham televisores e máquinas de lavar e alguns até tinham carros, mesmo que fossem inferiores aos que podiam ser comprados no ocidente imperialista. A boa notícia: o comunismo era mais moral que o capitalismo. Embora a elite política ainda afirmasse acreditar no marxismo-leninismo, e os teóricos profissionais continuassem a lidar com refinamentos e revisões da ideologia, ficou claro, a partir das ações e prioridades dos homens no topo, que, se eles sequer acreditassem, era uma crença um tanto quanto morna.

Ao contrário de Hoxha, que era um tirano implacável da mesma escola de Stálin, Brejnev estava em sintonia com os costumes mais relaxados de sua época. Ele quis ser ator, mas acabou virando metalúrgico. Sua educação era técnica e administrativa, e não teórica. Brejnev não era avesso à repressão; em 1968, ele despachou tanques para as ruas de Praga a fim de reprimir uma tentativa dos comunistas locais de introduzir uma visão reformada e mais liberal do socialismo. Mas ele não bebia sangue. Brejnev preferiu exilar dissidentes ou mandar que fossem declarados insanos, em vez de matá-los a tiros em um porão ou despachá-los para os *gulags*. Quando aumentou a repressão, ele não fez isso em homenagem à pureza ideológica e ao Stálin morto, mas sim por um desejo de preservar a estabilidade do sistema.

A estabilidade interessava muito a Brejnev. Sem ela, como ele levaria uma vida mansa? Gordo, complacente e preguiçoso, o ucraniano gostava de jogar dominó e atirar em ursos, mas não se dava ao trabalho em caçá--los para valer. Em vez disso, ele se sentava em uma cadeira e saboreava um copo de vodca enquanto lacaios conduziam a presa ursina para frente de sua arma. Brejnev também era um hipócrita sem vergonha: ele gostava de andar por aí em sua coleção de carros estrangeiros de luxo*, enquanto cidadãos soviéticos comuns esperavam anos para comprar um Lada, uma caixa de metal sobre rodas baseada em um antigo Fiat. A ascensão de Brejnev ao topo foi uma prova clara de que a história da liderança soviética era como um gráfico evolutivo ao contrário, no qual os secretários-gerais se tornaram cada vez menos inteligentes, menos carismáticos e menos saudáveis. Brejnev odiava ler: dominar os textos sagrados do marxismo-leninismo a fim de crescer nas fileiras do partido deve ter sido uma tortura. Uma vez no poder, o secretário-geral conseguiu relaxar, pois podia ordenar que os subordinados lessem documentos em voz alta para ele.

Em 1974, uma série de derrames cerebrais deixou Brejnev severamente debilitado. Combinadas com a gota, doenças cardíacas e arteriosclerose que já assolavam seu organismo, o secretário-geral meio vivo só conseguia trabalhar algumas horas por dia, e sua saúde era tão precária que uma ambulância seguia seu comboio aonde quer que ele fosse. Enquanto um simulacro de "Brejnev" levava uma vida vigorosa nos jornais, na TV e nas biografias oficiais, gozando do culto à personalidade e acumulando mais honras do que todos os seus antecessores juntos, o verdadeiro Brejnev físico foi reduzido ao status de um enorme boneco de carne para ser exibido diante de multidões e câmeras em desfiles e visitas de Estado sempre que necessário, e não com mais frequência do que isso. Por trás das cortinas, os tecnocratas do partido administravam silenciosamente a União Soviética. Brejnev jogou dominó. Brejnev chorou. E, no entanto, mesmo nesse estado de decomposição avançada, ele ainda vivia de acordo com a lei comunista de publicar ou perecer. Com todos os carros e privilégios em relação aos cidadãos comuns, mesmo à beira da morte, Brejnev não era livre: sua carcaça mortal permanecia amarrada à máquina de escrever e o rastelo escreveu nas suas costas até o final.

A boa notícia foi que Brejnev realmente não percebeu. Ele apenas ficou deitado lá enquanto equipes de profissionais trabalhavam para garantir que o fluxo constante de publicações fosse ininterrupto. Nove volumes de discursos e artigos apareceram assinados por Brejnev durante a década de 1970, mais explorações sobre a necrose ideológica que se somaram aos mi-

---

* As garagens do Kremlin guardavam mais de 30 carros de luxo no momento de sua morte. (N. do A.)

lhões de outras cartas mortas escritas por seus pares e antecessores. Mas eis que, assim como Hoxha se voltava para as memórias, o mesmo aconteceu com Brejnev. Tanto na periferia como no centro, a fé se esvaziou e deixou um vácuo preenchido pela personalidade do líder.

Não foi, no entanto, ideia de Brejnev escrever um livro de memórias, quanto mais quatro volumes de reminiscências pessoais. O secretário-geral mantinha um diário, mas aquilo estava longe de ser um material utilizável. Embora ele fosse, em teoria, o senhor de uma grande superpotência, os registros no diário revelavam uma preocupação mínima com assuntos de Estado, maquinações do Politburo, política externa ou assuntos pessoais, como o caso de amor escandaloso de sua filha Galina com um artista de circo. Em vez disso, ele escreveu coisas assim:

> *16 de maio de 1976: Não fui a lugar nenhum — ninguém me ligou, também não liguei para ninguém —, cortei o cabelo, fiz a barba e lavei o cabelo pela manhã. Andei um pouco durante o dia, depois vi o Exército Central perder para o Spartak — os rapazes jogaram bem.*

É verdade que, quando retirado assim em forma de trecho, o texto parece um pouco como a obra de um escritor absurdista do meado do século, como Samuel Beckett: poderia haver um talento subestimado ali, um comentário irônico sobre a falta de sentido da existência. Lidos como uma sucessão de registros que continuam sem parar e sem chegar perto de um significado ou de uma descoberta ou reflexão, no entanto, os diários se parecem mais com os rabiscos de um imbecil.

Brejnev não era um imbecil — ou, pelo menos, ainda não. Ele estava são o suficiente para saber que suas memórias existiam e queria que fossem lidas pelo povo soviético, mas não passava disso. De acordo com o general e historiador soviético Dmitri Volkogonov, o próximo e penúltimo líder da União Soviética, Konstantin Chernenko, ajudou a impulsionar a iniciativa, enquanto a escrita e a lembrança do primeiro livro, *A terra pequena*, foram terceirizadas para Arkady Sakhnin, jornalista e editor do jornal *Komsomolskaya Pravda*. Esse volume inicial fininho apareceu em 1978, quatro anos após o primeiro derrame cerebral de Brejnev, e mais dois volumes escritos por *ghostwriters*, *Terras Virgens* e *Renascimento*, vieram logo em seguida. Lembrar a vida do líder em nome dele estava começando a se assemelhar a uma indústria artesanal: um volume de "autobiografia" foi publicado em 1981, um ano antes do autor morrer.

No entanto, o material de origem era tão pobre que, mesmo no formato de livro de memórias escrito por um *ghostwriter* profissional com licença para melhorar a imagem do protagonista, Brejnev surge como uma figura medíocre. Seu serviço militar era uma parte importante do culto ao secretário-geral e, assim sendo, em *A terra pequena*, uma batalha até então pouco conhecida em um canto perdido da Ucrânia soviética foi retificada como uma parte extremamente significativa do esforço de guerra. Mas, como Brejnev foi um oficial político e não um combatente, mesmo em um relato idealizado de seu passado, ele não participa de muitas ações. No início do livro, uma bomba explode perto de seu barco e lança Brejnev na água — e a emoção não vai muito além disso. O trabalho não exigia que ele matasse nazistas, mas que produzisse e divulgasse propaganda, que implementasse a correção política e mantivesse o olho nos motins — embora esse último aspecto de seu trabalho nunca seja mencionado em *A terra pequena*. Ele era um gerador de palavras e uma testemunha de atos de bravura. Testemunhar é o que ele faz, celebrando as baixas através de listas de mortos e prestando homenagem ao "heroísmo em massa" do povo soviético. Brejnev também citou pelo nome indivíduos particularmente corajosos, como a ruiva Maria Pedenko que "não poupou nem a juventude nem a própria vida" na luta contra o fascismo. O papel dela era elevar o espírito dos homens escrevendo artigos de propaganda e recitando poesias e discursos. E houve o soldado anônimo que recusou sair de licença para ficar com sua unidade na frente de batalha e acabou morrendo. Brejnev seria uma figura menor se não fosse pela tradição soviética de transmutar o ato do líder de produzir palavras em um ato de heroísmo.

Portanto, assim como os slogans de Lênin foram citados como eventos históricos memoráveis em *A história do Partido Comunista (Bolchevique) da URSS*, Brejnev relembrou seu importante trabalho de falar com os soldados: "Sempre falei a verdade, não importa quão amarga." Ele fez discursos, citou Lênin, abordou os próprios panfletos com ar de aprovação e enfatizou como os generais estavam ansiosos para ouvi-lo. Em *A terra pequena*, a produção de textos foi central para a vitória, pois foi por meio dessas palavras que ocorreu um ato de alquimia ideológica. Foi assim que "os trabalhadores políticos se tornaram o coração e a alma das forças armadas".

É desnecessário dizer que alguns detalhes importantes foram omitidos. Não há execuções políticas e o papel de Stálin foi reduzido a uma aparição em uma fotografia. Mas não é apenas o Vozhd que está ausente do texto: o corpo de Brejnev é igualmente notável por sua imaterialidade. Na verdade, tirando a cena de abertura em que ele voou até a água, Brejnev se tornou corpóreo apenas duas vezes: enquanto fugia de um explosivo caindo — ele foi o único a detectar sua aproximação, óbvio — e quando foi confrontado por uma horda de alemães. Nesse ponto, Brejnev localizou as próprias mãos, pegou uma metralhadora e abriu fogo. Esse momento de ação teve uma conclusão rápida, quando as tropas soviéticas chegaram à trincheira. "Um dos soldados tocou meu braço", disse Brejnev, assegurando-nos que ele realmente tinha substância, que estava lá, que não era meramente o simulacro da TV e dos jornais. O corpo de Brejnev está ausente porque o próprio ucraniano esteve ausente da produção do texto. O *ghostwriter* conhecia declarações oficiais, mas não o interior do secretário-geral, e, assim, Brejnev estava muito menos presente em suas memórias do que Lênin esteve em seus escritos teóricos, ou Stálin em sua obra de última hora sobre linguística. Mesmo Kim Il-sung, o supremo senhor da prosa mortal comunista, pode ser encontrado no ressentimento e no ódio da *juche*.

A chatice épica de Brejnev não foi obstáculo para o sucesso, é claro. A máquina estatal garantiu que *A terra pequena* e seus outros livros tivessem enormes tiragens e que fossem transformados em textos fixos nas escolas e adaptados para o cinema com intuito de edificar das massas.* E assim foram.

Brejnev apodreceu no poder por dezoito anos antes de morrer. Quando seus restos mortais foram transferidos para o ilustre Salão das Colunas, em Moscou, para ser exposto em velório público, o falecido secretário-geral acabou sendo tão pesado que seu corpo rompeu o caixão e caiu no chão. Foi adquirido um caixão novo e reforçado com uma base de metal, resistente o suficiente para conter o tamanho da carcaça de Brejnev. Seu corpo literário se mostrou muito menos sólido: ele desapareceu poucos anos depois de sua morte, quando Mikhail Gorbachev** denunciou o reinado de Brejnev como

---

* Décadas mais tarde, os livros de Brejnev são lembrados na antiga União Soviética com relativo bom humor. Em comparação com algumas das outras coisas que os cidadãos soviéticos tiveram que ler, eles foram relativamente indolores para encarar. Isso aconteceu sem dúvida porque esses livros foram escritos por profissionais e, em grande parte, porque não continham teoria. (N. do A.)

** Gorbachev nem sempre foi tão crítico, no entanto. Em 6 de maio de 1978, ao avançar até o polo ensebado da hierarquia do Partido Comunista, ele publicou esta resenha de *A terra pequena*:

> Há pouco tempo abrimos as páginas do livro notável do camarada L.I. Brejnev, *A terra pequena*, no qual os lendários heróis das batalhas do norte do Cáucaso são retratados em letras de ouro. Pouco tempo se passou desde a sua publicação, mas as memórias produziram um interesse amplo e verdadeiramente nacional... No número de páginas, *A terra pequena* não é muito grande, mas na profundidade do conteúdo ideológico, na amplitude das generalizações e opiniões do autor, o livro se tornou um grande evento na vida pública. (N. do A.)

um período de "estagnação". E assim foi posto em marcha o apagamento do ucraniano e de seu nome de cidades, fábricas e currículos escolares, e um grande esquecimento tomou conta das obras literárias do herói de *A terra pequena*.

Primeiro com Stálin, depois com Brejnev, na China, algo semelhante estava acontecendo com as obras de Mao. Era como se as palavras dos ditadores estivessem se apagando, como se os livros estivessem desaparecendo em um ritmo cada vez mais acelerado, com menos esforço sendo exigido para fazer com que o peso morto das palavras caísse em um limbo onde pudessem se dissipar com segurança. Porque, apesar de as obras selecionadas dos ditadores serem fisicamente muito pesadas, esses imensos tomos sofriam de uma insustentável leveza do ser. Sem a força repressora do Estado para mantê-los em circulação, eles não conseguiam manter a própria existência. Simplesmente não havia demanda por suas "verdades científicas". Apenas Lênin, morto há sessenta anos, mas ainda tão vivo quanto antes, resistiu às forças da dissolução: continuou a dormir sem ser incomodado em sua caixa de vidro junto às Muralhas do Kremlin, tão bem preservado quanto sua obra. Mas uma múmia dificilmente é um símbolo de saúde e vigor.

Em 1979, ainda se considerava que o comunismo duraria para sempre, mesmo que de forma deteriorada. As profecias haviam sido desmentidas, os livros eram obviamente falsos, os sumos-sacerdotes da ideologia pareciam mortos-vivos, mas Brejnev e Hoxha ainda estavam amarrados à máquina de escrever, e as gráficas permaneciam imprimindo. É claro que as ogivas nucleares continuavam se multiplicando. O comunismo *parecia* vivo, e os estudiosos soviéticos ainda previam que a divisão oriente/ocidente duraria, quase como se fosse um marco natural como o Canal da Mancha.

Os estudiosos do comunismo foram, assim, pegos de surpresa quando, em 1989, o Muro de Berlim caiu e a União Soviética deixou de existir dois anos. Eles não perceberam até que ponto a União Soviética tinha ficado oca. Deveriam ter prestado mais atenção aos textos dos líderes. Cada vez mais vazios e fúteis, cada vez com mais dificuldades de sustentar a própria existência, os livros foram arautos da extinção. Cartas mortas prenunciaram um beco sem saída.

6

Outro mundo verde

Se o comunismo era um cadáver ambulante, que nova ideia poderia oferecer salvação à humanidade — e fornecer aos tiranos material para seus livros?

Em um mundo ideal, a resposta teria sido "nenhuma". Depois de três quartos de século de demagogia desenfreada e experiências sociais e econômicas desastrosas, certamente era hora de romper com fantasias milenaristas e loucuras científicas. Não havia super-homens; não havia forma nem estrutura para a história; havia apenas seres humanos, e muitas vezes seres humanos bastante desprezíveis, fazendo coisas terríveis tendo convicção de que tudo valeria a pena no fim. Afinal de contas, eles leram em um livro que seria assim; às vezes até tinham escrito tal livro.

Como vimos, no final da década de 1970, o estado da prosa dos ditadores era lamentável. Os tiranos permaneceram, mas suas ideias estavam em crise. Na China, o partido estava discretamente retificando o maoísmo para remover seus aspectos radicais, enquanto no Oriente Médio, Nasser estava morto, Kadafi era ridículo — quando não um assassino —, e os militares turcos eram obrigados a realizar golpes de Estado periodicamente para proteger o legado secular de Atatürk. Na Europa, Franco e Salazar estavam mortos; o nazismo e o fascismo eram fantasmas. Os nacionalismos e regimes militares variados da América Latina estavam desinteressados na construção de vastas bibliografias teóricas, embora o ditador militar chileno Augusto Pinochet tivesse se enveredado nisso e Fidel Castro fosse capaz de produzir teoria comparável aos melhores ditadores. Grupos guerrilheiros radicais na Ásia e na América Latina operavam a partir de cartilhas teóricas escritas no início do século. Enquanto isso, fora do mundo dos tiranos, os Estados Unidos estavam prestes a eleger Ronald Reagan, e o Reino Unido já havia colocado no poder Margaret Thatcher. Combatentes da Guerra Fria por excelência, o apoio dos dois à democracia inspirou milhões, mas suas ideologias de livre mercado não ofereciam redenção na Terra — embora em suas formas mais radicais essas ideologias também possuíssem um toque de irrealidade. Certamente, a promessa de que a riqueza escorreria como um córrego de ouro líquido descendo pela perna de um bêbado não era o tipo de coisa pela qual alguém estava disposto a morrer.

Mas havia outra ideia aguardando o momento de virar o mundo de cabeça para baixo, outro conjunto de livros à espreita, contendo novas abordagens para a solução da miséria humana. O problema foi que, depois de passar um século em busca de utopias seculares, os políticos e analistas cujo trabalho era pensar sobre essas coisas não levaram a sério essa ideia quando ela se materializou. Eles foram sufocados pelos próprios preconceitos, pelas próprias maneiras de pensar, pelo mito secular do progresso, até pela maneira como foram ensinados a pensar sobre o tempo. Considere o ano de 1979, por exemplo: o que ele significava? Nada, na verdade. Era um número sem muito significado — pelo menos, nas culturas ocidentais. Para os muçulmanos, foi o 1.400º aniversário da peregrinação de Maomé a Meca, o começo de um novo século e, segundo a tradição, o momento para um *mujaddid* aparecer a fim de renovar a fé.

Atatürk e aqueles inspirados por ele haviam considerado a religião como uma força retrógrada; a energia transformadora deveria ser encontrada em outro lugar. Por volta do ano 1400 no calendário muçulmano, no entanto, ficou claro para muitas pessoas que os nacionalistas, os socialistas e os modernizadores derrubaram a tradição, mas não criaram o novo mundo que eles haviam prometido. No Irã, onde a secularização era quase tão antiga quanto a Revolução Russa, Mohammad Reza Xá Pahlavi foi chamado de tirano e fantoche corrupto dos Estados Unidos por milhões de pessoas, apesar — ou por causa — de suas tentativas de reforma. Quando seu regime entrou em colapso, os livros que haviam inspirado frenesi em tantos intelectuais do século XX acabaram tendo pouca importância. Era hora de um conjunto diferente de textos: os sagrados.

A nova face da revolução encarava fixamente por baixo de um turbante e tinha uma barba muito comprida e muito branca.

O IRÃ TEM fortes tradições apocalípticas. Nos tempos pré-islâmicos, a religião do Estado era o zoroastrismo, segundo a qual a vida é uma batalha entre a escuridão e a luz que terminará com a chegada de um salvador e um juízo final. No século XVI, um rei menino chamado Ismael converteu o Irã para o xiismo, que, com seu anseio intenso pelo retorno do Imã Oculto, é uma religião que tem um aspecto apocalíptico muito mais pronunciado do que a maioria sunita do Islã. Ismael revelou um poderoso traço messiânico próprio em poemas dedicados a si mesmo ("Eu sou o mistério de Deus... em mim reside o profetismo e o mistério da santidade"), enquanto um governante subsequente sempre manteve dois cavalos a postos para que, quando o Imã Oculto e Jesus — cujo retorno também é esperado — surgissem para travar as batalhas do fim dos tempos, os dois não tivessem que perder tempo procurando por montarias. De vez em quando, os profetas exploravam esse anseio intenso e se proclamavam como o Messias esperado; foi assim, por exemplo, que a Fé Baha'i surgiu no Irã em meados do século XIX. Quando o milenarismo secular marxista foi adicionado ao caldeirão escatológico, os iranianos já haviam passado cerca de três mil anos à espera da chegada da justiça cósmica.

Não é de admirar, portanto, que quando os bolcheviques anunciaram que o estágio final da história havia começado em 1917, os marxistas no Irã, que fazia fronteira com a União Soviética, rapidamente tentaram aproveitar a onda revolucionária e estabeleceram uma República Socialista Soviética Persa na província de Gilan em junho de 1920. Isso ocorreu durante o período de crença frenética na Revolução Bolchevique, quando radicais na Alemanha, Hungria, Eslováquia e em outros lugares tentaram pegar carona no caos do pós-guerra até chegar à revolução mundial. A República Socialista Soviética Persa teve vida curta — deixou de existir em setembro de 1921 —, mas, mesmo assim, durou mais do que qualquer tentativa contemporânea de estabelecer estados soviéticos a oeste de Moscou, pois nenhuma chegou a um ano. A União Soviética reconheceu o potencial revolucionário dos intelectuais e estudantes iranianos e apoiou o Partido Marxista Tudeh, na expectativa do momento em que os trabalhadores daquela terra antiga se revoltariam.

Nessa época, o homem que acabaria por liderar a revolução do Irã sessenta anos depois estava estudando em um seminário. Ruhollah Khomeini tinha 15 anos quando os bolcheviques tomaram o poder ao norte e 18 quando a República Socialista Soviética Persa foi declarada. A Grã-Bretanha e a União Soviética estavam disputando jogos de Grandes Potências, e o governo havia perdido o controle fora da capital. Foi uma época de tumultos e conflitos, que geraram as condições ideais para a criação de um futuro escritor-ditador, e Khomeini de fato preenche muitos dos requisitos. Nascido nas províncias? Confere. Pai morto? Confere. Criado pela mãe? Confere. Educação religiosa? Confere. Torna-se adulto em uma potência imperial outrora poderosa e agora em dificuldades? Confere. Potências imperialistas rondando atrás de espólios? Confere. Outros impérios na vizinhança entrando em colapso? Confere. Governantes tirânicos impopulares vivendo em grande opulência enquanto as massas sofriam uma pobreza endêmica? Confere.

Mas Khomeini também divergiu significativamente da narrativa: em vez de abandonar a crença religiosa pelas simplificações do marxismo ou outra ideia nova encontrada em um livro ocidental, aprofundou seu estudo do Islã. Em vez de ganhar uma bolsa para estudar na Rússia ou na França, onde poderia mergulhar em teorias radicais, ele se mudou para a cidade sagrada de Qom.

Ao longo de seus estudos religiosos, Khomeini mergulhou em um universo vasto e interconectado de textos. Como os teóricos comunistas, ele foi treinado para não pensar de forma empírica, e sim para buscar as conexões múltiplas e profundas entre palavras no papel, e para saber o que havia sido dito sobre essas conexões no passado, o que era uma interpretação legítima e o que era uma interpretação ilegítima. Ele estudou árabe e persa, gramática, lógica, retórica, jurisprudência, filosofia islâmica, ciência islâmica e história islâmica, e foi demonstrando o domínio dessa tradição escrita que Khomeini estabeleceu sua autoridade como guia religioso — assim como os comunistas foram obrigados a cometer atos públicos de teoria para construir carreiras no partido. No entanto, enquanto os comunistas se acostumaram a um mundo de estruturas burocráticas de poder rigidamente hierárquicas, o islamismo xiita era menos direto. Os líderes só poderiam "surgir" através do reconhecimento da comunidade; Khomeini teve que ser verdadeiramente convincente quando falou e quando escreveu.

De sua base em Qom, Khomeini ensinou, pregou, escreveu e publicou, tanto em árabe quanto em persa. Ele era especialmente conceituado pela experiência na lei islâmica e no campo muito mais teologicamente arriscado do gnosticismo. Na década de 1950, foi reconhecido como um aiatolá ("Sinal de Deus"), um título que o destacava como um excelente estudioso e integrante da hierarquia religiosa. No início dos anos 1960, ele era um "Grande Aiatolá", um dos líderes espirituais do mais alto escalão do Irã. Foi um avanço lento e constante, alcançado sem revolução ou violação das regras. Khomeini não era o líder de um partido político ou um autor de slogans. Ele não tinha uma Guarda Vermelha islâmica sob seu comando. Não tinha um exército. Então, em que consistiam seus ensinamentos e livros para que tivessem tanto impacto?

COMO KHOMEINI ESCREVIA dentro de uma tradição literária e teológica elaborada por uma multidão de participantes ao longo dos séculos, é difícil para os estrangeiros entenderem o significado e o contexto de seus escritos — isto é, se eles sequer se derem ao trabalho de lê-los. Para a maioria de nós, felizmente, não há necessidade de nos sujeitarmos a um curso intensivo nos textos de Khomeini ou ler a obra de, digamos, Kim Il-sung. Um problema surge apenas quando os indivíduos que alegam deter um certo conhecimento sobre o Irã oferecem opiniões que demonstram uma total falta de familiaridade com a obra publicada de Khomeini.

É razoável esperar que William Sullivan, o último embaixador dos Estados Unidos no Irã, teria pelo menos designado um lacaio de menor escalão para dar uma rápida olhada nos escritos de Khomeini quando a influência do clérigo crescia no final dos anos 1970. Em vez disso, ele produziu um rápido memorando para Washington no qual comparou Khomeini a Gandhi. Em defesa de Sullivan, ele era um homem ocupado tentando acompanhar o colapso iminente de um importante regime que era cliente dos americanos. No entanto, Richard Falk, professor em Princeton que realmente conheceu Khomeini e deveria saber das coisas, escreveu um artigo infame para o *The New York Times*, no qual assegurou aos leitores que o círculo de Khomeini era "composto de maneira uniforme por indivíduos progressistas moderados" e que todos eles compartilhavam "uma preocupação notável pelos direitos humanos".*

Assim como ninguém levou os bolcheviques ou os nazistas a sério até que fosse tarde demais, Khomeini conseguiu avançar em direção ao poder sem atrair muita atenção, embora tivesse produzido uma extensa bibliografia que telegrafou aberta e detalhadamente suas visões pouco progressistas sobre

---

* Sendo justo, Falk mais tarde mudou de ideia e descreveu o regime de Khomeini como o "mais terrorista desde Hitler". (N. do A.)

uma infinidade de assuntos. A atenção ainda estava em antigas batalhas ideológicas do início do século. A ideia de que a religião era uma força a ser levada a sério na política era tão estranha para os formadores de opinião com boa instrução quanto é desagradável para eles agora.

Dito isso, não devemos ser tão severos ao julgar os ingênuos dos anos 1970, uma vez que as obras do aiatolá foram escritas em árabe e persa, enquanto o Departamento de Estado estava cheio de linguistas treinados nas línguas faladas atrás da cortina de ferro. Fica clara a dificuldade de entender o que Khomeini representava quando consideramos que a primeira antologia de sua obra só apareceu em inglês em 1980, e ela estava longe de ser um modelo de pesquisa acadêmica. Em vez disso, a publicação saiu como livro de bolso pela Bantam Books com o título complicado de *O livro verde dos princípios políticos, filosóficos, sociais e religiosos do aiatolá Khomeini* na capa, e abreviado para *O livro verde do aiatolá Khomeini* na lombada.

O livro verde do aiatolá Khomeini foi traduzido para o inglês a partir de uma tradução francesa de alguns dos "maiores sucessos" do religioso. Também era obviamente um caça-níqueis comercial feito de forma grosseira, que se esforçava demais para enfiar todos os clichês ditatoriais conhecidos pelo homem no título por meio da invocação do socialista e jornalista americano Jack Reed, de Mao e de Kadafi.* Mergulhe, e o Khomeini que surge das páginas desse livro fino é uma figura perdida e capaz de criar confusão. Há o Khomeini que odeia a tirania e a injustiça. Ele se parece muito com Che Guevara — ou talvez Ali Shariati, um escritor islâmico-marxista e antimonárquico contemporâneo de Khomeini, que foi um dos ideólogos da Revolução Iraniana, representando um caminho que nunca foi seguido.

> *O Islã é a religião daqueles que lutam pela verdade e justiça, daqueles que clamam por liberdade e independência. É a escola daqueles que lutam contra o colonialismo.*

A seguir, vem o Khomeini supremacista islâmico: "Guerra santa significa a conquista de todos os territórios não-muçulmanos. Tal guerra pode ser declarada após a formação de um governo digno desse nome, sob a direção

---

* O título americano é *The Little Green Book: The Astonishing Beliefs of the Man Who Has Shaken the Western World — The Sayings of the Ayatollah Khomeini Political Philosophical Social and Religious*, ou "O pequeno livro verde: as crenças surpreendentes do homem que agitou o mundo ocidental — Os ditados filosóficos, socais, religiosos e políticos do aiatolá Khomeini" (N. do T.)

do imã ou sob suas ordens." E o Khomeini oponente tenaz dos cuidados masculinos com a barba: "raspar o rosto, seja com lâminas de barbear ou aparelhos elétricos destinados aos mesmos propósitos, é inaceitável". Além disso, há o Khomeini antissemita que espuma de raiva, o Khomeini que cria fantasias conspiratórias, o Khomeini que denuncia os remédios ocidentais para o tifo e assim por diante. Esses Khomeinis eram todos bastante reais, mas *O livro verde do aiatolá Khomeini* não revelou muito sobre eles, pois é sobrepujado por outro Khomeini: aquele que é muito obcecado por sêmen, suor e ânus.

É verdade, Khomeini é muito preciso quando se trata de tais assuntos, a saber:

> *Em três casos, é absolutamente necessário purificar o ânus da pessoa com água: quando o excremento foi expelido com outras impurezas, como sangue, por exemplo; quando alguma coisa impura roçou o ânus; quando a abertura anal estiver suja mais do que o habitual.*

Em todos os outros casos, a pessoa pode lavar o ânus com água ou limpá-lo com um pano ou pedra. E isso não é nada comparado aos detalhes em que *O livro verde do aiatolá Khomeini* cita o líder iraniano sobre o que é certo e errado em várias questões sexuais, incluindo o bestialismo. É especialmente esclarecedor o conjunto de instruções sobre o que a pessoa deve fazer com um camelo que tenha sofrido algumas penetrações vigorosas de um humano do sexo masculino em seu ânus.

As citações foram selecionadas e organizadas de tal maneira que Khomeini soa obsessivo, fanático e perverso. No entanto, algo está errado: o tom. Não obstante o conteúdo, a voz do aiatolá é lúcida, racional e extremamente solene. Isso não é como um maníaco obcecado por sujeira e pureza se expressa. E outro Khomeini está completamente ausente do livro — o Khomeini que escreveu poesia, incluindo versos como estes:

> *Abra a porta da taverna e deixe-nos entrar dia e noite*
> *Pois estou de saco cheio da mesquita e do seminário.*

Em vez de ajudar a explicar os acontecimentos no Irã, *O livro verde do aiatolá Khomeini* deu aos leitores a oportunidade de fazer vista grossa para eles como se fossem pura loucura e barbárie. Não que o texto contenha mentiras, porém o livro é uma compressão sensacionalista de três obras separadas e muito maiores — que já são, em si, uma pequena seleção da bibliografia de Khomeini. Na época da revolução, ele havia publicado 18 livros, e vemos que comprimir os trechos mais lascivos em um livro de bolso de 125 páginas não serve muito como um guia para as convicções de Khomeini — assim como remover todo o contexto dos pensamentos de Mao em *O livro vermelho* não levou à iluminação na China. Embora seja tentador descartar uma figura tão desagradável como Khomeini, sem dúvidas, ele foi um líder revolucionário eficaz. É melhor aprender com seus livros do que ridicularizá-los.

Na verdade, a estratégia de pintar o aiatolá como um obscurantista demente já havia fracassado no Irã. Agentes do Mohammad Reza Xá Pahlavi haviam notado o material com teor de sodomia sobre sêmen/ânus/camelo na obra de Khomeini e extraído e disseminado exemplos especialmente divertidos em 1977 e 1978 para desacreditá-lo. Em vez disso, esses agentes expuseram a si mesmos e a desconexão com a própria cultura, pois as citações foram extraídas de *A Clarification of Questions*. Esta não foi uma obra que revelava a alma de Khomeini, mas um "código de pureza" detalhado, do tipo que pode ser encontrado no Livro do Levítico no Antigo Testamento, que também contém instruções sobre relações sexuais com animais, parentes e pessoas do mesmo sexo, entre muitos outros assuntos. A contribuição de Khomeini ao gênero foi mais ou menos idêntica à de outros aiatolás importantes que, desde a década de 1950, vinham seguindo a tendência de publicar compilações semelhantes de perguntas e respostas. Ao demonstrar a amplitude e profundidade de sua erudição religiosa, eles aumentaram a própria autoridade como líderes espirituais. No entanto, a maioria dos aiatolás deixou o verdadeiro trabalho de criar as compilações para subalternos, assinando o produto acabado da mesma maneira que Brejnev fez com suas memórias.

Isso aponta para outro problema em se concentrar no abuso sexual de camelos: o que os assistentes de Khomeini achavam que era apropriado incluir numa enorme antologia sobre códigos de pureza não tinha absolutamente nada a ver com sua posição como líder revolucionário. Ensaios sobre os pontos mais sutis da jurisprudência islâmica ajudaram Khomeini a se destacar como professor, mas não foram eles que o transformaram no homem que derrubou o xá, muito menos os detalhes mais sutis de seus textos sobre a lei de venda — em cinco volumes — ou os dois livros sobre direito comercial. Pelo contrário, foi a recusa teimosa de Khomeini em se submeter à autoridade secular do xá quando ela infringiu a lei de Deus, e sua disposição de se colocar em risco escrevendo e pregando contra ele.

Para Khomeini, as ideias ocidentais de progresso e o Iluminismo eram criações de homens, e sua adoção só faria distanciar os muçulmanos do criador. No entanto, durante toda a vida adulta de Khomeini, os governantes do Irã vinham insistindo na "modernização". Depois de um golpe militar em 1925, um oficial chamado Reza Pahlavi havia se coroado xá. Um admirador de Atatürk, Reza também havia praticado políticas de modernização e nacionalismo até que forças soviéticas e britânicas ocuparam o Irã em 1941 e forçaram sua abdicação.* O filho do xá, Mohammad Reza Pahlavi, foi colocado no poder em seu lugar, mas ele era um homem mais fraco que o pai, foi educado na Europa e gostava de festas e belas atrizes.

Khomeini parece ter aproveitado o momento de desorientação interna para escrever *The Revelation of Secrets*, seu primeiro trabalho político, publicado anonimamente em 1944. O livro contém ataques a clérigos reformistas e defensores da ocidentalização. Aqui vemos Khomeini se expressando diretamente, enfurecido contra a lei secular do Irã ("que emana dos cérebros sifilíticos de um certo grupo"), as escolas mistas e o cinema, enquanto proclamava a totalidade da lei divina. No entanto, ele não chega a pedir resistência ao xá. O líder religioso superior em Qom, o aiatolá Boroujerdi, acreditava que a religião deveria ser mantida distinta dos negócios do governo e, conforme a estabilidade voltava ao Irã, Khomeini conteve quaisquer impulsos de fazer críticas a Mohammad Reza, que continuava a realizar políticas de reforma e modernização.

O novo xá não era pessoalmente hostil ao Islã, mas em sua autobiografia, *Mission for My Country*, de 1960, são notáveis as poucas referências que ele faz à "fé muçulmana". Depois de confessar uma "crença passional" na revelação de Maomé, são escassas as indicações quanto ao que essa crença pode implicar, além de uma devoção particular e discreta. Por outro lado, capítulos inteiros são dedicados a temas como "ocidentalização", "nacionalismo", "os direitos das mulheres", "educação" e, claro, "petróleo" — porque foi o petróleo iraniano que trouxera grande riqueza para o país, e que o xá pretendia usar para transformar o país em uma "Grande Civilização" através de uma "Revolução Branca". O imperador em pessoa tinha seu próprio livro e pretendia liderar do topo no estilo de Mao, combinando a reforma agrária com enormes projetos de desenvolvimento, campanhas de alfabetização e emancipação das mulheres.

---

* Reza Xá (que possuía uma fotografia autografada de Adolf Hitler) adotara uma política de neutralidade em relação à Alemanha durante a guerra, mas Churchill e Stálin não toleram essa atitude. (N. do A.)

Para Khomeini, essa "Revolução Branca" era uma violação das leis eternas de Deus. Em 1961, o aiatolá Boroujerdi morreu, e Khomeini se tornou o clérigo mais graduado em Qom. A essa altura, seu prestígio era tão grande que ele alcançou o status de *marja-e taqlid* ("uma pessoa a ser imitada"), e deixou bem evidente o tipo de comportamento que ele queria que seus seguidores seguissem. Khomeini já havia se arriscado na literatura — ainda que discretamente — ao acrescentar um capítulo sobre "Resistência ao opressor" dentro de um tratado islâmico que de resto não era revolucionário, *Fontes proibidas de renda*, no qual ele abertamente declarou que "ajudar um opressor em sua opressão é proibido sem qualquer dúvida". Mas da mesma forma que a Revolução Branca do xá escapara dos limites da tinta no papel e começara a derrubar séculos de prática islâmica no Irã, o desejo de Khomeini de resistir ao opressor também se livrou de todas as restrições. Em 1962, ele liderou um protesto de líderes religiosos contra uma proposta de mudança na lei que teria permitido que autoridades do Estado fizessem seu juramento de posse com a mão sobre "o livro sagrado" em vez de declarar especificamente "o Alcorão" — isso parecia colocar textos de cristãos, judeus, zoroastrianos e até bahaístas em pé de igualdade com os muçulmanos xiitas. Invocando — como faria muitas vezes ao longo dos anos — o espectro do judeu diabólico, Khomeini afirmou se tratar de uma conspiração sionista para tomar o controle do Irã. O governo recuou, mas ele estava apenas se aquecendo. A guerra de palavras se intensificou. Quando o aiatolá intensificou as críticas ao xá, este respondeu na mesma moeda, descrevendo a oposição religiosa em Qom como "reação sombria". Khomeini respondeu com mais força e acusou o xá de hostilidade ao Islã e amor a Israel, enquanto sugeria que o povo iraniano ficaria feliz em vê-lo pelas costas.

Khomeini foi preso, e em seguida ocorreram tumultos. O regime o manteve na prisão por quase um ano e depois o libertou. Assim que foi solto, Khomeini retomou os ataques ao xá e suas políticas, mobilizando os fiéis contra a mudança implacável que vinha do ocidente. Assim sendo, o aiatolá voltou a ser preso e deportado para a Turquia, antes de se estabelecer em Najaf, uma cidade sagrada para os muçulmanos xiitas situada a cerca de 160 quilômetros ao sul de Bagdá. Apesar da educação extremamente cara que recebeu no superprestigioso Instituto Le Rosey, na Suíça, o xá tinha ignorado a parte do currículo que cobria a história da Revolução Russa: Khomeini agora se juntava a Marx e Lênin nas fileiras dos radicais que, através de seus escritos, provou ser mais mortal no exílio do que teria sido em casa.

* * *

Ao longo deste livro, mais de uma vez vimos escritores-ditadores descobrirem que as verdades, até então ocultas, estavam à espreita dentro de seus textos sagrados. Os comunistas, em especial, eram peritos em descobrir que leis históricas "cientificamente comprovadas" eram menos rígidas do que se acreditava anteriormente. Não que isso seja novidade: durante as Cruzadas, os monges guerreiros durões conseguiram encontrar justificativas para atos estupendos de violência contra os infiéis, apesar das afirmações muito evidentes de Cristo sobre a resistência pacífica nos Evangelhos.

A necessidade, então, é a mãe não apenas da invenção, mas também da reinterpretação. Quando Khomeini se sentou em Najaf com seus livros, horrorizado com a Revolução Branca se espalhar pela fronteira, ele começou a refletir sobre o conceito legal da "governança do jurista". Tradicionalmente, isso era entendido como uma referência às leis relativas à responsabilidade de um jurista islâmico pela vida e propriedade de órfãos e viúvas. Mas Khomeini enxergou um potencial na ideia, e levaria o conceito muito mais longe.

O aiatolá primeiro apresentou seus argumentos em um tratado legal de cinco volumes intitulado *The Book of Sale*. Como o título indica, é um trabalho dedicado ao tema das leis islâmicas de comércio. No meio das páginas, no entanto, Khomeini maliciosamente enfiou uma discussão acadêmica sobre a situação dos órfãos que representa uma expansão imensa dos poderes do jurista islâmico. O dever de cuidado do jurista, explicou Khomeini, se aplicava não apenas a um punhado de situações familiares específicas, mas a todo o Estado. Ele ultrapassava a mesquita, entrando nas esferas política e social; na verdade, somente aqueles que eram especialistas em leis islâmicas estavam qualificados para liderar um Estado islâmico — que deveria ter um governo islâmico e um sistema legal islâmico.

Khomeini avançou da oposição ao xá para fornecer o esboço de um modelo diferente de governo. Melhor ainda, ele poderia fornecer detalhes enquanto mantinha todas as vantagens de defender uma utopia como nunca existiu em nenhum lugar da Terra. Ao contrário dos bolcheviques de 1917, os comunistas iranianos tinham um exemplo em tempo real de um Estado comunista bem ao norte para apontar como modelo, e era óbvio para qualquer um que não fosse um fiel de verdade que havia muita coisa errada com aquilo. Khomeini, em comparação, tinha um vasto e detalhado corpo de leis islâmicas que ele poderia apontar, e sobre o qual o aiatolá foi amplamente reconhecido como uma grande autoridade. Ao mesmo tempo, seu exemplo de governo islâmico aplicado foi tirado de uma era de ouro idealizada, quando o profeta Maomé ainda andava sobre a terra. Era uma época conhecida apenas por textos e não baseada em experiência empírica. Era, em suma, ideal.

No exílio, Khomeini elaborou sua ideia, expressa plenamente em *Islamic Government*. Tal como *Sobre os fundamentos do leninismo*, de Stálin, esse livro teve origem como uma série de palestras desenvolvidas para estudantes. O iraniano, como Stálin, queria popularizar sua ideia revolucionária. Para isso, teve que equipar seus seguidores com uma compreensão completa da "governança do jurista islâmico". Khomeini deu palestras em Najaf em 1970; um aluno as transcreveu e elas foram publicados em forma de livro um ano depois.

Um título como *Islamic Government* certamente parece difícil e ameaçador, especialmente ao ler discussões em língua inglesa sobre ele que insistem em usar o termo persa *velayat e faqih* em vez de "governança do jurista" no texto. Esta foi a última obra de ditador que li durante minha pesquisa; eu temia que fosse ainda mais confuso do que as obras "teóricas" de Mao, uma vez que *Islamic Government* é baseado em uma leitura a fundo da lei islâmica, ao contrário de *A história do Partido Comunista (Bolchevique) da URSS* e de um punhado dos maiores sucessos de Lênin. No entanto, quando me sentei para lê-lo, logo percebi que havia julgado mal o aiatolá. Não é que *Islamic Government* seja uma leitura relaxante de praia — longe disso —, mas é bem-construído e claro; até lúcido. Em suas páginas, Khomeini é metódico, erudito e preocupado com a comunicação clara. Ele articulou as ideias com imensa precisão e demonstrou, cuidadosamente, a cadeia de raciocínio que o levara às conclusões. É como se Khomeini realmente quisesse *persuadir* os leitores em vez de intimidá-los à submissão (Lênin), fazer declamações bombásticas até que eles concordem com a cabeça (Hitler) ou esconder a própria ignorância através de um jargão ameaçador (Mao). Assim como Marx havia encarregado o filósofo da tarefa de mudar em vez de interpretar o mundo, Khomeini encarregava o jurista da mesma responsabilidade. Mas, para isso acontecer, a ideia teria que ser entendida. Como resultado, *Islamic Government* é surpreendentemente fácil de ler.

Khomeini começou o livro com um retrato de uma nação que se afastara de Deus. O aiatolá criticou a constituição do Irã como uma violação das leis e do sistema de governo do Islã, que ele declarou não reconhecer nem a monarquia, nem o princípio da sucessão. Khomeini olhara ao redor e viu uma nação corrompida por leis estrangeiras e vícios sexuais — nada que um açoitamento não ajudasse —; não se impressionou com o pouso do homem na lua — a conquista do espaço não resolve problemas sociais nem alivia o sofrimento humano —; e lamentou que a propaganda imperialista tenha enganado muita gente a crer que o Islã e a política deveriam ser separados: "Isso está em total contradição com nossas crenças fundamentais."

A solução, segundo Khomeini, era óbvia. Ele apontou para o exemplo de Maomé, que era ao mesmo tempo um líder espiritual e político. "É evidente", escreveu o aiatolá, "que a necessidade da promulgação da lei que exigiu a formação de um governo pelo Profeta (que a paz esteja com Ele), não foi confinada ou restrita ao tempo Dele, mas permaneceu depois de sua partida deste mundo". Além disso, Khomeini acrescentou: "O glorioso Alcorão e a Sunna* contêm todas as leis e ordenanças de que o homem precisa para alcançar a felicidade e a perfeição de seu estado." Ele disse a seus alunos que deveriam pregar essas verdades, pois "é seu dever estabelecer um governo islâmico".

Khomeini enfatizou a urgência dessa missão e apontou para uma crise que ocorria não só no Irã, mas em todo o mundo muçulmano. A nação do Islã era "fraca e dividida", disse ele, e era a falta de "um líder, um guardião e a nossa falta de instituições de governo que tornaram isso tudo possível". Judeus, estrangeiros, minorias e imperialistas eram os culpados. O aiatolá exigiu um retorno à ordem e à autoridade. Felizmente, havia uma solução: a revelação divina de Maomé tinha respostas para todas as questões morais, sociais e políticas, tornando o trabalho da política muito mais simples. Por exemplo, uma vez que toda lei advinha do Legislador Divino, então "um simples corpo de planejamento toma o lugar da assembleia legislativa que é um dos três ramos do governo". E como o governo islâmico era um governo da lei, seria lógico que o governante fosse um especialista em direito, livre de quaisquer grandes pecados, o especialista supremo na lei, uma figura que "supera todos os outros no conhecimento".

Após expor sua tese, Khomeini produziu um argumento mais detalhado em prol do governo islâmico citando precedentes da história islâmica, ao mesmo tempo que abordava metodicamente possíveis objeções. Perto do fim, ele fez um breve desvio para a teoria da conspiração — aparentemente os judeus introduziram erros em algumas edições do Alcorão como parte de seu plano de dominação mundial —, antes de encorajar seus alunos a

---

* Costumes e práticas legais e sociais da comunidade islâmica. (N. do A.)

estabelecer as bases para esse novo sistema. Ao melhorar a qualidade da pregação, eles trariam mais pessoas de volta ao verdadeiro caminho. Assim sendo, apesar de toda a análise legalista de precedentes históricos do aiatolá, as ideias básicas eram extremamente simples: ele prometeu uma fuga do caos da modernidade para um estado de harmonia como era na época em que Maomé andava sobre a terra. Os muçulmanos perderam o rumo, mas se ouvirem o especialista supremo — o próprio Khomeini, que tal? —, a lei os levaria a um lugar melhor. Ah, sim, e com a ajuda de Deus eles deveriam "encurtar os braços dos opressores" e "extirpar todos os traidores do islamismo e dos países islâmicos".

Por mais lúcida que fosse a explicação do governo islâmico feita por Khomeini, ela levantou algumas questões preocupantes. Se a "governança do jurista" era a única forma legítima de liderança, por que todos pensavam que se tratava de cuidar de órfãos até agora? E quanto a todos os professores e líderes religiosos que vieram antes de Khomeini, que apoiaram o governo monárquico? Depois de todos esses séculos com especialistas analisando os textos e escrevendo comentários, era de se imaginar que alguém teria percebido o erro. Nem o alto clero do Irã acolheu bem a revelação repentina de que eles e seus predecessores estiveram errados por séculos.

A reação ao livro de Khomeini não foi gentil. Ainda assim, seguidores fiéis continuaram a contrabandear fotocópias de seus escritos e gravações em fita cassete dos sermões através da fronteira com o Irã. Em 1971, *Islamic Government* estava à frente de seu tempo. Felizmente para Khomeini — quando não pelo xá ou por qualquer um que tenha uma visão obscura da teocracia —, estava à frente por apenas oito anos.

EM 1971, O Xá Reza Pahlavi celebrou dois mil e quinhentos anos da monarquia persa com uma grande festança nas ruínas de Persépolis, a antiga capital do Império Aquemênida. O monarca havia se coroado xahanxá ("Rei dos Reis"), e desejava que o mundo testemunhasse a glória da nova realidade que ele estabelecia no Oriente. Não foi poupada nenhuma despesa, pois, através de uma combinação de pompa, esplendor e festa, Reza Pahlavi se esforçou para demonstrar a conexão entre a grande civilização do presente do Irã e a grande civilização do passado do Irã.

Como a própria Persépolis — ainda magnífica — já tinha visto dias melhores, uma cidade temporária de tendas de luxo equipadas com todas as conveniências modernas foi erguida entre as ruínas para que reis, rainhas, sultões, presidentes, vice-presidentes e primeiros-ministros pudessem desfrutar a celebração em conforto. Os habitantes da cidade, uma população substancial de escorpiões e cobras, foram expulsos, enquanto chefes de cozinha do exclusivo Maxim's de Paris eram levados de avião para oferecer pratos requintados no deserto. O evento culminou com um espetáculo de fogos de artifício e shows de luzes, todos registrados em um documentário de pompa excepcional narrado por ninguém menos do que Orson Welles — que usou o cachê para financiar uma adaptação de *Moby Dick* que nunca chegou a algum lugar. Mais um caso exemplar de arrogância que precede o inimigo? A lista de convidados em si parece sinistra em retrospecto, uma vez que muitos deles logo morreriam, cairiam em desgraça ou testemunhariam impotentes a desintegração de seus países. Nicolae e Elena Ceaușescu vieram para a festa; ambos morreriam pela bala do carrasco. Haile Selassie, da Etiópia, também apareceu; ele perderia o poder em um golpe e morreria por estrangulamento. O vice-presidente dos EUA, Spiro Agnew, estava lá; ele logo renunciaria para evitar ser preso. Moktar Ould Daddah, da Mauritânia, compareceu; seu destino era ser deposto em um golpe militar. Mobutu Sese Soko, do Zaire, assistiu à queima dos fogos de artifício; ele seria derrubado por uma revolta armada. Imelda Marcos, das Filipinas, provou da culinária francesa; ela seria forçada a fugir de seu país após uma revolução, deixando para trás sua preciosa coleção de sapatos. Sem mencionar os políticos de destaque da Iugoslávia, Tchecoslováquia e União Soviética, que testemunharam essa orgia de autoglorificação, sem saber que, dentro de duas décadas, seus próprios países deixariam de existir.

E havia o xá, é claro, cuja Grande Civilização estava destinada à destruição total. Não que ele pudesse imaginar que tal coisa fosse possível; era bem o contrário, na verdade. Reza Pahlavi acreditava que estava restabelecendo o Irã como uma potência mundial. A grande celebração em Persépolis sequer foi seu último ato de arrogância. Em 1976, o Irã substituiu o calendário islâmico por um calendário "imperial", sendo o ano zero a coroação do imperador persa Ciro, o Grande. De repente, já não era mais 1355, mas 2535, como se o Irã desse um salto de um milênio para o futuro. Na realidade, a maioria das pessoas continuou a viver na era do profeta.

A essa altura, o xá estava a três anos do final. A verdade é que, apesar das reformas e da modernização, ele foi amplamente difamado como um tirano responsável por um estado corrupto e repressivo. E à medida que crescia a insatisfação com suas políticas, ele confiava cada vez mais na SAVAK, sua polícia secreta, para suprimir a oposição que vinha de uma coalizão mista de marxistas, nacionalistas, liberais e crentes religiosos; de leitores tanto do utópico islâmico-marxista Ali Shariati quanto do revolucionário islâmico aiatolá Khomeini, cujos sermões incendiários continuaram a vazar através da fronteira.

Em 1975, Ali Shariati, que inspirou muitos intelectuais do Irã a se opor ao xá, morreu no exílio. Khomeini, no entanto, ainda estava em estado perfeito, com a intenção de preencher a lacuna deixada por seu rival morto e expandir sua influência. Assustado com a disseminação das ideias do aiatolá, o regime do xá pressionou o governo em Bagdá a expulsá-lo de sua base em Najaf. Em 6 de outubro de 1978, Khomeini foi expulso do Iraque, porém, mais uma vez, o xá cometeu um erro estratégico. O aiatolá se mudou para um subúrbio de Paris, onde não só continuou a gozar firme e forte de plena saúde, mas também descobriu que tinha acesso a todos os benefícios de uma sociedade livre. Ele se tornava *mais* influente. Foi nessa época que escritores e intelectuais ocidentais crédulos que nunca tinham lido uma só palavra que Khomeini havia escrito começaram a se reunir em torno do homem santo, exótico e barbudo, acreditando que, por ele ser religioso, vindo do oriente e opositor ao regime do xá, devia ser gentil e bondoso — igual a Gandhi, como disse William Sullivan. Entre esses turistas estava Michel Foucault, que apareceu pela última vez nestas páginas como um "idiota útil" do presidente Mao. Foucault viajou para o Irã em setembro de 1978, visitou Khomeini em Paris em outubro e depois retornou ao Irã em novembro. Sabendo muito pouco sobre o Islã ou o Irã, ou sobre a hostilidade de Khomeini em relação aos "judeus" — ou sua tendência a dizer coisas como "vamos exportar nossa revolução pelo mundo... até que os gritos de 'não há deus exceto Alá, e Maomé é o mensageiro de Alá' ecoem pelo mundo todo" —, Foucault escreveu entusiasmado sobre o que Khomeini representava, que aparentemente era "uma revolução do espírito em uma época desprovida de espírito". Ele assegurou a seus leitores que "governo islâmico" não significava "um regime político em que o clero teria um papel de supervisão ou controle" e que "as minorias serão protegidas e livres para viver como quiserem, desde que não prejudiquem a maioria", enquanto "entre homens e mulheres não haverá desigualdade em relação aos direitos, mas diferença, uma vez que há uma diferença natural". Na realidade, foi uma revolução que levaria gays como ele serem enforcados em guindastes ou forçados a passar por cirurgias de mudanças de sexo — mas é isso aí. A credulidade terminal de Foucault resultou em um fracasso intelectual completo a ponto de ser quase impressionante.

A crise no Irã se acelerou, e o centro não conseguiu aguentar. Em 16 de janeiro de 1979, o xá correu para as colinas — ou melhor, para o exílio no Egito. Seus aliados americanos o haviam abandonado, e sua Grande Civilização havia sumido da existência. Já doente terminal, ele morreu dentro de um ano.

Khomeini retornou ao Irã quinze dias depois da fuga em desgraça do xá. Uma multidão exultante o recebeu no aeroporto de Teerã, enquanto milhões se espalharam pelas calçadas nas ruas da capital para lhe dar as boas-vindas. E, embora Khomeini tivesse assegurado aos intelectuais e repórteres ocidentais que não tinha interesse em exercer diretamente o poder, constatou-se que as coisas que ele escrevera no Irã e no Iraque eram um guia melhor para suas intenções do que o que o aiatolá dissera em Paris. Depois de um referendo em 1º de abril, o Irã foi declarado República Islâmica, e logo se descobriu que o incomparável especialista em lei sobre o qual Khomeini vinha falando em sermões e livros como *Islamic Government*, aquele que deveria governar o Estado. Era — surpresa! — ele mesmo.

A governança do jurista, exposta pela primeira vez naquilo que era ostensivamente um livro sobre contratos comerciais quinze anos antes, e que havia sido rejeitada por muitos imãs quando Khomeini expandiu o conceito em *Islamic Government*, estava consagrada na constituição. Não apenas isso, mas ele foi proclamado Líder Supremo de forma vitalícia; nada mal para um clérigo das províncias. No poder, sua interpretação da lei prevaleceu, os livros do Grande Aiatolá se tornaram leitura obrigatória, e a República Islâmica rapidamente foi pioneira em formas de repressão muito mais abrangentes do que qualquer outra praticada pelo xá.

Estava tudo nos textos, obviamente. Mesmo assim, como aconteceu com a Revolução Bolchevique de 1917, os livros rapidamente se mostraram insuficientes. Em *Islamic Government*, o aiatolá havia denunciado a constituição do Irã como um conceito ocidental, mas seu novo Estado islâmico adquiriu uma constituição própria. Khomeini tomou emprestadas outras ideias do ocidente, como uma presidência e um parlamento eleitos e a separação de poderes — embora ele mantivesse a autoridade final como o Líder Supremo —, e havia muito vinha propagando uma retórica anticolonialista e anti-imperialista que devia mais a Marx do que a Maomé. A inadequação de seus argumentos também foi demonstrada no fracasso da governança do jurista em criar raízes em outras comunidades xiitas, apesar da divulgação dos livros do aiatolá no exterior. Sem um aparato estatal repressivo para impor a teoria, não havia quem a adotasse.

No entanto, seu impacto foi imenso. Khomeini não apenas venceu o xá apoiado pelos Estados Unidos, mas renovou o Islã como uma força política e demonstrou que poderia ser uma alternativa às utopias ímpias que haviam seduzido tantas pessoas ao longo do século. Este foi um prenúncio do que estava por vir. Os milenaristas seculares não se inspirariam mais nos livros religiosos; os milenaristas religiosos se inspirariam nos seculares e combinariam os conceitos muito antigos com os relativamente novos, desenvolvendo constituições e repúblicas, escolhendo a dedo o que precisavam para formar novos híbridos. O aiatolá era um arauto de um mundo que estava sempre lutando para nascer em sangue e fogo — e a luta estava longe de terminar.

É claro que Khomeini teve outra influência direta: como crítico literário. Em 1989, ele condenou Salman Rushdie à morte por cometer um suposto ato de blasfêmia em um romance que o aiatolá não tinha lido e jamais leria. Como cidadão britânico e muçulmano sunita — não-praticante —, Rushdie não estava sujeito de maneira alguma à jurisdição do líder supremo iraniano. No entanto, tumultos, assassinatos e terrorismo acompanharam o pedido *fatwa** pela morte de Rushdie, seguidos por declarações ambíguas e cheios de culpa de *bien pensants* ocidentais que deveriam ter tido mais bom senso. Khomeini havia demonstrado que as leis islâmicas sobre blasfêmia poderiam ser estendidas ao mundo inteiro e às comunidades que viviam por costumes e tradições inteiramente diferentes dos seus. O caso estabeleceu um precedente, e hoje todos estamos familiarizados com suas consequências deprimentes. Como no Irã, aquilo que era inimaginável rapidamente se tornou a realidade; todos nós vivemos à sombra do aiatolá.

---

* No Islã, o *fatwa* é uma decisão formal ou interpretação sobre uma questão da lei islâmica dada por um especialista em direito qualificado. (N. do T.)

=== FASE III ===

DISSOLUÇÃO E LOUCURA

I

À meia-noite no
jardim do supertédio

Felizes e contentes sem saber da obsolescência iminente, os líderes do império transnacional do supertédio permaneceram amarrados à máquina de escrever e continuaram a gerar imensas quantidades de palavreado indesejado e inútil. Os grandes homens não perceberam que eram mortos que andavam. Eles achavam que ainda estavam vivos, que o mundo que governavam ainda tinha futuro, e que os textos que geravam tinham um lugar nesse mundo, nas bibliotecas, em casas e nos gabinetes do Estado.

E assim, quando Yuri Andropov sucedeu Brejnev no comando da União Soviética em 1982, o novo secretário-geral — e ex-chefe da KGB — poderia indicar um rastro de papel acumulado ao longo de anos que demonstrava sua sabedoria e aptidão para governar. *Selected Speeches and Writings, Sixty Years of the USSR, Leninism Shows the Way Forward* —, está tudo lá: a profundidade, o número de páginas. E quando Andropov morreu apenas quinze meses após seu reinado e foi substituído por Konstantin Chernenko como secretário-geral, esse ex-homúnculo que tinha planejado a criação das memórias de Brejnev também poderia indicar o próprio registro substancial de publicações para lembrar ao povo da União Soviética que ele era outro supergênio comunista digno de reverência. Se alguém leu ou não coisas como *People and Party United, Human Rights in Soviet Society, The Trans-*

formational Power of Leninism ou *The Vanguard Role of the Communist Party*, a existência desses livros não pode ser negada. De fato, havia planos em andamento para transformar Chernenko em um personagem literário, pois cenas de sua vida foram dramatizadas em uma obra teatral intitulada *Um Homem Se Apresenta, um Homem é Celebrado*. Mas a peça foi arquivada — considerada de qualidade insuficiente — e eis que Chernenko morreu, após treze meses no cargo.

O mundo comunista havia se embalsamado no formaldeído ideológico das próprias mentiras. Foi por elas que eles traíram amigos e familiares, esse foi o motivo de todo o derramamento de sangue, essa foi a conclusão "científica" da história. Em Berlim Oriental, eles ainda estavam matando pessoas por tentarem cruzar a fronteira nove meses antes do muro cair. Entre o mundo e a palavra havia naquele momento uma contradição tão grande que nem Mao poderia ter analisado. As profecias falharam, os textos sagrados eram inequivocamente falsos. E, no entanto, o sistema perdurou — até que, de repente, não existia mais.

As revoluções de 1989 resultaram no súbito colapso não apenas do sistema comunista, mas também da autoridade de seus textos. O imponente edifício teórico do marxismo-leninismo, aquela "rainha das ciências" sobre a qual gerações de estudiosos desperdiçaram tantas energias intelectuais, desmoronou sobre as fundações. Privados da aura de poder, milhões de volumes de *Obras completas* e *Coletâneas de discursos e textos* desapareceram das estantes e entraram no grande esquecimento sem dar nenhum pio. Constatou-se que as leis científicas e imutáveis da história foram completamente imaginárias o tempo todo. Pegue um exemplar de um livro de ditador hoje e aquilo parece uma relíquia, como um manual alquímico centenário sobre a transmutação de metal comum em ouro, escrito em alguma linguagem hermética perdida. Não faz muito tempo as pessoas ainda levavam essas ideias a sério a ponto de matar por elas. Mas o que impressiona de verdade é a enorme disposição com que os líderes da União Soviética deixaram que seu *imperium* entrasse no mundo dos impérios desaparecidos. Anteriormente, quando os textos sagrados sofriam exegeses equivocadas nas margens das páginas, Moscou enviava os tanques para que a heresia não se espalhasse. Por que, dessa vez, eles não conseguiram se mover para sustentar a fé de seus pais?

Na verdade, a fé consumiu a si mesma — e os textos haviam desempenhado um papel central na própria ruína. Com a velha guarda morta e apodrecendo nos túmulos sob as muralhas do Kremlin, um jovem reformador chamado Mikhail Gorbachev se tornou secretário-geral. Infelizmente para o novo líder, ele se tornara adulto em um momento de otimismo e iniciara a carreira no partido no momento em que o Degelo de Khrushchev estava em andamento. Isso prejudicara seriamente a compreensão de Gorbachev do que fazia a União Soviética funcionar. Ele aceitou a dicotomia ingênua de Khrushchev, sobre Lênin bom/Stálin mau, e por quase cinquenta anos ele foi amigo íntimo do comunista tcheco Zdeněk Mlynář, um dos arquitetos da Primavera de Praga que Brejnev esmagara em 1968. Durante meio século, Gorbachev e Mlynář compartilharam muitas conversas sobre como o comunismo poderia ser liberalizado e reformado por dentro. Nunca foi a intenção do secretário-geral destruir o sistema; ele queria retornar ao "verdadeiro significado" dos textos, na crença irremediavelmente iludida de que isso ajudaria o sistema a durar para sempre. Seu chefe de ideologia, Alexander Yakovlev, também acreditava no rejuvenescimento da União Soviética por meio do retorno à intenção original de seu fundador, revelado através de um estudo minucioso de seus textos. Para Yakovlev, o aspecto semirreligioso não era tão semi assim: ele descreveu abertamente a política da perestroika ("reconstrução") de Gorbachev como uma "reforma", como uma purificação da fé, um retorno aos princípios verdadeiros.

Mas Lênin gerou tantas cópias contraditórias na vida que foi possível implementá-lo como uma arma ideológica a serviço de várias abordagens diferentes de governo. Stálin havia compreendido o perigo desde o início, e foi por isso que ele assumiu o controle das novas escrituras do regime quase imediatamente e se estabeleceu como o "pupilo mais fiel de Lênin", cuja autoridade ninguém poderia desafiar. Gorbachev e seus aliados ideológicos eram semelhantes aos teólogos liberais que deixaram de fora todas as referências óbvias ao inferno e ao Juízo Final na Bíblia a favor do material bonito e socialmente aceitável sobre o amor e ajudar os outros. Não é que o material mais leve não esteja lá, mas é um erro negar o significado da mensagem mais pesada e sombria. Assim, eles promoveram o conceito de Lênin, o libertador, que derrubou o czar e livrou os cidadãos do império, emancipando o vasto potencial criativo da nova nação soviética, mas cujo trabalho foi tragicamente interrompido por uma morte prematura e a ascensão do diabólico Stálin. Ignorou-se o Lênin que executou sacerdotes, que travou uma guerra civil implacável e presidiu um Terror Vermelho no qual os inimigos do regime foram torturados e assassinados.

Gorbachev, porém, vivia em uma câmara de eco intelectual, cercada por moderados que pensavam como ele, cuja compreensão da realidade fora igualmente enfraquecida pela leitura equivocada e fatal dos textos sagrados. Ele reorganizou a liderança do partido, envolveu-se com as forças do mercado e relaxou a mão de ferro do Estado sobre a Palavra, ao mesmo tempo que aproximou a União Soviética de um sistema democrático. O partido não reescreveria mais a realidade através de um fluxo interminável de textos mentirosos apoiados pela ameaça de violência. A súbita erupção da verdade em um Estado vasto e ineficiente, construído sobre mentiras, dividido por uma crise econômica e tensão étnica graves, mostrou-se fatal. No momento em que Gorbatchev e seus colegas reformadores entenderam o que haviam feito — se é que realmente entenderam —, já era tarde demais. Boris Yeltsin e os líderes da Ucrânia e da Bielorrússia se reuniram em uma casa de campo na Bielorrússia em dezembro de 1991, para assinar o documento oficialmente abolindo a União Soviética. Gorbachev se mostrou impotente para impedir a dissolução. Os antigos deuses estavam mortos e seus textos haviam perdido todo o poder; depois de 74 anos de falsidades notórias, chegava a hora de algumas palavras novas.

Por outro lado, talvez não houvesse mais palavras novas. Pelo menos, essa era a tese de um funcionário do Departamento de Estado dos Estados Unidos chamado Francis Fukuyama, que em seu livro de 1992, *O fim da história e o último homem*, argumentou que a humanidade havia atingido o ápice do desenvolvimento ideológico, e que nós não poderíamos ir além do triunfo do capitalismo e da democracia liberal. Embora as filosofias teleológicas da história possam fazer sentido dentro do contexto de sistemas religiosos mais amplos ou crenças metafísicas, é difícil, na ausência dessas condições, acreditar que um monte de macacos falantes sem pelos, que só estão no planeta por causa de uma grande explosão que ocorreu há cerca de 13 bilhões de anos, deveriam esperar uma resolução tão comportada para sua existência na Terra.

Não foi o Fim da História. Não foi sequer o Fim da Literatura de Ditadores. Formas antigas persistiram, e surgiram inovações estranhas como os objetos impossíveis, ainda que hiperreais, reunidos em praias nebulosas nas pinturas de Yves Tanguy. Essas novas obras, escritas no fim de um século e no começo de outro, são menos coerentes e frequentemente mais pessoais — até mesmo íntimas — do que as que datam da época dos grandes ditadores e do cânone menos importante de seus sucessores. Na maioria das vezes, elas são o fruto do trabalho de escritores-ditadores que começaram as carreiras na era dos grandes conflitos ideológicos e que se viram naufragados no mundo do pós-Guerra Fria, obrigados a avançar com obstinação, munidos de novas variações sobre temas antigos ou tentar inventar sistemas de pensamento novos. Essas obras também são, é preciso dizer, acessíveis muitas vezes apenas de forma esporádica, e em traduções que são ruins até para padrões do cânone dos ditadores. É difícil obter uma ideia completa sobre elas.

No entanto, estes são os livros dessa era de transição. Talvez eles nos apontem para um caminho a seguir, ou talvez representem becos sem saída. Não obstante, essas obras existem, e a leitura sofrida que representam para aqueles que são obrigados a se envolver com elas não é menos real do que o sofrimento das gerações anteriores de leitores no século XX. Vamos, continuemos insistindo e provemos os textos da era da dissolução e da loucura.

2

Coreia do Norte:
as metaficções de Kim Jong-il

O Querido Líder verifica se os jornalistas da Coreia do Norte
estão seguindo os preceitos delineados na própria obra de
referência *The Great Teacher of Journalists*, de 1983.

Kim Il-sung tinha 79 anos e reinava há 43 anos na metade mais infeliz da península coreana quando a União Soviética deixou de existir. Todo aquele trabalho para estabelecer a *juche* como uma ideologia alternativa décadas antes realmente foi recompensado. Em 1992, toda menção ao marxismo-leninismo foi excluída da constituição norte-coreana como se nunca tivesse existido, e Kim — que a essa altura tinha um bócio do tamanho de uma bola de beisebol emergindo da nuca como uma segunda cabeça mutante de chefe de Estado — continuou em frente mesmo assim.

Dito isso, Kim estava em seu estado de senilidade e deixou o dia a dia do governo da Coreia do Norte para o filho mais velho, Kim Jong-il, o secretário de assuntos organizacionais. Livre do fardo da liderança, o velho Kim ficou com tempo de sobra para recordar com tranquilidade uma longa vida dedicada à causa da revolução e para seguir o rastro de Enver Hoxha, enquanto olhava para dentro de si a fim de compor suas memórias, *With The Century*.

Pelo menos, era isso que parecia visto pelo lado de fora. Na verdade, Kim I estava seguindo o caminho de Brejnev. Ele terceirizou a criação de suas memórias para uma equipe de romancistas de propaganda oriundos do Grupo 15 de Abril* de Produção Literária da Coreia do Norte, que se inspirou em romances e filmes revolucionários para produzir um relato idealizado — e fictício — de sua vida. Na velhice, Kim I pôde ler e apreciar *With the Century*, mergulhando em uma vasta e intrincada releitura de sua vida como ela deveria ter sido — que naturalmente se tornou o que tinha sido, dada a primazia do texto sobre a realidade na Coreia do Norte. Excluir as referências ao marxismo-leninismo da constituição não apagou as lições aprendidas com Stálin. Infelizmente, Kim I nunca conseguiu descobrir como a história de sua vida terminou: apenas oito volumes dos trinta planejados foram concluídos antes dele morrer, em 1994. Kim Il-sung estava no poder há 46 anos: foi o suficiente. Era hora de o Querido Líder substituir o Grande Líder quando seu filho Kim Jong-il — daqui em diante referido como Kim II, porque, bem, por que não? — tomou seu lugar de direito.

Foi uma sucessão tranquila, que Kim II vinha planejando há anos, mesmo que o *Dicionário norte-coreano de terminologias políticas* tivesse denunciado em épocas anteriores a sucessão hereditária como um "costume reacionário" pertencente a "sociedades exploradoras". A continuidade, e não a ruptura, foi o fator importante. Kim II manteve lealmente o culto ao pai após a morte dele: não haveria nenhuma derrubada do governante antecessor ao estilo de Khrushchev, nem uma exclusão discreta das ideias do ex-líder ao estilo dos chineses. Muito pelo contrário: os restos mortais de Kim I foram embalsamados e sua residência oficial foi transformada em um mausoléu, o Palácio do Sol de Kumsusan. Em 1997, o calendário foi revisado para que a era moderna começasse com seu nascimento. Em

---

* O 15 de abril é considerado feriado norte-coreano por ser a dia do nascimento do "presidente eterno" Kim Il-sung (1912), que veio a fundar o Estado comunista norte-coreano em 1948. (N. do T.)

1998, o cadáver de Kim I recebeu uma promoção, quando o líder morto ascendeu a alturas vertiginosas como "Presidente Eterno". E, é claro, suas obras permaneceram em circulação. Kim II não apenas manteve a *juche*, mas também se aprofundou no vazio e ódio da ideologia, retornando à luz do sol para realizar ataques nucleares contra a realidade por meio de uma antiprosa violentamente falsa.

Em abril de 1991, durante os estertores da União Soviética, a Geórgia soviética votou a favor da separação da união. Kim II sabia de que lado os ventos da mudança estavam soprando: menos de um mês depois, ele fez um discurso aos funcionários do partido que seria publicado como *Nosso socialismo centrado nas massas não perecerá*. Foi uma fala desafiadora, mas também totalmente sem originalidade. A explicação de Kim II para o motivo da versão norte-coreana do socialismo não perecer era simples: *juche*. Suas razões para declarar a vitória final da *juche* também eram mais ou menos idênticas às razões que seu pai citou no final dos anos 1960. O poder dela era ser "o socialismo centrado no homem" e representar uma "visão do mundo centrada no homem". Ele vai além ao explicar uma onda vertiginosa de solipsismo:

> A ideia juche *esclareceu as qualidades essenciais do homem enquanto ser social com independência, criatividade e consciência. Com base nisso, ela desenvolveu o princípio de que o homem é o senhor de tudo e decide tudo. A ideia* juche *estabeleceu o ponto de vista e atitude de lidar com tudo que interessa ao homem e de abordar todas as mudanças e desenvolvimentos com base nas atividades do homem. A ideia* juche *elevou a dignidade e o valor do homem ao mais alto nível. Por ser a encarnação dessa ideia, nosso socialismo é um socialismo centrado no homem, sob o qual o homem é o senhor de tudo e tudo o serve.*

Era somente através da *juche* que as massas populares poderiam realizar o desejo de independência e seriam protegidas contra os imperialistas, que estariam "trabalhando cruelmente para pisotear a soberania do país e da nação". E assim por diante, sem parar. Embora tenha apenas 46 páginas, *Nosso socialismo centrado nas massas não perecerá* parece ser muito maior, talvez por ser, em essência, a continuação de um superdiscurso muito longo, um texto infinito que vinha se autogerando há décadas. Radical na falta de originalidade, o texto de Kim II desafiou o tempo, um efeito aumentado pela linguagem desumanizada e pela retirada de referências a qualquer coisa fora de seu sistema retórico fechado — tirando os insultos atemporais direcionados contra os imperialistas do mal nos Estados Unidos. A que crise ele estava respondendo aqui? Existia uma crise? A guerra algum dia acabaria? Uma retórica desenvolvida por Stálin e seus acólitos retornou, reaquecida, reciclada, reutilizada, reaproveitada em uma série de agrupamentos autorreferentes de jargões e princípios gerais grandiosos que poderiam ser desmontados, remontados e colocados em uma sequência diferente e ainda manteriam a mesma quantidade de significado. Assim sendo, o rastelo de Kafka continuou a escrever nas costas de uma nação prostrada.

Nem *tudo* foi repetição e continuidade, no entanto. Kim II também expandiu o campo da literatura de ditadores. Ao contrário do pai, que era um oficial militar antes de ser um homúnculo stalinista, Kim II era um homem de relações-públicas antes de ser o legítimo herdeiro. Ele foi talvez o mais pós-moderno de todos os ditadores, o arquiteto consciente da própria estrutura elaborada de mentiras, que explicou precisamente como ele criou e manteve as falsidades que enredaram a população da Coreia do Norte.

Isso foi mais culpa do destino do que de qualquer grande inteligência literária por parte de Kim II. Em 1971, no início da carreira, ele liderara o Departamento de Propaganda e Agitação do Partido dos Trabalhadores, onde sua função era administrar o culto à personalidade de Kim I — encomendando a construção de monumentos, estátuas e retratos e supervisionando a produção em escala industrial dos textos do pai. Através da manipulação de palavras, da música e imagem em movimento, todos os dias Kim II tinha imposto uma realidade ideal que desafiava a realidade física em que as pessoas da Coreia do Norte realmente viviam. Então, quando chegou a hora de assentar as bases para a sucessão, as obras de Kim II sobre a fabricação de ilusões estavam apenas esperando para serem usadas a fim de estabelecer sua autoridade como um gênio sem paralelo.

Embora *Selected Works Volume 1, 1964—69* possa conter um material tão rotineiro e sem inspiração como "Melhorando o trabalho da liga da juventude para atender aos requisitos da situação em desenvolvimento", também inclui vários textos sobre estética, narrativa e manipulação de ficções. De fato, dos 46 capítulos do livro, 22 são dedicados à literatura, à música e ao cinema. Kim II ofereceu conselhos estéticos gerais em artigos como "A estrutura das obras multipartidas e o problema do fluxo dramático" e também forneceu estudos de caso de obras de arte específicas que ele ajudara a produzir, como no ensaio "Sobre a realização do filme *A Família de Choe Hak Sin* como uma obra-prima que contribui para a educação antiamericana".

Kim II também gerou livros sobre a arte do jornalismo, *Kim Jong-il, the Great Teacher of Journalists*, e a ópera *On the Art of the Opera*. De acordo com o Instituto de Estudos Norte-Coreanos, em 1993, seus textos sobre arte e estética haviam chegado a impressionantes 30 volumes, dos 40 planejados inicialmente. As estatísticas oficiais revelam números muito mais altos. Sem dúvida ele teve alguma "assistência", mas, não obstante, a direção dos interesses de Kim II era clara. Desde Stálin, não havia um ditador tão obcecado pela estética quanto o Querido Líder.

Para enfatizar sua visão refinada sobre a arte de contar mentiras monumentais, Kim II mudou o nome do Departamento de Propaganda e Agitação para o mais elegante Departamento Literário e Artístico. Ele adorava ilusões, e as que o fascinavam acima de todas eram aquelas que dançavam na tela como um jogo de sombra e luz. Kim II era um fanático por filmes e ficaria famoso por sequestrar um diretor sul-coreano — e sua ex-esposa — na esperança de que eles pudessem ajudá-lo a melhorar a qualidade do cinema norte-coreano. Isso resultou no notório *Pulgasari*, um filme de *kaiju** ambientado na Idade Média que apresentava um monstro no estilo Godzilla e muitos camponeses oprimidos. Antes disso, Kim II tinha atualizado o Estúdio Pyongyang, que saiu de uma estrutura relativamente mínima que produzia filmes de propaganda simples sobre trabalhadores nobres, camponeses virtuosos e japoneses malignos para um terreno de um milhão de metros quadrados bem financiado, onde equipes de filmagem trabalhavam dia e noite para produzir longas de propaganda sobre trabalhadores nobres, camponeses virtuosos e os japoneses malignos a um ritmo de 40 títulos por ano. Kim II esteve fortemente envolvido em determinadas produções, que são conhecidas na Coreia do Norte como os "clássicos imortais". Ele — supostamente — escreveu o libreto para o primeiro clássico imortal, uma adaptação da ópera *Mar de Sangue*, e fez contribuições substanciais para *The Flower Girl***, que ganhou o "Prêmio Especial" no Festival de Cinema de Karlovy Vary de 1972, na Tchecoslováquia. Com base em uma peça atribuída a Kim Il-sung, *The Flower Girl* levou para o cinema a história de uma camponesa coreana muito atormentada pelos imperialistas japoneses até que seu irmão, integrante do Exército de Libertação de Kim Il-sung, chega para salvar o dia: Kim II não só contribuiu para o roteiro, mas trabalhou na

---

* Termo japonês para o gênero cinematográfico no qual homens em trajes de borracha fingem ser monstros gigantes. (N. do A.)

** Não confundir com a comédia romântica nigeriana de mesmo nome, lançada em 2013. (N. do T.)

seleção de elenco, edição e encenação. A Guerra da Coreia também era um tema eternamente popular, embora, é claro, nunca tenha sido mencionado que Kim I começou o conflito ou que a Coreia do Norte teria perdido se não fosse pela União Soviética e pela China.

Kim II foi, além de produtor, um teórico do cinema. Em seu livro *On the Art of Cinema*, de 1973, ele apresentou uma visão abrangente sobre o cinema que vai desde conselhos técnicos a teorias sobre arte dramática e caracterização, até como enfiar quantidades imensas de propaganda garganta abaixo do espectador sem que ele fuja correndo. Na maioria das vezes, no entanto, Kim II oferecia banalidades. Por exemplo, na seção intitulada *Padrões exatos devem ser definidos na filmagem e no desenho de produção*, Kim II salientou que "as imagens de um filme devem ficar bonitas na tela". Continuando, aprendemos que "cinema é uma arte visual" e que "quando as imagens são atraentes para o olhar, elas podem instantaneamente atrair pessoas para o mundo do cinema". Talvez seja óbvio, mas qual editor ousaria criticar o Querido Líder? Cercado por capachos, Kim II talvez achasse necessário definir os fundamentos básicos. Dito isso, ele de fato acabou mostrando um pouco mais de nuance. Aqui, por exemplo, Kim II pediu a aplicação mais sutil de música em um filme:

> *A música tem o próprio papel especial a cumprir na representação do tema de uma cena. Ela desempenha esse papel na representação geral por meio da própria linguagem peculiar, e se for usada para explicar o conteúdo das cenas de maneira direta ou simplesmente repeti-lo mecanicamente, então está falhando em atender aos requisitos específicos do filme como forma coletiva de arte.*

Quando se trata de atuação, Kim II endossou algo que se aproximava da abordagem do Método*, enquanto permitia um mínimo de distância entre o ator e o papel:

> *O ator deve dominar técnicas de atuação que lhe permitam entender e assimilar em detalhes as mudanças diversas e sutis das ideias e emoções do personagem em relação a uma situação ou evento em especial, de modo*

---

* Técnica de atuação baseada na busca interna do ator por emoções para compor o personagem, que ficou famosa na carreira de Marlon Brando, Paul Newman e Daniel Day-Lewis. É uma evolução do Sistema Stanislavski, feita por um trio de atores do Actor's Studio de Nova York nos anos 1930. (N. do T.)

que, no momento em que for filmado, ele seja naturalmente atraído pelo mundo da vida do personagem.

Um ator que não pode entrar genuinamente no estado de sentimentos de um personagem ainda não é um ator. Ele deve entrar nesse estado para acreditar no personagem como o próprio eu e agir naturalmente, como se a cena fosse realidade.

Kim Jong-il também observou que alguns diretores norte-coreanos — como seus correspondentes imperialistas — "tentam explorar as vantagens da tela grande apresentando apenas grandes imagens de objetos e colocando muitas coisas em um único quadro... pensando em nada além da escala e do formato da tela e ignorando os requisitos do conteúdo a ser apresentado nela". Este era um erro, disse Kim II, pois:

Quando a forma de uma obra é considerada boa, é porque corresponde ao conteúdo, que foi expresso de uma maneira excelente e distinta, e não porque a forma em si tem algum apelo próprio que vai além do conteúdo... Uma obra literária não é considerada uma obra-prima por causa de sua escala, mas por causa do conteúdo; na filmagem de cinema, também, não é a escala física, mas a expressão de conteúdo que deveria ser ampla.

Na verdade, Kim II estava tão concentrado na primazia da história que as primeiras 111 páginas do livro são dedicadas à "Vida e literatura" e, somente depois de ter estabelecido que "o conteúdo é rei", é que ele começava a discutir como transformar esse material em uma experiência cinematográfica. Não era exatamente *Cahiers du Cinéma*, mas o livro de instruções de Kim Jong-il *faz sentido*.

Kim Jong-il morreu em dezembro de 2011 e foi sucedido pelo filho Kim Jong-un. Kim III assumiu o título de primeiro secretário-geral enquanto o falecido pai foi elevado ao posto de secretário-geral eterno. Agora havia duas múmias em caixões de cristal no Palácio do Sol de Kumsusan, mas o regime continuou rolando sem interrupções: quando Kim III retomou a geração de discursos e livros sobre a *juche*, era como se uma única boca que mentia compulsoriamente nunca tivesse parado de falar. Assim foi que em *The Cause of the Great Party of Comrades Kim Il-sung and Kim Jong-il Is Ever Victorious*, Kim III explicou que o Partido dos Trabalhadores da Coreia se tornara um partido revolucionário orientado para a *juche*, e que sete décadas depois da fundação do Estado, a revolução ainda estava se desenrolando, com muitas tarefas a serem feitas. Enquanto isso, em *Let Us Hasten Final Victory Through a Revolutionary Ideological Offensive Hasten*, Kim III enfatizou a necessidade de lançar "uma vigorosa ofensiva ideológica visando acelerar a luta pela defesa do socialismo" através da "concentração de todos os esforços no trabalho ideológico do Partido em estabelecer o sistema de liderança monolítico do partido".

E assim por diante, sem parar... inclusive on-line, para que qualquer pessoa no mundo com uma conexão à internet possa ler as palavras do novo líder. Sob o comando de Kim Jong-un, a Coreia do Norte permaneceu dedicada à ideia *juche*, o caminho da autossuficiência, enquanto refazia impiedosamente os formatos stalinistas abandonados em qualquer outro lugar do mundo. O que mais o regime tinha a oferecer, a não ser as velhas mentiras requentadas? Nos últimos dias do comunismo mundial, um médico inglês chamado Anthony Daniels passou pela Coreia do Norte e escreveu estas palavras:

> *... dentro de um regime totalitário estabelecido, o objetivo da propaganda não é persuadir, muito menos informar, mas sim humilhar. Partindo desse ponto de vista, a propaganda não deve chegar o mais perto possível da verdade: pelo contrário, deve fazer o máximo de violência possível. Pois, afirmando de modo incessantemente o que é patentemente falso, tornando tal falsidade onipresente e inevitável, e, finalmente, insistindo que todos concordem publicamente com isso, o regime exibe seu poder e reduz os indivíduos a nulidades. Quem consegue manter o respeito próprio quando, longe de defender o que sabe ser verdadeiro, a pessoa tem que aplaudir o que sabe ser falso — não às vezes, como todos nós aplaudimos, mas durante toda a sua vida adulta?*

Estas palavras poderiam facilmente ter sido escritas hoje.

3

Cuba: a verbosidade máxima de Castro

Castro, se equilibrando à beira do oblívio, procura por le mot juste *(a palavra certa).*

A implosão da União Soviética também colocou o ditador cubano Fidel Castro em uma posição difícil. Como seu regime de três décadas entraria na quarta sem os 4 a 6 bilhões de dólares que recebia anualmente em subsídios soviéticos? Os especialistas tiveram a sensatez de prever um fim iminente para o reinado de Castro. No entanto, como Kim Il-sung na Coreia do Norte, ele se recusou a permitir que uma coisa tão pequena quanto o completo fracasso do comunismo em todo o mundo fosse convencê-lo a aceitar sua obsolescência. Fidel permaneceu no poder, um monumento de pé em meio aos escombros da revolução. Na verdade, ele permaneceria como Líder Máximo por mais dezessete anos. Mesmo depois de se aposentar oficialmente, ele atuou no fundo de cena, pairando sobre o irmão mais novo, Raúl, sem nunca conseguir se libertar, sempre pronto a criticar os americanos em artigos mal-humorados como um velho rabugento na imprensa cubana. Apenas a morte poderia silenciá-lo — e ela demoraria a chegar.

Até receber a visita da Morte em 25 de novembro de 2016, no entanto, Castro foi um grande sobrevivente. Um dos maiores, aliás — especialmente se considerarmos sua propensão para provocar a superpotência fortemente armada a cerca de cem quilômetros ao norte. Por décadas após ter derrubado Fulgencio Batista, o ditador apoiado pelos Estados Unidos, em 1959, sucessivos governos americanos, democratas ou republicanos, se enfureceram contra ele. Mas Castro sobreviveu ao desastre da invasão da Baía dos Porcos em 1961, na qual 1.400 comandados cubanos treinados pela CIA desembarcaram em uma praia com a intenção de destruir a escassa força aérea de Cuba e derrubar o ditador. O problema foi que eles não conseguiram encontrar nenhum dos aviões de Castro e acabaram se entregando em massa depois de menos de 24 horas de luta. Um ano depois, Castro conseguiu um ato de sobrevivência muito mais impressionante. Ao concordar com a sugestão de Khrushchev de que sua nação insular abrigasse mísseis nucleares de longo alcance apontados para os Estados Unidos, Castro fez o possível para acelerar a transformação de Cuba em 110 mil quilômetros quadrados de floresta queimada, escombros radioativos e praias de vidro, ao mesmo tempo que provocava o fim da civilização no processo. Khrushchev nunca pretendeu usar os mísseis e, no impasse que se seguiu, recuou em vez de provocar uma conflagração apocalíptica entre as superpotências. Castro, por sua vez, mandou uma carta a Moscou propondo um ataque nuclear preventivo aos Estados Unidos para evitar uma invasão de Cuba, que ele acreditava ser iminente. Mas foi Khrushchev — que não era doido — que logo ficou fora do poder, enquanto o ditador cubano — esse sim doido por destruição — permaneceu em seu gabinete no Palacio de la Revolución, em Havana.

Castro continuou sobrevivendo. Na verdade, de acordo com Fabian Escalante, o ex-chefe do serviço secreto cubano, o Líder Máximo sobreviveu a mais de seiscentas tentativas de assassinato cometidas pela CIA durante suas muitas décadas no poder. Mesmo considerando um exagero por parte de um cúmplice do regime, é notório que sucessivos governos americanos tentaram eliminar o ditador cubano por meio de um conjunto desconcertante e cartunesco de métodos, variando de charutos e conchas do mar explosivos até milkshakes intoxicados com botulismo. O regime de Castro era uma irritação existencial em vez de uma ameaça séria ao poder dos Estados Unidos, e a natureza Davi e Golias do relacionamento dava um nó na cabeça dos esquerdistas, fazendo com que perdessem todo o senso de proporção. Enquanto o general Pinochet, um assassino aliado dos americanos, foi difamado pelas repressões que se seguiram ao golpe que deu no Chile, elogios para Castro, um inimigo dos Estados Unidos ainda mais homicida, fluíam das penas de turistas altamente privilegiados que adoravam visitar utopias, como Jean-Paul Sartre*, Pablo Picasso, Norman Mailer e Susan Sontag, sem falar de figuras menos talentosas como Abbie Hoffman, conhecido como o "príncipe palhaço do protesto radical" em sua época. Hoffman foi especialmente servil nos elogios: depois de testemunhar Castro andando por Havana montado em um tanque no dia de Ano-Novo, ele escreveu o seguinte:

> ... *meninas jogam flores no tanque e correm para puxar de brincadeira sua barba preta. Ele ri alegremente e belisca algumas nádegas... O tanque para na praça da cidade. Fidel deixa a arma cair no chão, bate na coxa e fica ereto. Ele é como um pênis possante ganhando vida, e quando ele fica alto e reto, a multidão imediatamente se transforma.*

Desnecessário dizer que o pênis possante que ganhou vida estava alegremente perseguindo manifestantes, poetas e intelectuais no próprio país, ao mesmo tempo que aprisionava pessoas por crimes como ser gay ou gostar de rock. Na década de 1990, o pênis possante parecia inquestionavelmente flácido, mas o simples fato de que ainda estava vivo permitia que ele fosse reaproveitado como uma coisa que radicais sem vigor, pseudointelectuais e bandidos autoritários pudessem periodicamente sacar e balançar na cara do poderio americano. Assim, na senilidade, Castro provou ser útil tanto para pessoas sérias como o presidente venezuelano Hugo Chávez quanto para extremamente triviais como Oliver Stone e Sean Penn. Quando ele morreu, obviamente, veio uma torrente de homenagens não apenas da parte de nomes como Vladimir Putin e Bashar al-Assad — a quem era de se esperar que respeitaria um homem que conseguiu manter o poder por quase cinco décadas —, mas também da parte de líderes de democracias liberais como a Espanha, ou o impecável progressista Justin Trudeau, primeiro-ministro do Canadá, que elogiaram as conquistas de Castro na

---

* Visto pela última vez nestas páginas elogiando Mao, como o leitor há de lembrar. (N. do A.)

saúde e educação, aparentemente, alheios ao fato de que outros países também administram muito bem essas áreas ao mesmo tempo que permitem a realização de eleições.

Uma constante ao longo da existência do regime de Castro foi a profunda autoestima e o amor do Líder Máximo pelo som da própria voz. Como disse Gabriel García Márquez, Fidel era "viciado na palavra" — embora o colombiano, presenteado com uma mansão em Havana e controle de um instituto de cinema por Castro, tenha dito aquilo como um elogio.* O primeiro livro do ditador, *A história me absolverá*, foi produzido por ele na prisão, enquanto escrevia de memória o discurso de quatro horas que proferira em seu julgamento sobre a fracassada Revolta de Moncada, em 1953. Mas quatro horas de discurso eram normais pelos padrões de Castro. Sua capacidade de improvisar longamente era prodigiosa, assim como o desrespeito pela paciência dos ouvintes. Em 29 de setembro de 1960, durante uma assembleia de líderes mundiais na Organização das Nações Unidas, ele fez um discurso que durou 4 horas e 29 minutos, um recorde mundial de tédio, mesmo para os padrões daquele tedioso grupo de pessoas. Mas foi sua audiência nacional cativa que mais sofreu: em 1986, Castro impôs a um grupo de delegados no Congresso do Partido Comunista em Havana um discurso que, com 7 horas e 10 minutos de duração, era apenas um pouco mais curto que um dia de trabalho.

O status de Fidel Castro como pontífice das explicações pomposas de Cuba lhe permitiu criar ampla bibliografia de panfletos e livros contendo seus discursos ao Comitê Central do Partido Comunista Cubano e ao povo, pensamentos sobre a "crise econômica e social mundial", reflexões sobre a "traição de Cuba pela China" etc. Ele também publicou coisas que realmente teve tempo para sentar e escrever, como coleções de cartas da prisão, colunas de jornal e poemas. Tanto antes como depois do colapso da União Soviética, a autoridade do livro foi explorada repetidas vezes para conferir uma ilusão de sagacidade a uma coletânea de entrevistas, discursos e reflexões, que duraram até o século XXI com publicações como *War, Racism and Economic Injustice: The Global Ravages of Capitalismo*, de 2002, *Cold War: Warnings for a Unipolar World*, de 2003, e *Obama and the Empire*, de 2011.

---

* O colombiano Gabriel García Márquez era bastante generoso quando se tratava de fazer muitos elogios fervorosos ao patrono. Considere, por exemplo, esta descrição de como era ouvir um daqueles longos discursos: "É inspiração, um estado de graça irresistível e ofuscante, que só é negado por aqueles que não tiveram a experiência gloriosa de vivenciá-los". (N. do A.)

O dom de Castro para estupidificar a improvisação também levou à geração de um livro de memórias de Che Guevara em 1994 — atualizado em 2006 —, que é interessante apenas na medida em que é uma obra desinteressante. Felizmente para ele, a morte prematura de Guevara o transformou em mártir, que, combinado com sua capacidade de ficar bonito em pôsteres e camisetas, só aumentou o seu valor como um símbolo da Revolução Cubana — um fato que Castro explorou impiedosamente nos discursos reunidos no livro, que se aprofundavam em uma presepada propagandística.

Tendo passado décadas produzindo obras recheadas de declarações públicas, em 2006, Fidel Castro publicou uma autobiografia oral de uma natureza ostensivamente mais íntima. Baseado em mais de cem horas de entrevistas conduzidas pelo jornalista espanhol Ignacio Ramonet, *Fidel Castro: Biografia a duas vozes* se destinava a servir como uma espécie de último testamento, em que o então terceiro chefe de estado mais antigo do mundo — depois da Rainha Elizabeth II e do Rei Bhumibol, da Tailândia — resumiria tudo o que ele estava disposto a admitir sobre a experiência no comando de Cuba por quase cinco décadas. O momento era propício: depois de um longo período na tundra política, Castro havia se beneficiado de uma mudança política na América Latina que levara os governos esquerdistas ao poder na Venezuela (1999), no Brasil (2003), na Argentina (2003) e na Bolívia (2005). De repente, ele se tornou relevante novamente, um grande estadista, em vez de uma relíquia absurda dentro de um uniforme militar.

Infelizmente, a autobiografia é decepcionante. Longe de ser tão empolada quanto as memórias de Brejnev, Hoxha ou Kim Il-sung, ela é disciplinada na edição e apresentação de si mesma. O ato de falar por cem horas não levou a deslizes acidentalmente reveladores — ou, se houve, eles foram editados por Castro. Assim, embora Ramonte tenha descrito o discurso como uma "avalanche verbal" que ele sempre "acompanha com gestos de dançarino de suas mãos expressivas", o ditador permaneceu no controle e dentro do personagem pelo texto inteiro. Em Cuba, as representações de líderes vivos são proibidas, mas, uma vez que Castro falava como se fosse um quadro socialista-realista muito prolixo de si mesmo e estava na TV o tempo todo, ficava claro que todas essas representações eram desnecessárias. Ele se fundira completamente com sua persona e se transformou no próprio monumento vivo.

E assim o livro nos mostra um Castro que ao longo da vida sempre correu os maiores riscos para poupar os outros se as coisas dessem errado, que sempre seguiu o caminho mais ético, nunca fez algo desonroso e se tornou líder apenas porque ninguém mais faria isso. Colocar mísseis soviéticos em solo cubano não foi um ato maluco de imprudência, mas "absolutamente legal, legítimo, até justificado". Quando Ramonte de fato fazia uma pergunta difícil, Castro estava sempre preparado com um argumento; campos de concentração para homossexuais se tornaram "Unidades Militares para Ajudar a Produção", enquanto execuções pós-revolucionárias foram meramente um ato da exigência do povo por justiça, e assim por diante.

Dito isso, o livro não é inteiramente um trabalho de auto-hagiografia. Ramonte começou *Fidel Castro: Biografia a duas vozes* com uma descrição do escritório pessoal do ditador. Havia uma imensa estante de livros em uma parede e, diante dela, uma escrivaninha comprida e pesada coberta de livros e documentos. "Castro era um leitor prodigioso e, durante todo o livro de memórias, ele faz referências aos livros que o impressionavam,* das obras de Marx, Lênin e do revolucionário cubano José Martí — Fidel "nem poderia ter concebido uma revolução" se não tivesse lido os escritos de Martí —, aos livros de autores franceses como Victor Hugo, cujo *Os miseráveis* ele gostava de discutir com Hugo Chávez, Balzac e Romain Rolland — Castro leu todos os dez volumes do romance *Jean-Christophe* —, passando pelas obras de Dostoiévski, Tolstói, Benito Pérez Galdós, Régis Debray, Mikhail Sholokhov, Rachel Carson — a mãe do movimento ambientalista contemporâneo — e André Voisin, de *Soil, Grass, and Cancer*, de 1959. Mao, afirmou Castro, teve menos influência sobre ele, embora goste de Cervantes, bem como do livro de novecentas páginas de Arthur Schlesinger sobre o assassinato de Kennedy. Na verdade, o cubano se autoproclamou "quase nostálgico" pelos anos que passou na prisão, onde pôde ler quinze horas por dia.

Era quando falava sobre Hemingway, contudo, que ele deixava a máscara cair. Castro se encontrou com o estadunidense duas vezes e tinha uma fotografia autografada do autor em cima da mesa. Qual era o apelo do autor machão que se suicidou para o ditador cubano? Suas frases curtas? A persona de homem de ação? A participação na Guerra Civil Espanhola? Nenhuma dessas coisas.

"Eu li alguns de seus romances mais de uma vez", afirmou Castro. "E, em muitos deles — *Por quem os sinos dobram* e *Adeus às armas,* por exemplo —, ele coloca o personagem principal falando consigo mesmo. Isso é o que eu mais gosto sobre Hemingway: os monólogos, quando os personagens falam consigo mesmos."

---

* No entanto, Castro misteriosamente deixa de mencionar as edições das obras de Mussolini que estavam nas prateleiras nos tempos de estudante. (N. do A.)

4

Iraque: os romances históricos
de Saddam Hussein

Embora hoje Saddam Hussein possa ser lembrado principalmente pelas guerras, pelo despotismo, pelos palácios cafonas e pela barba magnífica que usava quando foi tirado de um buraco por alguns soldados em 2003, seu nome nem sempre foi sinônimo de maldade. Na década de 1980, o governo Reagan forneceu ao regime de Hussein informações e equipamento militar para ajudá-lo na guerra com o Irã, enquanto nos anos 1970 Hussein havia falado sobre secularismo, libertação e revolução como um dos principais integrantes do Partido Baath ("o Partido da Ressurreição"), que governava o Iraque e fora fundado na década de 1940 por dois professores sírios — um cristão, o outro muçulmano sunita.

O Baath representava uma vertente separada do nacionalismo árabe de Nasser, embora os baathistas também falassem de unidade, libertação e socialismo, e sonhassem com uma única nação árabe. O próprio Hussein foi mais um autodidata oriundo das províncias que descobriu a política quando adolescente. Um muçulmano da minoria sunita em um país de maioria xiita, ele foi atraído pela mensagem do partido sobre uma unidade árabe transcendente e, por meio de golpes, exílio e prisão, fez carreira política, finalmente entrando no governo iraquiano quando Ahmed Hassan al-Bakr se tornou ditador após um golpe em 1968. Saddam tinha apenas 31 anos, mas logo se estabeleceu como o poder por trás do trono. Após mais ou menos uma década, ele avançou para se estabelecer como o verdadeiro poder *no* trono: al-Bakr se aposentou devido a "problemas de saúde" em 1979. Embora Hussein fosse adepto de papaguear a linguagem da revolução e da libertação, e não tivesse desperdiçado os rendimentos do petróleo do Iraque — os padrões de vida eram altos para a região, embora ele também tivesse desenvolvido a indústria, educação e saúde —, ficou claro desde o início de sua ditadura que Hussein não era um homem muito bom. George H. W. Bush e George W. Bush estavam habituados a compará-lo a Hitler, mas o líder baathista tinha outro ditador como modelo — e nem mesmo sentia vergonha disso. Ele imitava Stálin abertamente, e não apenas por usar um bigode grosso e gostar de títulos militares, apesar de nunca ter servido nas forças armadas. Pouco depois de se tornar presidente, Hussein declarou que os baathistas tinham entrado na "era stalinista" e anunciou a intenção de "atacar com mão de ferro contra o menor desvio ou retrocesso". E atacou mesmo, acusando de traição 68 integrantes de alto escalão do partido em uma assembleia, uma semana depois de chegar ao poder. Vinte e dois foram executados como aviso para os demais, e expurgos, torturas e assassinatos políticos se tornariam marcos do seu regime.

Houve também o extravagante culto à personalidade*, a paranoia, a repressão das minorias, a proximidade fingida com o povo — Hussein mandou instalar uma linha telefônica direta para o palácio presidencial nos anos 1980 — e os livros, tantos livros — embora ele, como Stálin, não pretendesse ser um inovador ideológico, mas sim o "melhor aluno" do principal ideólogo do partido — nesse caso, Michel Aflaq. Suas próprias obras eram monótonas, enfadonhas e sérias, e a ilusão de uma bibliografia substancial foi fomentada pelo truque ditatorial — já padronizado — de coletar discursos, reembalar longas entrevistas e acrescentar a preposição *sobre* a coleções de banalidades, a fim de criar a impressão da teoria**. Foi assim que tais clássicos como

---

* A estatuaria que representava Hussein era notavelmente diversa em relação à temática: ele aparecia vestido como homem de negócios, soldado, esportista, peregrino ajoelhado em oração, pai amoroso, pai sábio com o filho no colo etc. Em cartazes de propaganda, o déspota apareceria ao lado do antigo rei babilônico Nabucodonosor em sua carruagem; ele também gostava de ser comparado a Saladino enquanto os poetas da corte cantavam louvores ao "Formador da História" e lhe atribuíam a criação de um "novo homem árabe". (N. do A.)

** A aspiração literária era de família: no início dos anos 1980, um dos tios de Hussein publicou um livro intitulado *Three Whom God Should Not Have Created: Persians, Jews, and Flies*. Os persas eram definidos como "animais que Deus criou na forma de humanos". Os judeus eram "uma mistura de sujeira e sobras de diversas pessoas". Moscas, "cujo propósito de Deus ao criar nós não entendemos", eram as menos perturbadoras das três. (N. do A.)

On History, Heritage, and Religion e *Our Policy Is an Embodiment of the Nation's Present and Future*, ambos de 1981, *Thus We Should Fight Persians*, de 1983, e *America Reaps the Thorns Its Rulers Sowed in the World*, de 2001, tornaram-se objetos físicos que existiam no mundo. Era uma obra genérica: pelo menos dois desses títulos poderiam ser facilmente anexados a textos de Fidel Castro ou de qualquer líder norte-coreano dos últimos setenta anos. Algumas dessas obras eram até razoáveis: *The Revolution and Woman in Iraq*, de 1977, contém muitos trechos progressistas sobre a importância de educar as mulheres e colocá-las no mercado de trabalho. Uma sociedade não poderia ser livre até que as mulheres fossem livres, disse Hussein, e uma "revolução não é uma verdadeira revolução se não incluir a libertação das mulheres". Quanto às forças que as impediam, Hussein usava uma linguagem codificada e se referia apenas a "cadeias de atraso impostas pelo passado" em vez de leis ou costumes islâmicos específicos. Até o Açougueiro de Bagdá sabia quando devia medir as palavras.

Esse foi Saddam Hussein em seu auge modernizador. Na década de 1980, no entanto, um elemento religioso entrou em erupção em sua retórica e culto. Ao enfrentar o ditador teocrático do Irã xiita, Hussein começou a identificar o baathismo e a si mesmo como os defensores do islamismo sunita contra os persas nefastos, a quem ele acusou de usar a religião como uma cortina de fumaça para o que era realmente uma guerra movida pela vingança contra a conquista árabe ocorrida há um milênio e meio. Com o passar dos anos e a multiplicação dos problemas, Hussein se apoiou cada vez mais no islamismo e na gloriosa história militar dos árabes para alimentar seu culto à personalidade. Por exemplo, ele produziu "provas" de que descendia de Maomé e nomeou seu avião particular *al-Buraq*, em homenagem ao cavalo milagroso que o profeta cavalgou de Meca para Jerusalém em uma única noite, enquanto um poeta aclamava Hussein como "Senhor"* Saddam, que tinha "Trazido a luz de Deus/Para as tribos árabes/E quebrado seus ídolos/No passado distante". Perto do fim de seu regime, após o desastre da Guerra do Golfo e dos anos seguintes de sanções dos Estados Unidos, Hussein chegou a encomendar uma versão do Alcorão escrita com o próprio sangue como sinal de sua dedicação ao Islã.

Enquanto isso, seus próprios escritos entraram em uma nova fase. Suas publicações anteriores tinham sido exercícios mecânicos de literatura de ditadores que ofereceram pouco em termos de inovação, e, dessa vez, ele

---

* "Senhor" no sentido de "Nosso Senhor", no original *Lord* Saddam, e não *Mister* Saddam. (N. do T.)

iniciaria uma experiência radical. Hussein usaria a prosa não como uma expressão do culto à personalidade, mas da própria personalidade, e tentaria se comunicar diretamente com o povo. Em outras palavras, ele escreveria como um autor "de verdade" e, ao fazer isso, se tornaria o primeiro ditador no poder a criar uma obra de ficção desde que Franco produzira *Raza* em algumas semanas de 1941. No entanto, o livro de Hussein, um romance histórico-filosófico intitulado *Zabiba and the King*, era mais ambicioso e muito mais pessoal do que o melodrama formal de Franco. De modo algum, *Zabiba and the King* é bom, mas é o livro de um homem, e não de um monumento, e, em comparação com a maioria das outras obras do cânone dos ditadores, é um livro muito honesto.

De acordo com Sa'adoon al-Zubaydi, que foi por muitos anos o intérprete de inglês de Hussein, mas que terminou a carreira como seu editor de fato, *Zabiba and the King* é a mais autobiográfica das obras do ditador. O déspota começou a escrevê-lo em 2000, após se apaixonar pela filha de 24 anos de um de seus conselheiros. Apenas 39 anos mais jovem do que ele, a moça se tornou sua quarta esposa e, disse al-Zubaydi, deu ao ditador sitiado e desiludido "inspiração" e "vitalidade" renovadas — e até o "encorajou a pegar papel e caneta". Inspirado por essa sensação de paixão renovada, Hussein desceu do pedestal e se tornou um mortal vulnerável novamente ao se sentar para dar início à trágica história de um rei pagão isolado e alienado e da bela jovem muçulmana que ama e morre por ele. Embora biográfico, o livro não é uma autobiografia de fato; nem é uma alegoria direta sobre a relação entre o Iraque e os Estados Unidos malignos e imperialistas, embora tal interpretação seja defensável. Não: *Zabiba and the King* é um livro completamente mais doido e muito mais interessante que isso.

Ao contrário de muitos ditadores do século XX que conseguiam escrever profissionalmente — pelo menos no nível de um jornalista —, Hussein é um amador. Mas é um amador no sentido mais agradável, em que não consegue controlar as palavras* ou o tema, e certamente não consegue controlar a estrutura do livro. Isso dá ao romance um toque de obra de arte alternativa em forma de prosa.

Ele começou com um longo preâmbulo que evocava com arrogância a glória do Iraque, antes de mudar para a estrutura narrativa de uma-história-

---

* Em uma entrevista na *Ha'aretz*, al-Zubaydi reclamou: "Quando ele esbarrava em uma nova palavra, especialmente uma palavra complicada, Hussein ficava fascinado com ela e a utilizava sem parar, quase sempre inadequadamente." (N. do A.)

-dentro-de-uma-história tão conhecida de obras como *As mil e uma noites*. No entanto, Hussein imediatamente alertou o leitor para o fato de que aquela não seria uma obra de aventura, humor ou erotismo escandaloso, mas algo muito mais pesado. Ditadores são os inimigos do riso, afinal de contas e, embora muitos tenham uma vida sexual interessante em particular, eles quase sempre impõem códigos morais puritanos aos seus súditos. E assim Hussein enfatizou que o livro seria sério, uma vez que "no Iraque não é costume contar histórias e piadas vãs". Então, sendo mais agressivo, ele fez com que o narrador não fosse uma bela princesa tentando escapar da morte pelas mãos de um tirano caprichoso e sexualmente enlouquecido, mas um homem recontando uma história que ouvira da avó idosa em Tikrit quando menino — não por acaso, o próprio local de nascimento do ditador. No entanto, Hussein, o autor, relutava em renunciar ao controle como Hussein, o ditador. Assim que a vovó narrava um par de parágrafos, ele a interrompia com uma série de interjeições angustiadas sobre a confusão interior do governante.

> *Será que a alma daquele que se cercou de uma infinidade de coisas inúteis não se sobrecarregou com o labirinto intrincado de seus palácios, móveis e paredes espessas? Será que a alma dele não morreu como consequência, após ter perdido completamente o sentido estético?*

Somente na página 8 o narrador de Hussein cessou os pedidos ditatoriais de ajuda e permitiu que a avó assumisse o controle e contasse a história de um rei poderoso e altivo que "queria que os reis que governavam nos confins do mundo se submetessem a ele". Assim começava a história, quando o rei se deparou com um palácio quase tão grande quanto o dele, enquanto cavalgava. Vivendo em uma cabana nos arredores da propriedade — que pertencia a um comerciante chamado Hiskil — estavam Zabiba e seu pai idoso. Deslumbrado por sua beleza e sabedoria, o rei convidou Zabiba para seu palácio, onde ele ouve sua história trágica: as necessidades econômicas forçaram o pai da moça a casá-la com um primo violento, um membro da gangue de Hiskil.

Então algo estranho acontecia. Em vez de mandar matar o primo e fazer de Zabiba sua concubina — como seria razoável para um monarca pagão do século VII —, o rei optou por passar as noites em discussões inocentes com ela sobre liderança e governo. Nessas conversas, foi Zabiba quem educou o rei, aproximando-o de seus súditos, que fez revelações como essa:

"O senhor precisa se tornar uma partícula viva do povo, sua consciência, pensamentos e ações."

Às vezes, Hussein inseria elementos da história da própria vida no romance. Quando o rei explicou a Zabiba como, quando menino, ele fora expulso da casa da mãe para viver com um tio e fora, depois, convocado de volta para viver entre parentes que o desprezavam, isso se encaixava bem com a própria experiência de Hussein. Na maioria das vezes, no entanto, os paralelos eram menos diretos, e, se a intenção do autor foi fazer do rei um autorretrato, então foi um autorretrato pouquíssimo lisonjeiro. Porém, se o livro for lido como um tributo de antes-e-depois para a jovem nova esposa de Hussein, então ele foi extremamente lisonjeiro. Até encontrar Zabiba, o rei era um governante distante que não entendia o próprio povo. Ele não era um muçulmano, mas um pagão distraído e trapalhão, que se queixava de perder a chave do armário onde guardava seu deus; foi Zabiba quem o ensinou sobre o Islã.

Além disso, o rei era muito estúpido. Depois que Zabiba tirou uma xícara de chá de camomila envenenado dos lábios de seu amado, ela sussurrou:

Temo que isso possa ser uma nova flecha envenenada, que tem a intenção de matar o senhor e a mim também.

Ao que o rei inacreditavelmente obtuso respondeu:

Mas um chá de camomila não é uma flecha!

Depois disso, Zabiba explicou pacientemente:

Eu estou falando no sentido figurado, usando apenas a flecha como comparação...

Às vezes, a narrativa se eleva acima do discurso político sonífero e dos recursos de enredo executados de maneira desajeitada. O rei criado por Hussein estava preso em um casamento sem amor e passou a desejar por mais do que apenas as reflexões de Zabiba sobre política. Em uma evocação poética da angústia da separação, Hussein declarou que o rei sentia inveja "do ar e da água e até de cada pedaço de comida na boca de Zabiba". Em outras ocasiões, o rei lamentava seu terrível isolamento com tanta intensidade que o leitor quase conseguia ouvir o próprio Hussein choramingando no quarto à noite enquanto se escondia em outro local não revelado, sozinho novamente.

Cercado por cortesãos, parentes e servos conspiradores, sem mencionar uma esposa hostil, o rei explicou que foi seu anseio por contato humano que o fez se apaixonar por Zabiba:

> *Eu me apaixonei por você para que minha alma não definhasse e eu não me afastasse da vida real. Queria ficar perto das pessoas, para poder fazer parte da vida e conduzi-la adiante. Não quero me tornar um dos deuses que estão nos lugares sagrados e que recebem promessas daqueles que apresentam seus pedidos. Eu quero viver com você, em contato com você e ver o nascer do sol com você.*

No mundo físico, Hussein governou através do medo. No mundo que ele criou no papel, o rei amava e era correspondido. Na cena mecânica de luta que encerrou o romance, Zabiba se lançava na frente de uma espada apontada para o rei, cujo nome — ela finalmente revela — é "Árabe". Assim sendo, o amor inspirou tanto Zabiba quanto o povo a se levantar em defesa de seu líder e sua terra de um invasor estrangeiro depravado. A alegoria assumia. Os Estados Unidos perdiam; os árabes venciam e, apesar da tragédia da morte de Zabiba, as coisas só iriam melhorar.

O amadorismo de Hussein brilhou nesse final idealizado. Ele ainda não estava no controle total da narrativa e, devido à sua incompetência como um contador de histórias, surgiram revelações inadvertidas. É impressionante que a cena de batalha climática terminasse em exatamente dois parágrafos, e que o rei estivesse quase completamente ausente das cenas de combate — até a pessoa se lembrar de que Hussein não servira nas forças armadas e não tinha experiência de combate. Incapaz de imaginar uma coisa que nunca havia experimentado, Hussein se tornou tão imaterial quanto Brejnev ao ser confrontado pela guerra.

Quando se trata de estupro e abuso sexual, no entanto, Hussein foi pródigo nos detalhes. No início do livro, Zabiba reclamava muitas vezes sobre o sexo sem amor que o marido lhe impunha: "Estou morta em minha casa e meu cadáver apodrece quando estou na cama com meu marido." Como necrofilia não era uma metáfora suficientemente forte para Hussein, ele combinou isso com bestialismo, pois Zabiba reclamava de ser usada pelo marido como um carneiro usa uma ovelha, interessado apenas na frequência do ato e não no prazer sexual dela. Em uma das passagens mais estranhas

da literatura de ditadores, Zabiba contava uma história de amor do homem-
-urso, que Hussein pareceu pensar ser uma coisa no norte do Iraque. Zabiba
elaborou uma comparação desfavorável entre as técnicas de sedução do
marido com as dos comedores de mel adeptos do polimorfismo perverso:

> *Até um animal respeita o desejo de um homem, se quiser copular com
> ele. Por acaso a ursa não tenta agradar um pastor ao arrastá-lo para as
> montanhas, como acontece no norte do Iraque? A ursa arrasta o homem
> para dentro de sua toca, para que ele, obedecendo ao seu desejo, copule com
> ela? Por acaso a ursa não traz nozes para o pastor, colhidas das árvores ou
> recolhidas nos arbustos? A ursa não entra nas casas dos fazendeiros para
> roubar um pouco de queijo, nozes e até passas, a fim de alimentar o homem
> e despertar nele o desejo de possuí-la?**

Bem... na verdade, não.

A degradação aumentava à medida que Zabiba revelava que o marido
participava de orgias de estupro que seu patrão, Hiskil, organizava para
emires, ministros e nobres, sem mencionar os "grandes e pequenos cafetões".
Um jogo popular era a "Rasgadura no Bosque".

> *O jogo era jogado assim: todo mundo fugia do palácio para o jardim e o
> quintal, e a seguir os homens tentavam pegar as mulheres. Qualquer mulher
> poderia ser "rasgada" por qualquer homem e não havia acordo prévio. Uma
> mulher poderia se defender usando apenas as mãos, enquanto o homem
> tentaria possuí-la, até ser vencida por ele pela força. Ou elas fingiriam se
> defender.*

Se as mulheres se recusassem a participar, os homens se divorciavam
delas. Somente Zabiba, "a filha do povo e sua consciência", conseguiu se
manter arredia, mesmo quando emires bêbados caíram a seus pés e estrangeiros sinistros com pele clara e olhos azuis apareceram. Nesse momento,
Hussein revelou um pouco demais sobre si mesmo, pois somente depois de
ouvir esses contos sobre jogos de estupro foi que o rei finalmente consumou
o relacionamento com Zabiba. Estamos muito longe das origens do livro

---

* Em uma nota de rodapé, o tradutor da edição em inglês sugere que o urso é uma metáfora para a Rússia, mas a Rússia não é vizinha do Iraque ao norte. E assim continua o
mistério. (N. do A.)

como uma história infantil contada por uma avó bondosa, embora as longas conversas filosóficas no decorrer das páginas já tivessem estabelecido uma distância substancial. Era intrigante que nesse momento climático da narrativa, quando o rei penetrou Zabiba, Hussein, de repente, se lembrasse do elemento narrativo original. Depois de 120 páginas, a avó bondosa reaparecia e se dirigia aos garotos na plateia:

> — Alguns desejam possuir as concubinas do rei, suas esposas e filhas. Mas esse desejo não é, de certa forma, o começo de um anseio por adquirir algo que não é de todo possível? Nesse caso, como o desejo se diferencia do anseio?

Após essas profundas elucubrações filosóficas, ela alertou um dos garotos mais velhos para o perigo das poluções noturnas: "Se você começar a pensar nelas, à noite você sonhará ter possuído uma delas." Uma página ou duas depois, a idosa bondosa reaparecia para descrever em detalhes vívidos a cena em que Zabiba estava voltando para casa, vindo do palácio, e era derrubada do cavalo, amarrada, amordaçada e estuprada duas vezes — tudo isso pelo marido, que vestia uma máscara e cuja garganta Zabiba rasgou com os dentes. Como disse o narrador: "Eu sabia que a vovó sempre encontrava histórias com uma lição de moral para nós."

Assim, como todos os grandes romances, apesar de ser, na verdade, terrível, *Zabiba and the King* tem vida própria. Brinca com o leitor. Nos últimos dias de seu governo, Saddam Hussein se tornou um legítimo escritor. Ele não era apenas uma figura política que brutaliza os súditos com falsidades grosseiras; Hussein era um homem que procurava dizer a verdade sobre sua própria experiência através de narrativas. Se não foi exatamente toda a verdade, e se distorceu as coisas, exagerou e até mentiu algumas vezes, então isso não o torna ainda mais um romancista?

Saddam estava tão dedicado a essa nova carreira que, de acordo com al-Zubaydi, ele negligenciou seus deveres como ditador nos últimos anos do regime, e "se trancou no escritório para escrever". Em romances como *Walled Fortress, Men and the City* e *Get Out, You Damned One!*, Hussein contou mais histórias sobre reis e príncipes e sobre amor, invasão e traição. Embora tenha publicado esses livros anonimamente — "um romance escrito por seu autor" —, não era segredo no Iraque ou em qualquer outro lugar no mundo quem era responsável por esses volumes emocionantes. E, se fosse, a óbvia falta de habilidade era suficiente para dissipar suspeitas que *ghostwriters* profissionais estivessem envolvidos.

As obras eram tão pessoais, tão importantes para Hussein, que ele trabalhou nelas até o fim do governo. Ele terminou *Get Out, You Damned One!* pouco antes da Batalha de Bagdá em 2003. O processo de edição continuou durante os combates, e a editora presidencial Al-Hurriah ("Liberdade") concluiu sua impressão poucas horas antes de os combates cessarem e os Estados Unidos consolidarem a conquista da cidade. O título desse último romance foi uma resposta direta às forças americanas invasoras, as mesmas que o arrastaram para fora do buraco onde ele estava escondido e o entregaram para seu povo.

Foi o mesmo povo a quem Saddam Hussein havia se dirigido em *Zabiba and the King*, e para quem ele havia revelado a alma repetidas vezes, em romance após romance, em um esforço desesperado para criar um vínculo.

Foram os leitores que o enforcaram.

5

Pós-soviético:
o camarada Zaratustra

Na Rússia, a década de 1990 representou uma era de transição, tateando na escuridão caótica em direção a um Estado ainda não nascido. Quase da noite para o dia, os rituais linguísticos sem vida praticados durante setenta anos viraram pó. Aqueles que procuraram fazer carreira na era do capitalismo bandido deixaram de ser "camaradas" ou de falar em planos quinquenais e cotas de produção, ou de buscar citações apropriadas de Lênin para ilustrar seus argumentos. Em vez disso, eles tentavam conjurar uma nova realidade baseada em um conjunto diferente de encantamentos. Palavras como *oligarca, privatização, empréstimos por ações** e *terapia de choque* mantinham todo o mistério sagrado.

Nesse contexto, a prática soviética de gerar "teoria" parecia uma superstição estranha e quase inexplicável oriunda de uma época mais simples e ingênua. O livro de ditador, símbolo de um império fracassado e desaparecido, perdera o poder e já não era necessário nem se declarar a favor das obras de Lênin e seus sucessores. Isso foi deixado para gente como

---

* O esquema de "empréstimos por ações" de 1995-1996 — em que um punhado de homens de negócios com bons contatos comprou participações em grandes empresas russas — é considerado um caso escandaloso que teve consequências desastrosas para a economia russa. (N. do T.)

Gennady Zyuganov, o sujeito medíocre que assumiu a liderança do Partido Comunista da Federação Russa em 1993, e que vem comandando o partido desde então durante seu longo inverno inútil. Ele publicou um livro sobre Stálin em 2009, como se a tradição marxista-leninista ainda importasse e o acúmulo de palavras ainda fosse um passo crucial na carreira política. Na verdade, foi um ato vazio de adoração ancestral.

Isso não quer dizer que as palavras do líder tenham perdido todo o significado. A adoração russa pelos livros era anterior aos soviéticos, e o novo presidente democraticamente eleito, Boris Yeltsin, ainda publicou volumes com seu nome na capa, mas seguiu a moda de um político democrata, ocidental — isto é, os livros não eram obras de ideologia ou falsa ideologia, mas memórias que justificavam seus atos, compostas por um *ghostwriter* profissional, através das quais ele esperava engordar o saldo bancário. No entanto, por mais efêmeros e desnecessários que os livros de Yeltsin possam ter sido, eles ainda tiveram um grande — ainda que indireto — impacto sobre o futuro do país. Quando seu segundo volume de memórias, *Notes from a President*, não gerou os milhões de dólares em direitos autorais estrangeiros que Yeltsin esperava, o notório oligarca Boris Berezovsky interveio para "consertar" a situação. Berezovksy providenciou a publicação do livro na Rússia e mais tarde afirmou que ele havia depositado milhões de dólares em "direitos autorais" na conta bancária de Yeltsin, recheando assim os bolsos do presidente em um nível mais aceitável. Tendo prestado esse serviço à literatura russa, Berezovksy ganhou acesso ao círculo íntimo do presidente, e foi em seu papel como eminência parda do Kremlin que mais tarde ele pressionaria pela indicação de um ex-coronel da KGB chamado Vladimir Putin para servir como sucessor de Yeltsin.

No primeiro ano da eleição de Putin, Berezovsky estaria no exílio, pois a marionete que ele escolheu era muito menos fácil de enganar do que Yeltsin. E, conforme Putin consolidava e expandia seu poder paulatinamente, ficou claro que ele tinha menos interesse em se cobrir de glórias literárias do que qualquer líder russo desde o czar Nicolau II. Apesar da preocupação em identificar uma "ideia nacional" para a Rússia pós-soviética, ele não começou a escrever ensaios sobre o assunto, e mesmo que ele polvilhe generosamente referências a filósofos no decorrer de discursos, Putin não reuniu esses discursos em grandes volumes de capa dura, que todo sátrapa local era obrigado a exibir em seu escritório. Ele ressuscitou os símbolos soviéticos e o antigo hino nacional — embora com novas letras — e substituiu a palavra *Volgogrado* por *Stalingrado* na Chama Eterna perto das Muralhas do Kremlin, mas teve um interesse muito menos considerável sobre os textos sagrados do antigo regime. Sua preocupação era controlar a televisão no lugar da mídia impressa, e assim, em vez de encapar discursos incrivelmente longos, uma vez por ano ele participava de conversas telefônicas inacreditavelmente longas com a nação. Enquanto isso, seu próprio pessoal de relações-públicas introduziu algo novo na propaganda russa: uma ênfase ao estilo de Mussolini no corpo dinâmico e vivo do líder.

Enquanto Stálin colocara uma carcaça no coração da União Soviética, Putin voava de avião e brincava com tigres, posava sem camisa em um cavalo e chapinhava na água com um rifle de caça. Os textos que ele produziu foram pouco numerosos e pragmáticos. *First Person*, baseado em mais de 24 horas de entrevistas, foi publicado em 2000 para apresentá-lo ao mundo: a passagem mais interessante talvez seja um breve discurso sobre as lições que ele aprendera observando um rato encurralado*. Seu próximo livro, *Judo: History, Theory, Practice*, de 2004, enfatizou suas credenciais como um homem de ação vigoroso, porém muito disciplinado — em nítido contraste com seu predecessor inchado e alcoólatra. Um verdadeiro manual de judô, honesto e legítimo, que vinha com muitos desenhos de homens de pijama agarrando uns aos outros, *Judo: History, Theory, Practice* ainda consegue revelar algumas observações que vão além do propósito aparentemente simples. Em especial, a exploração do *kuzushi*, a arte do desequilíbrio do judô, revela muito sobre a estratégia de Putin na política internacional, onde ele transforma uma aparente fraqueza em uma vantagem contra um inimigo teoricamente mais forte.

Somente em 2015, quando Putin estava há uma década e meia no poder, surgiu uma coisa cujo nome na capa se encaixava nas convenções de um livro do ditador e, mesmo assim, com diferenças significativas. *Words of a Changing World* era uma coleção de 19 discursos e artigos atribuídos a Putin. A essa altura, um ditador soviético teria conseguido preencher pelo menos dez volumes com esse tipo de material, mas a moderação não era a única diferença. Como objeto literário, *Words of a Changing World*

---

* "Lá, no patamar da escada, eu obtive uma lição rápida e duradoura sobre o significado da palavra *encurralado*. Havia hordas de ratos na entrada da frente. Meus amigos e eu costumávamos persegui-los com paus. Uma vez avistei um rato enorme e o persegui pelo corredor até encurralá-lo em um canto. Ele não tinha para onde correr. De repente, o rato se virou e se jogou em mim. Fiquei surpreso e assustado. Agora o rato estava me perseguindo. Saltou pelo patamar e desceu as escadas. Felizmente, fui um pouco mais rápido e consegui bater a porta com força no nariz dele." (N. do A.)

parecia diferente de qualquer livro de ditador que o precedeu. Impresso em papel brilhante e cheio de fotografias coloridas e citações memoráveis, parecia menos um tomo solene de teoria e mais um prospecto reluzente de capa dura preparado por uma equipe de marketing para ser distribuído em convenções internacionais.

SE A LITERATURA de ditadores havia definhado na antiga Nova Jerusalém, a tradição recebeu vida nova nas repúblicas da Ásia Central da antiga União Soviética. Nos regimes explicitamente autoritários do Cazaquistão, Uzbequistão, Tadjiquistão e Turcomenistão — e mesmo no regime menos autoritário do Quirguistão —, o ideal do gênio-líder persistiu, assim como a compulsão de demonstrar essa genialidade escrevendo coisas. O desaparecimento da ideologia marxista-leninista unificadora havia criado um vácuo maior na Ásia Central do que na Rússia, que teve um longo passado imperial como alternativa à identidade soviética. As nações da Ásia Central, por outro lado, eram uma colcha de retalhos de etnias, cidades-estados antigas e tribos em guerra costuradas nos anos 1920 por "especialistas" soviéticos, substituindo uma história complexa que remontava há milênios.

Esses "especialistas" não apenas elaboraram as fronteiras, às vezes dividindo comunidades antigas, por exemplo, designando antigos centros da cultura tadjique ao Uzbequistão, como também apresentaram os próprios conceitos de "nacionalidade" e "socialismo" como substitutos das lealdades entre clãs e tribos. Os construtores da nação soviética arrancaram os véus, reprimiram o Islã e travaram uma guerra de décadas contra rebeldes que acabaram se rendendo ou desaparecendo na fronteira com o Afeganistão. Enquanto isso, eles importaram uma cultura socialista recém-criada para substituir as culturas locais mais antigas, quase na totalidade, orais. Campanhas de alfabetização produziram milhões de novos leitores e, sob o comando de Stálin, os "engenheiros da alma" russos foram enviados à região para treinar escritores e artistas locais a escrever romances, peças de teatro e poesia no novo estilo realista-socialista.

A anulação instantânea de tudo isso, em 1991, deixou os presidentes criados pelos soviéticos buscando novas justificativas para sua autoridade. Se o objetivo não era mais a derrota do imperialismo, o triunfo do proletariado e o sonho do "comunismo pleno", então qual seria? Mais precisamente, como unir nacionalidades e clãs distintos sobre os quais eles agora detinham domínio? E como justificar esse domínio?

Sem exceção, os novos presidentes da Ásia Central eram produtos intelectuais da União Soviética e, ao estilo de Stálin, eles demonstravam um desrespeito desmedido pela precisão na interpretação do que realmente acontecera nos territórios que estavam controlando. Em vez disso, esses presidentes projetaram no passado antigo identidades nacionais que foram invenções da era comunista. Despojados do conteúdo marxista-leninista, as figuras, no entanto, perduraram. No Uzbequistão, Timur, o Magnífico, renasceu como herói nacional e não como líder de um império pan-islâmico; ele substituiu Lênin em pedestais. Nursultan Nazarbayev, do Cazaquistão, reivindicou o grande filósofo e poeta medieval al-Farabi, que substituiu Lênin nas cédulas de dinheiro. Emomali Rahmon, do Tadjiquistão, fez melhor e reformulou o profeta Zaratustra, fundador da antiga religião do império persa, como um super-homem ético ao estilo soviético, que deveria ser imitado por todos os tadjiques.

Lênin e Stálin estavam mortos, mas exerciam enorme influência — assim como suas bibliografias. Não foi suficiente apenas encontrar heróis no passado; novos modelos tinham que ser criados também, e os ditadores da Ásia Central usaram livros para estabelecer sua autoridade e fortalecer os próprios cultos à personalidade. No entanto, eles tentaram adaptar suas obras publicadas à nova era, escrevendo em um estilo com uma sintonia melhor com os modos e costumes da época. A fim de sinalizar ao mundo que os novos presidentes da região eram parceiros de negócios confiáveis e estavam prontos para receber investimentos, alguns deles adotaram os clichês do capitalismo esclarecido responsável, da democracia e do liberalismo. Dito isso, o autoritarismo nunca esteve tão longe assim da superfície — havia o público interno a considerar, afinal de contas.

Um bom estudo de caso é Nursultan Nazarbayev, presidente do Cazaquistão. Este é um Estado enorme e rico em recursos, com uma maioria nominalmente cazaque muçulmana, mas que tem populações consideráveis de praticamente todas as nacionalidades da antiga União Soviética, sendo os russos o maior grupo, com muitos representantes na capital da era soviética, Almaty. Nazarbayev flertou com o nacionalismo cazaque e o islamismo, mas se apresentando como um modernizador e unificador, um líder sábio e tolerante a todas as fés, concentrado no desenvolvimento econômico e na manutenção de boas relações com outros países do mundo — ao mesmo tempo que deixava bastante patente que nunca arriscaria afrouxar o poder.

Em suas publicações pós-independência, Nazarbayev pendeu para uma abordagem soviética tardia. Ele era fundamentalmente não revolucionário, de um jeito tranquilizador que não era surpresa para ninguém, embora estivesse ansioso para demonstrar sua liberdade psicológica contra os tabus marxistas-leninistas e sinalizar a disposição para realizar acordos e fazer negócios. Ao ler seus livros, a pessoa pensaria que as décadas que ele passara falando trivialidades socialistas nunca aconteceram. Os próprios títulos eram inócuos e tranquilizadores, quase ao estilo da "Terceira Via"* de Bill Clinton e Tony Blair.

Quem, afinal, poderia discordar de algo chamado *The Critical Decade: A Strategy for the Development of Kazakhstan as a Sovereign State* ou *Kazakhstan on the Threshold of the 21st Century*? Se um leitor realmente mergulhasse na obra de Nazarbayev, não encontraria ideias radicais, ataques verbais ao imperialismo ou gritos de solidariedade com os oprimidos globais, mas reflexões sobre política, desenvolvimento e economia, bem como muitas palavras bonitas sobre manter relações harmoniosas entre nacionalidades e grupos religiosos. Nazarbayev estava muito interessado em enfatizar suas credenciais como um homem capaz de enxergar além dos conflitos da Guerra Fria, aquele que havia feito sua parte para reduzir o risco do Armagedom nuclear. Assim, em *Epicenter of Peace*, publicado no décimo aniversário da independência do Cazaquistão, ele lembrou ao povo cazaque — e ao mundo — sua disposição de abrir mão do vasto arsenal de armas atômicas que a nação herdara da União Soviética. Ele também fechou o local de testes de Semipalatinsk, onde a União Soviética detonou mais de 450 bombas durante quarenta anos. Por meio de uma bibliografia sempre em expansão, Nazarbayev — que se intitulou o Primeiro Presidente — continuou a enfatizar suas credenciais como uma figura civilizada e bondosa, uma combinação de pai sábio e líder astuto da Corporação Cazaquistão. Seu estilo de literatura de ditador era novo e digno de um participante do Fórum de Davos.

No entanto, com o passar dos anos, Nazarbayev ficou mais extravagante e mais ambicioso. As imensas receitas geradas pelo petróleo e gás lhe permitiram realizar imensos projetos de vaidade — e o principal deles foi a construção de uma capital inteiramente nova, Astana ("Capital"), no centro do país. Entre as estruturas futuristas erguidas nas estepes varridas pelo vento, havia uma pirâmide de vidro de 70 metros de altura projetada por Norman Foster com o nome grandioso de Palácio da Paz e Reconciliação. Ali Nazarbayev firmou seus ideais transnacionais mais elevados: a intenção da construção era representar todas as religiões do planeta, bem como todos os grupos étnicos no Cazaquistão. Ela abrigava um teatro lírico com 1.500

---

* Ao contrário da Terceira Via do Fascismo Italiano, ou da Terceira Teoria Universal de Kadafi, é claro. (N. do A.)

lugares. É claro que, no que diz respeito às mensagens para o planeta, havia coisas bem piores, e Nazarbayev, o ditador-unificador, também expressou seus ideais esclarecidos de forma impressa. Em 2009, ele publicou *A Strategy of Post-industrial Society Formation and the Partnership of Civilizations*, que ganhou uma sequência, *Radical Renewal of Global Society*, um ano depois. Nesses livros, o curandeiro do planeta, com 91,5 por cento dos votos, revelou seus pensamentos sobre desenvolvimento na era pós-industrial e relações entre "civilizações globais" — ao mesmo tempo que oferecia como bônus reflexões sobre meio ambiente, segurança energética e tecnologia para ajudar ainda mais a humanidade a viajar para o futuro:

> *O século XXI em que estamos entrando agora é um período que verá um aprofundamento da integração entre as várias comunidades do planeta e uma intensificação do diálogo e parceria entre elas, a fim de resolver a nova gama de problemas que a humanidade enfrenta como um todo. Penso que podemos ter confiança em dizer que o mundo contemporâneo no início do século XXI é um mundo das sociedades locais que mostram a variedade de nossa experiência histórica e a vida contemporânea das comunidades que as constituem. É somente preservando e desenvolvendo essa variedade dentro da estrutura de parcerias que as sociedades podem ter a esperança de florescer no futuro e de tornar possível evitar tanto o conflito entre elas quanto a ameaça representada pelos arsenais de armas.*

E há muito mais de onde veio esse trecho. Nazarbayev pode ter extirpado o marxismo-leninismo, mas ainda reteve a capacidade de gerar declarações sentenciosas sobre a paz mundial no clássico estilo soviético.

Parece haver algo pessoal a respeito dessa quantidade de texto, como se ele realmente acreditasse que sua experiência de dirigir o Cazaquistão multifacetado e multiétnico durante o período pós-soviético, sem nenhuma violência significativa, o qualificasse como um sábio com sérios ensinamentos para um planeta conturbado. Em 2014, Nazarbayev se apropriou da tradição estadunidense de abrir uma biblioteca presidencial dedicada a si mesmo ainda em vida. A instituição continha não apenas os arquivos oficiais da presidência, mas, como deferência aos precursores soviéticos, sua biblioteca pessoal também — cerca de 20 mil livros acumulados desde a década de 1960. Nazarbayev se apresentava como um líder excepcional, um super leitor e um homem de conhecimento. Ao lado de tesouros de sua coleção pessoal — como o Alcorão que passou um tempo no espaço sideral e um raro livro de esboços de Leonardo da Vinci —, as obras completas de Nazarbayev ocupavam muito espaço nas prateleiras. Na verdade, elas estão disponíveis gratuitamente on-line para que toda a espécie humana — ou, pelo menos, a parte com uma conexão à internet — leia, de maneira que todos nós possamos aprender sua sabedoria e começar a cicatrizar.

Dois outros presidentes da Ásia Central geraram livros com um tom similarmente favorável, pró-estabilidade, pró-mercado e pró-desenvolvimento. O presidente Askar Akayev, do Quirguistão, que, antes de ascender ao poder, havia escrito trabalhos científicos com títulos como *Optical Information Processing Methods*, de 1988, produziu *Thinking About the Future com Optimism*, de 2004, embora estivesse prestes a ser expulso do país após um golpe. No vizinho Uzbequistão, o notório tirano Islam Karimov combinou atos de repressão violenta com uma série de publicações que apresentavam títulos otimistas, como *Uzbekistan: The Road of Independence and Progress*, de 1992, e *Building the Future: Uzbekistan — Its Own Model for Transition to a Market Economy*, de 1993, além de *Uzbekistan on the Threshold of the 21st Century*, de 1997. Karimov teve menos sucesso do que Nazarbayev em se passar por um moderno presidente de empresa. No início do século XXI, ele caiu nas graças dos Estados Unidos ao oferecer seus serviços na guerra contra o terrorismo, mas o relacionamento azedou depois que um massacre amplamente divulgado na cidade de Andijan tornou a relação insustentável. Não obstante, Karimov torturou os inimigos, jogou extremistas em colônias penais e colocou a própria filha em prisão domiciliar, enquanto continuava a publicar livros com títulos animadores. Em 2009, ele lançou *The Global Financial-Economic Crisis — Ways and Measures to Overcome It in the Conditions of Uzbekistan*, enquanto, em 2015, um ano antes de sua morte, ele escreveu *Serving in the Path of Happiness and Great Future of Our Motherland Is a Top Value*. Mesmo se esforçando para abandonar o passado soviético e fornecer aos uzbeques uma identidade alternativa, Karimov garantiu que outro aspecto da técnica literária de Stálin perduraria no século XXI: o uso de prosa incrivelmente monótona, porém otimista, para excluir a possibilidade de haver qualquer discussão sobre o que realmente estava acontecendo no mundo.

Estava explícita nos textos de Nazarbayev, Akayev e Karimov uma consciência sobre outra realidade: o modo de vida ocidental, com seu dinheiro, conforto e bens de consumo. A fim de obter acesso a essa realidade, eles sabiam que tinham que adotar a linguagem e imitar as ideias do ocidente — até certo ponto. Mas e se a pessoa não conseguisse atrair investimentos ou não tivesse tanto interesse neles devido às concessões que teriam que ser feitas? E se a pessoa estivesse governando uma terra devastada pela guerra e vizinha do Afeganistão e ainda dependesse do apoio militar da Rússia?

Esse foi o cenário enfrentado pelo ditador tadjique Emomali Rahmonov depois de uma descolonização que viu os sufixos russos serem removidos de todos os nomes tadjiques. Um ex-capataz de fazenda coletiva, Rahmon viu o país ser dilacerado por uma violenta guerra civil que durou de 1992 a 1997, entre o regime que sucedeu aos soviéticos e as forças islâmicas radicais. Entre sessenta e cem mil pessoas morreram no conflito, enquanto outras 730 mil foram expulsas de suas regiões. Já sendo o mais pobre dos Estados da Ásia Central, o Tajiquistão ainda teve mais 7 bilhões de dólares em prejuízos devido à guerra.

Com o país devastado pelo conflito e desprovido dos recursos naturais abundantes que permitiram que alguns outros Estados da Ásia Central financiassem projetos titânicos de construção, Rahmon não tinha uma mensagem otimista de união para dar ao planeta, ao estilo de Nazarbayev. Sua prioridade era encontrar uma identidade nova e unificadora para impor aos tadjiques. A importância dessa missão é óbvia pela escolha da ocasião do lançamento do livro *The Tajiks in the Mirror of History*, de 1997, publicado quando a nação saía da guerra. Nessa obra, Rahmon retratou a história dos tadjiques como uma luta perpétua e um terror existencial, na qual "a nação tadjique tem sido confrontada por todo tipo de oponentes veementes que duvidavam de sua própria existência". Diante de graves desafios ontológicos, como Rahmon poderia escrever sobre trivialidades como "desenvolvimento global"?

Obviamente, ele não podia. Então, em vez de falar sobre o futuro e o lugar brilhante que o Tajiquistão ocuparia, o líder se voltou para o passado. Como um *apparatchik* comunista, ele havia sido criado no mito marxista do futuro paraíso dos trabalhadores; mas Rahmon virou o mito de cabeça para baixo e o substituiu pelo antepassado mais antigo, a era de ouro perdida. Ele foi longe na antiguidade em busca da identidade e dignidade tadjique, e encontrou precursores nos antigos Estados da Ásia Central de Báctria e Sogdiana, enquanto o Estado Samânida de 819 a 999 se destacava como o melhor período da história do seu povo. Nessa narrativa, o socialismo mal existia, enquanto o Islã era mostrado como um sistema estrangeiro de crenças imposto aos tadjiques pelos conquistadores árabes, que cortaram a conexão deles com a antiga herança zoroastriana.

De acordo com Rahmon, o profeta Zaratustra nasceu no território do Tajiquistão. No entanto, o ditador não estava muito interessado nele, o profeta que conversara com Ahura Mazda, o senhor da luz, e, em vez disso, ele recriou o personagem como um transmissor e exemplo dos valores morais tadjiques, virtuoso e nobre, como o herói de um romance soviético ambientado em uma fábrica e que foi transportado milhares de anos no passado. Curiosamente, o Zaratustra de Rahmon lutou contra o "ateísmo", que geralmente não era considerado como um grande problema entre 2.500 a 3 mil anos atrás. Ele também declarou que os antigos tadjiques sempre tiveram "consciência patriótica... estavam prontos para defender os princípios do progresso e do esclarecimento". Da mesma forma, Rahmon observou, com tom de aprovação, que o livro sagrado do zoroastrismo, o Avesta, é superior aos trabalhos de Homero porque era mais antigo e tinha mais palavras — dois milhões contra 345 mil —, e argumentou que ele servia como uma "mina de ouro etnográfica", um guia para a grandeza tadjique.

E assim Rahmon, metaforicamente, exumou Zaratustra, removeu as partes de que ele não precisava, embalsamou os restos mortais e colocou a múmia em um caixão de vidro para a edificação da nação. No entanto, apesar de Rahmon estar mais preocupado com questões de espírito e identidade do que Nazarbayev ou os outros colegas pós-soviéticos, *The Tajiks in the Mirror of History*, de 1997, permanece como um projeto fundamentalmente racionalista. Rahmon não acreditava em Ahura Mazda* e tampouco esperava que seus súditos acreditassem. Ele flertou com a religião, mas estava apenas interessado em encontrar uma ideia que trouxesse estabilidade e unidade ao país. Em momento algum Rahmon se estabeleceu como um deus-homem ou proclamou seu livro como sagrado. *The Tajiks in the Mirror of History* é chatíssimo de uma maneira quase reconfortante, seguindo o clássico estilo soviético.

A oeste, no Turquemenistão, a história foi muito diferente. Lá havia um país já prejudicado por livros soviéticos que estava prestes a receber um novo sofrimento na forma de um exemplo excepcionalmente virulento de literatura de ditadores, o *Rukhnama*, ou "Livro da Alma".

---

* Ahura Mazda (ou Ohrmazd) é a divindade suprema do zoroastrismo. (N. do TR.)

6

Turcomenistão: pós-tudo

*Monumento ao Ruhnama em Ashgabat, Turcomenistão.
Uma versão menor foi lançada no espaço para que
os alienígenas também possam aproveitá-lo.*

Assim terminamos essa viagem através da história da literatura de ditadores, onde — pelo menos, para mim — ela começou. Certa manhã de domingo, no início do século XXI, eu estava zapeando pelos canais de TV no meu apartamento em Moscou quando, de repente, tropecei em uma transmissão vinda de um universo paralelo. Lá, na minúscula tela, vi um monumento bizarro, requintado em seu mau gosto. Era um grande livro verde e rosa, e havia em destaque na capa o que obviamente era o perfil da cabeça de um déspota em dourado. Mas quem era esse ditador? Eu não fazia ideia. Qual era o título do livro? Eu não consegui ver. A câmera então cortou para um grupo de mulheres turcas em trajes tradicionais — embora de nenhuma tradição que eu reconhecesse —, que estudavam o livro em uma sala de aula bem iluminada. Depois, a câmera mostrou algumas torres imensas de mármore branco e cúpulas reluzentes que misturavam o neoclassicismo stalinista com um orientalismo opulento em um novo estilo arquitetônico bombástico e alucinante; em seguida, cortou para a cabeça que forneceu o modelo para o retrato dourado na capa do livro gigante.

Em sua forma viva, móvel e tridimensional, a cabeça era, na verdade, um bloco sólido de carne, coroado por uma tênue penugem preta que não conseguia projetar uma imagem de juventude e sob a qual um par de olhos redondos examinava uma sala cheia de bajuladores. Abaixo dessa fatia de carne de rosto, uma camisa branca GG foi colocada sobre a prova de um estilo de vida profundamente epicurista. Havia anéis de ouro em seus dedos — ou talvez eu esteja voltando no tempo ao projetar esses detalhes tirados de uma foto emoldurada que vi mais tarde. Eu me lembro de uma coisa, porém: o narrador repetia uma única palavra estranha, *Ruhnama*.

Na verdade, aquela não foi uma transmissão de um universo paralelo, mas uma transmissão do Turcomenistão, um país que até recentemente fazia parte da União Soviética. Ali, um ex-chefe do Partido Comunista chamado Saparmurat Niyazov havia criado uma carreira singular na era pós-soviética. Assumindo o nome de Turkmenbashi ("Pai de Todos os Turcomenos"), ele tinha usado as imensas reservas de gás da nação para financiar a construção de uma capital fantasmagórica composta por edifícios e fontes grandiosos e enormes estradas vazias. Turkmenbashi também havia fomentado um culto à sua personalidade suficientemente radical a ponto de rivalizar com Kim Jong-il, embora recebesse muito menos atenção. Ele declarou o Turcomenistão como "eternamente neutro", e uma vez que Turkmenbashi ficava de fora dos conflitos geopolíticos, poucas pessoas fora do país se importavam ou sequer sabiam o que ele estava fazendo.

O cerne do culto a Turkmenbashi era o livro que eu havia visto na tela da TV, o *Ruhnama*, ou "Livro da Alma". Foi esse texto que, de repente, capturou a minha imaginação. Eu sabia sobre *Minha luta* e *O livro vermelho* desde criança e tinha visitado muitos apartamentos russos onde volumes empoeirados da obra de Lênin se amontoavam nas estantes. Aquela, entretanto, foi a primeira vez que testemunhei o fenômeno do livro de um ditador *vivo*. Até aquele momento, eu tratava esse tipo de literatura com o mesmo desinteresse desdenhoso que todo mundo. Apesar de ter vivido anos em Moscou, nunca me senti tentado a tirar Lênin da prateleira e *realmente lê-lo*.

No entanto, dias depois de assistir àquela transmissão, eu estava gastando horas baixando via conexão discada uma tradução em inglês do *Ruhnama* de um site do governo turcomeno. O texto completo era muito longo e, no entanto, foi com grande entusiasmo que comecei a lê-lo. Então parei. Era horrível.

Dentro de um ano ou dois, as palavras e os atos de Turkmenbashi começaram a atrair o interesse das agências de notícias ocidentais. Ele não era o mais cruel, nem o mais beligerante, nem o mais geopoliticamente significativo dos ditadores, mas era o mais *pitoresco* desde Kadafi, e talvez tenha até superado o coronel. Quem mais havia proibido os dentes de ouro, o *playback*, o balé e a ópera, o circo e o cigarro? Quem mais havia renomeado o mês de janeiro em homenagem a si mesmo e rebatizado o pão com o nome da própria mãe? Quem mais tinha uma estátua de ouro que ficava no topo de um tripé com os braços erguidos, girando ao longo do dia para que o sol estivesse sempre ao seu alcance?

E quem mais escreveu um livro que não apenas era leitura obrigatória para uma prova de motorista, mas que também ficava ao lado do Alcorão e da Bíblia na entrada de mesquitas e igrejas? Quem mais escreveu um livro que, se lido do começo ao fim por três vezes, garantia a entrada no paraíso? Quem mais escreveu um livro tão sagrado que foram inscritos trechos nos minaretes da maior mesquita de toda a Ásia Central? Quem mais escreveu um livro com tamanha importância no tempo que o mês de setembro foi renomeado em sua homenagem? E quem mais escreveu um livro que foi traduzido para tantas línguas por tantas empresas cínicas, que esperavam conseguir contratos lucrativos através de bajulação?*

Ninguém, isso sim. Nem mesmo Kim Jong-il foi tão longe.

A ideia de que os turcomenos precisavam de um "Livro da Alma" surgiu pela primeira vez em outubro de 1991, quando a União Soviética estava à beira da extinção. Um historiador notável propôs a compilação de uma antologia de folclore e tradições que refizesse a ligação dos turcomenos com o passado após sete décadas de domínio soviético. Antes da revolução, os turcomenos tinham sido um povo nômade com uma cultura predominantemente oral em vez de escrita, e, de acordo com fontes soviéticas, entre 97% a 99% da população era analfabeta quando a República Socialista

---

* A Siemens, a DaimlerChrysler, a Caterpillar e a John Deere estavam entre as muitas corporações multinacionais que descobriram a paixão de disseminar a sabedoria do Turkmenbashi para as nações do mundo. (N. do A.)

Soviética do Turcomenistão foi fundada em 1925. Assim, a história da nação era uma fábula marxista-leninista na qual os turcomenos faziam o papel de um povo atrasado, impelido ao futuro glorioso por uma revolução que se originara no antigo centro imperial. É fácil entender por que um corretivo foi considerado necessário, e assim o livro foi encomendado — mas Niyazov terceirizou a produção dessa primeira edição do *Ruhnama* para um comitê. Naquele momento, o livro estava tão baixo em sua lista de prioridades que apareceu assinado pelo secretário de imprensa que havia supervisionado o projeto.

Mas o *Ruhnama 1.0* foi rapidamente retirado de circulação, pois foi considerado inadequado ao seu propósito, e o trabalho começou para o *Ruhnama 2.0*. Dessa vez, um poeta, um historiador e alguns autores soviéticos beberrões estavam à frente do projeto. Essa versão não ia além da lista de tópicos. Àquela altura, já eram meados da década de 1990 e Niyazov havia se transformado em Turkmenbashi, deus-rei e Pai da Nação. Ele não respondia mais aos mestres do Kremlin, pois entendeu o poder que tinha por estar sentado em cima da quarta maior reserva mundial de gás natural. Naquele época, Turkmenbashi converso em pé de igualdade com Bill Clinton. O Turcomenistão era estável internamente e não tinha inimigos. Seu regime estava nadando em dinheiro. Ele tinha feito grandes coisas; e faria mais. Turkmenbashi escreveria o "Livro da Alma" do Turcomenistão sozinho.

Fica imediatamente claro quando se abre o *Ruhnama* que aquilo é uma coisa nova no mundo dos livros de ditadores pós-soviéticos, e, talvez, na literatura de ditadores em geral. O subtítulo *Reflections on the Spiritual Values of the Turkmen* não deixa dúvidas quanto ao tipo de tema que Turkmenbashi pretendia cobrir. Ele havia indicado o interesse por assuntos espirituais no início da carreira como presidente do Turcomenistão independente; em 1992, ele se tornara o primeiro líder da Ásia Central a visitar Meca. Mesmo assim, é um pouco surpreendente quando o ex-chefe do Partido Comunista inicia sua epopeia com a proclamação: "Em nome de Alá, o mais exaltado!"

Enquanto Nazarbayev se transformou em um presidente de empresa nacional e Putin escrevia como um técnico de judô, Turkmenbashi falou ao seu "povo amado" como se fosse algum tipo de profeta:

> *Este livro, escrito com a ajuda da inspiração enviada ao meu coração pelo Deus que criou este maravilhoso universo e que é capaz de fazer o que Ele quiser, é o Ruhnama turcomeno.*

Fascistas e nacionalistas católicos dos anos 1920 e 1930 também estavam propensos a pontificar sobre o espírito, mas nunca reivindicaram obter inspiração diretamente dos céus. Nem Khomeini, por falar nisso, cuja obra foi construída a partir de interações com outros textos, e não a partir da comunicação pessoal com Deus. Turkmenbashi, por outro lado, escreveu como um místico poeta que tinha um canal direto com o Todo-Poderoso. No entanto, o texto que vinha em seguida era profundamente soviético na atitude desregrada diante do relacionamento entre palavras e fatos. Quando os fatos não se encaixavam na narrativa, eles eram suprimidos, enquanto fatos mais convenientes eram inventados. Turkmenbashi era bastante desenfreado em sua fantasia mítica, inventando em algumas páginas uma história para os turcomenos que remontava a 5 mil anos através do estabelecimento de setenta estados até chegar ao "Profeta Noé" em pessoa.

Ler Turkmenbashi no contexto de quase um século de prosa soviética e pós-soviética é uma experiência profundamente desorientadora. Embora ele deva ter dominado a retórica complicada da pseudociência marxista-leninista para avançar na carreira, Turkmenbashi ofereceu ao leitor uma narrativa pseudorreligiosa de uma simplicidade extraordinária. Nem era meramente simplista; era uma narrativa muito, muito preguiçosa. Turkmenbashi não deu indicação alguma de que conhecia os detalhes da história de Noé: não há menção de uma mensagem de destruição ou de uma arca, embora estas façam parte tanto da narrativa islâmica quanto da cristã. Em vez disso, Noé era um legislador e exemplo moral, um pouco como o Zaratustra de Emomali Rahmon, apenas sem a pesquisa histórica conduzida por outras pessoas em nome do ditador. Para Turkmenbashi, Noé foi um fantoche literário conveniente, que instruía os turcomenos a amarem sua terra natal e a respeitarem os pais, enquanto também aconselhava as mulheres a cobrirem as bocas, mas não os rostos. Felizmente, Noé também ofereceu dicas sobre cuidados masculinos ("use roupas limpas e decentes") e design de interiores ("a decoração da casa, sua ordem, limpeza e aparência devem ser boas"). No *Ruhnama*, Noé era exatamente quem Turkmenbashi queria que ele fosse, e o ditador o queria como uma ferramenta para conferir imensa dignidade histórica e espiritual ao seu povo, mesmo que essa dignidade fosse baseada em alegações que até uma criança de oito anos pensaria duas vezes antes de realizar. Turkmenbashi, evidentemente, não se importou. Libertado da hegemonia soviética, ele criaria uma nova realidade e uma nova espiritualidade que lhe conviesse.

Havia apenas quatro mesquitas no Turcomenistão durante o período soviético e, tendo crescido em um orfanato estatal, Turkmenbashi não passou muito — ou sequer passou — tempo em qualquer uma delas. Talvez nem sequer tenha aprendido as escrituras islâmicas. Assim, em *Ruhnama*, ele se referiu a profetas e textos sagrados, mas nem tanto sobre o que qualquer um deles disse, provavelmente por não saber. Tendo passado a juventude estudando Lênin e as obras de literatura russa e soviética, Turkmenbashi também estava distante das tradições religiosas folclóricas do Turcomenistão. No entanto, a nação inteira também tinha sido privada das mesmas coisas, e o vazio de conhecimento histórico, religioso e cultural que o *Ruhnama* original teve a intenção de superar foi impiedosamente explorado por Turkmenbashi, enquanto ele tecia suas narrativas simples.

Turkmenbashi afirmou que os turcomenos acreditavam no Alcorão, no "Antigo Testamento" e nos Salmos, mas não mencionou os *hadith,* que são textos essenciais no conjunto da crença islâmica. De acordo com Turkmenbashi, portanto, trechos da Bíblia Hebraica podiam ser mais relevantes do que as próprias escrituras islâmicas, o que era, desnecessário dizer, uma postura um pouco heterodoxa para alguém que professava ser um muçulmano.

Mas mesmo que Turkmenbashi não tenha detalhes concretos, ele afirmou acreditar na santidade da palavra:

A Palavra é o dom mais sagrado que Deus deu aos seres humanos
A Palavra é o fruto das pessoas, mas é dada aos seres humanos por Deus.

Em particular, Turkmenbashi acreditava na própria palavra. Embora ele negasse que o *Ruhnama fosse* sagrado, o líder insinuou que era o mais próximo disso que se podia chegar. Ele discorreu a respeito do significado de *seu* texto muito mais do que sobre os escritos feitos por qualquer mero profeta. Respondendo à própria pergunta "O que é este *Ruhnama*?", Turkmenbashi entrou em uma sala de espelhos linguísticos e solipsismo*.

O Ruhnama é...

- *"uma fonte de energia que manterá os corações alertas";*
- *"o livro da unidade e união";*
- *"o véu do rosto e da alma do povo turcomeno";*
- *"o primeiro livro básico de referência do povo turcomeno";*

---

* "A crença de que, além de nós, só existem as nossas experiências", segundo Simon Blackburn no *Dicionário Oxford de Filosofia*. (N. do T.)

- *"a soma da mente, dos costumes e das tradições dos turcomenos, intenções, atos e ideais";*
- *"a visita feita ao coração dos turcomenos";*
- *"um doce fruto espiritual cultivado neste território";*
- *"um livro abrindo a fonte da mente e encontrando a sede do intelecto seco";*
- *[os meios pelos quais Turkmenbashi pode] "amarrar o passado, presente e futuro em uma única corda";*
- *[um "mensageiro" que] "transmite as notícias secretas e necessárias do passado para o futuro";*
- *"uma nova visão de mundo, no sentido de que é um espírito que estimula a natureza, a sociedade e as pessoas a trabalhar";*
- *"uma luz e um guia sobre a jornada [da nação turcomena] em direção ao seu objetivo";*
- *"o centro do universo [que é o espírito dos turcomenos]. Nesse universo, todas as questões cósmicas atuais e futuras devem continuar girando, na atração, força centrípeta e órbitas do Ruhnama".*

E assim por diante. O que Turkmenbashi não mencionou: o *Ruhnama* era também uma junção mal-estruturada e repetitiva de afirmações históricas inverificáveis, textos encontrados, invenções e poesia ruim. Não obstante, à medida que o texto prosseguia, o ditador tentava, de maneira verdadeiramente desregrada, escrever uma nova identidade turcomena. O livro contém digressões sobre etimologia, ética, religião (os turcomenos amam Deus, mas são seculares), música (a tradicional é diferente de outros tipos, pois foi feita com filosofia profunda), melões (melões turcomenos são muito bons), direitos das mulheres (elas deveriam ser livres para trabalhar), tapetes (os tapetes turcomenos são os melhores), políticas e tratados com outros estados (os turcomenos são eternamente neutros e têm muitos amigos), sem mencionar as grandes invenções turcomenas (aparentemente temos que agradecer aos turcomenos pela invenção da roda, que "precipitou o progresso científico do mundo").

A litania insensata de realizações nacionais de Turkmenbashi aparece ao lado de trechos recortados e colados de genealogias que são bíblicas em tamanho e mitológicas por natureza, mas que foram apresentadas ao leitor como um fato. Ele lançou casualmente algumas inovações teológicas radicais, incluindo a afirmação de que o ancestral turcomeno Oguz Khan era um profeta e que os próprios turcomenos foram monoteístas por 5 mil anos

("Ó, irmão, por cinquenta séculos que os turcomenos têm vivido... com a crença de Alá"). Isso é consideravelmente mais tempo do que os judeus, cristãos, muçulmanos ou qualquer outra pessoa foram monoteístas, vale ressaltar.

Por mais que o *Ruhnama* seja uma absurda fantasmagoria histórico--religiosa, o livro também é um trabalho profundamente pessoal, bem ao lado dos romances de Saddam Hussein e de *Minha luta*, de Hitler. Com a intenção de demonstrar a autenticidade de sua mensagem, Turkmenbashi entremeou ao longo do livro fac-símiles do próprio texto escrito à mão. Tirando as crianças, todos os seus leitores eram produtos da cultura soviética, cujos líderes, e todos sabiam muito bem, tinham pouco a ver com os livros que levavam seus nomes. Turkmenbashi se propôs a superar qualquer possível ceticismo em relação à autoria de *Ruhnama*, provando que sua mão escrevera as palavras. Mais do que isso, ele também demonstrou autenticidade através do aspecto confessional da narrativa, ao falar abertamente sobre a própria experiência de vida ao seu povo de uma maneira que nenhum líder soviético jamais fizera. Turkmenbashi expôs o próprio trauma pessoal e depois o inseriu na história da nação, colocando a autobiografia no centro da história.

Nesse quesito, pelo menos, Turkmenbashi não estava exagerando. Saparmurat Niyazov sofrera *mesmo* um enorme trauma quando criança. Ele nasceu em 1940, na aldeia turcomena de Gypjak, que seu pai, Atamurat, abandonou logo depois para lutar por Stálin no Exército Vermelho; ele desapareceria na frente de batalha. Em 1948, a mãe e os irmãos de Niyazov morreram em um terremoto que devastou Ashgabat. O pai Stálin, cujo retrato vigiava Niyazov no orfanato onde passou os anos de formação, morreu quando o jovem tinha 13 anos. Niyazov acabou desembarcando em Leningrado, onde o Estado lhe ensinou engenharia. Ele então voltou para casa a fim de trabalhar para o partido, e o serviu fielmente até o colapso da União Soviética. Muitos desses detalhes aparecem no *Ruhnama*, mas de forma impressionantemente crua. Na página 8, Turkmenbashi falou da tristeza pela perda da mãe e do pai:

> *Nenhum ser humano que não tenha experimentado o que eu vivi pode me entender.*
>
> *Seu pai, que deveria apoiá-lo em tempos difíceis, está morto em um lugar desconhecido e estrangeiro!*
>
> *Sua querida mãe está caída com suas duas irmãs sob Karakum. Você está sozinho em Leningrado. Você não tem ninguém lá trás que esteja perguntando por você e escrevendo uma carta para você.*

Eu estava doente e pedi aos meus supostos parentes próximos que cuidassem de mim. Eles escreveram para me dizer que haviam se esquecido de mim e que muito menos me ajudariam.

Não havia ninguém além do Único, Alá Todo-Poderoso, para buscar refúgio e ninguém para pedir ajuda além do meu Alá. Todo o país estava chorando que não há Allah. Ó, Alá!

Nesse momento, tão grande foi a angústia de Turkmenbashi, tão profundo o tormento, que ele foi levado à beira da "loucura". Incapaz de reprimir os sentimentos por mais tempo, ele irrompeu em um poema dirigido a "Jygalybeg", um líder-guerreiro mítico, o qual eu reproduzo na íntegra porque é tão rebuscado que chega a ser divertido:

Eu tenho um poderoso puro-sangue turcomeno, você cuidaria dele, Jygalybeg?
Eu também tenho um coração partido e inquieto, você cuidaria dele, Jygalybeg?
Meus caramanchões estão trancados, meu Chandybil é uma região aflita agora,
E nossa desgraça nunca desperta, a menos que você, a menos que você... Jygalybeg!
Onde estão os valentes montanheses que se levantaram contra a montanha preta?
Infelizmente, sofrendo estão os valentes imponentes que lutaram contra o bando ruim!
Muitos heroicos e sábios caíram martirizados, de modo que fiquei para trás solitário, abandonado,
Até a sobremesa se dobrou de dor, gemendo. Você consegue ouvir, Jygalybeg?
Os ricos prósperos foram recolhidos, em sofrimento, e enviados para o exílio na Sibéria,
Os bravos e corajosos caíram como mártires na luta e já se tornaram sepulturas,
Seu órfão chorou amargamente, abandonado sozinho, sem força, paciência, resistência
Minha terra chora e meu povo lamenta, a região em desordem, Jygalybeg!
Eu tenho um poderoso puro-sangue turcomeno, você cuidaria dele, Jygalybeg?
Eu também tenho um coração partido e inquieto, você cuidaria dele, Jygalybeg?
Empresta-me a espada curva de Gorogly e a tua lança para mim, Jygalybeg!
Sem medo! Eu lutarei até a morte. Dá-me a tua própria coroa, Jygalybeg!...

A seguir, Turkmenbashi contou a história sobre "um velho russo" que ele encontrara em Leningrado, que conhecia seu pai e que estivera presente quando ele morreu abatido por fogo de metralhadora alemã na Ossétia do Norte. Turkmenbashi forneceu muito mais detalhes sobre o pai do que sobre os próprios anos no orfanato ou em Leningrado, que foram minimizados como se aquela dor ainda não tivesse sido resolvida. Tudo se juntou no fim, no entanto, quando ele revelou que a própria instrução para criar o *Ruhnama* veio de ninguém menos do que a figura do "profeta" Oguz Khan:

A Alma de Oguz Khan disse: Escreva! O lugar onde sua nação passou a existir será o caminho; o lugar que sua nação favorece será o território; os desejos de sua nação serão realizados.

Assim, o pessoal se fundiu ao histórico, mitológico, religioso e político, dando origem ao megatexto do *Ruhnama*.

Foi um projeto extremamente ambicioso, talvez o mais ambicioso de todos os livros de ditadores. Em vez de pegar uma teoria preexistente e explicá-la, Turkmenbashi conjurou algo novo inspirado em tudo que viu por aí e que achou que pudesse utilizar — e não só isso, pois realizou esse feito enquanto dirigia um estado totalitário. Além disso, Turkmenbashi escreveu uma continuação do *Ruhnama* enquanto também produzia livros de poesia e história. Em toda essa obra, ele estava se esforçando para criar não apenas uma ideologia, mas uma nova história, uma nova mitologia para sua nação. Por meio de longos discursos sobre clãs turcos, uma visão infantil sobre religião e história, e puro narcisismo, Turkmenbashi procurou restaurar dignidade para o povo do deserto que havia sido colonizado pelos russos e despojado de sua cultura pelos soviéticos. Teria sido uma tarefa monumental para um escritor muito grande, mas Turkmenbashi não era sequer um escritor medíocre. Ele era muito, muito ruim. Com o *Ruhnama*, o líder apontou para as estrelas, mas acabou no aterro sanitário.

O *Ruhnama* era tão horrível que demorei três anos para terminar de ler, o que fiz enquanto viajava pelo deserto de Karakum, no Turcomenistão. Era necessário remover todas as distrações possíveis para chegar ao fim do livro verde e rosa com a cabeça dourada na capa. Isso foi em março de 2006: a essa altura, Niyazov alcançara o auge da notoriedade e os jornalistas foram proibidos de entrar no país. Eu entrei porque meu primeiro livro ainda não havia sido publicado, e uma pesquisa no Google não gerou resultados para o meu nome. O plano era passar um mês percorrendo o território de ponta a ponta e depois voltar a Moscou, onde eu entrevistaria dissidentes e exilados. Depois de ler todos os livros sobre o Turcomenistão disponíveis em inglês — não era uma lista muito longa — e quaisquer curiosidades interessantes que pudesse encontrar em russo, eu escreveria o trabalho definitivo sobre o regime de Turkmenbashi. Mas logo depois que minhas entrevistas terminaram, Niyazov cometeu a ousadia de morrer. Por alguns meses, eu me iludi pensando que o plano ainda poderia funcionar — o grande Ryszard Kapuściński não tinha publicado seu livro sobre o regime do xá anos depois da Revolução Iraniana? No entanto, no fundo — ou talvez nem tão fundo assim —, eu sabia que meu livro estava morto. Foi também nessa época que li um artigo expondo Kapuściński como uma espécie de fabulista que, como Turkmenbashi, nunca havia admitido exatamente quanto de sua obra ele tinha inventado. Talvez o exemplo do bielorrusso não devesse ser seguido.

A verdade é que eu estava penando com o livro antes mesmo de Turkmenbashi dar o grande salto para o esquecimento. Por alguma razão, era difícil articular exatamente o que eu havia visto lá. Nem era só eu. Alguns meses depois da viagem, eu me encontrei com um dos meus parceiros de viagem e ele confessou ter o mesmo problema. Ele não sabia o que pensar sobre o Turcomenistão ou como descrevê-lo. Recordo que a solidez de sua casa de alvenaria do século XVIII, cujas paredes testemunharam a vida de múltiplas gerações de ingleses mortos, contrastava fortemente com a natureza efêmera e quase alucinante de nossa viagem. Era como se tivéssemos passado um mês presos dentro do sonho de outra pessoa. Falar sobre isso de uma maneira que não fazia nenhum sentido para aqueles que não estiveram sujeitos à psicose de Turkmenbashi era tão desafiador quanto explicar o mais pessoal e subjetivo de nossos próprios sonhos individuais. Nós tínhamos visto o monumento ao *Ruhnama* e a estátua de ouro do líder que girava para encontrar o sol. Eu mesmo tinha comprado uma caixa de papinha para bebê com o rosto da mãe de Turkmenbashi. Eu visitara uma discoteca vazia, onde o proprietário cantou "Careless Whisper", do George Michael, com uma intensidade enlouquecida. Então, o que tudo isso significa? Onde eu estava nesse rolê?

Percebo que, na época, aquilo não significara nada, ou nada que já não fosse óbvio. Mas dez anos depois, e tendo chegado ao fim de um livro diferente, aquilo adquiriu significado, e eu finalmente entendi o que vi: o momento antes do grande esquecimento que engolfa e apaga quase todos os vestígios do texto sagrado assim que o líder morre. Eu vi os epifenômenos, a superfície efervescente do culto e seus rituais, o momento em que o livro está vivo e é impossível de escapar. Senti o efeito do consenso forçado que dá vida ao livro enquanto a força estiver no lugar para mantê-lo.

Esse momento subjetivo é o aspecto mais elusivo do estudo da literatura de ditadores. No Turcomenistão, em 2006, no entanto, o texto era uma presença vigorosa e virulenta que penetrou à força na consciência das pessoas com o total apoio de um Estado policial. Durante as duas primeiras semanas em especial — até o cérebro se adaptar à sobrecarga sensorial —, o livro estava intensamente presente: uma alucinação que eu poderia tocar, um sonho lúcido em rosa e verde e dourado que não acabava. Fecho os olhos e ainda posso ver tudo hoje: o momento, luminoso e terrível e sem fim, em todo lugar em que eu fui.

O momento estava lá no gigantesco monumento ao *Ruhnama,* que subitamente pulou da tela de TV para o mundo real enquanto eu viajava do aeroporto para o hotel. Agourento, imenso e extremamente cafona na noite do deserto, eu podia vê-lo através da janela do quarto, pairando na escuridão como uma miragem fluorescente. O livro gigante deveria se abrir sozinho, revelando uma página dupla da sabedoria de Turkmenbashi a cada noite — mas isso nunca aconteceu. O mecanismo havia quebrado e ninguém o consertou.

O momento estava lá no meu primeiro dia completo em Ashgabat, quando visitei uma livraria no centro da cidade — nunca encontrei outra — e vi dezenas de exemplares do *Ruhnama* expostos nas prateleiras em vários idiomas — turcomeno, inglês, russo, alemão, italiano —, todos eles em rosa e verde e dourado, como um livro infantil muito mal projetado, publicado pela editora de aluguel mais cínica do mundo. *Ruhnama 2.0* também estava lá, recém-saído do prelo, junto com outros textos-chave de Turkmenbashi, como seu livro sobre heróis nacionais e o volume de poesia, *Turkmenistan, My Happiness.* Mas nenhum deles foi traduzido para o inglês. Tirando as obras completas do líder, não havia muito o que comprar: uma obra decorativa de fotografia sobre cavalos e outra sobre prédios de mármore reluzente, e algo sobre os militares turcomenos. E só. Exceto...

O momento estava lá na sobrevivência curiosa de um grupo seleto de outrora "grandes" autores soviéticos como material vendido por baixo dos panos. Assim me ofereceram uma edição de trinta anos, em dois volumes, em língua russa, de *The Decisive Step,* de Berdi Kerbabayev, o "Sholokhov turcomeno". O vendedor me garantiu que era um ótimo livro, embora enfaticamente não tentasse me empurrar qualquer uma das obras de Turkmenbashi.

O momento estava lá na ausência de obras de escritores contemporâneos turcomenos na mesma loja; Turkmenbashi não toleraria rivais.

O momento estava lá na minha busca para encontrar as ruínas do antigo circo, fechado desde que Turkmenbashi emitiu um decreto proibindo essa arte insuficientemente turcomena, que me levou às profundezas de uma malha de ruas residenciais. Lá encontrei uma biblioteca, uma das poucas ainda abertas no país, e entrei para ver uma sala de leitura do *Ruhnama* imediatamente à minha esquerda. Dentro havia fileiras arrumadinhas de mesas e um retrato do presidente na parede. Uma jovem estava curvada sobre um exemplar do *Ruhnama*, estudando furiosamente. O bibliotecário sorriu e fez um gesto para que entrássemos.

O momento estava lá no hotel onde eu assisti a um show televisionado que consistia em jovens homens e mulheres de pé em um salão gigante, revezando-se na leitura em voz alta do *Ruhnama* em turcomeno, inglês, francês, alemão e russo. A plateia estava sentada e muito atenta ao texto, que era repetidamente descrito como "sagrado" e entoado na sua direção.

O momento estava lá na única outra livraria que encontrei no Turcomenistão, a da cidade de Mari, que explorei sozinho enquanto meus amigos visitavam as ruínas da antiga cidade de Merv. Era ainda mais vazia do que a loja de Ashgabat, pois não tinha a mesma seleção de livros decorativos ou tantas edições em língua estrangeira do *Ruhnama*.

E estava lá no episódio antigo de *Benny Hill* que eu assisti no café da parada de caminhões depois.

O momento estava lá no estacionamento subterrâneo abandonado da imensa "Mesquita da Alma Turkmenbashi" e nas inscrições de *Ruhnama* nos minaretes, certamente um ato de blasfêmia estupenda — mas ninguém parecia se importar, mesmo que no vizinho Afeganistão eles estivessem matando pessoas por causa de alguns cartuns que haviam sido publicados recentemente na Dinamarca. A mesquita era tão vazia quanto o estacionamento, tirando algumas mulheres que iam para a frente para rezar, e ninguém se importava com isso também.

O momento estava lá no caminho para Kunya-Urgench, nos outdoors dos livros de Turkmenbashi nas margens de estradas tranquilas e nas pedras brancas em colinas distantes que estavam escritas "Ruhnama".

O momento estava lá, no sopé da montanha, onde encontraram as pegadas perfeitamente preservadas do "turcomenossauro". Ali, na casa do chefe da aldeia, eu estava sentado onde Turkmenbashi uma vez se sentara, em um período anterior de seu governo, quando ele ainda era um homem do povo, circulando pelo país e conversando com líderes regionais. Nosso guia mencionou que era o aniversário de Turkmenbashi — e o momento estava lá no silêncio que se seguiu.

Estava lá no museu nacional, onde o jovem guia usava um broche de Turkmenbashi na lapela. Quando lhe pedi sua opinião sobre o *Ruhnama*, ele respondeu com grande entusiasmo que era "muito excelente", embora não conseguisse articular o motivo, apenas que era "profundo" de algum modo indefinível. E o momento também estava lá quando lhe perguntei sobre o *Ruhnama 2.0*, que também era "muito excelente"; e estava lá na expressão envergonhada que o jovem guia usou quando lhe perguntei o que havia no livro. "Mais do mesmo", respondeu ele.

E estava lá mais do que em qualquer lugar no apartamento que nós alugamos na desolada cidade petrolífera de Balkanabat, no fedor de petróleo no ar e na boate local, com sua seleção diversificada de prostitutas russas, ucranianas e cazaques — mas não turcomenas —, e na simpatia alegre da filha de 11 anos de nossa senhoria temporária, e na ausência do pai da moça, e nas vidas dificílimas no futuro da menina e de sua mãe, e nos livros de Turkmenbashi exibidos atrás do vidro de um armário da era soviética, embora a mulher não fosse uma agente do governo, e aquilo não fosse um gabinete, mas uma residência particular, e ela não tivesse nada a ganhar colocando os livros lá — e mesmo assim lá estavam eles, em toda a sua banalidade depravada.

O momento estava lá e eu estava lá; e então eu não estava lá, e então o momento não estava lá também. Com a morte de Turkmenbashi, o processo de esquecimento começou.

O SUCESSOR DO ditador foi um dentista que se tornou vice-primeiro ministro e ostentava o nome Gurbanguly Berdymukhammedov. Nos telegramas diplomáticos dos Estados Unidos vazados pelo Wikileaks em 2010, ele é descrito como "um cara não muito inteligente", porém era perspicaz o bastante para saber que teria que avançar com cautela a fim de sobreviver à transição para o poder. O culto à personalidade de seu predecessor era comparável em escala ao de Stálin e não podia ser desmantelado da noite para o dia sem causar grande transtorno. A infestação de estátuas douradas de Turkmenbashi foi removida da paisagem — mas aos poucos. O notório

Arco da Neutralidade, com seu gigantesco Turkmenbashi rotativo que sempre mantinha o sol entre as palmas das mãos, foi transferido do centro para os arredores de Ashgabat — mas não até 2010. (O Turkmenbashi gigante ficou, mas nunca mais conseguiu acompanhar o ritmo do sol.) Da mesma forma, o *Ruhnama* perdeu o lugar no centro do universo turcomeno, mas foi só em 2012 que o livro finalmente desapareceu dos currículos escolares e dos cursos universitários. Isso não significava que os 5 milhões de habitantes do Turcomenistão estivessem livres de repente. Embora inicialmente um pouco tímido, Berdymukhammedov logo passou a curtir o poder que seu predecessor havia acumulado no gabinete da presidência. E eis que a Idade de Ouro de Turkmenbashi, o "Pai de Todos os Turcomenos", logo deu lugar ao renascimento do Arkadag, seu "protetor".

Uma nova era precisava de novos livros, e o processo de geração de grandes obras recomeçou outra vez, pois os turcomenos descobriram que estavam mesmo amaldiçoados, que ainda estavam presos à máquina de escrever de Kafka, que não havia como fugir da prisão da linguagem de ditadores, e que em lugar algum da Terra a tradição iniciada por Lênin era mais duradoura. Karl Marx, errado sobre tantas coisas, estava certo sobre isso:

> *Os homens fazem a própria história, mas não fazem como bem quiserem; não fazem história sob circunstâncias escolhidas por eles, mas sob circunstâncias já existentes, dadas e transmitidas do passado. A tradição de todas as gerações mortas pesa como um pesadelo no cérebro dos vivos.*

A visão de Marx era trágica e conferia dignidade ao sofrimento da raça humana, condenada a trabalhar sob esse fardo terrível e inescapável. Mas, enquanto a história da literatura de ditadores é trágica, sua trajetória seguiu mais na direção do humor negro. Não é como se Stálin fosse um aperfeiçoamento de Lênin, ou que Mao representasse um desenvolvimento sofisticado do pensamento totalitário, ou que Hitler fosse um Mussolini refinado — mas os textos desses déspotas exigiam ser levados a sério. No entanto, o livro de ditador era uma piada de mau gosto, repetida *ad nauseam*. Implacavelmente lúgubre em *1984*, Orwell demonstrou que ele, como Marx, não entendeu bem a questão. Sim, de vez em quando surge um diabo em forma humana para cometer atos malignos e monstruosos, e no século XX houve vários deles, que espalharam sua contaminação ideológica através de textos diabólicos. Mas as majestades satânicas são raras; na maioria das vezes temos que aturar pequenos demônios, idiotas presunçosos, cretinos cruéis. Com o devido respeito, Orwell, eis a triste verdade da nossa espécie: "Se você quer uma imagem do futuro, imagine um sapato de palhaço pisando em um rosto humano — para sempre."

Em nenhum lugar isso é demonstrado mais claramente do que no Turcomenistão da era do Arkadag. Afinal, essa não foi a primeira visita do povo turcomeno à biblioteca infernal de literatura de ditadores: era a nona, e não parecia haver saída alguma. Berdymukhammedov provou ser menos talentoso do que qualquer escritor-ditador que veio antes dele, incluindo até seu antecessor imediato. Os textos que ele infligiu a seu povo mantiveram todos os mitos e interpretações errôneas da história perpetrada por Turkmenbashi, mas careciam da poesia ruim e divertida e da ambição monumental. Em vez de fundir toda a história em um volume pitoresco, ele gerou uma série de livros enfadonhos sobre diferentes aspectos da cultura popular turcomena, como se Berdymukhammedov tivesse retornado à concepção original do *Ruhnama* apenas para multiplicá-la por uma horda de livros — obviamente escritos por *ghostwriters*.

Um exemplo anterior foi *Akhalteke: Our Pride and Glory*, de 2008, em que Berdymukhammedov narrou a história da raça do cavalo típica do Turcomenistão, o "orgulho e glória nacional" que se tornou "uma encarnação terrestre de uma unidade do espaço cultural do mundo e deixou lembranças afetuosas de si mesmo no decorrer das épocas da história". A chatice constante da prosa foi suficiente para provocar saudade no leitor dos dias de introspecção angustiante de Turkmenbashi. Berdymukhammedov prosseguiu pela história do cavalo e pelas técnicas modernas de reprodução antes de infligir ao leitor um catálogo incrivelmente longo de 132 cavalos de seu próprio estábulo — modestamente intitulado "a superlinhagem da raça akahltekke" —, que vem com fotografias, nomes e estatísticas vitais. O livro termina com algumas dicas sobre equitação e conselhos sobre equipamentos para o devoto de esportes equestres...

Evidentemente satisfeito com essa primeira aventura em escrever sobre cavalos, Berdymukhammedov produziu na sequência um livro decorativo ainda mais banal intitulado *The Flight of Celestial Racehorse*. Mas o ditador estava apenas começando, e em breve um verdadeiro dilúvio de prosa seria atribuído ao novo presidente. Em 2009, a delegação do Turcomenistão na Feira do Livro de Moscou revelou o primeiro título de uma série projetada para ter dez volumes, *Medicinal Plants of Turkmenistan*, enquanto outras obras sobre temas variados como tecelagem de tapetes, música, história e etnografia vieram um atrás do outro. Berdymukhammedov também se arriscou na ficção, lançando seu primeiro romance, *The Bird of Happiness*, em um evento na cidade de Dashoguz em outubro de 2013.

O Arkadag também estendeu seus tentáculos para a poesia e música popular, ocasionalmente aparecendo na televisão com um violão ou um sintetizador para acompanhar cantores populares nos shows de Ano-Novo. Em agosto de 2015, seu interesse pelas duas formas de arte se uniu quando seu poema "Only Forward" foi acompanhado por música e interpretado por um coro de 4.166 patriotas turcomenos, garantindo a Berdymukhammedov um lugar no *Guinness World Records* como o autor da canção interpretada por mais pessoas com uma plateia em volta.

Com quase dez anos de reinado de Berdymukhammedov, havia poucos aspectos da cultura turcomena aos quais ele não havia dedicado pelo menos um livro. No início de 2016, a Radio Free Europe informou que o ditador havia gerado nada menos que 35 obras-primas, num ritmo de cerca de três livros e meio por ano. E não havia sinal de que fosse desacelerar. Em janeiro daquele ano, lançou uma antologia de provérbios e ditados do Turcomenistão intitulada *Wisdom Source*, enquanto apenas dois meses depois o Arkadag publicou *Tea: Healing and Inspiration*. A capa mostra um bule de chá, um pedaço de pão e um tapete. A televisão estatal exibiu Berdymukhammedov apresentando-o a autoridades do Estado, que o beijaram e o levaram à testa como se fosse o mais sagrado dos textos sagrados.

E por que não? Pois, como disse Berdymukhammedov, "todo turcomeno sabe que não há nada mais saboroso do que o chá feito com a água de um córrego da montanha em um bule tradicional sob uma fogueira".

Foi assim que, em 2016, o escritor-ditador mais prolífico do século XXI finalmente respondeu à pergunta de Lênin, o problema fundamental que está no coração do cânone dos tiranos: o que fazer?

Ora — uma xícara de chá, é claro.

——— FASE IV ———

A MORTE
NÃO É O FIM

Conclusão

O psicopata nunca sai de moda:
Minha luta *em árabe por volta de 1995.*

Olhando para os mais de cem anos de literatura de ditadores, é difícil resistir à conclusão de que, assim como o monoteísmo, a filosofia ou a música clássica, os grandes picos já foram formados e tudo o que vem depois existirá à sua sombra. Será que realmente esperamos que outro Cristo, Maomé, Platão ou

Bach surjam? Não. Também é assim com os grandes tiranos e seus textos tóxicos. Os ditadores de hoje nos oferecem apenas trabalhos derivados e menores. Isso não quer dizer que as obras fundamentais do século anterior sejam especialmente saudáveis ou virulentas. Como todos os cânones, a versão dos ditadores é menos lida do que reverenciada — ou, nesse caso, temida. E se esses livros algum dia forem lidos, então será em um novo contexto e através de prismas interpretativos que são muito diferentes daqueles dos leitores originais. Com isso em mente, vamos dar uma olhada na condição crítica dos cinco "clássicos" da literatura de ditadores na segunda década do século XXI.

LÊNIN

Hoje, Lênin continua sendo impresso tanto na Rússia quanto em muitos outros países ao redor do mundo, mas sem a conexão direta com movimentos de massa significativos que alegam agir em seu nome.

Na Rússia, seu cadáver ainda está no caixão de vidro na Praça Vermelha, um lembrete sombrio e grotesco de uma realidade anterior e mais simples pela qual muitas pessoas ainda demonstram sentimentos conflitantes. Por duas décadas, os líderes do Kremlin têm resistido aos apelos para enterrar o Pai do Proletariado Mundial, como se este repúdio final à Revolução Russa significasse admitir que, sim, o século XX foi um desastre e que gerações de russos sofreram e morreram em vão. Dito isso, os admiradores de Lênin são raros, e a noção de que Putin quer restaurar a União Soviética é uma fantasia ingênua — ou cínica — de jornalistas de araque e do governo estadunidense, guerreiros de grupos de pesquisa farejando dinheiro para subsídios. Putin está interessado nos feitos heroicos do povo soviético, e não nos textos de seus fundadores, e em eventos oficiais. Ele posa ao lado de líderes da igreja e generais, em vez de "grandes teóricos".

Assim sendo, o cadáver de Lênin permanece preso no limbo, enquanto o interesse em seu corpo de trabalho diminuiu e virou exclusividade dos historiadores da Rússia e das revoluções, do pseudorradical de *campus* ocasional e de grupos isolados de cultistas marxistas-leninistas on-line. Apesar disso, de todos os textos que li para este livro, Lênin me pareceu o mais vital em termos de aplicabilidade. Se a pessoa conseguir passar pelo cientificismo reducionista e pelas discussões tediosas com socialistas mortos há muito tempo, então algumas verdades que nunca serão esquecidas — "verdades eternas", por assim dizer — surgirão. Desde que o leitor seja uma pessoa amoral que busque o poder, quer dizer.

Pois estas não são verdades agradáveis ou tranquilizadoras: os textos de Lênin não curam ou enobrecem. Em vez disso, eles mostram como fazer coisas ruins. Por exemplo, as estratégias e táticas que ele defendeu para administrar uma organização clandestina, o alerta para as flutuações do momento histórico, a compreensão de como tomar e manter o poder em um momento de crise e o desejo de destruir um Estado corrupto ainda são muito instrutivos para aqueles que gostariam de aprender com o mestre.

Por que, então, não há mais pessoas lendo os livros de Lênin? Talvez seja a associação com uma ideologia extinta; talvez seja a ausência de contexto. Pode ser também que Lênin tenha obtido sucesso demais. A teoria leninista só pode ser interpretada na estrutura mais ampla da pseudociência marxista, mas as táticas leninistas podem ser usadas por ideólogos de todos os tipos, estejam eles no Egito, no Irã, na China ou em salas de reuniões corporativas nos Estados Unidos. Por que encarar *Materialismo e empiriocriticismo* se a pessoa não precisa? Os herdeiros intelectuais de Lênin podem ser leninistas sem nunca ter aberto um de seus livros. Mas foi neles que suas ideias apareceram pela primeira vez e foram dessas páginas que elas partiram para se infiltrar em cérebros ao redor do mundo.

STÁLIN

Embora os críticos de Stálin no Partido Bolchevique fossem tolos em descartá-lo como um intelectual medíocre, eles estavam corretos ao avaliá-lo como um escritor não muito bom ou original — tirando a poesia juvenil, talvez.

A maior habilidade literária de Stálin foi como editor de outros, e não como criador dos próprios textos. Sua prosa era coerente mas monótona, sua estrutura, metódica, porém repetitiva, e as discussões variadas sobre nacionalidade, "socialismo em um único país", o leninismo e a linguística já passaram há muito tempo do prazo de validade. O outrora onipresente *A história do Partido Comunista (Bolchevique) da URSS* é hoje uma curiosidade, e a literatura realista-socialista gerada em resposta à máxima de Stálin de que o escritor é o engenheiro da alma humana desapareceu praticamente por completo, embora alguns dos praticantes mais proeminentes, como o ganhador do Prêmio Nobel Mikhail Sholokhov, continuem sendo publicados e podem até ainda ter leitores.

Este desaparecimento é revelador. Embora um estudo minucioso dos feitos de Stálin possa ensinar muita coisa para futuros mestres do crime, os próprios textos — que foram refinamentos dos escritos de Lênin para atender às necessidades ideológicas do momento ou concatenações de mentiras que ocultavam o que Stálin realmente estava aprontando — já cumpriram seu objetivo deplorável.

Isso não quer dizer que os livros não vivam em forma de zumbi; eles vivem, sim. Tamanha é a notoriedade de Stálin que os textos dele continuam a desfrutar de uma vida pós-literária mais fraca. É possível ler coletâneas das obras do Vozhd gratuitamente on-line ou, se preferir, pagar por elas. A editora russa Eksmo identificou um mercado para a nostalgia da era stalinista em meados dos anos 2000 e começou a lançar livros físicos para atender à demanda e, assim, gerar lucros: essas são as ironias sem graça da história.

MUSSOLINI

Quanto a Mussolini, a vida dos seus textos após a sua morte começou não muito depois de seu corpo surrado ter sido retirado do poste de luz e submetido a mais profanação. Um relato diz que as enfermeiras presentes à autópsia jogaram pingue-pongue com os órgãos dele, atirando o fígado, os pulmões e o coração de Il Duce para a frente e para trás em um ato eufórico de horror corporal, com direito a risinhos, superando até as cenas do próprio *A amante do cardeal*.

Apesar do colapso total e absoluto do regime fascista, o interesse em Il Duce ainda era forte o suficiente para sustentar a publicação de uma coletânea de 36 volumes de sua obra, que começou a sair da gráfica em 1951; a coleção mais completa conta com 44 tomos. Tampouco o interesse pelos textos do italiano era inteiramente histórico/arquivístico. Havia demanda por material novo, que o próprio ditador teve a gentileza de fornecer do além--túmulo — ou, pelo menos, foi isso que alegou um tal de "Piero Caliandro", cujo *Benito Mussolini Without Fascism: 12 Conversations from the Other Side* foi publicado em Milão em 1952. Nesse livro, o fantasma do ditador informa a seu legista que "essas não são as ideias de alguém que está morto. Estou aqui de posse da verdade; o senhor, em vez disso, examina a matéria em putrefação daquilo que se enrijeceu mergulhado em formaldeído ou álcool". A seguir, o Mussolini Fantasma apela a todos os patriotas italianos para que formem um novo partido e assim revivam a pátria amada.

A nação italiana foi revivida, mas não pelos seguidores do ditador morto. Embora a neta de Mussolini tenha participado do Senado e seja, hoje, integrante do Parlamento Europeu, um ressurgimento fascista completo tem sido notável apenas pela ausência. O local de nascimento de Mussolini em Predappio continua a ser um local de peregrinação para admiradores do ditador fascista, e textos apócrifos e obras perdidas atribuídos a ele continuam a aparecer no século XXI, mas não representam mais um corpo coerente de ideias, como representaram nos anos 1920 e 1930. Sem a presença carismática de Il Duce para dar vida a eles, esses textos e obras são simplesmente produtos à venda.

HITLER

Na Alemanha, o cadáver de Hitler desapareceu e *Minha luta* saiu de circulação, embora cópias amareladas do livro continuassem a assombrar os sebos durante anos após o fim da guerra. Com uma invasão policial às livrarias de Berlim em 1960, o comércio de veneno ideológico foi submetido a restrições. A obra grandiosa do déspota podia ser vendida para "um número limitado de bibliotecas especializadas", mas os compradores tinham que demonstrar "interesse profissional legítimo", embora menos restrições tenham sido feitas aos entusiastas originais de *Minha luta*, que, poucas exceções, continuaram a ocupar cargos políticos, administrar grandes empresas e ocupar vagas no serviço público na década de 1980.

No entanto, o livro nunca foi completamente banido na Alemanha como em outros países europeus. Mais exatamente, o Estado da Baviera controlava os direitos autorais e impedia que surgissem novos exemplares. A situação mudou quando o livro entrou em domínio público em 31 de dezembro de 2015. Um grupo de estudiosos do Instituto de História Contemporânea de Munique tinha um plano, no entanto: eles lançariam uma nova edição acadêmica de duas mil páginas cheia de comentários que demonstraria de uma vez por todas que a obra grandiosa de Hitler era o preparado deplorável de antissemitismo mal escrito que sempre parecera ser. Publicado em 2016, *Mein Kampf: Eine Kritische Edition* veio com 35 notas de rodapé acadêmicas e anotações que apontavam todas as distorções, mentiras e bizarrias de Hitler. Embora o instituto planejasse imprimir apenas quatro mil exemplares, os pedidos da pré-venda elevaram o total para 15 mil. No fim do ano, 85 mil exemplares haviam sido vendidas e Hitler passou 35 semanas na lista de best-sellers do *Der Spiegel*.

Embora o impulso de confrontar más ideias em vez de desejar que elas desapareçam através de uma proibição seja admirável, é difícil resistir à conclusão de que a existência desta edição comentada de *Minha luta* indique um desconhecimento de uma verdade simples por parte de seus editores muitíssimo bem instruídos: discutir com um fanático é quase sempre uma perda de tempo. De acordo com os distribuidores do livro, a maioria dos novos leitores eram acadêmicos ou pessoas com interesse geral na história, em outras palavras, pessoas educadas e ponderadas que provavelmente não se converteriam ao nazismo. Mas ficou claro para a maioria de seus primeiros críticos, em 1924 e 1925, que *Minha luta* era uma farsa, e até Hitler viria a se arrepender do ato deplorável de ter sido autor daquele livro. Há muito tempo que ele atingiu um poder simbólico que transcende suas origens como um objeto impresso. *Minha luta* não precisa ser lido; é difícil de ler. Para provocar desconforto, medo, ódio e terror, ele só precisa existir.

Fora da Alemanha, o *excremento-primo* de Hitler provocou exatamente isso, uma vez que teve uma vigorosa vida após sua morte, desde 1945. Depois da guerra, edições espanholas, portuguesas, inglesas, brasileiras e árabes começaram a sair das gráficas em lugares tão distantes quanto México, Beirute, Portugal, Brasil e Estados Unidos quase ininterruptamente. Em alguns países, os editores mantiveram *Minha luta* em circulação apenas para ganhar dinheiro — nos Estados Unidos, por exemplo, a editora eminentemente respeitável Houghton Mifflin obteve lucros com as vendas durante décadas.* Em alguns outros territórios, entretanto, os editores tiveram um interesse mais ideológico na divulgação da obra de Hitler.

Em outra das ironias sem graça da história, *Minha luta* talvez seja mais popular hoje em países habitados por povos que o ditador considerava como *Untermenschen***. Os nazistas primeiro disseminaram cópias no Oriente Médio durante a guerra — *Minha luta* pode ser traduzido para o árabe como *Meu Jihad* — e, desde então, se espalhou pelo mundo islâmico inteiro, sendo vendido em livrarias ao lado de *Os protocolos dos sábios de Sião*. Jornalistas encontraram edições à venda nos territórios palestinos, no Egito, no Iraque, na Índia*** e em Bangladesh, enquanto, em 2005, o jornal *The Guardian* informou que *Minha luta* estava vendendo horrores nas livrarias da Turquia, um país integrante da OTAN e aliado dos Estados Unidos, onde cem mil exemplares foram adquiridos em dois meses.

Tamanho é o poder desse livro que os leitores ignoram as implicações óbvias para suas próprias raças e extraem do livro o que eles querem: uma explicação para os próprios ressentimentos encontrados em uma articulação

---

* Desde 2000, a Houghton Mifflin doou todos os lucros da venda de *Minha luta* para organizações que combatem o antissemitismo. (N. do A.)

** "Criatura subumana" em alemão. (N. do T.)

*** De acordo com um relatório da BBC, leitores indianos consideram *Minha luta* um livro inspirador de autoajuda para empreendedores, o que é uma interpretação curiosa a respeito de memórias escritas por um sujeito paranoico cheio de ódio que se suicidou depois de cometer crimes mundiais históricos e levou seu país adotivo ao desastre. (N. do A.)

moderna do antigo ódio ao judeu, aquele mestre diabólico das conspirações, a fonte de todas as desgraças, o eterno bode expiatório.

MAO

Em 1979, o PCC foi confrontado com um dilema. Mao estava morto em segurança há três anos e o partido, sob a liderança de Deng Xiaoping, começava a implementar reformas de mercado que abririam a China ao comércio exterior e transformariam o país em uma potência econômica. Isso tudo estava muito distante das ideias por trás do Grande Salto Adiante e da Revolução Cultural. Então, o que fazer com o corpo mumificado do líder que ocupava um mostruário de cristal no mausoléu da praça Tiananmen? E as centenas de milhões de exemplares não vendidos de suas obras que ocupavam um espaço valioso nas livrarias e nos armazéns na China inteira?

A liderança do partido considerou enterrar o presidente, mas acabou decidindo deixá-lo no caixão para manter a continuidade simbólica com o passado, mesmo implementando políticas que ele teria detestado. Quanto aos escritos de Mao, eles também foram mantidos, embora fossem sujeitos a restrições. Em fevereiro de 1979, o Departamento de Propaganda ordenou a retirada das edições em chinês e de outras línguas estrangeiras de *O livro vermelho* e o recolhimento de pôsteres, retratos e panfletos que datavam da Revolução Cultural. O livro que tinha curado o câncer e feito os cegos enxergarem foi destruído em massa, passando da onipresença para a escassez — ao lado de centenas de milhões de exemplares não vendidos das obras de Marx, Engels, Lênin e Stálin. A seguir, o partido realizou uma revisão completa da obra de Mao e, em 1981, foi elaborada uma lista oficial de 43 publicações "canônicas" a serem mantidas em circulação. Os quatro primeiros volumes de *Obras escolhidas*, que cobriam os anos que levaram à fundação do Estado comunista em 1949, entraram na lista, mas o volume 5, que revela o que Mao fez em seguida, foi considerado radical demais e recolhido em 1982.

Apesar dessas lacunas, Mao é hoje o único ditador dos Cinco Grandes com um cânone oficial que ainda é endossado pelo Estado outrora governado por ele. No entanto, com o passar dos anos, as dúvidas sobre o quanto de sua obra ele realmente escreveu só se aprofundaram.

Em 1993, surgiram relatos em Hong Kong de que, após cinco anos de pesquisa patrocinada pelo partido sobre a bibliografia de Mao, os estudiosos haviam descoberto que, dos 470 discursos, relatórios e outros textos analisados, menos da metade eram de autoria do próprio presidente. Mesmo atuando como editor, Mao interferira muito menos do que Stálin: rabiscar "concordo" ou "bom" nas margens foi muitas vezes todo o seu envolvimento. Descobriu-se que Chen Boda, considerado a autoridade mais notável sobre o Pensamento Mao Tsé-Tung, foi o principal autor de grande parte da obra dele, enquanto outros membros do partido, tais como o general Zhu De e o primeiro-ministro chinês Zhou Enlai também contribuíram para reforçar a bibliografia do presidente. Enquanto isso, de 120 textos relacionados a assuntos militares, verificou-se que Mao havia escrito apenas doze. Esse uso de *ghostwriters* vinha acontecendo desde 1949, enquanto, em 1962, o presidente havia formalmente atribuído a um grupo de cinco escritores a tarefa de gerar o Pensamento Mao Tsé-Tung.

Apesar disso, seus textos continuam a ser reaproveitados para a nova era. *O livro vermelho* voltou à circulação e ganhou uma segunda vida como suvenir para turistas. Em 2013, às vésperas do aniversário de 120 anos do nascimento de Mao, foi lançada uma nova edição, acadêmica, supervisionada por um coronel da Academia de Ciência Militar. Produto de dois anos de trabalho, essa versão revisada foi despojada de citações falsamente atribuídas a Mao, ao mesmo tempo que se baseou em textos que não foram incluídos na versão original. Mas, tirando as tentativas acadêmicas sérias de rejuvenescer o legado político de Mao, um presidente paralelo desfruta de uma vida mais comercial após a morte. Hoje, jovens empreendedores chineses estudam os escritos militares dele para obter orientação sobre como conquistar os concorrentes da mesma forma que *A arte da guerra*, de Sun Tzu, por décadas serviu como base para livros e artigos sobre estratégia de negócios.

Independentemente do segundo ato de Mao como guru de negócios se firmar, sua capacidade de cunhar slogans empolgantes nunca esteve em dúvida. Mao, mais do que qualquer ditador, conseguiu infiltrar sua linguagem no discurso não apenas do próprio povo, mas de milhões de pessoas em todo o mundo. Frases como "uma revolução não é um jantar" e "o poder político brota do cano de uma arma" são mais ressonantes — e verdadeiras — do que a grande maioria dos slogans publicitários. Linguisticamente, o presidente continua a conquistar.

Os livros de ditadores perderam as garras e presas no presente; estão a salvo em quarentena em terras distantes das quais sabemos muito pouco; ou estão mortos, desaparecidos e encalhados naquele outro país, o passado. Nesse estado reduzido, podemos nos sentir confiantes de que a biblioteca dos ditadores nunca poderá abrir uma filial nos Estados Unidos.

Bem, talvez. Não é que eu *espere* que isso aconteça no meu país, mas ninguém esperava que acontecesse na Rússia, Itália, Alemanha ou China. No entanto, há um século, um novo mundo terrível emergiu do caos da guerra e das ruínas do império, enquanto intelectuais alegavam que essa ou aquela ideia absurda representava a revelação final que dava a resposta para os problemas mais fundamentais da existência enfrentados pela humanidade. A democracia tinha perdido o lugar —; era a vez das fantasias utópicas; tirania e assassinato em massa foram o resultado. Foi o pior dos tempos, o pior dos tempos. Hoje também estamos vivendo uma era de desintegração, embora de um tipo menos dramático. Não há grandes conflagrações continentais. Mas a ordem pós-Guerra Fria está se rompendo e gerando repercussões globais: crenças e devoções que foram inquestionáveis durante décadas estão agora sob ataque tanto da esquerda quanto da direita.

As coisas desmoronam. E, quando isso acontece, elas tendem a ruir rapidamente — e poucos são os sábios que percebem o fenômeno. Lênin passou de *O que fazer?* no exílio em Munique para mudar o curso da história dentro de um gabinete no Kremlin em apenas dezesseis anos. Mao passou de escrever sobre a importância dos exercícios físicos da revista *New Youth* para unir o país mais populoso do mundo sob sua liderança em 32 anos. Hitler e Mussolini ascenderam do anonimato ao domínio mais rápido ainda. O cânone dos ditadores surgiu não em países pequenos ou periféricos, mas em impérios outrora poderosos, terras antigas e nações avançadas que abrigavam muitos dos maiores escritores, filósofos, cientistas, artistas e músicos da história. Não faltaram bons livros na Rússia, Itália, Alemanha ou China. No entanto, em um curto espaço de tempo, centenas de milhões de pessoas se viram compelidas a ler publicações muito ruins.

Não poderia acontecer no meu país? Por que não? Aconteceu em outros.

Certamente os Estados Unidos têm uma experiência longa e profunda com as esperanças milenaristas e terrores apocalípticos que, sob uma forma mutante, desempenharam um papel importante na ascensão dos grandes ditadores do século XX. Quando os puritanos chegaram de barco vindo da Inglaterra, eles trouxeram a crença inabalável de que estavam vivendo no fim dos tempos. A chegada ao Novo Mundo foi por si só um cumprimento da profecia de Mateus 24:14: "E este evangelho do reino será pregado em todo o mundo, em testemunho a todas as nações, e então virá o fim." A imagem dos Estados Unidos como uma "cidade sobre uma colina" que fornece um exemplo para o mundo remete a um sermão — também baseado em uma passagem do Evangelho de Mateus — pregado em 1630 pelo puritano John

Winthrop, antes mesmo dele pisar em solo americano. Assim, o sonho de uma Nova Jerusalém no Novo Mundo, a conceitualização dos Estados Unidos como uma terra única, proporcionando um lar para uma nova sociedade que serviria como um guia para o resto da humanidade havia muito tempo, antecede os conceitos igualmente milenários do Destino Manifesto e do "excepcionalismo americano", enquanto como imagem e ideal, esse conceito desfrutava de uma vigorosa vida pós-secularizada por si só.

Os Estados Unidos são também uma nação intensamente logocêntrica, na medida em que se define não como uma comunidade construída sobre laços linguísticos ou étnicos, mas com palavras escritas em papel por um grupo de intelectuais que leram muitos livros que estavam na vanguarda da filosofia há cerca de 250 anos. Embora a Declaração de Independência e a Constituição dos Estados Unidos sejam documentos concebidos por indivíduos tão sujeitos às limitações intelectuais de sua época como o resto de nós, as pessoas no início do século XXI ainda os reverenciavam como textos eternos e transcendentes. Em outros países, esses documentos vêm e vão, às vezes, com grande regularidade — a França teve dezesseis constituições ou projetos de constituição desde o século XVIII. Nos Estados Unidos, isso é inconcebível: se existe apenas uma coisa com que todo mundo concorda é que a sociedade em que vivemos deve ser governada por meio da estrutura proporcionada por esses textos. Podemos discordar em questões de hermenêutica, mas sem a palavra, quem ou o que seríamos?

Um caráter mais intenso de admiração pelo poder da palavra escrita pode ser facilmente encontrado em outros contextos, nos níveis mais altos da sociedade. Na Amherst College, em 1963, John F. Kennedy fez a famosa elegia em homenagem a Robert Frost, que dois anos antes havia se tornado o primeiro poeta a discursar em uma posse presidencial — quer dizer, a posse de Kennedy. As palavras inspiradoras do presidente ainda são amplamente citadas hoje...

Quando o poder conduz o homem à arrogância, a poesia o lembra de suas limitações. Quando o poder restringe as áreas de interesse do homem, a poesia o lembra da riqueza e diversidade da existência. Quando o poder corrompe, a poesia purifica.

...mesmo que elas sejam obviamente falsas. Stálin leu poesia; Mussolini leu poesia; Mao leu poesia; eles não foram lembrados de suas limitações e nem foram purificados. Mesmo os poetas que não têm acesso às engrenagens do poder político não são purificados pela constante exposição aos versos.

Ezra Pound era um grande poeta e editor, mas se tornou um entusiasta do fascismo; e Edgar Allan Poe escreveu versos com nuances necrofílicas e terminou a vida vagando e delirando pelas ruas de Baltimore. O que realmente interessa no discurso de JFK sobre a poesia é como ele chega perto da concepção de Stálin sobre o autor como "engenheiro da alma", que recebeu um poder sobrenatural para moldar a vida interior da moral por meio da disposição agradável de palavras na página impressa.*

Avance algumas décadas e as coisas estão um pouco melhores ou até um pouco piores. Em 2008, Barack Obama foi eleito. Talentoso orador e escritor, ele motivou muitas pessoas ao longo da primeira campanha eleitoral. Algumas foram inspiradas um pouco demais, no entanto — como podemos ver no seguinte trecho, em que um comentarista faz uma alusão à Bíblia para compor um hino de adoração ao poder transcendente do discurso do líder que não pareceria estranho em uma sociedade totalitária.

Os melhores discursos de Obama não empolgam. Não informam. Nem sequer inspiram. Eles arrebatam. Eles envolvem a pessoa em um momento mais grandioso, como se a história parasse de fluir passivamente e, apenas por um instante, ela se contraísse em volta de você, que percebe a presença da história e seu papel nela. Obama não é a Palavra em carne e osso, mas o triunfo da palavra sobre a carne, sobre a cor, sobre o desespero. Os outros grandes líderes que eu ouvi nos conduzem em direção a uma política melhor, mas Obama é, na melhor das hipóteses, capaz de nos chamar de volta às nossas identidades mais elevadas, ao lugar onde os Estados Unidos existem como um ideal reluzente, e onde nós, seus habitantes privilegiados, parecemos capazes de alcançá-lo e, portanto, de compartilhar seu significado e transcendência.

O próprio Obama se meteu a usar uma linguagem vagamente messiânica sobre a cura planetária durante esse período, mas nunca perdeu a compostura ou a noção de proporção: era retórica. A expressão anterior de sentimentos, publicada em uma revista intelectual séria, são outros quinhentos. Sim, a prosa exagerada e constrangedora provoca lágrimas ao ser lida, porém, em um nível mais profundo, ela representa uma expressão súbita e espontânea da

---

* A CIA concordava com isso. Durante décadas, a agência bancou revistas e traduções de romances literários que foram contrabandeados para o oriente, na esperança de que a exposição em massa a, digamos, *Doutor Jivago*, pudesse enfraquecer o sistema soviético de alguma forma. Mas a palavra escrita é muito mais escorregadia do que isso, e nada aconteceu. (N. do A.)

visão milenarista da história americana, enraizada não na análise racional, mas em profundas tendências culturais que estão além do nosso controle e que esperam pelo momento de irromper à superfície.

Então poderia acontecer nos Estados Unidos? Sem dúvidas, temos todos os ingredientes certos. O que nos falta é o catalisador. Afinal de contas, os países que vivenciaram revoluções e cujo povo subsequentemente teve que aturar as bibliografias de ditadores também tendiam a ser países em grave crise — devastados pela guerra e empobrecidos, lugares onde as pessoas não podiam viver como estavam vivendo e onde o governo não pôde continuar governando. É em situações de colapso social e desespero profundo que demagogos e falsos profetas se posicionam para tomar o poder e impor seus textos sobre os demais indivíduos. Nesse exato momento, os Estados Unidos, apesar de todos os problemas, não chegam perto de replicar essas condições. Ele continua a ser a nação mais rica e poderosa do mundo, onde a maioria da população desfruta de um padrão de vida muito mais alto do que o encontrado na maioria dos outros lugares do planeta. Há raiva e ansiedade, e a nação está cada vez mais dividida contra si mesma, mas há serviços de *streaming* de vídeo, *smartphones* e muitos empregos, mesmo que eles não paguem tanto quanto gostaríamos, e mesmo que as pessoas no alto escalão ganhem muito mais dinheiro do que o resto de nós juntos. Mais do que isso, há também uma falta de envolvimento sério com qualquer alternativa ao atual *status quo* político. Palavras como *socialismo* e *fascismo* são usadas aqui e ali livremente, mas há pouca evidência de que aqueles que as utilizam estejam muito familiarizados com o conteúdo real dessas ideologias, ou que essas pessoas tenham a disciplina intelectual para se envolver com elas. Os demagogos de nossa era são muito menos cultos do que os do passado.

Eu me mudei para os Estados Unidos vindo da Rússia de Putin em 2006, mas, considerando as aparências da retórica política americana, o leitor poderia pensar que eu cometi um erro terrível. Putin é cínico, desagradável e autoritário, mas, comparado às pessoas que governaram a Rússia durante grande parte do século XX, ele é um sujeito moderado. Os *gulags* não serão reabertos e o Terror Vermelho não retornará. Nos Estados Unidos, no entanto, parece que estamos sempre à beira de um precipício político, que um novo Hitler ou Stálin está esperando nos bastidores para impor a tirania assim que puder. O descuido com que são feitas analogias históricas exageradas e a frequência com que se pronunciam profecias apocalípticas poderiam ser divertidos se não fossem tão cansativos, e se essa choradeira não causasse um efeito tão prejudicial sobre o que realmente está acontecendo no mundo.

Este é um fenômeno que foi exacerbado pela internet e pelas mídias sociais. Durante um tempo, eu me perguntei como encaixar novas tecnologias da palavra neste livro, ou se eu conseguiria encaixá-las. Que impacto a descentralização radical dos meios de comunicação teria sobre os livros de ditadores? Será que um cânone assim, baseado no controle centralizado da mídia, existiria em uma época em que as plataformas de comunicação fazem de cada pessoa um editor com alcance global?

As revoluções da Primavera Árabe aconteceram quando eu já pesquisava sobre literatura de ditadores havia mais ou menos dois anos. Na época, foi amplamente divulgado que as redes sociais desempenharam um papel crítico ao provocar a queda de alguns ditadores durante aqueles dias estonteantes do início de 2011. Essas revoltas não foram apenas expressões de fúria popular contra regimes opressivos; elas foram "revoluções do Twitter", e representavam algo novo nas relações humanas. No entanto, se for verdade, é curioso que as mídias sociais não tenham conseguido impedir a contrarrevolução no Egito, tenham sido impotentes como ferramentas de resistência às repressões no Bahrein e completamente inúteis quando Bashar al-Assad se mostrou disposto a lançar um exército contra os manifestantes. De fato, os regimes ditatoriais também sabem como usar as novas formas de comunicação. Tanto o aiatolá Ali Khamenei, do Irã, quanto Emomali Rahmon, do Tadjiquistão, possuem contas no Twitter, assim como Vladimir Putin: os autocratas são perfeitamente capazes de *tuitar* seus pensamentos complexos em 280 caracteres ou menos.

O impacto dessas novas mídias é mais sentido não nas ditaduras, em que se tornou outro canal para a disseminação da prosa monótona atribuída ao líder, mas nas democracias liberais. O conhecido fenômeno da humilhação — em que uma figura da vida pública ou privada profere algo considerado inaceitável e é expulso do emprego e/ou obrigado a fazer uma autocrítica humilhante para uma multidão furiosa on-line — tem paralelos óbvios com sociedades totalitárias, nas quais aqueles que não seguiram de perto o suficiente a ideologia do Estado estavam sujeitos ao mesmo tratamento. Stálin e Mao eram adeptos da organização de campanhas de perseguição pública contra escritores, cientistas e políticos que haviam ultrapassado o limite. Em nossos tempos esclarecidos, tais campanhas acontecem espontaneamente, e não como resultado da diretriz de um tirano.

Os apedrejamentos públicos e a queima de bruxas são formas respeitáveis de entretenimento em massa e, como observou Aldous Huxley, "ser capaz de destruir em boa consciência, poder se comportar mal e chamar o mau comportamento de 'indignação justa'" é de fato "uma guloseima moral deliciosa". Então, não há nada de novo aqui; Stálin, Mao e sua laia estavam simplesmente explorando as correntes profundas e desagradáveis da psicologia humana em benefício próprio. O que *é* interessante é a maneira pela qual a explosão de vozes, que realmente não tem precedentes na história, tem sido menos um caso de "deixar uma centena de flores desabrocharem" e mais um exemplo de homogeneização e endurecimento incansáveis de pontos de vista reducionistas, resultando na primavera de mais outra era de simplificações terríveis. Quem teria imaginado que derrubar os guardiões do portão, que antigamente mantinham um controle rígido sobre a palavra, e dar os meios para as pessoas se tornarem editores, teria levado a tamanho estreitamento de mentes, a tantas certezas injustificadas, a um falso moralismo tão agudo e intolerante? Para os radicais e pretensos ditadores do passado, as gráficas clandestinas não eram apenas um meio pelo qual eles difundiam a palavra para seus seguidores, mas também um meio pelo qual a própria identidade era ampliada à medida que eles se inseriam, através da escrita, nas grandes batalhas ideológicas dos seus tempos. No século XXI, as novas tecnologias tornam isso muito mais rápido, barato e democrático.

Essas batalhas só são emocionantes quando fazem parte de um confronto apocalíptico entre as forças do bem e do mal. Com tanta coisa em risco, é fácil demonizar os inimigos, dividir o mundo entre os justos e os amaldiçoados, sucumbir à paranoia e ao medo de conspirações e travar uma guerra contra terrores como esses por meio do texto. Mas, ao fazer tudo isso, reproduzimos em nós mesmos a mentalidade e a abordagem da palavra e do mundo de um Lênin, tão confiante em suas crenças, enfurecendo-se contra inimigos diabólicos no conforto de sua poltrona, e produzindo textos para um pequeno grupo de camaradas de mentalidade semelhante, em que todos acreditavam estar envolvidos em uma batalha de importância histórica mundial.

Todos nós sabemos para onde esse tipo de pensamento pode levar. Mas, como Alexander Soljenítsin — que sabia uma coisa ou outra sobre a natureza da tirania e do mal — observou:

> *Se ao menos fosse tudo tão simples! Se ao menos houvesse pessoas más em algum lugar insidiosamente cometendo más ações, e fosse necessário apenas separá-las do resto de nós e destruí-las. Mas a linha que divide o bem e o mal atravessa o coração de todo ser humano. E quem está disposto a destruir um pedaço do próprio coração?*

AGRADECIMENTOS

A biblioteca dos ditadores é o resultado de muitos anos de trabalho e pesquisa e, ao longo do caminho, várias pessoas legais me ajudaram a tirá-lo do reino das ideias implausíveis para a realidade. Fazer um livro como este requer o apoio de pessoas com visão, que são raras em qualquer época. Eu tive a sorte de encontrar muitas.

Em primeiro lugar, devo agradecer a Sarah Crown, a inspirada ex-editora do caderno de literatura on-line do *The Guardian*, que accitou minha proposta de uma série de blogs sobre livros de ditadores, pondo em movimento a cadeia de eventos que deu origem a esta obra. Mal sabia eu no que eu estava me metendo. Então devo agradecer a Aaron Schlechter, que não apenas me colocou em contato com o agente extraordinário Jim Rutman, mas também plantou uma semente vital na editora Henry Holt and Company. Jim me fez pensar profundamente sobre a forma e o conteúdo final de *A biblioteca dos ditadores* durante o estágio da proposta do livro, e assim evitou muitos lamentos e ranger de dentes quando o trabalho começou para valer. Não apenas isso, mas Jim habilmente colocou o livro nas mãos de Sarah Bowlin, que se mostrou uma editora entusiasmada e compreensiva. Michael Signorelli pegou o bastão de Sarah quando ela partiu para a costa oeste e fez um excelente trabalho preparando este livro para o mundo. Além disso, agradeço também a Jim Gill, da United Agents; Alex Christophi e Jon Bentley-Smith na OneWorld; Mike Harpley e Henry Jeffries, ambos ex-OneWorld; isso sem falar de Brian Egan; Kanyin Ajayi; Kelly S.

Toes; o acadêmico e cavalheiro Senhor Nik White; e Camilla Hornby, que foi tão fundamental no lançamento da minha carreira como autor há mais de uma década.

Mas espere, tem mais:

Todas estas pessoas ajudaram a tornar *A biblioteca dos ditadores* uma realidade, mesmo que algumas delas não soubessem na época: Marc Bennetts, Erin Osterhaus, Lenka Duskova, Kacper Poblocki, Piotr Siemion, Masha Timofeeva, Ed Nawotka, Vadim Staklo, Victoria MacArthur, Andrew Gauld, Scott Stein, Sema Balaman, Alptekin Tanir, Joe Davies, Mariano Mamertino, Marc Adler, Semyon Stankevich, Masha Lipman, Sandy Carson, Craig Borowski, Daniel Harris, Nancy Humphries, Nathaniel Humphries, Alegria Humphries, David Humphries, Roy Humphries, Elizabeth Humphries. Há muitas pessoas para citar da época em que morei em Moscou; agradeço a todas. Da mesma forma, agradeço à Star Coffee Co., de Round Rock, Texas, e aos funcionários das bibliotecas da Universidade do Texas, em Austin. Finalmente, minha família demonstrou uma paciência extraordinária enquanto eu mergulhava no estudo dos piores livros do mundo. Agora realmente acabou.

Austin-Leander-Georgetown-Round Rock, 2009—2017

Amém.

BIBLIOGRAFIA SELECIONADA

Abrams, Bradley, *The Struggle for the Soul of the Nation: Czech Culture and the Rise of Communism*, Rowman and Littlefield, 2004, Lanham, 2004

Alexander, Anne, *Nasser*, Haus, Londres, 2005

Alexandrov et al. (eds.), *Iosif Vissarionovich Stalin: Kratkaya Biografiya*, Editora Estatal de Literatura Política, Moscou, 1948

Anderson, Kevin, *Marx at the Margins: On Nationalism, Ethnicity, and Non-Western Societies*, University of Chicago Press, Chicago, 2010

Andrade, Jaime de, *Raza*, Planeta, Barcelona, 1997

Andrew, Mitrokhin, *The Mitrokhin Archive*, Basic Books, Nova York, 2000

Anônimos, ed., *Documents and deliberations of the Seminar/ Preparatory Committee of the Pan-African Seminar on the Juche idea of Comrade Kim Il Sung*, Dar al-Talia, Beirute, 1973

Anônimos, ed., *The True Story of Kim Jong-Il*, Instituto para Estudos da Coreia do Sul e do Norte, Seul, 1993

Ansary, Tamim, *Destiny Disrupted*, Public Affairs, Nova York, 2009

Appelbaum, Anne, *Iron Curtain*, Doubleday, Nova York, 2012

Apor, Balazs (ed.) *The Leader Cult in Communist Dictatorships: Stalin and the Eastern Bloc*, Palgrave Macmillan, Basingstoke, Hampshire; Nova York, 2004.

Ayoub, Mahmoud, *Islam and the Third Universal Theory: The Religious Thought of Mu'ammar al-Qadhdhafi*, KPI, Londres, 1987

Bacon E., Sandle, M., (eds.) *Brezhnev Reconsidered*, Palgrave Macmillian, Nova York, 2002

Banerji, Arup, *Writing History in the Soviet Union: Making the Past Work*, Social Science Press, Nova Déli, 2008

Barmé, Geremie, *Shades of Mao: The Posthumous Cult of the Great Leader*, ME Sharpe, Armonk, 1996

Bawden, C.R., *The Modern History of Mongolia*, Praeger, Nova York, 1968

Berdymukhammedov, Gurbanguly, *Akhalteke Our Pride and Glory*, Türkmendöwlethabarlary, Ashgabat, 2008

Berdymukhammedov, Gurbanguly, *The Flight of Celestial Racehorses*, Editora Estatal Turcomena, Ashgabat, 2011

Billington, James H., *The Icon and the Axe*, Alfred A. Knopf, Nova York, 1966

Blok, Alexander, *Selected Poems*, Eyre & Spottiswoode, Londres, 1970

Bogdanov, Alexander, *Red Star*, Indiana University Press, Bloomington, 1984

Boor, Jakim, *Masoneria*, Fundacion Nacional Francisco Franco, Madri, 1981

Borghi, Armando, *Mussolini, Red and Black*, Freie Arbeiter Stimme, Nova York, 1938

Bosworth R.J.B., *Mussolini's Italy*, Allen Lane, Londres, 2005

Bosworth R.J.B., *Mussolini* (nova edição), Bloomsbury, Londres, 2010

Breen, Michael, *Kim Jong-il: North Korea's Dear Leader, Revised and Uptaded*, Wile, Singapura, 2012

Brezhnev, Leonid, *Trilogy*, Progress Publishers, Moscou, 1980

Burleigh, Michael, *Sacred Causes*, Harper Collins, Londres, 2006

Burleigh, Michael, *The Third Reich*, Macmillan, Londres, 2000

Caesar, Julius, *The Civil War*, Penguin Books, Londres, 1967

Cardoza, Anthony L., *Benito Mussolini: The First Fascist*, Pearson Longman, Nova York, 2006

Castro, Fidel, *Che: A Memoir by Fidel Castro*, Ocean Press, Victoria, 2006

Castro, Fidel e Ramonet, Ignacio. *Fidel Castro: Biografia a Duas Vozes*, Editora Boitempo, São Paulo, 2006

Cazorla Sánchez, Antonio, *Franco: The Biography of the Myth*, Routledge, Londres, 2014

Cecil, Robert, *The Myth of the Master Race: Alfred Rosenberg and Nazi Ideology*, Dodd Mead, Nova York, 1972

Chatterjee, K., *Ali Shariati and the Shaping of Political Islam in Iran*, Palgrave Macmillan, Nova York, 2011

Childs, David, *The GDR: Moscow's German Ally*, George Allen & Unwin, Londres, 1983

Choibalsan, Khorloogiin, *Izbrannie Stati i Rechi*, Editora de Literatura Estrangeira, Moscou, 1961

Clark, Katerina, *The Soviet Novel: History as Ritual* (terceira edição), Indiana University Press, Bloomington, 2000

Clark K., Dobrenko E. (eds.), *Soviet Culture and Power*, Yale, New Haven, 2007

Comitê Central do Partido Comunista da União Soviética (eds.), *A História do Partido Comunista (Bolchevique) da União Soviética*, Edições Centro Cultural Manoel Lisboa, Pernambuco,1999

Cook, Alexander (ed.), *Mao's Little Red Book: A Global History*, Cambridge University Press, Cambridge, 2014

Cook, Michael, *The Koran A Very Short Introduction*, Oxford University Press, Oxford, 2000

Courtois, Stéphane, trad. Caio Meira, *O Livro Negro do Comunismo*, Editora Record, Rio de Janeiro, 1999.

Daniels, Anthony, *Utopias Elsewhere*, Crown Publishers, Nova York, 1991

Davies, RW, *Soviet History in the Gorbachev Revolution*, Macmillan, Londres, 1989

Davin, Delia, *Mao: A Very Short Introduction*, Oxford University Press, Oxford, 2013

De Meneses, Filipe Ribeiro, *Salazar: Biografia Definitiva*, Editora Leya, Rio de Janeiro 2011

Demick, Barbara, trad. José Geraldo Couto, *Nada a Invejar: Vidas Comuns na Coreia do Norte*, Companhia das Letras, Rio de Janeiro, 2013

Dikotter, Frank, trad. Ana Maria Mandin, *A Grande Fome de Mao*, Editora Record, Rio de Janeiro, 2017

Dimitrov, Georgi, *Dimitroff's Letters from Prison*, Gollancz, Londres, 1935

————, *Selected Works*, Foreign Languages Press Sofia, 1967

————, *The Diary of Georgi Dimitrov, 1933–1949*, Yale University Press, New Haven, 2003

————, *The Guarantee of Victory*, Workers Library Publishers Inc., Nova York, 1938

Dobbs, Michael, *A Queda do Império Soviético*, Editora Campus, Rio de Janeiro, 1998

Dobrenko, Evgeny, *Stalinist Cinema and the Production of History*, Edinburgh University Press, Edinburgo, 2008

————, *The Making of the State Writer: Social and Aesthetic Origins of Soviet Literary Culture*, Stanford University Press, Stanford, 2001

Elsie, Robert, *Historical Dictionary of Albania* (2nd ed.), Scarecrow Press, Plymouth, 2011

Engelstein, Laura, *Castration and the Heavenly Kingdom*, Cornell University Press, Ithaca, 1999

Farrell, Nicholas, *Mussolini: A New Life*, Weidenfeld & Nicolson, Londres, 2003

Felshtinsky, Yuri, *Lenin and His Comrades: The Bolsheviks Take Over Russia 1917–1924*, Enigma Books, Nova York, 2010

Fevziu, Blendi, *Enver Hoxha, The Iron Fist of Albania*, IB Tauris, Nova York, 2016

Figes, Orlando, *A People's Tragedy*, Jonathan Cape, Londres, 1996

————, *The Whisperers*, Metropolitan Books, Nova York, 2007

Fischer, Paul, trad. Alessandra Bonrruquer, *Uma Produção de Kim Jong Il*, Editora Record, Rio de Janeiro, 2016

Fitzpatrick, Sheila, *Education and Social Mobility in the Soviet Union 1921–1934*, Cambridge University Press, Cambridge, 1979

————, *Everyday Stalinism*, Oxford University Press, Oxford, 1999

Franco, Francisco, *Pensamiento Político de Franco*, Ediciones del Movimiento, Madri, 1975

————, *Textos de Doctrina Política; Palabras y Escritos de 1945 a 1950*, Publicaciones Españoles, Madri, 1951

Gaddafi, Muammar, *Escape to Hell and Other Stories*, Blake Publishing, Londres, 1999

————, *O Livro Verde*, Editora Montecristo, 2009

Geifman, Anna, *Death Orders*, Praeger, Santa Babara, 2010

Gill, Graham, *Symbols and Legitimacy in Soviet Politics*, Cambridge University Press, Cambridge, 2011

Goodwin, James, *Confronting Dostoevsky's Demons*, Peter Lang Publishing, Nova York, 2010

Gottfried, Ted, *The Road to Communism*, Twenty-First Century Books, Brookfield, 2002

Gomulka, Wladyslaw, *On the German Problem*, Kisiazka i Wiedza, Varsóvia, 1969

Gottwald, K., *Selected Writings*, Orbis Press, Praga, 1981

_____, *Statement of Policy of Mr. Gottwald's Government*, Ministério Tchecoeslovaco das Informações, Praga, 1946

_____, *Vojenská politika KSČ. Sborník, Naše vojsko*, Praga, 1972

Gray, John, *Black Mass*, Allen Lane, Londres, 2007

Griffith, William E., *Albania and the Sino-Soviet Rift*, M.I.T. Press, Cambridge, MA, 1963

Hamann, Brigitte, *Hitler's Vienna: A Dictator's Apprenticeship*, Oxford University Press, Nova York, 1999

Hann Chris, *The Postsocialist Religious Question: Faith and Power in Central Asia and East-Central Europe* (Halle Studies in the Anthropology of Eurasia), LIT Verlag, Berlim, 2006

Harrold, Michael, *Comrades and Strangers: Behind the Closed Doors of North Korea*, John Wiley and Sons, Hoboken, 2004

Hellbeck, Jochen, *Revolution on My Mind*, Harvard University Press, Cambridge, 2006

Herwig, Holger H., *The Demon of Geopolitics: How Karl Haushofer "Educated" Hitler and Hess*, Rowman & Littlefield, Lanham, 2016

Hiro, Dilip, *Inside Central Asia: A Political and Cultural History of Uzbekistan, Turkmenistan, Kazakhstan, Kyrgyzstan, Tajikistan, Turkey, and Iran*, Overlook, NY, 2009

Hitler, Adolf, *Minha Luta*, Clube dos Autores, 2017

_____, *Hitler's Secret Book*, Grove Press, Nova York, 1961

Hoberman, John M., *Sport and Political Ideology*, University of Texas Press, Austin, TX, 1984

Hollander, Paul, *Political Pilgrims* (4th ed.), Transaction Publishers, New Brunswick, NJ, 2009

Hoxha, Enver, *The Anglo-American Threat to Albania*, The 8 Nentori Publishing House, Tirana, 1982

_____, *The Artful Albanian: Memoirs of Enver Hozha*, Chatto & Windus, Londres, 1986

_____, *With Stalin*, The 8 Nentori Publishing House, Tirana, 1979

Hughes-Hallett, Lucy, *Gabriel d'Annunzio Poet, Seducer and Preacher of War*, Knopf, Nova York, 2013

Hussein, Saddam, *Zabiba and the King*, VBW Publishing, College Station, 2004

_____, *La Revolucion y la Mujer*, Lausana, Sartec, Bagdá, 1977

Huxley, Aldous, *Crome Yellow*, Chatto & Windus, Londres, 1921

Jang Jin-sung, trad. Donaldson M. Garschagen, Renata Guerra. *Querido Líder*, Editora Três Estrelas, São Paulo, SP, 2016

Johnson, Paul, *Intellectuals*, Weidenfeld and Nicolson, Londres, 1988

Jones, Derek (ed.), *Censorship: A World Encyclopedia*, Fitzroy Dearborn Publishers, Chicago, 2001

Jones, J. Sydney, *Hitler in Vienna, 1907–1913*, Stein and Day, Nova York, 1983

Jong-il, Kim, *On the Art of Cinema*, Editora de Línguas Estrangeiras, Pyongyang, Coreia do Norte, 1989

_____, *Our Socialism Centered on the Masses Shall Not Perish*, University Press of the Pacific, Honolulu, 2003

_____, *Selected Works*, Editora de Línguas Estrangeiras, Coreia do Norte, 1992

Jong-un, Kim, *Let Us Hasten Final Victory Through a Revolutionary Ideological Offensive*, Editora de Línguas Estrangeiras, Pyongyang, 2014

_____, *The Cause of the Great Party of Comrades Kim Il-sun and Kim Jong-il Is Ever Victorious*, Editora de Línguas Estrangeiras, Pyongyang, 2015

Karsh, Efraim, e Rautsi, Inari, *Saddam Hussein: A Political Biography*, Grove Press, 2002

Kemp, Geoff, *Censorship Moments: Reading Texts in the History of Censorship and Freedom of Expression*, Bloomsbury Academic, Londres, 2015

Kershaw, Ian, trad. Pedro Maia Soares, *Hitler*, Companhia das Letras, Rio de Janeiro, 2010

Khomeini, Ruhollah, *Sayings of the Aytollah Khomeini: Political, Philosophical, Social and Religious*, Bantam Books, Nova York 1979

_____, *Islam and Revolution*, Mizan Press, Berkeley, 1981

_____, *A Clarification of Questions*, Westview Press, Boulder CO, 1984

Khrushchev, Nikita, *Speech to 20th Congress of the C.P.S.U.*, 1956, Marxists.org

_____, *Khrushchev Remembers*, Little, Brown, Nova York, 1970

Kotkin, Stephen, trad. Pedro Maia Soares, *Stálin — Volume 1: Paradoxos do Poder 1878-1928*, Editora Objetiva, Rio de Janeiro, 2017

Kovrig, Bennet, *Communism in Hungary from Kun to Kadar*, Hoover Institution Press, Stanford, 1979

Kraus, Richard C., *The Cultural Revolution A Very Short Introduction*, Oxford University Press, Oxford, 2012

Kukushkin, Vadim, *From Peasants to Labourers*, McGill-Queen's University Press, Montreal, 2007

Kunetskaya, Mashtakova, *Lenin Great and Human*, Progress Publishers, Moscou, 1979

Landau, Jacob (ed.), *Ataturk and the Modernization of Turkey*, Westview Press, Boulder, 1984

Landes, Richard (ed.), *Encyclopedia of Millennialism and Millennial Movements*, Routledge, Nova York, 2000

_____, *Heaven on Earth: The Varieties of the Millennial Experience*, OUP, Nova York, 2011

Lane, David, *Leninism: A Sociological Interpretation*, Cambridge University Press, Cambridge, 1981

Lankov, A.N., *The Real North Korea*, Oxford University Press, Oxford, 2013

Lattimore, Owen, *Nationalism and Revolution in Mongolia*, Oxford University Press, Nova York, 1955

Leese, Daniel, *Mao Cult: Rhetoric and Ritual in the Cultural Revolution*, Cambridge University Press, Cambridge, 2011

Leites, Nathan, *The Operational Code of the Politburo*, McGraw-Hill, Nova York, 1951

Lênin, Vladimir Ilitch, *Collected Works*, Progress Publishers, Moscou, 1962

_____, *The Lenin Anthology*, WW Norton, Nova York, 1975

_____, *Que Fazer?*, Editora Martins Fontes, São Paulo, 2006

_____ (ed. Zizek), *Revolution at the Gates: Selected Writings of Lenin from 1917*, Verso, Londres, 2002

Levitsky, Alexander (ed.), *Worlds Apart*, Overlook, Nova York, 2007

Lew, Christopher R., e Leung, Edwin Pak-wah, *Historical Dictionary of the Chinese Civil War* (second edition), Scarecrow Press, Maryland, 2013

Lewis, Paul H., *Authoritarian Regimes in Latin America: Dictators, Despots and Tyrants*, Rowman & Littlefield, Lanham, 2006

Leys, Simon, *Chinese Shadows*, Viking Press, Nova York, 1977

Ludwig, Emil, *Talks with Mussolini*, Little, Brown, Boston, 1933

Luzatto, Sergio, *The Body of Il Duce*, Metropolitan Books, Nova York, 2005

MacFarquhar, R., Schoenhals, M., *Mao's Last Revolution*, Belknap Press of Harvard University Press, Cambridge, 2006

Margolius, Ivan, *Reflections of Prague: Journeys Through the 20th Century*, Wiley, Hoboken, 2006

Marks, Steven G., *How Russia Shaped the Modern World*, Princeton University Press, Princeton, 2003

Maser, Werner, *Hitler's Mein Kampf: An Analysis*, Faber & Faber, Londres, 1970

Mayakovsky, Vladimir, *Selected Poems*, Northwestern University Press, Evanston, 2015

_____, *Selected Works 2: Longer Poems*, Raduga, Moscou, 1986

McLoughlin, B., McDermott, K., (eds.), *Stalin's Terror: High Politics and Mass Repression in the Soviet Union*, Palgrave Macmillan, Nova York, 2011

McDermott, Kevin, *The Comintern: A History of International Communism from Lenin to Stalin*, St. Martin's Press, Nova York, 1996

Megaro, Gaudens, *Mussolini in the Making*, George Allen & Unwin, Londres, 1938

Miłosz, Czesław, *The Captive Mind*, Alfred A. Knopf, Nova York, 1953

Minh, Ho Chi (Bello, ed.), *Down with Colinialism!*, Verso, Londres, 2007

_____, *The Prison Diary of Ho Chi Minh*, Bantam, Nova York, 1971

Molavi, Afshin, *Persian Pilgrimages*, WW Norton & Company, Nova York, 2003

Montefiore, Simon Sebag, trad. Pedro Maia Soares, *O Jovem Stálin*, Companhia das Letras, Rio de Janeiro, 2008

Mottahedeh, Roy, *The Mantle of the Prophet: Religion and Politics in Iran* (2nd edition), Oneworld, Oxford, 2000

Mount, Ferdinand (ed.), *Communism: A TLS Companion*, University of Chicago Press, Chicago, 1993

Mugabe, R.G., *War, Peace and Development in Contemporary Africa*, Indian Council for Cultural Relations, Nova Déli, 1987

Mussolini, Benito, *John Huss*, Albert & Charles Boni, Nova York, 1929

_____, *My Autobiography*, Scribner, Nova York, 1928

_____, *My Autobiography*, revised edition, Hutchinson & Co., Londres, 1939

_____, *My Diary 1915-1917*, Small, Maynard and Company, Boston, 1925

_____, e Forzano, Giovanni, *Napoleon: The Hundred Days*, Sidgwick & Jackson, Londres, 1932

_____, *Opera Omnia*, La Fenice, Firenze, 1951

_____, *The Cardinal's Mistress*, Albert & Charles Boni, Nova York, 1928

_____, *The Fall of Mussolini: His Own Story*, Farrar, Straus, Nova York, 1948

Naimark, Gibianskii (eds.), *The Establishment of Communist Regimes in Eastern Europe 1944-1949*, Westview Press, Boulder, 1997

Naipaul, V.S. *Among the Believers*, Andre Deutsch, Londres, 1981

Nasser, Gamal A., *The Philosophy of the Revolution*, Dar al-Maaref, Cairo, 1955

_____, *Speeches and Press Interviews*, Departamento de Informações, Cairo, 1963.

Nazarbayev, N., *Epicenter of Peace*, Hollis Publishing Co., Hollis, NH, 2001

_____, *Radical Renewal of Global Society*, Stacey International, Londres, 2010

_____, *The Critical Decade*, First, Londres, 2003

Nolan, Adrianne, " 'Shitting Medals': L. I. Brezhnev, the Great Patriotic War, and the failure of the personality cult, 1965–1982" (tese de mestrado, Universidade da Carolina do Norte, Chapel Hill, 2008)

Nova, Fritz, *Alfred Rosenberg, Nazi Theorist of the Holocaust*, Hippocrene, Nova York, 1986

Onon, U. (ed.), *Mongolian Heroes of the Twentieth Century*, AMS Press, Nova York, 1976

Orizio, Riccardo, *Talk of the Devil*, Walker and Company, Nova York, 2003

Orwell, George, *The Collected Essays, Journalism and Letters of George Orwell*, volume 2, Secker & Warburg, Londres, 1968

Ostrovsky, Arkady, *The Invention of Russia*, Viking, Nova York, 2016

Overy, R.J., *The Dictators: Hitler's Germany and Stalin's Russia*, WW Norton, Nova York, 2004

Pahlavi, Reza Shah, *Mission for My Country*, McGraw Hill, Nova York, 1961

Pantsov, Alexander, e Levine, Steven I., *Mao: The Real Story*, Simon & Schuster, Nova York, 2012

Pargeter, Alison, *Libya: the Rise and Fall of Qaddafi*, Yale University Press, New Haven, CN, 2012

Passmore, Kevin, *Fascism A Very Short Introduction*, OUP, Oxford, 2002

Payne, Robert, *Marx*, Simon and Schuster, Nova York, 1968

Pipes, Richard, *Communism: A History*, Modern Library, Nova York, 2001

_____, *The Unknown Lenin*, Yale University Press, New Haven, 1996

_____, *Three "Whys" of the Russian Revolution*, Vintage Books, Nova York, 1996

Plokhy, Serhii, trad. Luiz Antonio Oliveira, *O Último Império — Os Últimos Dias da União Soviética*, Editora Leya, Rio de Janeiro, 2015

Pomper, Philip, *Lenin's Brother*, WW Norton, Nova York, 2010

Pound, Ezra, *Ezra Pound and 'Globe' Magazine: The Complete Correspondence*, Bloomsbury, Londres, 2015

Preston, Paul, *Franco: A Biography*, Basic Books, Nova York, 1994

Priestland, David, *The Red Flag*, Grove Press, Nova York, 2009

Prifti, Peter R., *Socialist Albania Since 1944*, MIT Press, Cambridge, MA, 1978

Putin, Slova, *Menyaiushie Mir*, Set, Moscou, 2015

Putin, Vladimir, Gevorkyan, Nataliya, Timakova, Natalya, e Kolesnikov, Andrei, *First Person: An Astonishingly Frank Self-Portrait by Russia's President*, Public Affairs, Nova York, 2000

Putin, Vladimir, Shestakov, Vasily, e Levitsky, Alexy, *Judo: History, Theory, Practice*, Blue Snake Books, Berkeley, 2004

Quirk, Robert E., *Fidel Castro*, Norton, Nova York, 1993

Radzinsky, Edvard, *Alexander II*, Free Press, Nova York, 2005

_____, *Stalin*, Doubleday, Nova York, 1996

Rappaport, Helen, *Stalin: A Biographical Companion*, ABC-Clio, Santa Barbara, 1999

Ridley, Jasper, *Mussolini*, Constable, Londres, 1997

Robert, Cecil, *The Myth of the Master Race: Alfred Rosenberg and Nazi Ideology*, Dodd, Mead, Nova York, 1972

Rosenberg, Alfred, *Memoirs of Alfred Rosenberg*, Ziff-Davis, Chicago, 1949

Rosenthal, B.G., Bohachevsky-Chomiak, M. (eds.), *A Revolution of the Spirit: Crisis of Value in Russia, 1890–1924*, Fordham University Press, Nova York, 1990

Rupen, Robert Arthur, *How Mongolia Is Really Ruled: A Political History of the Mongolian People's Republic, 1900–1978*, Hoover Institution Press, Stanford University, Stanford, 1979

Ryback, Timothy W., trad. Ivo Korytowski, *A Biblioteca Esquecida de Hitler*, Editora Companhia das Letras, Rio de Janeiro, 2009

Salazar, Antonio de Oliveira, *Doctrine and Action*, Faber and Faber, Londres, 1939

_____, *Salazar Prime Minister of Portugal Says*, SPN Books, Lisboa, 1939

Sandag, Sh., Kendall, H., *Poisoned Arrows: The Stalin-Choibalsan Mongolian Massacres, 1921–1941*, Westview Press, Boulder, 2000

Schoenhals, Michael, *Doing Things with Words in Chinese Politics*, Universidade da California de Berkeley, Centro de Estudos Chineses, Monografia No. 41, Berkeley, CA, 1992

Seldes, George, *Sawdust Caesar: The Untold History of Mussolini and Fascism*, Harper & Brothers, Nova York e Londres, 1935

Service, Robert, trad. Milton Chaves de Almeida, *Camaradas: Uma História do Comunismo Mundial*, Editora Difel, Rio de Janeiro, 2015

_____, *Lênin: A Biografia Definitiva*, Editora Difel, Rio de Janeiro, 2016

_____, *Stalin: A Biography*, Macmillan, Londres, 2004

Shubin, Daniel H., *A History of Russian Christianity*, vol. IV, Algora Publishing, Nova York, 2006

Siegelbaum, Sokolov (eds), *Stalinism As a Way of Life*, Yale University Press, New Haven, 2000

Simons, Geoff, *Libya the Struggle for Survival* (2nd edition), Macmillan, Londres, 1996

Spence, Jonathan, *God's Chinese Son: The Taiping Heavenly Kingdom of Hong Xiuquan*, WW Norton, Nova York, 1996

Sperber, Jonathan, trad. Lucia Helena de Seixas, *Karl Marx — Uma Vida do Século XIX*, Editora Amarilys, São Paulo, 2014

Stalin, J.V., *Collected Works*, Foreign Languages Publishing House, Moscou, 1954

_____, *Foundations of Leninism*, Interational Publishers, Nova York, 1939

_____, *Problems of Leninism*, International Publishers, Nova York, 1934

_____, *Marxism and Linguistics*, International Publishers, Nova York, 1951

_____, *Two Speeches*, Co-operative Publishing Society of Foreign Workers in the USSR, Moscou, 1935

_____. (Werner, ed.), *Stalin's Kampf*, Howell, Soskin & Company, Nova York, 1940

Stern, Carola, *Ulbricht: A Political Biography*, Frederick A Praeger, Nova York, 1965

Stone, Norman, *The Atlantic and Its Enemies*, Basic Books, Nova York, 2010

Su, Yang, *Collective Killings in Rural China during the Cultural Revolution*, Cambridge University Press, Nova York, 2011

Sung, Kim-il, *Juche! The Speeches and Writings of Kim Il-sung*, Grossman, Nova York, 1972

_____, *On Juche in Our Revolution*, Editora de Línguas Estrangeiras, Pyongyang, 1975

_____, *Works*, Editora de Línguas Estrangeiras, Pyongyang, 1971

_____, *With the Century*, vol. 1, Editora de Línguas Estrangeiras, Pyongyang, 1992

Sworakowski, Witold S., *World Communism: A Handbook 1918–1965*, Hoover Institution Press, Stanford, CA, 1973

Szczygel, Mariusz, *Gottland*, Melville House, Brooklyn/Londres, 2014

Taubman, William, *Khrushchev: The Man and His Era*, WW Norton, Nova York, 2003

Terrill, Ross, *Mao: A Biography*, Stanford University Press, Stanford, 1999

Thompson, Damian, *The End of Time*, Sinclair-Stevenson, Londres, 1996

Thrower, James, *Marxist-Leninist "Scientific Atheism" and the Study of Religion and Atheism in the USSR*, Mouton Publishers, Berlim, 1983

Tismaneau, Vladimir, ed., *Stalinism Revisited: The Establishment of Communist Regimes in East-Central Europe*, Central European University Press, Budapeste, 2009

Tito, Iosip Broz, *The Essential Tito*, St. Martin's Press, Nova York,1970

_____, *The Yugoslav People's Fight to Live*, Comitê Unido dos Americanos Sul-eslavos, Nova York, 1944

Toland, John, *Adolf Hitler: The Definitive Biography*, Doubleday, Nova York, 1976

Trotsky, Leon, trad. Rafael Padial, *Minha Vida*, Editora Sundermann, São Paulo, 2017

Tsapkin, N., *Mongolskaia Narodnaya Respublika*, Editora Estatal de Literatura Política, Moscou, 1948

Tucker, Robert, *Stalinism: Essays in Historical Interpretation*, WW Norton, Nova York, 1977

Tumarkin, Nina, *Lenin Lives! The Lenin Cult in Soviet Russia*, Harvard University Press, Cambridge, MA, 1997

Turkmenbashi, Saparmurat, *Rukhnama*, Editora Estatal, Ashgabat, Turcomenistão, 2005

Ulbricht, Walter, *On Questions of Socialist Construction in the GDR*, Verlag Zeit Im Bild, Dresden, 1968

Ullrich, Volker, trad. Renata Müller, Karina Janini, Petê Rissatti, Simone Pereira, *Adolph Hitler: Os Anos de Ascensão, 1889-1939 — Volume 1*, Editora Amarilys, São Paulo, 2015

Urban, George, *The Miracles of Chairman Mao*, Tom Stacey Ltd., Londres, 1971

Vandewalle, Dirk, *A History of Modern Libya*, Cambridge University Press, Cambridge, 2006

Verdery, Katherine, *National Ideology Under Socialism: Identity and Cultural Politics in Ceauşescu's Romania*, University of California Press, Berkeley, 1991

Volkogonov, Dmitri, *The Rise and Fall of the Soviet Empire*, HarperCollins, Londres, 1998

_____, *Lenine: Uma Nova Biography*, Edições 70, Coimbra, 2008

Von Geldern, Stites (eds.), *Mass Culture in Soviet Russia*, Indiana University Press, Bloomington, IN, 1995

Vorontsov, V.V., *Words of the Wise: A Book of Russian Quotations*, Progress, Moscou, 1979

Weber, Eugen, *Após o Apocalipse — Crenças de Fim e Recomeço do Mundo*, Editora Mercuryo, São Paulo, 2000

Weber, Thomas, *Hitler's First War: Adolf Hitler, the Men of the List Regiment, and the First World War*, Oxford University Press, Oxford, 2010

Wesson, Robert G., *Lenin's Legacy*, Hoover Institution Press, Stanford, 1978

Westerman, Frank, *Engineers of the Soul*, Overlook, Nova York, 2011

Wheen, Francis, *Karl Marx A Life*, Fourth Estate, Londres, 1999

Yedlin, Tova, *Maxim Gorky: A Political Biography*, Praeger, Westport, 1989

Young Whan Kihl, Hong Nack Kim, *North Korea: The Politics of Regime Survival*, M.E. Sharpe, Armonk, 2006

Zbarsky, Ilya, e Hutchinson, Samuel, *Lenin's Embalmers*, Harvill, Londres, 1998

Zedong, Mao, *O livro vermelho*, Editora Martin-Claret, São Paulo, 2006

_____ (ed. M. Rejai), *On Revolution and War*, Books, Garden City, 1970

_____, *The Poems of Mao Zedong*, Harper & Row, Nova York, 1972

_____, *Mao Tse-tung On Literature and Art* (3rd ed), Foreign Languages Press, Pequim, 1967

_____, *Selected Military Writings*, Foreign Languages Press, Pequim, 1963

_____, *Selected Works of Mao Tse-tung*, Harper & Row, Nova York, 1970

_____, *Selected Works*, Foreign Languages Press, Pequim, 1961

_____, *Sobre a Contradição*, Expresso Zahar, São Paulo, 2014

_____, *Sobre a Prática*, Expresso Zahar, São Paulo, 2014

_____ (ed. Schram S.), *The Political Thought of Mao Tse-tung*, Praeger, Nova York, 1969

Zhisui, Dr. Li, *The Private Life of Chairman Mao*, Random House, Nova York, 1994

Zyuganov, Gennady, *Stalin i Sovremenost*, Molodaya Gvardia, Moscou, 2009

Eu também me beneficiei do acesso a documentos revelados ao público que faziam parte do arquivo stalinista no Arquivo Estatal de História Social e Política da Rússia, hospedado no Arquivo Digital de Stálin da Yale University Press.

Este livro foi impresso pela Assahi, em 2021, para a HarperCollins Brasil. A fonte do miolo é Minion Pro. O papel do miolo é pólen soft 80g/m², e o da capa é cartão 250g/m².